꽃은 춤추고 바람은 노래한다

꽃은 춤추고 바람은 노래한다 3

라넬라 장편소설

초판 1쇄 찍은 날 | 2020년 12월24일
초판 1쇄 펴낸 날 | 2020년 12월 31일

지은이 | 라넬라
펴낸이 | 권태완 우천제

편집책임 | 박은정
편집 | 박가연 유안진 심성경 손혜진 장현아 이예린

펴낸곳 | (주)케이더블유북스
등록번호 | 제25100-2015-43호
등록일자 | 2015. 5. 4
WFN | 제3-067호

주소 | 서울특별시 구로구 디지털로31길 38-9 에이스테크노타워 1차 401호
전화 | 02-867-4626 팩스 | 02-866-4627
E-mail | cl_production@kwbooks.co.kr

ISBN 979-11-293-6600-9 04810
979-11-293-6597-2 (set)

꽃은 춤추고 바람은 노래한다

라넬라 장편 소설

III

Contents

10장
귀환

예고 없이 찾아온 일은 사실 예고되어 있었다.

새로이 왕비를 맞이하여 이레간 축제가 열렸다. 시골에서 거주하는 지방 귀족들, 학자가 되기 위하여 떠난 유학생들, 온갖 행상인까지 새 왕비를 보기 위해 왕성에 집결했다.

그 수가 어찌나 많은지 성문을 통과하는 행렬이 지평선 너머까지 면면할 정도였다.

나날이 북적이는 시내는 번잡스럽기 그지없었으나 그럼에도 겨울이 가고 봄이 든 계절에 맞춘 듯 찾아온 활기를 싫어하는 이는 없었다.

조용한 새소리로 시작되던 아침은 경쾌한 노랫가락으로 열렸고, 달빛으로 밝았던 밤은 거리에 늘어선 등불로 환했다.

그 원기에 권태로움에 빠져들었던 귀족들도 유흥에 매진하거나, 모임을 활성화하거나, 궁의 연회를 즐기는 것으로 만족을 얻었다.

반면, 분위기에 융화되지 않은 채 고즈넉함을 두른 곳도 있었다. 단적인 예로 베른하르트가 그러했다. 그러나 베른하르트 사저도 오늘만큼은 다른 곳과 마찬가지로 분주하기만 했다.

"애! 목걸이는?"

"저기 서랍 위에요! 그런데 드레스가 너무 소박하지 않아요? 공작 부인이신데……."

"왕비 전하보다 화려했다가 눈총받을 일 있어?"

새침하게 대꾸했지만 리엔의 심정도 안나와 다르지 않았다. 리엔은 이례적으로 수수하게 치장한 에르셀라를 보며 불퉁한 표정을 지었다.

왕비 전하야 하늘 꼭대기에 계신 분이란 것은 알지만, 그것에 제 주인이 이리 몸 사릴 필요가 있을까?

리엔에게 에르셀라는 누구보다도 귀한 사람이었다. 슬쩍 드레스에 장식을 덧대려는 리엔을 에르셀라가 단호히 만류했다.

"격에 맞게만 하렴."

"……오히려 이렇게만 하고 가시면 사람들이 더 뭐라 할 거라고요."

토라진 듯 늘어지는 대답이 속상함을 표출하고 있었다. 유감스럽게도 통하진 않은 듯했지만.

"상관없어."

그리 말하고서 에르셀라는 거울에 비친 자신의 모습을 바라보았다. 초라하진 않으나 전반적으로 단출한 차림을 한 여자가 보였다. 에르셀라는 여기서 더 화려하게 치장할 생각이 없었다. 오늘의 행선지도 달갑지 않은 마당에 무슨.

'폐하는 무슨 생각이실까.'

주일의 마지막 날, 왕은 소수의 귀족을 불러 따로 만찬을 즐기고자 했다. 비록 당일에 고지되었다지만 무려 왕의 초대였다. 그 누가 무례하다며 거절할 수 있겠는가. 결국 축일 내내 저택에서만 지냈던 에르셀라는 내키지 않는 단장을 해야만 했다.

그녀의 치장은 예의에만 어긋나지 않을 정도로 꾸밈이 적었는데, 세글리에를 염두에 두고 한 행동이었다.

'세글리에가 어떤 여인인지 알 수 없으니…….'

그녀가 온순한 성정이라는 것은 들어 알고 있다. 하지만 열 길 물 속은 알아도 한 길 사람 속은 모른다는 말이 있잖은가. 그녀를 안다고 과신하는 이도 막상 말을 들어보면, 소심하게 주제를 아는 여자라는 등 뭉뚱그려 평할 뿐이었다. 대답은 한결같았다.

그간 워낙 존재감이 약했기 때문인지 세글리에에 대해 자세히 알고 있는 사람은 없는 듯했다.

물론 그녀가 어떤 사람이든 간에 유쾌한 상황이 아니라는 점은 변함없었다. 새 왕비와 왕비가 있기 전까지 가장 높은 신분이었던 여인. 기선 제압이라도 해야 할 것 같은 구도이지 않은가. 괜히 텃세도 부려야 할 것 같았다. 아닌 체 분란을 부추기는 이도 있을 것이다. 에르셀라는 그들의 눈요깃거리가 될 생각은 추호도 없었다.

하여 이러한 차림을 함으로써 의사를 표명할 생각이었다. 나는 당신의 권위에 맞설 생각이 없노라고.

"그래도 비 전하보다 아름다우실 게 분명해요."

"아무렴요."

"맞아요. 게다가 수수하게 꾸민 게 더욱 청초해 보이기도 하고요."

시기적절하게 안나가 아첨해 오자 다른 이들도 한마디씩 거들었다. 그제야 리엔도 속상함을 덜어냈다.

"내가 거기서 예뻐 보여서 무얼 하겠니."

만찬의 주빈이 주공보다 눈에 띄어서 좋을 게 뭐가 있겠는가. 부디 조용히 있다 올 수만 있다면 바랄 게 없다.

"참…… 요즘 너무 검소하게 지내시는 것 아니에요? 씀씀이도 그렇고……."

"마치 내가 잘못된 것처럼 말하는구나."

"사치는 귀족의 특권이라고요."

"그건 그렇지만……."

리엔의 말은 틀린 것 없으나 사치도 사치할 기분이 나야 하는 거였다.

"마님은 어떤 게 좋으세요?"

베스가 에르셀라 앞에 오팔과 진주를 펼쳤다.

"진주."

"에이."

"그냥, 오팔로 하자."

"네, 네!"

오팔이 더 마음에 든 듯하다. 바꾼 대답을 저리도 좋아하는 걸 보니.

제스가 배시시 웃자 에르셀라도 따라 웃었다. 그녀는 방 안을 둘러보았다. 리엔, 베스, 안나, 제스, 밀레나. 그녀를 제외하고 고작 다섯 사람이 있을 뿐인데 널따란 방이 꽉 차 있는 듯했다. 에르셀라는 새삼스레 느낀 풍요로움에 씁쓸하게 미소했다.

'친해질 줄은…… 몰랐는데.'

언제 이렇게 가까워진 걸까. 계급 간의 벽이 존재하긴 했으나, 이렇게까지 스스럼없어질 줄은 몰랐다. 옛날에 친구들과 도란도란 모여 앉아 이야기를 나누었던 추억을 떠올리게 했다. 그들뿐만 아니라 레어리, 남작 부인, 주방장, 집사 그리고 린튼 경까지. 그들과 보낸 계절이 차근차근 머릿속을 지나갔다.

에르셀라는 신기했다. 과거, 병마에 고전하며 죽을 때까지도 그들을 생각한 적이 없었다. 그녀의 후회는 오롯이 비센테에게만 국한되어 있었으므로. 하지만 지금은 어떤가. 지금은…….

"다 됐어요! 아, 예쁘다!"

"밀레나, 그런 말 하면 못써."

"……죄송해요, 저도 모르게."

……이 아이들에게, 정을 줄 날이 올 줄은 몰랐는데.

에르셀라는 제게로 멎은 말간 시선들을 보았다. 열여섯의 그녀가 그리도 바라왔던 시선들. 어쩌면 그들이 무뚝뚝하게 대해도 처음부터 포기하지 않고 조금만 마음을 열었다면 좋았을 거라는 생각이 들었다. 그랬다면 그녀도 이곳을 좀 더…….

"……욱."

너무 생각에 매몰되어 있던 것일까. 에르셀라는 목구멍을 비집고 올라오는 끔찍한 감각을 알아채지 못했다.

"마, 마님!"

안나의 고함을 시작으로 배 속에서부터 치달은 뜨거운 감각이 입 밖으로 토해졌다.

외마디 비명이 들리고, 여러 쌍의 눈동자가 경직된다.

그들의 모습에 에르셀라는 그제야 자신에게 무슨 일이 일어난 것인지 알 수 있었다. 베스가 입을 틀어막았다. 에르셀라는 반사적으로 입가에 가져갔던 손을 떼어냈다.

끈적이는 선혈이 손안에 고여 있었다.

'……피네.'

꿈결처럼 몽롱한 의식 속에서 에르셀라는 손을 쥐었다 느릿하게 펼쳤다. 손마디마다 핏물이 묻어났다. 그녀는 멍하니 눈을 깜빡이며 생각했다.

진짜 피야.

단순히 자수하다 바늘에 찔려서 나는 것과는 비교할 수 없이 검질기고 끈끈한 피가 물웅덩이처럼 괴어 있었다. 입에서 흘러나온 핏방울이 밑단에 뚝뚝 떨어졌다. 크림색의 드레스에도 피가 물감처럼 점점이 튀었다.

에르셀라는 고개를 들었다. 할 말을 찾지 못한 채 얼어 있는 이들을 보니 정말 꿈인 것도 같았다.

그래. 그녀가 이미 한차례 겪어본 지독한 꿈.

"피…… 피, 피가!"

과거의 날처럼 누군가 비명 같은 소리를 질렀다.

어찌해야 할지 모른 채 파리하게 굳어 있는 얼굴들을, 에르셀라는 고장 난 인형처럼 감상했다. 과거와 별반 다르지 않은 흐름은 그녀에게 약간 비현실적으로 다가왔다. 육체는 여기 있되 정신은 저 멀리 떨어져 있는 기분이었다. 에르셀라는 시간을 거슬러 그날을 되짚었다. 이다음은 뭐였더라…….

"의……."

그녀가 멍멍하게 다음을 되짚고 있는 사이 리엔이 소리쳤다.

"의원을 불러오겠습니다!"

그 말에 죽어 있던 푸른 눈동자에 이채가 서리기 시작했다. 멈춰 있던 혈류가 온몸을 돌며 심장이 세차게 박동했다. 머리가 맑아지자 그녀가 한 일은 리엔을 막아서는 일이었다.

"멈추렴!"

보내선 안 된다.

"부를 것 없다."

"……네?"

이해할 수 없는 에르셀라의 말에 리엔이 무슨 소릴 하는 거냐는 듯이 되물었다. 다른 이들도 그와 다르지 않은 눈빛이었다. 에르셀라는 흔들리는 그들의 눈빛을 외면하며 입을 열어 말했다.

"이 일은 우리끼리만 아는 걸로 하자."

"마님!"

"그게 무슨 소리세요!"

안나와 리엔의 낯빛이 못 들을 걸 들은 사람처럼 경악으로 질렸다.

"그럼 일단 주, 주인님에게라도……."

눈물이 글썽이는 눈가를 훔친 베스가 간절하게 사정했다. 그러나 에르셀라는 고개를 저었다. 이미 한 번 겪은 일이었다. 앞으로의 일이 어떻게 될지는 그녀가 가장 잘 알고 있었다. 과거에도 하르젠이 전 지역을 뒤졌지만 그녀는 완치되지 못했다.

문제는 시간에 있었다. 그녀는 매일매일 한나절을 다수의 의원에게 진찰받고 진단을 듣고 약을 먹는 데 소모했다. 남은 시간을 또 그런 곳에다 허비할 순 없었다.

"마님, 제발……."

안나가 애원하듯 말했지만 에르셀라의 결의는 굳건했다. 에르셀라는 안심하라는 듯 불안정하게 떨고 있는 안나의 어깨를 두드려 주었다.

괜찮다는 듯 애써 웃은 한편, 그들이 다른 누구에게 말하는 것은 아닐까 하는 걱정이 들었다. 어디까지나 그들이 우선시할 대상은 그녀가 아닌 하르젠이었다. 이 아이들에게 한 부탁이 거절당해도 에르셀라는 그 처지를 받아들일 수밖에 없었다.

역시 새어 나가지 않길 바라는 건 욕심인가. 그가 알면…… 분명 행동에 제약이 걸릴 텐데.

에르셀라는 자신이 없었다. 이곳 자체가 하르젠의 손바닥 안인데, 이 일을 모르게 할 수 있을지가. 에르셀라가 그의 눈을 속이기란 사실상 불가능했다. 의원에게 치료받기 싫다고 말해도 묵살당할 것이다. 그러면 어떻게 해야…….

"함구하겠습니다."

에르셀라는 앞에 펼쳐진 믿을 수 없는 광경에 발끝부터 전율이 올라왔다.

고하지 않겠다고 말한 리엔이 맹세하듯 그녀 앞에서 무릎을 꿇고 있었다. 그녀뿐만이 아니었다. 옆에 있던 베스도 리엔을 따랐다.

"함구하겠습니다."

침실에 엄숙한 고요가 내려앉았다. 지금 이게 무슨…….

"저, 저희는 아무것도 보지 못했어요!"

리엔과 베스의 행동을 떨며 지켜보던 밀레나와 제스가 손을 꼭 맞잡은 채 고개를 숙였다.

"지금…… 다들 뭐 하는 거예요?"

안나는 이 황당한 광경을 믿을 수 없다는 듯 더듬더듬 목소리를 토해냈다. 딱 보아도 이 중대한 사안을 못 본 척 넘기겠다는 그들의 모습에 기막혀 하는 듯했다.

"당연히 알려야죠!"

그들이 우선시할 주인은 어디까지나 그녀가 아니었다. 별도로 지시받은 적은 없지만 이곳에서 그것이 규율이자 원칙이라는 것을 모르는 사람은 없었다. 무엇보다 각혈은, 쉬이 넘길 수 없는 사안이었다. 그러니 말해야 했다. 말하는 게 옳은 것이다. 그것이 에르셀라가 원하지 않는 것일지라도.

"당연히……!"

하지만 안나의 목소리는 거기서 끊어지고 말았다.

왜였을까. 무언가 벅차오른 듯 애써 눈물을 삼키는 마님의 얼굴을 본 순간, 안나는 당연히 주인께 알려야 한다, 그 말을 할 수가 없어졌다. 그리고 앞으로도 자신은 아무것도 말할 수 없을 거라는 직감이 들었다.

에르셀라는 너무나 기뻐 보였다. 자신의 부탁을 들어줄 사람들이 있다는 것에. 그녀의 말을 우선시해 줄 사람이 있다는 것에.

가슴 깊이 물안개처럼 번지는 먹먹함에 안나는 심장 부근에 손을 가져다 대었다. 에르셀라의 얼굴을 멍멍하게 바라보며 그녀는 주먹을 쥐었다. 그러곤 결심한 듯 입을 열었다.

"침구와 카펫에도 피가 묻었어요. 저는 이걸 버리고 새것으로 갈아올 테니, 남은 분들은 마님의 단장을 새로 하세요."

모두의 시선이 안나를 향했다. 그녀에게서 나온 의견은 조금 전과 반대 선상에 놓인 말이었다. 그러나 이유를 묻느라 지체할 시간이 없었다. 피 냄새가 배기 전에 행동해야 했다. 제스가 벌떡 머리를 쳐올렸다.

"새 드레스를 가져올게요!"

"그, 그럼 전 바닥을 닦을 천을 가져오겠습니다!"

무엇을 해야 할지 분명해지자 그들은 일사불란하게 움직이기 시작했다.

그 광경을 보는 에르셀라는 어떤 표정을 지어야 할지 알 수 없어졌다. 꿈만 같았다. 사실 진짜 꿈은 아닐까. 저 애들이 나를 위해…….

하지만 꿈이 아니었다.

그리고 그것은 그녀를 조금 울고 싶은 감정에 빠뜨렸다.

"얼마지?"

"금화 3개면 됩니다."

길거리 물건치고 지나치게 비쌌지만, 비센테는 오히려 선물이 받을 사람의 격에 떨어지는 건 아닐까 근심이었다. 온갖 진귀품을 가진 그녀였다. 선물하면 편지에는 항상 좋다고 쓰여 있긴 했으나…….

"이걸로 하지."

그는 에르셀라의 진심을 몰랐지만 일단 구매하기로 했다. 그래도 버린 적은 없으니까.

값을 치르자 상인이 이를 드러내며 '감사합니다'라는 말을 했다. 비센테가 눈썹을 움찔하며, 남자의 외모를 빤히 바라보았다.

"너, 콘라드인인가?"

"예에, 그렇습니다."

이제 보니 말투가 어눌했다. 비센테는 상인이 건네주는 장신구를 받으면서도 찜찜한 기분을 버리지 못했다. 알고는 있었다만 몇 년 새 부쩍 콘라드 상인이 늘어 있었다.

상부에도 보고를 올렸으나 별다른 설명은 듣지 못했다. 정보를 가로막는 이가 그보다 윗선이라는 얘기가 된다.

'……아버지인가.'

비센테는 인상을 쓰다 한숨을 내쉬었다. 가서 확인해 보면 될 일이다.

초봄입니다. 뵈러 가겠습니다.

편지는 이미 보내두었으니.

밤이 깊었다. 시종은 뒤늦게 만찬장에 도착한 이를 보며 어물쩍 말을 끌었다.

"저, 이미 만찬은……."

"괜찮아요, 알리세요."

여인의 말에 시종은 머뭇거렸지만 그도 잠시였다. 작고 여린 체구에 그녀가 누구인지 잊을 뻔했다. 그는 곧바로 그녀의 도착을 알렸다.

"폐하, 베른하르트 공작 부인 드십니다."

환한 빛이 쏟아지며 정찬실 문이 열렸다. 느닷없이 나타난 여인에게 수십 쌍의 눈길이 꽂혔다.

에르셀라는 조급함을 드러내지 않으려 하며 안으로 들어갔다. 드레스는 크림색이 아닌 남색으로 갈아입었다.
"폐하, 송구합니다. 도중에 일이 생겨 늦는 불충을 저질렀습니다. 부디 용서를……."
"딱 맞게 왔으니 용서를 할 것도 없지. 고기는 식었겠지만."
케니언스가 늦은 까닭에 대한 표명을 짓궂게 받아쳤다.
에르셀라는 빈자리에 마련되어 있는 음식을 체념하듯 바라보았다. 에피타이저가 끝나기 전에 오고 싶었는데 한참 늦은 모양이었다. 그 외 빈자리가 없는 걸 보면 늦은 사람은 그녀뿐인 듯했다. 자실하게 서 있는 에르셀라를 보며 케니언스가 자리에서 일어섰다.
"짐이 에스코트하지."
본디 들어설 때부터 파트너의 에스코트를 받아야 했지만 늦은 탓에 그러지 못했는데, 뜻밖에도 케니언스가 그 역할을 자처했다. 무슨 장난질인가 재볼 겨를도 없이 그의 구둣발이 에르셀라의 코앞까지 다가왔다.
"황송합니다."
에르셀라는 마지못해 감사를 전하며 그의 팔에 손을 얹었다. 남색 드레스가 붉은 융단 위에 따라붙는 그림자처럼 늘어졌다. 에르셀라는 에스코트를 받으면서도 만찬에 초빙된 이가 누군지 곁눈질했다.
레데아, 메이언스, 클라우스, 글라디엠, 판테츠, 다트너, 라페인, 로베르트, 피사리데, 가르텐…….
생각보다 초대 규모가 컸다. 하나같이 귀족 회의에 참석할 수 있는 자격을 갖춘 자들이 자리를 빛내고 있었다. 이렇게 모이는 경우는 흔하지 않았기에 약간 신기했다. 왕의 좌측 상석에는 세글리에와 레오폴드가 자리해 있었다. 칼릭스 대공은 초대되지 않은 듯했다. 에르셀라는 자리에 앉았다.
"늦어서 미안해요."

하르젠은 묻고 싶은 게 많아 보였지만, 늦은 연유에 대한 설명은 따로 하지 않았다. 설명할 생각이 없다는 게 맞을 것이다.

"돌아가면 얘기하지."

그는 그것이 이곳이 대화를 나눌 장소로 적절치 않기 때문이라고 받아들인 듯했다. 어디선가 손뼉을 치는 소리가 났다.

"자, 이제야 자리가 좀 꽉 찬 것 같군."

케니언스가 배부른 포식자처럼 만족스레 웃고 있었다.

"그대들과 친선을 나누고 싶어 불렀을 뿐이니, 너무 어렵게 생각하지 말고 편히 잔을 들게."

"예, 폐하!"

케니언스가 축배잔을 들어 올렸다. 그에 파도치듯 수십이 넘는 잔이 위로 솟아올랐다.

에르셀라는 예의상 한 모금 마시다가 잔을 내려놓았다.

"공작 부인은 시장할 텐데 식사하고."

"마음 써주셔서 감사합니다."

에르셀라가 식기를 내려다봤다. 먹을 생각은 없었지만 성의는 보여야 했다. 그녀가 나이프를 움직여 송아지 구이를 한 점 썰어냈을 때였다. 양질의 육즙이 배어 나오며 접시 사이사이로 핏물이 흘렀다.

욱.

순간 헛구역질을 할 뻔했다. 조금 전 피가 낭자했던 방을 떠올리자 피비린내가 유독 예민하게 코끝을 간질였다.

"입에 맞지 않아?"

케니언스가 물었다. 평소 같았으면 속이 안 좋다고 하면 되겠지만, 오늘만큼은 그래선 안 됐다. 세글리에와 레오폴드가 있는 자리였다. 성찬을 거부하는 게 어떻게 비칠지 자명했다. 사정이 있다 해도 핑곗거리로 전락하고 말 것이다.

"이처럼 훌륭한 음식을 마다할 정도로 입맛이 까다롭지 못합니다."
"다행이군."
에르셀라는 접시를 노려보았다.
'생각하지 마, 생각하지 마.'
그저 요리일 뿐이야. 오늘 같은 날만 아니었더라면 맛있게 먹을 수 있는. 그러나 그렇게 다짐하는 것과 별개로 음식에 손이 잘 가지 않았다.
"다른 걸 내오라 하겠습니다."
에르셀라의 손에서 나이프를 빼앗아 든 하르젠이 그것을 테이블에 놓으며 말했다.
"아내가 덜 익힌 음식은 잘 먹지 못합니다."
"흠, 아까는 입맛이 까다롭지 않다고 했는데."
"놓어라면 입에 맞을 겁니다."
케니언스는 어깨를 으쓱이며 공작의 말대로 하라며 왕실 요리사에게 명했다.
에르셀라는 눈앞에서 치워진 접시에 안도감을 느꼈다. 케니언스도 기분 상해 보이진 않았다.
"공이 공작 부인을 생각하는 마음이 이리 갸륵하니 감동이군. 안타깝게도 짐은 그러지 못해서 말이야."
에르셀라는 그것이 에샤힐드를 말하는 것인지, 세글리에 피테츠를 말하는 것인지 알지 못했다. 왕의 마음은 변덕스럽고 변화무쌍하여 이해하기 어려운 점이 많았다.
"어찌 그리 생각하십니까. 이 나라의 백성이 폐하의 은덕으로 살아가고 있는 것을요."
때마침 클라우스 백작이 아침을 떤 게 도움이 되었는지 관심이 그리로 넘어갔다.

"그렇습니다. 선왕비 전하도 폐하의 선정에 감읍하고 계실 것입니다."

다트너 후작이었다. 에르셀라는 무심코 카르온 쪽을 바라보다 에이레네와 눈이 마주치고 말았다. 에이레네는 서운한 눈빛이었다. 종종 후작저로 찾아가던 발길을 끊었으니 그럴 만도 했다. 그녀는 카르온이 이쪽을 볼세라 눈길을 돌렸다. 에이레네에겐 미안하지만 앞으로도 후작저에 갈 날은 없을 것이다.

"……."

시선을 사선으로 튼 게 문제였을까, 그녀는 로베르트 좌석에 있는 후안을 발견하고 말았다.

아, 그도 와 있었나. 꼼꼼히 살펴보질 못해 카일 로베르트밖에 보지 못했었는데, 보아하니 병중인 로베르트 후작을 대신해서 가문의 두 남자가 온 듯했다.

"두 사람이 구면이던가?"

그 말에 흠칫 떤 에르셀라가 케니언스를 보았다. 후안을 말하는 것일까.

"왕비와 그대."

다행히 그쪽은 아니구나.

"예, 이전 입궁했을 때 간간이 뵈었습니다. 세글리에 님, 왕비가 되신 것을 진심으로 축하드립니다."

"고마워요. ……공작 부인."

에르셀라를 뭐라 불러야 할지 고민한 티가 역력했다. 예전과 같은 호칭이었으나 상황이 뒤집혔다.

세글리에는 더 이상 그녀보다 신분이 낮은 사람이 아니다. 에르셀라는 그 옆에서 긴장한 낯으로 고기를 썰고 있는 레오폴드를 착잡하게 바라보았다.

열다섯이던가. 궁에서 얼마나 눈치를 보며 살았는지는 몰라도 그는 쉽사리 사람들과 면을 트려 하지 않았다. 잘 먹지도 못하면서 식사에만 집중할 뿐이었다.

이대로 넘어갈 수 있지만, 왕이 콕 집어 그녀와 세글리에의 인연을 확인한 연유가 있었다.

"경하드립니다, 왕자 전하."

에르셀라의 축하 말에 레오폴드가 스르르 고개를 들었다. 어디선가 코웃음 치는 소리가 들려왔지만 개의치 않았다. 이것은 그녀가 착해서라기보다는 필연적으로 거쳐야 할 과정이었다.

케니언스의 선택은 틀리지 않았다. 에르셀라를 필두로 입에 바느질이라도 한 양 다물고 있던 귀부인들의 입이 하나둘 열리기 시작했으니.

"왕자궁의 주인이 되신 걸 감축드립니다."

"부디 왕가의 보물이 되소서."

"응당 누려야 할 것들을 누리시길."

"축하드립니다, 2왕자님."

마지막으로 에이레네가 부드럽게 미소 짓는 것으로 의례적인 인사는 끝났다. 아니, 끝난 줄 알았다.

"호칭이 잘못됐군, 후작 부인."

왕이 그녀의 말을 꼬집지만 않았더라도.

"무슨 말씀이신지요?"

"2왕자가 아니라 1왕자라 하는 게 바르지 않겠는가?"

삽시간에 침묵이 내려앉았다. 그만큼 당혹스러운 발언이었다.

그의 마구잡이 주장에 어처구니없어하는 것도 잠시, 에이레네는 곧 왕에게 내밀기에 손색없는 공손함을 쓸어 모아 말했다.

"폐하, 본디 알렉시스 왕자께서 먼저 왕자위에 책봉되셨습니다. 순리를 따른다면 레오폴드 님이 2순위인 게 맞습니다."

"아니, 레오폴드의 연식이 알렉시스보다 앞서 있으니 1왕자로 두는 게 맞다."

"이전 콘스탄체 폐하의 정부이셨던 셀레나 님이 책봉되었을 때, 카르텔 왕자 전하께선 전 왕비님 소생의 테미르제 왕자 전하보다 연식이 많았지만 2왕자에 책봉되셨습니다."

세글리에는 에이레네가 서슴거림 없이 꺼낸 정부 일화에 떳떳하지 못한 사람처럼 고개를 들지 못했다. 그러나 글라디엠가의 적녀로 살아온 에이레네가 그런 걸 안중에 둘 여인은 아니었다.

"이렇듯 선례가 있습니다, 폐하."

"선례라기엔 좀 다르지. 셀레나는 왕비위가 아닌 빈에 책봉되었지 않나?"

"하지만……."

"부인."

카르온이 에이레네의 어깨에 손을 올리며 그녀의 말을 막았다. 에이레네는 차마 왕을 노려보지 못하고 눈앞의 성찬만 지긋이 바라보았다.

"제 아내의 말대로 그것은 법도에 어긋납니다. 본디 법전에도 정비를 후비보다 우선시할 것이 명시되어 있습니다."

"모호하다."

그 법도가 자식에게까지 적용된다는 법은 없었기에 하는 말이었다. 그러나 의례상, 혹은 앞뒤 문맥을 따져 모두가 그것을 당연하게 여겼다.

"모호하지 않습니다."

"아니, 모호하지, 후작. 실제로 왕자의 순차를 정하는 일은 비나 빈이나 상관없으니 말일세."

가르텐 공작이 나이프를 든 채 지적하며 끼어들었다.

"왕비 전하의 자식이라고 1왕자일 필요는 없고, 후궁의 자식이라고 1왕자가 못 되리란 법은 없네. 태어난 순서가 중요한 게 아니겠는가?"

가르텐 공작의 말대로 숫자는 중요한 게 아니다. 중요한 건 왕비의 자식이 왕태자가 된다는 것이다.

문제는 여기서 1왕자의 칭호가 레오폴드에게 돌아가고 그가 왕태자가 될 경우였다. 그리고 같은 왕비 소생이면 1왕자를 태자로 삼을 확률이 높았다.

"각하, 이번 일은 먼젓번 사례와 조금 다릅니다. 설명은 필요 없으리라 생각되는군요."

가르텐 공작이 그 사실만 쏙 빼놓고 말하니 카르온으로선 상대할 가치가 없었을 것이다. 소태 씹은 표정으로 날 서 있는 공작의 기세를 흘려낸 카르온은 왕을 바라보았다.

"폐하, 이 자리에서 논의하기엔 주제가 적절치 않습니다. 나중에 따로……."

"아니, 마침 이 자리에 그대들이 다 모여 있는데 무슨 상관이겠는가? 후작과 후작 부인의 말도 일리가 없지 않군. 그러니 여기서 거수로 표결하지."

"불가합니다."

카르온의 대놓고 드러낸 적의는 오랜만이었다.

에르셀라도 막무가내인 왕을 보며 당황했다. 이상했다. 이렇게 제멋대로 굴어도 사람들은 어째서 제지하지 않는 것일까. 애석히도 다음 순간 그녀는 그 이유를 이해하고 말았다.

"저는 찬성합니다."

그것은 가르텐 공작의 영향력 때문도 있었지만, 결과적으로 이 일을 중요하게 여기는 곳은 피사리데, 그리고 그와 결연한 가문밖에 없다는 것에 있었다.

"엄연히 법이 있습니다. 전 반대하겠습니다."

라페인 후작이 반대표를 들었다. 그를 따라 글라디엠 백작, 다트너 후작이 거수로 의견을 보탰다.

그러나 이 다수결의 원칙을 잘만 파고든다면 결과는 정해진 셈이었다.

저들을 제외한 나머지는 왕자가 어떻게 되든 상관없을 것이다. 오히려 피사리데의 세력을 줄이기 위해 세글리에의 아들이 태자가 되길 바라는 사람도 있을 터였다. 중립인 메이언스와 판테츠가 손들지 않는 것만 봐도 그랬다. 그러니…….

"공은 안 드는가?"

하르젠의 선택 또한 존중받아야 마땅한 거겠지.

"저는 관여하지 않겠습니다."

에르셀라는 베른하르트와 피사리데와의 연이 완전히 끝났음을 절감했다. 테이블 아래로 밀어 넣은 깍지 낀 손이 차츰 떨려왔다.

관여하지 않겠다. 무딘 음성으로 내뱉은 그의 선언은 정찬실 안을 술렁이게 했다. 당황스럽네요, 여기까지 와서. 그럼요, 이제 와 놓을 손은 아닐 텐데요. 그럼 알렉시스 전하는……. 귀엣말 사이로 새는 언어는 에르셀라의 귀에도 몇 줄 닿았다.

"하면 공작 부인은 어떤가?"

정말 그리해도 괜찮으냐는 왕의 속뜻이 자연스레 읽혔다. 의외인 건, 케니언스도 하르젠의 태도를 예상하지 못했는지 낯빛이 떨떠름하다는 점이었다. 에르셀라는 그것에 조금 웃었다. 이 상황이 저만 어려운 게 아닌 것에 다행이라는 생각이 들었다.

"저는……."

자, 그러면 뭐라 답하는 게 옳을까. 수수께끼를 하는 것도 아닌데 어렵기만 하다.

에르셀라는 문득 궁금했다. 그녀가 만일 한쪽 편을 든다면 그녀의 정체성은 그곳에 속하게 되는 것인지가. 그러나 그녀는 어느 곳에도 귀속되고 싶지 않았다. 편 가르는 것도 싫거니와 편을 잇는 도구로도 살고 싶지 않았다. 에르셀라는 그 생각이 우스운 것을 알았다. 누가 보면 굴곡 많은 삶이라도 살고 있는 줄 알 것이다.
다들 이렇게 사는데. 힘들어도 자신이 짊어진 이름에 맞게 사는데. 책임지는 법을 아는데. 왜 자신만 모르는 걸까.
"저는……."
대답이 길어지면…… 이상하게 생각할 텐데.
에르셀라는 레오폴드 왕자를 보았다. 심연의 구렁텅이에 빠진 듯한 얼굴은 나이대에 맞지 않게 성숙해 보였다. 저 하나를 두고 갑론을박을 벌이고 있으니 두렵고 불편할 것이다.
손아귀에 땀이 흘렀다. 분란을 만들지 말고 잠식시켜야 한다. 그리하여 그녀는 왕자의 마음을 빗은 웃음을 띠며 입을 열었다.
"농이 지나치셨어요, 폐하."
"……."
"왕자께서 보고 계십니다."
케니언스의 눈썹이 까딱 움찔거렸다. 그는 마치 그제야 왕자의 존재를 인식한 것처럼 보였다. 왕뿐만이 아니었다. 가축에게 등급을 매기듯 목소릴 높이던 귀족들도 일제히 목소릴 죽였다. 멋쩍은 헛기침만이 소리의 공백을 채웠다.
케니언스는 살짝 인상을 썼다.
"말 돌리는 건 허하지 않았는데."
에르셀라는 아교처럼 집요하게 물고 늘어지는 그가 무엇을 목적으로 하는지 알았다. 귀족 회의에 참가 권한도 없는 그녀가 이 표결에 영향력이 있는 것도 아니니, 그저 얄궂게 놀려보고자 하는 것이 다일 것이다.
하지만 왜? 이해해 보려 해도 단순히 저를 왕으로 추대한 가문에 대한 못마땅함이라고 하기엔 왕의 심술은 어딘가 지나친 데가 있었다. 에르셀라는 의아함을 가지며 입술을 달싹였다.
"이제 와 미숙한 제 생각을 알고자 함이 아님을 압니다. 그러나 대답을 요하신다면, 폐하께서 걸어온 길에 그 답이 있지 않겠습니까."

그 대답은 케니언스뿐만 아니라 장내를 얼렸다. 현왕이 걸어온 길은 명약관화했다. 서자임에도 남의 세력을 빌어 왕좌를 거머쥔 길이다. 피사리데가 칼릭스를 밀어낸 다음 친히 적왕녀까지 치워주었다.

"공작 부인……."

누군가 걱정스럽게 그녀를 불렀다. 그도 그럴 것이다. 이 말은 흡사 주제를 알아라, 그렇게 받아들여질 수 있었으니. 에르셀라는 케니언스가 역대 공신을 배척한 왕의 말로가 두 갈래로 나뉜다는 걸 되새기길 바랐다. 절대왕정을 이룩하거나, 반정에 썰려 나가거나.

그녀의 말이 케니언스의 심기를 건드려도 단단히 건드렸는지 그의 입술선이 경사를 그렸다. 에르셀라는 침착하려 노력하며 긴장을 탁탁 털었다.

"그대는……."

"아, 아바마마!"

일촉즉발의 위기에서 케니언스의 말을 가로막은 것은 레오폴드 왕자였다. 케니언스는 '아바마마'라는 호칭이 거북한 듯했지만 탓하지 않고 말했다.

"말하라."

"소, 송구하나 속이 불편하여 먼저 일어서도 되, 되겠…… 습니까?"

레오폴드는 이제 보니 식은땀 범벅이었다. 그는 자리에서 일어나는 걸 허락받길 원했다.

"하아……."

탄식 비슷한 한숨을 내쉰 것은 다름 아닌 가르텐 공작이었다. 저 얼간이가 어디서 나왔는지 의아하다는 듯 비탄에 젖어 보였는데, 에르셀라는 솔직히 말해서 어처구니가 없었다. 그는 저 자신을 어디까지 과대평가하기에 저러는 걸까.

"시의를 부르라."

"알겠습니다."

시종은 레오폴드를 부축하는 한편 다리를 경망스럽게 후들거리는 왕자를 못마땅해했다. 다른 귀족들도 그의 예의 없는 행동거지에 눈살을 찌푸렸다.

아무리 방치되며 키워졌다 하더라도 왕의 아들이었다. 예법을 익힐 시간은 충분했을 텐데 저 모양 저 꼴이라니.

그러나 에르셀라는 세글리에를 닮은 왕자의 호박빛 눈동자를 보고야 말았다. 왕자가 그녀를 향해 다른 사람 몰래 눈을 찡긋했던 것이다.

에르셀라는 그제야 왕자에게 도움받았다는 사실을 알 수 있었다.

'……답례인가.'

먼저 왕자라 말을 걸어준? 아니면, 레오폴드가 자리에 있다며 알렉시스와 견주는 것을 멈추어달라는 그녀의 선의에 대한?

무엇이 맞는 건지는 알 수 없지만, 저 왕자의 성품이 선하다는 것만은 알겠다. 슬픈 일이다. 차라리 못된 아이였다면 좋았을 것을. 그랬다면 마음 놓고 미워할 수 있었을 텐데. 원망하는 게 괴롭지 않았을 텐데.

이것은 누구를 향해 하는 말인가. 대상이 모호해져 가는 가정을 하며 에르셀라는 눈을 감았다. 떠나고 싶다.

"정찬은 여기서 마치지."

잠시 그런 생각을 했다.

"어떻게 된 일이야?"

카일이 채근했지만 후안은 해줄 수 있는 말이 없었다.

"저도 모릅니다."

당초 베른하르트와 피사리데가 데면데면히 구는 이유를 그가 어떻게 알겠는가.

"너, 그…… 여자랑 만나는 거 아니었어?"

아, 확실히 그런 미친 생각을 했다면 안다고 생각할 수도 있겠네. 저 말도 고르고 골랐을 것을 생각하니 참담하기가 그지없었다.

후안은 모르겠지만, 카일은 나름 제 아우를 위하는 중이었다.

'그쪽은 기혼이겠지만, 얘는 미혼이라고!'

처음부터 여자 쪽에 대한 배려가 아닌 동생의 혼삿길을 염두에 둔 발언이었다. 베른하르트 공작 부인이라 말하는 즉시 동생에게 추문의 고리가 걸릴 게 빤한데 미쳤다고 그러겠는가. 후안의 나이가 벌써 스물일곱이었다. 애인도 좋지만, 혼인을 치러야 하지 않겠는가. 이왕이면 가문 좋은 여자로.

다행히 카일의 걱정은 기우에 불과했는지 그를 보는 후안의 눈빛은 살벌한 빛을 머금고 있었다.

"형님, 다시 한번 그딴 말……."

"뭐? 진짜 아니야?"

"아니라고!"

후안은 억울하다 못해 짜증이 일었다. 넘겨짚어도 유분수지.

"……자식이 말 까기는."

카일이 찔끔 꼬리를 말았지만, 후안이 가지는 형제애는 초봄의 밤기온에도 녹아내린 지 오래였다.

"절대 그런 거 아닙니다. 그리고 제발 말 좀 가려서 하세요."

"이게 가릴 말이 아니니까……."

울컥하는 심정에 카일의 미간이 좁아졌다. 우둔한 아우는 아무래도 베른하르트 공작 그 남자를 한 번 봐야 정신을 차릴 게 분명했다.

"그래. 네가 그래도 로베르트한테 피살이라도 당하겠냐."

그러다 카일은 제 가문이 과거의 명성과 동떨어져 있다는 것을 깨닫고 머리칼을 헝클었다. 이랬다저랬다 저 혼자 광대극을 찍고 있는 카일을 후안이 이상한 사람 보듯 쳐다보았다.

"무슨 말을 하는 겁니까?"

"알았어. 찝찝하긴 한데 아무튼 아니면 됐다."

여지없는 부인에 카일은 비로소 묵은 체증이 내려갔다. 하긴 동생이 공작 부인과 연인이라니. 지나가는 개가 웃는 소리였다.

"그럼 이제 후작가는 어떻게 되는 겁니까?"

"글쎄다. 약점은 드러났는데 지킬 게 있으니 더욱더 힘들어지겠지. 무슨 돌아가며 싸우는 것도 아니고 이번엔 가르텐이냐. 그쪽도 참 다사다난하기 짝이 없다."

"폐하께선 무슨 생각이신지 아십니까?"

"몰라. 왕이 이렇게 비협조적으로 나올지는 그 후작도 몰랐을 거다."

그렇다면 피사리데는 수세를 겪을 수밖에 없다. 그들은 이제 선택지가 없었다. 반정을 일으키기엔 알렉시스 왕자가 너무 어렸으며, 이제 와 적대했던 칼릭스 대공을 왕으로 추대할 계제도 되지 못했다.

'섭정할 생각이라면 다르겠지만…….'

그렇다면 또 라페인, 다트너, 글라디엠과 대립각을 세울 테지. 권력은 분열하게 마련이니.

'지긋지긋하군.'

후안은 넌더리가 났다. 권력의 중추에 있는 자들이 더한 권력을 좇기 위해 아등바등하는 것이 한편의 희극이었다.

하면 에르셀라 베른하르트, 그 사람도 그럴까? 그 사람도 권력을 누리고자 하는 그런 부류이려나.

'그렇게는 안 보였는데…….'

길가에서 무늬 없는 새하얀 드레스를 입고 다시 시작할 자신이 없다며 울던 여자는 오늘과 전혀 달라 보였다. 그때와 같이 검소한 옷차림이었지만, 귀족은 귀족이었는지 새 왕비와 왕자를 보는 눈은 따스하지 못했다. 권력을 추구하는 걸 악이라 볼 수는 없지만, 후안은 에르셀라가 그것에 너무 매몰되지 않기를 바랐다.

'물어볼 걸 그랬나.'

후안은 처음으로 에르셀라가 잃어버렸다는 게 무엇인지 궁금해졌다. 되돌아가는 길이 얼마나 험난하기에 그리 울었는지.

카일의 목소리가 들려왔다.

"피사리데를 견제하기 위해 가르텐을 끌어온 것일 수도 있고. 정말로 레오폴드 전하께 왕위를 물려주고 싶었는지도 모르지."

"왕비 전하에게 그만큼 애정을 가지시지 않잖습니까?"

"애정이 문제냐. 피사리데를 그렇게 증오하는데."

후안은 팔짱을 끼며 턱을 쓰다듬었다. 그것을 이상하게 여긴 카일이 의아함을 표했다.

"왜?"

"이해가 가질 않습니다."

"뭐가?"

"어찌 됐든 피사리데는 공신가인데 그리 배척할 필요가 있습니까?"

"뭐…… 나도 그건 좀 이상하게 생각하긴 했는데, 의외로 누님에 대한 사랑이 지극했나 보지."

카일이 그럴듯하게 말했지만 후안은 쉽사리 받아들이지 못했다.

"너 뭐 아는 거 있냐?"

"그게……."

후안은 혀끝에 가시가 걸린 사람처럼 입술을 떼기가 어려웠다.

"……아닙니다."

그 말을 꺼내는 순간 가련한 누이의 사랑이 부스러질 것만 같았다.

정찬이 끝나고 귀가하지 않은 귀부인들이 한자리에 모였다. 다만 둘만 모여도 입담이 터지던 그들이 서로서로 낯을 가리고 있었는데, 조금 전의 일 때문이었다. 낯만 가리면 다행이겠지만 일부는 적의까지 드러내고 있어 그들은 더욱 곤란한 상황에 놓여 있었다. 지금도 보라. 글라디엠 백작 부인이 뾰로통한 얼굴로 가르텐 공작 부인을 쳐다보고 있지 않은가.

"내게 할 말 있나요, 백작 부인?"

"어머, 아니요?"

가르텐 공작 부인이 가소롭다는 표정으로 백작 부인에게 묻자, 백작 부인이 홱 고개를 돌렸다. 그러면서 에이레네의 옷자락을 살짝 당겼다 놓았는데, 특별한 의미는 아니고 불만을 드러내는 행위에 불과했다.

그녀 딴에는 손가락질을 감수하고 사생아와 결혼하여 부귀 좀 누려볼까 했는데, 가르텐이 다 된 일에 초를 친 격이니 그들이 그렇게나 아니꼬울 수가 없었다.

백작 부인의 못마땅하다는 시선은 에르셀라도 피해 갈 수 없었다. 이 모든 게 에르셀라가 약혼을 깨지 않았으면 일어나지 않았을 일이었기 때문이다. 대놓고 쏘아보는 건 아니지만 시선이 뜨거워 에르셀라는 면구스러워졌다.

먼저 본색을 드러내기 시작한 사람은 다트너 후작 부인이었다.

"공작 부인, 공녀를 귀애하시는 건 알았지만, 성공하셨군요. 분명 왕비 전하와도 잘 맞으실 테지요."

그것은 가르텐 공작 부인의 약점을 건드리는 말과도 같았다. 한미

한 가문 출신끼리 잘도 만나 왕궁 꼭대기까지 올랐다는.

"말씀 고마워요. 후작 부인도 차남의 혼사를 추진하느라 바쁘신 걸로 아는데…… 자르데아가였나요? 일전에 백작 부인에게 당부한 적이 있지요. 조만간 저택 내에 뱀이 출몰할 테니 조심하라고 말이에요."

다트너 후작 부인의 치켜뜬 눈이 어찌나 흉흉하고도 섬뜩한지 등골이 오싹할 지경이었다. 그래, 아들을 자르데아가를 통째로 집어삼킬 뱀이라 표현하는 건 좀…… 그렇긴 하지.

'후작 부인이 먼저 시작하긴 했지만.'

왕이 이런 불화까지 의도한 걸까. 그렇다면 성공한 셈이다. 평소 같았으면 가식적인 미소라도 짓고 있을 사람들도 민감한 문제가 대두되니 바짝 날을 세웠다.

"실례하겠습니다."

그때 문을 열고 한 남자가 들어왔다.

"베른하르트 공작 부인 계십니까?"

"무슨 일이죠?"

에르셀라가 문간으로 걸음 하자, 남자가 목소리를 낮추어 말했다.

"모셔오라는 전언입니다. 따라오시지요."

신원도 안 밝히고 대뜸 모시겠다니. 작지 않은 무례함에 그녀의 낯이 차갑게 식으려던 순간이었다.

"데일 버그만이라고 하면 아실 거라 하셨습니다."

에르셀라는 그 말을 믿지 않았다. 왕궁은 한낱 기사가 함부로 드나들 수 있는 곳이 아니었다.

"안내해요."

그럼에도 에르셀라는 남자를 따라나섰다. 남자는 내부를 잘 아는 이처럼 미궁과 같은 복잡한 길을 걷는 것에 주저함이 없었다.

그렇게 얼마간 걸었을까. 미풍에 머리칼이 흩날리며 그녀의 눈앞에

밤 풍경이 펼쳐졌다.

"이곳입니다."

남자의 목소리가 들렸다. 에르셀라가 말했다.

"고마워요, 빈드 경."

그녀의 말에 그의 눈이 크게 뜨였다. 그 얼굴에 대고 살짝 웃어준 에르셀라가 그를 지나쳐 앞으로 갔다.

"오라버니."

예상대로 카르온이 그곳에 있었다.

자신을 부른 사람이 카르온이라는 것은 어렵지 않게 알 수 있었다. 데일 버그만을 부릴 수 있는 자가 누구인지, 이 년 전 그녀를 장관실로 안내했던 헬몬 빈드 위에 누가 있는지를 생각해 보면 간단했다.

"와줬구나."

카르온이 다정한 음색으로 말했다. 그의 미소는 고적히 떠 있는 달처럼 약간 쓸쓸해 보였는데, 자신 때문일 거라고 에르셀라는 생각했다. 그동안 카르온이 간간이 연락을 취해왔지만 그녀는 응답하지 않았다. 속이 탔을 것이다.

"……버그만 경인 줄 알았어요."

데일 버그만이 아니었으면 오지도 않았을 거라는 양 에르셀라는 부러 실망했다는 기색을 내비쳤다.

"미안."

그녀의 명민한 오라비는 그것마저 알고 있는 듯 사과하면서도 웃었다.

"아까 정찬 때 일로 부르신 거라면 전 모르는……."

"잘 지냈어?"

"……."

에르셀라는 잠시 말을 멈추었다. 잘 지냈어, 그 한마디가 뭐라고 눈시울이 뜨거워졌다.

"……네."

간신히 쥐어 짜내어 한 말에 카르온이 잘게 웃었다.

"기억나? 이곳에 올라 너와 나, 그리고 누님이 저 아래를 내려다봤던 것 말이야."

카르온은 산등성이처럼 깎은 성벽 너머를 가리켰다. 에르셀라는 찬찬히 움직여 성벽 아래를 내려다보았다. 그 아래에는 등롱이 물결치며 세상을 밝히고 있었고, 흥에 취한 듯한 사람들의 웃음소리가 메아리치고 있었다.

세 남매가 이곳에서 했던 일이라곤 그저 내려다보는 것밖에 없었다. 에르셀라는 그것이 싫지 않았다. 누구의 것인지 알지도 못하는 웃음소리를 들으면 자잘한 걱정거리를 잠시나마 놓을 수 있었으니.

여전히 이곳은 밤처럼 적막한데, 저곳은 대낮처럼 환하구나.

"누님의 말로는 언제든 이곳을 내려다볼 수 있는 게 왕비가 되어 가장 좋은 점이라고 하더구나."

에르셀라는 카르온을 바라보았다. 몰랐다. 에샤힐드는 제게 그런 말을 하지 않았으니까. 궁에서의 생활은 그녀가 묻지 않는 이상 에샤힐드가 먼저 말하는 법이 없었다. 그때는 아이 때문이라고 막연히 생각했는데 오늘 왕의 태도를 보면 생각보다 감정의 골이 깊었던 듯했다.

카르온이 문득 말한 건 그때였다.

"죽음이 무서운 것이긴 한가 봐. 언제나 이성적이던 분을 지나치게 행동하게 만들었으니."

아버지를 두고 한 말일까. 그 누구보다 합리적이고 냉철했던 선대 후작은 남겨질 그들을 걱정해 처음으로 과욕을 부렸다.

죽음은 무섭다. 하지 않을 것 같은 행동을 하게 만들고, 살아온 삶을 후회하게 만든다.

아버지는 오라버니를 위해 그러셨어요. 에르셀라는 그렇게 말하지 못했다. 그 말을 내뱉는 순간 카르온이 어떤 죄책감을 느낄지 알았다.

"아버지가 원망스러우세요?"

"아니. 오히려 과거의 내가 원망스럽지. 아버지를 실망시켜 걱정하게 만든 건 나였으니까. 그분의 기대만큼 자랐다면 아버지도 누님을 그리 보내지 않았을 거다."

에르셀라는 그가 안타까웠다. 언니의 불행이 자신의 책임이라고 느끼고 있는 그가.

"아버지는 오라버니를 자랑스러워하셨어요."

그녀는 진심으로 한 말이었지만 카르온의 생각은 달랐는지 그는 피식거렸다.

"공작은 열여덟의 나이로 레나르트군을 격퇴했다지. 공작이 그 공으로 부기사단장 자리에 올랐을 때, 나는 고작 관료로 일하는 게 다였어."

"남들과 비교해 보면 빠른 편이에요. 무관과 문관은 처한 상황이 다르기도 하고요. 아버지가 그걸 모를 분이 아니잖아요."

그녀는 어쩐지 오라비가 줄곧 달고 살아왔을 부담감을 엿본 기분이 들었다. 막연히 머리에만 흐르던 생각이 가슴까지 내려와 먹먹해졌다.

"이제 어떻게 할 생각이세요? 싸우실 건가요?"

"그래야겠지."

그리고 그는 또 부담을 지려고 한다. 처음부터 그에겐 도망이라는 선택지가 없던 것이다. 그녀가 아는 오라비는 언제나 그랬다. 주어진 책임을 피하는 요령을 부리지 않는다.

"죄송해요."

에르셀라는 죄책감을 느꼈다. 만일 그녀가 비센테와 올리비아를 파혼시키지 않았다면 레오폴드가 왕자가 될 리는 없었을 테니까. 괜한 객기를 부려 가족을 위험에 처하게 만든 것 같아 카르온을 볼 면목이 없었다. 카르온은 에르셀라의 말뜻을 알아차렸는지 작게 웃었다.

"조금 앞당겨졌을 뿐 어차피 이리될 일이었다고 생각한다. 어떤 명목을 대서라도 폐하는 세글리에의 아들을 왕자로 끌어올렸을 거야. 이건 네 탓이라기보단 화근을 제거하지 못한 내 탓이 크다."

질책 없이 상냥하기만 한 어조. 그럼에도 미안함은 덜어지지 않았다.

'……아니에요, 그게.'

그녀가 알고 있는 과거는 이와 다르다. 과거에는 레오폴드가 왕자가 되는 일은 일어나지 않았다. 미안함은 거기에서 나왔다.

"지나간 일을 곱씹어봐야 부질없지. 어리석은 짓은 그만두자. 나는 앞으로의 이야기를 하러 온 것이니."

"……말씀하세요."

"네가 아까 보았듯 상황이 그리 좋은 편은 아니야."

"제가 어떻게 하길 바라세요?"

에르셀라는 그가 피사리데로 돌아오라고 말할 줄 알았다. 그러나 그가 한 말은 다른 말이었다.

"네가 피사리데와 베른하르트, 그 어느 곳에도 속하지 않았으면 해."

피사리데도 이제 안전을 보장할 수 없다는 의미일까. 그녀가 어느 곳에도 속하지 않는 방법은 실상 한 가지뿐이다. 이혼하고 재취하는 것 외엔 별다른 방법이 없었다.

에르셀라는 쓰게 웃었다. 그도 그녀의 대답을 알 것이다.

"다른 남자의 품에 안겨 연명하느니 가족과 함께 무너지겠어요."

그녀에게 가족을 버리고 혼자 살아가는 것은 의미가 없었다. 그러니 이것은 긍지를 지키기 위한 선택이 아니다.

그녀의 몸에 흐르는 피와도 아무런 연관이 없었다. 그저 끝은 그녀가 선택한 남자와 함께하겠다는, 시골의 아낙네도 할 수 있는 초라한 다짐이었을 뿐.

"역시 그렇구나."

그리고 카르온은 저 눈이 흔들리지 않을 걸 알았다. 그는 입 밖으로 한 번 더 되뇌었다.

"그렇구나."

그 말소리는 공허하게 흩어져 허무하게 가라앉았다.

"……죄송해요."

에르셀라가 할 수 있는 말은 이것뿐이었다. 카르온은 어두컴컴한 하늘을 바라보다, 재차 에르셀라를 바라보았다. 바스러질 듯이 웃는 모습을 그는 공들여 눈에 담았다. 그가 다시 입을 열었다.

"……가봐야겠구나."

"……."

"아, 그리고 완전히 거짓말을 한 건 아니야."

에르셀라는 제게 내밀어진 편지를 물끄러미 바라보았다.

"데일이 네게 전해달라더군."

데일은 제 주군에게 이런 시답잖은 수고를 끼칠 이가 아니었다. 아마 카르온이 중간에 가로챘을 것이다. 이것이 오라비에겐 누이를 볼 수 있는 핑계였던 셈이다.

에르셀라는 손을 뻗어 편지를 건네받았다. 그녀의 눈길이 한참 동안 편지의 뒷면에 머물렀다. 정말로 데일 버그만의 인장이었다. 카르온은 그 모습을 다르게 해석한 듯했다.

"훔쳐보진 않았어."

그녀는 눈을 들어 멍하니 카르온을 바라보았다. 오라비가 장난스럽게 웃고 있었다.

"편지는 여기서 읽는 게 좋겠지. 나 먼저 가마."

반가웠다는 말은 없었다. 이대로 헤어지면 한동안 볼 수 없는 걸 알텐데도, 그는 마치 언제든 만날 수 있는 사람처럼 미련 없이 궁 안으로 들어갔다. 에르셀라는 어쩐지 그의 뒷모습에서 눈을 뗄 수가 없었다.

오라비의 모습이 완전히 그림자에 먹혀들고 나서 에르셀라는 손안의 편지를 내려다보았다. 설레진 않았다. 기대에 차 열어봤다가 실망으로 끝난 적이 한두 번이 아니었으니. 그녀는 이번에도 별 기대를 하지 않고 편지를 뜯었다.

"……."

투박한 필치의 글을 읽어 내리던 그녀의 시선이 한곳에 멈추었다. 편지를 쥔 손이 잘게 떨렸다.

'이건…….'

어디선가 인기척이 느껴진 것은 그 찰나였다. 에르셀라는 급히 편지를 감추며 뒤를 돌았다. 그녀는 그때서야 편지는 여기서 읽는 게 좋을 거라는 카르온의 진의를 알 수 있었다.

하르젠에게 미리 말해두었을 줄이야.

복도를 울리는 발소리는 공허했다. 카르온은 예술품을 감상이라도 하듯 느리게 움직였다. 실제로 벽면에는 예술가가 그린 그림도 있었고, 수공예품인 태피스트리도 걸려 있었다.

"난해하지 않니? 난 정말 이해할 수가 없다."

"하품하시면 안 됩니다, 전하."

"어차피 셋밖에 없잖니. 카르온, 그리고 내게 훈수 두지 말거라."

"하품하면 안 된다는 게 무슨 훈수입니까."

에샤힐드가 하잘것없이 여긴 곳이었지만, 그에겐 누이와의 추억이 한 조각 실려 있는 곳이기도 했다. 그는 무심코 웃음을 내보이다가, 목전에 마주친 여인을 발견하고 싸늘하게 표정을 굳혔다.

"……후작 각하."

"하대하십시오, 전하."

"어찌 그러겠습니까."

지고한 왕비의 자리에 올랐음에도 여전히 신분에 걸맞게 행동하지 않는 여인. 한때는 그 겸양을 높이 산 적도 있었다.

'아니, 지금도 변한 건 없나.'

세글리에는 변하지 않았다. 그녀는 여전히 과하게 누리는 것을 두려워했으며, 권력의 칼날에 스치기만 해도 치명타를 입을 자신의 처신을 비관했다.

그러니, 변한 건 그녀가 아니라 그녀의 위치일 것이다.

"그리 공손하게 구시면 제가 화를 면치 못합니다."

그러나 그렇다고 카르온이 세글리에를 전과 같이 대할 수는 없었다.

"……."

세글리에의 얼굴이 벌겋게 물들었다. 그제야 자신의 알량한 양심이 그를 어떤 위험에 빠뜨릴 뻔했는지 자각하고 만 것이다.

"죄송, 아니, 미안해요……. 나는 그러려던 게……."

"괜찮습니다. 기다리고 있는 이가 있어 먼저 물러가지요."

잠깐의 말도 섞고 싶지 않다는 완고한 의사에 세글리에가 움츠러들었다. 카르온은 드는 연민 없이 그녀를 지나치려 했다.

"잠깐, 잠깐만요."

그를 멈춰 세운 세글리에가 조심스럽게 말했다.

"살려주세요."

"……."

"레오폴드는 살려주세요."

카르온이 그녀를 돌아보았다.
“누가 들으면 제가 왕자 전하를 해하려는 줄 알겠습니다.”
“저는, 저는 죽여도 괜찮으니…… 레오 그 아이만은…….”
목숨을 구걸하는 이는 많이 보았지만 세글리에가 유독 인상적이었던 이유는 그녀의 지위 탓도 있었지만…….

“세글리에, 너는 그렇지 않니?”
“저도…… 조금 이상하다고 생각해요, 후작님.”

그녀와 탈 없이 지냈던 날도 있었기 때문이다. 카르온은 쓰게 미소 지으며 그녀를 바라보았다.
“많이 취하신 것 같군요.”
“아니, 난…….”
“시종에게 부축하라 일러두겠습니다.”
“……후작, 나는 정말…….”
세글리에를 외면하며 카르온은 걸었다. 그러면서도 과연 그녀의 청을 외면할 수 있을까를 생각했다. 우스운 일이다. 외면하지 못하면 당하는 건 자신일 텐데도. 제가 지켜야 할 것들이 하나같이 저 자신보다 중한 것밖에 없음에도.

“무겁지 않니?”

무겁습니다.
사실 그렇게 대답하고 싶었다.

만찬 뒤 별도의 자리가 마련되어 있는 걸로 알았다.
“다 끝났어요?”
완전히 갖춰 입은 정복을 보니 여흥은 끝난 모양이다. 실제로도 그랬는지 하르젠이 고개를 끄덕였다. 레오폴드의 일 때문인가.
지금 파하기엔 이른 감이 있었지만 오매불망 집을 그리워할 부인들은 환호할 소식이었다. 가르텐 공작 부인과 다트너 후작 부인 사이에서 마음 졸인 사람이 한둘이 아닐 테니 말이다.
카르온과 에이레네는 잘 돌아갔을까. 마지막으로 마주한 오라비의 안색이 좋지 않아 걱정이었다. 에이레네 역시 마찬가지였다. 그녀는 하르젠의 피력이 있고 나서 이 일을 어떻게 받아들여야 하는지 모르겠는 사람처럼 에르셀라에게 선뜻 말을 걸지 못했다.
에르셀라는 무의식적으로 소매를 만지작거렸다. 손끝에 각진 모서리가 스치며 카르온이 건네준 편지가 느껴졌다. 하르젠의 목소리가 들려왔다.
“돌아가지.”
에르셀라는 그 말 그대로 하려 했다. 그가 내민 손을 잡고, 그가 가는 길을 따라 마차에 오르기만 하면 되었다. 그러나 무거운 납덩이가 매달린 듯 발이 떨어지지가 않았다.
에르셀라는 이 결박이 어디에서 나왔는지 알 것 같았다. 이 발이 무겁기만 한 이유가…….

“저는 관여하지 않겠습니다.”

하르젠을 이해한다. 그러나 그를 이해한다고 여겼던 생각들이 실은 만용임을 알았을 때, 그 이해는 거꾸로 뒤집혀 제일 어두운 뒷면을 드러내고 말았다.

그 저열한 감정 덩어리가 그녀를 갉아 그 안의 이기심을 투명하게 내보였다. 에르셀라는 제 이기심이 면구스러워 시선 한 줌 그에게 두는 것조차도 염치없게 느껴졌다. 결국 그녀가 미적거리는 모습에 하르젠이 먼저 다가왔다.

“축제를 감상하고 싶은 거라면 궁이 아닌 다른 곳…….”

술기운을 없애려는 듯 이마를 누르던 하르젠이 멈칫했다.

“아픈 데라도.”

심각한 표정으로 그녀의 이마와 목덜미에 손을 갖다 대던 그가 인상을 썼다.

“……열은 없는데.”

그녀의 상태를 어떻게 봤기에 열이 있는 게 정상이라는 투인 걸까. 의사도 아니면서 이리저리 확인하는 모양새가 진지해 에르셀라는 뜻하지 않게 조금 웃음이 났다. 하르젠은 입술 끝에 낮게 걸린 미소를 덤덤하게 보다 툭 내뱉었다.

“더 있고 싶으면 있다 가.”

술 때문이었을까. 그녀 때문이었을까. 그녀가 저 아래 사람들이 즐기는 축제를 구경하고 싶어 하는 줄 알았는지 넘겨짚은 제의가 떨어졌다. 잘못 짚은 거였지만 에르셀라는 관심 있는 체했다.

“앉을래요.”

에르셀라가 하르젠의 팔을 밑으로 당기며 말했다. 돌바닥은 아무것도 걸치고 있지 않았으니 실상 맨바닥에 앉자는 말이었다. 그녀가 잡아당기는 것과 별개로 하르젠은 꿈쩍도 안 했는데, 뭔가를 망설이는 듯했다. 그녀의 눈빛이 의아함으로 물들었다.

“왜요?”

“손수건…… 없는데.”

생각지도 못한 이유에 그녀는 당황스러웠다. 뭔가 했더니 그걸 생각하고 있었나? 심지어 그 이유가 하찮아서 그저 아연했다.

“걱정 말아요. 그런…… 신사적인 일을 당신에게 기대할 리가 없잖아요.”

연회에 가도 레이디의 춤 신청을 족족 거절하는 사람에게 손수건을 바라는 건 너무 큰 욕심이 아닐까? 에르셀라는 당연히 그렇게 치부했는데, 그는 아니었는지 어딘가 못마땅한 기색이었다.

에르셀라는 품에서 손수건을 꺼냈다. 조금은 자랑스레 흔들어 보이기도 했다.

“내가 가지고 있으니까 염려 말아요. ……물론 내 것뿐이지만.”

겸연쩍음을 느끼며 에르셀라는 바닥에 손수건을 깔고 털썩 자리에 앉았다. 치마를 부풀리지 않아서 다행이었다. 그랬다면 앉을 때 불편했을 것이다.

에르셀라는 무릎을 끌어오며 여전히 망부석처럼 서 있는 남자의 소매를 잡아당겼다.

“……그렇게 해.”

그는 그녀의 옆자리에 앉았는데, 마치 아픈 자의 목소리에 귀 기울여 주는 것과 진배없는 태도였다. 하르젠은 턱을 괴며 에르셀라를 바라보았다. 착잡해하는 눈빛에서 그녀의 장단에 어울려 주는 것이라는 게 보였지만 에르셀라는 소매 안에 들어 있는 편지를 신경 쓰느라 알아채지 못했다.

그러다 문득 에르셀라는 그의 소매 사이로 살짝 드러난 팔목에 자리한 자상을 보았다. 전장에서 입은 상처로, 운이 없었는지 갑옷과 갑옷 사이 이음매에 칼이 스친 듯했다.

몸에 있는 큰 상처와 다르게 작아서 에르셀라도 평소 크게 신경 쓰지 않았는데, 오늘따라 눈길이 갔다. 그녀의 손가락 끝이 그 부위를 가볍게 스쳤다.

"아팠겠다."

"……별로."

간지러웠는지 그의 팔이 살짝 움찔했다.

"레나르트의 여자가 그랬다면서요."

레나르트는 드물게 여성도 지원자에 한해 기사로 육성했다. 인구수와 관련 없이 오로지 그 나라의 성향 때문이었다.

에르셀라는 깊게 진 흉터를 보며 인상을 썼다. 대체 어떤 사람이기에 이리 고약한 짓을. 보이는 흉만 보면 손목을 끊어놓을 기세이지 않은가. 실제로 그러진 않았지만 에르셀라는 단호히 생각했다. 그때 하르젠이 무덤덤하게 말했다.

"방심해서."

전장에서 방심?

"여자라도 기사 훈련을 받은 사람이에요. 다음부턴 조심해요."

여자 기사가 남자와 근력 차이는 있겠지만 적의 숨통을 끊어버리는 것에는 모자람이 없을 것이다. 레나르트가 천치가 아닌 이상 무능한 기사를 참전시킬 리도 없고 말이다.

그러한 의미로 하르젠이 조금 조심했으면 했는데, 그는 그녀의 걱정이 무색하게 너무나 평온해 보였다. 에르셀라가 볼멘소리로 꾸지람을 늘어놓았다.

"애초에 전장에서 방심하면 안 되는 거 아니에요?"

"그걸 흩뜨리는 게 있어."

아득했지만 작게 웃음소리가 들렸다.

"판단이 흐려지고, 결정이 늦어지고, 머리가 제대로 돌아가지 않을 때, 그래서 비이성적인 선택을 하는 경우가 있는데…… 알면서도 어쩔 수 없어. 생각 않다 갑자기 맞닥뜨리면 못 당하겠거든."

마치 불가항력적인 재앙 앞에 선 인간이 자신의 무력함에 허무해하는 것 같았다. 전장에서 절체절명의 위기라도 겪었던 것일까.

"많이 강했어요?"

에르셀라는 불현듯 제 깊이 없는 질문이 창피해졌다. 그들의 숭고한 희생, 전투가 자신의 입속을 거쳐 한없이 가볍게 들렸다.

"아니."

더 말하고 싶지 않았는지 뒤에 붙어오는 말이 없었다. 에르셀라는 팔목의 상처 부위를 쓰다듬었다. 그녀는 부끄러움을 느끼며 조야한 물음을 반성했다.

"사과할게요. 걱정돼서 그런 건데, 내가 너무 쉽게 말했어요."

그러나 하르젠이 짚은 요점은 그게 아니었던 듯했다. 그가 그녀의 손목을 잡아 쥐었다. 그리고 정말로 이해할 수 없다는 듯한 얼굴로 말했다.

"그 걱정이 무슨 의미가 있지? 곁을 모시는 하녀 하나가 아파도 끙끙대며 좌불안석인 당신의 호의가, 누구에게나 베푸는 다정함이."

"……."

"그게 나를 향한다 해서 특별한 일인가?"

비어버린 감정은 기대하지 않는 걸로 보였다. 기대. 언제부터였을까. 그가 그녀에게 기대하지 않은 게. 속이 쓰렸다.

"……다르죠."

"어떻게 다른데."

걱정의 크기와 농도가 달랐다. 넓이와 깊이도 다르다 할 수 있었다. 그녀에겐 당연한 것들이 그에겐 하나하나 재보아가며 설명해야 하는 일이었을까.

그는 뭉뚱그려 추상적으로 대답하기보다 좀 더 선명하고 확실한 대답을 원한다. 그것만이 헐어버린 마음을 충족할 수 있는 것처럼. 하지만 에르셀라는 어떻게 다른지 설명하기가 어려웠다.

"……달라요."

결국 내놓는 건 자신 없이 고꾸라진 되뇜이었다. 하르젠이 어렴풋이 웃으며 에르셀라의 머리카락을 귀 뒤로 넘겨주었다.

"이런 게 다를 수는 있겠군."

귓불을 문지르는 게 어떤 의미인지 안 에르셀라가 꽉 두 손가락을 얽었다. 손길이 닿은 곳마다 발그레 달아올라 뺨까지 홍조가 옮아갔다.

에르셀라는 몸에 번지는 열기를 인내하려 노력했다. 그녀는 파르르 떠는 속눈썹을 들어 올려 하르젠을 바라보았다. 술기운에 제 모습을 감춘 것일까. 아니면 이것이 원래 모습일까. 알고 싶을 때가 있다. 자꾸만 오라비와 애정을 견주고 사소한 걱정조차 하녀들과 비교하는 모습이, 그녀가 그에게 믿음을 주지 못해서인지 아니면 단편적인 질투인지…….

"그, 만……."

자꾸만 이렇게 괴롭히면서도, 짓궂게 놀리면서도, 그녀가 눈물 한 방울 터뜨리면 어쩔 줄 몰라 하는 그가 그녀에게 가지는 감정이 뭔지.

그리고 가끔가다 의문이 든다.

나를, 사랑해요?

그래, 어쩌면 사랑일 수도 있겠다. 그간 살아온 정, 수도 없이 맞붙인 몸, 타성적인 책임감. 이런 걸 다 포함하여 사랑이라는 결론에 이를 수도 있겠지.

그가 자신을 사랑한다. 하지만 어떤? 그녀가 변하지 않길 바라고, 아무것도 하지 않길 바라는? 완전히 그에게 속한? 그것도 사랑일까. 그게 사랑이라면…… 자신은 온전히 받아들일 수 있을까.

에르셀라는 하르젠을 가질 수 없었다. 하지만 그녀가 그를 받아들인다면 그에게 속할 순 있을 것이다. 어쩌면 행복할 수도 있겠다. 그녀도 속 편히 이 남자를 사랑한다고 하면……. 그렇게 서로 사랑한다고 말하면…….

자신을 쳐다보는 하르젠을 보았다. 그의 입술에 잠시간 시선이 머물렀다. 입 맞추면, 받을 것이다. 그가 입 맞춰도 그녀가 거부할 일은 없으리라. 그와 그녀는 그렇게 살아왔으니까.

"안색이 어두운데."

큰 손이 붉어진 뺨을 감싸고, 유려한 손가락이 눈가를 훔친다. 아무것도 없는데도, 그 자리에 눈물이라도 있는 양. 습관일까.

"하르젠."

이름을 불러보았다. 그냥, 부르고 싶어서. 그녀의 부름에 그는 대답 없이 잘게 웃었다. 마치 그것이 대답인 것 같았다.

"하르젠."

다시 불렀다. 그러면 그는 웃었다. 이름이 불리는 게 기분 좋다는 듯이. 여지없이 떠나가지 않는 의문.

그렇다면 당신은 나를 사랑하는가.

하면 나는 당신을 사랑하는가.

가슴께에 박혔던 쓰림이 아프게 번졌다. 가시로 형상화한 고통이 심장에 박혀 붉은 피를 차갑게 식혔다.

그제야 달아오른 온몸이 본래의 온도를 되찾아갔다. 그녀의 눈은 한 점 흐려지지 않았다.

에르셀라는 명료하게 맑아진 눈빛으로 그를 보다, 무릎을 세워 하르젠에게 입 맞추었다. 순전히 제 의지로 갈구하듯 자신의 것을 섞었다. 허리를 받친 손이 등을 타고 올라와 그녀의 목덜미를 움켜쥐었다. 에르셀라의 고개가 숙여지고 조금씩 깊어지는 입맞춤에 서로의 눈이 감겼다.

희열, 격정, 쾌감이 전신을 덮으며 전율을 일으켰다. 그러나 황홀한 환락에 취하고 달뜬 신음을 감상하면 지나간 자리에 남는 것은 공허함이었다.

에르셀라는 흩어지다 모이고 부스러지다 쌓이기를 반복하는 감정을 떼어내듯 입맞춤을 그만두었다.

'그렇구나.'

씁쓸한 미소가 그려졌다. 이제 선택이 어렵지 않았다. 막혔던 숨을 몰아쉬며 에르셀라가 말했다.

"루델시아에 갔다 와야 할 것 같아요."

그의 눈에서 열기가 빠르게 걷혔다.

데일 버그만의 편지는 에르셀라에게 전해지기까지 다사다난한 경위를 가지고 있었다.

반년 전, 에르셀라의 요청하에 데일은 베른하르트 저택에 손님으로 모셔졌다. 저도 나름 기사라며 경탄을 떨어댔던 처음과 다르게 그는 웃지 못할 상황에 이르렀다.

매번 돈을 그리 받아 처먹은 주제에 특출 난 성과를 보이지 못한 것이다. 한마디로 진척이 없었다, 진척이!

심란함이 어찌나 깊었는지, 호흡기관까지 스며들어 들숨 날숨을 뱉기가 몹시 죄스러울 지경이었다. 에르셀라는 그런 데일을 불러 앉히고 종이 한 장을 내밀었다.

데일은 뒤숭숭한 기분을 안고 하얀 백지장을 바라보았다. 정확히 말하자면 작은 글씨에 여백이 많다 뿐이지 백지는 아니었다. 지면 위에는 생전 처음 들어보는 이름이 아래로 나열되어 있었다.

"에르셀라 님, 그러니까……."

이미 한 차례 에르셀라에게 설명을 들은 데일이 다소 곤혹스러운 표정으로 에르셀라를 흘긋댔다. 그는 다시 시선을 내렸다.

틸리아나 루아 크리스티, 33

베네렛 엘가 크리스티, 36

스피아나 델란드 크리스티, 21

라즈렛 엘로아 크리스티, 18

에데스 파테라 크리스티, 29

백지라 착각한 것이 민망하게도 종이에 적힌 이름의 수가 쉰은 거뜬히 돼 보였다. 모두 여자 이름 같았다.

다만 데일은 저 이름 뒤에 죄 붙어 있는 성이 범상치 않다는 것만은 알았다. 확실히 저 이름 끝에 오는 '크리스티'는 무시할 수 없었다. 그는 저 성을 쓴 여인을 한 명 알았다.

베아트리스 아베트리나 크리스티.

눈앞의 귀부인과 그의 주군의 어머니로, 모르려야 모를 수가 없는 이름이었다. 이러한 관계성을 따져보면 크리스티란 필시 루델시아의 왕족에게만 내려지는 성이리라.

"왼쪽은 루델시아 왕족의 이름이고 오른쪽은 서거한 나이지."

"그러니까……."

데일은 떨떠름해하며 더듬더듬 입을 열었다.

"저분들이 이른 나이에 죽음을 맞이하신 것이 제가 맡은 일과 어떤 연관이 있는 것인지 모르겠습니다."

그는 여전히 에르셀라가 뭘 말하고 싶은 건지 감이 오지 않았다. 외려 위험에 처할 수도 있겠다는 생각이 들었다.

난데없이 타국의 왕족 운운하여 위기감을 확 고조시키는데, 두렵지 않다면 거짓말이다. 다행히도 에르셀라가 그에게 암담한 명을 내리는 일은 없었다.

"루델시아 왕가에 특별히 전해지는 지병이 있는지 알고 싶어."

다른 의미로 암담하긴 했다.

"외람되나 루델시아 왕가에 흐르는 피는 흉흉한 소문을 몰고 온 적이 없습니다. 지병이 있다면 그저 전래되어 온 이야기 아니겠습니까. 그 당시면 제국이 분리되어 그라니아가 세워지기도 전입니다. 까마득히 먼 옛날인데 책 속의 기록이 온전할 리 없습니다. 더군다나 허황된 신화를 진짜인 것처럼 숭배하는 나라의 책을……."

데일은 순간 그녀의 모친을 잊고 망발을 내뱉은 자신의 주둥아리를 치고 싶었다.

"죄송합니다."

"괜찮아. 내가 그리 신실한 신자가 아니기도 하고."

더 머쓱해진 데일이 투박한 뒤통수를 벅벅 긁었다.

"방향을 완전히 틀어야겠군요. 그렇지만 기대는 마셔야 할 겁니다, 부인. 전 루델시아 왕가에 고질적인 유전병이 있다는 말은 들어보지 못했을뿐더러, 만일 있다고 쳐도 오랫동안 명을 이어가신 분들도 계시니까요."

데일은 의심쩍은 기색을 지우지 않았다. 사실 그녀의 생각도 데일과 다르진 않았다. 말도 안 되는 생각을 한 계기도 참 별것 없었다. 보은의 의미로 책을 번역하다, 그 내용에 의문을 품게 된 것뿐이다.

키엔테 대공은 역모의 명분으로 저주를 내세웠다. 대공이 말하길……. 루델시아의 왕족은 신에게 저주를 받았노라. 하여 나 키엔테 모레는 대의를 저버리지 못하고 저주받은 자를 타도하나니, 여왕은 성문을 열고 나의 칼을 겸허히 받으라.

키엔테 모레 테스반 대공이 이부동생인 스피아나에게 반기를 든 사건은 천 년도 더 된 일이었다. 망령을 신봉하지 않는 이상 전설로나 남아 있을 인물이 떠들어댄 말을 믿는 이는 현재 많지 않았다. 신화를 몹시 찬미하여 편중된 시각을 가지고 있다고 정평 난 헤테론도 키엔테 대공에 대한 평가는 박하기만 했다.

'게다가 크리스티 왕가는 천 년이 넘도록 건재하니.'

어느 누구도 숭고한 왕가가 저주에 걸렸다는 상상은 감히 하지 못할 것이었다.

에르셀라도 마찬가지였다. 키엔테 대공이 말하는 '저주'에 초점을 맞추기가 여간 난감한 게 아니었다. 저주 같은 건 그라니아 출신인 그녀에겐 미신에 불과하다. 또한 저주라 하기엔 그녀의 어머니가 죽은 이유도 너무나 명명백백했다. 베아트리스는 남들과 비슷한 이유로 남들과 비슷하게 죽었다.

"지금 같은 시기에 불필요한 인력 낭비는 지양해야 합니다."

데일이 근심스러운 어조로 말했다. 에르셀라도 이 일이 확률 적은 도박이란 것은 알고 있었다. 죽음이 다가오고 있는데 허무맹랑한 신화나 좇고 있다니. 다시 죽어도 할 말이 없었다.

"그래도 알아보는 게 좋겠어."

그럼에도 에르셀라는 그 적은 확률에 걸어보고자 했다. 썩 개운하지는 못했지만, 그녀도 앞으로 선택할 수 있는 길이 많지 않았다. 그녀의 결정에 데일이 헛헛한 공기를 들이쉬며 팍 인상을 찌푸렸다.

"부인."

그의 기준으론 이상한 점이 한 가지 있었다.

"지인분은 루델시아 왕족과 연관이 없잖습니까?"

병에 걸렸다는 그녀의 지인이 루델시아 왕족과 관련 있는 이는 아닐 것이다. 베아트리스의 피를 이은 여인은 오로지 에샤힐드와 에르셀라뿐이었다.

"급하신 마음은 알겠으나, 조금 잘못 짚으신 것 같은……."

데일이 슬쩍 입을 다물었다. 일순 한 가지 가설이 그의 뇌리를 섬광처럼 스쳐 갔다.

데일은 경악을 품고 가설을 꿀꺽 삼켰다. 혹 아는 분이라는 게 본인을 지칭하는 건 아닐까? 하지만 예언자가 아닌 이상 미래에 자신이 병에 걸릴 걸 어떻게 안단 말인가. 예지몽이라도 꾸신 건가?

데일이 혼란스럽게 에르셀라를 바라보았다. 힘없이 웃는 얼굴이 모르는 척 넘어가 달라는 함의로 보였다. 데일은 아리송해하면서도 알았다고 답했다.

그리하여 데일은 직접 루델시아로 거동하기로 했다. 에르셀라의 재산은 축나가는데 이렇다 내보일 성과가 없으니 죽을 맛이었다.

이걸 다행이라 해야 할까. 부하들이 무능한 건 아니었는지, 그가 직접 움직여도 별다른 소득은 없었다. 세상은 넓고 그를 귀찮아할 사람은 많았던 탓이다.

"각혈을 한 뒤에 몸이 나무토막이라도 된 듯 바짝 마릅니다. 폐부가 조여와 호흡이 쉽지 않고 가슴이 쿡쿡 찌르는 듯한 아픔이 온다더군요. 겪으면 전체적으로 골골대는 병인데, 혹 왕가 사람 중 이를 겪은 이가 계십니까?"

"참혹하구먼. 그런데 이보게, 왜 자꾸 귀찮게 하나? 정보상에나 가서 묻게."

"옙! 물론……!"

"장사 방해하지 말고 썩 꺼지란 말이네!"

번번이 허탕이었다. 데일은 빈손으로 돌아가야 한다는 사실에 죄책감과 자괴감을 느꼈다.

물론 루델시아에 도착하자마자 가장 먼저 정보상을 찾아갔지만, 수확은 없었다. 데일은 낙담하지 않고 다음에는 주점을 드나들었다. 취하면 이말 저말 나오게 마련인데다, 경험상 주점 주인은 손님이 했던 이야기를 꽤 많이 주워 듣는다는 걸 알고 있었다. 그래서 물은 것이다. 매번 실패했지만. 주인은 데일의 질문 공세가 귀찮았는지, 이젠 대놓고 귀지를 벅벅 팠다.

“거참…….”

신을 믿는다는 자가 인정 없기는. 괴팍한 성질머리에 못 이긴 데일이 속으로 불만을 터뜨렸다. 노쇠한 목소리가 들려온 것은 그때였다.

“이방인이여, 내 한 가지 물어도 되겠소?”

윽. 나름 공용어를 잘한다고 자부했는데, 들켰나. 등을 돌리자 주름이 자글자글한 얼굴에 백발이 성성한 노인이 눈에 들어왔다. 범인의 것이 아닌 기백에 그는 숨을 훅 들이켰다.

“하문하십시오.”

“하문까지 갈 것 없다오. 이 늙은이는 그저 그대가 그 이야기를 어디서 들었는지가 궁금했을 뿐이니.”

“아는 분이 그러한 병세를 겪고 계십니다. 혹 선생께선 아는 것이 있으신지요?”

데일은 대강 둘러댔다. 노인은 무언가를 곰곰이 생각하는 듯 지팡이로 바닥을 지그시 눌러댔다. 그것이 참 예사롭지 않아 데일은 멍하게 눈길만 주고 있었다.

그날, 노인은 데일에게 조언을 하나 건넸다. 그 말이 들으면 들을수록 묘해 데일의 눈동자에 번뜩 이채가 서렸다.

데일은 얼떨떨해하면서도 즉시 에르셀라에게 보낼 편지에 소식을 적었다.

에르셀라는 연노랗게 바랜 편지를 꺼내 보았다. 소매에 보관한 탓인지 편지는 약간 구깃구깃했다.

루델시아 왕을 만나보셔야겠습니다.

편지에는 그렇게 적혀 있었다. 데일이 저리 말한 이유는 단순했다. 왕성은 이방인에게 함부로 문을 열어주는 곳이 아니다. 기사이자 부랑자 신분인 데일에겐 자격이 없었다.

문은 베아트리스의 피를 물려받은 그녀가 나설 때야 열릴 것이다. 결국 그녀가 직접 가야 했다. 에르셀라는 자신이 없었다. 그녀는 한 번도 이국땅을 밟은 적이 없었다. 어머니의 모국인 루델시아조차도 그 나라의 귀족만 몇 명 안다 뿐이지 여전히 낯선 곳이었다.

하지만 가야 한다. 가서 확인해야 실마리가 풀릴 것이다. 그녀는 문득 풀이 죽은 듯 늘어졌다. 불과 어제 있었던 일이 그 이유였다.

"루델시아에 갔다 와야 할 것 같아요."

그 말에 하르젠은 한동안 침묵하다, 낮게 말했다.

"……이유는?"

내키지 않는 듯 되묻는 목소리가 건조했다. 에르셀라는 눈을 들어 그를 보았다.

"개인적인 일이에요."

그것이 시발점이었을까.

"개인적인?"

입 끝을 비틀어 웃는 그의 모습이 꼭 그녀를 비웃는 것 같았다. 그러나 에르셀라는 이 문제에선 단호할 수밖에 없었다. 그녀의 병이 루델시아와 관련 있다면 이것은 하르젠이 관여할 수 없는 영역이었다.

"그렇다면 내가 허락할 이유도 없겠지."

한 점 흔들림 없는 목소리가 불허를 단단히 박아두고, 대화는 그렇게 끝났다.

에르셀라는 편지를 접어 탁자 위에 올려두었다. 어떻게 설득한담. 역시 어머니 이야기를 해야 했나……. 무엇을 방패로 내세울지 막막한 고심을 하고 있을 시간이었다.

다급해 보이는, 예사롭지 않은 발소리가 문 너머에서 분명하게 들려왔다. 그 비범한 걸음걸이에 맞춰 문 또한 예고 없이 활짝 열렸다.

"시끄럽구나, 리엔."

요란한 소음의 출처를 알아차린 에르셀라가 문을 열고 나타난 리엔을 엄중하게 꾸짖었다.

가끔 장난기가 심하긴 해도 예의 없게 행동할 애는 아닌데, 오늘따라 왜 이러는 걸까. 에르셀라는 이번만 봐주겠다는 듯 손을 휘휘 저었다. 나가면 없던 일로 해주겠다는 뜻이었다.

리엔은 그 우아하기 짝이 없는 축객에 콧방귀를 뀐 뒤 이내 펄쩍 뛰었다.

"지금 그렇게 태평하게 앉아 계실 때가 아니에요!"

"아무리 그래도 그렇지……."

"오셨어요!"

일순 귓가를 스치는 두서없는 말에 에르셀라의 온몸이 돌덩이처럼 딱딱해졌다. 그러나 굳었던 몸은 이어진 말이 품은 온기에 사르르 녹아버렸다.

"마님, 도련님이!"

기쁜 듯 외치는 리엔의 뒷말을 들을 새도 없었다. 에르셀라는 지면을 박차듯 문 밖으로 달려 나갔다.

로비로 이어지는 계단이 가까워질수록 소리가 들렸다. 절제된 흥분에 감겨 누군가를 환영하는 소리가.

에르셀라는 숨이 끊어지도록 계속해서 뛰었다. 그녀가 알기로는 단 한 사람만이 이러한 환대를 받을 예정이었다. 웅성웅성 말소리가 커다래질수록 그녀의 가슴에 심어둔 꽃도 벅차게 피어올랐다.

에르셀라는 계단을 내려가기 전 2층의 난간을 짚고 몸을 쭉 내뺐다. 집사, 하녀장, 주방장, 세탁 하녀, 마구간지기. 누구라 할 것 없이 저택의 온 사용인이 일하다 나와, 이제 막 귀가한 이에게 환영의 언사를 건네고 있었다.

그리고…….

보인다. 그들에게 둘러싸인 채 클리프턴에게 망토를 넘겨주고 있는 청년이.

그는 저를 빙 둘러싼 사람들에 약간은 어색해하는 것도 같았다.

"마님……!"

그녀를 발견한 하녀의 외침에 비센테의 고개가 올라간 건 그때였다.

그녀와 눈이 마주치자 놀란 듯 조금은 커진 비센테의 눈에 에르셀라는 입술을 꾹 다물었다.

정말로 비센테였다.

그것만으로도 울음이 날 듯해 에르셀라는 입을 열지 못했다.

비센테도 갑작스러운 만남에 짧은 시간 할 말을 잃은 듯 제자리에 있었다. 그는 어색했는지 한 번 웃었다. 그러나 기약 없이 재회를 미룰 마음은 없는지라, 목을 가다듬은 뒤 마차에서 몇 번이나 연습했던 인사말을 전했다.

"다녀왔습니다."

* * *

"제발 천천히 가세요! 네?"

"어어, 알겠어!"

리엔의 당부에도 에르셀라는 듣는 둥 마는 둥 건성으로 대꾸하며 계단을 내려갔다. 그 걸음이 어찌나 빨랐는지 로비에 도착하는 시간이 평소의 반도 안 되었다.

"넘어지십니다."

비센테는 에르셀라를 타박하면서도 조금 웃었다. 그러나 에르셀라는 따라 웃지 못했다.

"키가……."

에르셀라는 눈도 깜빡이지 못하고 우두커니 서서 비센테를 보았다. 고작 이 년 만에 키가 떠날 때보다 훌쩍 커 있었다.

소년이었을 때는 그리 앳돼 보이지 않는다고 여겼는데, 막상 청년에 가까운 얼굴을 보자 에르셀라는 그때의 비센테가 얼마나 어렸는지 돌연히 깨달았다.

"많이 자랐구나."

에르셀라가 놀란 감정을 추스르며 말을 이었다. 비센테가 흘끔 제 팔뚝을 내려다보았다. 자기는 봐도 모르겠다는 표정에 에르셀라가 풋,

웃음을 터뜨렸다.

"바보야, 그렇게 봐서 알겠어?"

"어머니가 작아지셨다는 것만은 알겠습니다."

놀림은 되로 주고 말로 돌아왔다. 에르셀라는 제 몸을 한 번 훑고는 어깨를 으쓱였다.

"넌 모르겠지만 나 정도면 적당한 키란다."

"제가 아버지를 닮아 참 다행입니다."

갑자기 그 말이 왜 나오는 걸까.

"그 적당한 키를 물려받았다간 가문의 면도 못 세울 뻔했지 뭡니까."

그러니까 지금, 그녀의 키대로 자랐다간 기사도 못 되어 가문을 망신시켰을지도 모른다는 말이지, 이거?

에르셀라가 가늘어진 눈으로 비센테를 쏘듯이 보았다. 한 번을 넘어가 주는 법이 없는 건 예전이나 지금이나 변함이 없었다.

"아예 마음에 드는 구석이 없다고 말하지 그러니."

"비쩍 마른 나뭇가지 같던 팔에 살이 오른 건 마음에 듭니다."

썩 진지한 어조에 에르셀라는 설익은 감을 씹은 듯 입안이 떫어졌다. 정말로 마음에 드는 구석이라곤 그것밖에 없나 보다. 가만히 찾아보면 몇 있을 터인데 말이다. 설마 저 잘생긴 얼굴에 공헌한 사람이 어디 제 아비뿐이겠는가? 그녀가 알게 모르게 기여한 부분도 분명 있을 것이다.

그녀는 조금 뻔뻔할 정도로 자의식을 높였다. 그러는 사이 팔목에 무언가 채워지는 느낌이 났다. 에르셀라가 시선을 내렸다.

"적당한 걸 찾기까지 얼마나 고생했는지 모르실 겁니다. 약간 헐렁하지만 다행히 구실은 하는 것 같군요."

푸른색 사파이어와 투명한 다이아몬드가 오밀조밀하게 박힌 팔찌였다. 바닷가에 백사장이 펼쳐진 듯해 에르셀라는 팔찌에서 눈을 떼지 못했다.

그녀는 이리저리 손목을 돌려가며 팔찌를 감상했다. 숨길 수 없는 미소가 에르셀라의 입가 위로 어른거렸다.

"고생하여 찾을 정도로 내 팔이 정말로 나뭇가지는 아닐 텐데 말이야."

"그 지역이 워낙 사치를 즐기는 분위기가 아니라서."

"저런, 안타깝네."

"하니 그만한 물건을 구하느라 수고한 저도 안타깝게 여겨주십시오. 왜 하필 팔찌입니까. 목걸이면 차라리 쉬웠을 겁니다."

그제야 에르셀라는 갖고 싶은 게 있느냐는 비센테의 편지에 한참 고민하다가 예쁜 팔찌를 하나 갖고 싶다고 적어 보낸 기억이 떠올랐다. 당시 저택에 놀러 온 시에라가 조막만 한 딸이—실제로 그녀의 딸은 열한 살로 조막만 하진 않았지만—선물해 준 거라며 팔찌를 자랑한 적이 있었는데, 그게 무의식적으로 부러웠던 모양이다.

"……애쓸 것까진 없었는데."

하지만 입꼬리는 내려가지 않았다.

"고마워. 예쁘구나, 정말로."

"사면서도 마음에 안 차실 거라 생각했는데요."

"안 차기는. 내가 가진 어떤 보석보다 아름다운걸."

"마님께선 도련님께 받은 선물은 즉시 보석함에 넣어두신답니다."

리엔이 사실이라는 듯 옆에서 소곤거렸다. 실제로 비센테가 꼬박꼬박 보내오는 선물은 그녀의 보석함에 차곡차곡 넣어졌다. 원래 그 안을 차지하고 있던 보석이 어마어마한 값어치를 가지고 있더라도 에르셀라는 제하기를 망설이지 않았다.

에르셀라가 입가에 미소를 띤 채로 팔찌를 쓰다듬으며 말했다.

"난 뭐로 답례하면 좋을까? 원하는 게 있니? 성대한 환영식을 열어 줄까? 아니면 기사에게 필요한 보검과 튼튼한 말을 선물해 줄까? 뭐든 말하렴."

비센테는 짤막하게 고개를 저었다. 그에게 거창한 환영식이나 물질적인 건 필요하지 않았다. 에르셀라가 구해다 줄 수 있는 것은 그 자신도 어렵지 않게 마련할 수 있는 것이었다. 그는 그저 어머니만이 해줄 수 있는 것을 원했다.

"답례는 포옹으로 받겠습니다."

에르셀라가 답하기도 전에, 그가 그녀를 가볍게 끌어안았다.

"보고 싶었습니다."

이것이면 충분했다.

모자는 오랜만에 티타임을 가졌다. 다과 사이사이에 꽃 장식을 놓아 분위기가 산뜻했으며, 대화도 흐르는 물처럼 쉴 새 없이 이어졌다. 문제는…….

"아버지는 잘 지내고 계십니까?"

"그럼. 동기인 윈튼 경 이야기를 좀 더 해줄래?"

비센테가 하르젠 얘기를 꺼내는 족족 에르셀라가 대화를 피한다는 것이었다. 한 번이면 그러려니 하겠는데, 벌써 세 번째나 유야무야 넘기니 정작 비센테는 넘길 수가 없었다.

하여 그는 리엔을 찾아가 단도직입적으로 물었다.

"두 분께서 다투셨나?"

리엔에게 찾아가 묻는 것이 너무나 자연스러워 리엔도 비센테도 이상함을 느끼지 못했다. 그리고 리엔은 이번에도 두 주인이 왜 싸웠는지 이유를 알았다.

"마님 말로는 약간의 의견 충돌이 있었다고는 하는데…… 곱게 포장하려고 하셨지만 제가 보기엔 싸우신 것 같아요."
리엔이 설레설레 고개를 흔들었다. 그리 말하는 낯을 보니 고생을 많이 한 것 같았다.
"두 분의 성정을 보면 싸우시는 것도 이상한 일은 아니지만요."
"무슨 일로 싸우셨지?"
"그게요……."
리엔은 반쯤 해탈한 태도로 설명을 시작했다. 에르셀라가 루델시아에 가겠다고 한 일, 그것에 대한 주인님의 반대. 긴말할 것도 없이 이야기는 짧게 끝났다.
비센테는 여기서 루델시아가 나올 줄은 몰랐기에 약간 당황했지만, 일단 진지하게 경청했다.
"어떻게 된 일인지는 잘 알겠다. 한데 어머니께서 루델시아는 왜 가시려 하는 거지?"
"그걸…… 말씀을 안 해주세요. 그저 개인적인 사정이라고만……."
비센테가 눈을 찡그렸다.
"혹시 아버지에게도 그렇게 말씀드린 건 아니겠지?"
"왜 아니겠어요. 들어보니까 주인님이 화나신 이유가 딱 그건데."
비센테는 한숨이 나왔다.
"……차라리 거짓말을 하시는 게 나았겠군."
개인적인 사정이니 넌 신경 쓸 것 없다. 이렇게 말하는데 누군들 기분이 안 상할까.
"마님도 말하고서 실수한 걸 깨달으셨대요. 그런데 수습할 새도 없이 주인님이 허락하지 않겠다는 말을 하시는 바람에……."
그녀 또한 화가 났다는 말이었다. 그렇게 서로가 서로에게 기분이 상해 있은 지 이제 열두 시간이 지났다고 리엔은 상세히도 전해주었다. 경험상 이틀은 족히 더 갈 것이라는 말도.

"그리고 고매하신 마님께서 말씀하시기를 거짓말은 모래와 다름없어 쌓이면 쌓일수록 무너지게 마련이라 가급적 지양해야 한다고 하셨답니다!"

리엔이 연극배우처럼 과장된 어조로 에르셀라의 말을 명언인 양 떠받들었다.

그녀도 알았다. 부부로 산 긴 세월 동안 마님이 주인님께 거짓말을 한 번도 안 했을까? 어림없는 소리! 그저 후회하지 않으려 제 행동을 합리화하는 좋지 않은 버릇이 발동한 게 분명했다. 에르셀라도 그것을 알고 있을 테고 말이다. 하지만 냉전 상태가 길어지면 길어질수록 고생하는 건 그들이란 건 알지 못하겠지.

"하여간 두 분도 고집이 세셔서……."

비센테는 리엔의 불손하기 짝이 없는 말을 지적할 생각도 못 했다. 납득이 되었다.

'루델시아는 왜…….'

그는 다시 다툼의 원제로 돌아와 생각했다. 여행으로 간다 하기엔 그녀의 위치가 애매하지 않은가. 왕녀의 딸이 어머니의 모국을 방문한다는 소문이 돌면 필시 왕의 초대를 받을 것이다. 여행은 불가능하리라.

'애초에 여행을 간다는 것도 말이 안 되긴 했지.'

그러면 언제 간다는 걸까. 리엔이 말하는 걸 들어보면 내년이 아닌 가까운 시일 내인 것 같았다. 하면 그가 돌아온 지 얼마 안 돼서 타국으로 떠나겠다는 건가.

비센테는 어쩐지 기분이 가라앉았다. 그게 얼마나 중요한 건지는 모르겠지만 기껏 돌아온 보람이 죄다 증발하는 것 같았다.

도련님의 일그러진 미간이 무엇을 뜻하는지 모르는 리엔은 덤덤히 말했다.

"너무 걱정 마세요. 전 잘 모르지만 다른 애들 말을 들어보면 부부 사이에 일정 기간마다 시들해지는 시기가 찾아온다는데, 그걸 극복하면!"

'음, 너무 나갔네.'

"죄송합니다."

제가 과했다는 것을 파악한 리엔이 즉시 머리를 수그렸다.

"됐어. 다만 언행은 조금 주의하는 게 좋겠군."

"알겠습니다."

말은 그렇게 해도 리엔의 입이 무겁지 않은 것에는 확실히 이점이 있었다. 바로 지금처럼.

비센테는 리엔의 말을 잠시 곱씹었다. 그녀의 주장대로 사람과 사람이니 시들해지는 시기는 분명 있을 것이다. 언제나 활활 타오르는 게 도리어 이상한 거겠지.

문제는 저 둘은 애초에 그런 사이가 아니란 것에 있었다. 분명 본질적인 어떠한 문제가 있는데 그것을 끊어내기는커녕 아직도 얽매여 있는 느낌이었다. 뭘까, 그게.

외면하기엔 한계가 있다.

개인적인 사정.

어떤 면에서 보면 아무렇지 않게 넘어갈 말이었다. 그러나 고작 그 말에 그 사람이 아랫사람이 알 정도로 기분이 저조한 상태가 됐다는 게 마음에 걸렸다. 마치 한계에 다다른 사람처럼…….

"맞다! 이거 받으세요."

리엔이 돌연히 생각난 듯 그의 앞으로 무언가를 주섬주섬 내밀자, 상념은 자연히 깨어났다.

편지였다. 비센테는 설명을 요하는 눈빛으로 그녀를 바라보았다. 리엔이 차근차근 입을 열었다.

"일전에 아도라 님이 다녀가셨어요."

오랜만에 듣는 이름이었다.

"신학교를 졸업하신 뒤에 가끔 저택에 방문하시거든요."

아, 졸업을 했나. 워낙 잊고 살기도 했고 연락을 주고받을 정도로 친밀하지도 않았기 때문인지 비센테는 아도라의 소식을 듣는 것 자체가 낯설었다.

한데 이건 왜? 그는 하얀색의 편지 봉투를 의아하게 바라보았다. 꾸밈 없이 단조롭기만 하니 안부를 전하는 용도는 아니었다. 그럴 사이도 아니고.

"전 마저 할 일이 있어 가볼게요, 도련님."

리엔은 부가적으로 해줄 말이 없었는지 편지를 건네자마자 뒤를 돌았다.

"잠깐만."

리엔의 발걸음을 비센테가 불쑥 잡았다. 그는 저도 모르게 물었다.

"현재 그녀의 성이 자르데아가 맞나?"

리엔은 이상한 질문을 들은 사람처럼 고개를 갸웃했다. 결혼이 아니고서야 여인의 성이 바뀌는 일은 흔하지 않았다. 게다가 그분은 백작가의 독녀이지 않은가. 어디 가문인지 잊으시기라도 한 것일까.

그녀는 눈앞의 영명한 청년이 그 간단한 사실을 잊어 바보 같은 질문을 내던졌음을 상상조차 하지 못했다.

"그럼요."

리엔은 '그건 왜 물으세요?'라며 묻지 않았다. 왠지 비센테 그도 왜 자신이 그걸 묻는지 모르는 것 같았다. 살가운 사이가 아니었던 사람을 오랜만에 뵈니 더 낯설게 느껴진 탓도 있었다.

"영애가 답을 주실 필요는 없다고 하셨어요."

편지를 바라보는 푸른 눈에 의문이 깃들자 리엔이 아도라의 말을 떠올리곤 부언했다.

"……알았어."

대답은 한 박자 느리게 떨어졌다. 별것 아닌 것에 고민이 많은 게 에르셀라와 닮은 것 같다고 생각하며 리엔은 허리를 꾸벅였다.

"가보겠습니다."

"……."

"아."

태연히 물러나려던 리엔이 무언가 생각난 듯 몸을 돌렸다.

"돌아오셔서 기뻐요, 도련님."

"……그래."

비센테는 시선을 비낀 채 인사를 받았다. 부끄럽거나 불편하단 이유로 낯가리는 게 틀림없었다. 리엔이 속으로 킥킥대며 물러갔다.

돌아와서 기쁘다는 말이 뭐라고. 비센테는 리엔이 한 말에 목 부근이 못 견디게 간지러웠다. 아침때도 그랬다. 그의 귀환 소식에 벌 떼처럼 사람이 몰려온 광경은 지금도 믿기 힘들었다. 전쟁에서 혁혁한 공을 세운 것도 아니고, 중대한 임무를 마치고 돌아온 것도 아니었다. 그토록 환영받을 이유가 없었다. 그가 느끼기에 오늘 일은 그저 수난이었다. 사랑받는대요, 사랑받는대요, 하며 에르셀라에게 놀림받은 것도 그중 하나였다.

비센테는 멋쩍어하며 아도라의 편지를 바라보았다. 리엔의 말을 그대로 끌어오자면 답이 필요 없는 편지라고 한다. 편지에 답이 필요 없는 경우는 얼마 없다. 상대의 의사가 전연 궁금하지 않은 일방적인 통보일 때가 대개였다.

비센테는 차분하게 편지를 뜯었다. 그리고 편지를 읽은 지 얼마 되지 않아 단정한 미간에 주름이 잡혔다.

에르셀라는 두 손에 얼굴을 파묻었다.

'눈치챘겠지?'

아까부터 하르젠 얘기를 피한다는 것.

'리엔에게 물었겠지?'

물었겠지, 뭐.

'들었겠지?'

들었겠지, 그럼.

리엔은 말했을 것이다. 나가기 전 리엔이 입 모양으로 '말해요?'라고 물었고, 에르셀라는 지시 없이 그녀를 내보냄으로써 암묵적인 허락을 내렸다.

어차피 리엔이 말하지 않으면 직접 말해야 했다. 절망감이 스멀스멀 피어올랐다. 돌아온 첫날부터 부모가 아들 속을 썩이게 생겼지 않은가? 이따 셋이서 할 정찬이 얼마나 참담할지는 상상하고 싶지도 않았다.

"고행이 따로 없구나."

"그러니까요."

뒤편에서 들려오는 스산한 목소리에 에르셀라가 부르르 떨었다.

"기척 좀 내고 다니렴."

"죄송합니다아."

별로 안 죄송해 보이는데. 에르셀라는 일일이 따지지 않기로 했다. 요사이 리엔에게 미안한 게 많았다. 소리 나지 않게 문을 닫은 리엔은 어느새 에르셀라의 앞까지 다가와 있었다.

"몸은 괜찮으세요?"

조심스레 묻는 소리가 그녀의 처지를 상기시켰다. 피를 토했다. 과거의 결대로 간다면 머지않아 반송장 신세로 지내야 할 테지.

"마님, 지금이라도 의원을 불러야 해요. 아무리 생각해도 그냥 넘길 일이 아닌 것 같아요."

에르셀라는 미미하게 떨고 있는 리엔의 손을 매만졌다.

"일단 해야 할 일이 있어서 그런 거니 너무 걱정하지 마."

의견이 단숨에 기각되자 리엔이 방향을 바꾸어 애원했다.

"그러면 루델시아에만이라도 안 가시면 안 될까요? 타지에서 병이 깊어지기라도 하면 어쩌시려고요."

그 해결책을 찾으러 루델시아에 가는 것이지만 에르셀라는 대꾸하지 않았다. 그녀의 정신은 다른 곳에 가 있었다.

'루델시아 얘기는 또 어떻게 꺼내지…….'

비센테가 자리에 있으니 더더욱 꺼내기가 난감했다.

'차라리 믿을 만한 사람을 보낼까.'

에르셀라는 어머니의 유품이 무엇이 있는지 곰곰이 생각했다. 베아트리스가 왕녀일 적에 사용했던 물건과 자신의 인장이 새겨진 서신을 동봉하면 루델시아의 왕을 알현할 수 있지 않을까. 믿을 만한 사람은 데일로 하면…….

에르셀라는 목을 뒤로 젖히며 도리질했다. 베아트리스의 딸인 그녀가 방문하는 것도 뜬금없는데 베아트리스의 딸의 측근이, 그것도 기사 작위밖에 없는 자가 루델시아의 왕을 독대하다니. 안 될 일이다.

그것 외에도 걸리는 건 많았다. 루델시아 현왕인 어머니의 이부 오라비가 그녀와 어떤 관계일지가 관건이었다. 항간에는 동생을 타국으로 내쫓고 왕이 된 남자라 전해진다.

어머니는 한 번도 에르셀라 앞에서 그를 향해 이를 간 적이 없었지만, 그렇다고 이부 오라비에 관해 살가운 이야기를 한 것도 아니었다. 오히려 지극히 삼가는 편이었다.

생각에 생각이 꼬리를 무니 고민이 길어졌다. 에르셀라는 결정하는 데 방해되는 상념을 쳐내기로 했다.

"리엔, 종이와 펜을 가져오렴."

얼마나 걸릴지 모르겠지만 에르셀라는 일단 왕에게 독대를 요청하는 편지를 쓰기로 했다. 답신을 받고서 알현의 여부를 결정해도 늦지 않을 것이다. 사실 카르온을 통하면 더 빠를 테지만, 그럴 수 없으니.

"누구에게 편지하시게요?"

"라리사 부인에게."

리엔은 가자미눈을 뜨고 라리사 부인이 누구인지 기억을 더듬었다. 기억하지 못하는 걸로 보이는 리엔에게 에르셀라가 친절히 답을 알려주었다.

"루델시아 귀족인 라리사 루에노 백작 부인 말이란다."

"잘 모르겠네요. 그런데 그분은 왜요?"

"루에노 백작 부인을 통해 루델시아의 폐하에게 편지를 전달할 거야."

그래야 중간에 유실되지 않고 무사히 궁에 당도할 확률이 높아질 것이다. 에르셀라의 말에 리엔의 시선이 삐죽 날카로워졌다. 이런 긴밀한 내용을 그녀에게 노출시키는 이유가 뭐겠는가. 에르셀라는 거절할 수 없도록 웃었다.

"조만간 심부름을 보낼 테니 메이언스 백작 부인에게 이 편지를 전해주기만 하면 돼. 나머진 그분이 다 알아서 해줄 테니."

메이언스가 베른하르트와 피사리데 그 어디에도 연이 닿아 있지 않다는 걸 아주 톡톡히 이용한다.

"주인님이 마님의 편지를 검열하는 것도 아니신데요."

이럴 필요가 있을까요? 리엔이 눈으로 물었다. 리엔은 요새 부쩍 에르셀라가 잔망스럽게 뒤로 몰래 하고 있는 일이 많아졌다고 생각했다.

"후작 영애일 때, 글라디엠가의 영식과 편지를 주고받는 걸 아버지가 알아서 얼마나 혼났는지 아니? 사교계에 데뷔하지도 않은 여자애가 남자와 그러고 있으니 걱정이실 만도 하겠지만, 우린 정말 순수하게 오라비와 누이를 도와주려고 한 것뿐인데 말이야. 그때는 내가 어려서 그런 거라고 이해했어. 근데 어른이 되어서까지 내 편지가 어디로 보내지고, 누구에게 보내지는지 다른 누군가가 아는 건 너무 부끄럽잖아."

봐달라는 얼굴이었다. 부끄럽다는 단어가 그녀의 입속에서 참 보드랍게 들렸다. 실은 부끄럽다는 이유가 아닐 텐데도.

"그러니 이 정도 비밀은 나도 가지고 싶어."

답답하다는 토로가 아닌 썩 소녀 같은 대답. 리엔은 에르셀라가 그렇게 말함으로써 누군가를 비난하는 일을 면했음을 알았다.

레오폴드는 바짝 척추를 세우고 회의를 지켜보았다. 케니언스의 명이었다. 왕의 대놓고 벌어지는 편애에 말이 많았지만, 불만을 직접적으로 표출하는 사람은 없었다. 지금은 한낱 허수아비 왕자보다 신경 쓸 다른 게 많았기 때문이다.

오늘의 회의에서 결정된 것이 몇 가지 있었다. 부왕의 권위에도 레오폴드는 피사리데 후작에 의해 2왕자의 칭호를 얻었다. 그는 어떤 칭호에 눌러앉든 상관없었지만, 귀동냥으로만 엿들었던 피사리데가의 위세가 부왕을 거스를 정도로 큰 줄은 몰라 내심 깜짝 놀랐다.

레오폴드는 전 왕비 전하를 떠올렸다. 그를 기꺼워하진 않았지만 탐탁지 않아 하는 것도 아닌, 약간의 유감조차 내보이지 않던 이상한 분.

전 왕비는 그의 이름을 한 번도 불러준 적이 없었다. 가끔가다 세글리에의 아이구나, 하고 불렀을 뿐이다. 그때마다 어머니는 송구한 낯으로 그의 머리를 꾹 눌러 숙이게 했다. 죄지은 사람인 양 굽신거리는 어머니 앞에서 전 왕비는 참으로 고결하게 빛났더랬다. 저런 대단한 가문의 여인이라서 그런 것일까.

레오폴드는 회의장 안을 둘러보았다. 대단한 가문에서 머리를 차지하고 있는 자들이 한가득이었다. 그러나 가장 우아한 사람은 단연코 피사리데 후작이었다. 단정하게 정리한 백금발이 귀족 그 자체를 상징하는 듯했다. 레오폴드는 문득 카르온과 눈이 마주쳤다. 전 왕비와 닮아 있는 녹안은 암녹색의 늪지대 같았다. 경멸이었을까.

피사리데 후작은 이곳에서 알렉시스에게 줄 1왕자의 칭호를 얻었고, 콘라드와 레나르트의 다음 회담에 참석할 권리를 포기했다. 꺼림칙했는지 후작은 두어 번 백금발을 쓸었다.

언뜻 관계없어 보였으나 레오폴드는 그것으로 저들끼리 암묵적 타협을 보았음을 알아차렸다. 부왕은 이런 것들을 짚어내길 원하셨던 건가. 하면, 깨달은 걸 얘기하면 칭찬해 주실까. 레오폴드가 잠깐 행복한 상상을 하는 사이 회의가 끝났다. 시종이 그에게 다가왔다.

“어떠셨습니까?”

시종이 확인차 물은 말에 레오폴드가 잠시간 머뭇거렸다. 그는 이내 뺨을 붉히며 솔직하게 말했다.

“제가 도울 수 있는 일이 없어 앉아 있기가 민망했어요.”

귀여운 대답에 시종이 빙그레 웃었다. 사막에 핀 난초 같지 않은가.

“아바마마께서는 왜 제게 이런…….”

“폐하께도 깊은 뜻이 있지 않겠습니까?”

시종이 그렇게 말했지만 레오폴드는 걱정을 지워낼 수 없었다. 그가 부왕의 명을 받을 때면 언제나 세글리에의 기분이 좋지 않았다.

“혹 아바마마께서 제게 전하라는 말씀은 없으셨나요?”

“따로 언질 주신 것은 없었습니다.”

시종이 송구한 듯 눈을 내리깔았다. 레오폴드는 실망감을 감추지 못하여 억지로 웃었다.

“그분에게 아무것도 기대하지 말렴.”

그의 어머니는 습관적으로 그리 말하곤 했지만 어찌 아들이 아비에게 기대하는 게 없을 수 있을까. 하지만 애정을 원하기엔 왕은 냉소적이다 못해 거칠다 할 수 있는 성미였다.

“혼자서도 잘하시리라, 그렇게 믿으시는 거겠지요.”

글쎄. 레오폴드는 시종의 말을 조금 회의적으로 받아들였다. 그가 이번 회의를 통해 안 것은 대단한 것 같으면서도 별것 아닌 것이었다.

피사리데 후작은 정의로울 것 같으면서도 정의롭지 않으며 그가 원하는 건 일관되었다. 가르텐 공작은 점잖은 척하지만 속은 음흉하기가 따로 없었다. 라페인 후작은 나이가 많아서인지 겁이 많았다. 판테츠 백작은 성정이 부드럽지만 계산적이다. 클라우스 백작은 그저 방탕아였다. 그것이 귀족이라는 생물체였다.

과하다 덜하다 차이일 뿐이지 천편일률적으로 이기적인 특성이 배어 있었다. 세글리에는 그 습성을 잘 익혀두라 당부했다. 궁에서 살아남는 방법은 그것밖에 없다며.

왕자궁에 들어선 그의 움직임은 방 안에 들어와 멈추었다. 가르텐 공녀가 다소곳한 자세로 방 안에 앉아 있었다.

“안녕하세요, 전하.”

그녀가 보란 듯이 쥐고 있는 투명한 액이 담겨 있는 병에 레오폴드의 시선이 멈추었다.

“말도 없이 와 계실 줄은 몰랐군요.”

의기소침한 왕자의 입에서 나온 것치고 매정한 음색이었다. 방의 주인인 양 자리 잡은 불청객은 무구한 눈으로 싱긋 웃었다.

“그럴 때는 ‘미리 연락을 주셨더라면 응대가 부족하지 않게 이뤄졌을 텐데 아쉽네요'라고 하는 게 더 좋을 거예요."

"공녀."

"표정을 굳히기보단 웃으시는 게 나아요. 제 어머니가 이 자리에 함께 계셨더라면 언짢아하셨을 텐데, 다행히 저뿐이네요."

"올리비아."

약혼녀를 부르는 목소리는 식다 못해 가시가 돋아 있었다.

"절 가르치러 오셨습니까?"

"제 행동에 기분 상하셨다면 사과드릴게요."

올리비아의 사과에도 레오폴드의 기분은 나아지지 않았다. 아까부터 그녀가 손에 쥐고 있는 것이 자꾸만 눈에 걸렸다.

"그건……."

"선물을 드리려고요."

올리비아가 장난감 다루듯 병을 탁자 위로 굴렸다. 데구루루 구르던 병은 화병에 부딪혀 멈추었다.

"뭡니까?"

"선물이라 말씀드렸는데."

"말장난하지 마세요."

올리비아는 억울하다는 듯이 입꼬리를 당겨 웃었다.

"정말이에요. 당신에게 필요할 것 같아 가져왔어요."

"……."

"어린아이니 이슬만큼만 떨어뜨리면 되지 않을까요?"

레오폴드가 멈칫했다. 초점 없는 눈이 투명한 병을 내려다보다 이내 나지막하게 읊조렸다.

"……미쳤어."

희게 질린 레오폴드의 낯을 올리비아가 보는 둥 마는 둥 했다. 그녀는 시큰둥하게 말했다.

"싫으신가요? 알렉시스 전하가 자라면 더 힘들어질 거예요. 그분이 왕좌에 오르면 피사리데 후작이 당신들을 살려둘 것 같나요? 왕녀도 거슬려 루델시아로 보내 버리신 분인데?"

"사람이 할 짓이 있고, 못 할 짓이 있습니다!"

격분하여 쥔 주먹이 부들부들 떨렸다. 그러나 악마 같은 미소는 더욱 끔찍해질 뿐이었다.

"궁에서만 자랐지 아무것도 모르는 천치네요, 왕자님은."

어조는 나긋나긋했지만 명백히 그를 낮잡아 보고 있었다.

"전하, 그럼 이렇게 생각하면 어떨까요? 당신이 조금만 신경 써준다면 더 많은 사람의 목숨을 구할 수 있어요. 불필요한 유혈극은 일어나지 않을 테니까요."

"지금 뭐 하시는 겁니까?"

"정의로운 걸 좋아하시는 듯해서요. 이왕이면 좋은 쪽으로 생각하시라고요."

독기가 찬 듯 속이 메스꺼웠다. 레오폴드는 검지로 문짝을 가리켰다.

"나가십시오. 저는 즉시 이 사실을 폐하께 말씀드리러 갈 겁니다."

"왕비 전하는 하나도 생각하지 않으시네요."

"공녀."

"가르텐의 보호가 없으면, 당신들 어떻게 될 것 같으세요?"

레오폴드가 사납게 올리비아를 노려보았다. 그러나 얼마간 침묵이 흐르자 문고리를 향했던 그의 손이 기운 없이 내려갔다. 가르텐이 없으면. 그 가정의 끝이 참혹하다는 걸 인정했기 때문이다.

'아니야. 어머니는 왕비시니…….'

안심은 흐려졌다. 그는 어머니의 처지를 알았다. 왕조차 보호해 주지 않는 왕비. 그녀의 외가인 피테츠는 피사리데 후작에 의해 치워진 지 오래였다. 그리고 그는 어렸다. 어미를 지키겠다고 발악해 보았자 객기였다. 정말로 가르텐 공작밖에 없는 것이다. 세글리에의 방어막은.

레오폴드는 간신히 짜낸 목소리로 말했다.

"그래도."

"……."

"내 동생을 해치는 일은 없을 겁니다."

까르르 웃음소리가 났다. 올리비아가 마른 연꽃처럼 가녀리게 조소하고 있었다. 그에게서 나온 동생이란 말이 우스운 듯했다.

레오폴드는 질색하며 대놓고 눈매를 찡그렸다. 올리비아는 그림처럼 웃음으로써 표정을 갈무리했다. 그녀는 옷매무새를 정돈한 뒤 여유롭게 일어섰다. 병은 여전히 탁자에 둔 채였다.

"왕자님의 뜻은 잘 알겠어요. 제 아버지인 가르텐 공작님께도 그렇게 전해 드릴게요."

좁은 챙 모자를 고쳐 쓴 그녀가 어깨를 펴고 레오폴드를 지나쳤다. 레오폴드가 그녀의 팔목을 우악스레 잡아 멈춰 세웠다.

"레이디를 대하는 법은 배우지 못하셨나요?"

이 와중에도 그런 태평한 생각이나 하다니. 정말 미친 여자가 아닌가.

"가져온 것은 도로 가져가십시오."

"아니요. 두고 갈 거예요."

레오폴드가 으득 이를 갈아붙였다.

"내 선택은, 바뀌지 않습니다."

"그거야 모를 일이죠."

모를 일이 아니다. 그는 전 왕비의 자식을 죽일 수 없었다. 설사 그로 인해 부왕의 관심을 받지 못하더라도 그런 인간적이지 못한 일만은 할 수 없었다.

"저것을 어디에 사용할지는 전하의 선택이에요. 사용하셔도 좋고, 사용하지 않으셔도 좋아요. 다만 전 가져가지 않겠어요. 처분은 알아서 하세요."
"그런 무책임한 말이……."
"아, 버리실 거면 잘 버리셔야 될 거예요. 피사리데의 세작은 어딜 가나 많다고 들었거든요. 자칫하다 모함을 당하면 억울하잖아요? 그러니 궁 밖에 버려야 하는데……."
문득, 레오폴드는 그녀의 팔이 떨리고 있다는 착각이 들었다.
"이곳의 시종, 시녀를 믿을 수 있다면 그리하시고요."
올리비아는 그렇게 말하곤 문밖을 나갔다. 덩그러니 홀로 남은 레오폴드는 그제야 참았던 숨을 몰아쉬었다. 그는 성큼성큼 걸어가 병을 집어 들었다. 그리고 병뚜껑을 열어 화분에 모두 쏟아냈다.
'병이 문제군.'
평범하게 생겼다면 모를까 희한한 문양이 새겨져 있어 이대로 버렸다간 눈에 띌 것 같았다. 그의 궁에 배정된 시종, 시녀 중 피사리데의 눈이 섞여 있지 말라는 보장이 없었다. 지금도 그를 감시하고 있을 공산이 크다. 그들을 솎아내어 쳐내기는 지금의 그로서는 불가했다.
"어머니에게 말해보면……."
레오폴드의 말끝이 늘어졌다. 세글리에에게 말하면 그녀는 분명 부왕에게 고발할 것이고 그렇게 가르텐이 고발당해 처형되면 그녀를 지켜줄 세력은 사라지고 말 것이다. 이도저도 할 수 없는 상황에 레오폴드는 후 하고 날카로운 숨을 내뱉었다.
"없는 이 취급당할 때가 편했구나."
그는 일단 보기 싫은 병을 사람들의 눈길이 안 닿는 곳에 숨기기로 했다. 신세 한탄을 할 때가 아니었다.
레오폴드는 조만간 세글리에에게 별궁에서 휴양하자는 청을 드려야겠다고 생각했다. 그때를 틈타 이것을 밖으로 가지고 나간 뒤 몰래 처리하면 될 것이다. 순진한 왕자는 그렇게 믿었다.

정형화된 궁내 복도 한가운데에서 성큼 디뎌지던 걸음이 멈추었다. 올리비아는 짜증스럽게 생각했다.

'멍청이가 아니라면 화분에 버렸겠지.'

순진하게 살아왔다 해도 그 정도는 알길 바랐다. 올리비아는 손톱 끝을 잘근 물어뜯었다. 가르텐 공작이 지시한 그녀의 역할은 이로써 끝났다.

하지만 이것으로 된 것일까? 레오폴드는 결국 그녀의 제안을 거절했다. 온몸에 선량함을 두른 사람답게 그의 선택 또한 선했다. 이상한 건 가르텐 공작도 그것을 모르지 않는다는 점이었다.

"그 백치 자식은 그저 가만히 있을 게다."

올리비아는 가르텐 공작의 의중을 읽을 수 없었다. 레오폴드가 어떻게 행동할지 알면서 왜? 그러나 물을 수 없던 이유는 질문하면 날아올 질타 때문이었다.

올리비아는 그가 제 어머니와 자신을 경멸한다는 것을 알았다. 같은 자식인데 왜 이복오라비인 레어비스와 다른 대우인지 어렸을 때는 알지 못했다.

설마 누가 알았을까. 애당초 처녀를 건드린 건 본인인 주제에 어미에게 발목 잡혔다고 생각하고 있을 줄은. 가르텐 공작의 대우가 그러하니 다른 사람들도 은근히 가르텐 공작 부인을 경원시했다.

올리비아는 어머니가 가장 두려워하는 게 비교와 무시인 것을 알았다. 저 자신도 어머니와 다르지 않을 것이다. 실상 가진 게 없으니 겉으로만 요란했다.

올리비아는 바깥의 온화한 풍광에서 눈을 뗐다. 자신과 관련이 없는 색감이다. 그녀는 그저 왕비가 되고 싶었다. 그러면 부족한 무언가가 채워질 것 같았다. 그러면 그 누구도 어머니와 자신을 무시할 수 없을 것 같았다.

클리프턴은 주방장과 나란히 붙었다. 그리고 사이좋게 명줄이 타들어가는 느낌을 받았다. 벌을 받는 것도 아닌데 무릎이 아픈 건 왜인가.

주방장은 에르셀라를 보았다. 평소에는 음식을 맛보면 간결하게나마 칭찬을 해주었는데 오늘은 별말이 없으시다. 음식의 문제가 아니라 자리의 문제인 듯했다. 클리프턴을 힐긋대니 아니나 다를까, 네가 생각하는 그거 맞다, 라는 신호가 돌아왔다.

그래도 도련님이 돌아온 날인데.

이 자리에 있는 사람들은 한마음 한뜻으로 서운함을 느꼈지만 애써 숨겼다. 아이러니하게도 그들의 소취는 비센테가 고적한 칼질 소리를 뚫고 말함으로써 이루어졌다.

"평안하신 모습을 뵈어 기쁩니다."

평안하긴 했다. 은은히 흔들리는 촛불이나 식기가 낮게 마찰하는 소리가.

그러나 비센테의 인사말이 상황과 묘하게 빗나가 있다는 것은 누구나 알 것이다. 그는 이 부자연스러운 평안을 점잖게 힐책하고 있었다. 에르셀라는 말라가는 입술을 열었다.

"네 얼굴을 볼 낯이 없구나."

"한마디 없으시기에."

"말꼬리 잡는 게 어째 머리만 큰 것 같군."

하르젠은 무표정하게 칼질을 계속했다.

"상인과 흥정을 하다 보니 말솜씨가 좀 늘었나 봅니다."

하르젠은 비센테가 에르셀라에게 자잘하게 보내오던 장신구를 떠올렸다. 그러고 보니 저 아이가 그런 잔망을 떨었던 때가 있었다. 실제로 상인과 흥정한 적도 없을 것이다. 그저 저답지 않은 능청에 불과했다.

"그래도 네가 아첨 따위나 하는 상인은 아니지. 제법 귀엽다만 귀환이 이레나 빠른 것에 대해선 해명해야 할 거다."

하르젠은 건조하게 말했다. 에르셀라는 염려스레 비센테를 바라보았다. 비센테의 귀환이 예정보다 빠르다는 것은 에르셀라가 전부터 마음에 걸려 하던 것이었다. 리엔은 별걸 다 신경 쓴다고 타박했지만 지금 보니 하르젠은 넘길 생각이 없는 듯했다.

에르셀라는 이 와중에도 태연자약한 비센테를 보았다. 그녀는 이렇게 불안한데 저 아인 아닌 걸까.

그때, 비센테가 말했다.

"보아주십시오."

……뭐?

에르셀라는 홱 고개를 쳐들었다. 지금 뭐라 하였나. 보아줘? 잘못 들은 게 아니라는 듯 비센테가 다시 한번 말했다.

"제게 애정을 갖고 계시지 않습니까."

약간은 뻔뻔하게 들리기까지 했다.

"어머니도 그렇고요."

그 말에 그만 음식물이 식도를 타고 주르르 넘어갔다. 에르셀라는 캑캑거릴 뻔한 목을 부여잡고 그들을 바라보았다. 그러나 하르젠이 보인 반응은 그녀의 생각에서 한참 엇나간 것이었다.

"애정을 갖지."

비센테를 바라보는 눈빛은 탐탁지 않아 하면서도 입은 웃고 있었다. 괜찮은 건가. 믿을 수 없게도 설익었던 공기까지 무르익는 듯하다. 에르셀라는 그 공기가 원상태로 돌아가 버릴까 봐 기세에 편승하여 말했다.

"나도 애정을 갖고 있어요."

그 말에 칼질이 멈추고 뒤이어 그의 웃음이 그쳤다. 하르젠의 시선 끝이 에르셀라에 맺혔다. 그는 장난으로 범벅된 저 말이 무슨 의도로 나왔는지 알았다. 얕은 애정. 그러니 저도 그에 맞추어 얕게 입매를 끌어 올려 화답해 주면 될 일인데.

"응?"

제가 하니 사그라지는 미소에 에르셀라는 민망하기만 하여 그저 웃었다. 아직도 화났나. 비센테는 받아주는데 제가 하니 도통 받아줄 생각을 안 한다. 그녀로서는 큰맘 먹고 용기를 낸 것인데 말이다.

하르젠은 말없이 목 부근을 문지르다 술잔을 들이켤 뿐이었다. 그것을 바라본 그녀의 기분이 배배 꼬였다.

"조금만 마셔요. 귀 빨개요."

에르셀라가 부루퉁하게 덧붙였다.

그만 마시라는 에르셀라의 당부에도 아랑곳하지 않고 하르젠은 잔을 기울였다.

"그대로 두어라."

말로는 안 되자 에르셀라는 잔을 채우려는 하인을 제지하기로 했다.

"예."

술을 따르려던 하인이 반걸음 물러났다. 그러자 하르젠이 아쉬운 기색을 드리우며 빈 잔을 허공으로 휘저었다.

처음 보는 모습에 에르셀라는 당황했다. 진짜 취했나?

"비센테도 있는데 취하면 곤란해요."

취했다 해도 놔둘 생각은 아니었기에 에르셀라는 강경히 나갔다.

"누구와 달리 주사는 없어서."

"모르죠."

미미한 항변을 깔끔하게 받아친 에르셀라가 이번에는 비센테 쪽을 돌아보았다. 그리고 검지를 들어 밑으로 선을 쭉 내리그었다.

"너도 그거 내려놓으렴."

엄한 지시에 비센테는 쥐었던 잔을 슬그머니 내려놓았다.

에르셀라는 기가 막혔다. 저 잔을 채운 투명한 액체는 결코 만만한 도수가 아니었다. 회포를 나누는 건 좋지만, 과할 것까진 없지 않은가.

"그리고 내 앞에서 취한 적도 별로 없잖아요. 주사가 없는 건지, 있는데 모르는 건지 어떻게 알아. 내가……."

종전에 생략했던 대답을 하는데 순간 말꼬리가 흐려졌다. 솔직히 취한 모습이 어떨지 궁금했기 때문이다. 마신 날에는 평소보다 오래 바라보긴 하던데…….

'그런 것도 주사로 치나?'

만일 그런 것들이 주사였다면 술주정까지 얄밉도록 점잖은 셈이다. 어쩐지 샘이 나 에르셀라는 뚱한 표정으로 말을 돌렸다.

"그리고 나도 주사는 없어요."

에르셀라의 양심은 어쩐지 온전치 못했다.

사실 긴가민가하긴 했다. 연회에서 취태를 보였다면 그녀가 모를 리 없었다. 만약 그랬다면 어떤 식으로든 망측한 행실이 귀에 들리게 마련이었지만 에르셀라는 여태 제 평판을 흩뜨리는 소문은 듣지 못했다.

"곱게 취하는 편이라."

그러니 앞가림은 한다는 걸로 봐도 되지 않을까.

"……곱게."

고요한 읊조림에 에르셀라가 흠칫 몸을 떨었다. 돌아온 하르젠의 반응은 결코 긍정이라고 볼 수 없었다. 자연히 '민폐'라는 단어가 낙뢰처럼 뇌리에 떨어졌지만 그녀는 정말로 아는 게 없었다. 전에 물어봤을 때 리엔도 별말을 하지 않았기에 더욱 그랬다.

"사소한 건 신경 쓰지 말죠."

에르셀라는 이쯤에서 시답잖은 말씨름을 끝내기로 했다. 비센테가 보기에 좋은 장면은 아니리라.

어찌 됐든 궁극적으로 주사가 없다는 그의 말은 틀리지 않았기에 에르셀라는 좀 더 단순한 어휘로 말했다.

"그냥 내가 싫어요."

싫은 근거를 댈 필요는 없을 것이다.

"……채울 것 없다."

그는 언제나 그녀가 원하는 건 웬만하면 들어주었으니.

"예."

하인은 대열에서 벗어나 만찬실을 나갔다. 지금쯤 술을 가져다 놓으러 지하 창고로 향하고 있을 것이다.

그사이 하르젠은 비센테 쪽으로 시선을 돌렸다. 연하게 붉은 기가 돌던 귓불은 어느덧 본연의 색으로 가라앉아 있었다.

"네 관할은 조만간 배정해 두겠다."

이제 돌아왔으니 비센테를 왕궁의 기사로 임명하려는가 보다.

"축하해."

그녀의 아들은 이제 어엿한 왕궁 소속 기사가 될 것이다. 잘된 일이라 생각해 축하해 주는데, 비센테는 좀체 미소하는 법이 없었다.

"아버지께 드릴 청이 있습니다."

에르셀라가 의아함을 가지기 직전, 결연한 의지를 가진 목소리가 귓전을 울렸다.

"어머니와 루델시아로 떠나는 것을 허락받고 싶습니다."

비센테가 한 말이 무슨 뜻인지 인지했을 때는 하르젠이 만찬실 안의 사용인을 전부 내보낸 다음이었다. 얼떨떨해하고 있는 에르셀라를 한 번 살핀 그가 말했다.

"정황상 말을 나눈 것 같진 않은데, 그건 네가 어떻게 알고."

"허락해 주시겠습니까?"

다소 맹랑한 비센테의 태도에 에르셀라는 가슴을 졸였다.

"안 좋은 버릇만 배워 왔군. 셀모르의 영주를 네 앞에 꿇려야 할까."

비센테는 자신이 지나쳤음을 알았다. 아들이기에 귀엽게 보아 넘어가 줄 수 있는 관용은 방금 전이 마지막이었을 것이다. 그러나 그는 알았다. 지나치지 않고서는 아버지를 상대로 원하는 것을 얻어낼 수 없었다. 비센테는 즉시 일어나 왼쪽 무릎을 굽혔다.

"죄송합니다. 오랜만에 만나 뵌 어머니의 얼굴에 수심이 비쳐 그만……."

"그건 나도 리엔에게 들어 알고 있었단다."

리엔을 보호하려는 듯 에르셀라가 끼어들었다. 비센테도 엉뚱한 곳에 불티가 튀는 것은 원하지 않았기에 말을 보탰다.

"제가 억지로 캐물어 얻은 답입니다."

"그 하녀에게 책임을 지울 생각은 없다."

하르젠의 대답 또한 간명했다. 그는 이어 말했다.

"다만 나는 네 어머니가 루델시아를 방문하는 것을 허락한 적이 없으니, 너 또한 갈 일이 없을 거다. 괘씸하다만 날이 날인 만큼 넘어가지."

괘씸하다는 건 얼결에 그가 허락했다는 식으로 묻어가려는 비센테의 언행을 겨냥한 말이었다. 그러나 정작 하르젠은 괘씸하다고 말하면서도 아무렇지 않아 보였다. 비센테는 머뭇거리다 입을 뗐다.

"하지만……."

"무슨 일을 겪을지 모르는 외지로 네 어미를 보냈다가 어찌 될지 알고."

"그게 문제라면 난 괜찮아요."

에르셀라가 한발 빨랐다. 그녀는 참아왔던 걸 터뜨리는 대신 침착한 태도로 조곤조곤 설명했다.

"이두르인은 토벌된 지 오래고 루델시아 자체도 위험 지대가 아니에요. 정식적인 절차를 거쳐 경비병들이 지키는 관문을 통과할 거예요. 그곳은 안전할 테고요."

신화가 지배하는 나라. 완전무결하다 할 순 없지만 레오네스 제국에서 갈라져 나온 그라니아나 콘라드, 레나르트, 렌투아와 달리 루델시아는 그전부터 존재해 있었다.

루델시아는 렌투아가 섬기는 종교의 뿌리를 가지고 있는 나라였으며 콘라드의 일부 지역조차 루델시아의 신을 숭배했다. 때문에 루델시아는 침략하지 않는다는 불문율이 각 나라에 형성되어 있었다.

"위험해."

"호위도 데리고 갈 거예요. 루델시아에는 베른하르트의 위상도 높이 알려져 있어요. 누가 감히 가문의 마차를 위협하겠어요. 결코 위험하지……."

"하지만 내 눈에는 닿지 않지."

하르젠이 일단락하듯 잘라냈다.

"당신이 그곳에서 험한 일을 당하면 내가 알게 되기까지 얼마나 걸릴까. 루델시아뿐만이 아닌 렌투아, 콘라드, 레나르트, 하물며 수도에서 멀리 떨어진 곳도 마찬가지겠지. 당신이 그곳에서 무슨 일을 겪었을 때 내 귀에 바로 닿지 않는다는 게, 소식을 늦게 접한다는 게."

머리에 둔탁한 충격이 일었다. 에르셀라는 그제야 하르젠이 말하는 위험이 어디에서 비롯되었는지 알 수 있었다.

"내가 모른다는 게."

"모르면 불안하니까."

언젠가 그가 했던 말이 떠올랐다. 모른다는 것. 그녀가 위험에 처할 때 조치할 수 없다는 것. 통제를 벗어난 불확실함. 그의 불안은 거기로부터 나왔다.

"……그게 나를, 얼마나."

"당신의."

하지만 어쩔 수 없이 한계는 생긴다.

"당신의 아들이 있잖아요."

결국 그도 불완전한 사람에 지나지 않았으니.

그러니 원치 않아도 균열은 일어날 것이고, 온전하길 바라도 온전하지 못할 것이다.

"전에도 말했듯 내게 중요한 문제예요. 가야 해요."

혹은, 어쩌면 '우리'에게.

삶의 생사를 가르는 문제이기도 하지만 그들의 문제이기도 했다. 서로에게 스며들지 못하는 관계에 에르셀라는 점차 지쳐갔다. 어쩌면 권태일지도 모르지. 그러면 잠시 떨어져 있는 것도 좋지 않을까. 루델시아로 가고자 하는 이유에는 그것도 있었다.

"보내줘요. 비센테가 당신을 닮아 출중하니 아무 일도 없을 거예요."

그 말이 하르젠에게 어떤 의미인지도 모른 채 에르셀라는 간청했다.

하르젠은 목 안으로 웃었다. 달진 않았다.

왕이 주도한 회의를 소화하느라 열댓의 인사가 귀가하지 못한 채

궁에 발이 묶였다. 회의를 빙자한 술판도 회의라면 회의겠으나.

하르젠은 시간을 확인했다. 시침이 큰 간격으로 지나가 있는 걸 보아 달도 기운 늦은 밤일 것이다.

"내 사랑스런 헤르미아의 혼처를 어서 정해야 할 텐데."

국왕 바우레스의 말에 하르젠은 덤덤하게 술을 들이켰다. 그의 앞에서 왕녀의 이름을 꺼내는 왕의 저의를 모르지 않았다.

"근심이 크시겠습니다. 하필 마땅한 영식들도 없으니……."

"그러니 말일세, 백작. 그 때문에 요새 잠자리에 드는 것도 영 시원치 않아."

"그러십니까……."

왕녀의 격에 맞는 미혼 남성이 거의 없었기에, 클라우스 백작이 아쉬움을 드러냈다. 왕녀의 부군은 당연히 베른하르트 공작이 될 줄 알았다. 하여 별 미련 없이 하나뿐인 자식 놈을 일찍이 결혼시켰거늘, 그것이 천추의 한이 될 줄은 몰랐다. 아마 이 자리에 모인 귀족들도 다들 비슷한 생각을 하고 있을 터였다. 귀족들이 미련에 입맛을 다셨다.

하르젠은 그 광경을 무감하게 훑긋대다 잔을 비웠다. 왕이 그의 뒤에 기립해 있는 시종에게 눈치를 주었다. 그러자 잔은 다시 채워졌다. 우습지도 않았지만 하르젠은 조금 웃었다. 헤르미아에 관한 일로 앙심을 품은 바우레스 덕에 그의 잔은 좀처럼 비워지는 일이 없었다. 그는 기꺼이 다시 잔을 비웠다.

"공작 부인은 몸조리 잘하고 있나? 출산을 한 뒤 맥을 못 추린다고 들었는데, 걱정이군."

말과 달리 흡사 숨이라도 끊어지길 바란다는 투였다. 카르온 피사리데의 미간이 희미한 불쾌감으로 일그러졌다. 동생을 꽤 아끼나 보군. 시답잖은 생각을 하며 그는 왕의 발언 전과 별반 다르지 않은 감정으로 대꾸했다.

"문제는 없으니 염려하실 것까진 아닙니다."

상세히 고하진 않았다. 귀찮아서인지, 이 자리에 있는 자들 전부 알 필요 없다는 생각 때문이었는지는 잘 모르겠다. 그게 중요하진 않을 것이다. 그러나 다음 말에 처음으로 하르젠의 입가가 비틀렸다.

"최근 공의 가문에 내환이 깊다는데, 짐이 어찌 공작 부인을 염려하지 않을 수 있겠나."

'내환'이라 하면 근래 가문에 눈독 들이는 방계들을 도려내는 일을 말하는 것일 터다. 다시금 리누스의 전장이 머릿속에 그려졌다. 포효하는 함성, 궤적을 그리는 칼날에 쓰러지는 적들, 공중으로 역류하는 핏방울, 그리고…… 여자.

섬연한 인상의 여자를 생각할 때마다 제롬 파센이 떠올랐다. 정확히는 제롬 파센을 죽인 자신이. 그는 가끔 그런 생각을 하곤 했다. 출정하지 않았으면, 하는.

그랬다면 파센 백작이 허황된 탐욕을 품을 일도 없었을 테고, 제롬 파센도 죽지 않았을 것이며, 에르셀라도…… 보지 않아도 되었을 것이다.

부질없는 생각이었으나 한 줌의 미련이 붙었다.

"내환은 곧 정리될 겁니다."

'정리만 되면.'

고요히 뇌까리며 잔을 기울였다. 시선은 지고 있는 왕에게 고정된 채였다.

바우레스 알제반 카자라이넬.

순탄한 치세. 죽음까지 순탄할지는 모르겠다. 그리 놔둘 생각은 없으니.

"정말 이상 없는 겁니까?"

무려 왕과 공작의 대화에 끼어든 목소리에 온 시선이 몰려들었다.

"여인들은 출산 이후에도 죽을 고비를 넘나든다는데, 정말로 이상이 없는 것 맞습니까?"

카사로 데먼셔. 그가 하르젠에게 묻고 있었다.

하르젠은 고개를 돌려 목소리의 주인을 보았다. 거슬릴 것 하나 없음에도 어딘가 거슬리는 남자를.

그와 데먼셔 백작가의 후계자는 접점이랄 게 없었다. 관직이 달라 동선조차 겹치지 않는 타자(他者). 그런 자가 눈에 들어온 날이 한 번 있다.

에르셀라가 성년을 맞이한 날이었으며 처음으로 그 사람의 뜻을 거스른 날.

"에르."

어디선가 들려오는 이름 하나에 저도 모르게 발길이 붙잡혔던 날.

멈추어 선 채 고개를 돌리자, 정연하게 난 초목 사이로 시선을 마주한 남녀가 있었다. 여유롭게 웃는 남자와 그림처럼 판에 박힌 미소를 머금고 있는 여자가.

좁은 간격, 웃는 눈, 소곤대는 목소리.

들리는 소리는 명료하지 않았으니 보이는 대로만 판단하자면 썩 정답게 보였다.

'정인은 없다고 들었는데.'

그는 부관이 읊은 보고를 상기하며 설핏 인상을 찡그렸다.

"피사리데가의 차녀분 말입니까? 연인이나 약혼자는 없지만 결혼한다면 데먼셔 백작가의 영윤이 유력할 겁니다."

스쳐 가는.

"아무래도 데먼셔다 보니 후작이 탐탁지 않아 했죠. 그런데 연정이 상당히 깊었는지 카사로 영식이 피사리데 영애와 결혼하기 위해 베델 쪽과도 절연한다지 뭡니까. 그러니 이변이 없는 한 후작 영애의 선택도 카사로 영식에게 기울겠죠."

혹은 스쳐 갔다 여겼던 말들.

"언니분이 현재 왕자비로 계시니."

부관이 올린 변변찮은 보고를 재생하기를 그만둔 하르젠은 그들에게 둔 시선을 거두었다.

연모하는 이가 있어도 상관은 없었다. 가문을 위해 혼인할 여자였으면 저울은 기울었고, 그녀의 아버지와는 방금 이야기가 끝났다. 판가름 난 승패였으니 그는 데먼셔에 대해 생각하고 있지 않았다. 눈앞의 장면을 보기 전까지는.

"혹시 무슨 일이라도……."

아무것도 아닌 존재를 정확히 인식한 순간은 그리 달갑지 않았다. 하르젠은 그저 기계적으로 대답했다.

"의원의 말로는 조심만 하면 걱정할 것 없다고 하더군."

"남 얘기하듯 말하십니다."

저와 조금도 관계없는 타인을 대하는 듯한 어조에 카사로의 이가 아득 갈렸다.

"각하께서는 걱정도 안 되시나 봅니다."

다소 주제넘은 언사에도 하르젠은 불쾌하다기보다 불가해한 감정이 들었다. 다른 남자와 결혼하고 그 남자의 아이까지 낳은 여자였다.

저리 노골적인 미련을 가질 필요가 있던가. 에르셀라가 조건 맞춰 다른 남자를 선택한 것만 봐도 알 수 있었을 것이다. 자신은 그 여자의 진실된 마음 한 자락 얻지 못했음을.

“몸이 약한 애입니다. 차분해 보여도 가끔은 덜렁댑니다. 어쩌다 넘어지면 넘어진 부위에 상처는 물론 멍까지 들죠. 한 번은 고열을 앓았다가 사흘 내내 사경을 헤맨 적도 있습니다.”

그것은 그가 모르는 에르셀라의 어느 날이었다.

불현듯 카사로는 눈앞의 남자에 대한 분노를 밀어 누르듯 주먹을 쥐었다.

“아직 몸도 여물지 않은 나이입니다. 그 몸으로…… 그 몸으로 아이를 낳았습니다. 저라면.”

“그렇다면, 그걸 알면서도 내 아내에게 청혼한 너는 위선자인가?”

“그건…….”

제가 가진 모순을 맞닥뜨린 카사로는 말문을 닫았다.

“만일 그녀와 결혼한 자가 내가 아닌 너였다면, 너는 다르리라 생각하나?”

그리 말하면서도 하르젠은 카사로에게서 기묘한 열패감을 느꼈다.

어쩌면, 달랐을지 모른다는.

그는 해일처럼 심장 어귀에 몰려드는 감정을 고요히 억제했다.

“설사 그렇다 해도 네가 상관할 일은 아니지.”

비천하고 무가치한 감정일 뿐이다. 파묻히고 파묻힐수록 끝은 낭떠러지일. 그런데 왜.

“그걸 말이라고!”

“카사로!”

제 분을 못 이겨 자리에서 번쩍 일어난 아들을 데먼셔 백작이 잡아 붙들었다. 감출 수 없는 적의를 내보이며 화를 드러내는 그 모습 역시 하르젠은 이해하지 못했다.

자신을 선택하지 않은 여자를 위해 분노하는데, 그 여자가 그럴 만한 가치가 있던가.

그러나 그는 알았다. 묻는 대상이 카사로가 아님을. 시선이 소매 너머에 있을 자상으로 향하자 입가에서 자조가 새어 나왔다. 이것만 보면 자신도 어리석지 않다 할 수 없었다.

"이게 무슨 짓이냐! 감히 누구의 면전인데 이리 경거망동해!"

데먼셔 백작의 노호에 카사로가 분하다는 듯 자리에 앉았다.

국왕 바우레스 역시 때와 장소를 구분하지 못한 카사로의 언행에 못마땅함을 드러냈다.

"데먼셔 경, 그만하라. 베델이 보면 얼마나 상심이 크겠느냐."

"……송구합니다. 못 볼 꼴을 보였습니다."

바우레스의 가벼운 꾸지람에 카사로가 마지못해 고개를 꾸벅였다. 이마저도 왕이 총애하는 여인의 조카였기에 얻을 수 있던 용서였다. 아니었다면 큰 화를 면치 못했으리라.

"자식 놈이 많이 취했나 보군요. 공께도 면목이 없습니다."

"괜찮습니다."

하르젠은 담담히 고개를 까닥였다. 과도한 언행에 어울려 불을 지핀 건 어찌 보면 자신이라 할 수 있었다. 그것이 주는 불유쾌함에 하르젠은 무작정 눈앞의 잔을 쥐었다. 조금은 취하고 싶다는 생각이었다. 읽히지 않는 표정으로 그를 바라보는 카르온 피사리데를 보자면 더더욱. 짙은 녹안을 보며 하르젠은 가만히 생각했다.

'다행인가.'

조금이라도 푸르렀다면 자리를 지키지 못했을 테니.

왕의 유희는 새벽에서야 끝을 맺었다. 뼛속까지 잠식하는 술기운에 하르젠은 인상을 찡그리며 복도를 걸었다. 궁문을 나서자 서리 맺힌 찬바람이 그를 어루만지며 지나갔다. 서늘한 기운이 정신을 깨울 무렵 한 여인이 시야에 들어왔다.

"여긴 어쩐 일이십니까."

"동생을 기다리고 있어요."

에샤힐드가 웃으며 대답했다.

그의 시선이 그녀의 팔목을 지나 다시 그녀의 얼굴 위로 멈추었다. 그는 이내 걸음을 한 발짝 내디뎠다.

"오래 머물면 좋지 않습니다."

그리고 그 걸음이 그녀를 넘어서려는 순간.

"그대답지 않은 말이네요."

힘없는 웃음소리가 들렸다.

"당신은 나를 이곳에 머물게 할 사람 아니었던가요? 그건 연민인가요, 배려인가요?"

"그 무엇도 아닙니다."

판에 박힌 대답을 한동안 되새기던 그녀는 이내 고개를 끄덕였다.

"그렇군요."

"궁에서 벗어나실 순 없습니다."

"알아요."

에샤힐드의 얼굴이 한층 더 우울한 빛으로 물들었다.

"하지만 그 팔목은 해결해 드리겠습니다."

눈을 내려 새파랗게 멍든 팔목을 보던 에샤힐드가 그에게 물었다.

"내 동생 때문인가요?"

에샤힐드는 알 수 없는 얼굴로 웃고 있었다.

"에르셀라를 사랑해요?"

하르젠은 미소하지 못했다.

늦은 귀가에도 클리프턴과 몇 명 사용인들이 서두르지 않고 그를 맞아들였다. 하인이 하르젠의 겉옷을 받아 들자 클리프턴이 고해왔다.

"마님께선 도련님을 돌보다 잠드셨습니다."

"알겠다."

클리프턴을 일별한 하르젠이 자연스레 집무실로 걸음을 옮기려던 때였다. 클리프턴이 줄곧 속으로 삼켜두었던 말을 내뱉은 것은.

"저…… 드릴 말씀이 한 가지 있습니다."

"말하라."

"마님께서……."

"……."

"도련님과 있을 때 웃음을 보이지 않으십니다. 혹 어디 아프신 게 아닐지……."

하르젠의 걸음이 순간 멎어들었다. 그는 송구스럽다는 듯 고개를 조아리고 있는 클리프턴을 보고 생각했다.

앞서 아이를 언급한 걸로 보아 에르셀라의 건강이 요지는 아닐 것이다. 기실 그도 알고 있는 이야기였다.

"초반과 달리 도련님을 자주 찾지 않으세요."

"한두 시간만 보다 가시는데, 왜 그럴까요? 이렇게나 예쁜데."

"오늘은 울지 말라며 소리치시는데…… 물론 진심은 아니었는지, 부인께서도 놀라 하셨어요."

지겹도록 들어 익숙해진 이야기이기도 했다.

"내버려 둬."

"하지만……."

"의원은 부르지. 몸을 잘 가누지 못하는 듯하니."

아이 문제는 차치하더라도 출산 후 체력이 예전만큼 돌아오지 않는 것은 확실히 문제가 되었다. 왜 그러는지 들어보면 먹는 행위를 거부한다는데, 연유를 알지 못하니 갑갑하긴 마찬가지였다. 하르젠은 집무실이 아닌 침실로 방향을 틀었다.

"집무실로 안 가시는지요?"

"피곤하군."

주인의 변심을 막지 않고 길을 비켜서는 클리프턴을 지나 계단을 올랐다. 창 너머로 흘러온 푸른 달빛이 층을 밝히고 있었다. 그는 침실 문을 열어 안으로 들어갔다. 그리고 잠에 빠진 듯 가느다란 숨소리를 들었다.

침대 위에 걸터앉은 하르젠이 그 숨소리의 주인을 물끄러미 내려다보았다. 사위가 완벽한 적막을 이룰 때까지, 눈을 감고도 찡그려진 표정이 완전히 펴질 때까지 하르젠은 달빛이 연하게 번진 에르셀라의 얼굴을 꽤 오랜 시간 동안 지켜보았다.

옆으로 웅크린 몸이 간간이 뒤척였다. 깨지는 않을 만큼 손을 뻗은 하르젠이 침상 위에 어질러져 있는 머리카락을 쓸어내렸다. 그러자 까마득히 잊었던 목소리가 손끝을 타고 구슬프게 밀려왔다.

"가장 순도가 높다는 신의 황금 잔을 녹여도 그 애의 머리칼만큼 찬란하지 못할 거야. 신의 축복을 받아 마르지 않는다는 오르세 강도 그 애의 눈동자만큼 푸르지 못할 거야. 에우리피테의 개화도 그 애의 웃음만큼 사랑스럽지 못할 거야. 그토록 황홀했단다. 그토록 아름다웠단다."

"나의 베아트리스는."

고작 그런 게 탐이 났던 건 아니었다. 가벼운 호기심이었으며 카사로의 존재로 서둘렀던 것뿐. 그러니…….

무릎 꿇고, 간청하고, 빌고.

그런 것도 한순간의 간절함이었을 것이다. 그때의 하르젠은 딱 그만큼 에르셀라가 간절했다.

하면 지금은 어떤가. 원하던 것을 얻었다. 가졌다. 고작 여자. 감정 놀음이나 하려 데려온 것도 아니니 이만하면 될 것이다. 그러니 그날 이래로 여자에게 간절함 따위 있을 리 없었다. 그런데 왜…… 가졌다는 생각이 안 드나.

알 수 없는 갈망이었다. 언제나 앞에는 그가 넘어야 할 산이 있었다. 적이 있었다. 넘고 베면, 절대로 스러지지 않을 것들이 꺾이고 부러졌다. 목적 없는 지표를 향해 끝없이 내디뎌야 하는 삶은 희열은 느끼지 못해도 충만함은 있었다.

그러니 이상한 것이다. 에르셀라에 대해서만큼은 언제나 충만하지 못해 허기가 이는 것이.

여전히 적응되지 않는 온기가 그를 감싼 건 그가 일어서려는 무렵이었다.

"……깼나?"

섬약한 몸짓으로 하르젠에게 안긴 에르셀라가 뺨을 기대왔다.

하르젠은 익숙한 듯 그녀의 등을 두드리며 다시 잠들도록 채근했다. 선대 후작이 죽은 뒤로 울적해할 때가 많았던 탓에 깨어 있는 것보단 잠드는 것이 낫다고 생각했다.

"왜 늦었어?"

그러나 바람과 다르게 에르셀라의 목소리는 이전보다 더 뚜렷해졌다.

"왜 늦었냐고."

대답이 늦어진 건 미묘하게 달라진 어투 때문이리라.

하르젠은 곧 그 이유를 알 수 있었다. 조금씩 넘어오는 술 냄새에 입가로 옅은 한숨이 흘렀다.

여태 제 것인 줄 알았는데, 아니었나.

그는 클리프턴에게 일러 술은 입에 대지 못하게 해야겠다고 생각하면서 입을 열려 했다. 그러나 에르셀라가 먼저였다.

"너는, 내 생각은 안 하지."

술에 취해 내일은 기억도 못 할 그 말을 가볍게 흘려낼 수 없었던 이유는, 몸의 떨림이기도 했고 옷자락을 적시는 눈물이기도 했다.

"내가 얼마나 힘든지…… 모르지."

"말해. 뭐가 힘든……."

하르젠은 무심결에 이유를 물으려다, 에르셀라의 눈에 맺힌 눈물을 보고 말았다. 눈앞의 여자만큼이나 투명하게 맺혀 소리 없이 떨어지는 눈물에 그는 아무 말도 하지 못했다.

"힘들어요."

물기 젖은 목소리 그대로 새는 흐느낌은 없었다.

"……힘들어."

에르셀라는 그저 울고 있었다. 고요하게. 죽은 것처럼.

"그 애."

시간이 흘러도 도려내지지 않는 그날 밤의 감각을 그는 잊지 못한다.

"기사로 키울 거예요?"

심장이 저울 끝에 올려진 기분이었다. 반대가 비어버리면 추락할.

"당신처럼?"

어쩌면 추락했는지도 모르겠다.

"에르셀라를 사랑해요?"

그간 없던 일은 아니었다. 에르셀라가 소기를 가진 채 입안의 혀처럼 군 적은 간혹 있던 일이고, 고의임을 알면서도 단 얼굴로 달게 말하니 예외 없이 넘어갔다.

하르젠은 사탕발림한 말이 쓸 수도 있음을 에르셀라를 겪고 알았다.

"비센테가 당신을 닮아 출중하니 아무 일도 없을 거예요."

"당신처럼?"

듣기 좋은 말은 모순이자 기만일 것이다. 그럼에도 허탈하게나마 웃음이 났다. 그날 밤에 본인이 한 말도 기억하지 못하는 여자였다. 비수에 꿀을 발라보았자 날카로운 쇳조각임은 변치 않을 것인데, 그것에 속아 머저리같이 기뻐하는 꼴이라니.

하르젠은 에르셀라를 바라보았다. 알았어야 했는데. 저리 간절함을 보이는 순간 거절할 수 없다는 것을 늦게 깨달았다.

그의 실책이리라.

에르셀라의 교차된 손가락이 간헐적으로 떨리고 있었다. 그것을 바라보며 하르젠은 떨어지지 않는 입을 열었다.

"……다녀와."

이유는 묻지 않았다. 어차피 보내줄 수밖에 없을 테니.

그로부터 이 주 후.

그녀의 이야기를 경청하던 레어리가 펜을 떨어뜨렸다.

"어머, 잉크가!"

"튀진 않았으니 걱정 말아요, 부인."

"후, 하마터면 알거지가 될 뻔했네요."

레어리가 과장스럽게 안도의 숨을 내쉬자 에르셀라가 까르르 웃었다.

"그럼요, 셀론가에게 다 청구할 거예요."

"아, 그런 거면 괜찮아요. 제 남편은 노발대발하겠지만. 그런데 갑자기 루델시아로 떠난다니, 공작 각하께서는 허락하신 건가요?"

"그래요."

레어리는 의외라는 듯 눈이 동그래졌는데, 그야 그럴 만했다. 다녀와. 그 말은 간명했지만 그를 아는 사람이라면 누구나 괄목할 만한 일이었으니 말이다.

한번 결정한 것은 뒤엎는 법이 없기에 가겠다 말하면서도 사실 반쯤은 체념하고 있던 차였다. 그런데 갑자기 무슨 변덕이었을까. 심지어 그녀의 채비를 하르젠이 직접 주관하기까지 했다.

"그럼 한동안 안녕이겠군요."

"부인, 설마 서운하세요?"

에르셀라는 손을 입에 가져다 댔다. '그' 레어리 셀론이 툴툴거리고 있었다.

"그럼 안 서운하겠어요?"

그녀는 다정하고 고지식하지 않았지만, 학자 특유의 냉정함과 딱딱함이 있었다. 그런데 이런 귀여운 투정을 보게 될 날이 올 줄이야. 에르셀라는 새침데기처럼 말했다.

"교습료 때문에 그런 거라면 집사에게 말해서 꼭 드릴 테니 걱정 않으셔도 된답니다."

레어리가 피식 웃었다.

"내가 그깟 돈 때문에…… 뭐, 돈은 소중하죠. 여하튼 놀리지 말아요."

"그럼 절 진짜……."

"연기는 못하시는군요."

감동받은 듯 아련한 표정을 지으려 했지만, 불행히도 에르셀라는 연기에 소질이 없었다.

"재미없었나요?"

"네. 몹시."

"저런."

한창 시시콜콜한 언사를 주고받는 사이에 문을 똑똑 두드리는 소리가 났다.

"리엔이니? 나 선생과 좀 더 이야기를 나누고……."

"죄송하지만 아들입니다."

문이 열리고 비센테가 뚜벅 걸어왔다.

"비센테!"

에르셀라는 반가움에 흠뻑 젖어 소리쳤다. 비센테는 그를 알아보고 일어나려는 레어리를 만류했다.

"앉아 계셔도 됩니다."

레어리는 고개 인사로 비센테의 배려를 받아들였다.

"따스한 봄날에 다시 만나네요, 공자. 많이 자라서 순간 누구인지 착각했지 뭐예요."

레어리의 말을 들은 에르셀라가 덧붙였다.

"제 아들이랍니다."

묻지도 않은 걸 나서서 대답하는 에르셀라에 레어리의 목구멍에서 풉 하고 웃음이 비집고 나왔다. 슬쩍 보니 비센테는 익숙한지 고개를 젓고 있었다.

"어머니."

"어어, 말하렴."

"좋은 시간을 방해해서 죄송하지만, 드릴 말씀이 있습니다."

"뭔데?"
"여기는……."
비센테가 어물쩍 대답을 피했다. 레어리가 들어선 안 되는 건가?
"그럼 전 오늘도 빨리 퇴근하죠."
허공을 두고 주고받는 눈짓을 눈치챈 레어리는 교습이 끝난 것을 핑계로 대며 밖으로 나갔다.
에르셀라는 잠시 후, 레어리가 들어선 안 될 게 뭐였는지 깨달았다.

"재조정하는 게 좋겠습니다."
"하지만 아들……."
"어머니의 말씀에 이견이 있는 건 아니지만, 고되실 겁니다."
충분히 이견 있어 보이는데…….
"긴 여정의 일정을 이렇게 짜는 사람은 없습니다, 어머니. 아버지가 확인하시기 전에 제가 봤으니 다행입니다. 하마터면 루델시아행도 없던 일이 될 뻔했으니까요."
공손하게 말한다고 잔소리가 아닌 것은 아니다. 조곤조곤 말하고 있었지만, 저것은 명백히 잔소리였다. 에르셀라는 잔소리의 근원을 참담하게 응시했다. 그녀 딴에는 고심해서 짠 일정이었으나, 방금 죄다 기각당했다. 글자 옆에 이 일정이 왜 말도 안 되는지가 빽빽하게 적혀 있는 걸 본 에르셀라가 기겁했다.
"안 되는 이유를 친절히도 써놓았구나."
그것도 반박할 수 없을 만큼 상세히 말이다.
"이미니의 말씀에 어찌 함부로 반대할 수 있겠습니까."
비센테가 뿌듯하게 말했다.
'이건 뭐 이유 없이 반대할 수 없으니 이유를 만들어 왔다'도 아니고…….
"이리 쉬는 시간이 없으면 병나실 겁니다."

슬슬 회유가 시작되었다. 에르셀라는 해탈한 정신으로 자신이 짠 계획을 바라보았다. 휴식이 거의 없는 험한 일정은 누가 보아도 도착하는 것에만 혈안이 돼 있는 게 눈에 보였다.

무리한 일정이었음에도 이런 계획을 세운 이유는 결국 시간이리라. 루델시아에서 해답을 찾지 못하면 어떡하나. 성과 없이 시간만 버리다 온 꼴이 되는 건 곤란하다.

"……는…… 물어도 되겠습니까?"

"……뭘?"

여러 상념에 파묻히느라 비센테가 한 말을 놓친 에르셀라가 주춤하며 되물었다. 그러자 비센테가 옅은 한숨을 내쉬었다.

"듣지 않으셨군요. 다시 한번 읊겠습니다. 루델시아로 가시는 길에 호위가 열셋이 붙을 것입니다. 사절단이나 허가받은 상인이 아닌 이상 국외자가 거느릴 수 있는 호위는 그 정도가 최대라 하더군요."

"알아. 워낙 폐쇄적인 곳이잖니."

"신의 국토가 더럽혀지는 걸 걱정한다기보단 이방인이 제 나라에 드나드는 것을 걱정하는 것일 겁니다. 군력은 보잘것없는 곳이니. 그리고."

비센테는 망설이듯이 부언했다.

"호위는 아버지가 선별하셨으며, 여기서 줄이는 건 죄송하지만 불가합니다."

에르셀라도 그 점은 기꺼이 수용할 예정이었다.

"그것까지 고집 부릴 생각은 없어."

"마지막으로 루델시아로 가고자 하시는 이유를 여쭙고 있었습니다."

꿀 먹은 벙어리가 된 양 에르셀라는 웃기만 했다. 숨길 생각인 건 아닌데, 말하기 애매한 상황이다 보니 대답이 술술 나오지 않았다.

"전에 내가 번역해서 보내준 책 기억하니?"

비센테의 낯에 의아함이 떠올랐다

"헤테론이란 사람의 책 말입니까?"

"그래. 하다 보니 그곳의 저자가 역설하던 왕족의 저주와 관련해 한 가지 궁금한 점이 생기더구나. 난 그걸 알아보려고 해."

"그것은 루델시아인들도 믿지 않는 이야기입니다."

완곡히 말하고 있지만, 꺼려 하는 게 느껴졌다. 에르셀라는 비센테가 우려하는 바가 무엇인지 알았다. 역대 왕족의 저주에 대해 그 나라의 통치자에게 묻는 것은 실례이자 모욕일 것이다. 왕의 분을 사 내쫓길 가능성도 있었다. 하지만 죽게 생겼는데 그게 문제인가?

"네가 이 문제를 어떻게 볼지 알아. 하지만 난 미신에 빠져 판단력을 잃은 것도 아니고, 허무맹랑한 소리에 귀 기울일 만큼 한가롭지도 않아. 이해할 수 없을 테고, 정말 터무니없어 보이겠지만 내겐 중요한 일이야. 너만 괜찮다면 그걸 알아보고 싶어."

마음이 콕콕 아려왔다. 신화를 저술한 것뿐이다. 그것도 아무도 믿지 않는. 한데 그것만 믿고 이렇게 무모한 일을 벌이는 것은…….

'그만큼 불안하다는 거겠지.'

그만큼 몰리고 있다는 뜻이리라. 그녀가 소중히 쥔 종이를 일별하며 비센테가 말했다. 자로 재어 그은 것처럼 지극히도 사무적인 목소리였다.

"그리하십시오. 여전히 왜 그런 신화를 좇아 루델시아에 가시는지는 모르겠지만, 말씀하기 곤란해 보이시니 눈감아 드리겠습니다."

에르셀라가 두 눈을 끔뻑였다. 심통 났나? 에르셀라는 혹시나 하는 마음에 비센테에게서 심통의 흔적을 찾으려 했지만, 고운 얼굴에서 발견되는 것은 없었다.

'근데 아무래도 삐친 것 같은데…….'

최대한 수습해 보고자 에르셀라가 멋쩍게 웃었다.

"이번만이야."

잘 해결되든 안 되든 이번만 제멋대로 굴 것이다. 여생은 가족과 함께할 생각이었다.

"루델시아에 갔다 오면 너를 위해 살 테니 이번만 봐줘."

하고 싶은 게 많았다. 사냥회가 열리면 직접 수를 놓은 손수건을 건네줘야 하고, 같이하려 새로 익힌 카드 게임도 해봐야 했으며, 영지도 시찰할 겸 여행도 가야 했다.

그런데 비센테의 표정이 이상했다. 괴이한 말을 들은 사람처럼 그가 인상 쓰고 있었다.

에르셀라가 왜 그러는지 물으려던 때였다.

"어머니가 저를 위해서 사실 필요는 없습니다."

네 번째였다.

"어머니 자신을 위해 사십시오."

그것도 그 말을 저 아이에게 들을 줄이야.

으득으득.

적나라한 소리에 자르데아 백작이 미모사처럼 움츠러들었다. 그가 알기로 수도에서 나고 자라 머리부터 발끝까지 우아한 그의 부인이 이를 갈 일은 얼마 없었다. 이를테면 딸에 관한 일이라든가.

"아도라!"

백작 부인이 이글이글 타오르는 눈으로 아도라를 죽일 듯이 노려보았다. 결코 일반적이라 할 수 없는 아도라의 행색이 이 모든 일의 원흉이었다.

귀족 영애가 입어야 할 드레스 대신 어디서 구한 건지 모를 천 더미를 칭칭 감고 있는 모습은 자르데아 백작이 봐도 기괴했다. 이 자리에서 유일하게 제 차림을 이상하게 여기지 않는 사람은 옷차림과 마찬가지로 기괴하게 웃으며 입을 열었다.

"신의 사제가 자르데아 백작 부인께 문안 올립니다."

진리에 통달한 인간이 세상의 무념무상을 깨닫고 짓는 미소가 저러할까. 괴란한 미소에 자르데아 백작 부인이 눈에 쌍심지를 켰다.

"그딴 넝마를 입느라 늦은 거니?"

"사제복을 폄훼하시면 신이 노하십니다, 어머니. 신께서 제게 이르기를 인간의 정기는 자연에서부터 온 것이며 그러니 속세의 의복을 상징하는 드레스는……."

"그것참 이상하구나! 루델시아의 귀족들도 드레스를 입는데 말이야. 그들은 신심이 적어 다 처형당해도 할 말이 없겠다, 그치?"

"실로 그러하나이다."

백작 부인의 입술이 삐딱해졌다.

"신을 섬긴다는 자가 꼴이 우습구나. 그 속세의 정성이 많이 들어간 머리도 자르는 게 어떠냐."

자르데아 백작 부인은 아도라가 제 머리카락을 얼마나 애지중지하는지 알았다. 예상대로 사제복 안에 감춰진 딸의 어깨가 떨리는 게 느껴졌다.

"이리 오거라, 어디 한번 싹 밀어보자."

"전 가식적인 놈과 결혼하기 싫어요!"

"그런 건 예의가 바르다고 하는 거란다."

그 말을 기점으로 아도라는 못 해먹겠다는 듯이 신복을 풀어헤쳤다.

"여자가 있어요! 못생겼어요! 싫어요!"

그녀는 지지 않고 바락바락 되받아쳤다.

"지금 고작 그것 때문에 부모와 절연을 하려 해!"

격양된 백작 부인의 고성에 누군가가 슬쩍 나섰다.

"저, 마님?"

"하녀장, 좀 있다 말하거라. 나는 내 딸과 심도 깊은 얘기를 나누어야 할 것 같으니!"

"그게 아니오라……."

어색하게 눈을 깜빡거린 하녀장은 제 뒤를 눈짓했다.

"무슨 일인……."

뒤에 있는 손님을 확인한 순간 백작 부인은 저도 모르게 까무러칠 뻔했다.

"베른하르트가의 영식께서 오셨습니다."

자르데아 백작 부인의 시선이 문간에 서 있는 멀끔한 청년에 한 번, 그 옆의 하녀장에게 한 번 멈추었다. 왜 진즉 알리지 않았느냐는 무언의 원망에 하녀장이 흠칫했다. 하녀장은 부랴부랴 억울함을 호소했다.

"영식의 방문을 알리려 했는데, 마님과 아가씨께서……."

백작 부인이 이마를 짚었다. 아도라와 신경전을 치르느라 알아차리지 못한 게 분명했다. 그러나 지금 한가로운 원망이나 할 때가 아니었다.

"……베른하르트 공자?"

이쪽을 해결하는 게 먼저였다.

"격조하였습니다, 백작 부인."

비센테의 인사는 모녀의 난투극을 목격하지 못한 사람 같았다. 아이러니하게도 그러한 태연함이 외려 백작 부인의 가슴을 철렁 내려앉게 했다.

"그, 그래요. 여긴 어쩐 일로……."

답지 않게 허둥지둥하는 아내를 대신해 나선 것은 자르데아 백작이었다.

"손님에게 결례를 보였군. 보아하니 찾아온 이유가 있는 듯한데. 자세한 건 들어가서 얘기하는 게 어떠오?"

"미리 사람을 보내지 않고 방문한 제 불찰이 큽니다. 이러한 불청객이라도 손님으로 맞아주시니 더없는 영광입니다."

"음?"

자르데아 백작이 멍청한 얼굴을 했다. 공작을 빼다 박은 오만한 낯으로 곱게 빻은 밀 같은 언어만 골라 내뱉고 있으니 그것 참 기분이 묘했다.

'내 딸보다 잘 자란 것 같은데…….'

그런 착각까지 일자 백작은 진심으로 당황했다. 저 아이의 부모가 베른하르트 공작과 공작 부인이었다. 그들은 그다지 자식에게 관심 있는 사람들이 아니라고 알고 있었다.

반면 우리 딸은 어떤가. 아도라는 아내와 함께 사랑을 퍼부어 키운 딸이다. 그런데 너무 어화둥둥 우리 아이 한 게 문제였을까.

'강하게 키웠어야 했어.'

번연한 깨달음에 백작이 눈물을 삼켰다. 아도라는 백작이 무슨 생각을 하는지 투명하게 보여 피식피식 웃었다.

'그 성정에 무슨.'

"웃어?"

풀어졌던 몸은 서슬 퍼런 목소리에 다시 돌상으로 변했다. 아도라는 백작 부인의 위험하게 일렁대는 시선을 감내하며 사제복을 여몄다. 그녀가 입술을 비죽였다. 이 차림으로 손님을 맞았다간 어머니가 소스라치게 경악할 것을 알았기 때문이다.

"저는 넝…… 아니, 옷을 갈아입고 올게요."

아도라는 순간 사제복을 '넝마'라고 칭하려 하다 비센테의 존재에 뒷말을 선회했다. 베른하르트 저택에서 지낸 기간은 비센테와 스스럼없어지기엔 터무니없이 짧았다. 친하지도 않은데 이런 모습을 보일 순 없었다.

'더 오래 있었어도 마찬가지였을 것 같지만.'

그 생각 그대로 몇 년을 있어도 비센테에게 친근함을 느낄 날은 오지 않을 것 같았다. 비교적 정확한 예감이었다.

"금방…… 올게요."

어찌 됐든 아도라는 적당한 예의를 차리기로 했다.

아도라는 접빈실에 들어가기 전에 옷차림을 점검했다. 따로 꾸민 것 없이 드레스만 바꿔 입은 상태였다.

'프릴 있으니 됐어.'

소매 언저리와 치마 밑단에 달린 프릴은 그녀의 옷차림 중 그나마 장식이라고 칭할 수 있는 것이었다. 옷차림이 간소했지만 옷감 자체는 고급이라 초라하진 않았다.

'행색은 갖췄으니 혼내시진 않겠지.'

그러고서 아도라는 연보라색으로 물든 자신의 드레스를 물끄러미 내려다보았다.

'……프릴 있잖아.'

그럼 됐다. 부디 어머니가 반항한다고 오해하지만 않으면 좋으련만. 확신 없이 중얼거리며 그녀는 문을 열었다.

접빈실에는 이미 찻주전자와 차, 그리고 몇 가지 과자가 준비되어 있었다.

그런데 뭔가 이상했다. 다과회와 같은 오순도순한 모습을 기대한 건 아니지만 공기에 낀 이 살얼음은 무어란 말인가?

"저…… 왔는데요."

등장을 알리기가 무섭게 후회가 찾아왔다.

"앉으렴."

드레스 문제가 아니었다. 알리지 말고 그대로 백스텝했어야 했다.

"……예에."

뭘까.
뭘까.
뭘까.
손님을 앞에 두고 화가 삭기는커녕 되레 부풀어 있는 이유는? 낌새가 꺼림칙하여 백작을 쳐다보니, 백작도 심각한 표정이었다. 아도라는 찍소리 한 번 못 해보고 소파에 찰싹 앉았다.
"저 어머……."
"그러니까 지금, 공작 부인께서는 아도라를 루델시아로 데려가겠다는 건가요?"
'……뭐?'
"선택은 전적으로 백작 영애에게 달려 있습니다."
"이 애의 보호자는 나예요, 공자. 공작 부인에게는 언제나 감사하는 마음이 있지요. 하지만 그것과 별개로 이번 일은 어미인 내 의사가 우선시돼야 합니다."
자르데아 백작이 거들었다.
"맞네. 그리고 저 앤 공작 부인께 일절 도움이 안 될 걸세."
아도라는 흐린 눈으로 백작을 쳐다보았다. 무슨 상황인진 모르겠지만 참으로 자랑스러운 아버지였다.
"백작 영애는 성인입니다."
그 뒤에 홀로 판단이 가능하다는 말이 따라붙었다. 말은 그렇게 했지만 비센테는 회의적인 얼굴이었다. 자신이 왜 여기서 이러고 있는 건지 모르겠다는 눈이었다. 그러거나 말거나 가슴에 손을 척 갖다 댄 백작 부인이 언성을 높였다.
"성인이라고 다 같은 성인인가요! 얜 몸만 컸지 머리는 한참……!"
"어머니?"
아도라가 경악하며 자르데아 백작 부인의 말을 잘라냈다. 대강 맥락을 파악해 보니 베른하르트 공작 부인이 그녀를 루델시아로 데려가고 싶어 하는데, 그것을 부모님이 반대하는 상황인 듯했다.

딸을 루델시아로 보내고 싶지 않은 마음은 백번 천 번 이해한다. 하지만 날조하지는 말아야 할 것 아닌가? 망신을 당하는 건 자신이었다.

'……진짜 진심은 아니겠지.'

아도라는 한 떨기 의심을 애써 떨치며 비센테를 바라보았다.

"영식, 제가 이해한 게 맞다면 공작 부인께서 루델시아로 갈 때 저도 같이 가길 원하셨던 건가요?"

"그렇습니다, 영애."

비센테가 긍정하자 아도라는 백작과 백작 부인을 번갈아 보았다.

"우선 영식의 얘기를 들어보고 싶어요."

백작과 백작 부인은 제 딸이 행여나 넘어갈까 봐 안 된다며 반대했다.

"영식께서 여기까지 와주신 수고가 있으니 그게 예의일 거라 생각해요."

하지만 모처럼 저리 정상적인 발언을 하는 딸아이의 모습에 물러날 수밖에 없었다.

접견실에서 부모를 내보낸 아도라는 비센테와 마주 보았다.

"음, 오랜만이에요, 영식."

"오랜만입니다."

빈말로라도 반갑다는 말은 오가지 않았다. 어색함에 몸부림치고 싶었지만 아도라는 필사적으로 감내했다. 확실히 이 년 만이라 그런지 달라진 점이 보였다. 체격이 달랐고, 인상이 달랐다. 그녀는 두루뭉술하게 총평하며 느릿하게 입을 열었다.

"어…… 공작 부인이 루델시아로 떠날 채비를 한다는 이야기는 들었어요."
"국왕의 교서가 오면 바로 떠날 예정입니다."
"그런데 공작 부인이 저는 왜 데려가려 하세요?"
무구한 질문에 비센테는 한숨을 삼키었다. 그건 그가 하고 싶은 말이었다. 뜬금없이 저 여인은 웬 말인가. 그가 없는 몇 달간 정들었는지 간혹가다 아도라의 얘기가 나왔다. 이럴 거면 그녀를 수양딸로 삼지 그러나.
"어머니께서 영애의 도움을 필요로 하십니다."
아도라의 도움이 어디에 필요할지는 루델시아와 연관지어 보면 쉬이 예측 가능했다. 그러나 여전히 '굳이?'라는 의문은 남아 있었다.
"정말요?!"
반색하는 아도라를 보며 비센테가 뚱한 어투로 덧붙였다.
"좋아하실 것 없습니다. 쉬는 일정이 거의 없다시피 해서 여정은 편치 않을 겁니다. 거절하려면 지금 하십시오."
거절하길 바라는 것 같은 건 제 착각일까? 어쩐지 착각은 아닌 것 같았지만, 그녀는 물러설 수 없었다. 어찌 이 기회를 놓칠까.
"아니요, 절대로요. 제가 버티는 거 하난 기가 막히게 잘하거든요. 멀미도 없어요."
"아까 보니 백작 부인의 반대가 거세시던데."
"그것도 걱정 마세요! 다녀온 뒤 결혼하겠다고 하면 허락해 주실 거예요."
비센테가 멈칫했다. 해맑은 음성에 속아 내용을 놓칠 뻔했다.
"결혼하지 않기 위해 버티신 것 아니었습니까?"
아도라가 푸욱 한숨을 내쉬었다.
"이 년이면 많이 버텼죠. 이젠 한계예요."
무려 이 년이었다. 가문의 입김을 보면 용케 버텼다고 할 수 있었다.

그녀는 가문을 이을 독녀였으니 결혼을 하지 않는다는 선택지는 없을 것이다. 개중 백작 부인이 캐론 다트너를 못 놓는 이유는 자명했다.

다트너였다, 피사리데와 맥을 같이해 온. 제1왕자를 비호하는 가문 중 하나로서, 후에 1왕자가 왕위에 오르면 자르데아도 덕을 볼 터.

"조건이라도 내걸 수 있는 지금이 기회예요."

그녀라면 주어진 운명을 피할 수 있을 거라 막연히 생각해 와서일까. 비센테는 막상 아도라마저 순리대로 결혼한다고 하니 기분이 이상했다. 개운하지 않았다.

비센테는 에르셀라를 생각했다. 장인이 정성들여 세공한 예술품 같은 어머니를. 그녀가 원하는 삶을 살길 바란다. 그것이 옳든 그르든 온전히 스스로 선택하고 결정하는 삶을 살았으면 했다.

"저기……."

흥분됐는지 아도라는 홍조를 띤 채 묻고 있었다.

"루델시아 국왕의 교서가 필요하다 영식께서 말하셨죠. 혹시 우리가 갈 곳이 궁인가요?"

벌써부터 '우리가'인가. 들뜬 모습이 보기 싫진 않았다.

"그렇습니다."

"흡……!"

일순 아도라는 감격한 듯 손을 겹쳐 입을 틀어막았다. 눈가에 그렁그렁 눈물이 고이기까지 했다. 온갖 만감이 교차해 보이는 반응에 비센테의 눈가가 움찔거렸다.

"왜 그러십니까?"

"아…… '파테라 대신전'을 볼 수 있다고 생각하니 벅차올라서……."

파테라 대신전.

그러고 보니 루델시아에 그런 신전이 있다는 말은 들어봤다. 루델시아는 종교와 정치가 일치된 나라로 그곳의 국왕이 대신관직을 겸직

했다.

따라서 대신전도 궁 안에 있었다. 무궁한 역사를 지닌 건축물이니 확실히 신자들에겐 감격할 만한 일일 것이다.

'그래도 신심은 있나 보군.'

라페른은 단순 도피처인 줄 알았는데, 지금까지 헛되이 시간을 보낸 건 아닌 듯했다.

"그림으로만 접했던 것을 직접 볼 수 있다니. 아, 어떡해. 진짜 어쩌죠? 전 정말 행운아인가 봐요. 세상에……."

아도라는 믿을 수 없다는 듯이 대신전에 보관되어 있는 유물을 차근차근 읊었다. 틸리아나의 치료석, 베네렛의 이적, 스피아나의 오팔…….

비센테에게는 신화 속에나 남은 영물로밖에 보이지 않는 것들이었다. 그것이 겉으로도 보여 아도라는 저 혼자 들뜬 것이 민망해졌다. 그녀는 수습하듯 입을 열었다.

"대신전에는 '그것'도 있으니까요."

비센테도 그것에는 동의했다. 그도 거기에는 약간 흥미가 갔으니까. 물론 그 이상의 기대는 하지 않았다. 그래 봤자 발현되지 않는 기적이었다.

그는 시시하다 생각하며 품에서 편지 하나를 꺼내 탁자 위로 툭 던졌다.

"그리고 다시는 이런 장난치지 마십시오."

어딘가 못마땅한 목소리였다.

아도라는 비센테가 무성의하게 던진 편지를 낚아채듯 가져왔다. 그녀는 거친 동작으로 편지를 펼친 뒤 멍해지고 말았다.

신어와 모국어로 종이를 기어 다니는 활자 더미. 그 편지는 아도라가 비센테에게 준 것이 맞았다. 그것도 쓸까 말까 하다가 큰맘 먹고 쓴. 오해를 사지 않게끔 편지지도 평범한 것으로 골랐던 아도라는 인상을 팍 구겼다.

"장난 아닌데요."

장난칠 만큼 자신들이 친했던가? 아도라는 자신의 대가 없는 호의가 몰매로 돌아오자 서럽기만 했다.

"이런 식으로 편지를 보내시는 것은 놀리려는 의도로밖에 보이지 않습니다."

"이런 식? 이런 식이 뭔데요?"

비센테의 눈썹이 슬쩍 들렸다. 비아냥거리려는 건 아니었는데 그렇게 들렸나 보다. 아도라는 억울해졌다.

"이게 연서인가요? 도전장인가요? 하물며 혈서도 아니잖아요!"

편지에는 치근덕대는 말도, 모욕을 주는 말도, 피의 맹세도 없었다.

"그저 영식 이름의 유래와 아아아주 예의상 적은 약간의 축복의 말을 썼을 뿐이라고요. 놀리다니요. 그럼 제가 한번 읽어볼 테니, 뭐가 문제인지 말해보세요."

비센테가 만류하려는 게 보였지만, 아도라는 대답할 시간도 주지 않고 바로 편지를 읽기 시작했다.

"비센테. 그 이름의 역사는 고목나무 아래에서부터 거슬러 올라가야 하나니."

읽으면서도 하나하나 의심이 들었다. 설마 자기 이름이 하찮은 고목나무 아래에서 시작된 게 불만인 건가?

"개울가에서 쉬던 한 신관이 아기 울음소리를 들었다. 소리는 어느 순간 커졌고, 그녀는 그 소리의 출처가 고목나무 밑임을 알고 그리로 발걸음을 향했다. 그리고 마침내 그곳에서 아마포로 칭칭 감겨 있는 아기를 발견했더라. 이를 즉시 신전 사람에게 알리노니, 이 소문을 들은 대신관 헬레아가 그 아이를 가엾게 여겨 양자로 삼았다. 헬레아는 아기를 두고두고 보다, 사랑함이 매일매일 눈이 부시게 커져 비로소 아이의 이름을 사랑함의 '비산', 혹은 '비센'과 아이의 '데'와 '테'를 붙여 비산데 혹은 비센테라…….”

“그만.”

아도라가 고개를 들어 올렸다. 그러나 비센테가 좀처럼 그녀와 시선을 마주치려 하지 않자, 보랏빛 눈동자가 멍하니 끔뻑였다. 아도라는 비로소 무엇이 문제였는지 조금 알 것 같았다. 그녀 기준으로는 문제가 아닌 문제였다.

“공작 각하께서 이런 이름을 지어주셨다는 게 부끄러워서 그래요?”

“아닙니다.”

‘아니긴, 딱 보니 그거구먼.’

마차에서 이름의 의미를 알려줄 때도 그랬지만, 참 사랑이라는 말에 면역력이 없는 사람이었다.

아도라는 어렸을 때부터 뭐만 하면 ‘사랑하는 내 딸’이라는 아버지의 팔불출 어린 말을 듣고 자랐기 때문인지, 사랑이라는 말을 당연하게 여겼다.

캐론 다트너의 행실을 이해하지 못하겠는 것도 그 때문이리라. 캐더 영애가 그렇게 좋으면 그 여자와 결혼하면 될 것 아닌가. 개자식의 생각을 인간의 관점으로 보니 이런저런 벽에 부딪히는 건 어쩔 수 없지만, 그래도 기회가 된다면 캐론 다트너의 머릿속을 샅샅이 해부해 보고 싶었다.

“뭐, 아니라면 말고요. 편지는…… 그래도 사람이라면 자신의 이름이 무슨 뜻인지는 알아야 하잖아요. 영식의 이름은 그라니아가 아닌 루델시아에서 나온 이름이라 잘 모를 거라 생각해서……. 그냥, 아셨으면 좋겠다 생각해서 보내 드렸어요.”

역시 편지를 쓰기 전 망설였을 때 바로 펜을 꺾었어야 했다. 그랬다면 오지랖에, 매 맞는 일 없이 조용히 넘어갔을 텐데 말이다.

사랑에 대한 내성이 없다시피 한 남자에게 사랑의 설화에 대해 열변을 토해보았자 소용없는 일이었다.

"아버지가."

후회가 뭉게뭉게 피어오르기 직전, 비센테의 목소리가 들렸다.

"저를 그저 단순히 자식이라고만 생각하지 않는다는 것은 압니다."

말을 뭐 저리 어렵게 한담. 그냥 아버지가 자신을 사랑하는 걸 알고 있다고 말하면 될 것을.

'그러고 보면 공작 부인도 말을 어렵게 하시긴 했는데.'

자연히 에르셀라가 연상됐다. 눈앞의 사내 못지않게 빙빙 돌려 말하는 걸 잘하는 사람이었다. 어쩌다 아도라가 핵심을 콕 집으면 '얘는, 뭘 그런 걸 직접적으로……' 하며 민망해하기 일쑤였다.

아도라는 비센테를 바라보았다. 저 말조차 어렵사리 꺼내는 남자를.

'피곤하게 사네.'

감상은 비단 비센테에게만 국한된 것은 아니리라.

하녀는 향수를 뿌린 팔목을 에이레네의 목 근처로 갖다 대었다. 은은한 향이 에이레네의 코끝에 감돌았다.

"이건 어떠세요?"

에이레네는 거울로 하녀의 초롱초롱한 눈을 일별하고 입을 열었다.

"괜찮네."

심드렁한 감상에 하녀가 뚱한 표정을 지었다.

"정말 괜찮은 거 맞으세요? 코나카 향수 공방에서 제일 먼저 집어온 거란 말이에요. 레데아 백작 부인보다 빨랐다고요. 백작 부인이 지금쯤 하녀를 혼내고 있을걸요?"

하녀 메리가 허리에 손을 둔 채 가슴께를 쭉 폈다. 말은 안 했지만

'레데아가의 하녀보다 자신이 더 유능하다'를 온몸으로 표현하고 있었다. 결국 제 자랑이었다.

"향수야 또 주문하면 되고. 그리고 그 고상한 여자가 고작 그 일로 전속 하녀를 혼내겠어?"

"혹시 모르죠. 본모습을 숨기고 계실지도."

"지난번 티타임에서 레데아 백작 부인에게 들은 핀잔이 아직도 마음에 남아 있나 보구나."

"아시잖아요, 마님. 그건 마님의 꼬투리나 잡으려는 생트집이었어요."

"알다마다. 하지만 깊게 생각하고 싶진 않구나. 피곤해."

에이레네의 목소리는 나른한 걸 넘어 병든 닭처럼 매가리가 없었다.

"후작님 때문에 그러세요? 제가 아까 얼마나 놀랐는지 아세요? 못 주무셨는지 세상에, 그 빛나던 얼굴이……."

에이레네 앞에서 차마 몰골이 말이 아니었다는 말은 할 수 없었는지 메리가 황급히 말을 돌렸다.

"올해는 영지 시찰도 블래노버 백작님께 맡기신다면서요."

"이게 다 못돼 처먹은 개자식 때문인 게지."

에이레네가 스산하게 중얼거렸다. 주어는 없었지만 못돼 처먹은 사람이 누구인지는 뻔했다. 왕을 왕이라고 할 수 없는 주인의 통탄함이 메리에게까지 전해졌다.

"아, 어제 로웨나 아가씨께서 우시더라고요. 자긴 아버지가 없는 거나 마찬가지라면서 해괴망측한 말을 하시기에 하녀들이 얼마나 기겁했는지 몰라요."

"들었어. 달래느라 고생했겠구나."

"저…… 근데 이제 공작 부인은 안 오시나요? 아가씨가 고모님 보고 싶다고 그러셨어요. 안 그래 보여도 도련님도 그런 눈치였고요."

"에르셀라는……."

에이레네는 한숨을 내쉬었다. 에르셀라가 후작가에 발길을 끊은 지가 어언 이 년이 다 되었다. 처음엔 어찌 된 영문인지 몰라 편지를 보내봤지만, 답장은 돌아오지 않았다. 카르온에게 물어도 기대하지 말라는 대답뿐이었다.

"됐어. 안 오겠다는 애 억지로 오라 할 수도 없고. 로웨나나 잘 달래줘야지. 그런데 내 약 못 봤니?"

"무슨 약이요?"

"두통약인데…… 반년간 괜찮아져서 끊었다가 요즘 다시 아파오기에 먹으려 했는데, 없더구나."

"……안 드시는 건 줄 알고 하녀가 버린 거 아닐까요?"

"그런가?"

에이레네는 긴가민가 확신하지 못했다. 모시는 주인의 물건을 함부로 버릴 간 큰 하녀가 있었던가?

메리는 못 말린다며 한숨을 푸욱 토해냈다.

"귀부인의 물건을 허락도 없이 버리다니 혼나야겠네요. 칼런 집사님께 전달해 둘게요."

유능함을 뽐내는 하녀답게 메리가 칼같이 행동을 취했다. 버려도 상관없었지만 에이레네는 메리를 놔두기로 했다. 기강이 해이해진 것이라면 바로잡아야 했다. 다만 그녀는 약을 담은 병이 조금 아까워졌다.

"예뻤는데."

미를 중요시하는 에이레네가 보기엔 병에 새겨진 양각이 꽤 독특하고 어여뻤던 탓이었다.

'카르온이 준 거기도 하고.'

정확히 말하면 졸라서 받아낸 것이지만. 테이블에 놓인 병이 예뻐 가져도 되냐 물었더니 곤란해하며 다른 것을 마련해 주겠다는 그를 회유해 극구 얻어낸 것이었다. 갖게 되기까지의 과정을 생각하니 역시 조금 아까워졌다.

하지만 버렸다 하니 어쩔 수 없었다.

"두통약은 의원님에게 얘기드려 볼게요."

"부탁하마."

에이레네는 기지개를 쭉 켜며 아쉬움을 떨쳐냈다.

"……그럼요."

피곤해서 그런지 메리의 목소리가 멀게 들렸다.

왕의 교서가 내려왔다.

짐은 베아트리스의 자식을 귀히 여긴다.

짐은 베아트리스의 딸이 '크리스티'의 성을 달지 않는 조건으로 왕궁을 방문하는 것을 허락하노니. 그대가 왕성을 넘는 이름은 어디까지나 '피사리데'여야만 할 것을 알라.

교서의 내용을 읽어주니 하녀들은 하나같이 비난 일색이었다.

"거참, 되게 쩨쩨하네요."

"치사해요."

"무슨 왕이 저런담."

에르셀라는 제 곁으로 쪼르르 모여들어 왕의 뒷담을 하는 그녀들이 귀여워 웃기만 했다.

치졸해 보이긴 하다만 어떻게 보면 현인이었다. 왕의 슬하에는 왕녀가 없는 왕자뿐이었으니. 모계 계승 사회에서 베아트리스 왕녀의 피를 물려받은 그녀가 간다면 어떠한 여론이 펼쳐질지 걱정이 될 만도 하였다.

에르셀라도 왕에게 온정을 바라고 가는 것은 아니라 크게 마음이 상하지는 않았다.

허락이 떨어지자 준비는 착착 진행되었다. 채비는 마련돼 있어 길게 끌 것도 없었다. 정말로 빨랐다.

어느덧 떠나는 날이 되었으니.

에르셀라는 저택 앞에 일렬로 늘어서 있는 사륜마차를 보았다. 하르젠이 그녀와 떠나는 기사들을 손수 독려하고 있었고, 비센테도 짐을 점검 중이었다.

그때 뒷짐을 진 리엔이 머리를 빼꼼 들이밀었다. 쭈물거리는 리엔을 보며 에르셀라가 피식 웃었다.

“화는 다 풀렸니?”

“화, 화는 무슨요!”

리엔이 화들짝 놀라 더듬거렸다.

리엔은 이번에 최소한의 인원으로 꾸리는 여정에서 제외되었는데, 그로 인해 삐친 걸 달래주느라 에르셀라는 고생이 이만저만이 아니었다. 그래도 다행히 서운함이 풀렸는지, 리엔은 곧장 말을 붙여왔다.

“떨리세요?”

“막상 가려니 좀 그러네.”

다시 돌아올 곳인데 왜 이리 발이 안 떨어질까.

“이미 늦었어요. 조심히 다녀오시기나 하세요.”

리엔은 투덜거리면서도 에르셀라의 손에 장갑을 씌워주었다.

“빨리 올 거야. 내가 없는 동안 잘 지내고 있어야 해.”

에르셀라는 울먹이는 리엔을 한 번 안아주고는 마차로 걸어갔다.

마차 앞에는 하르젠과 비센테가 그녀를 기다리고 있었다.

로브 끈을 한차례 여며준 하르젠이 그녀를 마차로 안아 올렸다. 문턱에 부딪히지 않도록 작은 머리통을 한 손으로 감싼 채였다.

마차 위에 올라 무릎을 살짝 굽힌 에르셀라가 그를 향해 개구쟁이처럼 웃었다.

"이렇게 보니까 키가 비슷하네요?"

"그러게."

하르젠이 피식 웃었다. 재미없다 못해 바짝 메마른 반응에 에르셀라가 입술을 비죽였다.

"기념품 사 올게요. 집 잘 지키고 있어야 해요?"

그래도 마지막은 웃는 모습인 게 좋겠지. 그렇게 생각하며 마지막으로 한 번 더 웃어 보이려고 할 때, 순간적으로 상체가 앞으로 기울어졌다. 그리고 왼뺨, 오른뺨 순서대로 차가운 온도가 느껴졌다.

에르셀라의 눈이 휘둥그레 커졌다.

"다녀와."

오랜만에 받는 뺨 인사였다.

"한 번 더요."

웃음이 터진 에르셀라가 조금 전 하르젠의 행동을 한 번 더 되풀이했다. 하르젠이 웃음을 참는 게 피부로 느껴졌다. 이번에 그녀는 신이 난 듯 비센테를 가리켰다.

"아들과도 해요."

하르젠은 못 들은 체하며 손을 내밀었다.

"네 어미를 잘 부탁한다."

에르셀라에게 무어라 더 말이 나올까 우려한 비센테도 그 손을 주저 없이 맞잡았다.

"물론입니다."

저처럼 빰 인사를 하길 바랐지만, 기대했던 장면은 일어나지 않았다. 그럼에도 기분이 좋아 에르셀라는 주변의 시선도 잊고 소리 내어 웃어버렸다.

한결 가벼워진 발이 여행길에 올랐다.

11장
신화의 나라

산등성이를 타고 오르는 마차를 향해 엷은 안개가 베일처럼 내려왔다. 문틈으로 스며든 안개 향에 에르셀라의 눈꺼풀이 천천히 밀려 올라갔다. 그녀는 몽롱한 정신으로 마차 안을 둘러보았다. 외부와 차단된 마차 안은 사방이 어둑했다.

땅을 울리는 말굽.

덜컹거리는 마차.

투레질 소리.

그 상태로 잠시 기다리기를 얼마 뒤, 어둠에 눈이 익었다. 추운지 담요를 두른 아도라와 간이 선반을 받침대 삼아 턱을 괸 채 잠든 비센테가 보였다.

잠에서 깬 에르셀라는 조심조심 창문을 밀었다. 드르륵거리는 판자 소리가 멎고, 어두컴컴한 마차 안으로 검푸른 새벽빛이 쏟아졌다. 여명에 덮인 하늘을 보니 아네체에서 출발한 지 얼마 되지 않은 듯했다. 에르셀라는 수도를 떠나온 날을 셈해보았다. 수도에서 펠슨, 첼시아,

라페른을 거쳐 루델시아 국경 지역인 델사의 관문을 통과했다. 그다음 델라드, 비덴을 넘어 이제 막 아네체를 지나왔다.

'한 달 조금 안 되려나.'

수도에서 라페른을 통해 루델시아로 넘어가기까지는 고작 일주일밖에 걸리지 않았다. 펠슨과 라페른의 중간 지점인 첼시아의 영주가 길을 내주었기에 가능한 일이었다.

원래대로라면 배는 더 걸렸을 것이라며 아도라는 이례적인 경험에 얼떨떨해했다. 첼시아는 검문이 심한 영지라 번거롭더라도 돌아가는 편이 낫다면서 말이다.

에르셀라도 어떻게 된 일인지는 자세히 알지 못했다. 다만 떠나기 전, 하르젠이 마부에게 첼시아를 거쳐 가라고 명한 걸 보니 미리 언질을 해두었구나 하고 예측할 뿐이었다. 어쨌든 거기까진 좋았다.

문제는 루델시아에서 왕성까지 도달하는 과정이었다. 거쳐 갈 수 있는 영지가 제한돼 있는데다가, 관문을 통과할 때마다 일일이 증서를 내밀고 승인받기를 반복하는 게 여간 수고스러운 것이 아니었다. 일정이 더뎌지는 건 당연지사였다.

그나마 다행이라 하면 방금 지나온 아네체 이후론 더 이상 들를 영지가 없다는 것이었다. 에르셀라는 루델시아의 왕성이 저 어디 구석에 처박혀 있지 않은 것에 진심으로 감사했다. 그랬다면 고행길이 더욱 길어질 뻔했다.

초반엔 나름대로 여행 아니냐며 들뜨기도 했는데 그것도 잠시일 뿐, 이제는 뭘 해도 재미가 없었다. 가져온 책은 전부 독파했으며 오랫동안 마차에만 있다 보니 어지러운 것은 물론이고 등이 배길 지경이었다. 체력이 강한 비센테도 차라리 말을 탈 걸 그랬다며 후회하는 걸로 보아 남자에게도 결코 쉽지 않은 여정인 듯했다.

"깨셨습니까?"

에르셀라는 소리가 난 창밖으로 고개를 돌렸다. 그곳에는 말 위에 올라탄 린튼이 몸풀기를 하고 있었다.

"좋은 아침이에요, 경."

린튼은 고개를 꺾어 하늘을 바라보았다.

'음, 어디에도 해는 없군.'

에르셀라를 일별한 린튼이 성의 없이 툭 뱉었다.

"예, 더 자십시오."

근엄한 체하는 건 여전하다. 가느스름히 눈을 뜬 에르셀라가 린튼의 뒤를 가리켰다.

"저기 한번 보죠."

린튼의 고개가 빳빳하게 돌아갔다. 그녀가 팔을 뻗어 가리킨 지평선 너머로 해가 떠오르고 있었다. 괜스레 머쓱해진 린튼은 일부러 퉁명스럽게 말했다.

"……어차피 마차에서 할 것도 없지 않습니까."

"가만히 있는 것만으로도 얼마나 힘든데요."

"부인을 보면 편해 보이는데……."

"설마요. 지금도 토할 것 같은데."

"토해도 좋으니 저도 마차 좀 타봤으면 원이 없겠군요."

린튼의 부럽다는 시선이 마차에 깔짝거렸다. 에르셀라의 입가에 장난기가 퍼졌다.

"그럼 바꾸죠. 경이 마차를 타고 내가 말을 타는 걸로."

"사양하겠습니다."

그녀의 예상대로 질색이라는 듯한 거절이 단칼에 들려왔다.

"또 낙마 얘기나 할 거면 염려 놓아도 된답니다. 걱정할 필요 없어요."

린튼은 상냥하게 웃었다.

'상냥하게?'

에르셀라가 수상함을 느끼기 전이었다.

"낙마하면 부인은 산송장이 되겠지만 저는 그냥 송장이 될 겁니다. 부인의 무덤은 안락한 침대겠지만, 제 무덤은 빌어먹을 관이겠지요. 그러니 걱정하는 건 부인이 아니라 제 목숨입니다."

시종일관 조곤조곤 흐르는 목소리는 칼만 안 들었지 협박이었다. 등줄기에 식은땀이 흘렀다. 어째 쌓인 게 많은 것 같은 게…… 승마를 가르칠 때 스트레스가 이만저만이 아니었나 보다.

"이대로 가죠."

"탁월한 선택이십니다."

린튼이 이어 말했다.

"그리고 조금만 참으시면 될 겁니다. 얼마 안 가 도착할 테니."

"언제 도착하는데요?"

"식사 외에 쉬지 않고 꾸준히 달린다면 밤중에는 도착할 겁니다. 다만, 성문이 닫히기 전에 도착할 수 있을지는 모르겠네요."

에르셀라는 린튼의 말을 조금도 긍정적으로 받아들이지 못했다. 도착해도 성문이 닫혀 있다면 말짱 도루묵이지 않은가.

"맙소사, 여인숙은 이제 질렸어요."

벌써부터 여관에 묵을 생각을 하니 눈앞이 암담해졌다. 고급 여관을 발견하면 다행이지만, 그렇지 않은 날엔 고생이란 고생은 다 해야 했다.

을씨년스러운 골조, 벌레가 우글거릴 것 같은 바닥, 통나무같이 딱딱한 침대, 축축한 시트! 그런 여인숙은 대개 식사도 형편없었다. 눅진한 빵에 행주 냄새가 나는 수프는 물론이고 어딘가 상한 것 같은 고기까지……. 그녀가 한 번도 입 대본 적 없는 음식들이었다.

에르셀라는 오만상을 지었다. 시시각각 변하는 표정에는 별의별 감정이 다 녹아 있었기에 린튼은 잔소리 아닌 잔소리를 늘어놓았다.

"그러게 왜 영주들의 초대를 거절하셨습니까. 영지를 벗어난 길은 어쩔 수 없다지만, 적어도 영지 안에서는 호의호식할 수 있었을 텐데요."

베른하르트 공작 부인이 제 땅을 고이 지나치도록 놔둘 영주가 어디 있겠는가. 그들은 일률적으로 에르셀라가 자신들의 성에 머무르기를 원했다. 성의 초대를 받았다면 기사들도 거나하게 몇 끼를 즐길 수 있으니 모두에게 행복한 여정이 되었을 것이다. 거절했으니까 문제였을 뿐.

"그러면 예의상으로라도 며칠간 성에 머물러야 하니까."

바로 이러한 이유로 말이다.

"그렇죠. 이게 다 시간 때문이죠."

에르셀라가 린튼을 흘겨보았다.

"어차피 영지 안에서는 좋은 여관에 머물렀잖아요. 문제는 영지 밖이었죠. 경은 그저 내 탓을 하고 싶은 거죠?"

"오, 제가 어찌."

기저에 깔린 것은 놀림이었다. 린튼은 장난을 멈추지 않았다.

"그저…… 첼시아 영주의 딸이 그리 아름답다는데 못 본 것이 잠깐."

"……."

"펠슨의 이백 년산 와인을 대접받지 못한 게 잠깐."

"……."

"아쉬웠을 뿐입니다."

"잘됐네요. 경은 궁에도 한 발짝 들어가지 못할 테니까."

"그게 어떻게 잘된."

탁.

린튼의 항변이 끝나기 전에 창문이 거칠게 닫혔다. 린튼은 그 자리에서 킥킥 대소했다.

"부인! 식사 안 하실 겁니까!"

"안 해요! 지긋지긋한 감자 따위!"

"토끼 고기도 있는데요!"

"……."

잠시 후 문이 열렸다. 참 매가리도 없이 열린다고 린튼은 생각했다. 그 창 사이로 슬쩍 고개를 내미는 에르셀라는 더더욱.

"애들 깼네요. 아침 먹죠."

"왜 도련님, 백작 영애 핑계를 댑니까?"

"린튼, 더 이상 말대꾸하면 해고하겠어요."

"닥치죠."

더 가다간 정말로 해고할 기세라 린튼은 슬며시 자신의 입을 봉했다.

잠시 후, 에르셀라의 허망한 눈길이 손안에 들어와 있는 감자에 머물렀다. 수행 기사 헨슨이 고개를 갸웃거렸다.

"토끼 고기요? 야, 우리가 언제 사냥했었냐?"

"사냥은 무슨, 여기까지 오느라 할 시간도 없었구먼."

"오, 감자 잘 익었는데? 누가 했냐?"

"칼스턴이."

"칼스턴, 앞으로 요리 당번은 너다."

"어디서 개 짖는 소리가 들리는군."

맞은편에는 자꾸만 시선을 피하는 린튼이 있었다. 속았다.

"입맛에 안 맞으십니까?"

한 기사가 의아하다는 듯이 물었다.

"아니……. 좋아해요."

거짓말이 아니라 정말 좋아했다. 단지 한층 멋스럽게 때깔을 낸 '감자 요리'를 좋아하는 것일 뿐.

에르셀라는 울상이 지어지려는 표정을 바로잡기가 어려웠다. 돈이 없는 것도 아닌데 매번 퍽퍽한 감자를 먹어야 한다니. 헨슨의 말로는 이게 효율이 가장 좋다나 뭐라나. 가끔은 기사들이 냄비에 이런저런

재료를 탈탈 털어 넣어서 잡탕 비슷한 수프를 만들어주기도 하는데, 오늘은 그마저도 없었다.

역시 일반적인 여행과 다르긴 한가 보다. 치즈를 얹어 녹여 먹을 수 있다면 얼마나 좋을까. 사치스러운 생각을 하며 에르셀라는 감자를 한 입 베어 물었다. 고개를 숙이자 머리카락이 흘러내렸다.

에르셀라는 흘러내린 머리칼을 귀 뒤로 넘기며 비센테를 바라보았다. 혹여 꺼려 하는 건 아닐까 하는 걱정이 무색하게도 비센테는 익숙해 보였다.

“영애는 잘 드시는데요?”

“제가 다니던 학교에 매일 감자가 나왔거든요. 그리고 죄송하지만 경, 이 이상 다가오지 말아주셨으면 해요.”

“이런, 은근히 친밀감을 나누고 있다고 생각했는데요.”

“경 혼자만의 내적 친밀감이었나 보군요.”

“쌍방향의 호감을 전제로 생기는 친밀감 아니었습니까?”

“아니었네요. 다행이에요.”

“은근히 야박하시군요.”

치근덕대는 헨슨을 피해 아도라가 대놓고 옆으로 피신했다. 비센테가 헨슨에게 눈치를 주었다.

“경거망동 마라, 헨슨 경.”

“옙, 알겠습니다.”

헨슨은 핀잔받은 사람답지 않게 웃으며 에르셀라에게 말을 걸었다.

“그런데 부부는 닮는다더니, 각하도 꽤 좋아하십니다.”

“네?”

에르셀라가 되묻자 헨슨이 에르셀라가 쥐고 있는 것을 턱짓했다.

“그 감자 말입니다.”

그때 헨슨의 말을 잠자코 듣던 칼스턴이 헨슨의 뒷머리를 후려쳤다.

"악! 왜 때립니까!"

"멍청하기가 따로 없군. 그 당시를 생각하면 나도 감자만 보면 질리는데, 각하가 좋아했다는 결론이 어떻게 나오지? 우리 때문에 먹어준 거지."

그 옆의 세반 경, 헤르만 경이 고개를 끄덕였다. 여전히 의아해하고 있는 에르셀라를 향해 레넨 경이 덧붙였다.

"당시 레나르트의 기습으로 보급 물자가 한 번 끊긴 적이 있습니다. 뭐 그런 상황이 아니더라도 어떤 사령관이 성안도 아니고 전장 한복판에서 혼자 성찬을 차려 먹는답니까. 안 된다는 법은 없지만 병사들 사기 떨어지기 딱 좋죠. 딱히 먹을 걸 가리시는 분도 아니었고."

그래도 귀족인데, 라는 말은 나오지 않았다. 이미 이 자리에 있는 모두가 귀족이었다.

"전 그 얘기 한 거 아닙니다! 전 레나르트전에 참전하지도 않았다고요!"

"많이 컸군, 헨슨. 많이 컸어."

"알겠으니까 때리지 좀 마십쇼. 아픕니다……."

헨슨은 억울한 듯 바락바락 외치다 코앞에 들이밀어진 주먹에 바로 꼬리를 말았다. 그런 헨슨을 뒤로하며 에르셀라는 눈앞의 기사들을 쭉 둘러보았다. 평귀족의 자제부터 명문가의 차남까지 전부 귀족이었지만, 현 상황에 가탈스럽게 구는 사람은 아무도 없었다. 비센테조차도.

에르셀라는 하르젠을 생각했다. 그 시간 저만 힘들었을 거라는 이기적인 생각을 한 건 아니었지만, 막상 이런 얘기를 들으니 속이 뭉클해졌다. 갑자기 손안의 감자가 그 어떤 보석보다 귀하게 여겨졌다. 에르셀라는 식은 감자를 보드랍게 어루만지며 아무도 모르게 코를 훌쩍였다.

'보고 싶다.'

어서 집으로 돌아가고 싶었다.

그날 밤.

그들은 운이 좋게도 성문이 닫히기 전에 왕성에 도착했다. 성의 문지기는 에르셀라가 가지고 온 왕의 교서를 보자 즉시 입궁을 도왔다. 처리가 빠른 걸 보니 왕이 따로 언질을 준 듯했다.

그리하여 그들은 한밤중임에도 궁에 들 수 있었다. 시종의 안내를 받아 방에 들어서자, 대기해 있던 시녀들이 시중을 들어주었다. 따뜻한 물에 몸을 녹이고 차를 마시니 한결 살 것 같았다.

두 번째 피를 토한 건, 긴장한 몸이 풀리며 나른함에 푹 잠길 때였다.

대야물에 핏방울이 뚝뚝 떨어졌다. 무색의 액체에 이질적인 색이 섞이자 시녀가 황망히 고개를 젓혔다.

"부인! 괜찮으신지요?!"

에르셀라가 허리를 굽힌 채 입을 틀어막고 있었다. 손 틈 사이로 줄줄 새어 나오는 피가 낙하하며 물에 섞였다.

"천을……."

"예?"

그라니아어로 말하던 에르셀라는 어리숙한 시녀의 반문에 이곳이 루델시아임을 자각했다.

"미안해요. 우선 닦을 것 좀……."

공용어로 말하자 시녀는 그제야 알아들은 듯 재빨리 수건을 내밀었다.

"여기 있습니다."

수건을 받아 든 에르셀라는 입가를 시작으로 목덜미와 쇄골에 흐른 피를 닦아냈다. 머리카락에 묻은 피가 굳을까 머리칼 한 올 한 올까지 세심하게 닦았다. 침의는 버려야 할 걸 알았기에 그냥 두었다.

에르셀라의 모습을 가만히 지켜보던 시녀가 묵중하게 입을 열었다.

"침착하신 걸 보니 이번이 처음이 아니신가 보군요."

에르셀라는 난처한 기분으로 할 말을 골랐다. 현 상황은 이전 삶에서 진절머리 날 정도로 겪은 것으로 침착하다기보단 학습됐다는 말이 어울릴 것이다.

"전염되는 병은 아니니 안심해요."

시녀는 잠시 입술을 오므렸다 펴며 대야를 내려다보았다. 후드득 떨어진 피가 퍼진 대얏물은 온통 붉은색이었다.

"제 안위가 어찌 부인의 상태보다 앞설 수 있겠습니까. 그보다 병세가 위중한 건 아닐까 걱정되는데, 언제부터 이러셨는지 여쭈어도 될는지요?"

"이제 한 달 넘은 것 같군요."

"내일 궁의께 진찰을 받는 게 좋을 듯합니다. 전해두겠습니다."

온건하게 말하고 있었지만 시녀의 말에는 거절의 여지가 없었다.

"알겠어요."

에르셀라도 순순히 승낙했다. 루델시아 의원의 진찰을 거절할 이유가 없었다.

시녀가 피로 범벅된 침의를 힐긋거렸다.

"옷은 갈아입으셔야겠습니다. 잠시만 기다려 주십시오."

그녀는 곧 새로운 침의를 가져와 에르셀라의 환복을 도왔다. 때아닌 고생에 에르셀라의 눈썹이 밑으로 처졌다.

"밤중에 이리 폐를 끼치다니, 면목이 없어요."

"그리 생각하지 마소서. 베아트리스 님의 자식을 홀대하는 것이 더 용납할 수 없는 일입니다."

에르셀라는 그저 멋쩍은 웃음만 내보였다. 베아트리스의 딸이라는 이유만으로 받는 극진한 호의가 부담스러웠다.

"아 참, 내일 폐하를 뵐 수 있을까요?"

에르셀라의 말에 시녀가 좌우로 고개를 움직였다.

"어찌 뵐 수 있겠습니까. 왕께서는 현재 신의 부름을 받고 계십니다."

신의 부름? 의문으로 똘똘 뭉친 말이 에르셀라를 미궁 속으로 몰아넣었다.

"편히 쉬소서."

그러나 시녀는 별다른 설명 없이 등을 돌려 나갔다. 에르셀라도 미안함에 붙잡지 않았다.

'내일도 있으니까.'

시녀가 사라진 뒤 방 안은 고요함이 이룬 적막에 감싸였다. 고개를 떨군 에르셀라의 시선에 시녀가 미처 닦지 못한 핏자국이 걸렸다.

'두 번째.'

두 달 남짓 만에 두 번째 피를 토했다. 다음은 언제일까. 정확히는 알 수 없지만 그녀는 앞으로 자신이 어떻게 될지 알고 있었다. 피를 쏟는 주기는 갈수록 짧아질 것이다.

에르셀라는 양손을 들어 더듬더듬 목을 매만졌다. 역류한 피가 바늘이라도 된듯 목이 따끔거렸다. 더 심해지면 폐가 가시에 찔린 것처럼 아플 것이다. 그리고, 그리고…….

또다시 생각의 끝은 죽음과 귀결되었다.

가시화될 고통에 후회가 섞여들었다. 잘못된 선택을 한 거면 어쩌지, 하는. 헛짚은 거라면 자그마치 두어 달을 낭비한 것이다.

에르셀라는 압박감을 느꼈다. 그 한 번의 의심이 내내 잘한 거라고 다독이던 스스로를 와르르 무너뜨렸다.

얼른 돌아가고 싶었다. 그리고 그런 자신이 싫었다.

왜 그 사람이 없으면 아무것도 못 하는 바보가 된 기분일까.

에르셀라는 침대 위에 쓰러지듯 누웠다. 실 끊어진 마리오네트처럼 힘이 없었다.

어두운 복도에 분주한 발소리가 또각또각 울렸다. 네아는 경박스럽지 않은 선에서 속도를 높였다. 그녀의 왼손에는 등잔이, 오른손에는 피가 묻은 침의가 들려 있었다.

네아는 옷을 흘끔거렸다. 흰옷이라서 그런지 피가 어둠 속에서도 잘 보였다. 그녀는 내일 이 옷을 궁의에게 보일 예정이었다. 잠시 멈춰 선 네아가 팔에서 흘러내리려는 옷을 고정했다.

그때였다. 일순 저편에서 그녀가 아닌 다른 이의 발소리가 들렸다.

"당신은……."

다음 날 아침이 되어서야 에르셀라는 수수께끼 같았던 '신의 부름'이 무슨 말인지 알게 되었다.

"신께서 이 땅에 현신한 것을 기리기 위한 날입니다. 루델시아 님이 현현하신 날로부터 일주일간 왕께서는 대신전의 가장 은밀하고 깊은 곳으로 들어가 신의 부름을 받으셔야 합니다. 하여 현재는 뵙지 못하십니다."

전혀 생각지도 못한 이유에 에르셀라는 어안이 벙벙해졌다.

한편 시녀의 눈에는 의아함이 깃들었는데, 그녀는 베아트리스의 딸이 이렇게나 중요한 국가 대사를 모르리라 생각하지 않는 듯했다.

미안하게도 에르셀라는 전혀 몰랐다. 어머니는 가르쳐 주신 적이 없었으니까.

'폐하께서 경비병에게 미리 명해둔 이유가 있었구나.'

에르셀라는 일단 잡아떼기로 했다.

"날짜가 벌써 그렇게 되었나요? 잠시 잊었네요."

천만다행히 시녀는 다 이해한다는 얼굴이었다.

"먼 길을 오셨으니 그럴 만합니다."

"그래요. 어, 이름이……."

"네아라고 부르시면 됩니다."

"좋아요, 네아. 그렇다면 폐하는 언제쯤 뵐 수 있을까요?"

"내일이면 배알하실 수 있을 터입니다."

다행히 답변은 긍정적이었다.

"그럼 그때까지 왕실 서고를 이용할 수 있을까요? 고서를 좀 보고 싶은데."

'고서'가 나오자 옆에서 아도라가 눈을 반짝였다. 고서에는 좀 더 정확한 신화의 기록이 집결돼 있었기 때문이다.

에르셀라가 아도라를 데려온 목적도 이와 같았다. 그녀보단 아도라가 신화 해석에 능숙할 것이다. 그러나 기대완 다르게 그들은 서고 또한 이용하지 못했다.

"왕실 서고는 일반 귀족도 출입이 가능합니다만…… 고서의 경우에는 좀 다릅니다. 금서로 분류된 고서도 왕왕 있기 때문에 일반적으로 국왕 폐하의 권한으로만 관람할 수 있습니다."

이것도 왕의 허락이 필요하다는 말이었다.

"아……."

아도라는 침음했다. 비센테가 에르셀라를 바라보았다. 낭패 어린 낯빛이 아도라와 비슷했다. 네아는 실망을 감추지 못한 에르셀라와 아도라가 안타까웠는지 다른 것을 권해주었다.

"대신 대신전을 구경하시는 건 어떠실는지요?"

"대신전이라 하면, 파테라 대신전을 말씀하시는 건가요?"

"예, 지금은 왕께서 기거하시는 곳이라 전면 개방은 아니나, 몇 곳이나마 개방하고 있습니다. 시간을 보내기에 나쁘지 않을 겁니다."

아쉽긴 했지만 듣다 보니 괜찮아 보였다. 에르셀라가 비센테와 아도라에게 물었다.

"너희는 어떠니?"

아도라가 상기된 볼을 하며 손가락을 배배 꼬았다.

"전…… 너무 좋아요."

"저도 괜찮습니다."

비센테의 의사까지 확인하니 안 갈 이유는 더더욱 없어졌다. 에르셀라는 미련을 털어내고 서고 대신 신전을 구경하기로 했다.

"안내 부탁드릴게요, 네아."

"물론입니다. 아, 그리고 어제 일 말인데요. 궁의가 시의께 진단을 받는 것이 어떠냐고 하시네요."

시의는 왕족의 주치의를 뜻한다.

"물론 폐하의 윤허가 있어야 하지만요. 내일 폐하께 말씀드려 시의의 진단을 받아보시지요."

에르셀라는 그러겠노라 대답했다. 두 사람의 대화를 가만히 듣고 있던 아도라가 의문을 내밀었다.

"시의라니요? 어디 아프세요?"

"별일 아니야. 조금 피곤해서 그래. 여독이 아직 안 풀렸나 봐."

의표를 찔린 에르셀라가 열렬히 양손을 가로저었다. 몹시도 어설픈 동작이었으나, 아도라는 눈앞의 사람을 닦달할 처지가 못 되었다. 그녀는 캐묻기를 포기했다.

"쉬시지……."

"괜찮단다."

에르셀라는 별안간 저를 빤히 바라보는 하나의 시선을 느꼈다. 비센테가 알 수 없는 눈으로 그녀를 쳐다보고 있었다. 에르셀라가 방긋 미소했다.

"왜 그렇게 봐?"

"아닙니다. 가시지요."

실없는 대답이었다.

네아의 안내를 따라온 세 사람은 대신전의 웅장함에 압도당하는 걸 느꼈다.

"이게…… 천 년 된 건축물이라고요?"

"기록에 의하면 천 년도 더 되었죠."

아도라는 입을 다물지 못했다. 고개를 90도로 꺾어도 한눈에 들어올까 말까 한 골조였다. 책에서 신전 앞에 서 있는 인간을 메뚜기만치 작게 그려놔서 과장이 심하겠거니 했는데, 사실을 반영한 것이었을 줄은 몰랐다.

밑바닥과 천장 사이에 솟은 열 한 개의 기둥, 양쪽 끝 점에서 각각 사선을 그어 이은 지붕, 반을 가르면 겹쳐질 것 같은 완벽한 대칭 구조. 세월에 마모된 흔적은 신전의 연원을 감안한다면 흠조차 되지 못했다.

"와……."

황홀함에 잠긴 에르셀라가 감탄사를 내뱉었다. 짐짓 의연해 보이는 비센테에게서도 동요가 내비쳤다. 속으로 한 번 웃은 네아는 그들을 좀 더 안으로 이끌었다.

"그럼 들어가실까요?"

네아는 열한 개의 기둥 중 여덟 번째 기둥 뒤에 있는 통로를 열었다. 내부는 외부와 마찬가지로 고풍스러웠으나, 대신전의 위상에 걸맞지 않게 소박한 모습이었다. 으레 보이는 금이나 보석으로 된 장식은 어디에도 존재하지 않았다. 다만 회백색 벽에 타원형의 홈이 나 있었고 그 안에 이름 모를 조각상이 들어 있었다.

"좀 더 안쪽으로 들어가 보죠."

네아의 말대로 안으로 들어간 그들은 눈앞의 신형에 나란히 멈추었다. 직사각형의 유리관이 일정한 간격을 두고 좌르르 펼쳐져 있었다. 네아는 그중 돌멩이가 들어 있는 관을 가리켰다.

"틸리아나 님의 치료석이랍니다. 틸리아나 님의 신력이 깃들어 있는 신석으로 당시 전염병에 걸린 십만 명의 목숨을 구하셨죠."

십만 명이라니. 허구임은 알지만 너무 과장해 놓은 것은 아닌가 싶다. 네아는 차근차근 관에 보존되어 있는 성물을 설명해 주었다.

"베네렛 님의 이적입니다. 베네렛 님은 첫 번째 재앙을 막아 세상을 구하신 분입니다."

"이것은 스피아나 님의 오팔로 스피아나 님이 생전 가장 사랑했던 남편분에게 선물하셨죠."

아도라는 눈이 뒤집힐 정도로 흥분의 도가니에 빠진 상태였다.

"그림과 정말 똑같아요. 내가 이런, 이런 걸 보게 될 줄이야……."

눈에는 손가락으로 꾹 찌르면 흐를 감격의 눈물이 그렁그렁했는데, 네아의 이야기에 흠뻑 빠진 사람처럼 보였다.

에르셀라는 그 감격을 깨지 않기 위해 구석에서 맞장구나 치기로 했다. 문득 아도라가 두 손을 맞잡으며 물었다.

"저, 근데 아티넬 신석은 어디에서 볼 수 있나요?"

'아, 아티넬 신석. 그런 것도 있었지, 참.'

에르셀라는 잊고 있던 소망석의 존재에 머리를 얻어맞은 듯했다.

'동화에서 읽었을 때는 마냥 전설 속의 물건이라고만 생각했는데…….'

막상 환상 속에서나 존재할 줄 알았던 것을 실제로 본다 하니 가슴이 두근거렸다. 에르셀라는 붕 뜬 기분을 감추며 잠자코 네아의 말을 기다렸다. 문득 네아의 입술에 부드러운 웃음이 지나갔다.

"아티넬 신석을 아시는군요."

"……."

"신석은 이 파테라 대신전의 가장 비밀스러운 곳에 있습니다. 안타깝게도 오로지 국왕 폐하밖에 보지 못해 보여 드리긴 어려울 것 같습니다."

관심이 푹 꺼졌다. 하긴 국가의 최고 보물을 일반인에게 냉큼 보여주는 것도 말이 안 되는 일이긴 했다. 아도라도 아쉽지만 납득 간다는 얼굴이었다.

에르셀라는 비센테를 보았다. 아까부터 비센테의 상태가 조금 이상했다. 할 말이 있어 보이는데, 애써 삼키는 듯한…….

하고 싶은 말이 있니? 그리 묻기 직전, 구슬이 도르르 굴러가는 듯한 미성이 들려왔다.

"공작 부인?"

입안의 갇힌 목소리가 뿔뿔이 흩어졌다. 에르셀라는 해야 할 말도 잊은 채 소리가 난 방향을 멍하니 바라보았다.

"잘 지내었나요?"

그 여자는 에르셀라가 그토록 닮고 싶어 했던 미소를 띠며 그녀에게 다가왔다.

"오랜만이죠, 우리."

모르려야 모를 수가 없는 사람. 벌어진 입술 새로 소리가 되지 못한 이름 하나가 흘렀다.

헤르미아…….

한때 동화 속 공주를 꿈꾸던 여자아이에게 그녀는 형상화된 꿈이자, 동경이자, 주인공이었다. 귀족 영애로 태어난 에르셀라는 영원히 오르지 못할, 아득하게 높은 계단에 서 있는 사람.

에르셀라는 자신이 왕비가 될 수는 있어도 왕의 딸이 되진 못할 것을 알았다. 왕자의 선택을 받을 수는 있어도 왕자를 선택하지 못할 것을 알았다.

그럼에도 왕자와 결혼하길 바랐다. 이유는 거창하지도 않았다. 왕자는 다정하니까. 한 사람만을 영원히 사랑할 테니까. 딱 그 나이대의 소녀가 생각할 법한 단순하고 얄팍한 이유였다. 그것조차 어른들이 귀엽게 보아줄 수 있을 때까지로 오래가지도 않았다.

봄에 피어난 소망은 여름과 가을, 겨울을 거쳐 부스러진다. 계절이 거꾸로 흐를 일은 없을 테니 그것이 다시 조각조각 꿰일 일도 없을 터였다. 에르셀라는 순리대로 생각하는 법을 배웠다. 볕으로 땅을 데우고 물을 뿌려 정성스레 피워내도 겨울이 돌아오면 져버릴 것에 시간을 붓지 않도록 노력했다.

바라 마지않던 왕녀에게도 흐르는 계절이 있다는 건, 그녀의 혼인 소식을 들었을 때야 알았다. 루델시아. 헤르미아가 그렇게 먼 곳으로 가게 될 줄은 몰랐다. 궁에는 밤새 우는 소리가 들렸다고 한다. 보내지 말아달라. 왕에게 애걸하는 소리가 끊기지 않았다고 한다. 남은 평생을 고향 땅 한번 밟지 못할 신세의 왕녀를 돌아보는 이는 없었다. 그렇게 그녀는 왕자와 결혼했다.

"왕자비십니다."

왕자와 결혼한 동화 속 공주는 행복했을까. 지금 헤르미아의 모습만으로는 알 길이 없었다.

"1왕자 리하드 님의 부인 되시죠."

네아의 속삭임은 저쪽에 들리지 않을 만큼 작았다. 그러나 상대가 가지는 지위의 파급력은 작지 않았기에 아도라는 황망히 무릎을 굽혔다.

"와…… 왕자비 전하를 뵙습니다."

옆에 있던 비센테도 말없이 고개를 숙였다. 에르셀라도 루델시아 왕자비에게 맞는 예를 취했다.

"십 년 만인가요?"

헤르미아가 그녀에게 다가왔다. 부풀리지 않고 몸선을 따라 늘어뜨린 드레스처럼 우아한 걸음걸이였다. 그녀는 이내 두어 걸음을 남기고 에르셀라 앞에 멈추어 섰다.

"아니, 그보다 더 오래되었던 것 같기도 하고. 나도 늙었는지 기억이 가물가물하네요."

"……."

"그대를…… 루델시아에서 만날 줄은 몰랐는데……."

에르셀라는 어떤 말을 해야 할지 모른 채 저 어딘가의 석상처럼 가만히 있었다. 헤르미아는 그런 에르셀라를 신경 쓰지 않는 사람처럼 제 할 말만을 했다.

"아티넬 신석에 대해 이야기하고 있었나 보네요."

"그러합니다."

헤르미아의 말을 받은 건 네아였다. 에르셀라가 뒤늦게 입을 열었다.

"……그렇습니다, 전하."

에르셀라는 고개를 들었다. 헤르미아의 입가에 차분하지만 묘한 웃음이 스며들었다.

"그럼 아티넬 신석이 현재 이곳에 없다는 얘기도 들었나요?"

금시초문이었다. 아티넬 신석이 파테라 대신전에 없다니. 아까까지만 해도 네아가 신석은 대신전의 가장 깊은 곳에 있다 하지 않았는가?

"어느 순간부터 대신전에 도둑이 들어 신석을 훔쳐 갔다는 소문이 돌기 시작했죠."

아도라를 바라보니 그녀도 처음 듣는 얘기인 양 당혹감을 보였다. 헤르미아의 말을 일축한 건 얼음장같이 차게 언 네아의 목소리였다.

"낭설일 뿐입니다."

그러나 헤르미아는 물러서지 않았다.

"그래, 폐하께서 신석의 존재를 증명해 의심을 잠재우지 않으신 낭설이지."

"이 파테라 대신전이 신의 신전이듯, 아티넬 신석이 대신전에 남아 루델시아를 경건히 지켜주고 있음은 자명한 일입니다. 왕께서는 그것을 증명하실 필요가 없습니다. 왕자비시여, 어찌 불민한 자들이 떠드는 거짓 소문을 믿으십니까. 이 이상 불신의 말을 담는다면, 제가 폐하께 아뢸 것을 미리 밝힙니다."

감추지 않은 적나라한 경계와 적의가 헤르미아를 향했다. 잔뜩 날 선 반박에도 헤르미아는 나긋한 미소를 머금었다. 만일 헤르미아의 말이 사실이라면 루델시아는 한낱 도둑에게 국보를 잃은 셈이 되었다. 외국인에게 면이 서지 않을 테니 네아의 경계심이 이해가 되었다. 하면 신석은 이곳에 없는 걸까. 에르셀라는 헤르미아를 바라보았지만, 그녀가 더 얻을 수 있는 정보는 없었다.

"그저 그런 소문이 있다는 것뿐이네."

고운 음색 일면에는 사늘함이 끼어 있었다. 네아가 눈을 반쯤 내리깔았다.

"왕자비께서 당치 않은 오해를 사실까 걱정된 마음에 우러나온 말이지 결코 의심한 것은 아니었나이다."

마르고 부러질 것 같은 겉모습과 다르게 강팍한 면이 있었다. 어지간히도 강심장인지 네아는 대놓고 오리발을 내밀었다. 헤르미아는 기품 있게 턱을 당겼다 놓았다. 용서를 뜻하는 것이었다.

그러다 문득, 그녀의 시선 끝이 한곳에 머물더니 여유로운 미소가 사그라지기 시작했다.

"제 아들 비센테예요. 이 숙녀는 자르데아가의 아도라 영애입니다, 전하."

헤르미아에게선 대답이 없었다. 그녀는 멍한 얼굴로 비센테를 바라보고 있었다.

"그대가……."

건네는 것이 아닌 혼잣말에 가까운 목소리였다. 에르셀라는 그녀가 저 아이를 통해 누구를 보는지 알았다. 으레 만나는 이마다 그러곤 했으니 이상한 것도 아니었다. 헤르미아가 그들과 다른 점이 있다면 그 이름을 입 밖으로 꺼내지 않았다는 것이다.

"루델시아 왕자비 전하를 뵙습니다. 베른하르트의 비센테입니다."

비센테는 헤르미아가 누군지 알까. 한때 그녀가 누구에게 구혼했는지도? 그것을 생각하자니 에르셀라는 헤르미아가 껄끄러워졌다.

비센테에게서 어렵사리 시선을 뗀 헤르미아가 에르셀라에게 제안해 온 것은 그때였다.

"괜찮다면 부인, 아이들은 시녀에게 맡기고 저와 차를 즐겨주시겠어요? 고향 이야기를 듣고 싶군요."

베른하르트 공작 부인과 헤르미아 왕자비가 떠나고 아도라와 비센테는 신전에 남아 네아의 안내를 받았다.

"태양의 기사 키도스의 반지입니다. 흔치 않게 기사의 신분으로 대신전에 안장되신 분이죠."

"키도스 세로자는 저도 알고 있어요. 처음으로 신력을 검에 담으신 분이 맞죠?"

아도라는 설명을 듣는 족족 찰떡같이 알아차렸다.

"영애는 루델시아의 역사에 대해 잘 아시는군요. 그라니아인들은 신의 기적을 잘 믿지 않는다고 들었습니다만."

아도라가 가슴을 펴며 자신만만하게 웃었다. 역시 헛공부한 것은 아닌가 보다.

“라페른 신학교를 졸업했거든요.”

“세상에, 신관이나 신학자가 되실 건가요?”

“신학자가 되면 좋겠지만…….”

자르데아 백작 부인이 허락하지 않을 걸 알기에 의기양양한 웃음은 애매하게 변했다. 아도라는 네아의 질문을 피할 길을 찾다 문득 비센테를 발견했다. 그는 전혀 집중하고 있지 않은 듯했다. 아는 것을 주절거리는 데 정신이 팔려 알아차리지 못했다.

“되지 않아도 알아두면.”

때마침 탑의 종이 열두 번 울리자 네아가 말을 멈추었다.

“시녀장님을 뵈어야 할 시간이 되어 귀빈들의 안내는 여기까지밖에 하지 못함을 용서하세요.”

아도라는 비센테를 곁눈질로 확인하며 두 손을 저었다.

“아니에요. 충분히 즐거웠어요.”

“돌아다니는 시종이나 시녀를 붙잡으면 거처까지 안내받으실 수 있을 겁니다.”

“고마워요, 네아.”

“그럼 이만.”

네아는 별 당부 없이 밖으로 나갔다. 아도라가 비센테를 응시하다 고개를 까딱 기울였다.

“무슨 일 있으세요?”

“영애는 어머니가 영애를 루델시아에 데리고 오신 이유를 알고 계십니까?”

기다렸다는 듯이 질문이 날아왔다.

‘그게 궁금했던 건가?’

"글쎄요……. 그저 제가 필요하다고만 하셨지 별말씀을 안 하셔서요. 정 궁금하다면 한번 물어보시는 게 어때요?"

비센테는 침묵했다. 아도라는 답답해졌다.

"말하지 않으면 몰라요. 속에 담아두기만 하는데 다른 사람이 어찌 아나요? 설마 모든 사람의 성격이 영식과 같을 거라고 생각하는 건 아니죠?"

평소 불만이었던 것들을 한 스푼 섞어 말하자 속이 후련해졌다. 그녀는 이참에 조금 더 후련해져 보고자 했다.

"그건 정말 자의식과잉……!"

"영애가 하신 말씀, 알고 있습니다. 더 욕하고 싶으면 그리하십시오."

"……티 났어요?"

"제가 바보입니까?"

"어떻게……."

분명 처음엔 고의는 아니었던 것 같은데 어느새 고의가 되어 있었다. 아도라의 절규를 본체만체한 비센테는 묻고 싶은 말을 계속 해갔다.

"알고 싶지만 알고 싶지 않을 때는……."

"그럼 확인하지 마세요."

말이 실처럼 끊겼다. 아도라가 턱을 치켜들었다. 우격다짐이 일어나도 이상하지 않을 전투적인 태세였다.

그 시각 에르셀라는 왕자비궁 응접실에서 헤르미아와 단둘이 있었다. 썩 내키지는 않았지만, 그녀는 왕녀의 말을 거절할 재간이 없었다. 헤르미아가 직접 우려낸 차를 에르셀라의 잔에 따라주었다.

"감사합니다."

에르셀라는 찻물이 담긴 잔을 건네받아 앞에 내려놓았다.

"오라버니는 잘 지내시나요?"

헤르미아는 먼저 케니언스의 안부를 물었다. 왕이 잘 지내는지 잘 지내지 못하는지 일절 관심을 두지 않았던 에르셀라에겐 난감한 질문이 아닐 수 없었다. 그녀는 결국 애매한 문장으로 말했다.

"언제나 강녕하시죠."

"다행이네요."

진심일까. 어느 누가 저를 머나먼 이국으로 내쫓은 오라비를 좋아할 수 있을까. 가느다란 의심 가닥이 점점 길게 늘어났다. 헤르미아가 새물거리며 웃었다.

"믿기진 않겠지만 제겐 꽤 다정한 분이셨어요, 부인. 이런 말을 하면 내 어마마마는 성을 내셨지만."

"예……."

에르셀라는 헤르미아와 왜 이런 대화를 하고 있는지 이해할 수 없었다. 그녀는…….

"공작 부인이 생각하는 바는 잘 알겠어요. 우린 어찌 보면 좋지 못한 인연이죠. 하지만 난 그대가 생각하는 것만큼 그대를 미워하진 않아요."

이해할 수 없었다. 카르온이 그녀를 루델시아로 보낸 것을 생각하면 헤르미아는 자신을 미워하는 게 옳았다. 화가 끓어올라 비난의 말을 퍼부어야 했다. 그녀를 저주했어야 했다. 헤르미아는 그랬어야 했다. 그런데 왜…… 왜…… 어째서. 왜 자신은 아무것도 가지지 못한 왕녀에게 패배감을 느끼나.

"처음엔 많이 울었어요. 저를 사랑한다고 하셨으면서 말도 통하지 않는 나라에서 살라는 아바마마를 원망했어요. 죽고 싶었죠. 하지만 내 남편은 꽤 좋은 사람이었고, 원망은 시간에 깎여 나가 저는 지금 이 자리에 있네요."

헤르미아가 웃었다. 에르셀라는 헤르미아에게 자신을 배려하는 듯한 대답을 바란 게 아님을 깨달았다. 그녀는 헤르미아가 자신을 증오하기를, 사무치게 미워하기를 바랐다. 이유는 결코 선하지 못했다.

그저 유치한 희열감.

저속하고 못된, 비루한 감정.

"하르젠, 그 사람은 잘 지내나요?"

왜 헤르미아의 입에서 그 사람의 이름이 나오는 것이 이리도 불편할까. 짜증 나고 불쾌했다.

"공작 부인의 어머니가 이곳의 왕녀였다죠. 가끔 생각해요. 만일 그 분이 왕위에 오르고 피사리데 후작이 여왕의 국서로 남았다면, 그래서 당신이 루델시아의 왕녀로 지냈다면……."

헤르미아는 여기까지가 선임을 알고 입을 다물렀다. 그러나 에르셀라는 그 뒷말을 유추하고야 말았다.

나는 그 사람과 결혼했을까요?

그랬을 것이다. 그리고 그랬다면 둘은 엇갈림 없이 잘 살았을지도 몰랐다. 그녀는 자신과 달리 이해심이 넓은 데다, 자신처럼 이기적이지도 않았으니.

"아니요."

하지만 에르셀라는 어떻게 해서든 이어 붙이고 말았을 것이다. 그녀가 왕녀고 그가 타국의 귀족이면 어떤가. 연결 고리 없는 절벽이라도 다리를 놓아 이으면 그만이다. 고집 부리고 떼를 써서라도 그녀는 그리할 것이었다. 그러니 왕녀가 알길 바랐다.

"아니요, 전하. 제가 그 사람을 달라고 청하였을 거예요."

변하는 것은 아무것도 없음을.

헤르미아의 입술선이 둥글게 말려 올라갔다.

"왕녀의 혼인은 국가적인 대사죠."

마치 일평생 탑에 갇혀 산 공주 대하듯 에르셀라를 대하는 헤르미아는 관대하게 웃고 있었다.

"그대는 모를 거예요. 왕이 될 수 없는 왕족이 얼마나 무력한지."

헤르미아는 화병에 담긴 꽃을 꺼내 들었다. 설원에 내리는 눈송이처럼 새하얗고 가냘픈 꽃이었다.

"갈망해도 갈구하지 말아야 하고, 가지고 싶은 게 있어도 숨겨야 하죠."

꽃줄기를 더듬으며 올라가는 곱고 가느다란 손이 꽃잎을 한 장 한 장 뜯어냈다.

"속을 들키는 순간 그것은 내 약점이 되어 가늠당하고, 계산당하고, 이용당하고……. 그러면 어느 순간부터 나는 그들의 패가 되어 있답니다."

탁자 위로 눈이 내렸다. 연약한 바람에도 멀리 날아갈 듯한 꽃의 이름이 무엇인지 에르셀라는 알았다.

"그러면 나도 하루하루를 셈하며 살아가요. 오늘도 아바마마의 총애는 변함이 없는지, 어마마마는 울적해하시지 않는지, 이복오라비들에게 경계당하지 않는지."

마지막 꽃잎이 떨어졌다.

"다정한 부모님, 상냥한 누이, 친절한 오라비. 그런 가족의 울타리에서 자란 영애는 무얼 해도 사랑받으셨겠지요."

"무슨 말씀을 하고 싶으신 건지 모르겠어요."

에르셀라는 탁자에 흐드러진 눈송이를 일별하며 입을 열었다.

"떼쓰고 고집 부리는 것을 능사로 치는 제가 어리석다 말씀하시고 싶으신 건가요, 그런 가정에서 태어난 제가 운이 좋은 거라고 말씀하고 싶으신 건가요?"

"모욕할 의도는 없었어요. 그저 언제나 그대가 원하는 대로 되지는 않을 거라는 말이었죠."

"그럼 전하께서는 그걸 아시면서 왜 떼를 쓰셨나요?"

앙상한 꽃대를 내려놓은 헤르미아의 시선이 에르셀라에게 고정되었다. 에르셀라는 그 시선을 똑바로 마주했다.

"전하께서는 베른하르트 공자와 혼인하기를 고집 피우셨고, 그라니아를 떠나지 않겠다고 선왕 폐하께 읍소하셨습니다. 베른하르트 가문이 중립이며 왕실과의 결합을 멀리한다는 것을 아시고, 폐하의 성미가 어떤지도 아셨으면서 말이에요."

"나는 단지 바랐기에……."

헤르미아가 멈칫했다. 제 말의 모순을 찾아냈을 때는 이미 늦은 뒤였다. 에르셀라가 웃고 있었다.

"저도 바랄 뿐이에요."

"……부인."

헤르미아의 동공이 옅게 흔들렸다.

"욕심낼 거고, 총력을 기울일 거예요. 그러니 그때에도 그 사람과 결혼할 사람은 전하가 아닌 저일 거예요."

어쩌면 방심하고 있었는지 모른다. 긴 시간 동안 그들 사이에 아이는 한 명. 단 하나뿐인 아들에게도 소원하다는 베른하르트 공작 부인에 대한 소문.

그래서 그저 정략일 뿐이라고. 그 사람이 그리했던 이유가 있을 거라고. 만일 아니라 해도 혼자만의 감정일 거라고. 그렇기에 비참한 것도 그녀 혼자만이 아닐 거라고.

그러나 확고한 그 말을 들은 순간 그 모든 것이 착각이었음을 헤르미아는 알고 말았다.

"누군가의 패로 살고 싶지 않다면, 하루하루를 셈하며 살아가고 싶지 않다면, 이렇게 미련을 가지고 싶지 않으셨다면……."

에르셀라가 탁자에 어질러진 꽃잎을 그러모아 헤르미아의 손에 쥐여 주었다.

"왕이 되셨어야죠."

누군가의 인생을 부러워할 게 아니라.

헤르미아는 손안의 꽃잎을 허무하게 바라보았다.

에우리피테.

이것을 저 여자 앞에서 꺾어 어쩌겠다고. 자신은 대체 무엇을 바라서.

헤르미아는 이 꽃이 에르셀라에게 어떤 의미인지 알았다. 제게는 그 의미가 될 수 없다는 것도.

이것은 부러움의 온상일 뿐이다. 사랑이 아니라.

그녀는 쓰게 미소 지었다. 기억에나 있을 목소리가 귓가에 아스라이 모아 감겼다.

"전하! 베른하르트 경께서 피사리데 영애와 춤을 춘 사실을 알고 계세요? 그렇게 보지 마세요! 저도 무도회장에서 남녀가 춤을 추는 게 이상하지 않다는 건 알고 있으니까. 문제는 유일하게 그 영애와만 췄다는 거죠! 설마 반하신 건 아니겠죠? 안 되는데……."

온갖 호들갑을 떨어대는 시녀의 말을 우스갯소리로 흘리지 못한 이유는 피사리데 영애의 아름다움 때문이었을까.

헤르미아도 에르셀라 피사리데가 누구인지는 알았다. 머리부터 발끝까지 섬려한 인상의 여자였다. 갸름한 얼굴선에 웃을 때 올라가는 입술선이 예뻤다. 사람들이 선망하는 머리카락을 볼 때면 황금색으로 익은 밀밭이 바람에 물결치는 풍경을 떠오르게 했다.

헤르미아는 그중 가장 잊을 수 없던 것을 떠올렸다. 햇살이 부서져 내린 바다처럼 아름답게 반짝이던 푸른색 눈동자를. 그러쥐면 꺾일 것 같고 툭 치면 넘어질 것 같은, 누군가의 보호 없인 보존될 수 없을 것만 같은 사람. 헤르미아는 그녀가 가진 것들이 이성에게 꽤 매력적으로 통하는 요소임을 알았다.

그래서였을까. 예전 같으면 그저 예쁜 사람이구나 생각하고 말았을 일인데, 시녀의 말을 듣는 순간 불안이 마음을 지폈다. 그가 한순간의 아름다움에 눈멀 사내가 아니란 걸 알면서도 피사리데 영애라면 그럴 수도 있겠다는 생각이 들었다.

그래서 단 한 번뿐인, 보통 때보다 더 아름다울 그녀의 성년회 날에 그가 없기를 바랐다. 심술의 대가는 가혹했다.

"선을 넘으셨습니다."

그는 헤르미아를 보자 그 말만을 꺼냈다. 음성은 여느 때와 같이 차분했지만 목 끝에 걸린 것은 분명 화였다.

"왜, 빼앗길까 봐 두려워서?"

이음매 없이 던진 말이었지만 무엇을 말하고 있는지는 그도 헤르미아도 알았다. 하르젠은 대답하지 않았다. 그러나 헤르미아는 그 묵언이 곧 긍정임을 얼핏 느꼈다. 그녀는 믿을 수 없었다.

정말로 그 시시한 남자에게 빼앗기는 걸 두려워한다고? 저 남자가?

"경이 여자에게 정신 못 차리고 제 가문까지 다 갖다 바치는 남자와 같을 줄은 몰랐군요. 이미 정해진 짝이 있는 여인. 이쯤에서 그만두는 게 그대에게도 좋을 거예요."

반은 경고였고, 반은 부탁인 그 말이 실현되는 일은 없었다. 자세한 사정을 담은 편지도 받지 못했다. 그저 아비에게 혼사가 결렬되었으니 너도 그만 마음을 접으라는 통보를 받은 게 전부였다.

물론 시간이 지나면 무뎌질 줄 알았다. 이만하면 무뎌졌을 줄 알았는데…….

눈앞의 여자를 본 순간 꺼져가는 불씨에 장작을 넣은 것처럼 그때의 감정이 되살아났다.

그녀는 자각했다. 어떻게 해서든 그자와 결혼하는 건 자신일 거라고 말하는 에르셀라의 아둔함을 비웃고 싶었던 게 아니었다. 단지 시기와 질투로 응축된 화살을 그녀에게 겨누고자 했던 것이었다.

헤르미아는 천천히 손을 움켜쥐었다. 그녀는 자신이 졌음을 부정하지 못했다. 제가 갈기갈기 찢어놓은 것을 에르셀라가 자신의 손에 다시 쥐여 주는 순간 그녀에게 들킨 것이다.

"하지만 난 그대가 생각하는 것만큼 그대를 미워하진 않아요."

헤르미아는 어쩔 수 없이 그녀가 미웠다.

"그러네요."

그 말을 내뱉은 뒤, 헤르미아는 고개를 젖혀 웃었다.

가장하지 않은, 다소 화려한 웃음소리를 에르셀라는 어떻게 받아들여야 할지 몰라 고개만 비스듬히 숙였다.

"이 나이에 환경 탓을 하기엔 웃기네요, 그것도 내가."

헤르미아는 낙담한 듯 글썽이는 눈물을 걷어냈다.

"부인에게 정말, 무례했어요, 오늘. ……용서를."

사실 에르셀라는 헤르미아에게 일침은커녕 무어라 할 자격이 없었다. 헤르미아에게 했던 말은 본인에게도 똑같이 적용되는 말이었다.

그녀 역시 가신들에게 인정받고자 했다면 능력을 내보였어야 했다.

휘어잡고 싶었다면 서열에 우위를 보여 복종하게 했어야 했다. 자신이 공작 부인임을 뇌리에 똑똑히 박아주었어야 했다.

……하나밖에 없는 아들을 사랑해 주고 싶었다면, 사랑한다 말했어야 했다.

"……용서하지요."

에르셀라가 그렇게 말했을 즈음엔 헤르미아의 눈물은 그쳐 있었고 호흡 또한 균일하게 돌아와 있었다.

"정말 고마워요."

헤르미아는 가슴께에 손을 올리며 기품 있게 허리를 굽혔다. 그리고 곧은 눈으로 에르셀라를 응시하며 말했다.

"부인도 소망석에 소원을 빌러 왔나요?"

"네?"

얼토당토않은 말에 에르셀라가 눈을 크게 떴다.

"아티넬 신석이요. 조금 전 시녀에게 설명을 들은 걸로 알고 있는데요."

그건 맞지만 왜 갑자기 화제가 신석으로 바뀐 것일까. 아리송해하는 에르셀라의 눈빛에도 헤르미아는 계속 말을 이었다.

"이곳에 살고 있으니 미신을 믿지 않는 사람들도 간절해지면 미신을 찾아온다는 것을 알게 되더군요. 콘라드나 레나르트 사절이나, 혹은……그라니아인 말이에요. 공작 부인은 무슨 소원을 빌러 오셨나요?"

"저는 소원을 빌러 온 게 아니라……."

문장이 완성되기도 전에 말이 빠르게 가로채였다.

"무슨 소원을 빌러 왔는지는 모르겠다만, 이루지 못할 거예요."

에르셀라는 순전히 호기심으로 물었다.

"왜 그렇게 말씀하시나요?"

헤르미아가 의미심장하게 웃었다.

"신석에 담긴 신화를 아나요? 루델시아가 사랑하는 연인의 심장에 자신의 피를 깃들여 만든 것이라 하지요. 재미있는 점은 떠돌이 소문에 이런 말이 있다는 거예요."

"……."

"신의 것이 섞였다 하나 근원은 인간의 것이라 신석이 이루어주는 소원은 불완전할 것이다."

마냥 꿈같지 않은 어딘가 현실적인 이야기였다. 실제로 그럴 것만 같은. 헤르미아는 그보다 더 현실적인 목소리로 무미하게 말했다.

"하지만 그마저도 신석은 사람들의 소원을 들어준 적이 없다 해요."

"문헌에는……."

헤르미아는 천천히 찻잔을 들어 올렸다. 입가에 대진 않았다.

"이곳에 신은 없어요. 신력도, 기적도, 이적도, 오래된 기록의 유물일 뿐이에요. 여러 루델시아의 피를 이어받았다 하는 자손들이 부푼 희망을 안고 찾아오지만 헛걸음질하곤 하죠."

에르셀라는 네아가 왜 헤르미아를 적대하는지 알 것 같았다. 헤르미아의 사상은 엄연히 루델시아의 것이 아닌 그라니아의 것으로 불신자가 가질 만한 것이다. 이 자리에 네아가 없어서 다행이었다. 있었다면 네아는 헤르미아가 왕자비라는 것도 잊은 채 야멸찬 비난을 쏘아댔을 것이다.

그라니아어로 말하고 있었지만 사방이 루델시아의 것들로 가득한 곳이었다. 단둘이 있다지만 누군가 들을까 두려운데 헤르미아는 외려 상관없다는 듯이 느긋함을 유지하고 있었다. 헤르미아는 마지막으로 덧붙였다.

"그분도 별 소득 없이 돌아갔어요. 음, 소득이 아예 없던 건 아니려나."

에르셀라는 그제야 헤르미아가 제게 알려주고 싶은 게 있다는 걸 깨달았다. 마치 깜깜한 숲을 비추는 어스레한 달빛과 같이 그것은 단서의 아주 작은 한 조각이었다. 에르셀라가 그 한 조각에 의지해 물었다.

"그분이라면……."

그러나 헤르미아는 여기까지가 적정선이라는 듯 들어 올린 찻잔을 내려놓았다. 소리가 조금 컸다. 동시에 문밖에서 희미한 발소리가 귓속을 자근자근 기었다.

* * *

레오폴드는 조막만 한 아이의 손을 잡고 방 안을 걸었다.

"너무 빨리 걸으면 넘어져."

"너머저?"

"넘어진다구."

"너어머저."

2왕자를 따라 뒤뚱뒤뚱 걷는 알렉시스를 보며 아멜리아가 모호하게 웃었다. 그녀는 이 년 전 왕명으로 인해 알렉시스의 유모로 임명된 여인이었다. 다만 그녀의 처녀적 성이 다트너임을 감안한다면 지금 이 광경을 그리 달가워해서는 아니 되었다. 하지만 형을 따라 아장아장 걷는 모습이 어찌 예뻐 보이지 않을까. 아멜리아는 내심 저 둘의 처지를 안타까워했다.

레오폴드가 밝게 웃으며 알렉시스를 다독일 때, 급하게 문이 열렸다. 그 사람이 누구인지 확인한 레오폴드의 안색이 급작스레 어두워졌다.

"……어마마마."

"여기 오면 안 된다 했잖아."

"하지만……."

"가자."

"어으……."

알렉시스가 오물거리며 레오폴드의 옷자락을 잡았다.

“놓으세요, 왕자님.”

아멜리아가 왕자를 번쩍 안아 들었다. 제 품에서 버둥대는 왕자를 더욱 세게 안으며 아멜리아가 레오폴드에게 가라 눈짓했다.

“다음에 또 오겠습니다.”

“그러지 않으시는 게 좋을 겁니다.”

아멜리아는 부러 매정하게 답했다. 레오폴드가 실망스러운 기색으로 떠나는 게 마음에 걸렸지만 어쩔 수 없었다. 정세의 흐름이 이상했다. 그녀는 뚝뚝 떨어지는 빗소리에 커튼을 젖혔다. 우중충한 먹구름이 암영을 드리우며 몰려오고 있었다.

다시 만난 비센테와 아도라는 내내 균일한 간격을 유지하고 있었다. 식사를 마칠 때까지도 그들은 시선 한 번 부딪히지 않았는데, 어색한 공기가 둘 사이를 둥둥 떠다니는 걸 보니 무슨 일이 있는 듯했다.

‘신화에 대한 가치관이 안 맞았나?’

일리 없는 생각은 아니었다. 신화를 흥미롭게 여기는 아도라와 달리 비센테는 회의적이었으니 말이다.

에르셀라는 어쩐지 기시감이 들었다. 몇 년 전 시내에서 집으로 돌아갈 때 마차에서 한마디도 않던 그들의 모습이 눈앞에 펼쳐졌다.

‘이번에도 그러는 건 아니겠지…….’

싸우는 건 이상한 게 아니다. 그녀도 어릴 적 카르온과 허구한 날 다투곤 했으니. 하물며 아도라와 비센테는 기질이 상극이었다. 다만 돌아갈 때까지 저 상태가 지속된다면 그건 좀 문제였다. 여행은 마무리가 중요한 법인데, 아도라가 축 처져서 집으로 돌아간다면 에르셀라는 자르데아 백작 부인을 볼 낯이 없었다. 비센테의 기분이 저조해지는 것을 원치 않기도 했다.

"너희 표정을 보니 네아가 들려주는 이야기가 지루했나 봐."

에르셀라는 어쩔 수 없이 그렇게 말했다. 그러자 아도라는 격렬히 부인하기 시작했다.

"아니에요! 재미있었어요!"

비센테는 아무 말이 없었다. 에르셀라가 비센테를 물끄러미 바라봤다.

"저……."

"응?"

아까부터 뜸 들이는 게 하고 싶은 말이 있는 듯한데, 뭘까?

"별일 없으십니까?"

"별일? 음, 없는 것 같은데, 왜?"

바라던 대답이 아니었는지 비센테의 눈빛이 한층 더 가라앉았다. 비센테 속에 있는 걸 끄집어내 알맞은 대답을 해주고 싶었지만 안타깝게도 그녀에게는 독심술이 없었다.

'별일, 별일…….'

혹시 왕녀와의 일을 말하는 걸까?

"전하와는 좋은 시간을 보냈단다."

걱정 안 해도 돼. 그런 의미로 활짝 웃어 보였다.

"다행입니다."

그러나 비센테의 표정은 풀릴 기미가 보이지 않았다. 그는 에르셀라를 뚫어져라 보다 고개를 홱 돌려 버렸다.

"처소에 먼저 들어가 보겠습니다."

서먹하다 못해 찬바람 부는 말씨가 에르셀라는 섭섭했다. 하지만 따지자면 이상한 광경은 아니었다. 비센테와 관계가 진전된 지 이제 막 이 년이 됐을 뿐이었다. 그동안 주고받은 편지가 너무 다정해서 그

온도에 물든 나머지 착각하고 있었다.

"그러렴."

에르셀라는 한 호흡 늦게 대답했다. 비센테가 떠나자 옆에 있던 아도라가 한숨을 푹푹 쪘다.

"어쩜…… 그리 똑 닮으셨나요."

"칭찬은 아닌 것 같구나."

"칭찬 아니에요."

아도라는 드물게 단호했다.

씻고 방에 들어온 에르셀라는 침대에 걸터앉아 조금 전의 일을 떠올렸다. 아무래도 뭐가 문제인지 비센테와 내일 대화를 해봐야 할 것 같았다. 무의식중에 서운하게 만들었을 수도 있으니.

네아가 몸을 낮춰 발 마사지를 해주었다. 피로가 풀리는 것을 느끼며 에르셀라는 시선을 내려 네아를 응시했다.

"왜 그리 보시는지요?"

"어느 가문인지 물어도 되나요?"

"펠리피가입니다."

에르셀라는 네아가 주무르는 발을 거두려 했다. 그러나 네아는 놓아주지 않고 발을 다시 끌어왔다.

"……그만두어요. 귀족 영애에게 극진한 대접을 받을 만한 귀인은 못 되니까."

"그래 봤자 넷째 여식으로 저도 가문 내에서 그리 귀한 사람은 못 됩니다."

"내가 베아트리스 왕녀의 딸이기에 이리 잘해주는 건가요?"

순간 네아의 손이 멈칫했다. 하지만 곧 손길이 다시 움직였다.

"저희 가문은 대대손손 루델시아의 후손을 모신 몸. 당연한 일을 하는 것일 뿐입니다."

"왕자비 전하가 마음에 안 드나요?"

"……."

방 안이 숙연해졌다. 네아는 고개를 조아렸다. 질문을 거두어달라는 뜻이었다.

"……무슨 말씀이신지 모르겠군요."

에르셀라는 그녀의 부탁을 들어줄 생각이 없었다.

"그라니아에서 소식을 들었어요. 헤르미아 왕녀께서 왕손을 세 분이나 순산하셨다고요."

처음엔 루델시아에 십여 년간 왕자비로 지낸 헤르미아가 왜 배척받는지 알지 못했지만, 이제는 조금 알 것 같았다.

"모두 왕자였지요."

이들에게 루델시아의 피를 이은 후손이란 왕녀에 한정되어 있었다. 네아는 입술을 부르르 떨었다.

"……여왕으로 시작된 나라입니다."

그러니 끝도 여왕으로 끝나야지요. 네아는 그렇게 말하고 있었다.

"시대는 변해요."

"근간이 잠시 흔들린 것뿐, 바로 잡을 수 있습니다."

"나는 베아트리스의 딸로 이곳에 온 것이 아니에요."

네아가 입술을 깨물었다. 역시. 에르셀라는 그녀가 제게 원하는 것이 무엇인지 알 것 같았다. 넷째 딸이라고는 하나 동부를 주름잡고 있는 가문의 영애. 네아 펠리피의 뜻은 펠리피 후작의 뜻과 같다.

"루델시아는 지금의 왕이 감히 지배할 수 있는 나라가 아닙니다."

"당신들의 꿈을 이루어줄 마땅한 왕녀도 없고 말이죠."

"그건."

그녀가 소망하는 건 명료했다. 마지막 왕녀였던 베아트리스가 없는 이상 그들의 유일한 희망은 왕손에 있었다. 하지만 그 많은 왕손도 전부 남자.

'헤르미아가 미울 수밖에.'

그라니아에선 호사라고 부를 일이 루델시아에선 정반대의 의미를 지닌다니. 솔직히 잘 실감되지 않았다.

"난 그라니아로 돌아갈 겁니다."

하지만 그렇다 해도 에르셀라는 현혹되지 않았다. 왕이 되고자 하는 욕심으로 루델시아에 온 것이 아니니, 당연했다.

"하지만……."

"스스로의 신념에 빠져 남을 괴롭히지 마세요."

에르셀라는 일축했다. 군사를 일으켜 반역을 꾀할 계제는 못되니 계획은 기껏해야 그녀를 현왕의 양녀로 입적하는 거였을 것이다. 그녀의 의사도 묻지 않고.

"내 뜻은 분명히 전했습니다."

그들의 꼭두각시로 살아갈 생각은 없었다. 저를 두고 그런 생각을 했다는 것 자체가 실망스러웠다.

"죄송합니다."

네아는 사과하며 부담스러운 손길을 거둬들였다. 펠리피가의 영애가 손수 수발을 든다는 것 자체가 에르셀라를 왕족으로 예우하고 있다는 뜻이었다.

"베른하르트 공작 부인."

호칭이 정정되며 에르셀라는 자신이 베아트리스의 딸이 아닌 평범한 귀빈으로 받아들여진 것을 알고 고개를 끄덕였다.

"대신 한 가지…… 부탁을 드려도 되겠습니까?"

그녀는 '대신'을 접붙여 조건을 내걸 처지가 못 되었지만, 에르셀라는 그것을 지적하지 않으며 말해보라는 듯 시선을 던졌다. 네아의 부탁은 뜻밖의 것이었다.

"베아트리스 님의 처소에 한 번 들러주실 수 있으신지요?"

네아는 궁의 후원을 지나 우거진 수풀 속으로 들어갔다. 크고 작은 샛길을 지나 밖으로 나오니 현재 묵고 있는 궁의 절반 크기인 궁이 보였다.

"제 어머니의 말씀에 따르면 원래 처소는 이곳이 아닌 소르세궁이었다고 합니다. 한데 국왕께서 즉위하시면서 왕녀 전하의 물건을 이곳으로 옮긴 후 폐궁하셨지요."

폐궁. 좋게 들리는 어감은 아니었다.

"폐쇄된 곳이라면 들어갈 수 없는 것 아닌가요?"

"뒷문을 압니다. 경비병 쪽도 문제없습니다."

매수했다는 소리였다. 역시 네아는 보기와 달리 겁이 없었다.

'아까도 루델시아는 지금의 왕이 감히 지배할 수 있는 나라가 아니라고 했었지.'

왕에게 고해바치면 목이 날아갈 말을 아무렇지 않게 하다니.

"이쪽으로."

담력의 크기로는 타의 추종을 불허할 것이라 여기며 에르셀라는 네아를 뒤따랐다. 이미 말해두었는지 경비병은 보이지 않았다.

'왕은 오늘까지 대신전에 기거할 테니, 잠깐만 보고 와도 되겠지.'

어머니에 대한 것이라 하니 그냥 지나치고 싶지도 않았다. 네아가 뒷문을 밀자 경첩 소리가 나며 문이 열렸다. 안은 사물의 형체를 구분할 수 없을 정도로 깜깜했다.

“조심히 따라오세요.”

네아는 등잔불로 어둠을 밝히며 성큼성큼 걸어갔다. 그들이 도착한 곳은 2층 복도 끝에 놓인 방이었다.

“여기서 기다려 주세요.”

네아가 벽에 걸린 초에 불을 붙이기 시작했다. 촛불이 하나둘 피어오르자 빛이 사위로 뻗어 나갔다.

에르셀라는 시선을 오른쪽에서 왼쪽으로 이동시켰다. 변두리에 놓인 낡은 피아노, 은으로 된 탁자와 의자, 그 위에 놓여 있는 청자색 화병, 하얀 천으로 덮인 침대 그리고…….

벽 한가운데에 거대한 그림 한 점이 걸려 있었다.

“저건.”

에르셀라는 문간을 넘으며 그림 속 의자에 앉아 있는 여인을 물끄러미 응시했다.

“어머니인가요?”

“그렇습니다.”

어머니의 어릴 적 모습을 보니 기분이 묘해졌다. 누구나 다 어린 시절은 있다 하지만 머리를 진주로 장식한 채 아름답게 웃고 있는 어머니는 낯설게만 느껴졌다.

에르셀라는 베아트리스의 그림을 우두커니 바라보다 붉은색 피륙이 초상화의 한 면을 가리고 있음을 깨달았다.

“네아, 저걸 걷어볼 수 있을까요?”

“물론입니다.”

네아는 자그마한 몸으로 힘껏 줄을 당겨 휘장을 떨어뜨렸다. 붉은 비단이 스르륵 허물어지고 드러난 것은 또 한 명의 여인이었다.

허리까지 내려오는 검은 머리에 검회색 눈동자. 바르게 앉아 정면을 오시하고 있는 모습은 몹시 아름다웠지만, 사람이 아닌 얼음을 빚어 만든 형물(形物) 같았다.

"칼테아 소공작님이군요."

잠시 사고 회로가 멈추었다.

"아, 그렇군요. 여기는……."

네아는 그 연유를 알아챈 듯 오지 않은 뒷말을 받았다.

"여성도 작위를 이어받습니다."

에르셀라는 고개를 올려 아득히 높은 곳에 있는 그림을 바라보았다. 각각 사선으로 틀어진 의자에 칼테아 소공작과 베아트리스 왕녀가 앉아 있었다. 기분 좋은 듯 화사한 미소를 머금고 있는 어머니와 다르게 왕녀와 대등한 위치에 앉은 여자는 미소 하나 드리우지 않고 있었다.

"베아트리스 님의 물건을 제 마음대로 만질 수 없는지라 휘장을 걷어보는 건 처음입니다. 듣던 대로 두 분 다 아름다우시네요."

"어머니와 저분은 무슨 사이죠?"

"제가 알기로는 베아트리스 님이 가장 가까이 두셨던 분입니다."

친구라는 뜻인가.

"정말 친했나 봐요. 인물화도 같이 그릴 정도면."

네아는 부드럽게 웃음 지었다.

"예, 당시 궁에는 장성한 혈육밖에 없어 베아트리스 님이 어울릴 만한 또래가 없으셨습니다. 그래서 선왕 폐하께서 특별히 두 분이 어울리기를 주선하셨답니다. 칼테아 공작가는 왕실의 오랜 충신이기도 했고 그때의 위세만 따지면 나라 제1의 귀족이라 해도 과언이 아니었으니 왕녀님의 친구로 적격이었죠. 베아트리스 님께 들으신 적이 없으신가요?"

"어머니는 루델시아에서 있었던 일을 잘 말씀해 주지 않으셨어요."

에르셀라는 칼테아 가문이 있다는 것도 오늘 처음 알았다.

"그렇군요."

네아의 낯빛에 서운함이 스쳐 갔다. 에르셀라는 어물어물 입을 열었다.

"혹시 지금 저분이 어디 계신지 알 수 있을까요?"

"죽지 않았겠느냐?"

그 말을 한 건 네아가 아니었다. 네아의 안색이 핏기가 빠져나간 사람처럼 창백하게 변했다.

"역적의 말로가 그러하듯 말이다."

전신을 무겁게 내리누르는 음성. 에르셀라가 느리게 뒤를 돌았다. 희끗희끗한 금빛이 섞인 백발의 노인이 문간에 기대어 서 있었다.

"내가 은폐한 궁에 쥐새끼가 숨어들었을 줄은 몰랐구나."

나이를 먹어도 누그러지는 법을 모르는 벽안이 에르셀라에게 맹렬히 꽂혔다. 정면으로 받은 시선이 버거워 에르셀라는 힘겹게 침을 삼켰다. 옆을 바라보니 네아의 어깨가 사시나무 떨리듯 떨고 있었다.

"왕…… 이시여."

눈앞의 존재를 확인 사살하는 호칭에 에르셀라는 입술을 지그시 당겨 물었다.

"여긴, 여긴 어떻게……."

본래대로라면 이 시각에 대신전에 있어야 할 왕이 왜 여기 있는 것일까.

"그건 내가 할 말이지 않겠나, 펠리피 영애."

말끔하게 정돈된 수염 덕분에 입술의 움직임이 잘 보였다. 무색의 입술이 픽 치솟으며 가소롭다는 미소를 그려냈다.

"연유를…… 시, 신을 모셔야 할 분이 왜 여기 계시는지, 연유를, 연유를 알려주십시오."

네아는 겨우 남아 있는 용기를 쥐어 짜내며 필사적으로 말했다.

"폐, 폐하께서는 대신전에 계셔야 하지 않습니까!"

"이것을 빌미로 거래할 생각이면 집어치우는 게 좋을 것 같구나."
왕은 감흥 없는 사람처럼 말했다.
"이곳은 짐이 금한 곳이며 엄폐한 궁이다. 이곳에서 나를 봤다 주장해 보아라. 현명한 펠리피가의 영애여, 그대는 어찌 될 것 같은가?"
"……."
"벙어리라도 됐나 보군."
네아의 몸이 아직도 떨고 있는 걸 보아 몰라서 지키는 침묵은 아니었다. 사실이든 아니든 자신은 폐궁에 침입한 죄를 피할 수 없음을 알기에 침묵하는 것이다.
왕의 명을 어겼다. 가문의 존폐를 뒤흔들 정도까진 아닐지라도 사형에 처하면 펠리피 후작은 막아줄 수 없었다.
"내가 대신전에 기거할 때를 노리고 경비병을 매수한 것만으로도 영애의 행위에는 고의성이 짙군. 반면 영애는 내게 어떤 책임을 물을 생각이지?"
"법전에……."
"법전에 짐의 행동이 죄라던가?"
일순 충격적인 이야기를 들은 사람처럼 네아의 낯빛이 서느렇게 실색했다. 그것이 무슨 뜻인지 안 에르셀라의 미간에 굴곡이 졌다. 말도 안 되는 일이었다.
"믿음이란 무섭지. 그들에겐 너무나 당연하고 마땅하여 아무도 신을 기리는 의례를 어길 것이라 생각하지 않으니 말이다."
"하지만 신께서 노하실 겁니다……."
네아는 벌벌 떨면서도 말을 주저하지 않았다. 두려움에 잠식되어 제정신이 아닌 것도 같았다. 그녀는 비정상적인 사람을 보는 것처럼 왕을 보고 있었다.
그러나 왕은 그녀를 꾸짖지도 정제된 분노를 내보이지도 않았다.

그의 얼굴을 스친 건 그런 순간적인 감정이 아니었다. 그것은 아주 오랜 시간 동안 홀로 쌓아 올린 허무였다. 그는 더 이상 대화할 가치가 없다는 듯이 혀를 찼다.

"그대는 부를 때까지 자숙하도록 하라."

비바람에도 끄떡없는 돌산 같은 그의 명령에 네아는 고개를 수그렸다. 당연한 결과였다.

"……부르심을 겸허히 기다리겠나이다."

이 나라에서 가장 높은 사람의 축객을 거부할 권리가 그녀에겐 없었으므로.

에르셀라의 시선이 물러가는 네아를 지나, 문간에 기대어 있는 왕에게 닿았다. 강렬한 무언가가 담겨 있는 눈동자를 본 순간 탐색당하는 기분이 들었다.

이분이 어머니의 이부 오라비였다. 한데 어머니와 18살 터울이라서일까. 실제로 보니 오라비와 누이 사이라기엔 괴리감이 깊었다. 그러한 간극은 들려온 소리에 잊혔다.

"가련한 아이가 아니냐."

왕은 네아가 사라진 곳이 아닌 에르셀라의 얼굴을 똑바로 보고 있었다.

"너를 베아트리스, 그 아이에 투영하여 다시 여왕의 나라가 올 거라고 착각에 빠진 것이 말이다."

경고였을까. 네가 내 자리를 물려받을 일은 없을 테니 헛된 꿈 꾸지 말라는?

"폐하께서 명하신 대로 저는 베아트리스 전하의 딸로 온 것이 아닙니다."

그렇다면 원하는 대로 해주리라.

"몰라 뵙고 인사가 늦었습니다. 베른하르트의 에르셀라입니다."

왕의 입가 주름이 약하게 들썩거렸다. 흡족함의 표시인지는 모르겠다. 다만 그는 앞에 놓인 손아래 누이의 자식을 신기한 생명체 바라보듯 응시했다. 이내 그의 입술이 떼어졌다.

"베아트리스를 닮지 않았구나."

에르셀라로서는 생소한 감상이었다. 그라니아에서는 어머니를 닮았다는 소문이 자자했기 때문이다.

"그 아이보다 차분한 걸 보니."

닮지 않았다는 게 외모가 아닌 성격이었나. 에르셀라는 당황을 바로잡으며 말문을 열었다.

"어머니가 어릴 적 꽤나 말썽꾸러기셨나 봅니다."

"그뿐이겠느냐. 겁도 많았단다."

겁 많은 어머니라니. 벽에 걸린 그림 속 어머니가 생각나 에르셀라의 입가에 절로 미소가 지어지려는 찰나.

"그러니 살지 않았겠느냐?"

심장이 쿵 하고 떨어졌다. 귀를 의심하며 고개를 들자 왕은 더없이 자상한 얼굴을 하고 있었다.

"감사해야 한단다. 겁 없이 용맹했다면 네가 이 세상에 빛 볼 일도 없었을 테니."

베아트리스 왕녀가 레어덴 피사리데 후작을 따라온 이유에는 두 가지 속설이 있다. 하나는 루델시아에 사절단으로 파견된 레어덴과 왕녀가 서로 한눈에 반했다는 것이며, 다른 하나는 현왕인 이부 오라비의 야욕을 피해 하나뿐인 왕녀가 그라니아로 도망쳤다는 낭설이다.

"어머니를 죽이려 하셨나요?"

에르셀라는 왕의 얼굴을 보고 그가 그리하려 했음을 확신했다.

"이부 누이라 하나 어떻게 폐하의 혈육을……."

"내게는 살려둘 이유가 없지."

하지만 열여덟이나 어린 동생이었다. 에르셀라는 그의 사고를 따라가지 못했다. 왕은 평온하게 말을 이었다.

"그리 많은 자식을 잃은 주제에 내 어머니, 선왕께서는 새로이 국서를 들이셨다. 꽤 총애하시더니 대단하게도 여자아이를 수태하셨지."

기억을 거슬러 가는 목소리가 나른함에 잠겨 있었다.

"아…… 그때 느낀 감정은 정말이지 말로는 설명하지 못할 정도로 끔찍했단다. 베아트리스 그 아이가 아닌 어머니가 말이다. 2왕녀 아사네가 달을 넘기지 못하고 죽고, 쌍생아 3왕녀 체세나, 4왕자 살레르노가 여섯이 되기 전에 죽고, 5왕자 이든, 6왕자 셰일, 7왕자 베르나도가 아스란에서 역마에 걸려 죽었는데도……."

"……."

"아버지가 돌아가시고 남자와 놀아나 새로운 애를 배다니. 나로서는 도무지 이해가 되지 않더구나. 그런데 그보다 더 이해할 수 없는 게 뭔지 아느냐?"

담담했지만 그것은 오랜 설움이었다.

"내가 왜 나보다 열여덟이나 어린 갓난아이에게 왕위를 넘겨주어야 하지?"

"……."

"적통? 나는 1왕자다. 그것도 여왕의 첫 번째 국서에게서 난 자식이지. 통치자의 재목? 그 통치자의 재목이 말도 못 하는 갓난아이에게는 보인다더냐?"

언성을 높이지 않아도 음절 마디마디마다 실린 분노가 절절하게 다가왔다. 그래서 에르셀라는 귀를 막고 싶었다. 무서웠다.

"해서 나는 노력하였다. 어머니가 진정으로 신의 대리자라면 누구를 후계로 삼아야 하는지 아실 거라 믿었다."

"……."

"하지만 다 늙어 노망이 나셨는지 이제 막 열여덟이 된 그 아이를 기어코 왕의 계보에 올리고자 하시더구나."

"루델시아에서는 모계 계승을 우선으로 둔다고 들었습니다."

왕은 부드럽게 미소 지었다.

"그래, 바로 그 점이었단다. 나와 베아트리스의 차이가. 여자로 태어나지 못한 것 하나만으로 그렇게 내가 밀려났단다."

왕이 속삭이듯 말했다.

"하지만……."

에르셀라는 머뭇거렸다. 하나 그건 어쩔 수 없는 것 아닌가? 태초부터 정해진 규율에 의문을 표하고 화를 내고 억울해해 봤자 변하는 건…… 생각이 끊겼다. 무서워서, 변화를 기대하지 않는 자신이.

그때 왕이 방 안에 들어왔다. 그는 오로지 벽의 한 면을 차지하고 있는 그림만을 바라보았다.

"신기하게도 여자애라는 이유만으로 멍청하게 베아트리스를 지지하는 자가 꽤 있었다. 베아트리스에게 딱히 왕의 재목을 느끼지 못한 나는 도무지 이해할 수 없는 사고였지."

그는 목을 꺾어 그림 속 인물을 보며 시시하다는 듯이 말했다.

"네가 궁금해한 이델 칼테아가 그런 멍청한 이 중 하나였다."

검은 머리의 여인을 보자 또다시 기묘한 감각이 에르셀라의 가슴을 찔러왔다.

"사리에 밝고 이성적인 것이 꽤 영리한 아이였다. 아니, 그렇게 생각했지. 지금 보면 그렇게 어리석을 수가 없었어. 선왕께서 병들어 눕고 내가 거의 왕위를 물려받기 직전이었다. 짐은 전혀 모르고 있었단다. 나 하나 갈아치우기 위해 칼테아 소공작이 가문의 전부를 걸었을 줄은. 찔러도 피 한 방울 안 날 것 같은 여자가 베아트리스를 그렇게까지 아끼고 있을 줄 몰랐었지. 내 오판이었다. 그런데 내가 이델 칼테아의 모반을 어떻게 알았는지 아느냐?"

에르셀라는 대답하지 않았다. 처음부터 그녀의 대답을 바란 게 아니라는 듯 왕은 껄껄 웃었다. 그리고 그의 대답은 조금도 생각지 못한 방향으로 흘러갔다.

"베아트리스가 말해주어서 알았단다."

"어머니가, 요?"

어머니가 칼테아 소공작을 배신했다니.

"그 선택이 현명했던 건지, 바보 같았던 건지는 모르겠다. 칼테아 소공작이 실패했다면 현명한 것이고 성공할 예정이었다면 내 누이는 천치 짓을 한 것이나 마찬가지였겠지. 하지만 당시 베아트리스는 그것이 최선이라 여겼던 것 같구나. 열여덟은 무언가를 선택하기엔 어리다면 어린 나이였고, 만에 하나에 이델 칼테아가 죽는 것이 두려웠을 테니. 그래서 내게 울면서 빌었다. 루델시아를 떠날 테니 칼테아 소공작의 죄를 모른 척 눈감아주고 그 아이를 살려달라고. 나는 알겠다고 대답했고, 베아트리스는 네 아비의 청혼을 받아들여 떠났다."

하지만…….

폐부에 쓴 물이 가득했다.

"제 어머니와 달리 폐하께서는 약속을 지키지 않으셨군요."

펠리피 후작가도 아는 자신이 칼테아 공작가는 모른다. 그것이 무엇을 뜻하는가.

"글쎄다. 왕위에 올라 칼테아 가문은 멸문시켰고, 이델 칼테아는 천민으로 격하시키긴 했다만 살려는 두었으니 약속은 지켰다고 보는데."

거짓말. 어머니가 원하는 게 뭐였는지 알면서. 단순히 이델 칼테아의 목숨이 아닌 그녀에게 속한 모든 것을 지켜달라고 부탁한 것임을 알면서. 교묘한 말장난으로 어머니를 농락하다니.

"어머니는 사람 한 명을 찾고 있었어."

카르온은 그렇게 말했다. 그 사람이 칼테아 소공작일까. 그렇다면 어머니가 왜 비밀리에 사람을 찾았는지 이해가 갔다. 그녀가 이델 칼테아를 찾고 있다는 소문이 이부 오라비의 귀에 들어갈까 두려웠던 것이다. 어머니의 속이 얼마나 썩어 문드러지셨을지 감히 상상조차 가지 않았다. 에르셀라가 경멸스럽다는 듯 왕을 바라보았다.

"그래서 죽었나요, 저분은?"

왕은 웃었다.

"죽지 않았겠느냐? 역적의 말로가 그러하듯."

처음 들었던 것과 같은 말을 하고서.

"왜 제게 이 이야기를 해주시는 거죠?"

"네가 루델시아에 온 이유를 알고 있단다."

짙은 화장의 여자는 의미 없이 주변을 배회했다. 수도관에서 뚝뚝 물이 새는 소리조차도 소음으로 느껴질 정도로 까마득한 적막이었다.

그 적막을 깨뜨린 건 바람 소리와 맑은 종소리였다. 그녀는 뒤를 돌아 문을 열고 들어온 사람을 응시했다. 키가 크고 체격이 건장한 두 명의 남자가 시야에 들어왔다.

"어머, 안녕하세요."

그녀는 얼굴에 요염한 미소를 드리웠다. 붉은 기로 칠한 색조가 더욱 야릇한 분위기를 자아냈다. 여자는 요요한 자태로 걸어와 남자 앞에 섰다. 숨결이 느껴질 거리에서 가장 먼저 눈에 들어온 건 수려한 이목구비였다. 그녀가 가늘게 눈을 접으며 남자의 가슴팍에 손을 올렸다.

"이곳이 처음이신가 봐요?"
손에 힘을 주며 닿은 부분을 지분거리려는 순간이었다.
"장난은 이쯤 하지."
그녀의 팔을 미련 없이 걷어낸 남자가 뒤에 있는 자에게 턱짓했다. 지시를 받은 남자가 품에서 문양이 새겨진 패를 내밀었다. 그것을 본 여자는 표정을 굳히며 급히 물러났다. 그녀는 공손하게 허리를 굽혔다.
"실례했습니다. 안내해 드리겠습니다."

지하도로 이어진 비밀 통로는 미리 불을 밝혀놓았기 때문에 환했다. 여자는 초조한 속마음을 내색하지 않으며 걸었다.
'말도 안 돼.'
방금 맞이한 남자의 외관에 그녀는 혼란이 들어찼다. 그럴 리가 없다. 하지만 고위 귀족가의 수장 중 그러한 외모를 가진 자는 한 명이라고 알고 있다. 하지만 그 남자가 왜……. 주인님과 말을 맞춰둔 건가. 어떻게 된 일인지 어서 확인해야 했다.
그녀는 차분하게 벽을 더듬었다. 울퉁불퉁하고 헐겁게 끼어 있는 벽돌을 찾아 빼내자 그 안에 숨겨져 있던 종이 한 장이 모습을 드러냈다. 그녀는 소매에서 펜을 꺼내 종이 위로 초조히 글씨를 휘갈겼다.

흑발 흑안 베른하르트 공작 추정.

이제 사람을 통해 서한을 보내기만 하면…….
"……."
선득한 감각에 여자의 움직임이 딱 멈췄다. 그녀는 제 목에 겨누어진 칼날에 눈을 질끈 감았다.

"돌아서라."

떨어진 명령에 조심스레 돌아서며 그녀는 눈을 떴다.

"기사님? 여긴 무슨 일로……."

화들짝 놀란 표정을 지어 보였지만 고고한 남자가 대동하고 나타난 젊은 기사는 꼼짝도 하지 않았다. 교태스럽게 눈을 접어 웃어도 위협은 가시지 않는다. 결국, 체념하듯 눈을 감았다.

끝났다.

그렇게 생각한 순간 검이 허공을 가르며 그녀를 베었다.

케이런은 무심한 눈으로 피가 튀긴 종이를 쥐었다. 종이는 벽면에 걸린 촛불에 흔적도 없이 사라졌다.

그는 평온한 얼굴로 방금 들은 보고를 읊었다.

"끊겼다, 라……."

"연락책에 의하면 어제 당일 로브로 얼굴을 가린 여자는 장소에 나오지 않았다고 합니다. 그녀를 파견한 곳으로 은밀히 사람을 보냈으나 흔적도 없이 사라졌답니다. 현재는 배신도 염두에 두고 있습니다."

블래노버 백작의 보고에 카르온은 고개를 저었다.

"그녀의 동생이 여기에 있으니 배신일 가능성은 적다. 결국 뒤를 잡혔다는 게 맞겠지."

"새로 사람을 심을까요?"

"이미 들킨 이상 무용하지 않겠나."

카르온의 말대로 그들이 다시 그곳으로 모일지는 미지수였다. 백작이 작게 침음했다.

"안타깝군요. 누구인지만 알아도 수확이 없다 할 순 없을 텐데 말이죠."

그들은 이전까지 익명으로 암호문을 주고받았으며, 여자가 사라진 곳이 그 교신 장소였다. 보고는 그들이 한곳에 모인다는 것을 마지막으로 끊겼다.

"배신이 아니라면 이미 손쓸 수 없는 상태까지 갔을 겁니다."

곤란한 일이었다. 죽은 그녀에게 측은지심이 없는 것은 아니지만 그보다 중요한 건 그녀의 죽음에 득이 없다는 것이었다. 암호문을 해독하지 못한 지금, 여자의 죽음은 손실이 컸다.

"폐하 쪽일까요? 최근 궁내 인력이 바깥으로 흐른 정황이 포착되긴 했습니다만."

카르온은 습관처럼 턱을 어루만졌다. 대답은 없었다. 백작은 깊은 생각에 잠긴 상관을 잠자코 기다렸다. 곧 그는 카르온의 생각이 어디에 매몰되어 있었는지 알게 되었다.

"가르텐이 요즘 잠잠하군."

그는 당황했다.

"가르텐…… 말입니까?"

이 일과 연관 없다 단정했던 인물이 화두에 올라온 것이다. 백작은 어찌해야 할지 모르겠다는 얼굴로 입을 여닫기를 반복하다 더듬더듬 입술을 뗐다.

"……조용히 지낼 수밖에 없을 겁니다. 공작으로서는 올리비아 가르텐 양과 레오폴드 전하의 성혼을 무사히 치르고 싶을 테니까요. 이런 시기에 불미스런 일에 휘말리기라도 한다면 곤란해지겠죠. 저번에 명하신 콘라드와 관련해 조사해 보아도 행적은 깔끔합니다."

뇌물을 몇 번 받은 정황이 있었지만, 그것은 문제가 아니었다. 오히려 청렴했다면 더 의심이 갔을 것이다. 그는 좀체 풀릴 기미가 보이지 않는 카르온의 미간을 보았다. 백작은 그러한 연유를 알았다.

"여전히 2왕자와 공녀의 성례 날짜가 미뤄진 게 마음에 걸리십니까?"

카르온은 부정하지 않았다. 백작이 답답하다는 듯 토로했다.

"아시잖습니까. 결혼한다면 2왕자가 후계로 지정되지 않은 이상 작위를 받아 궁을 나가야 합니다. 공작으로서는 2왕자가 후계 구도에 한 발 떨어져 있는 걸 원치 않겠죠. 지금쯤 뭔가 조치를 해두기 위해 간을 보고 있을 겁니다. 하지만 그 무엇이 되었든 낌새만 보인다면 명분으로든 힘으로든 즉시 대처 가능합니다."

논리는 허점이 없었으며 관점은 지극히 타당했다. 그러나 카르온의 근심은 백작의 말에 있는 것이 아니었다. 카르온은 검지로 탁자를 두드렸다. 베일 뒤에 가려진 것이 손가락에 박힌 가시처럼 거슬렸다.

"폐하께서도 아직까지 2왕자를 지지하실 생각은……."

"베른하르트는 지금 상황이 어떻지?"

"……이번엔 베른하르트입니까?"

가르텐에 이어 베른하르트라니. 주군의 입에서 족족 뱉어진 거물에 백작은 한숨을 내쉬었다. 그러면서도 그는 대답할 의무를 저버리지 않았다.

"그쪽엔 세작을 심어두지 않아 일단 자세한 내부 상황은 알지 못합니다."

백작은 왜 진작 사람을 심어두지 않았냐는 간접적인 원망을 내비치고 있었는데, 그에 카르온이 소소하게 해명했다.

"세작 같은 걸 넣었다간 공작에게 이미 들켰겠지. 내가 막 작위를 물려받은 처지에 굳이 베른하르트를 적으로 돌려야 했나?"

"굳이 적으로 돌리신 분이 그리 말씀하시니 썩 믿음직스럽지 않군요. 아무튼 아시다시피 공작가가 쉬이 사람을 밀어 넣을 수 있는 곳은 아닙니다. 공작 휘하 사람들은 충성도도 높은 편이라 변절자를 기대하기도 어렵습니다. 조사해 볼까요? 아니, 그냥 조사하겠습니다."

백작은 자진해서 일을 청했다. 그의 주군이 어떤 것에 대해 말을 꺼냈다는 것은 그것을 알아보라는 것과 같은 말이었다.

"데일에게 슬쩍 넘기는 건 곤란해. 지금 그는 따로 하는 일이 있어서."

"……제가 하려고 했습니다."

데일에게 슬쩍 넘기려던 그는 아쉬움을 느꼈다.

"일단 베른하르트 내부 사정 위주로 한번 조사해 보죠."

"아니, 그거 말고. 가르텐과 베른하르트의 접점을 조사해 봐."

백작은 순간 제 귀가 잘못됐나 생각했다. 파혼해서 앙숙이나 마찬가지인 관계를? 그러나 카르온은 명령을 거둬들이지 않았다. 백작이 찝찝함에 되물었다.

"뭐 알고 계신 거라도 있으십니까?"

"설마."

카르온은 능청스레 어깨를 으쓱였다.

"그저 감에 불과하지."

아, 예, 그러십니까. 엇나간 경탄이 혀 밑에 깔렸다.

"네가 루델시아에 온 이유를 알고 있단다."

왕이 말했다.

"처음 시의의 말을 들었을 땐 말도 안 된다고 생각했는데, 네가 루에노 백작 부인을 통해 보낸 알현을 청하는 서한을 받고 꽤 놀랐단다."

"시의라면……."

"네가 부린 수족이 루델시아에서 만난 자 말이다."

데일이 루델시아에서 만난 사람이라면 에르셀라도 알고 있었다. 설마 시의일 줄은 몰랐지만.

"듣자 하니 사방팔방으로 찾아다녔다는 것 같던데. 놀랍군. 아직도 살아 있을 줄이야."

에르셀라의 속눈썹이 섬섬히 흔들렸다.

"기록에선 병이 몸에 퍼진 기점으로 일 년 안에 죽는다는데, 아직까지 허우대가 멀쩡해 보이는 걸 보니 앓기 시작한 것은 최근인가. 그런 것치곤 꽤 정답에 근접한 것도 같구나. 이것 참 네가 운이 좋은 건지……."

에르셀라는 덫에 걸린 사냥감을 관람하는 맹수처럼 그녀를 뜯어보는 왕의 시선이 거북했다. 어머니처럼 자신도 죽이려 할까. 그것이 무서워졌다. 부디 저 스스로 무덤에 찾아온 꼴은 아니어야 할 텐데…….

"그리 무서워하지 않아도 된다. 피사리데이자 베른하르트인 널 여기서 죽이면 전쟁이 일어날 텐데, 그것을 모를 만큼 어리석지는 않단다. 모든 나라의 왕이 그렇듯 짐도 내 백성을 사랑하거든."

에르셀라는 알지 못했다. 왕이 백성들을 '신의 백성'이 아닌 '나의 백성'이라 칭한 게 그에게 무슨 의미였는지.

눈빛은 혹독한 추위의 겨울과도 같이 차가움을 띠면서 사랑이라는 말을 입에 담는다. 왕은 그 잔혹한 눈을 하고 잔혹했던 손을 뻗어 시간에 부식된 액자 틀을 어루만졌다.

"그 아이가 이델을 찾았다지."

왕의 눈동자가 일렁였다.

"찾지 못해 다행이구나. 안 그랬다면 이델의 검에 갈기갈기 찢겨 죽었을 테니."

그는 그 말만을 남기고 베아트리스의 흔적이 남겨져 있는 방을 떠났다.

그날 이후로 에르셀라가 왕을 마주치는 일은 다시 일어나지 않았다.

"조만간 다시 부르시겠다는 전언입니다."

시녀를 통한 전언만이 왔다. 하지만 대체 그 조만간이 언제란 말인가. 그녀는 당장 그라니아로 돌아가고 싶었다. 이곳에 있다가는 병이 악화될 것 같았다. 단적인 이유에는 지금이 있었다.

"폐하는 국정에 바쁘셔서 아들인 저도 만나 뵙기가 힘듭니다. 서운하겠지만 이해해 주세요."

"서운하긴요, 전혀요."

에르셀라는 반사적으로 대답하며 속에서 꿀렁대는 불편함을 다잡았다.

왜 자신이…….

"하하, 베아트리스 왕녀님의 딸이신 부인께서 온다기에 얼마나 신기했는지 모릅니다."

헤르미아의 남편과 얼굴을 맞대고 앉아 있는 것일까.

"환대해 주셔서 감사할 따름입니다."

리하드 왕자를 보면 그가 왕의 자식이란 걸 연상하기가 힘들었다. 그만큼 그는 엄격함과 거리가 먼 사람이었다. 왕족의 격이 있으니 방정을 피우진 않았지만 언행이 비교적 자유로웠다.

"베아트리스 고모님은 그곳에서 잘 지내셨습니까? 결혼하신 후 한 번도 이곳에 발걸음하지 않아 얼마나 섭섭했는지 모를 거예요."

"어머니를 기억하시나요?"

그는 활기차게 고개를 가로저었다.

"하하, 아니요. 전혀 모릅니다. 제가 태어나기도 전에 루델시아를 떠나셨던 터라."

"……그렇군요."

"오, 이런, 정말 뵙고 싶었는데 말이에요."

왕자는 태평하게도 말했다. 왕자가, 왕자가, 왕자가…….

'왕자가 저런 거였다니.'

케니언스를 마지막으로 더 깨질 환상도 없다 여겼는데, 애석하게도 여분의 환상이 남아 있었나 보다. 에르셀라는 이참에 남은 미련도 긁어 없애 버리기로 했다.

"고모님께서 그리 미인이셨다는 소문을 들었습니다. 부인을 보니 과언이 아님을 오늘로써 알게 되었군요. 과연 헤르미아처럼이나 아름……."

"리하드."

헤르미아는 익숙한 듯 사과를 찍은 포크를 왕자의 손에 쥐여 주었다. 그러고 보니 이곳엔 헤르미아도 있었다. 뿐이랴. 비센테와 아도라도 함께였다.

사과를 베어 문 리하드 왕자가 눈썹을 꿈틀댔다. 참 고상하죠, 다물라는 소리를 이리 우아하게 전달하다니. 대충 그런 의미였을 것이다. 그는 속도 없이 웃었다.

"부인을 닮아 인물이 좋습니다."

어느새 그의 호기심은 비센테로 옮겨 가 있었다. 비센테를 보는 헤르미아도 슬며시 입술을 끌어당겼다.

에르셀라는 불만스러워졌다. 왜 제 아들을 보며 흐뭇하게 웃는 거람. 하여간 가르텐 공작 부인에 버금갈 만큼 마음에 안 드는 사람이었다.

짝.

리하드가 손뼉을 쳐 감탄을 드러냈다.

"베른하르트가라 하면 공자도 가문을 따라 기사가 되겠군요."

"이미 기사예요. 서품은 열다섯에 받았답니다."

에르셀라는 드물게 빨리 왕자의 말을 받았다. 자랑하고 싶다는 생각이 여과 없이 얼굴에 드러나 있었다.

"그뿐이 아니에요. 높은 수준의 교양과 학문을 터득하여……."

에르셀라는 본능적으로 말끝을 흐렸다. 그러지 않았다면…….

'어린 나이에 일찍 재능을 발현하였답니다. 선생들의 칭찬이 어찌나 자자했는지 수도에서 모르는 이가 없었어요. 그야말로 뛰어난 무와 문학적 소양을 겸비한 문무를 고루 갖춘 재원이지요.'

저리 팔불출 같은 행위를 하고 말았을 테니! 그 뒤에 일어날 일은 상상도 하고 싶지 않았다. 비센테가 시선으로 맹비난을 쏘아댔을 것이다.

"……아주 기특한 아이지요."

에르셀라는 어딘가 맞지 않는 이음말로 대화를 맺으며 팔불출력을 자제했다. 애초에 비센테가 뭔가를 잘해서 사랑스러운 건 아니지 않은가. 비센테는 저런 거 다 못해도 그냥 사랑스러웠다. 에르셀라는 비센테가 알면 질색할 생각을 아무렇지 않게 하고 아무렇지 않게 수긍했다.

한편 에르셀라가 말을 급선회했다는 걸 안 아도라는 안도하듯 가슴을 쓸어내렸다. 그녀를 모시며 에르셀라가 비센테에 대해서 어디까지 관대해질 수 있는지 잘 알았기 때문이다.

'여기서 존재 자체가 사랑스럽다는 말을 꺼내게 둬선 안 돼.'

아도라는 시녀의 의무를 다해 최대한 웃으며 들어주겠지만, 그녀가 사랑하는 이는 그러지 못할 게 뻔했다. 그러나 그러면서도 아도라는 상반된 생각을 하게 되었다. 어제 낮에 나누었던 비센테와의 대화 때문이었다.

"알고 싶지만 알고 싶지 않을 때는……."
"그럼 확인하지 마세요."
아도라는 한참이나 턱을 추어올렸다. 그리고 말했다.
"아니면 제가 확인해 드려야 하나요?"
어쩌면 그 당돌한 배려가 비센테의 자존심을 긁었는지 몰랐다. 혼자 할 수 있는 일이 무서워 남에게 부탁하는 건 아이나 하는 짓이었다. 비겁하다고 욕하는 것이나 마찬가지인 것이다.
"영식이 공작 부인이 절 데리고 온 이유를 묻는 게, 절 질투해서 그런 게 아니란 걸 알아요."
물론 그녀가 따라온 게 못마땅해 보이기는 하지만. 공작 부인이 유독 그녀를 챙기는 걸 마뜩잖아하긴 하지만. 그러나 아도라는 기본적으로 그가 질투에 싸여 유아 퇴행적인 면모를 보이지 않으리란 것을 알았다.
"뭔가 묻기 힘든 일이라도 있는 거죠?"
아도라는 조심스레 물었다. 타인에 대한 거라면 저리 수심에 잠기지도 않았을 것이다. 빙빙 돌아 핵심 언저리의 단서나 찾는 것도 저 성미에 맞지 않았다. 그런데 이러고 있다는 건 공작 부인에게 선뜻 하지 못할 이야기가 있다는 말이었다. 비센테는 의외라는 듯 아도라를 보았다.
"어쩌면."
머뭇거림은 그를 바라보는 보랏빛 눈동자에 사라졌다.
"어머니가 제게 가지는 감정은 단순히 죄책감에 지나지 않을지 모릅니다."
아도라는 에르셀라가 그에게 갖는 감정이 죄책감일지 모른다는 비센테의 말을 곱씹어보았다.

"음, 영식은 그러니까, 공작 부인이 영식에게 잘해주는 게 단순히 미안해서 그렇다는 거죠? 그…… 지난 일에 대한 죄…… 음, 그래요. 죄책감 때문에."

아도라는 말한 뒤 저보다 한참 키가 큰 비센테를 올려다보다 멈칫했다. 햇살의 무게를 그대로 받은 듯 까만 속눈썹이 느릿하게 내리깔렸다. 좁아진 시야에는 그녀만이 가득 차 있었다. 그것이 대답 대신인 양.

아도라는 그 눈멀 듯이 황홀한 광경을 멍하니 바라보다, 곧 이럴 때가 아님을 자각하고 다시 걷기 시작했다.

"확실히……."

땅거미 지듯 아도라의 그림자가 길게 음영을 드리웠다. 비센테는 그것을 조용히 밟으며 따라왔다. 아도라는 우물우물 입안에 담았던 소리를 뱉었다.

"그러지 않을 거란 장담은 못 하겠네요."

선심 하나 쓸 줄 모르는지 이번에도 그가 듣기 좋은 말은 아니었다.

"사람 마음은 모르는 거니까요. 겉으로는 천사 같아도 속은 음흉할 수도 있고 그렇죠, 뭐."

"어머니는 그런 분이 아니십니다."

"예시예요, 예시."

말이 끝나기가 무섭게 비센테가 단칼에 잘라냈다. 아도라는 어깨를 으쓱였다. 편들어주는 거 다 소용없다더니. 공작 부인을 험담하는 말이 나오자마자 득달같이 반발한다.

"전 공작 부인이 아니라 그분의 생각이 어떨지는 몰라요. 하지만 영식의 생각은 알겠군요. 자, 들어보시죠.".

그녀는 두 팔을 뻗으며 손바닥을 하늘 방향으로 펼쳤다. 비센테는 그녀의 열변 아닌 열변을 진지하게 경청했다.

"예를 들어 캐더 영애와 교제했던 캐론 다트너 영식이 어느 날 내게 사랑한다고 말했다 쳐봐요. 나는 그럼 그걸 사랑이라 생각할까요, 눈앞의 이득에 눈멀어 아무 말이나 내뱉는 거라고 생각할까요?"

"예시가 괴상합니다."

그리고 묘하게 이 상황과 안 맞았다. 그러나 아도라는 꿋꿋했다.

"제가 만일 다트너 영식에게 눈곱만큼의 관심도 없다면."

물론 지금도 그렇지만.

"아무튼 전혀 관심이 없다면 전 고민하지도 않고 개소리라고 치부했을 거예요. 하지만 제가 만에 하나 조금이라도, 일말에, 밀알 한 톨만큼이라도 다트너 영식을 사랑……."

'아, 정말 싫다.'

"그런, 걸 한다고 하면요."

아도라의 낯은 비린 생선을 입에 문 것처럼 썩어 있었다. 그녀는 그 얼굴로 열심히도 꾸역꾸역 하고자 하는 말을 내뱉었다.

"저는 확인하려 들겠죠. 저에 대한 마음이 진심인지, 아닌지."

"그게 이것과 무슨 상관……."

"그게 현재 영식의 마음이니까요."

별안간 그림자가 멈추었다. 비센테는 저도 모르게 발길을 그쳤다. 획 몸을 돌린 아도라가 그를 보고 있었다.

"공작 부인, 어머니를 좋아하시잖아요. 그러니까 자꾸 그 마음의 진의를 확인하게 되고. 하지만 이렇게 다른 사람에게 고민을 털어놓아 보았자 답답함은 풀리지 않을 거예요."

"……."

"저도 답답하게 만들지 말고 한번 공작 부인에게 말씀드려 보란 얘기예요."

"대화는 이미 충분히 했습니다. 저는 그분을 이해합니다."

"해도 해도 충분하지 않은 게 대화예요. 저는 어머니와 좋게 얘기해도 하루만 지나면 또 싸우는걸요."

이 말은 괜히 했나. 그녀는 곧바로 후회하고 말았다. 돌아가면 결혼하라 윽박지를 백작 부인을 생각하니 우울함이 밀려왔다. 그래서 아도라는 비센테가 어떤 얼굴을 하고 있는지 알지 못했다.

응접실에서의 만남은 길게 안 가 끝났다. 당연했다. 그들이 왕자와 왕자비인 이상 할 일은 태산같이 쌓여 있을 테니.

리하드 왕자와 헤르미아가 직접 에르셀라를 대접해 준 건, 베아트리스 왕녀의 딸을 소홀히 하지 않았음을 보여주기 위한 일종의 허례였다. 담소는 시종일관 서로의 안부를 묻는 식으로 진행되었고, 리하드 왕자는 베아트리스 이야기를 스스럼없이 꺼냈다. 에르셀라는 나중에야 그가 분방함을 무기로 삼았다는 걸 알 수 있었다. 그는 베아트리스의 이름을 아무렇지 않게 거론하면서, 비공식일지라도 왕과 베아트리스 사이에 있었던 일을 인정하고 싶지 않아 했다.

그러니 듣기 편한 대화는 자식 얘기밖에 없었다. 셋이나 되는 왕손들 이야기를 들으며 에르셀라는 그들의 금슬이 생각보다 좋은 것을 알 수 있었다. 실제로 사이가 나빠 보이지도 않았다. 왕자의 몸에는 다정함이 배어 있었고, 연기가 아닌 듯 헤르미아도 받아들이는 게 익숙해 보였다. 이상적인 부부의 모습에 내심 당황스러울 정도다.

막연히 헤르미아가 루델시아에서 잘 못 지낼 거라 생각했던 것일까. 조금 전의 모습만으로는 오히려 자신들보다 더…….

돌연 모퉁이를 돌기 직전에, 누군가 옷깃을 잡아당기는 게 느껴졌다.

"왜?"

비센테가 그녀의 소매 끄트머리를 붙잡고 있었다. 아도라는 어디 갔는지 보이지 않았다.

"할 말 있는 것 같은데."

에르셀라는 비센테의 손에 손을 겹치고, 지금쯤 신중히 말을 고르고 있을 비센테를 기다려 주었다.

비센테는 손등에 닿은 가벼운 무게에 잠시 집중했다. 너무 가벼워 실체 없는 햇살이 머무르는 것 같았다.

"어디……."

그것은 어느 날 사라지면 붙잡을 수도 없는데.

"……아프십니까?"

잘못 짚은 것은 아니었는지 에르셀라의 눈이 번쩍 커지다 제자리로 돌아왔다. 그녀는 곤란한 듯 웃었다.

"어떻게 알았어?"

비센테는 우연히 지나가던 시녀를 보았다 대답했다. 에르셀라가 부스스 웃음을 흘렸다.

"그래서 나만 보면 꽁해 있었던 거였어?"

비센테는 이 상황에 우스갯소리나 하는 어머니를 받아주지 않았다.

침묵에 무안해진 에르셀라가 차근차근 일의 경위를 설명했다. 자신이 왜 루델시아에 왔는지, 어떤 병에 걸렸는지, 왜 비밀로 했는지, 아도라는 왜 데리고 온 것인지. 알려줄 수 있는 건 빠짐없이 꼼꼼하게.

비센테는 한참 듣다, 밀랍처럼 말라붙은 입술을 떼었다.

"루델시아의 시의를 만나면 치료는 확실한 겁니까?"

에르셀라는 가만히 미소만 띠었다. 비센테가 지그시 눈을 찡그렸다.

"확실하지 않은 거군요."

"일단 어디까지 진행됐는지도 모르고 치료법이 있는지도 모르니까."

"루델시아 폐하께서 치료하게 내버려 둘지도 모르는 상황이고요."

"알고 있었니."

"폐쇄적인 나라에서 왕녀를 왕족도 아닌 귀족에게 시집보내는 일이 그리 흔치는 않을 테니까요."

사랑이 아닌 정략. 이성적으로만 생각한다면 추론은 쉬웠다. 그럼에도 에르셀라는 뒤늦은 의구심 같은 건 갖지 않았다.

"그렇다 해도 어머니는 아버지를 사랑하셨어."

"……."

"언니도, 오라버니도, 나도 사랑하셨어."

믿음은 벌건 불길에 수차례 담금질한 유리였다. 몇 번 바닥에 떨어뜨린다고 쉬이 깨뜨릴 수 있는 것이 아니다. 생전 보여주신 사랑이 그렇게나 단단했다. 그렇게나 깊었다. 그리고 에르셀라는 알았다.

"나도 어머니라 알아."

이 아이를 사랑하지 않았다면, 지금쯤 베아트리스의 사랑마저 의심했을 것이란걸. 베아트리스의 입장에 서서, 베아트리스의 시선으로 보니 그녀의 사랑은 거짓이 될 수 없었다. 그러나 비센테의 눈에 비친 건 메마른 황야였다.

"……죽는다 생각하여."

주변 공기가 적막에 갇혔다.

"이제 상관없어진 게 아니시고요?"

억누르고 억눌러 되레 떠는 목소리였다.

죽는 날 마지막의 마지막까지 눈에 담은 게 저 아이거늘. 비센테가, 죽어 편히 놓을 수 있는 존재였다면 애초에 다가가지도 않았을 것이다. 늘 그렇듯 지나치고, 지나치고, 지나치겠지. 없는 사람 취급하며.

"너는 아직도 내가 너에게 미안해서 잘해준다고 생각해? 내가 죄책감에 너를 사랑한다 생각해?"

비센테는 벌겋게 물든 어머니의 눈시울을 차마 보지 못했다. 에르셀라는 비센테의 손을 모아 자신의 이마로 가져가 대었다.

"내가 널."

"……."

"얼마나…… 얼마나 사랑하는데."

불가항력처럼 이마에 맞닿은 손이 떨어지지 않았다. 비센테는 순서가 틀렸음을 알았다. 어머니가 죽을지도 모른다는데, 걱정이 우선이어야 했다. 그랬어야 했는데.

그러지 못했다.

죽음을 목전에 두었으니 그녀가 보여준 모습은 사실 큰 의미가 없는 게 아니었을까. 그저 저 혼자만의 허전함을 충족하려는 것이 아니었을까.

이기적이게도 그것을 의심했다. 실은 알고 있었음에도.

"미리 말 안 해서 많이 서운했지."

그 의심만큼 에르셀라의 사랑을 믿고 싶어 하는 자신을.

"……조금."

비센테는 미안해서 어쩔 줄 몰라 하는 시선을 잠깐 피하며 간신히 대답했다.

"네가 날 믿지 못하는 것도 내 탓이야. 미안해."

미안하다 사과해야 할 것은 그인데도, 자신의 죄를 잊고 있지 않았다는 듯 에르셀라는 자책을 멈추지 않았다.

비센테는 그 눈을 보며 죄송하다, 말하지 못했다. 실망을 안겨주는 게 싫어서? 그럴지도. 그는 속 어디선가 던져진 질문을 흘리며 지금 가장 하고 싶은 것을 물었다.

"시의께 진단을 받을 때 함께 있어도 됩니까?"

같이 있고 싶었다.

그 부탁을 기쁘게 받아들인 에르셀라는 비센테의 손을 단단히 맞잡았다.

"있어줘."

사실 무서워. 그녀가 조곤조곤 덧붙였다.

"사랑해."

그는 그 말은 무시하지 못했다. 손안에 실린 무게감을 온전히 받아들이며 그는 부러 조금 무심하게 대꾸했다.

"……압니다."

뺨에 봄볕이 머무르는 듯했다.

비로드를 걷는 왕비의 얼굴에는 미소가 맺히다 흐려지기를 반복했다. 어제보다 화사한 드레스, 어제보다 무겁지 않은 걸음걸이. 왕비의 오늘이 어제와 완전히 다르다는 걸 눈치챈 시녀가 살갑게 말을 붙였다.

"세글리에 전하, 좋은 일이라도 있으신가요?"

"있다마다."

오랜만에 아침 섞이지 않은 목소리에 세글리에는 안 그래도 좋은 기분이 한층 더해지는 느낌을 받았다. 시녀는 반짝반짝 눈을 빛내며 왕비가 말해주기를 기다렸다.

"폐하께서 레오폴드와의 정행을 허락해 주셨단다."

"어머, 정말이에요? 그것 때문에 한동안 골머리를 앓으셨잖아요! 그럼 그렇죠. 이렇게나 전하를 아끼시는데! 폐하도 참, 결국 허락해 주실 거면서!"

세글리에는 시녀가 야단스럽게 굴도록 내버려 두었다. 몇 번 꾸중을 들더니 기가 죽어 있던 아이였다. 오늘만큼은 핀잔을 주어 주눅 들게끔 하고 싶지 않았다.

"레오는 궁에 있니?"

그녀는 레오폴드가 또 알렉시스와 함께 있는 건 아닐지 걱정이 되었다.

"네, 지금쯤 궁에 계실 거예요. 요즘은 1왕자님 궁에 걸음 하지도 않으세요."

세글리에는 시녀의 말에 한시름 놓을 수 있었다.

"왕자님이 왕비님을 얼마나 생각하시는데요. 속 썩이는 행동은 조금도 하고 싶지 않으실 거예요."

"그렇다면 다행이구나. 심부름 하나 해다오. 레오에게 이 사실을…… 아니, 아니다. 직접 전해야겠어."

시녀를 시켜 레오폴드에게 이 사실을 알리려던 세글리에는 이참에 직접 나서기로 했다. 얼마 전부터 지방으로 잠깐 여행을 가면 안 되냐 청하던 왕자였다. 원체 무언가를 조른 적이 없기에 당황했지만 그녀는 난생처음 받는 아들의 부탁을 거절할 수 없었다. 하여 매번 케니언스를 찾아가 귀찮을 정도로 읍소한 결과, 세글리에는 이제 기쁘게 소식을 전해줄 수 있었다.

레오, 우린 여행을 갈 거란다. 따사로운 볕이 들고 소금기가 묻어나는 해안으로 말이야. 가서 네 외조부도 보자꾸나. 어서 그 말을 하고 싶어 입이 간질거렸다.

세글리에는 발을 돌려 단숨에 레오폴드의 방까지 갔다. 그러나 들떴던 기분은 가라앉고 말았다. 시종과 시녀가 문 앞을 지키고 있었는데, 그들의 충성이 어디를 향하고 있는지 알았기 때문이다.

"문을 열어라."

잔뜩 예민해져 있는 명령에도 그들은 눈 하나 깜빡이지 않았다. 시종은 정중하게, 그러나 왕비 같은 건 두려워하지 않은 기색으로 문 쪽에 손을 갖다 댔다. 문은 부드럽게 열렸다. 기류, 적막, 그 무엇도 흩뜨리지 않으며.

"레오?"

"……."

기실 그 무엇도 흩어지지 않았다.

시간이 멈춘 것 같았다. 세글리에는 그 자리에서 아주 천천히 허물어졌다.

싸늘하게 식은 주검에서, 시선이 떼어지지 않았다.

낙뢰가 떨어지듯 묵중한 발소리가 온 저택 곳곳을 울렸다. 예고 없이 후작의 집무실이 벌컥 열리고 장정 대여섯이 그 안으로 들어섰다. 당황한 블래노버 백작이 핏대를 세웠다.

"여기가 어디라고! 무례하다!"

"케인 블래노버 백작. 그대는 나가 있으시오."

견장을 단 남자가 귀찮은 듯 손을 젓자 뒤에 있던 두 명이 백작의 손을 결박했다.

그때였다.

"근위병 키리알 로뎀, 궁에 붙박여 있어야 할 자가 귀한 걸음 했군."

묵직한 분위기 사이를 여상한 음성이 가로질렀다. 키리알 로뎀의 시선이 백작을 지나쳐 탁자 앞 다리를 꼰 채 느슨하게 앉아 있는 남자에게로 옮겨 갔다.

"그래서, 내 저택엔 어쩐 일이지?"

그를 보며 한차례 호흡을 가다듬고, 키리알 로뎀은 말했다.

"후작. 당신은 지금 레오폴드 전하의 시해 혐의를 받고 계십니다."

12장

이별

레오폴드 왕자가 시해되고 유력한 피의자로 피사리데 후작이 지목되었다. 일의 귀추가 주목받는 가운데 왕의 전령이 전하기를.

"왕족시해죄는 극형에 처해야 마땅하나, 혐의의 확실성이 판별나지 않은 점. 피사리데 가문이 그라니아 건국에 일조한 5대 공신가 중 하나인 점. 그중 일 순위로 공헌도가 높았다는 점. 사안의 경중이 가볍지 않으나 이 모든 것을 고려하여 진의가 가려질 때까지 후작의 작위와 그에 대한 권한을 일시적으로 박탈하고 자택에 연금한다."

전령의 목을 빌린 왕의 명령은 수도의 성벽을 넘어 소식에 깜깜한 시골 지역까지 퍼졌다.

수도는 들끓었다. 거리에는 유랑 악사가 부르는 비극의 노래와 가여운 왕자의 죽음을 기리는 음유시인의 시가 가득했다. 침묵하여 관중으로 남고자 하는 사람들은 어디에나 있었지만, 마찬가지로 반발하는 자들도 어디에나 있었다.

피사리데와 결을 같이하던 크고 작은 가문의 인장이 찍힌 벽보가 곳곳에 붙여졌으며, 피사리데를 위시한 귀족들의 항의서가 궁문을 두드렸다.

"모함, 시기, 오해."

왕은 만찬장 제일 상석에 앉아 썩 고상하지 못한 태도로 나이프질을 하고 있었다.

"상투적인 내용뿐이더구나. 해서 읽지 않은 지 꽤 됐지. 구미가 당긴다 해도 하루 이틀이어야지. 같은 책을 스무 번, 서른 번 읽으면 무슨 재미가 있겠느냐. 내겐 이리 너와 식사를 하는 게 더 유익한 일이지. 제기랄, 질겨!"

쩌렁거리며 나이프가 테이블 위로 패대기쳐졌다. 나이프는 바람개비처럼 원호를 그리다 주방장 앞에서 정지했다. 제 쪽으로 향해 있는 칼끝에 주방장의 얼굴이 희게 질렸다.

"소소, 소, 송구합니다! 다, 다시, 다시 내오겠습니다!"

"아우 것도 같이."

"예, 예, 아, 알겠습니다!"

말을 마치자마자 주방장은 손을 달달 떨며 두 개의 접시를 빠르게 수거해 갔다.

핏기가 죄 빠져나간 투박한 손에 뜻 모를 눈길 하나가 머물렀다. 그것을 잡아챈 케니언스의 입가가 비뚜름하게 기울어졌다.

"내 아우는 생각이 많기도 하지."

"국가 대사를 지고 계시는 폐하만 할까요."

"서운한데. 형님이라 부르래도."

"고기는 질기지 않았어요, 형님."

"하."

애꿎은 화풀이라도 했다는 건가. 케니언스의 면면에 비웃음이 서렸다. 칼릭스는 온화하게 미소 지었다.

"화가 많이 나셨나 봐요."

"너 혹시."

케니언스는 아우의 휘어진 눈매를 물끄러미 응시하다, 시선을 떨쳤다.

"……아니다."

칼릭스는 여전히 미소를 지은 채 물로 입술을 축였다. 잔을 집고, 들어 올리고, 기울이기까지. 매끄러운 일련의 동작이 케니언스와 대조적으로 우아했다. 하여 되레 이질적이기까지 했다.

"아."

문득 생각난 듯 대수롭지 않은 투로 왕이 운을 띄웠다.

"곧 모친의 기일이라지?"

칼릭스는 잔을 꺾다시피 기울여 물을 벌컥벌컥 들이켰다. 젖힌 고개와 얼굴을 반쯤 가리고 있는 잔에 칼릭스의 얼굴은 한순간이나마 보이지 않았다.

케니언스는 검지를 세워 테이블을 두드렸다. 지루한 얼굴이었다.

"공식적으로는 못 하나 너라도 잘 챙겨라. 모쪼록 잘 추슬렀으면 좋겠구나."

비로소 칼릭스가 잔을 내려놓으며 온유하게 미소 지었다.

"네, 형님."

문간을 지키던 병사가 에이레네를 막았다.

"안 됩니다."

에이레네가 두 거구의 병사를 확 째려보았다.

"비키게. 이게 며칠짼 줄 아는가? 그대들, 지나치군."

그에 병사들은 자가당착에 빠진 양 일시에 심란해졌다. 그 말이 틀리지 않았기 때문이다. 게다가 권한을 박탈당했다고 하나 눈앞의 여자는 후작 부인. 이리 홀대하기는커녕 범접하지 못하는 존재였다. 터무니없는 신분 격차에 병사가 난감한 듯 콧잔등을 찡긋거렸다.

"그 점은 저희도 안타깝게 생각합니다만……."

그 잠깐의 망설임을 놓치지 않고 잡아낸 에이레네가 즉시 손바닥의 반쯤은 되어 보이는 보석을 내밀었다.

"잠시, 잠시면 되네."

"왕명이라는 전언을 못 들으셨나 봅니다."

뱀이 척추를 기는 듯한 목소리에 에이레네가 홱 뒤를 돌았다.

"후작 부인께서는."

"로뎀 경."

에이레네는 죽일 듯이 그를 노려보았지만, 키리알 로뎀은 눈썹 한 올 까딱이지 않았다.

"연금 기간 중엔 가족분들도 만나지 못하십니다."

에이레네가 신경질적으로 머리를 쓸어 넘겼다.

"그놈의 연금! 연금! 이참에 말해봐요. 그건 대체 언제 풀리죠? 일주일이 지났는데도 아무것도 알아내지 못한 거면 결론 난 것 아닌가요?"

"후작의 혐의는 아직 벗겨지지 않았습니다."

"아직? 하, 머저리 같은 것들."

"보기보다 말이 험하시군요."

핏발이 선 매서운 시선을 키리알은 태연히 마주했다.

"당신들, 이번 일이 지나면 무사하지 못할 거예요."

"지나면, 이라."

그는 피식 웃으며 에이레네를 지나쳤다.

"글라디엠이자 피사리데시니 어련하실까요. 열어라."

그녀의 부탁에는 죽어도 안 열릴 것 같았던 문이, 키리알의 명에는 한 번에 열렸다. 에이레네는 헛웃음을 터뜨리다 짜증스럽게 몸을 돌렸다.

* * *

펄럭. 종이가 넘어갔다.

"쓰인 독은 필로포네스. 꽤 구하기 힘든 독인데 어디서 구하셨습니까?"

"구하지 않았어. 힘드니까. 자네 말대로."

"궁의가 오진을 내렸을 가능성도 생각해 봐야겠군요. 그럼 묻죠. 사용한 독은?"

"밀레포노스피."

키리알의 이마에 주름이 잡혔다. 카르온 후작은 언제나 그렇듯 여유로운 모습이었다.

"밀레포노스피. 전설에나 나오는 약초를 어찌 구하셨는지."

"자네는 모르겠지만, 난 꽤 유능해."

"다시 묻겠습니다. 레오폴드 전하께 어떤 경위로 독을 전달하셨습니까?"

"경도 모르는 걸 내가 어찌 아나."

"피오네 리지어, 시데아 티어스네, 벨브론 그로디어. 이 셋 중 있습니까?"

"음, 티어스네. 그런 가문이 있다는 건 처음 알았군."

"후작."

키리알이 묵직하게 카르온을 불렀다. 그러나 카르온의 말은 유려하게 이어졌다.

"경이 따분해 보이니 조언 하나 하지. 자네만큼이나 따분한 그 서류는 이곳에서 별 쓸모가 없을 거야. 그보다 이상하군. 경은 왕자가 독을 가지고 있었던 건지, 독살에 당한 건지 내게 명확하게 설명하지 않았지. 병사의 말로는 왕자 주위에 독병이 있었다던데. 설명해야 할 거야."

조목조목 부드럽게 말하고 있었지만, 명령이었다. 위정자 특유의 냄새가 배어 있는. 살갗 사이사이로 스며드는 위압감에 키리알은 복종할 수밖에 없었다.

"……독살은 확실합니다."

"그 안에 필로포네스가 들어 있었나?"

키리알은 흠칫했다. 독은 들어 있지 않았다. 액체 같은 것이 병 안에 말라붙어 있었고, 정황상 그것이 독이라고 추정했을 뿐.

한데, 말라붙었다? 기이한 말이었다. 시간상 액상이 그리 빨리 말라붙을 수 있던가? 그 전에 쏟아부은 게 아닌 이상…….

"애초 독살 또한 시체를 부검한 후에 알게 된 것일 테지. 병이 아니라."

키리알은 대답하지 않았다. 그러나 묵언만으로도 카르온이 그에게서 원하는 답을 받아냈다는 것까진 알지 못했다. 카르온은 체스 판 위의 말을 어디에 둘지 고민하는 사람처럼 키리알 로뎀을 보았다.

"그렇다고 병에 독이 들어 있었을 거라는 주장을 부정하는 건 아니네. 그럴 수도 있고, 아닐 수도 있겠지. 하지만 일단 한번 독이 있었다고 가정해 보지. 그럼 여기서부터 의문이 생기는군. 자네는 궁금하지 않나? 왜 어린 왕자가 그런 병을 가지고 있었는지?"

"처음부터 가지고 계셨는지는 불확실합니다."

"독인 걸 모르지 않았을 텐데, 왜 진즉 치워 버리지 않았을까."

"후작."

"제 사람 없이 쥐 죽은 듯 살던 왕자가 무슨 재간으로 그런 걸 가지고 있었을까."

"가장 유력한 용의자는 당신입니다."

"왕자의 궁에는 몇 사람 다녀가지도 않았는데 말이지."

"가르텐이 아니라."

카르온은 소리 없이 입꼬리만 끌어 올렸다. 누란지세에 맞지 않는 지독히도 안온해 보이는 얼굴에 키리알은 염증이 일어날 지경이었다.

"공녀를 수색해 봤나?"

"그분은 왕자의 약혼녀십니다."

"아. 그렇군. 그런 방패막이 있었지."

후작은 처음으로 냉소적으로 웃었다. 카르온은 분노를 수중에 가라앉혀 식히듯 머리를 잠시 비웠다.

키리알 로뎀이 말했다.

"후작. 지금 혐의를 쓰고 있는 사람은 당신입니다. 레오폴드 왕자를 못마땅하게 여기는 사람. 그분이 첫 번째 왕자라는 지위를 받지 못하게 한 사람. 그분의 외가를 수도 밖으로 밀어버린 사람. 모두 각하십니다. 반면에 가르텐은 레오폴드 전하와 약혼으로 얽힌 것 말곤 아무것도 없습니다. 그 어떤 것도 말입니다. 상식적으로 딸을 왕자비로 만들 기회를 걷어찬다는 것, 말이 안 되지 않습니까?"

"사람은 보이는 대로만 본다고 하지. 경의 시야는 딱 거기까지인가 보군."

왕자비 정도야 그들의 눈에서 바라보면 퍽 대단한 자리도 아니란 뜻이었다. 그는 여전히 비현실적일 만큼 침착했다. 키리알이 비아냥거리며 종이 한 장을 그의 앞에 내밀었다.

"그래도 후작의 시야 뒤꽁무니를 따라잡을 정도는 되나 봅니다. 제법 많이 넓어졌지요."

탁자 위에는 인장이 찍혀 있었다. 태양이었다. 작열하는 열기를 나타내듯 여덟 개의 불꽃 너울을 펼치고 있는. 카르온의 눈 위로 이채가 서렸다. 키리알의 턱에 빠듯이 힘이 실렸다.

"병에 새겨진 양각에 색을 입혀 곡선으로 굴리니 꽤 정교히 찍히더군요. 해 주위에 날개 같은 것 보이십니까. 자세히 보면 고대어입니다."
"신기하군."
"그럴 리가요. 직접 고안하셨을 텐데. 궁내 세공사와 함께."
카르온은 무표정으로 있다 소름이 올라올 정도로 선득하게 웃었다.
"경의 말이 진리인데 아무렴."
"각하. 저는 신변잡기나 하자는 게 아닙니다. 고대어는 왕실 서고에나 보관되어 있는 서적으로 무지렁이는 알지 못합니다. 고대어를 새길 줄 아는 세공사는 왕실 소속밖에 없습니다. 그리고 궁에 속해 있는 그들을 멋대로 사용한 것은 죄입니다. 비록 당신에겐 큰 죄가 될 수는 없겠지만 말입니다."
피사리데였다. 왕이 죄를 물어도 자숙에 그칠 수밖에 없는 가문. 그저 그런 가문에게 내려지는 형벌과 같을 리 없었다.
"하지만 중요한 건 그 병을 주문한 이가 누구인가겠죠. 각하, 그들은 고작 평민입니다. 고문당하면 입 열지 않을 것 같습니까?"
"순서가 틀렸군. 고문을 먼저하고 날 찾아와야 하는 게 아닌가? 경은 날 먼저 찾아오고 협박하고 있지."
"그건."
"뭔가를 알고 있군. 그래서 이리 편향된 수사를 하고 있는 것일 테고."
그는 그저 일이 벌어지기 하루 전날 거대한 자루를 받았을 뿐이다. 그 거대한 자루 안에는 사람이 있었다. 그다음 날 레오폴드 왕자의 침실에서 발견될 것과 똑같은 문양의 작은 유리병과 함께. 사람은 사지를 결박당해 있었으며 따라서 단순히 땅에 던져 깨뜨리면 사라질 증거를 미처 인멸하지 못했다. 그녀는 여자였고, 미치도록 떨고 있었고, 두려움에 입술을 열었다.

"……피사리데 후작님이."

그것으로 충분했다. 키리알 로뎀은 다시 말했다.

"수사를 받는 쪽은 후작이십니다. 제가 아니라. 말장난은 이만 끝내죠. 그러지 않으시겠다면 후작 부인까지도 진상 조사에 참여하여야 할지 모릅니다."

그 말은 꽤 효과가 있었다. 카르온은 의자에 파묻었던 몸을 일으켰다.

"시작해."

달빛도 흐르지 않는 방 안.

카르온은 눈꺼풀을 닫아 세상을 더욱 암흑으로 덮어버렸다. 방에는 탁자, 의자, 빈 책장 외엔 아무것도 없었다. 왕의 수사관들이 방 안의 것을 통째로 뜯어 가져갔기에 그는 서류 한 쪼가리도 볼 수 없었다. 하나 기억만 되짚으면 쉬이 찾을 수 있는 것들. 그는 개의하지 않았다. 그는 흐릿한 조각에 생기를 부여해 선명하게 만들고 퍼즐을 맞춰갔다. 맞춰지고 흩어지고 다시 맞춰진다.

그렇게 얼마간의 시간이 지나고 마침내, 마지막 퍼즐 조각이 빈자리를 찾아 들어갔을 때.

달칵.

눈이 뜨이며 시린 녹색 눈동자가 정면을 직시했다.

"너 외엔 없더군."

희열. 그런 걸 가져보지 못한 얼굴로 그는 그곳에 있었다.

"그래서 공은 내게 뭘 원하지?"

키리알의 시선이 정면과 지면을 교차로 오갔다.

"공녀께서는 레오폴드 전하의 약혼녀십니다. 혹 레오폴드 전하께서 독살당하기 전 이상한 낌새를 보이지 않으셨습니까? 극도로 불안해하신다거나. 평소보다 주의가 산만하셨다거나. 아무거나 좋습니다."

가르텐 공녀는 힘없이 고개를 아래로 떨어뜨렸다.

"전혀, 전혀 몰랐어요. 전하의…… 약혼녀이긴 하나, 그리 자주 찾아뵙지도 못했어요. 결혼 전이라 왕자님께서 많이, 불편해하셔서……."

가냘픈 숨결이 연신 헐떡였다. 키리알은 호흡곤란을 다스리기 위해 몇 번이나 심호흡하는 가르텐 공녀를 기다려 주었다. 안정된 듯 보이자 키리알은 그녀의 코앞에 종이를 들이밀었다.

"하면 레오폴드 전하의 방에서 이것을 본 적이 있으신지요?"

"이건……."

공녀의 시선이 순간 흐려졌다.

"……병이군요."

키리알 로뎀은 가르텐 공녀의 떨림이 멎어 있는 걸 알아차렸지만, 내색하지 않으며 입을 열었다.

"예, 왕자 전하의 시신 곁에 떨어져 있던 병입니다. 어제 병 안의 말라붙은 액상을 긁어내 왕자가 마신 독과 대조한 결과, 비슷한 특질을 가졌다는 것까지 파악했습니다. 현재는 같은 독이라는 의견에 힘이 쏠리고 있습니다만……. 만일 보셨다면 공녀의 발언이 사건에 중요한 단초가 될지도 모릅니다. 다시 묻겠습니다. 2왕자 전하의 궁에 방문하실 적에 이 병을 보신 적 있으십니까?"

올리비아는 고개를 도리질했다.

"아니…… 아니요. 저는 보지 못한 것 같아요."

것 같다. 애매한 대답이었다. 키리알은 올리비아 가르텐의 눈을 들여다보았다. 하지만 그녀의 눈은 대답만큼이나 애매했다. 그것은 분명 실의에 젖은 사람의 것이었지만, 어딘가 묘하게 메말라 있었다.

"공녀, 흐리터분하게 말하면 곤란합니다. 발언의 무게를 알고 있는 것은 좋으나 지금은 확언이 필요한 시점입니다."

"……보지 못했어요. ……읍."

위압적인 수사 분위기에 가르텐 공녀는 급기야 눈물을 터뜨렸다. 그렇게 안 보여도 아기와 우는 여인에 은근히 약한 키리알은 대번에 곤란해졌다. 그는 일단 공녀를 달래기로 했다.

"저, 일단 진정하시고……."

"왜 이런 걸, 물으시는 건가요?"

공녀는 두 손에 얼굴을 파묻고 흐느꼈다. 잇새로 새어 나오는 울음소리가 짙어질수록 어깨가 달달 떨렸다. 꼭 제가 울린 것 같아 키리알은 이마를 긁적였다. 하필 체구가 아담하기까지 하여 마음이 약해졌다.

"피사리데 후작님이 연금 중이라 하는데, 그분은……."

"아직 후작의 죄가 확정된 건 아닙니다."

"그래서…… 절 의심하시는 건가요?"

올리비아가 얼굴을 들었다. 눈물로 흥건한 얼굴은 잔뜩 젖어 있었다.

"하지만 생각해 보세요! 제가, 제가 무슨 이유로 그런 짓을 저지르겠어요! 제 아버지는 며칠 전까지만 해도 제가 훌륭한 왕자비가 되길 바란다고, 바란다고……!"

울컥함을 참을 수 없었는지 올리비아는 다시 얼굴을 가렸다.

"……그러셨다고요."

키리알은 조금 전부터 켜켜이 적립해 둔 한숨을 내쉬었다.

"공녀, 이건 중차대한 사건이니만큼 업무를 빈틈없이 처리하는 일환일 뿐입니다. 비단 가르텐뿐만 아니라 조금이나마 연관이 있다 판단이 되면 그 누구도 심문을 피할 수 없을 겁니다."

그럼에도 올리비아의 눈에 심어진 불신은 사라지지 않았다.

"전 누가 범인인지는 모르겠지만, 만약에 경께서 개인적인 이해로 진실을 덮는다면 큰 실망일 것 같네요. 제 아버지가 이 사건을 유심히 지켜본다는 사실을 잊지 마세요."

망할. 키리알의 인상이 단번에 어그러졌다. 그렇다면 제가 피사리데와 유착 관계라도 맺고 있어 일을 그르칠 것이란 얘긴가? 그는 졸지에 피사리데 후작과 한통속 취급을 받은 것에 대해 발끈할 뻔했지만, 초인적으로 인내했다.

'역시 가르텐 공작을 먼저 만나봐야 했나.'

아무래도 나이가 어리다 보니 조금만 위압적인 분위기가 형성돼도 눈물을 쏟는 게 키리알 입장에선 불편했다. 게다가 그녀는 레오폴드의 약혼녀였다. 약혼자를 잃은 지 며칠 되지도 않았는데 세세히 캐묻는 건 도의가 아닌 것 같기도 했다.

무엇보다 결혼하지 않았기에 가르텐 공녀가 레오폴드를 죽여 얻는 이득이 없었다. 왕실과 공작가를 잇던 실이 어이없이 끊어졌으니 어떻게 보면 가르텐은 피해자라고 할 수 있었다. 하지만…….

"사람은 보이는 대로만 본다고 하지. 경의 시야는 딱 거기까지인가 보군."

젠장, 그자는 왜 그런 말을 해서는. 머릿속에 천둥이 쳤다. 두통이 일었지만, 키리알은 일단 저 여인이 생각하고 있는 말도 안 되는 오해를 풀어주기로 했다.

"물론 저는 폐하의 신하로 중도를 지켜 진상을 밝혀내는 일에 최선을 다할 것입니다. 공녀가 생각하는 일은 일어나지 않을 테니 걱정 마십시오."

"부디 그러기를 바랄게요……."

그녀는 죽어가는 새만큼이나 가늘게 쌕쌕거렸다.

"괜찮으십니까?"

"네, 괜찮아요. 그저…… 전하가 그리 돌아가셨다 하니 요즘 잠을 못 자서……. 그런데 전하께서 돌아가신 지 2주가 다 되어가는데 근황은 왜 감감무소식이죠?"

확실히 왕족이 죽었는데도 일처리 속도가 지지부진하긴 했다.

'보통 같았으면 길어도 일주일 안에 판결 났을 텐데.'

무고의 여부가 있을지라도 왕족에 관한 판결은 지체하지 않는 게 관례였다. 해명할 시간이 짧다 보니 억울한 이가 많이 엮여 죽는 경우도 다반사였다.

그러니 이번 경우는 관례에 어긋났다. 윗선에서 내려온 명은 여전히 없다. 키리알은 대충 대답을 꾸며냈다.

"사안이 사안이니만큼 폐하께서는 억울한 이가 나오지 않길 원하십니다. 신중히 하라는 명이나……."

그러나 결국 끝내야 할 수사이지 않겠나. 언제까지고 차일피일 미룰 수만은 없었다.

"머지않아 끝날 터이니, 걱정 놓으십시오."

"혹시…… 범인이 후작님이란 게 밝혀지면 어떻게 되나요?"

키리알은 무겁게 침묵을 지키다 무겁게 입을 열었다.

"레오폴드 전하는 정식으로 왕자위를 봉작받은 왕족이십니다. 왕국법에 따라 개인을 극형에 처함은 물론 연좌제를 피할 수 없으실 겁니다."

가르텐 공녀는 고개를 주억거렸다.

"……그렇군요."

가르텐과 피사리데의 사이가 좋지 않은 탓인가. 법의 잔혹함에 표정을 찌푸릴 만한데 그녀는 의연해 보였다. 키리알은 아지랑이처럼 피어오른 의심을 숨기며 자리에서 일어났다.

키리알 로뎀의 의연하다는 평가와 정반대로 올리비아는 격렬한 고뇌에 빠져 있었다. 올리비아는 두 손을 꼭 잡고 휘몰아치는 생각을 붙들었다.

'설마…… 안 버린 거야?'

병이라 하면 그녀가 레오폴드에게 건넸던 게 맞을 것이다. 함부로 처리할 수 없다는 건 알았지만, 그 안의 독까지 안 버렸을 줄은……

달그락, 생각이 흔들렸다.

왕자가 제 어머니를 두고 독을 마셔 자살했을 리는 없었다. 유약해 보여도 제법 강단이 있는 사람이다. 독쯤은 화분 같은 곳에 쏟아 진즉 버렸을 것이다. 그렇다고 한다면 외부에 의해 독살당했다는 뜻인데…….

'왕자궁의 사람들은 다 아버지의…….'

올리비아는 입을 틀어막았다. 그러나 틀어막은 잇새로 떨림이 흘러나왔다.

"설마 처음부터……."

아버지, 가르텐 공작이 처음부터 레오폴드를 살려둘 생각이 없었던 거라면? 알렉시스가 아닌 레오폴드가 목적이었다면?

"병신아. 이제 알았어?"

정수리를 타고 내려오는 소름 돋는 음조에 올리비아가 벌떡 일어났다. 코앞에서 이복오라비 레어비스 가르텐이 그녀를 비웃고 있었다.

"내 동생은 참 불쌍해? 두 번이나 파혼당한 여자라니, 이걸 누가 데려가려나. 하긴 베른하르트나 왕자는 네 주제에 너무 고상하지?"

"……레어비스."

"왜, 넌 네가 진짜 공작 부인이나 왕비라도 될 줄 알았어?"

그는 웃겨 죽겠다는 듯 연거푸 킥킥거렸다. 올리비아는 추접스런 그의 행동거지를 경멸하는 눈으로 직시했다.

"하여간 제 어미를 닮아 욕심 많기도 하지. 분수를 모르는 것도 똑같고."

"그러는 오라버니는 어머니를 닮아 그리 경박한 것일까요?"

"뭐?"

올리비아가 짙게 미소 지었다. 사교계에서 보였던 나긋나긋하고 사근사근한 웃음이 아닌, 그저 조소였다.

"아. 아니면…… 다른 쪽인가?"

"야, 너 미쳤냐? 우리 아버지가 받아주지 않았으면 공녀도 뭣도 아니었을 게!"

레어비스가 손을 확 치켜들었다. 올리비아는 그럼 그렇지 하는 눈으로 그를 향해 웃었다.

"제가 당장 키리알 로뎀 경을 찾아가 그 병의 출처를 밝히면 어떻게 될 것 같으세요?"

"너 그런 짓을 했다간!"

"아버지는 매우 실망하실 텐데, 그렇게 생각하지 않으세요?"

그 말에 레어비스가 부들부들 떠는 손을 내렸다. 씨근대는 숨소리가 분노를 억누르지 못하고 발산하는 야생마 같았다.

올리비아는 그 행패를 한심하다는 듯이 쳐다봐 주었다. 저 바보 같은 남자가 그녀의 욕망을 한순간이라도 꿰뚫어 봤다면 저리 무력하게 손을 내리진 않았을 것이다. 그녀는 레어비스에게 개처럼 맞아도 자백할 생각이 전혀 없었다. 자백하지 않으면 누군가 죽는다? 그게 무슨 상관인가? 언제나 그렇듯 자신과 어머니가 살아남는 게 제일 중요했다.

키리알은 길가에 다닥다닥 붙어 있는 벽서 몇 장을 떼어 읽어보았다. 왕자의 죽음에 관한 의문, 후작의 무고, 상대가 피사리데 후작이기에 어물쩍 넘어갈 심산이냐는 장문의 글. 키리알은 총평을 내렸다.

"가관이군."

평민이 뭘 알겠나. 귀족들의 여론전이 일찌감치 펼쳐진 듯했다. 음유시인은 시를 써 참극을 대중에게 호소하고, 유랑 악사는 왕족이 비참한 말로를 겪은, 비극의 역사를 담은 음악을 연주한다.

비단 비난 대상은 피사리데 후작만이 아니었다. 이참에 마음에 안 드는 놈 줄줄이 엮어 보내 버리고자 하는 심보가 고약해 키리알은 골이 빠개질 것만 같았다.

기실 그는 처음부터 이리 수사의 범위를 넓힐 생각이 없었다. 뇌리에 범인은 카르온 후작이라고 낙인을 찍어놓았다. 정황의 모든 게 그를 가리키고 있었으니 의심이 소용없었다. 다만…….

"그놈, 입만 살아선."

그는 입안을 짓씹었다. 순한 양처럼 조사를 받으면서도 카르온은 은근하게 사건의 수사 방향을 돌리고 의아한 점을 짚어 그 스스로 의문을 품도록 유도했는데, 거기에 넘어갔다는 게 문제였다.

"완벽할수록 더욱 의심해 봐야 할 거야."

그는 증거의 완벽성을 철저히 비웃었다.

"사실 이 세상에 완벽한 건 없거든. 제아무리 정교해 보이는 거미줄이라도

틈이 있게 마련인 것처럼. 중요한 건 그것을 잘 감추느냐, 감추지 못하느냐지."

그 말에 넘어간 제가 미친놈이었다. 점점 생각할수록 찝찝함은 깊어지는데 건져지는 게 없었다. 마치 누군가 보이지 않는 실을 빈틈 없이 얽어놓은 것처럼 매듭의 시작을 찾을 수가 없었다.

"대체 어떤 새끼가……."

애초에 레오폴드가 사생아였더라면, 왕족이 아니었더라면 이렇게까지 일이 커지진 않았을 것이다.

"전하께서 왕자가 어떻게 됐더라."

키리알은 곰곰이 생각했다. 세글리에를 왕비로 격상하니 레오폴드가 왕자가 되는 건 당연했다. 하지만 그 전에 왜 세글리에가 왕비가 되었는지를 생각해야 했다.

가르텐 공작은 제 딸을 왕자비로 만들기 위해 레오폴드와의 결혼을 추진했다. 그 과정에서 왕은 정부였던 세글리에를 왕비로 올려 레오폴드에게 적법한 혈통을 내렸다. 그렇다면 왕이 공작의 청을 들어준 이유는? 키리알은 어렵지 않게 시작점을 유추할 수 있었다.

"……베른하르트 공작 부인과 왕의 밀약."

키리알이 손가락을 접으며 사건을 나열해 보았다. 항간에는 베른하르트 공작 부인이 산나르를 대가로 왕에게 공자와 공녀의 약혼 파기를 청했다고 한다.

애초에 약혼이 깨진 원인이 왕이었으니, 왕은 가르텐 공작을 달래기 위해서라도 공작의 청을 들어줄 수밖에 없었을 것이다. 그 결과로 이 사달이 났다. 한 가지 소름 돋는 사실은 사건의 연쇄가 몹시 유려하다는 것이었다.

"만일 이게 우연이 아니라면……."

마치 누군가가 고의로 피사리데를 무너뜨리기 위해 준비한 덫 같았다.

키리알은 서둘러 움직였다. 세공사와 자루에서 발견한 여인의 진술을 다시 들어야 했다. 키리알 로뎀은 그들을 임시로 하옥한 지하 감옥으로 향했다. 그곳에서 세공사와 엘다 델라인이란 여자를 찾았다. 그러나 곧 그의 표정은 산산이 부서지고 말았다.

수감소가 불타고 있었다.

✵ ✦ ✵

총수사관인 키리알의 발길이 뜸해지자, 삼엄했던 경계가 풀리기 시작했다. 문을 지키는 병사를 매수한 블래노버 백작은 조급해하며 안으로 들어왔다. 그는 평소와 다름없는 카르온을 보자 그제야 천근만근 무거웠던 마음의 짐을 내려놓을 수 있었다.

"그래도 로뎀 경이 대화가 통하는 자라 다행입니다. 증인을 다시 심문하면 일의 배후가 드러나겠지요."

키리알이 요사이 수사의 방향을 돌리고 있다는 소식이 일파만파로 퍼지고 있었다. 그가 직접 움직인다고 하니 성과가 있을 것이다. 그러나 카르온의 반응은 무신경했다.

"소용없어. 죽어 있을 거야."

"예?"

"교섭이 결렬됐어."

희색이 돌았던 백작의 표정이 극명하게 뒤바뀌었다. 그가 한숨처럼 말했다.

"그럼 그쪽의 도움은 바라기 힘들겠군요. 로뎀 경은 왜 밖으로 유인하신 겁니까?"

카르온은 객관적으로 상황을 견지하고 있었고, 그것은 누명을 벗을 목적으로 키리알을 쓰려던 게 아닌 것처럼 보였다. 실제로 카르온은 다른 곳에 신경을 할애하고 있었다.

"에르셀라는 루델시아에서 언제 돌아오지?"

처음부터 백작을 이리로 불러들이는 게 목적인 듯했다. 백작은 엉거주춤하다 태평하게 이럴 때가 아님을 깨달았다.

"지금쯤 루델시아에 도착하셨을 겁니다. 그곳에 얼마나 머무르실진 모르나, 만일 한 달간 머무른다고 하면."

"길어."

"이 주간 머무르신다고 한다면 다시 그라니아로 되돌아오기까지 빨라도 한 달입니다."

머무르는 기간이 줄고 말을 타면 더 이르게 귀환하겠지만 그러한 가정은 상정하지 않았다.

"길군…… 이럴 때."

목소리가 사위었다. 백작이 초조함을 삼키며 되물었다.

"에르셀라 님께 무슨 일이라도 생기신 겁니까?"

누이의 도움을 받고자 하는 것은 아닐 것이다. 그녀가 사교계에서 속닥거려 해결될 문제가 아니었다. 그보단 그녀를 걱정하는 것처럼 보였다. 일순 백작이 숨을 훅 들이셨다.

"각하…… 괜찮으신 겁니까?"

밤을 지새웠는지 이제 보니 카르온의 눈 밑이 야트막하게 꺼져 있었다. 키리알에게 시달려도 말끔했던 옷매무새가 평소보다 헝클어져 있기도 했다.

"신경 쓸 필요 없어. 그보다 루델시아까지 훈련한 전서구가 남아 있나?"

"돌아온 전서구가 한 마리 있습니다."

"그쪽도 그라니아에 세작을 두었을 테니 현황을 알고 있겠지만, 혹시 모를 일이지. 백작, 전서구를 날려 이 사태를 왕실에 알리게. 그 아이가 되도록 빨리 귀국할 수 있도록. 그리고 수도에 도착하면."

잠시 말이 끊겼다. 카르온은 마른세수를 하며 말을 이었다.

"도착하면, 제일 먼저 나를 찾아와 달라는 당부를 부탁하지."

"알겠습니다. 당장 시행하지요."

그렇게 말하고 나가기 전, 그는 카르온을 돌아보았다.

"후작 부인께서 걱정이 많으십니다."

"그녀는……."

에이레네가 어쩌고 있을지 보지 않아도 그는 알았다. 속수무책으로 손톱을 물어뜯고 있거나, 상황이 어떻게 되고 있는지 사람을 채근하고 있을 것이다.

한 장면 한 장면, 그의 눈앞에 생생하게 떠올랐다. 기억의 반절을 차지한 여인을 그리는 일이 어려운 것은 아닐 테니 어찌 보면 당연할 것이다. 당연할 것인데…….

이상하게도 그렇게 생각했던 것들이 손안에서 부서지고 생경하게 조립되고 있었다.

"……아니야."

그는 혼란을 꺼뜨리듯 손마디를 접었다.

정해진 반경 안에서만 움직이기 때문인지, 아도라는 이번에도 어김없이 비센테와 맞닥뜨렸다.

"좋은 오후예요."

아는 체는 선택이 아닌 필수였다. 눈까지 마주쳤는데 무시하고 제 갈 길 갈 순 없었다.

"날이 좋죠?"

복도 창 너머로 듬성듬성 나무들이 자라 있었다. 오후의 볕을 쬐고 있는 나뭇잎이 아지랑이처럼 춤출 때마다 번들번들 광택이 일었다.

"그렇습니다, 영애."

"간밤, 편히 쉬셨어요?"

"예."

"아, 오늘 거위 요리가 참 맛있지 않았어요?"

"맛있었습니다."

"……."

'윽.'

빛의 속도로 고갈된 소재에 아도라는 아까 먹었던 거위 요리가 체하는 것 같았다. 그녀는 기지를 발휘해 동강 난 대화에 다시 살을 붙이기로 했다.

"편히 있으세요. 전 공작 부인이 찾으셔서요."

"어머니는 처소에서 오수 중이십니다."

"아아, 그랬지. 그랬지, 참."

묘안은 즉시 바닥에 처박혔다. 아도라는 바쁜 척은 그만두기로 했다. 생각해 보니 그날 어떻게 됐는지 궁금하기도 했다.

"공작 부인과 얘기는 잘 나누셨어요? 오찬 때 보니까 사이가 좋아 보이던데요."

"덕분에."

"……."

"잘 마무리 지었습니다."

그녀는 다행이네요, 라고 말하지 못했다. 비센테가 환하게 웃고 있었다. 잘못 본 게 아닐까 하는 착각이 들 만큼.

"어……."

그렇게 웃는 것도 어울리네요.

아도라는 침과 함께 뒷말을 삼켰다. 다른 생각이 나질 않았다. 그녀가 몇 번 눈을 깜빡이는 새에 미소는 사라졌음에도, 여전히 이성한 가락이 마비된 것처럼 웃는 장면에서 생각이 잘 전환되지 않았다. 그사이에 전보다 부드러워진 것 같은 음성으로 비센테가 말했다.

"저도 도와드리겠습니다."

"고민 상담을요?"

"영애가 그것을 필요로 하신다면."

베른하르트 영식. 고민 상담. 부조화가 일어나는 단어 배열에 아도라는 퍼뜩 상념에서 깨어났다. 그녀가 미심쩍게 눈을 좁혔다.

"캐론 다트너가 어때 보여요?"

비센테는 그녀와 결혼할 자를 폄하하는 게 예의가 아님을 알고 있었다.

"괜찮은 자 같습니다."

"그럼 제가 신학자가 되어 신학교에서 아이들을 가르치는 건 어떨 것 같아요?"

그는 단언하듯 대답했다.

"잘하실 겁니다."

"네…… 뭐."

아도라는 흐려진 눈으로 그를 바라보았다. 상담은 안 될 것 같았다.

"폐하께서 보고자 하십니다."

시녀가 왕의 부름을 알려왔다. 새로 배정된 시녀는 당연하게도 네아 펠리피가 아니었다. 그녀가 처형당했다는 말은 들리지 않았으니 자숙이 아닌 출궁을 당한 듯했다. 안타깝지만 이만하면 왕도 자비를 베푼 것일 테니, 펠리피 후작은 딸의 처분에 항거하지 못할 것이다.

에르셀라는 비센테와 응접실로 들어갔다. 알현실이 아닌 응접실로 부른 이유가 따로 있을까? 베아트리스의 딸을 공적인 자리에 초대하고 싶지 않아서?

그러나 응접실에 들어간 에르셀라는 자신의 생각이 빗나갔음을 알게 되었다. 왕의 우측에 있던 노인이 그녀를 보자 일어섰다.

"베아트리스 왕녀님의 딸을 뵙습니다."

그는 세월이 녹아 있는 백발을 모자처럼 두른 채 지팡이로 몸을 지탱하고 있었다. 나이가 많아 보였음에도 기백이 넘쳤다.

"저는 르만 라데거, 왕궁 시의였지요."

"몇 년 전 세상을 유람하고 싶다고 떠났던 자란다. 연락책은 가지고 있어 찾는 데 애먹진 않았지만."

왕은 상냥하게 말했지만, 긴장이 척수를 타고 올라왔다. 저 상냥함이 단지라면 그 안에는 수십 마리의 독사가 똬리를 틀고 있을 것이다. 응접실로 초대한 것도 정치적 이유 없이 그녀가 진찰을 편히 받을 수 있게 배려해 준 것일 테지만, 어머니의 일을 생각하면 감사한 마음이 들지 않았다.

"그대 이야기는 제 수하에게서 많이 들었어요."

"제법 영특한 수하를 두셨습니다. 눈치가 빠르더군요."

"날 왕궁으로 인도한 사람이 그대인 만큼, 내가 왜 이곳에 왔는지 알 거라 생각해요."

"저주에 걸리셔서 이리로 온 게 아닙니까."

저주. 두려움이 물씬 발끝부터 기어 올라왔다. 그때 떨리는 손을 누군가 꽉 잡아왔다. 비센테였다.

"저주가 아닌 병입니다. 술사가 할 법한 말로 어머니를 기만하는 건 그만두십시오."

르만은 냉연하게 일갈하는 비센테를 보다 지팡이를 내려놓았다.

"일단 보겠습니다."

에르셀라는 마지못해 르만의 옆에 앉으며 상세를 설명하려 했다.

"팔을 내미십시오. 진맥하겠습니다."

진맥이라니. 동국 의술로 알려져 있는 진맥으로는 병의 원인을 잡아낼 수 없었다. 하물며 이건 저주라 하지 않았나. 그녀의 눈빛을 읽어냈는지 르만이 덧붙였다.

"병의 진전 상태를 확인하려는 것뿐입니다."

"이 늙은이의 말은 믿어도 좋다. 의심해 봤자 너만 손해란다."

그녀는 떨떠름한 기색을 지우지 않으며 소매를 걷었다.

"저주의 해법을 알고 있나요?"

"믿으시는 겁니까? 아드님은 저주가 아니라 하던데."

르만이 껄껄댔다.

"하기야 저주야 풀면 되고 병이야 나으면 그만이지요."

그 말에 그녀의 눈동자가 반짝 빛났다.

"나을 수 있는 건가요?!"

쿵, 쿵. 가슴이 두근거렸다. 르만은 단숨에 흥분된 에르셀라를 보다, 덤덤히 맥을 짚었다.

"모릅니다, 저도 처음이라. 움직이지 마십시오."

"아. 네, 네."

에르셀라는 그의 말대로 꼼짝 않았다. 다소 절망적인 대꾸에도 에르셀라는 미친 듯이 날뛰는 심장을 억누르기가 힘들었다.

비센테는 잔뜩 고양된 어머니의 모습에 불현듯 그녀가 지금까지 얼마나 불안감을 삭이며 살아왔는지 깨달았다.

매 순간 외줄 타며 생과 사를 넘나든 사람이 어느 날 디딜 땅을 발견한 것처럼, 그곳에 도달할 앞날만을 생각하며 두려운 줄타기를 멈추지 않는 것처럼, 그녀는 삶에 그렇게나 필사적이었다. 그것을 비센테는 오늘에서야, 광분에 젖은 저 두 눈을 보고 나서야 알아차렸다. 그리 쉽게 생각했던 목숨이 아니었다는 것도, 그 삶의 미련 중 제가 속해 있다는 것이 못 견디게 기쁘다는 것도.

맥을 짚던 손가락이 떨어지고 시의의 목소리가 들렸다.

“이리 멀쩡히 살아 계시는 걸 보니 병이 발병한 지 반년이 넘진 않았군요. 그나마 다행일지 모릅니다.”

“병명은 설마.”

“부인이 생각하시는 게 맞을 겁니다. 왕실 여인은 오래된 단명의 역사가 있지요.”

“전설 속의 이야기 아니었나요? 지금 단명하는 왕녀의 수가 극히 줄어들었잖아요! 그것도 과거 죽은 왕녀들과 같은 증세는 아니었죠!”

어느 순간부터 단명한 왕녀에 대한 기록이 끊겼다.

“루델시아의 신화를 믿으시는지?”

르만은 순순히 대답해 주지 않았다. 화법이 마치 손아귀를 빠져나가는 모래 같았지만, 에르셀라는 별도리 없이 대답했다.

“아뇨, 솔직히 아직도 믿기진 않아요. 그대도 알다시피 그라니아에는 신이 없어서. 하지만! 동화, 같다고는…… 생각해요.”

“맞습니다. 듣다 보면 이 늙은이도 낭만에 젖을 때가 있지요.”

르만이 턱수염을 쓰다듬었다.

“이곳에는 신비한 영물이 많지만 사실 신께서 남기고 간 것 중 신석 다음으로 백성들이 소중히 여기는 것은 계절의 꽃입니다. 봄에는 연정의 에우리피테, 여름에는 생명의 라네즈니, 가을에는 추상의 갈레스티아, 겨울에는 죽음의 하즈리가 있지요.”

“…….”

“공작 부인은 신께서 왜 이런 것들을 남기고 가셨는지 아십니까?”

에르셀라는 고개를 저었다. 실제로 있었던 일인지 꾸며진 이야기인지조차 모르는데 그녀가 알 도리는 없었다. 그 사이 화제는 책을 휘리릭 넘기듯 두서없이 넘어갔다.

“그 병은 몸속의 피가 응축되며 결국 말라 죽는 병입니다. 전신이 수축하고 마른 피가 폐부에 달라붙으니 숨쉬기가 쉽지 않지요.”

르만이 읊어준 증세는 그녀의 것과 정확히 일치했다. 또다시 몸을 가누기 어려울 정도로 심장이 거세게 뛰었다.

“부인의 말대로 단명한 왕녀의 기록은 어느 순간 끊겼습니다.”

“…….”

“간단합니다. 저주는 풀렸으니까요.”

저주가 풀렸다니.

“정확히 말하자면 풀린 게 아니라, 풀었다고 해야겠지만.”

자연히 풀린 게 아니라 인간의 힘으로 저주를 풀어냈다는 말이었다. 저주를 풀어냈다. 무슨 뜻일까. 그녀의 죽음이 저주와 관련 없다는 것처럼 들리기도 했다.

“……이해가, 이해가 안 돼요. 그럼 제가 걸린 건 뭐죠? 그대는 방금 제가 저주와 같은 병세를 보인다고 하지 않았나요? 그대 말대로 저주가 풀렸다면 저한테까지 미칠 리가…….”

“…….”

“그럴 리 없, 아니, 아니죠?”

말이 정신없이 쏟아졌다. 저주에도 예외가 있던가? 푸는 방법은? 갖은 부정이 머리 꼭대기에 올라 그녀를 조롱했다.

에르셀라는 절박하게 르만을 쳐다보았다. 그는 곤궁한 사람을 대하듯 에르셀라를 보지 않았다. 아니, 그보다 무언가 헷갈리는 듯했다.

“으음.”

르만은 연신 신음을 흘리다 느지막이 운을 뗐다.

“저주는 정확히 트리나스 왕녀님 대에서 완전히 끊겼습니다.”

"……."

"허무하게도."

왕의 코웃음 치는 소리가 귓전을 때렸다.

"그렇지, 참 허무하게도."

그는 르만의 말을 혀로 몇 번 굴려대다 쯧, 하고 놓았다.

"흠, 방금 언급한 계절의 꽃을 기억하실 겁니다."

그러면서 르만은 탁자 위에 네 종류의 꽃을 올려놓았다. 한 송이는 그녀도 잘 알고 있는 꽃이었다.

"봄의 에우리피테, 여름의 라네즈니, 가을의 갈레스티아, 겨울의 하즈리. 신화의 기록은 이것들을 각각 연정, 생명, 추상, 죽음에 투영합니다. 왜 신께서 이것들을 보내셨느냐 하면, 전부 인간에게 없어서는 안 되는 것들이기 때문이라는 게 정설이지요. 루델시아인들은 연인에게 에우리피테를 바치고, 라네즈니를 엮은 화관을 아이에게 씌워주며, 배우자와 친구들, 이웃에게 갈레스티아를 선물합니다. 이 숭고한 의식은 신분이 귀하든 천하든, 부자이든 비렁뱅이든 사람을 가리지 않습니다. 소박하고 조금은 궁색해 보일지라도 루델시아인은 이 관습을 거르지 않지요."

르만이 가져온 꽃들은 시들지 않았다. 에르셀라는 그것이 온실에서 피웠기 때문인지, 신의 꽃은 소문대로 사시사철 지지 않기 때문인지 궁금해졌다. 그녀가 받은 에우리피테는 시들었기에 더욱 그랬다.

"우리는 그것을 축복이라 여겼으며 누구도 신이 내린 축복에 의문을 가지지 않았습니다."

깊게 주름진 손가락이 에우리피테, 라네즈니, 갈레스티아를 거쳐 네 번째 꽃대를 쓸었다.

"단 하나, 하즈리만 제외하고서."

하즈리. 어감이 낯설지 않은 게 책에서 읽었던 느낌이 들었다. 에르셀라는 기억을 끄집어내고자 했지만 르만이 좀 더 빨랐다.

"하즈리는 지속적으로 향을 맡거나 과하게 먹으면 죽음에까지 이를 수 있는 독초입니다. 중독성이 높아 루델시아인들도 장례를 치를 때 빼고는 가급적 하즈리를 곁에 두지 않습니다."

돌연 르만이 슬그머니 비센테 쪽으로 상체를 꺾었다.

"공자라면 어떨 것 같은지?"

비센테의 성마른 푸른 눈이 그를 꿰뚫었다. 아까부터 노시의가 은근히 요점을 흐리는 게 못마땅했다. 그러나 어머니의 삶이 걸린 일이다. 조금이라도 르만의 심기를 거스르고 싶지 않아 비센테는 순순히 답했다.

"저라면 신을 의심할 것 같습니다."

맹목적인 믿음만으로는 한계가 있다. 무더기로 새는 진실을 막을 수 없는 지경에 이르면, 믿음으로 쌓았던 둑은 무너지고 말 것이다. 그리고 사람들은 의심할 것이다.

어찌하여 신은 인간에게 죽음을 주었는가. 이것이 진정 신의 뜻인가, 하며.

그것은 단순히 독초에 불과하며, 우연히 루델시아에서만 자라는 것일지 모르는데도, 신화의 근간을 유지하기 위해 생각은 그쪽으로 결부될 수밖에 없다.

"공자의 눈에는 퍽 한심한가 보군. 실은 짐도 그렇긴 하다만."

왕은 모처럼 유쾌해 보였다. 에르셀라는 르만이 네아와 같이 발끈할까 걱정했지만, 그는 딱히 불쾌감을 드러내지 않았다. 다만 이렇게 말했을 뿐이다.

"그리 말하셔도 하즈리가 결국에는 신의 은총이었음을 폐하도 아실 겁니다. 결과적으로 왕녀는 살았으니. 으음, 맞지요! 살아나셨지요!"

르만의 눈이 삽시간에 번뜩였다.

"트리나스 왕녀님이 스물두 살에 병을 얻으신 걸 아십니까? 어머니의 투병을 지켜본 그분은 고통 속에서 살아가기보다 죽음을 택하기로 하셨습니다."

르만은 계속 말했다. 그리하여 택한 방식이 하즈리였다는 것. 왕족의 긍지보다 어머니처럼 된다는 두려움이 더 컸기에 트리나스 리게아는 정말로 죽으려 했다는 것.

"그런데 설마 누가 알았을까요. 죽기 위해 택한 방식이 도리어 죽음을 죽일 줄이야!"

르만은 진심으로 감탄하고 있었다.

"트리나스 님이 하즈리를 복용하자 뭉쳐져 가뭄처럼 마를 것만 같았던 혈액은 융화되기 시작했고, 피가 폐에 붙지 않으니 숨 쉬는 것을 압박받을 일도 일어나지 않았습니다."

그때부터 시의들이 연구에 착수했다고 한다. 하즈리 복용이 저주의 어느 단계까지 효용이 있는지, 완치되는 기간은 얼마인지, 예방 차 미리 먹어두어도 되는지.

"그러나 아무리 연구하고 기록을 샅샅이 살펴도 병의 근원은 알아내지 못했습니다. 시의들이 할 수 있는 것은 왕족의 피를 가진 여인에게 어릴 때부터 은밀히 하즈리를 복용시키는 것뿐이었지요. 베아트리스 님도 복용하셨을 겁니다. 공작 부인은……."

백발의 노인은 흐지부지 말끝을 흐렸다. 에르셀라는 그 이유를 알았다. 여자가 왕으로 즉위하는 나라. 한데 여자들만 저주에 걸린다면? 왕가가 그 사실을 공표할 수 있을 리 없었다.

어떻게 봐도 타격이 큰 결함이었다. 병을 공공연히 알리는 순간 저주받았다 매도당하는 건 한순간일 것이며, 신에게 의존해 왔던 왕가가 왕권을 지킬 수 있을지도 미지수였다.

"그래서 크리스티 왕가가 그렇게나 폐쇄적이었군요."

일개 가문도 가족력을 숨기기에 급급한데 하물며 한 나라의 왕가다. 그들은 근친혼을 해서 피가 외부로 유출되는 일이 없기를 바랐을 것이다.

이 일이 다른 나라 수장의 귀에 들어갔다간 신성 왕국으로서 가지는 국격은 물론 왕권이 땅으로 추락할 게 분명했다. 그렇다면 루델시아에 눈독 들이는 이들이 많아질 텐데……. 전쟁이라도 일어나면 군력이 약한 루델시아에게 남는 건 패망의 길밖에 없었다.

베아트리스가 예외로 그라니아로 오게 되었으나, 현왕은 그녀의 자식까지 신경 써줄 위인이 아니었다.

어쩌면 루델시아는 회귀 전 에르셀라가 걸린 병이 무엇인지 알고 있음에도 모르쇠로 일관했을지 모를 일이었다. 입안이 조금 썼다. 하다못해 어머니에게 귀띔이라도 해줬었다면 고약한 아픔을 겪지 않아도 됐을 것이다. 주변 사람을 힘들게 하지 않아도 됐을 것이다. 자꾸만 그런 생각이 들었다.

"그럼 고칠 수는 있는 건가요?"

"……확답을 드리기는 어렵겠군요. 일흔 넘게 시의로 있었지만, 병에 걸린 분은 처음이라……. 일단 소분의 하즈리를 처방해 드리지요. 나머지는 수도에 있는 저택으로 보내 드리겠습니다. 주기적으로 복용하신다면 차도가 있을 겁니다."

희망적인 결론은 아니지만, 절망적이지도 않았다. 이만하면 됐다. 실마리라도 찾았으니 홀가분했다. 에르셀라는 이제 돌아가고 싶었다. 그녀를 기다리고 있는 사람을 보고 싶었다. 그런 마음뿐이었다.

"알았어요. 부탁드리죠."

"볼일은 다 보셨을 테니 하즈리는 미리 준비해 두겠습니다."

자리에서 일어난 르만이 응접실을 나갔다. 이제 응접실 안에는 왕과 에르셀라, 비센테만이 남아 있었다.

비센테는 그녀를 물끄러미 쳐다보았다. 볼일이 더 남아 있느냐. 그렇게 묻는 것이었다.

에르셀라는 비센테의 손을 잡는 걸로 대답을 대신했다. 그 일종의 신호를 본 왕이 성의 없는 박수를 보냈다.

"축하한다. 그런데 아직 남아 있는 걸 보니 짐에게 궁금한 거라도 있는 듯하구나."

"여쭈어도 될는지요?"

"무서워 떠는 것보다 이편이 보기 좋다."

사실 지금도 무섭기는 매한가지였다. 하지만…….

"알아요. 절 죽일 생각이 없으시다는 거. 제 어머니께 미안함을 가지고 계실 테지요."

그녀는 생각했다. 베아트리스의 궁이 폐쇄되었음에도 그녀의 물건은 망가진 구석 없이 멀쩡한 이유를. 왕이 대신전을 벗어나 비밀리에 폐궁을 찾은 이유를. 베아트리스가 칼테아 소공작에게 죽지 않은 것을 다행이라 여긴 이유를. 지나치게 작은 단서였지만 에르셀라는 간과하지 못했다.

"그럴 리가 있겠느냐. 네가 그렇게 믿고 싶은 게 아니고서야."

그러나 왕은 시큰둥한 얼굴이었다.

"뭐, 말리진 않으마. 다만 대화가 길어지니 슬슬 지루하구나."

에르셀라는 그의 눈동자에서 얕은 파문을 보았지만, 본체만체했다.

"폐하께서 신석에 빈 소원을 알고 싶습니다."

"재미있는 질문이구나."

"이루어졌는지요?"

"그래. 왕이 되게 해달라고 빌었다."

에르셀라는 가만히 웃었다. 왕이 그 의미를 알아채고 헛웃음을 터뜨렸다.

"믿지 않는군."

그는 어쩐지 목적 없이 물에 부유하는 뗏목과도 같아 보였다. 입가에 맺힌 그의 주름이 초승달처럼 움푹 파였다.

"그래. 네 생각대로 신은 짐의 소원을 이루어주지 않으셨다. 비단 나뿐만이 아니라 신석에 소원을 빈 다른 모든 이도 마찬가지겠지."

"……."

"이곳에 신은 없으니."

그는 덧없는 목소리로 씁쓸하게 인정했다. 동고동락하던 많은 형제자매를 전부 잃었다. 후일에는 유일했던 반쪽짜리 핏줄조차 제 손으로 쫓아냈다. 베아트리스를 처음부터 원망했던 건 아닐 것이다. 그러면 왕은 베아트리스를 내치고 후회했을까?

에르셀라는 그가 빈 소원이 무엇인지 몰랐다. 확실한 건 신이 그 소원을 들어주지 않았다는 것이다.

"그래서 언니에게 신석을 주셨나요?"

카르온은 서랍을 열었다. 서랍 안쪽에 덧댄 나무판자를 빼내고 그 안에 손을 넣자 딱딱한 무언가가 손에 들어왔다. 한 손안에 들어오는 크기의 돌이었다. 알려진 것과 달리 빛은 나지 않았으며, 검붉은 피가 묻어 있는.

"누님, 이게 뭡니까?"

"궁에 두는 건 위험하니 네가 맡아줬으면 한다, 카르온."

"이게 무슨……. 요양을 가신 것 아니었습니까? 대체 그 차림으로 어딜 갔다 오신 겁니까! 이 피는 뭐고……."

에샤힐드는 웃음으로 침묵했다. 그녀의 누이는 그에게 이것만을 남기고 떠났다. 카르온은 가치 잃은 돌을 만지작거리다 서랍장 안에 집어넣었다.

여전히 그녀의 소원을 알지 못한 채로.

✻ ✦ ✻

"어느 순간부터 대신전에 도둑이 들어 신석을 훔쳐갔다는 소문이 돌기 시작했죠."

"그분도 별 소득 없이 돌아갔어요. 음, 소득이 아예 없던 건 아니려나."

헤르미아는 그녀에게 무언가를 넌지시 일러주고자 했다. 암시는 우아하고 은근했으며 명료했다. 헤르미아가 그분이라고 부를 만한 사람이 그라니아에 몇 없다는 걸 안다면 누구나 에샤힐드를 생각해 낼 수 있을 것이다. 에르셀라는 그게 마음에 걸렸다.

언니가 왜?

에샤힐드는 무엇을 빌고자 이곳까지 왔는가. 일국의 왕비가 무엇을 바라여?

"베아트리스를 닮아 제법 무모하구나."

나라의 보물인 신석의 존재를 부정하는 것에 대한 핀잔이었지만, 에르셀라는 거기서 더 생각할 겨를이 없었다.

"언니가 무슨 소원을 빌었는지 아세요?"

에샤힐드가 왜 국경을 넘으면서까지 신석을 필요로 했을까. 왕자 때문일까. 에르셀라는 감히 왕을 채근하려 했지만, 그녀의 질의는 오래가지 못했다.

똑똑똑. 문을 두드리는 소리가 났다.

"급보입니다, 폐하!"

"들라."

문을 열자 시종이 긴박한 보속으로 걸어왔다. 그는 안에 에르셀라가 있는지도 모른 채 소리쳤다.

"피사리데 후작이 왕족시해죄로 자택에 연금되어 있다고 합니다!"

앞을 막아선 인물에 케니언스의 발길이 그쳤다. 세글리에였다. 그를 보좌하던 시종이 눈치를 보며 머리를 꾸벅였다.

"왕비 전하. 길을 비켜주십시오."

시종이 간청했지만 세글리에는 돌기둥이라도 된 듯이 한 발자국도 움직이지 않았다.

케니언스는 전보다 마른 그녀의 면면을 감흥 없이 주시했다. 며칠간 식사를 걸렀다는 보고가 사실이었는지 몰골이 말이 아니었다.

"내게 볼일이라도 있나 보군. 그 꼴로 용케 나와 있는 걸 보니."

"수사가."

"……."

"수사가 늦습니다."

휑한 동공이 그를 응시했다. 격분하여 끓고 있을 줄 알았던 눈은 의외로 가라앉아 있었다. 정신이 비어 있는 인형 같았다.

"수사가…… 늦어요, 폐하."

"네가 관여할 일이 아니야."

쌀쌀맞은 일축이 시발점이라도 된 듯 그녀의 눈에 번쩍 이채가 돌았다.

"어떻게 제가 관여할 일이 아닙니까. 제가 그 아이의 어미이거늘!"
"돌아가라."
매정한 축객에 세글리에는 입안의 점막을 당겨 물었다. 역한 메스꺼움이 목 끝까지 치고 올라왔다.
"두 번 말해야……."
"레오폴드는!"
목소리가 갈가리 찢기며 흔들렸다.
"레오폴드는 폐하의 자식입니다……."
세글리에는 건들기만 해도 눈물이 괴어오를 것 같은 눈으로 케니언스를 보았다. 자식이 죽었음에도 슬픔이 결여된 사람처럼 그의 낯빛은 변화가 없었다. 그녀는 그 얼굴을 보자 알 수 있었다.
"……처음부터 버리는 패로 생각하셨어요?"
자신이야말로 아무것도 기대하지 말았어야 했다는 것을. 레오폴드에게 최소한의 온정조차 주지 않았을 때부터 알았어야 했는데…….
"처음부터 레오폴드를 살려둘 생각이 없으셨어요? 그랬던 주제에, 왕자니 뭐니 하며 떠받들게 한 거였어요? 이용하기 위해?!"
세글리에는 절망에 고꾸라진 음성으로 울부짖었다. 짐승 같은 절규에 케니언스가 얼굴을 쓸어내렸다.
"……죽을 줄은 몰랐다. 그럴 생각도 없었고."
"그걸 지금 말이라고!"
숨결은 사근거리고 몸가짐은 형편없이 흐트러졌지만 현재 그녀에겐 감정을 다스릴 여력이 없었다. 세글리에는 북받쳐 오르는 울음을 곁들여 냉소했다.
"언제까지 죽은 자의 망령에 사로잡혀 사실 거죠?"
불시에 케니언스의 표정이 지워졌다. 파도치지 않는 바다에 까딱하면 범람할 해일처럼 그가 위험한 상태라는 걸 알았다. 알았음에도 세글리에는 자극을 그만두지 않았다.

“세실리아의 아이였어도 폐하께서 이러셨을까요?”

마침내 금지된 이름을 담았을 때, 그녀는 지독히도 냉랭한 그의 눈을 맞닥뜨릴 수 있었다.

“그리 살면 세실리아 로베르트가 살아 돌아오기라도 할까 봐?”

“다물어. 너 따위가 함부로 부를 수 있는 이름이 아니다.”

“정작 지키지도 못했으면서. 에샤힐드 님께 미안하진 않으세요?”

“말을 삼가라 했어.”

“왜 내 아들만! 왜 내 아들이 죽어야 해!”

“그럼 넌 흠 없는 적통보다 네 아들이 더 가치 있다고 느끼나? 내가 그 애를 위해 증거 한 조각 없는 가르텐을 쑤셔 훗날 덜미를 잡혀야 했어? 사리 분별도 못 하는 네 아들이 진정으로 왕의 자격이 있을 것이라, 그리 생각했어? 한심한…….”

말은 더 이어지지 않았다. 마찰음과 함께 케니언스의 뺨이 돌아갔다. 시종장이 입을 다물지 못한 가운데 세글리에가 맥없이 읊조렸다.

“……개자식.”

그녀의 볼을 타고 눈물이 떨어졌다. 케니언스는 얼얼한 뺨을 닦아내듯 쓸었다.

“내가 왕비로 들인 게 미친년이었을 줄은 몰랐군.”

“…….”

“뭐 해. 끌고 가 가두지 않고.”

“예, 예!”

“궁에서 한 발자국도 못 나오게 해.”

엄중한 지시에 허리를 편 근위병이 세글리에의 팔을 붙들었다. 끌려가는 순간까지 경멸 어린 눈길이 그에게 못 박혔다. 케니언스는 염증을 느끼듯 손에 얼굴을 묻었다.

⁂

이제 막 권력의 단상에 오른 왕자는 아득한 천장을 바라보았다. 샹들리에에 걸린 촛불이 화르르 타오르고 있었다. 빛이 무도회장에 산란했다.

어머니의 죽음 이후 권력의 중추에서 떨어져 있을 수밖에 없던 왕자는 처음으로 망설임 없이 고개를 젖혔다.

시선을 바닥에 두지 않아도 된다는 것. 천장에 흐르는 별을 허락 없이 볼 수 있다는 것. 달콤한 과실이 입안에 떨어졌다. 과육을 음미하며 그는 층계참 아래의 귀족들을 보았다. 까마득하게 높았던 그들이 희한하게도 작게 느껴졌다. 한 편의 인형극을 보는 것 같았다.

케니언스는 가슴에 손을 얹었다. 익숙하지 않은 희열이 혈관을 타고 심장에 고였다. 두근거림을 느꼈을 때, 웃음소리가 들렸다. 까르르 말간 웃음소리가 악단의 연주를 타고 천장까지 닿는다. 순진함을 가장하여 조소와 화음을 이루는 웃음이었다.

케니언스의 시선이 그들의 활이 쏘아진 곳을 따라가다 깊게 침잠했다.

세실리아. 그는 곧이곧대로 화살을 받고 있는 여인의 이름을 속으로 읊었다. 웃음소리가 끊이질 않는다. 삼삼오오 모인 무리는 품위에 어긋나지 않을 아름다운 조롱을 입에 담았다. 기저에 흐르는 업신여김. 그 중심에 그의 아내가 고아하게 자리해 있었다. 어느 한 곳 흠잡을 곳 없이 지독하게 우아한 자태였다.

"머릿결이 부드러워요. 이것이 선왕비 전하께서 선물해 주신 향유인가요?"

"감사히도 그렇습니다."

"선왕비 전하는 마음씨도 좋으시지요. 하지만 원체 머릿결이 좋으셔서 향유는 쓰지 않으셔도 되겠어요. 오히려 받으실 분은 따로 있을 텐데, 바다 건너온 귀한 것이라 그런지, 못 받으셨나 보네요. 안타까워라……."

에샤힐드는 대꾸 없이 눈만 휘었다. 왕자비가 되자마자 사교계를 장악한 그녀가 적극적일 필요는 없었다.

음울한 성격의, 사교 활동이 거의 없던 귀족 영애의 존재를 지우는 것은 그녀에게 숨 쉬는 것보다 쉬운 일이었다. 직접적인 해코지는 없었지만, 그랬기에 케니언스는 더 나서기가 힘들었다.

"차마 보아주기 어려워요. 전하께서 가르치실 게 많겠어요."

"그런 말 말지요, 백작 부인. 혼자서도 잘하신답니다."

베델 데먼셔도 세실리아를 포기했다는 말이었다.

"리먼 경 없이도 잘하셔야 할 텐데……."

"리먼 경이요? 클라우스 경 아니었나요?"

"내가 잘못 알고 있었나? 아닌데……."

"이런, 그만하세요. 이제 정착도 하신 분한테."

더 이상 눈뜨고 봐주기가 힘들었다. 하지만 그는 세실리아를 데리고 나가는 대신 다른 길을 택했다.

"어서 오세요, 전하."

목전까지 온 왕자의 존재에도 그들은 당황하지 않으며 환하게 웃었다. 케니언스는 웃을 수 없었다.

"실례하지. 잠시 비와 할 얘기가 있어서."

그는 그 말만을 남긴 뒤 에샤힐드의 손목을 낚아챘다. 에샤힐드는 저항 없이 끌려왔다. 그는 속절없이 끌려오는 몸짓조차 거슬려 테라스에 다다르자 던지듯 그녀의 팔을 놓았다. 에샤힐드가 중심을 잡으며 옷매무새를 가다듬었다.

"만나러 와주시는 건 좋지만, 시기가 좋지 않았어요. 2왕자비를 편들어주는 듯한 모습은 지양하세요."

"안 그래도 가만히 있는 사람에게 꼭 그렇게까지 해야 했나? 그 여자가 누구 때문에."

울컥 치밀어 오르는 감정에 케니언스가 신경질적으로 입을 다물었다. 경험상 이 여자 앞에서 감정적으로 굴어봤자 소용없다는 걸 알기 때문이었다.

그러나 알면서도 저 목각 인형 같은 낯을 보면 감정을 주체할 수 없을 때가 있었다. 그녀는 이번에도 가면을 벗지 않은 채 달래듯 말했다.

"전하. 저는 제 가문에 대한 전하의 원망을 이해합니다."

케니언스는 순간 제가 잘못 들은 건가 했다. 이해? 가당찮은 소리에 헛웃음만 나왔다.

"이해하고 있다고?"

저게 이해하는 자의 태도일 리가 없었다. 이해한다면 그래서는 안 되었다.

"제 아버지의 독단으로 전하의 인생을 좌지우지하였지요. 그리고 저 역시 전하께 연인이 있다는 걸 알면서도 아버지의 뜻에 따랐습니다. 침묵이 용서받을 수 없을 것을 압니다. 그러니 제가 일생 동안 충분히 사죄드리겠습니다. 전력을 다하여 이 나라에서 가장 무거운 관을 씌워 드리겠습니다. 전하의 위에 선 자가 없도록 하겠습니다. 사람들이 전하의 발치에서 전하를 우러러볼 수밖에 없도록 만들어 드리겠습니다."

그것은 아내가 남편에게 하는 말이 아닌 신하가 주군에게 하는 맹세였다. 케니언스는 그때서야 그녀가 한 번도 자신을 부군으로 여긴 적이 없다는 것을 깨달았다.

"내가 왕이 되어도 네 가문에 좌지우지될 텐데, 너의 무얼 믿고."

"카르온은 가문의 긍지를 높게 치나 사욕이 있는 아이는 아닙니다. 믿으셔도 됩니다."

그가 그녀의 말을 믿지 못한 이유는 순종적이지만 낮추지 않은 몸짓 때문일 것이다. 왕족인 그보다 고귀하게 살아온 일생이 그녀의 몸에, 머리에 자연스레 배어 있었다.

"그러니 세실리아는 포기하세요."

문득 입안에 머금었던 달콤한 줄 알았던 과실이 지독히도 쓰게 느껴졌다. 충만감에 취해 있던 자신이 미치도록 혐오스러웠다. 그는 이미 세실리아를 버린 것이나 마찬가지였으므로.

케니언스는 일그러진 얼굴로 에샤힐드를 보았다. 그녀는 그의 양심이 부정으로 물든 증거였다. 그녀가 살아 숨 쉬는 한 케니언스는 제 어두운 한 면을 마주하게 될 것이다. 그걸 생각하면 아름답게 조각된 얼굴이 그렇게나 역겨웠다.

⁂

달 줄 알았던 과실이 실은 설어 있는 것을 알아챘을 때처럼 그는 상념에서 벗어났다.

손바닥으로 얼굴을 우악스레 누르자 굴곡진 피부가 다시금 펴졌다. 그는 시종장을 돌아보았다.

"후작저로 갈 채비를 해라."

이제 이 지독한 연을 끝낼 때도 되었겠지.

⁂

"내가 후작의 예상보다 빨랐나?"

"늦으셨습니다."

케니언스는 무료하게 짝이 없는 태도로 등받이에 기댔다.

"후가 틀릴 때도 있다니, 신기하군."

"저라고 만능은 아니니."

"네 누이가 세실리아를 조롱거리로 만든 건 기억하나?"

부지불식간에 들어온 물음에 카르온은 침묵했다.

"있지도 않은 사실을 들먹이며, 여기저기 남자와 맞대는 값싼 여자로 만들었지. 웃기는 건 거기에 나에 대한 이야기는 한 절 담겨 있지 않았다는 거야. 네 영악한 누이는 알았던 거야. 염문이 일어나면 누가 피해를 볼 수밖에 없는지. 그 섭리를 교묘히도 잘 이용해 선왕조차 거리를 두게 만들었지."

카르온은 미소 지었다.

"모르겠군요."

"……모른다고."

"승자는 기억하지 못하는 법입니다. 폐하의 기억은 여전히 뒤안길에 묻힌 왕자 시절에 머물러 있는 듯하지만."

아, 그렇지. 이런 사람들이었지. 에샤힐드가 유일하게 하지 않았던 사과를 피사리데 후작에게 받아낼 수 있을 것이라 여긴 그가 멍청했다. 이 영민한 자는 에샤힐드가 인정하지 않은 죄를 자신이 인정한다는 게 무슨 뜻인지 잘 알 터였다.

"그렇게까지 죽은 자의 긍지를 지켜주고자 하나? 이리 궁지에 몰려 있으면서까지?"

"저는 모르는 일입니다, 폐하."

"너는 아직도 피사리데가 승자라 생각하는군."

"누이가 왕비에 올라 왕족으로 죽었습니다. 그분이 남기신 왕자는 왕이 될 겁니다."

그러니 승자가 아니겠습니까. 케니언스는 카르온의 의도를 읽어냈다.

"하나 피사리데는 너로 인해 무결하지 못할 것이다. 세글리에를 진작 죽이지 않은 네 알량한 자비가 이리 돌아왔구나."
"저는 피사리데의 이름에 오물을 묻힐 생각이 없습니다."
케니언스가 멈칫했다.
"결정은 네가 한 것 같군."
"그편이 폐하께도 편하실 겁니다. 다만……."
카르온은 머뭇거렸다. 케니언스는 그 주저함에 깔린 기묘한 근심을 뜻 모를 기분으로 바라보았다. 그리고…….
"청이 하나 있습니다."
그가 처음으로 왕에게 부탁해 왔다.

왕의 방문은 여러모로 영향이 있었다. 가장 눈에 띄는 변화는 집무실 주위에 배치된 감시자의 주둔 거리가 멀어졌다는 것이다. 팽팽했던 대치가 느슨해지자 저택 안 사람들은 고비를 넘겼다며 한시름 덜었다.
밤처럼 캄캄한 저녁, 설핏 졸음에 물든 카르온은 눈을 붙이고 있었다.
"그만두지 못해? 야, 그만두라니까?"
"쉿."
"쉿은 무슨 쉿이야."
속삭임이 옅은 잠귀를 간질였다. 누군가 그의 다리를 잡아 흔들고 있었다. 카르온은 강제로 끌어 올려진 의식을 깨우며 가물가물한 시야에 집중했다. 눈동자에 초점이 맞춰지고.
"아버지!"
그의 정신이 허공을 부유했다.
"……로웨나?"

"네, 저예요!"

"깨셨습니까."

로웨나 뒤에는 라셀리온도 함께였다. 슬그머니 뒤로 한 걸음 내뺀 라셀리온이 이어 말했다.

"혹시나 해서 말씀드리자면 잠을 깨운 건 제가 아닙니다. 허락 없이 집무실에 들어온 것도 오로지 로웨나의 독단으로."

"그럼 오빠는 다시 나가."

"……말대꾸가 점점 느는구나, 동생아."

"으. 말투 뭐야? 징그러."

혀를 내밀며 오만상을 쓰는 동생을 보며 라셀리온은 진심으로 저 아이의 미래가 걱정되기 시작했다.

"널 누가 데려갈까. 이 오라비는 심히 걱정되는구나."

"오빤 헤리트 영애에게 고백이나 하고 그런 말 해."

"너……!"

라셀리온은 하릴없이 입만 벙긋거리다, 시무룩해지고 말았다. 로웨나의 말이 틀리지 않았기 때문이다.

로웨나는 제 오라비가 기죽거나 말거나 무시로 일관하며 카르온을 향해 두 팔을 내밀었다. 안아달라는 의사표시 그대로 뻗어오는 두 팔을 받은 카르온은 조금 난감해졌다.

"왜 그러세요?"

"무거워서 그런다."

"에이, 거짓말!"

그는 재미있는 농담을 들은 것처럼 해맑게 부인하는 딸에게 진심이었노라 말하지 못했다. 그 대신 로웨나를 들어 올린 순간을 상기해 보았다.

마지막으로 안아주었을 때가 언제였나. 팔에 실린 무게가 전과 같지 않은 걸 보니 꽤 오래전인 듯했다. 아이라서 그런가. 한눈판 사이 로웨나는 부쩍 자라 있었고, 라셀리온도 내년이면 성인이었다.

'많이 자랐군.'

어쩐지 그 당연한 사실이 당연하게 받아들여지지가 않았다. 그는 로웨나를 보았다. 아이는 하고픈 말이 있는지 손가락을 꼼지락거리다 불쑥 질문을 던졌다.

"이제 괜찮은 거예요?"

어눌했던 발음이 똑발라졌고 말은 흐르는 물처럼 막힘없었다. 아이의 성장이 체감되기 시작했다. 동글동글 펑퍼짐했던 볼이 미미하게 들어간 것도 같았다.

"아버지?"

그는 대답할 시기를 놓치고 잠시 멍해졌다. 자신도 모르게 작은 머리 위로 손을 얹은 그는 가만가만 로웨나의 머리를 쓰다듬어 보았다.

"그래, 괜찮아."

고작 하나의 동작이었다. 희한한 건 그 고작의 행위에 많은 것을 느꼈다는 것이다.

뒤통수가 이리 둥글었던가. 곱슬곱슬한 머리카락이 이리 가늘었던가. 손가락에 얽히는 촉감이 이질적이었다. 그는 문득 물었다.

"어머니는?"

방금 느꼈던 감각을 외면하듯.

"어머니는 주치의가 준 약을 먹고 주무세요. 요즘 잠을 설치셨거든요."

"두통약과 수면제 중 어떤 거지?"

"어……"

"바보야. 수면제잖아."

뼈가 있는 로웨나의 말에서 막 헤어 나온 라셀리온이 툴툴거렸다.

"피로일 뿐 큰 이상은 없다고 의원이 그랬습니다, 아버지."

"그렇구나."
라셀리온은 덤덤하게 대꾸하는 카르온을 불안하게 바라보았다.
"아버지……."
오전까지만 해도 마구잡이로 저택을 들쑤시던 근위병을 생각하면 조마조마하기만 했다. 카르온은 그런 라셀리온을 일별하고 평소와 같이 말했다.
"걱정할 것 없다."
"그치만……."
라셀리온 뭔가 더 말하려다 꾹 다물었다. 그때 움츠러든 오라비를 멀뚱멀뚱 보던 로웨나가 돌연 깜짝 발언을 했다.
"아버지! 오빠는 헤리트 영애와 결혼하고 싶대요!"
"야!"
라셀리온은 카르온 앞이라는 것도 잊고 빽 소리를 지르고 말았다. 그는 거의 혼절 직전이었다.
"그러니까 라페인 영애랑 말고 헤리트 영애와 약혼시켜 주면 안 돼요? 저도 헤리트 영애가 더 좋은데."
"동생아, 너 진짜 왜 이래, 응? 아버지, 그게 아니라 저는……."
라셀리온이 도르르 눈을 굴리며 카르온을 흘끔거렸다. 그는 별말 없이 라셀리온을 빤히 바라보고 있었다. 그러자 라셀리온은 이 일의 발단인 로웨나를 가만두지 않겠다는 듯 노려보았다. 로웨나는 그러거나 말거나 까르르거렸지만 말이다.
"저는 블래노버 영식과 결혼할래요. 영식이 제 눈과 머리 색이 예쁘다고 하는 거 있죠? 아버지 닮았대요."
그게 엄청난 칭찬이라도 된다는 듯이 로웨나는 한참을 방실거렸다. 카르온이 나른히 말했다.
"어머니를 닮았으면 더 예뻤을 거다."

"어머니요?"

로웨나는 들어본 적 없는 말에 갸우뚱했다. 소녀는 블래노버 영식이 연갈색 머리카락과 연갈색 눈을 좋아할지 생각해 보았다. 갈색 계열은 흔했기에 빈말로라도 특색 있는 외모라 할 수 없었다. 아버지는 왜 그런 말을 할까?

"제가 어머니를 닮지 않은 게 아쉬워요?"

"둘 다 날 닮을 필요는 없으니."

로웨나는 아직 덜 자란 머리를 열심히 굴렸다. 가족 중에는 그녀를 포함한 세 명이 금발에 초록 눈이었다. 어머니만 달랐다. 혹시 어머니는 그게 서운한 걸까! 거기까지 생각한 작은 머리는 다짐하듯 말했다.

"그렇다면 난 어머니를 닮아도 좋아요."

바보야. 넌 이미 그렇게 태어났어. 라셀리온은 그렇게 핀잔 주려고 했다.

"내 딸은 기특하기도 하지."

갑자기 나타난 어머니만 아니었다면.

테라스 난간에 기대자 어깨로 벨벳 질감의 숄이 둘러졌다. 에이레네의 얼굴이 홱 돌아갔다.

"넌……!"

그녀는 오갈 데 없는 불만을 한 아름 품고 있었다.

"연금이 풀렸으면 내게 알렸어야지! 내가 얼마나 걱정했는지 알아?"

"당신의 잠을 깨울 일은 아닙니다."

길가에 흔히 널린 대답도 설탕을 입으면 달게 느껴지는 걸로 보아 언어는 요술인 게 분명하다. 에이레네는 보기 좋은 얼굴과 듣기 좋은 말이 합쳐진 변명에 알면서도 넘어가는 자신을 깊게 뉘우쳤다. 사람이 시각, 청각에 너무 약해도 안 되는데 큰일이었다. 껍데기만 근사한 사기꾼을 조심하라 일러주던 사기꾼 동생의 말이 떠올랐다.

"말이나 못하면 밉지나 않지."

"언제 미우셨던 적은 있습니까?"

자신만만한 물음이 얄미웠다. 억울한 건 정말로 미웠던 적이 없다는 것이다. 어쩐지 손해 보는 기분에 미려하게 올라간 저 입꼬리마저 마음에 안 들었다. 꼭 가식으로 똘똘 뭉친 그의 어린 시절을 보는 것 같았다.

에이레네는 인위로 만든 예술품처럼 인간미 없이 아름답기만 한 카르온의 미소를 흘겨보다 문득 키득거리기 시작했다.

카르온은 난데없이 웃음보가 터진 에이레네를 의아스레 여겼지만 아무것도 묻지 않았다.

"왜 웃는지 안 궁금해?"

"안 궁금합니다. 당신이 그렇게 웃을 때면 불길하기만 해서."

"우리 처음 만났을 때 생각나서."

"아."

당황이 여실히 느껴지는 목소리에 어깨를 덮은 숄이 들썩였다.

"기억나? 너 나만 보면 엄청 틱틱거렸는데."

"그럴 리가요."

"이럴 때만 머저리 행세를 하는구나."

"에이레네. 머저리는 좀……."

"웃으면서 내 앞에서 꺼지란 말을 하는데 그 말이 그렇게 우아하게 들린 건 처음이라서 난 잊지 못하겠던데."

이마에 식은땀이 맺혔다. 카르온은 앞머리 몇 가닥을 반복해서 매만지고 있었는데, 그것은 그가 무척 난처해하고 있음을 의미했다.

실제로 카르온은 곤란했다. 엄연히 꺼지라는 속된 말을 입에 담은 적은 없었으나, 직역하자면 의미는 같았기에 해명이랄 것도 없었다. 다만 그에겐 해보았자 족족 메다꽂힐 해명이 아닌 그를 보호해 줄 변명이 하나 있긴 했다. 에이레네가 이 건으로 두고두고 놀릴 때마다 요긴하게 썼던 변명이.

"그땐 당신이 미하엘 때문에 제게 접근한 줄 알았으니까요."

당시 에이레네는 성년식을 마친 상태였고, 글리디엠가에서 유일한 적법한 자식으로 데릴사위를 들여 가문을 이을 책임을 지고 있었다. 문제는 이러한 책임과 달리 에이레네의 생각이 엉뚱한 곳에 있었다는 점이다.

"당신은 사생아 신분의 이복동생에게 작위를 물려주고 싶어 하셨으니."

그 말대로 에이레네는 비록 배는 다르나 동기라 할 수 있는 이복동생 미하엘이 다음 대 백작이 되길 바랐다.

"피가 반밖에 안 섞였지만, 그 애를 사랑했으니까. 그래서 미하엘 그 애가 가문을 잇도록 해주고 싶었어."

사생아이기 때문에 모욕과 멸시를 마땅하게 여기는 동생을 가엾이 여겼다. 그리하여 어차피 제가 아닌 남편이 다스릴 가문, 에이레네는 동생에게 넘겨주고 싶었다.

카르온은 암암리에 도는 그녀와 관련한 소식을 알았고, 에이레네가 그를 어떤 곳에 이용할지를 예측했다. 피사리데의 후계자인 그를 데릴사위로 들일 수 있는 가문은 어디에도 없다는 점을 이용하려던 것이었다.

이용하는 거라면 몰라도 이용당하는 게 기분 좋을 리 없었다. 물론 처음 에이레네를 싫어했던 배경에는 그녀의 아버지도 한몫했다. 선대 글라디엠 백작이 피사리데를 '왕실의 개' 취급하며 못마땅해한다는 건 익히 알았으니.

어느 면으로 봐도 그를 좋아할 이유가 없는 여인이었다. 그러니 에이레네의 고백을 어찌 믿겠는가. 하지만 그건 어디까지나 쓸데없는 의심이었다. 그가 에이레네라는 여인을 정확하게 파악하지 못했기에 일어난.

"네 오해에 내가 얼마나 양심이 찔렸는지 아니? 내가 동생을 위한다는 일념만으로 마음에도 없는 남자와 결혼을 결심할 만큼 희생적인 사람으로 보였어?"

"압니다. 당신이 제 얼굴을 좋아한다는 것쯤은."

"정확히는 네가 좋으니, 네 얼굴도 좋아하는 거지."

에이레네가 꼬집어 정정했다. 그저 순서를 바꾸었을 뿐인데 말의 뜻이 현저히 달라졌다. 카르온은 머리칼을 만지작거리던 손으로 심드렁히 턱을 괴었다. 실낱같은 변화를 눈치챈 에이레네가 속으로 웃었다. 조금 더 골려줄 심산이었다.

"물론 널 배우자로 정하는 데 갈등이야 있었지. 남자애가 곱상하게 생겨서 아무래도 좀 걱정됐는데……."

"에이레네."

"쓸데없는 걱정이라 얼마나 다행이었는지!"

"……희롱은 그만두세요."

끝내 울긋불긋하게 확 달아오른 귓불에 에이레네가 목을 젖혀 웃음을 터뜨렸다. 카르온이 한 손으로 얼굴을 감쌌다. 모처럼 즐거운지 에이레네의 웃음소리는 떠나갈 생각을 않았다. 급기야 난간을 붙잡은 채로 주저앉기까지 했다.

카르온은 지금만큼 시가가 절실했던 적이 없었다. 그러나 이왕 이렇게 된 거 그냥 웃게 놔두자는 생각으로 체념할 즈음이었다. 송골송골 땀처럼 맺힌 눈물을 훔치며 에이레네가 물었다.

"근위병이 철수하지 않은 걸 보니 아직 뭔가 남아 있는 거지?"

근위병이 저택 밖으로 밀려나며 연금은 풀린 것처럼 보였지만 누구도 끝났다고 생각하지 않았다. 여전히 근위병이 상주하고 있는 걸로 보아 무언가 더 해결해야 할 게 남아 있을 것이다.

그렇다면 해결해야 할 게 무언가. 표면적인 죄목으로는 2왕자 시해이나, 수사를 이리 끄니 그녀가 모르는 다른 게 얽혀 있는 듯했다.

에이레네는 사실 왜 카르온이 주범으로 지목되었는지 이해하지 못했다. 왕자의 시체 곁에 독병이 있었다 하는데, 그게 어떻게 카르온과 연관이 있는 건지 들은 게 없었다.

블래노버 백작을 찾아가도 그는 우수 어린 얼굴로 해줄 말이 없다고만 할 뿐이었다. 그는 에이레네를 보며 착잡해하는 것도 같았다. 그 때문에 에이레네는 더 묻지 못하고 발길을 돌려야 했다.

어긋난 지점도 알 수 없으니 그녀가 도울 수 있는 일도 없었다. 손에 담기는 정보가 자갈 속의 사금만치 적었다.

"네."

카르온이 대답했다.

"몇 가지 해결할 게 남았습니다만……."

"내가 걱정할 일은 아니란 얘기구나."

충분히 예상 가능한 뒷말을 에이레네가 실을 잇듯 연결하자, 카르온의 낯이 난감한 빛으로 물들었다.

"그럴 의도는 없었습니다."

"날 실컷 도움 안 되는 사람 취급했으면서 이제 와서?"

에이레네는 카르온이 정성스레 포장한 말을 거침없이 뜯어 날것 그대로 되돌려 주었다.

샅샅이 분해된 포장지에 그는 실없이 웃으면서도 입을 열지 않았다. 영원 같은 침묵이었다. 에이레네는 그가 왜 한마디도 못 하는지, 그녀가 무얼 알지 않길 원하는지 조금도 알지 못했다. 다만 그를 위하는 것이 무엇인지는 알았다.

"내가 나설 일이 아닌 듯하구나."

가만히 있는 것. 그녀는 자신이 나서는 건 사방의 불길을 꺼뜨리는 게 아닌 기름을 붓는 꼴임을 알았다. 모습을 보이자마자 기다렸다는 듯 활활 타오를 터였다. 그녀의 한 보 한 보에 카르온이, 라셀리온이, 로웨나가, 피사리데의 전부가 걸려 있었다.

그녀가 사랑하는 남자가 평생을 일궈온 가문이었다. 뜨거운 볕 아래 농부가 쟁기로 밭을 갈고, 씨앗을 심고, 물을 뿌려 마침내 귀한 이슬이 턱을 타고 떨어져 밭에 맺히는 것처럼 가문을 위해 흘린 그의 땀이 피사리데 어귀에 방울방울 맺혀 있을 것이었다.

그 햇살에 닿으면 반짝 빛날 구슬이 에이레네의 발을 땅에 묶었다. 그녀의 무모를 막아섰다. 카르온이 유리 온실로 덮어 지켜온 것들이 그녀 앞에 있었으므로.

스무 살부터 이어져 온 그의 노고가 열매를 가져다준 것은 아니었다. 에샤힐드 왕비는 계속해 유산했고, 왕조차 감싸주지 않으니 폐위가 거론될 정도로 신료의 원성이 높아졌다. 아무리 세가 높은 가문 출신이라 해도 후계를 낳지 못하니 궁에서의 위치도 위태로웠다.

그는 그런 누이를 위해 평생을 살아왔고 권력을 쥐었으나, 이제 지킬 대상은 없었다. 그러니 그는 열매가 아닌 그저 한 철에 피고 한 철에 질 꽃을 피웠을 뿐이다.

에이레네는 그것이 의미 없다 생각하지 않았다. 비록 탐스러운 과실을 맛보진 못했어도, 싱그럽게 피어나는 꽃들이 싸락눈에 시들어도, 사시사철 존재할 담쟁이덩굴이 저택 한 벽면에 있었다.

열매만큼 달진 않지만, 꽃만큼 화려하진 않지만 유일하게 사그라지지 않을 그것은 라셀리온, 로웨나, 에이레네의 몫이었다.

"너를 이해해."

사람들의 시선에 닿지 않는 어느 벽면을 휘감고 있는 덩굴을 보며 그녀는 진심으로 그렇게 생각했다. 이고 있는 짐이 많은 그였으니 이만하면 충분히 아름다운 것을 받았다 그리 여겼다.

"넌 현명한 사람이니까 잘 헤쳐 나갈 거야. 그렇지?"

잘할 것이다. 그가 현명하지 못한 선택을 할 때는 에샤힐드에 관한 일 외엔 없었으니. 카르온의 입매가 어렴풋한 미소를 그려냈다.

"네. 제가 할 수 있는 최선의 선택을 할게요."

에이레네의 어깨가 한숨과 함께 늘어졌다.

"그렇게 말할 줄 알았어."

어쩜 토씨 하나 안 틀리고 그렇게 대답하는지. 함께한 시간이 오래되었기에, 얼굴에 드리워진 색만으로도 뒤따를 대답을 알았다. 에이레네는 무릎 접어 앉은자리에서 카르온을 나른하게 올려다보았다.

"그래……."

시야가 명멸했다.

"에이레네."

카르온이 한쪽 무릎을 굽혔다. 에이레네 옆에 앉은 그가 꾸벅꾸벅 움직이는 그녀의 머리를 뒤로 감쌌다.

"졸리십니까?"

"응. 약 기운이 남아 있는지, 졸리네."

두통에 불면증이 겹쳐 며칠간 뜬눈으로 밤을 지새우다 의원에게 수면제를 처방받았다. 약에 부족한 잠까지 더하니 약효가 꽤 오래갈 예정인 듯했다.

에이레네는 쏟아지는 수마를 이기지 못하고 머리를 짚었다. 몽마가 잠을 부추겼다. 카르온이 그녀의 머리를 조심스레 자신 쪽으로 가져왔다.

"기대세요."
그 말대로 에이레네가 가만히 카르온의 어깨에 기대었다. 졸음이 덮쳐온다. 그녀는 잠에 들기 전 일그러지는 시야로 밤 풍경을 한가득 담았다. 수도에 위치해 있는 게 믿기지 않을 정도로 드넓은 정원이었다. 무성하게 자란 수목과 잡풀은 하나의 숲처럼 보였다. 에이레네는 이 도시의 작은 숲에서 다람쥐나 토끼를 발견한 적도 있었다. 궁에서 거리가 멀고 구중심처 깊은 곳에 있는 저택은 다다르기까지 마차나 말을 타야 했지만 나쁘지 않았다.
"네 누이가 왜 이곳을 좋아했는지 알 것 같아."
창문에 기대 흥얼거리며 상상을 쌓아 올리기에 좋은 곳이었다. 언젠가 나도 그래 봐야지. 에이레네는 노래 몇 가닥을 골라 머리에 새겼다. 시야가 암전으로 물들 때까지 하나하나. 그렇게 몸이 의식을 놓았다.
에이레네가 완전히 카르온에게 파묻혔다. 그녀는 자다가 급하게 뛰쳐나왔는지 머리가 살짝 떠 있었다. 그는 습관적으로 허공에 부푼 머리칼을 쓸어내리다, 잦아든 숨소리를 확인했다.
그는 에이레네를 안아 들고 일어섰다. 침실까지의 거리는 멀지 않았으며, 다다르기까지 시간도 오래 걸리지 않았다.
에이레네를 침대에 눕힌 그는 잠시 그 자리에 머물렀다. 시선이 그녀의 눈과 코와 입에 닿았다. 손은 닿지 않았다. 그녀를 만지는 순간 제게 닥쳐올 무언가를 알았다. 그건 사막을 휩쓰는 모래 폭풍이자 디딜 땅을 죄 덮는 폭설인, 인간인 그로선 막을 수 없는 재해였다.
카르온은 자신이 앞일을 예견할 만큼 어리석지 않다는 것에 처음으로 감사했다. 어둠에 의지해 입꼬리를 당기자, 웃음이 흐드러졌다.
비로소 그는 떨어지지 않는 발을 옮길 수 있었다.

의외이긴 했다.

"조금은 기뻐하고 있을 줄 알았는데."

그의 목표가 자신을 막다른 길로 몰아넣는 것이 아니었다는 것이. 자신이 목적이었다면 희열, 환희 한 점 없이 그저 권태만을 보일 리 없었다. 본능적으로 알았다. 하르젠의 이상은 그가 생각했던 것보다 더 아득하다는 것을.

"그래서 공은 내게 뭘 원하지?"

불안감에 뇌리가 마모된 건 그때였다.

"1왕자."

물처럼 흐르던 여유가 갈래갈래 찢어지며 작열하는 태양에 메말랐다. 카르온은 바짝 건조해진 목으로 헛숨을 들이켰다.

"너……."

공기가 몸 안에 머무를 새도 없이 흩어졌다. 1왕자를 요구한다는 말에 그 배경이 낱낱이 펼쳐졌다. 하르젠이 무엇을 계획하고 있는지, 제 수족을 묶어놓은 이유 같은 것들이.

"아."

나직하게 헛웃음이 나왔다.

"그래서."

그에게 자신은 쓰러뜨릴 고지가 아닌 그저 길을 막아선 바위 같은 것이었다. 어쩌면 별것 아닌 장애물. 원하는 것을 얻기 위해 부수거나 넘으면 되는 존재. 지금 이 자리에 있다는 건 부술 수 없으니 돌아가는 길을 택한 듯했다. 그가 목표로 하는 것은 아마도…….

카르온은 그의 이상을 읽어냈다. 그 이상의 끝을 엿보니 만용도 분노도 모두 부질없는 것이었다. 그럼에도 손이 저리도록 주먹이 쥐어졌다. 손등 뼈가 튀어나와 떨렸다.

"살려주는 대신 1왕자를 버리고 나는 죽은 듯이 가만히 살라?"

하르젠은 부정할 생각이 없어 보였다. 카르온이 으득 이를 갈아붙였다.

"너는, 왕자가 내게 어떤 존재인지 모르지 않을 거야."

그가 왕자에게 주는 애정은 어느 봄날 연하게 내리는 햇살만큼이나 따뜻할 뿐, 뜨겁진 않았다. 그러나 왕자의 존재가 뜨거웠다. 무거웠다. 짙었다. 그의 누이가 세 번의 고비를 딛고 얻은 아이였다. 극에 달한 부담감을 강인한 척 넘긴 에샤힐드가 마침내 목숨을 대가로 낳았다. 에샤힐드가 그리도 원했으니 왕자가 곧 그녀의 바람이라 할 수 있었다.

"그런데도 내가 포기할 것 같나?"

그녀의 소망이었던 것을, 그 결실을 카르온이 저버릴 수 있을 리가 없었다. 하르젠의 한쪽 눈이 지그시 일그러졌다.

"그래서 포기할 이유까지 만들어줬는데, 부족했던 모양이군."

포기할 이유. 그 말대로 카르온이 왕자를 포기할 이유라면 많았다. 그의 가문, 가족, 영민, 소중한……. 왕자 하나와 바꾸기엔 무거운 의미를 담고 있는 낱말들. 공작은 알았을 것이다.

"최소한 이 짓도 안 하면 넌 고려조차 안 할 텐데, 생각해 보면 네 누이가 사랑했는지 않았는지 모를 왕자의 뒤를 봐줄 필요가 있던가?"

그러니 왕자를 그의 손으로 버리게 하기 위해 그를 절벽까지 밀어 넣은 것이다. 구태여 시간을 들여 덫을 설치하고, 올가미를 걸어둔 이유는……. 카르온은 그 어줍은 아량이 어디에서 생겨났는지 알았다. 우습게도 느껴졌다.

"답지 않게 회유하는 걸 보니 꽤 절박한가 보지?"

가당키나 한가. 그렇게 어긋나고 비틀린 주제에 어설픈 자비라니.

하르젠은 대답하지 않았다. 카르온이 말했다.

"그런데 이리 아무렇지 않게 터놓아도 되나? 이건 뭐 단서라고 할 수 없을 정도로 적나라하군."

"네가 말하지 못할 것을 아니까."

"……그렇겠지."

그 말대로였다. 카르온의 목소리가 선득하게 가라앉았다.

"네가 에르셀라를 데리고 있는 한."

결국 외통수였다. 누구를 선택해도 잃는 게 생길 수밖에 없는. 어디로든 갈 곳이 없었다. 무게를 옮기는 순간 저울은 기울어질 것이다.

그러나 그런 순간에도 카르온은 최선을 찾았으며, 그가 할 수 있는 최선이 무엇인지 알았다. 저울이 수평에 맞추어져 있고, 그의 걸음으로 기울어질 추라면 답은 간단하지 않은가.

"미안하게도 포기할 순 없겠어."

카르온은 그를 보며 조금 씁쓸하게 웃었다. 어쩌면 동정이었다. 저 갈망의 끝이 제가 생각한 게 맞다면…….

그는 승리하지 못할 테니.

말발굽이 미친 듯이 땅을 울렸다. 저 멀리서 철문을 향해 돌진해 오는 마차에 갑주를 입은 사람이 팔을 뻗었다.

"멈추시오!"

그에 마차가 크게 흔들리며 멈추었고, 그 안에서 한 여인이 다급하게 내렸다. 문 쪽으로 숨차게 달려오는 여자를 경비병이 막아섰다.

"들어가실 수 없습니다."

기사의 갑주에 새겨진 왕실 문양에 에르셀라의 표정이 순간 굳었다. 에르셀라가 싸늘해진 어조로 명령했다.

"비키시게."
말투로 보아 어디 신분 높은 귀족임을 알아챈 기사들은 곤혹을 느꼈지만 단호하게 막아섰다.
"현재 외부인의 출입을 금하고 있습니다."
소란에 아도라와 비센테가 뒤따라 내렸다. 아도라가 달려오며 소리쳤다.
"경들이 감히 막을 분이 아닙니다! 길을 열어주세요!"
"왕명입니다."
"왕명이라니 그런……!"
에르셀라의 말끝이 흐려졌다. 하늘에 지저귀는 산뜻한 새소리조차 악마의 노래로 들렸다.
"돌아가시는 게 좋을 겁니다."
기사가 다시 한번 매정하게 권고했을 때였다.
"문을 여시게!"
저 멀리서 한 남자가 숨을 거칠게 몰아쉬며 말을 타고 달려오고 있었다.
"베른하르트 공작 부인이시오!"
에르셀라는 그가 누구인지 알았다. 피사리데 가신 블래노버 백작이었다. 그가 말에서 내리자 에르셀라가 다급하게 그의 팔을 잡았다.
"백작, 소식을 들었어요. 오라버니, 오라버니는……."
어디 계세요, 그 말이, 백작의 얼굴을 본 순간 나오지 않았다. 백작이 손을 들어 얼굴을 가렸다.
"늦으셨군요……. 장례는 이미 끝마쳤습니다."
이성이 뚝 끊기는 소리가 났다. 에르셀라는 느릿하게 눈을 깜빡였다.
"장…… 례라니요."
"기다렸습니다. 선대 후작님께서 유지를 남기셨습니다."

그녀가 아는 선대 후작은 한 사람밖에 없었다. 그러니 그 사람은 선대가 될 수 없다. 죽지라도 않은…….

"아."

에르셀라가 입을 틀어막았다.

"아아……."

에르셀라의 다리가 휘청거리자, 비센테가 에르셀라를 꽉 붙들었다. 블래노버 백작은 잠긴 목소리로 당장에라도 무너질 것 같은 그녀를 향해 고했다.

"상황이 여의치 않으므로 지금 읊겠습니다."

백작이 입을 여는 게 보였다. 그러나 유지를 읊는 목소리는 들리지 않았다. 깊은 심연에 잠긴 것처럼 귀가 먹먹했다. 현실에서 멀어져 있는 그녀에게 단 한 구절만이 죽음처럼 귓가에 스며들었다.

다음 대 후작위를 에르셀라 피사리데에게 이양한다.

✵ ✦ ✵

황폐한 바람이 땅을 휩쓸었다. 우거진 잡초가 고개를 숙이고, 앙상한 나뭇가지가 바르작대다 툭 꺾였다. 흙먼지가 일어났다. 새까만 구두가 구물구물 피어나는 먼지를 밟으며 비석 앞에 섰다.

에이레네는 두 무릎을 굽혀 앉았다. 그녀의 눈이 비문에서 떼어지지 않았다. 치적 없이 이름뿐인 단 일곱 글자. 새겨진 글자가 주인을 닮아 반듯했다. 에이레네는 팔을 뻗어 비문을 더듬었다.

"너는…… 결국 가문을 지키기 위해 목숨까지 내놓은 거니."

차갑고 메마르고 딱딱했다. 그 애 같지 않게. 하지만 그도 이제 이렇게 될 것을 안다.

"카르온, 넌 영민한 사람이니 이 선택 또한 이유가 있을 걸 알아."

몇 번이나, 몇 번이나 생각했겠지. 목숨을 걸어도 좋을지 수백 번 넘게 어림해 보았겠지. 결코 경솔하게 내던진 목숨이 아니었을 것이다. 그러니까…….

"널 이해한단다."

에이레네는 원망하지 않았다.

"알고 있었어. 내가 가문보다 우선시될 수 없다는 것쯤은."

명망 높은 가문의 유일한 후계자로 태어난 카르온이 얼마나 많은 기대 속에 컸을지 보지 않아도 알 수 있었다. 일평생 타자의 엄중한 잣대를 묵묵히 견디는 삶이었을 것이다. 에이레네가 그 삶이 온전히 자신으로 채워지길 욕심낼 수 있을 리 없었다.

"알면서도 널 선택한 거야."

그의 일 순위가 될 수 없다는 것쯤은 그와의 결혼을 결심했을 때부터 각오했던 일이다. 그러므로 그녀는 실망하지 않았다. 그를 보내는 순간을 그를 탓하는 데 허비하고 싶지 않았다.

에이레네는 부드럽게 비석을 쓸어내렸다. 마치 고생했다며 토닥이는 손길 같았다.

"그러니 미안해하지 말렴. 죄책감은 너와 어울리지 않으니."

그녀의 입가에 옅은 미소가 번졌다.

"사랑해."

그와 동시에 이끌리듯 과거의 기억이 우르르 쏟아졌다. 결혼을 앞둔 한 달 만의 만남으로.

에이레네는 기껏 오래간만에 만나서 한다는 게 오페라 관람인 것에 실망했고, 좀처럼 섭섭함을 숨기지 못했다. 혹시라도 싸우는 건 아닐까. 그것만은 안 된다는 생각에 그녀는 헤어질 시간이 오자 에스코트도 거부하고 마차에 오르려 했다.

그리고 그다음을 잊지 못한다. 카르온이 대뜸 가버리려는 에이레네의 드레스를 움켜쥐었고, 그 때문에 그녀의 발 한쪽이 문턱에 애매하게 걸쳐졌고, 신사와 먼 행동에 에이레네는 당황했고, 카르온은 그보다 더 당황한 얼굴로 그녀의 손에 케이스를 쥐여 주던 그 순간들을.

그 안에 담긴 것이 반지란 걸 깨닫기까지는 오래 걸리지 않았다. 얼떨떨해하는 그녀의 반응이 머쓱했는지 그는 눈도 제대로 마주치지 못한 채 말했다.

"사랑합니다."

과거의 고백이 현재의 에이레네에게 닿은 순간, 그녀의 입꼬리가 내려갔다. 현실로 돌아온 에이레네는 더 이상 웃지 못하고 고개를 떨어뜨렸다. 눈물이 뚝뚝 땅에 스며들었다.

"그래도……."

모든 게 완벽하지 않은 날이었지만, 그날만큼 황홀했던 날이 없었다. 그가 사랑하는 게 그녀만이 아닌 걸 알았음에도 그랬다.

"그래도, 날 사랑한다는 말은…… 진심이었지? 너는 그런 건, 거짓말은 잘 하지 못했으니……."

거짓과 음모를 기품으로 감출 줄 아는 카르온이 사랑이란 말을 입에 담을 때면 속내를 들킨 사람처럼 어쩔 줄 몰라 했으니, 그것만은 진실일 터였다.

목에 물기가 마른 듯 더는 목소리가 나오지 않았다. 그러나 그녀는 말해야만 했다. 에이레네는 흙을 억세게 그러쥐며 쥐어짜 내듯 소리를 끌어올렸다. 아직 해야 할 일이 있었다.

이별을…… 이별을 해야 했다.

가는 길만은 무겁지 않도록.

"그거면 됐어……."

이 정도면 됐을까. 여전히 이곳을 서성이고 있는 건 아닐까. 그럼 안 되는데. 에이레네는 벌게진 눈시울을 진정시켰다. 이번에는 정말 괜찮다고 제대로 말해줄 생각이었다. 그렇게 필사적으로 되뇌기 위해 에이레네가 눈물을 그친 순간.

"……."

거짓말처럼 칼바람이 그쳤다.

두 눈을 내리덮었던 눈꺼풀이 기운 없이 밀려 올라갔다.

"깨어나셨군요."

에르셀라는 기진맥진한 얼굴로 눈을 감았다 떴다.

"……비센테?"

"잠시 혼절하셨습니다."

커다란 손이 이마를 덮었다.

"내가 몇 시간 동안…… 이러고 있었니?"

"이제 한 시간 되었습니다."

열감이 느껴지지 않는 걸 확인한 비센테가 팔을 거두었다.

"의원을 불러오겠습니다."

"오라버니는?"

"……."

일어나려던 비센테는 도로 앉았다. 그는 말이 묶인 듯 대답이 없었다.

에르셀라는 비센테를 보았다. 일자로 다물린 비센테의 입술은 영영 열리지 않을 것 같았다. 그 의미를 안 에르셀라의 시야가 부옇게 흐려졌다. 무게를 이기지 못한 눈물이 볼을 타고 툭 떨어졌다.

"잘못 들은 게……."
비센테는 침대보를 적시는 눈물을 멍하니 바라보았다.
"……아니었구나."
울먹임이 기이할 만큼 건조했다. 여기서 더 짙어진다 해도 죽어버린 울음일 것같이.
"그래……."
"……."
"……그래."
에르셀라는 조금의 부정도 의문도 없이 오라비의 죽음을 인정했다. 이상스러울 정도로 빠른 체념이었다. 비센테는 불현듯 그녀가 겪은 상실이 이번 한 번이 아니란 걸 깨달았다. 아버지, 어머니, 언니, 그리고…… 계속해서 잃기만 한 그녀가 마지막으로 잃은 사람.
비센테는 에르셀라를 보았다. 뺨을 타고 눈물은 흐르는데 흐느낌이 없었다. 꿈같은 현실을 억지로 받아들이려는 사람처럼 에르셀라는 한없이 무력해 보였다. 그것이 꼭 소리 없이 무너지고 있는 것 같아서 비센테는 자각 없이 입술을 달싹였다.
"어머니……."
그러나 그 뒷말을 잇지 못했다. 무슨 말을 해야 할지 모르겠어서. 위로한다 한들 그게 무슨 의미가 있을까. 지금 그녀에게 필요한 것은 위로가 아닐 텐데.
당장의 울분을 달래도 체내로 욱여넣은 슬픔이 밖으로 나오진 않을 것 같았다. 비센테는 괜찮으냐는 말도 못 하고 손만 쥐었다. 그리고 비센테의 손을 에르셀라가 조심스레 감쌌다.
"장례식을…… 마쳤다고 들었는데, 내가 맞게 들은 거니?"
"예. 시신은……."
"……."

"운구되어 피사리데 본성에 안치되셨다고 들었습니다."

피사리데 본성에는 에르셀라의 아버지, 어머니 또한 묻혀 있다.

'정말 끝이구나.'

백작의 말이 거짓이 아니란 걸 받아들이고 있으면서도 어쩐지 꿈같았다. 꿈이라면 영영 깨지 못하는 꿈일까.

"그렇다는 건 2왕자 전하도 정말 죽었다는 거구나……."

"예……."

만찬회에서 장난스럽게 눈을 찡긋거리던 레오폴드의 모습이 이리도 선명한데, 죽었다고 한다. 정말 카르온이 죽인 걸까. 그래서 오라버니가 벌을 받은 걸까. 카르온이 마음만 먹으면 그럴 수 있는 사람인 걸 알기에 에르셀라는 그를 마냥 옹호하지 못했다.

그런데도 그랬다. 가슴이 저릿해지고 알싸하게 번지는 통증이 무언가를 가리키고 있었다. 에르셀라는 심장을 움켜쥐듯 왼 가슴에 손을 얹었다. 왜인지 몰랐다. 그냥 정말 희한하게도, 정말 슬프게도…….

'나는 왜 당신이 떠오르는 걸까.'

시야로 아득한 밤하늘이 펼쳐지는 듯했다. 어딜 가도 까마득한 밤구덩이였다. 어떻게 해야 하지. 이 밤은 달조차 빛내지 못하는데. 이 밤 앞에선 태양도 영영 지고 마는데. 자신은 이 어둠을 물리치는 법을 알지 못하는데.

에르셀라는 힘겹게 상체를 일으켜 다리를 바닥으로 끌어왔다. 비센테가 그녀를 부축했다.

"조금 더 있으셔야……."

"오라버니를 봬야 하지 않겠니."

"……."

"나는, 마지막도…… 마지막도……."

"죄송해요."

"다른 남자의 품에 안겨 삶을 연명하느니 가족과 함께 무너지겠어요."

"그렇게, 못나게 말했는데……."

생각해 보면 카르온이 간절하게 부탁해 왔던 적은 처음이었다. 그때 순순히 그의 말을 따랐다면 오라버니는 살았을까. 어쩌면 뭔가 달랐을까.

에르셀라는 이런 가정이 쓸데없다는 걸 알았지만, 오라비가 죽었다는 걸 알자 그저 모든 게 후회스러웠다. 비난하지 말걸, 매정하지 말걸, 마지막 만남을 그렇게 보내지 말걸, 좀 더 반겨줄걸. 이제는 소용없는 후회일 텐데도…….

에르셀라는 가슴을 좀 더 세게 부여잡았다. 누군가 심장을 통째로 뜯어 간 것처럼 아팠다. 심부 깊은 곳에 감춰둔 중심이 버석 갈라지며 산산조각 나는 고통이었다. 입술 사이로 신음이 절절 끓었다.

"그게 마지막이었을 줄은, 몰랐는데……."

숨이 헐떡거리고 목 안으로 울음이 그득 차올랐다. 걷잡을 수 없이 밀려오는 괴로움에 에르셀라는 아이처럼 엉엉 울고 싶었다. 목 놓아 소리 내서 울부짖고 싶었다.

그런데 울음이 나오지 않았다. 막힌 목에서 마른 옹알이처럼 끅끅대는 소리밖에 나지 않았다.

카르온이 죽었다.

눈으로 확인하지 않았지만 알 수 있었다. 이 저택에서 오라비가 그녀를 찾아내지 못한 적은 없었으니. 그녀가 울고 있다는 걸 안다면 당장 달려왔을 것이다.

하지만 카르온은 오지 않았다. 그것만으로도 에르셀라는 그의 죽음을 느낄 수 있었다.

"아니야…… 몰라."

그러다 덜컥 드는 생각에 그녀는 자리에서 벌떡 일어났다. 아무래도 눈으로 확인해야 할 것 같았다. 그래야지 모든 게 명료해질 것 같았다.

에르셀라는 질식할 것 같은 공기에 비척거리며 뛰쳐나갔다. 하지만 밖으로 나가자 시야에 비치는 풍경은 생생한 현실이었다.

로비가 온통 검은 상복을 입은 사람들로 채워져 있었다. 에르셀라의 시선이 그 광경을 조금 허탈하게 훑어 내렸다. 무참히 짓밟힐 희망이란 걸 알았으면서 이번에도 자신은 왜 뛰었던 걸까. 아버지, 어머니, 언니의 죽음 때 겪었으면서, 정말 어리석게도.

"에르! 정신이 든 게냐!"

에르셀라는 계단을 올라오는 사람을 내려다보았다.

"……숙부님."

로이든 자작이었다. 로이든 자작은 에르셀라의 부은 눈가를 보고는 잠시 제자리에 멈추었다. 그런 숙부의 모습에 에르셀라가 먼저 담담함을 되찾았다.

"……오라버니의 시신 운구가 끝났다고 들었어요."

그제야 로이든 자작의 발이 다시 움직였다.

"카르온 일은, 그렇게 됐단다. 지금쯤 본성에 후작 부인과 아이들이 남아 있을 게다."

에르셀라는 로비에 빼곡한 사람들을 검지로 가리켰다.

"그럼 저 사람들은……."

"가문의 봉신과 방계들이란다."

"한데 왜 본성으로 안 가고 여기에……."

에르셀라의 물음에 로이든 자작의 이맛살에 미미한 주름이 졌다. 곤혹스러운 것처럼 보였다.

"카르온의 유지를 들었느냐?"

오라버니의 유지에 또 한 번 숨이 막히는 듯했지만 에르셀라는 내색하지 않으며 가까스로 대답했다.

"……네."

로이든 자작이 한숨을 내쉬었다.

"사실 유지를 해석하는 데 한바탕 논란이 있었단다."

에르셀라는 헛숨을 들이켰다.

"몇몇의 사람은 네가 작위를 받는 게 터무니없다고 생각하고 있단다. 차라리 라셀리온을 가주로 예정하고, 그 아이가 성인식을 치를 때까지만 대리인을 정하는 게 낫지 않겠느냐지 뭐냐."

카르온이 없는 피사리데는 맹수들의 먹잇감이나 마찬가지일 것이다. 에르셀라는 이 상황을 익히 잘 알았다. 그녀가 임신하지 않았고 그들이 병사를 끌어와 포위하지 않은 것만으로도 감사히 여겨야 하는 걸까.

"또한 아까도 말했듯 작위를 이양받는 조건이 살짝 애매하구나. 에르셀라 '피사리데'라는 건, 네가 베른하르트의 성을 가지고 있는 이상 이양 대상이 될 수 없다는 걸 뜻하기도 하지. 카르온, 그 아이가 대체 무슨 생각으로 그랬는지 모르겠지만 말이다."

로이든 자작은 공작가와 법적 공방까지 갈 생각만으로도 골치가 아픈 듯했다. 노곤해 보이는 눈가의 주름은 그가 많이 늙었다는 것을 일러주었다.

에르셀라는 아무것도 결정 내리지 못한 채 로이든 자작에게 물었다.

"숙부님의 생각은…… 어떠세요?"

그는 애석하다는 눈빛으로 에르셀라를 일별했다. 에르셀라는 그가 할 말을 알 것 같았다.

"너는 여인이다. 그것이 뭘 뜻하는지 아느냐?"

그것은 에르셀라가 지겹도록 아는 것이었다.

"네가 여인 된 몸으로 피사리데의 주인이 되면 어떤 일이 일어날 것 같으냐?"

카르온이 있는 피사리데는 굳건했다. 공신의 세력을 축소하려는 왕의 의지에도 피사리데는 이만큼 누란의 위기를 겪은 적이 없었다. 전부 카르온이 치열하게 살아온 끝에 이루어낸 평정이었다. 에르셀라는 그 자리를 자신이 채울 수 없음을 잘 알았다.

"그건 너 자신을 끊임없이 증명해야 한다는 것이다."

후계 수업을 받아본 경험이 전무한, 더해서 여인인 그녀가 후작위에 오른다. 그걸 대수롭지 않게 받아들일 수 있는 가신이나 봉신은 없었다. 그들은 못 미더워할 것이며, 에르셀라가 자리에서 물러날 때까지 그녀를 경시할 터였다.

"폐하께서 용인해 주실지도 문제란다. 이제껏 여자로서 작위를 잇는 것을 허락받은 이가 몇 되겠느냐? 잘 쳐줘도 대가문 중엔 캐서린 다트너뿐이었다."

나머지는 반려했다는 얘기였다. 굳이 여자가 작위를 이을 상황이 아니라면 웬만해서 왕실은 허가를 내주지 않는다. 또한 이 나라의 귀족 중 왕실과 척을 지면서까지 딸에게 작위를 주고자 하는 아버지는 흔치 않았다.

"만일 용인한다 해도 그게 또 문제다. 카르온을 잃어 무너지기 직전인 가문의 다음 가주로 널 임명한다면, 세상 사람들은 폐하께서 피사리데를 조롱한다고 여길 테지."

숙부의 말에는 그름이 없었다. 역대 제왕 중 공신과 대립하지 않은 자는 없었고, 이번 카르온의 죽음은 그간 첨예한 대립 끝에 왕이 얻은 첫 번째 승리였다. 어쩌면 예견된 승리일, 카르온이 원하는 것이 왕의 손아귀에 있는 이상 그가 이길 수밖에 없는. 그에겐 에르셀라를 전리품으로 내보여 피사리데를 웃음거리로 만드는 것도 나쁘진 않을 터였다.

"숙부님……."

모두 맞는 말이나 에르셀라는 숙부와의 대화에서 섬뜩한 괴리를 느끼지 않을 수 없었다.

아침에 식사를 하고, 무도회장에서 춤을 추듯 오라비의 유언을 얘기하는 게, 너무나 자연스러웠다. 그녀는 아직 카르온을 보낼 준비를 마치지 못했는데도.

에르셀라는 어서 본성에 내려가 오라비의 마지막을 확인해야 했다. 이렇게 작위 문제 따위를 거론하고 있을 게 아니라…….

생각에 마침표를 찍기 직전, 로이든 자작이 에르셀라의 어깨에 손을 올렸다. 어깨를 묵직하게 누르는 힘에 에르셀라는 다시금 무기력해졌다.

"에르, 난 카르온을 믿지만 이 숙부 생각엔…… 이번은 카르온이 판단을 조금 잘못한 것 같구나."

그 말은 그녀를 쓰게나마 웃을 수 있게 해주었다. 그 계산적이고 철저한 남자가 목숨을 내걸며 한 결정이 오판일 리 없다는 걸 알았기 때문일까. 주변인에게 잔혹할지언정 그의 선택은 틀리지 않았을 것이다. 그러니 더 슬픈 것이다. 결국 그의 죽음이 최선의 길이었다는 게. 카르온이 주저 없이 그 길을 걸었다는 게.

"이양을 포기하여라."

"숙부……."

"한 해만 대리인을 내세운 뒤 라셀리온에게 탈 없이 작위를 물려주자꾸나."

"숙부님……."

일러요. 너무 빨라요.

"카르온이 죽으면서 가문의 위세가 많이 꺾였다지만, 폐하께서도 적이 많은 분이니 훗날 왕자를 위해서라도 피사리데가 몰락하는 걸 원치는 않으실 게다."

그녀는 카르온이 무슨 이유로 죽었는지도 듣지 못했는데.

"우리 그때까지만 조용히 살자꾸나."

너무 빠르다. 오라비의 죽음이 세상에 녹아드는 속도가. 에르셀라는 카르온이 죽었다는 비보를 들었을 때보다 그게 더 슬펐다.

가문을 안정시키기에 결정은 빠를수록 좋으니 자작을 탓할 일은 아니었다. 그의 의견은 지극히 합리적이기까지 했다. 본래라면 다음 가주가 될 사람은 라셀리온이니, 그 아이가 작위를 받을 때까지 대리인을 세우는 것. 가장 이상적인 각본이었다.

"대리인…… 그렇군요."

그럼에도 대리인이 내키지 않는 건, 그 자리를 눈앞의 사람이 차지할 공산이 커서였을까.

파센 백작을 생각하지 않았다면 거짓말이다. 숙부가 권력을 갈망하는 치가 아니란 걸 알면서도 선량해 보이는 얼굴 이면에는 가문을 삼킬 계략을 꾸미고 있으면 어쩌지 하는 생각이 들었다.

"내 생각은 그렇단다. 네가 힘든 길을 자처하는 걸 눈 뜨고 보기가 힘들구나."

상냥한 다독임이 거듭 의심에 담금질됐다. 그는 그녀의 혈육인데도.

"베른하르트는 또 어쩔 거니. 네가 공작과……."

말허리가 끊겼다. 그녀의 뒤에 짤막하게 머무른 자작의 눈동자가 낭패감으로 물들었다.

에르셀라가 몸을 돌리니 여섯 걸음 떨어져 있는 거리에 비센테가 있었다. 언제부터 있었나 길게 생각할 것 없이 그는 처음부터 있었을 것이다. 비틀거리며 나간 어머니를 비센테가 따라오지 않을 리 없으니.

"에르, 난 네가 어리석지 않으며 영특한 애란 걸 안단다. 하지만 아직까지 그 자리가 여자에겐 버거운 게 현실인 것도 맞지 않니."

"……."

"난 네가 그냥 공작 부인으로서 여생을 안정적으로 보냈으면 한다."

무안했는지 로이든 자작은 한숨 섞인 조언으로 마무리를 지었다. 때마침 블래노버 백작이 그녀에게 다가오고 있었다. 데일 버그만도 함께였다.

"부인! 일어나셨다는 말을 듣고 왔습……!"

달려오던 데일 버그만은 비센테를 보자마자 표정을 와락 구겼다. 비센테를 씹어 삼키지 않곤 못 배기겠는 듯 그의 눈빛이 형형했다. 에르셀라는 저 눈을 알았다. 그녀가 알게 모르게 받아왔던 것과 같았으므로 어렵지 않게 알아챌 수 있었다.

경멸이었다. 데일뿐만 아니라 블래노버 백작도 비센테를 꺼리는 듯 불편한 기색이었다. 정면으로 반전된 상황이 기시감을 불러일으켰다.

에르셀라는 그 적의에서 비센테를 숨기고자 했지만, 공기의 흐름을 기민하게 알아챈 비센테가 한발 앞섰다.

"전 자르데아 영애를 배웅하고 오겠습니다."

비센테가 오지 말라, 눈짓으로 만류하고 있었다.

"……그래 주렴."

에르셀라는 돌아서는 비센테를 붙잡지 못했다. 작아져 가는 비센테의 등을 보던 데일 버그만이 이를 가는 듯했다. 친근한 인상의 사내에게서 한 번도 보지 못했던 증오가 에르셀라에게까지 전해졌다.

"드릴 말씀이 있습니다."

비센테에게서 누구를 비추어 보고 있기에.

케니언스는 상대역 없이 체스를 두었다. '두었다'기보다는 의미 없이 '놓았다'가 맞았다. 후작의 시신이 피사리데 본성에 안치되었다는 보고를 들은 후부터 왕은 진종일 이 상태였다.

"흠."

킹을 움직여 비숍을 쓰러뜨린 케니언스는 질렸다는 듯이 말을 체스판 위에 아무렇게나 던졌다.

시종장이 그의 의중을 엿보고자 여쭈었다.

"무언가 성에 안 차십니까?"

케니언스는 고개를 저었다.

"그럴 리 있겠나. 상대역이 없으니 심심할 뿐이지."

"하면 후작을 불러올……."

시종장은 황급히 목소리를 죽였다. 후작이 왕과 자주 체스를 두었으니 자연스레 그 이름이 나왔다.

"실언했습니다."

"뭘 실언까지야. 짐은 상관없거늘."

케니언스는 고개를 조아리는 시종장을 탓하지 않았다. 상대역에 의미를 붙인 적은 없었으니. 상대역이야 그저 마음에 드는 이를 꼽아 건너편에 앉게 하면 그만이었다. 정해진 자리가 아니다. 왕인 그가 고작 체스놀이 상대 하나 갈아치우는 게 어려울까. 놀이 상대야 없으면 새로 만들고, 질리면 내쫓고, 그러면 그만이지 않겠나.

"클라우스 백작을 불러와라."

케니언스는 그렇게 생각했다.

데일의 말을 들은 에르셀라는 한참이나 말이 없었다.

"선택하셔야 합니다."

"……시간이 필요해요."

이 자리에서 선불리 정할 일이 아니었다. 떠나가는 비센테가 잊히지 않았다. 똑똑한 아이이니 로이든 자작의 말귀를 알아들었을 것이다. 그게 걱정이었다. 그녀의 말에 조바심이 났는지 백작이 채근했다.

"하지만 부인."

"난 아직 오라버니를, 뵙지 못했어요."

무기질처럼 반복되는 그 말이 백작을 비탄에 빠뜨렸다. 에르셀라는 그를 지나쳐 로비를 내려다보았다. 언제부터인지 로비에 모인 사람들은 그녀가 있는 곳을 주시하고 있었다.

모르는 얼굴이 아니었다. 그녀와 한 번씩 안면이 있는 사람들. 저 중 샴페인을 들고 카르온과 흥겹게 떠들었던 사람들이 적지 않을 것이다.

에르셀라는 그들을 물끄러미 바라보다 떨리는 입술을 사리물었다. 그날과 사람은 달라지지 않았는데, 눈빛이 달랐다.

카르온 한 사람만 없을 뿐인데, 사방이 적으로 보였다. 에르셀라는 저 뱀 같은 눈빛이 헛것인지 아닌지 분별이 되질 않았다.

실제와 착각의 경계가 허물어지기 시작하자 그녀는 한 가지 깨달음을 얻었다. 가문을 지탱하고 있던 오라비가 죽는다는 건, 그녀가 저 많은 사람을 믿지 못한다는 걸 뜻한다는 것을.

덜컥 겁이 났다.

자신이, 라셀리온이 저들의 욕망을 억지할 수 있을지 모르겠어서. 탐욕스러운 모리배에게 가문을 빼앗기지 않을 자신이 없어서. 분명 그녀의 남편과 카르온은 의연하게 넘겼던 일인데도 두려웠다.

'하르젠은 어떻게…….'

방법은 기억 속에서 금방 찾을 수 있었다.

걸리적거릴 것 없이 그는 그 전부를 죽였다. 회유하지도, 기회 한 번 주지도 않고.

현재 베른하르트 방계는 그때 권좌를 노리지 않았던 이들만이 남아 있었다.

그날 이후로 그녀 앞에 파센 백작 같은 사람은 나타나지 않았으니 옳은 처사였을지도 모른다. 합리적인, 적절한, 마땅한, 이성적인, 응당 그래야만 하는, 그런.

이제까지 그녀를 납득시켜 주었으며, 현실에서 한발 떨어지도록 만들어주었던 말들이 이번에도 그녀를 베일처럼 감싸려 했다. 비록 시야를 흐리게 하고 소리를 한차례 여과할지언정 그녀에게 이롭다 할 수 있는 보호막을, 에르셀라는 쓰고자 하면 쓸 수 있었다. 눈을 가리고 귀를 막으면 그녀의 세상은 다시 평온을 찾을 것이다.

의문은 순리대로 찾아왔다. 하면 그녀도 그래야 하는지에 대해. 라셀리온의 미래를 위해 저 밑의 사람들을 전부 죽이는 게 옳은지에 대해. 저들은 그녀의 작위 계승이 거부당하는 즉시 이를 드러낼 사람들이니까.

눈시울이 다시 아려왔다.

당신은 왜 그런 방법밖에 모르는 걸까.

에르셀라의 눈길은 어느덧 조용해진 좌중에 묶였다. 정확히는 그들 한가운데에 서 있는 남자에게로.

로비의 사람들은 줄지 않았는데, 누구도 입을 열지 않는다. 그런 이들을 공기 취급하며 그가 천천히 걸어왔다. 이곳에서 유일하게 허락된 소음이 저 구둣발 소리뿐이라는 듯, 그만이 동적이었다.

하르젠은 검은 예복에 단정한 타이 차림이었다. 어디에도 어긋나는 차림이 아니었음에도 묘하게 지금의 분위기와 부조화를 이루고 있는 듯했다.

누군가를 찾듯 좌중을 훑던 하르젠의 시선이 에르셀라를 발견하곤 멈추었다. 다시 적막이었다. 그녀가 그를 보듯, 그가 그녀를 보고 있었다.

이곳에 영원히 초대받지 못할 사람. 에르셀라는 그를 맞이하고자 입꼬리를 당겨보지만, 미소한 입술은 떨리다 허물어지기만 할 뿐, 불청객을 반겨주진 못했다.

슬픔의 빛으로 얼룩진 푸른 눈이 하르젠에게 물었다.

날 데리러 왔어?

입 밖으로 내지 않은 그 말에 답하듯 그가 가만히 팔을 내밀었다.

돌아가자.

그리 말하고 있는 것 같았다.

그녀는 계단을 걸었다. 급류가 오면 휩쓸릴 물처럼 위태로이 나아간 걸음은 하르젠 앞에 다다라서야 멈추었다.

에르셀라는 그가 내민 손을 우두커니 보다 고개를 들었다. 돌아오지 않을 것이라 여겨 데리러 온 것인지, 그저 얄궂은 장난인지 그녀는 알지 못했다.

다만 꿈이어도, 속았다 해도, 현실이 아니라고, 그 한마디만 해준다면 에르셀라는 받아들일 수 있을 것 같았다.

희극을 연기하는 무대 위의 배우처럼, 사람들의 웃음거리가 되는 길거리의 광대처럼 줄을 단 인형이 되어 영원히 그를 위한 춤을 출 것이다. 그녀는 기꺼이 그럴 수 있었는데도.

하르젠이 그 말을 하지 않았다. 잡으라는 듯 내민 손뿐, 거짓으로라도 그에게선 그 말이 없었다.

에르셀라는 입을 열어보았으나, 소리는 입안에서 뭉개지고 말았다. 소중하게 꼭꼭 간직했다가 돌아와 해주고 싶은 말이 있었는데, 말하는 법을 잊어버린 사람처럼 아무 말도 할 수 없었다.

보고 싶었어요.

그 말이 나오지 않았다.

망연히 시선을 떨어뜨리니, 예전 그녀가 숨결을 묻었던 손은 여전히 제자리였다.

엉망인 현실에서 도망치기 위해 달음박질쳐도 막다른 절벽에서 다시 내밀어질, 그녀를 기만하는 구원. 뛰어내리지 못하니 잡을 수밖에 없는.

정해진 각본대로 그 손을 잡으면 본래의 삶으로 돌아갈 것이다. 아무것도 몰라 평화롭고, 아무것도 모르기에 행복한 그녀의 삶으로. 무지의 극치로.

에르셀라는 그러기 위해 하르젠의 손에 손을 얹었다.

그러나 그날 밤, 반기지 못할 손님이 꿈에 초대되었다.

형태를 구분할 수 없는 암흑이었다. 그녀는 이곳이 어디인지 알았다. 앞으로 무엇을 보게 될지도.

에르셀라는 반기지 못할 자를 맞이하지 않고자 눈꺼풀을 내리감았다. 그러면서도 알았다. 이곳에서는 그 어떤 발악도 무용지물이라는 것을.

"눈 떠."

어느 연회의 날처럼 시를 읊는 듯한 목소리가 들렸다.

"에르, 날 봐."

눈을 뜨지 않을 수 없었다.

"……카사로."

어느 연회의 날처럼 재색 예복을 말끔하게 차려입은 카사로가 그녀 앞에서 웃고 있었다.

"안녕?"

천진한 소년 같기도 한 그 인사에 에르셀라는 체념하듯 웃어주었다.
"자라지…… 않았네."
눈앞의 남자는 에르셀라가 마지막으로 보았을 때와 크게 달라지지 않은 모습이었다.
그는 이제 막 청년을 벗어난 남자처럼 싱그럽고 젊은 외모를 하고 있었다.
"죽었으니까."
카사로는 재미있는 농담을 들었다는 듯이 키득거렸다. 그녀와의 만남이 몹시 기꺼운 듯 그의 동작은 간혹 과장스럽기도 했다.
"오랜만이지?"
"……그러네요."
에르셀라는 씁쓸히 인정했다. 죽고 돌아온 이래로 카사로가 꿈에 나타난 적은 처음이었으니 오랜만이긴 했다.
"넌 나이가 들어도 아름답구나, 에르. 상상한 대로야. 그래도 막상 자란 걸 보니 이상하네. 말 놓는 게 어색할 정도로."
"이제 내가 당신보다 나이가 많으니 그럴 수밖에요."
"시간이……."
"많이 흘렀어요, 카사로."
"그렇구나."
카사로는 또다시 소년 같이 웃었다.
"너는 날 두고 자랐구나."
악의 없는 순진한 목소리가 에르셀라의 마음을 아프게 할퀴었다. 물씬 그녀를 습격해 오는 두려움에 에르셀라는 뒤로 한 발 물러서려 했다.
그러나 카사로의 목이 천천히 기울어지고, 그 사이에 움푹 파인 흔적을 본 순간 그녀의 동작은 무력하게 멈출 수밖에 없었다.

"보여?"

카사로가 목에 갈라진 피부를 그녀에게 자랑하듯이 내보였다. 칼에 베인 자국이었다.

벌어진 틈 사이로 선연하게 흐르는 피가 끝 모를 깜깜한 바닥으로 뚝뚝 떨어졌다.

"보여요."

카사로는 에르셀라의 담담한 목소리가 마음에 안 드는지 심드렁한 얼굴을 하다, 문득 천진한 아이처럼 웃었다. 그는 저 어딘가 구석을 가리켰다.

"저건 보여?"

카사로의 손가락 끝을 따라 고개를 돌린 에르셀라는 차라리 눈과 귀를 뜯어낼 수 있다면 얼마나 좋을지를 생각했다.

"보여요."

제롬 파센이 그곳에 있었다. 온몸에 피를 뒤집어쓴 채로.

"저 사람들은?"

바덴의 사람들. 산처럼 쌓아 올린 시체가 밤낮으로 불타고 있다. 태워도 태워도 꺼지지 않는 불더미가 그녀를 조롱하는 듯하여, 무표정했던 에르셀라도 이번에는 힘없는 미소를 머금었다.

"고약하네요."

"내가?"

카사로는 인정할 수 없었는지 피식댔다. 그야 그럴 게 그에게 고약한 건 따로 있었다.

"네가 선택한 사람이 한 거야."

"알아요."

"널 위해서."

"……응."

수북한 재가 눈발처럼 휘날린다.

에르셀라는 얼마 동안 있어야 꿈에서 깨어날지 흐른 시간을 재어 봤지만 사실 이곳의 시간은 현실과 다르기에 쓸데없는 일이었다. 그저 꿈이 끝날 때까지만 정신을 딴 곳으로 두고 싶었다. 그런 에르셀라의 생각을 들여다본 듯 카사로가 이죽거렸다.

"돌아가고 싶어? 내가 너라면 꿈에서 깨고 싶지 않아 할 것 같은데."

"……."

"깨면 봐야 하잖아."

"……."

"그런 주제에 그 남자에게 잘도 안기지. 골 빈 년처럼."

맞아요.

맞아요, 카사로.

에르셀라는 순순히 긍정했다. 그 말이 맞았다. 또한 그의 악의로 점철된 투정을 그녀는 받아줄 수밖에 없었다. 그는 죽었고, 자신은 살아 있다. 그 차이였다.

그리고 갑자기 사위가 흔들렸다. 눈발이 세차게 내려치며 장면이 바뀌었다.

"부인! 부인!"

저보다 어린 여자의 손을 잡은 채 간절하게 매달리는 중년의 여자가 아스라이 눈앞에 나타났다.

"제 남편이 어리석어 그만 삿된 짓을 저질렀습니다. 하지만 세실리아, 그 아이는!"

"그러지 말아요."

현재의 에르셀라가 말했다.

저 멍청한 여자는 당신의 말을 들어주지 않을 테니. 그러니까, 빌 필요 없어요.

저 날이 선왕 바우레스가 서거한 날이었던가. 기억이 가물가물했지만 하르젠이 이르게 귀가한 걸 보면 그런 듯했다.

어린 나이에 공작이 된 사실을 대변해 주듯 시선 끝의 하르젠은 작위를 물려받은 지 꽤 됐음에도 젊어 보였다.

그의 눈길이 에르셀라의 소매를 붙들고 있는 후작 부인에게 옮겨가는 게 보였다. 동정은 들어 있지 않았다. 그저 마음에 들지 않는 듯 눈가가 서서히 일그러질 뿐.

낮고 무감각한 눈. 권태로운 얼굴. 지독히도 삭막한 목소리가 부관에게 작게 명령한다.

"치워."

그날의 에르셀라는 그 입 모양을 읽었다.

그 서글픈 불행을 알아차렸을 때, 사위가 와르르 무너지며 이마의 땀을 쓸어내리는 손길이 느껴졌다. 잠을 깨울까 조심스러워하는 것인지, 아니면 닿는 것에 망설이는 것인지 움직임은 아주 느렸다.

살며시 눈을 떠 어둠에 시야가 익기를 기다리자, 그녀가 깨어난 걸 알았는지 손이 떨어졌다.

사실 시선은 이미 마주쳐 있었다. 그들은 서로를 보고 있었으므로.

에르셀라는 누워 있던 몸을 일으키기 위해 반쯤 돌아누운 뒤 침대를 짚었다.

상체를 일으켜 세우려는 그녀를 돕던 하르젠은 문득 멈칫했다.

"왜 웃지?"

에르셀라가 웃고 있었다. 일그러짐 없이 화사하게.

"슬퍼서요."

웃고 있는 얼굴과 대비되는 말에 그의 표정이 굳었다.

"……뭐가."

대답이 조금 느렸다. 에르셀라는 자신의 팔을 약하게 붙잡고 있는 그를 보며 느리게 입술을 떼어냈다.

"우리는…… 결혼해서 부부가 되었고, 당신은 내 남편이고, 나는 당신의 아내여서……."

"……."

"입을 맞추고, 원하기만 한다면 언제든지 잘 수 있는데."

"……."

"서로가 서로를 가장 가까이하는데……."

새삼스러울 것도 없이 당연한 사실들.

"나는 당신이 왜 이렇게 멀게 느껴질까?"

그런데도 당연하게 느껴지지 않는 사람이 있다.

"나도 당신을 좋아하고 당신도 나를 좋아하는데. 부부 사이에 이 정도면 충분하다고 생각해 왔는데……."

에르셀라는 부서질 듯한 얼굴로 슬프게 웃음 지었다.

"우리에게 뭐가 더 필요한 걸까?"

이상한 일이었다. 한 번도 본 적 없는 모르는 사람보다 삶의 절반을 함께했던 사람이 더 어렵게 느껴졌다.

"근데 그걸 난…… 모르겠어."

"……."

"모르겠어……."

"……."

"우리가 왜 이러는지 모르겠어……."

왜 자꾸 평행선을 걷는지, 제자리걸음인지, 가까워지지 않는지. 노력이 부족해서인 건지, 무슨 노력을 더 하면 되는지.

"당신은 알아요?"

그 말에 그는 잠시 침묵하다, 설핏 웃었다. 그리고…….

"그래, 알아."

의외의 대답이 들려왔다.

"그것이 고작 잠시간의 입맞춤이나 살을 섞어서 이뤄지는 게 아니란 것도. 그것을 입에 담는 순간 당신이 무너져 내릴 것이란 것도. 나를 끝없이 원망하게 되리란 것도."

당연히 모른다고 할 줄로만 알았다. 언제나 그랬기에.

그러나 하르젠은 이번엔 그러지 않고 그들이 마주한 현실을 직시하고 있었다.

다가오는 현실에 두려워진 에르셀라는 그의 팔을 잡은 채 고개를 힘없이 저었다.

"……당신을 원망하지 않아요."

그러나 잔인한 선고는 어김없이 떨어졌다.

"아니. 당신은 날 원망하지. 당신에게 청혼한 것. 당신 앞에서 제롬 파센을 죽인 것. 로베르트 후작 부인을 외면했던 것. 피사리데를 도운 것. 오라비인 후작을 돕지 않고 죽게 내버려 둔 것. 아니라 말할 수 있나?"

"당연히……."

타성적인 도피가 멈추었다. 그녀의 뺨을 부드럽게 감싸는 손에. 덧그리듯 뺨을 쓰다듬는 손길이 꼭 솔직해도 괜찮다고 어르는 것 같았다.

그 다정한 손길에 가라앉은 에르셀라의 어깨가 흐느낌을 동반하며 떨리기 시작했다.

"……아니, 맞아요. 하르젠, 나는 당신을 원망해요."

그것을 시작으로 그녀가 정의하지 않은 감정 위로 수북이 덮어둔 먼지가 하늘을 날았다.

그리하여 더는 그 감정을 숨길 곳이 없었던 에르셀라가 진실을 꺼내게 했다.

"내게 청혼한 당신을 원망해요. 끝없이 잔인해져 가는 그 모습을 원망해요. 사실 당신과 결혼한 후부터 모든 걸 원망해 왔어요. 나를 일찍 결혼시킨 아버지를 원망하고, 행복할 거라 속삭인 어머니를 원망하고, 아이를 사랑하라는 언니를 원망하고, 나약해 빠진 거울 속의 멍청한 여자애를 원망해요. 죽고 싶어 하는 주제에 용기가 없어 죽지도 못하고 남들에게 상처만 주는 이기적인 열여섯 살의 그 소녀를 원망해요. 나는 늘 원망해요."

하르젠을 보았다. 그녀는 알았다. 이 감정이 그녀에게만 속한 게 아니라는 것을.

"그리고 당신도 나를 원망하죠."

그가 가끔 내보이는 감정이 무얼 뜻하는지 그녀는 이미 알고 있었으므로.

"그래."

그 예상대로 하르젠은 부정하지 않았다.

"하르젠, 나는……."

"에르."

낯선 호칭에 에르셀라의 흐릿했던 눈이 선명해졌다. 하르젠이 아주 다정하게 그녀를 보고 있었다.

"내가 아무리 너를 안고 내가 가진 모든 걸 네게 바쳐도……."

"……."

"나는 당신을 가질 수 없겠지."

그것이 정확히 무슨 말일까. 그는 언제나 그녀를 소유해 왔는데. 어쩌면 우리는 서로를…….

"내가 당신을 가질 수 없는 것처럼?"

가질 수 없던 걸지도. 하르젠은 대답 대신 희미하게 웃었다.

"그렇구나."

그것을 바라보던 에르셀라도 웃었다.

"우린 처음부터 길을 잘못 든 거구나."

"……."

"되돌아가기엔 너무 멀리 왔구나."

그녀는 눈물을 흘렸다. 그와 자신은 너무 다르다. 흐릿한 달빛만으로도 환하게 빛날 수 있는 그녀와 다르게 그는 태양조차도 물들일 수 없었으니.

엉킬 대로 엉킨 실타래는 끊지 않고선 풀지 못할 것이었음에도 풀 수 있으리란 착각에 빠져 살았다. 서로를 너무 오래 놔두었다.

에르셀라는 뺨에 닿은 그의 손을 웃으며 밀어냈다. 순순히 물러난 하르젠도 약간은 웃고 있는 듯했다.

"하르젠."

다정한 목소리로 그녀가 그를 불렀다. 그는 대답하지 않았지만 그녀가 무슨 말을 할지 아는 것 같았다.

"우리는 여기까지인가 봐요."

믿을 수 없을 정도로 사랑스러운 목소리로 에르셀라가 그에게 속삭였다.

"이혼해요."

마지막 눈물이 허공에 톡 떨어졌다.

"그래."

그가 그리 대답한 건 알았기 때문이었을까.
"그러자."
붙잡을 수 없다는 것을.

13장
가장 어둡고 비천한 감정

티파티의 처음은 무난하게 시작된다. 차, 무도회, 드레스, 시, 그림. 이에 필요한 덕목으로 적당한 교양과 지루한 걸 지루하지 않게 받아들이는 소양이 꼽혔다.

어찌 보면 따분한 초입이지만, 사실 이 따분함은 흥미 본위로 넘어가기 위한 디딤돌이기도 했으니. 바로 지금, 그 디딤돌을 누군가 건너려 하고 있다.

"그거 들으셨어요?"

외부와 차단된 유리온실은 태풍의 눈처럼 한가로웠다.

"베른하르트 공작 각하와 공작 부인이 이혼한다더군요."

비록 권역을 벗어난 지역은 풍비박산일지라도.

"설마 했는데 진짜였군요."

"클레이 양, 저도 아버지께 들었답니다. 법정에서 이혼 절차를 밟고 있다던데요."

"하지만…… 이렇게 갑작스럽게요?"

"맞아요. 저도 듣고 몹시 놀랐어요. 그 두 분은 뭐랄까…… 아무 문제도 없어 보였거든요."

"모두가 레데아 영애처럼 생각할 거예요. 저도 얼마 전까지만 해도 그랬으니. 그렇다고 해도 이해는 되네요."

"아무래도 피사리데 후작님이 돌아가셨으니……."

누군가의 죽음을 입에 담는 게 조심스러웠는지 레데아 영애는 선뜻 말을 맺지 못했다.

"피사리데 후작님이 돌아가시자마자 이혼이라니. 마음에 걸리긴 하네요."

쏙 들어간 말을 이은 건 가르텐 공녀였다. 교묘하게 꼬여 있는 뉘앙스였지만, 그것을 알아채지 못한 헤리트 영애가 기운 없이 답했다.

"너무하시네요. 아내를 끝까지 책임져야 할 분이 후작님이 돌아가셨다고 그런 선택을 하시다니요."

"제가 들은 건 좀 달라요. 공작 부인이 이혼 제의를 했다던데요."

제시된 색다른 관점에 헤리트 영애의 눈이 휘둥그레졌다.

"공작 부인이 그럴 이유가 없지 않나요?"

"왜 없겠어요. 작위를 공작 부인이 받을지도 모르는 마당에."

"예? 피사리데 공자가 아니라요?"

순진한 이 영애는 감히 베른하르트 공작 부인을 두고 떠도는 소문을 상상도 하지 못했다. 그야 그럴 게 후작가에는 엄연히 후계 수업까지 받은 라셀리온 공자가 있지 않은가?

"그러니까 웃긴 거죠. 공작님과 이혼까지 해서 조카의 작위를 빼앗는다는 게. 후작님께서 그리 위해주셨는데 말이에요. 권력에 미치지 않고서야 그러기가 어디 쉽나요?"

죽은 피사리데 후작이 여동생인 베른하르트 공작 부인을 몹시 귀애한다는 얘기는 유명했다. 그렇게까지 사이가 돈독했으면서 이제 와 조카의 자리를 탐하다니. 어처구니없는 일이리라.

일각에선 후작의 유언장에 그녀가 작위를 계승토록 적혀 있었다는 소문이 나돌기도 했다. 문제는 가주의 유언이 공개되는 일은 거의 없어 사실관계를 확인하기 어렵다는 점이었다. 따라서 그 이야길 믿는 사람은 반의반도 되지 않았다.

"그렇다면 정말 실망이네요……."

헤리트 영애는 한때 무척이나 동경했던 사람을 떠올리며 울적해했다.

"오라비이신 후작님을 각별하게 여기셨으면서. 조카에게 너무 잔인한 거잖아요, 그건."

그녀는 친절하고 아름다운 귀부인의 표본이었던 에르셀라 베른하르트라는 사람을 동경에서 멀리 떨어진 후미진 곳으로 밀어 넣는 것에 가슴이 쓰라린 듯했다. 그런 헤리트 영애를 보던 누군가가 혀를 차며 탄식했다.

"저는 폐하께서 허가하지 않을 거라고 봐요."

이 자리에 있는 사람들의 생각도 그 말과 다르지 않았으므로, 그들은 차를 한 모금 마시는 식으로 긍정을 표했다.

허리 꺾인 가문에 여자를 가주로 앉혀봐야 웃음거리밖에 되지 않는다. 왕이 그것을 원한다면 그럴 수야 있겠지만 적장자가 아닌 여자에게 작위를 물려준다는 그 자체가 상식에 한참 맞지 않았다. 사람들은 마땅히 왕이 불허할 것이라 확신했다.

"그럼 이로써 결론이 났네요. 낭만주의자들에겐 슬픈 소식을 안겨다 줄 결론 말이죠. 두 분께선 그저 정략적 관계였다는 것."

그 대표적 낭만주의자였던 헤리트 영애는 대번에 얼굴을 붉혔다. 놀림거리로 전락한 기분이었다.

"뭐 예상은 가지 않았나요? 아이도 베른하르트 공자뿐이고."

"음, 그리고 사실 이전부터 소문이 조금씩 돌긴 했죠. 공작 부인이 웬 귀족 남자와 정을 통했다는…….”

“세상에, 망측한 억측은 자제하세요! 누가 들을까 무섭네요!”

“억측이라니요. 전 들은 대로 말할 뿐이에요.”

“레데아 영애의 말이 맞아요. 이전 베른하르트가에서 사병을 풀어 공작 부인을 찾았다는 소문은 유명하지 않나요? 그날 로베르트 영식과 눈이 맞았다던데요.”

“로베르트라니, 그건 정말 믿지 못하겠네요……. 설마 그 로베르트가 자존심과 긍지가 없을까.”

“모르죠. 한량처럼 때에 맞지 않게 아카데미에 갔었잖아요.”

“그래도 어떻게!”

“자아―”

과열되는 분위기에 누군가 손뼉을 쳐 주목을 끌었다. 가르텐 공녀였다. 올리비아는 맞은편을 가리키며 그들에게 가장 현명한 해답을 제안했다.

“확실하지도 않은 소문들로 누가 옳다 왈가왈부하기보단 여기 계신 아도라 양에게 물어보는 게 낫지 않을까요?”

“그러네요! 자르데아 영애는 공작 부인을 따라 루델시아까지 동행했다지요?”

아도라는 자신에게 모인 시선을 한차례 둘러보았다. 눈을 반짝이며 혀를 날름거린다. 그녀가 먹이를 주는 즉시 그들은 먹이를 물어뜯고 씹고 뱉을 터였다. 한 편의 극이라도 관람하고 있는 것 같았다. 성역에서 벗어난 인간이 악마에게 굴복하는 비극을.

에르셀라가 더는 베른하르트가 아니게 되자 물밑에 있던 소문은 걷잡을 수 없는 크기로 수면 위에 떠올랐다. 그녀를 보호해 주었던 오라비도 이제는 없었다.

“소문이 사실인가요?”

아도라는 이것이 그녀에게 주어진 마지막 기회임을 알았다. 질문에 적절한 대답을 하고 그들의 호기심을 채워준다면, 소문을 자의적으로 해석하는 걸 도와준다면 그녀는 더 이상 소외감을 느끼지도, 희롱당하지도 않을 수 있을 것이다. 어쩌면 친구가 생길 수도 있었다. 그런데 친구, 그게 꼭 필요하던가?

"전혀 사실이 아니에요. 그딴 말은 사실에 근접할 수도 없어요."

아도라는 올리비아를 똑바로 보았다.

"부디 소문에 얇은 귀 기울이지 마시길."

올리비아가 짠 판에 어울려 주지 않을 것이다. 그녀가 만들어준 사교가 다 무슨 소용이란 말인가. 친구라면 그녀에게도 한 사람 있었다.

"저도 도와드리겠습니다."

"고민 상담을요?"

"영애가 그것을 필요로 하신다면."

비록 믿음직스럽진 못하지만, 그것도 친구라 부를 수 있지 않을까? 아도라는 그렇게 생각하기로 했다.

"그렇군요. 조언 감사해요."

올리비아는 해사하게 웃으며 찻잔을 내려놓았다. 어느덧 열아홉이 된 숙녀는 결혼이 두 번이나 무산되었음에도 주눅 든 모습을 찾아볼 수 없었다.

"그나저나 아도라 양, 곧 다트너 영식과 결혼하시죠?"

"……네."

아도라는 최근 어머니가 결혼 날짜를 잡았다는 사실을 알게 되었다. 그녀가 약속을 지키지 않고 사라질 걸 염려해 서둘러 날짜를 정한 듯했다.

악질인 건 이 자리에 캐론의 연인인 캐더 영애가 있다는 것이다. 캐더 영애는 불쾌감을 감춘 채 눈을 내리깔고 있었다. 여러모로 불편한 상황이었다. 아직까지 만나는 걸 보니 연심이 생각보다 깊은 듯했다. 그러면 캐론은 결혼 후에도 캐더 영애와 만날까?

그날 비센테의 배웅을 받으며 저택을 나서기 전, 아도라는 공작의 손을 잡고 후작저를 떠나는 에르셀라를 보았다. 선택이라 하지만 그녀의 눈에는 깃이 부러진 새가 갈 곳이 없어 주인의 품으로 돌아가는 것처럼 보였다.

베른하르트 공작 부인이었던 에르셀라는 너무나 높아 보였는데, 베른하르트를 벗어난 에르셀라는 몹시도 무가치해 보였다. 오랫동안 날지 못했던 새가 어느 날 날갯짓을 해보았자 기다리는 건 추락일 것이다. 누군가에 매여 살았으니 불 보듯 뻔한 결과였다.

"축하드려요."

그런 결혼을, 이제는 그녀도 해야 했다.

✵ ✦ ✵

왕이 혀를 찼다.

"송구합니다."

왕비가 사죄했으나, 왕은 찌푸린 눈살을 바로 펴지 못했다. 무기질 같은 목소리로 선선히 잘못을 인정해 보았자 마음에 닿을 리 없다.

케니언스는 왕비를 지그시 내려다보았다. 에샤힐드는 대리석 같았다. 고결하고 아름다웠으나 어디 대리석이 눈물 같은 걸 흘리던가? 그녀 또한 슬픔을 모르는 무생물처럼 가만히 있을 뿐이었다.

그녀는 태어나기도 전에 아이를 잃은 어미처럼 보이지 않았다. 명색이 어미인데, 저럴 수가 있나. 지금도 석장같이 송구합니다만 되뇌고 있지 않은가. 지긋지긋하게도. 왕은 약간의 환멸, 경멸을 섞어 내뱉었다.

"아이도 낳지 못하는 석녀를 왕비라고. 차라리 네가 낫겠군. 밤에 들어라."

턱을 까닥여 왕비의 시녀를 지목한 건 충동과 동시에 일말의 호기심이었다. 저 고고한 표정이 일그러지는지 일그러지지 않는지. 분노하는지 분노하지 않는지.

"폐, 폐하……."

시녀는 한낮에 유령이라도 본 듯 질겁했다. 피테츠 가문이었나. 별볼 일 없는 가문임에도 다트너 후작 영애보다 곁에 두는 나날이 많으니 분명 아끼는 아이일 터였다.

왕은 왕비가 어떻게 나오는지 잠시 두고 보았다. 에샤힐드는 아연해진 시녀를 한번 보다 왕을 보았다. 녹음 진 눈. 생명력으로 가득 차 있어야 할 녹색 눈은 삭막한 황야처럼 푸석푸석했다. 에샤힐드는 그 눈을 한 채 언제 일어났는지 모를 정도로 소리 없이 일어섰다. 그리고 우아하게 세글리에를 돌아보았다.

"모시려무나."

그럼 그렇지. 철로 피를 이룬 여자니 예상 못 한 대답은 아니었다.

"저는 나가 있겠습니다."

심지어 제 침실을 양보하는 관용까지 내보인다. 케니언스는 심술궂게 웃었다.

"왕비에게 박수라도 쳐줘야 하나 싶군. 널 그 자리에 있게 하려는 후작의 정성이 참 갸륵해. 그렇지 않나? 그 자리에 언제까지 있을 수 있을진 모르겠지만."

"그렇다 해도 이 자리에 세실리아가 오진 못하겠지요. 그녀는 칼릭스 대공의 비이며, 죽었으니까요."

왕비는 가시처럼 받아치고 방을 나갔다. 그에 케니언스는 잠시간 넋을 빼다 불현듯 찾아온 분노에 문을 벌컥 열었다.

네가 어떻게 세실리아를 입에 담아.

제왕의 품위도 잊고 빠른 보속으로 왕궁을 걸었다. 시선을 무릅쓰고 걸은 왕은 저 멀리 귀퉁이에서 모습을 감추는 치맛자락을 보았다.

그는 한달음에 가 벽면을 돌았다. 그리고 그만 할 말을 잃고 말았다. 에샤힐드가 주저앉아 있었다. 어디에도 허투루 앉지 않던 여자가, 왕궁 아무 바닥에나, 비렁뱅이처럼.

케니언스는 그에 멍해지다, 그 와중에도 빌어먹게도 눈물 한 방울 흘리지 않는 모습에 절로 실소가 터져 나왔다.

독한 계집.

왕은 왕비를 두고 발길을 돌렸다.

왕비가 케니언스의 말에 발끈한 건 그가 후작을 들먹였을 때가 유일했다.

탁, 탁.

손끝을 세운 케니언스는 탁자를 두드리며 속으로 질문했다. 그렇다면 지금은? 죽어서도 그를 비웃던 여자가 지금은 어떤 표정을 짓고 있을지 궁금했다. 더욱 싸늘한 얼굴일지 아니면 울지. 후자면 세실리아를 잃었을 때 그의 슬픔을 조금은 느꼈을지. 그는 알고 싶었지만 평소에는 잘만 나타나던 환영이 보이지 않았다.

케니언스는 저도 모르게 픽 웃었다. 환영조차 죽은 것인가. 망령이 떨어진 것이면 잘된 일이리라. 그는 선선하게 그 사실을 받아들이며 시종장에게 말했다.

"공작가의 이혼은 어떻게 됐지?"

"합의기에 끌 것 없이 내일이면 승인이 날 것입니다. 공작 부인은 현재 피사리데 저택에 머물고 있습니다."

"아, 그래. 대충 끝나고 작위 계승식을 시작하면 되겠지."

"진짜 허락하실 생각이십니까?"

시종장은 미심쩍어했으나 케니언스는 진심이었다.

"신료와의 약속을 지키는 건 군주의 미덕이 아닌가."

"……하면 그렇게 알고 지시해 두겠습니다."

"음, 관직은 궁내부 장관 자리가 비었던가?"

궁내부 장관직은 옛 카르온의 관직으로 현재 공관 상태였다. 그러나 아무것도 모르는 여인이 맡기엔 버거운 자리이기도 했다.

"일반 관료로 임명하시는 게 낫지 않겠습니까?"

"어떤?"

"알아본바 다국어에 능통하다 하는군요. 외무부 관료로 임명하는 게 어떠실는지요? 근래 큰 국가 간 행사도 없으니 적임이라 사료됩니다. 상관도 라페인 후작이니 잘 가르쳐 주겠지요."

막중한 책임을 지울 필요 없으니 그렇기야 했다.

"그럼 그렇게 하지."

"궁내부 장관직은 어떻게 하시겠습니까?"

케니언스는 마땅한 이를 숙고하다, 결정 내렸다.

"가르텐 공작으로 한다."

에르셀라의 발걸음이 멈춘 건, 정문으로 이어진 길목을 따라 도열해 있는 사용인들을 발견했을 무렵이었다. 주인마님이 영영 저택을 떠난다는 소식에 곳곳의 사용인들이 한자리에 모여 있었다.

에르셀라는 멍하니 눈앞에서 일어난 광경을 응시했다. 길목을 따라 펼쳐진 단풍나무, 그 아래서 사람들이 그녀를 배웅할 준비를 한 채 줄지어서 있다.

에르셀라는 한 걸음 한 걸음 걸음을 옮겼다. 가을에 물들지 않은 푸른 잎사귀가 그녀가 가는 길을 따라 간들거렸다. 숙연했다. 사람이 이렇게나 많은데도.

단지 몸에 익은 친절을 베풀었을 뿐이지 특별히 신경 써준 기억은 없었다. 그런데도 그녀의 마지막을 나눌 사람이 이렇게나 많았다. 에르셀라는 눈인사로 지금까지 성심껏 대해준 것에 대한 고마움을 전했다. 눈이 마주친 몇몇 하녀가 울음을 터뜨렸다.

그에 그녀는 문득, 정말 과분한 사랑을 받았구나 하는 생각에 발을 떼지 못했다. 한 줌의 미련이 다리를 붙잡고 놓아주지 않았다.

이제 저들의 이름을 부를 수 있는데. 형식적인 게 아닌 진심으로 고마워할 수 있는데. 혜성처럼 지나간 시간이 그것을 허락하지 않았다.

훌쩍거리는 소리가 들렸다. 안나가 마님, 마님 하며 꾹꾹 터지는 눈물을 참으려 애쓰고 있었다. 불현듯 에르셀라는 단숨에 걸어가 팔을 뻗어 안나를 안아주었다. 까치발을 든 채 저보다 한참 큰 키의 하녀를 위로해 주는 모습은 우스꽝스러웠지만 웃는 이는 아무도 없었다.

"공작 부인!"

그녀가 버린 지위를 부르는 목소리가 들려온 건 그때였다. 안나의 어깨를 토닥거리던 에르셀라가 상체를 틀었다. 콘타르 남작 부인이 달음질하며 오고 있었다.

"이게 어떻게……."

에르셀라에게 사실을 확인하려던 그녀는 짐 가방을 들고 있는 리엔을 보자 말을 잇지 못했다. 믿을 수 없다는 눈을 한 남작 부인을 향해 에르셀라가 말했다.

"지금까지 고마웠어요."

"……."

"로제."

에르셀라에게 처음으로 불린 이름에 놀란 듯 남작 부인의 눈동자가 커졌다. 얼떨떨해하는 것 같기도 했다.

에르셀라는 만면에 띤 미소로 답하며 다시 발을 뗐다. 늘어서 있는 사용인들의 어깨를 하나씩 다독여 주다 보니 어느덧 마차 입구였다. 그리고 앞에 서 있는 비센테를 본 순간, 에르셀라는 더 이상 웃을 수 없었다.

이혼이 결정되고 그녀는 많은 서류에 서명을 해야 했다. 베른하르트를 떠나고 싶다는 그녀의 소원을 들어주겠다는 듯 하르젠은 가신을 통해 수십 장의 서류를 그녀에게 전달했다.

에르셀라는 순순히 서명했다. 베른하르트에서 받은 땅을 반환하고, 재산을 포기하는 각서에 망설임 없이 제 이름을 적어 넣었던 것과 달리 양육권 포기 각서에는 선뜻 그러지 못했다.

서류에는 에르셀라가 재산을 물려줄 상속인으로 비센테를 지정할 수 없다는 조항도 적혀 있었다. 베르하르트에서 에르셀라를 완전히 지워내려는 사람처럼 하르젠은 실낱같은 연결 고리도 남겨두려 하지 않았다.

에르셀라는 종이에 펜촉을 세운 채로 있다 잉크가 번질 때쯤에서야 자포자기 심정으로 마지막 서류에 서명했다.

이로써 그녀는 더 이상 비센테의 어머니가 아니었으며 어머니 역할도 해줄 수 없을 것이다. 사냥회에서 커프스단추를 매줄 수도 없었고, 파티에서 에스코트도 받을 수 없었다. 이것이 마지막 에스코트인 것이다.

비센테는 그녀를 비난하지 않았다. 단지 그답게 자신이 할 수 있는 일을 했다.

"오르십시오."

에르셀라는 마차에 오르기 전 베른하르트 저택을 바라보았다. 두 번 다시 이곳에 올 일이 없다고 생각하니 이상하기만 했다. 그녀는 아침에 일어나 창밖 너머로 시선을 던지면 보이던, 고요에 침잠되어 있는 풍경을 생각했다.

싫기도 하고 좋기도 한 곳.

무겁고 엄정한 분위기는 싫었지만 고즈넉한 정취에 마음껏 취할 수 있다는 점은 좋았다. 삭막한 화원은 싫었지만 보살필수록 따뜻한 색으로 물들어가는 화원은 좋았다. 아직도 눈을 뜨고 일어나면 창문을 통해 햇살에 눈부신 화원을 감상할 수 있을 것만 같은데…….

이제는 아니다.

붉은 단풍이 흐드러진 이 길목을 지나는 일도, 후원에서 비센테와 함께 차를 마시는 것도, 눈을 뜨면 이미 그녀를 바라보고 있던 여명이 비추는 그 얼굴도.

정말 끝이었다.

에르셀라는 감정을 헤집는 잔가지를 걷어내며 마차 문턱에 올랐다.

피사리데가 되어 석별할 시간이었다.

돌아간 날 에르셀라는 후작저에서 잠깐 눈을 붙인 뒤 곧바로 피사리데 본성으로 떠났다.

카르온의 묘는 대대로 피사리데 가주의 관이 안장된 곳에 있었기에 찾는 게 어렵지 않았다. 오히려 너무나 쉽게 찾아진 게 오라비의 부고를 들었을 때만큼이나 이상한 기분이었다. 믿고 싶지 않지만 그렇구나 하고 생각하게 되는.

에르셀라는 카르온의 묘비를 생기 없이 쓸어내리다 이제 유년 시절의 추억을 나눌 상대가 없다는 사실을 상기해 냈다. 아버지, 어머니, 언니, 오라버니. 모두가 떠났다. 그녀만 남겨둔 채. 여기에, 자신만 남겨둔 채. 그렇게.

돌아오지 말았어야 했을까?

에르셀라는 뜨거워지는 가슴 언저리를 짚으며 허공에다 대고 물었다. 한 번 죽었던 그녀는 지금 이곳에 있는데, 과거에 살았었던 카르온은 죽고 없었다. 순리대로 그녀가 죽었으면 일어나지 않았을 일이었다. 만일 돌아오지 않았다면…….

하지만 그 생각이 무슨 소용이 있을까. 사랑하는 이는 이미 죽었는데.

그래, 죽어버렸는데.

에르셀라는 이 괴로운 마음이 완전히 수몰당하기 전에 자리에서 일어섰다. 그녀는 억지로라도 그러한 생각들을 끊어냈다. 추억하지 않는 게 나았다.

그녀에겐 해야 할 일이 있었으니까. 카르온이 그녀에게 양보한 권좌가 어떤 의미를 가지고 있는지 알아야 했다.

에르셀라는 돌아섰다.

저택으로 돌아오자 이혼 절차는 끝마쳐져 있었다. 블래노버 백작이 그간의 일을 전했다.

"베른하르트가에서 지참금이 도착했습니다."

그녀가 받은 예물은 고스란히 베른하르트에 두고 왔으며 하르젠 또한 그녀가 가져갔던 것을 전부 되돌려 보냈으니 여지없이 깔끔한 이별이었다.

그 무렵 그녀는 작위를 계승했다. 반대할 줄 알았던 왕은 의외로 거칠 것 없이 그녀를 대리인이 아닌 후작 그 자체로 인정해 주었다. 백작의 말로는 카르온이 미리 손써두었을 가능성이 높다고 했다. 실제로 그럴 만했기에 에르셀라는 무감각하게 받아들였다.

"오라버니가 왕자 전하를 죽였나요?"

에르셀라는 후작이 되자 가장 먼저 그것을 물었다.

"맹세코 아닙니다. 모함입니다."

단언이 돌아왔다.

"오라버니가 어떻게 모함을……."

의아심이 뇌리까지 깊게 들어왔다. 카르온이 모함을 받았다고? 오라비가 거짓으로 똘똘 뭉친 음모 하나 헤쳐가지 못할 정도였던가?

"……선대 후작님이 한 가지 실수하신 게 있으셨습니다. 그걸 실수라고 해야 할진 모르겠지만."

"실수라니."

에르셀라는 공허하게 중얼거렸다. 사람은 누구나 실수를 하곤 하지만 카르온이 그랬다고는 도통 믿기지가 않았다. 그가 무른 판단을 할 때는 에샤힐드와 관련된 일밖에 없었다.

“선대 후작님이 따로 만드신 정보 조직을 아십니까?”

“알고는 있지만, 정확한 건 잘 몰라요.”

백작은 차근차근 설명했다.

“카르온 후작님은 정보가 누설되는 걸 막기 위해 한 가지 안정 장치를 해두셨습니다. 바로 조직원만을 위한 인장을 만드신 일입니다. 하나의 정보만을 맹신하기엔 의심이 워낙 많으셨던 분이라, 여러 조직원이 인장을 찍어 보낸 문서를 취합해 정보를 가려내셨죠. 배신하면 배신자가 누군지 색출하기 쉽도록 인장은 다섯 사람에게만 주어졌습니다. 만일의 상황에 대비해서 들켰을 경우 던져 깨뜨릴 수 있도록 일부러 유리로 제작했고 말입니다. 깨진 게 보고되면 나머지도 전부 폐기하고 그 즉시 새롭게 인장을 제작합니다. 그런데 그것을…….”

백작이 한숨을 내쉬었다.

“왕실 세공사에게 맡긴 게 문제가 되었습니다.”

에르셀라는 미간을 찌푸렸다.

“이해할 수가 없네요. 오라버니가 폐하에게 흠잡힐 만한 일을 할 분은 아니잖아요.”

“양날의 검일 순 있겠으나 후작님은 그것이 가장 나은 판단이라고 생각하셨습니다. 왕실 세공사는 왕궁 가장 비밀리의 기록을 새기는 역할을 합니다. 따라서 그들은 죽을 때까지 출궁할 수 없습니다. 궁 밖을 나가도 사람이 따라붙으니까요. 반면 궁 밖의 세공사는 이리저리 옮겨 다닐 수도 있고, 각하의 뒤를 캔 누군가가 문양을 알아내 역이용할 수 있다는 위험이 있습니다. 또, 한 번 의뢰하고 처리하기엔…… 문양이 시시때때로 바뀌기도 해서 그것도 곤란하셨을 겁니다. 차라리 한곳에 모아두고 수시로 감시하는 게 낫다고 생각하셨을 테지요. 문양은 고대어를 엮어 정하시곤 했는데, 그걸 새길 수 있는 자도 왕실에 속한 이들뿐이라 여러모로 이쪽이 편리했습니다.”

결국 약간의 위험부담을 안고라도 왕실 세공사에게 맡겼다는 뜻이 된다. 솔직히 그쯤이야 나중에 탄로 나도 힘으로 덮으면 그만이긴 했다. 세공사들도 비리를 들키고 싶지 않아 쉬쉬했을 터이고 말이다.

하지만 그녀가 듣기로는 카르온이 위기에 몰리는 데 세공사의 증언이 역할이 컸다고 했다. 허물을 들키고 싶어 하지 않으면서 증언을 했다, 라. 그 경우는 한 가지밖에 없었다. 목숨을 위협받았을 때였다.

"왕자가 독살을 당했을 때 옆에 병이 하나 있었다는 얘길 들었어요. 설마 거기에 그 문양이 새겨져 있었나요?"

"그렇습니다."

무지렁이 평민 세공사가 고대어를 알고 있을 리 없다. 고대어를 알고 있는 사람에게 의뢰받는다면 새기는 건 어렵지 않겠지만, 일단 수사가 시급하니 수색 범위는 좁혀졌었을 것이다.

아무래도 세공사들은 왕족시해죄로 몰려 죽을까 봐 순순히 자백한 듯했다. 그러다 에르셀라는 무언가 이상한 점을 짚어냈다.

"방금 인장은 폐기한다고 하지 않았나요? 그런데 왜 왕자의 방에서……."

"하나. 폐기하지 못한 게 하나, 있었습니다."

"그렇게 중요한 걸, 말인가요?"

"그게……."

백작은 괴로운 듯 입을 열어 말했다.

"선대 후작께서 그것을 에이레네 님께 주셨습니다."

"……언니에게요?"

"그렇습니다."

가까스로 내뱉자 백작이 참담히 수긍했다.

"우연히 책상 위에 놓인 병이 마음에 드셨는지 가지고 싶어 하셨습니다. 각하는 거절하지 못하고 주셨고요."

긴장이 헐거워지며 에르셀라의 입가로 실소가 흘렀다.

"그럼 레오폴드 왕자의 방에서 나온 병이 설마……."

"후작 부인에게 병의 행적에 대해 여쭈어 봤는데 얼마 전에 잃어버리셨다더군요. 같은 것인 듯합니다."

그저 황당하기만 하다.

"각하께서 걱정이 크셨습니다. 혹시나 이 일에 에이레네 님이 연루되기라도 한다면…… 폐하께선 충분히 그러실 수 있는 분이니."

목숨이 경각에 달린 상황에도 제 걱정이 아닌 다른 사람 걱정뿐인 오라비가. 그 철두철미한 사람이 스스로 덫으로 걸어 들어갔다는 게.

"언니는 이 사실을 알고 있나요?"

백작의 얼굴 위로 씁쓸한 미소가 떠올랐다.

"죽을 때까지 함구하라는 명을 받았습니다."

그녀는 할 말을 찾지 못했다. 카르온은 무른 성정이 아니다. 남들이 보기엔 무한히 온화한 오라비였지만 그것은 지배자가 베푸는 아량에 불과했다.

사리 분별이 정확하고 공과 사가 명확한 카르온이 약해질 때는 에샤힐드 한정이라고만 생각했는데…… 이제 보니 아니었던가.

블래노버 백작은 아까보다 그늘진 얼굴로 말했다.

"최근에…… 내색하진 않으셨지만 많이 지쳐 하시기도 했습니다."

"아……."

에르셀라는 자기도 모르게 탄식하고 말았다. 그러고 보니 자그마치 18년이다. 카르온이 피사리데를 이끈 세월이. 스무 살에 작위를 받은 점을 감안하면 결코 적은 세월이 아니었다.

그게 비단 세월만일까? 굴곡 또한 많았다. 선대 후작이 죽자마자 그를 맞이한 건 그칠 줄 모르는 풍랑이었으니.

케니언스를 왕으로 앉혀야 했고, 정적 가문을 눌러야 했고, 그들이 조금이나마 조용해질라치면 왕의 편에서 공신들과 대립해야 했다. 에샤힐드의 연이은 유산으로 폐위를 주장하는 무리와도 맞서야 했을 것이다.

고작 몇 줄 떠올렸을 뿐인데도 숨이 턱 막혔다. 한 사람이 감당하기엔 벅찬 몫에 에르셀라는 덜컥 두려움을 느꼈다. 후계자로 공고히 키워졌던 그도 그러할진대, 그녀가 감히 감내할 수 있는 것이 아니었다.

"폐하의 심술이 날이 갈수록 심해지기도 하셨고요."

가르텐 공작이 이번에 궁내부 장관에 올랐다던가. 왕의 심술이라면 그런 것이었다. 피사리데의 정적인 가르텐을 밀어주는 것. 세실리아 로베르트가 죽은 게 충격이 컸는지 카르온이 죽인 게 아니었음에도 왕은 그 일에 피사리데가 지대한 공헌을 했다고 생각하는 듯했다.

'간접적으로라도 연관이 없다고 할 순 없지만…….'

선왕이 승하한 뒤 로베르트에 대한 본격적인 핍박이 시작되었으니 그가 틀렸다고 할 수는 없었다. 그래서 왕이 에샤힐드를 썩 좋아하지 않았다는 건 에르셀라도 알고 있었다. 그러나 블래노버 백작의 다음 말은 그녀가 처음 듣는 얘기였다.

"심술이 누이이신 비 전하에게까지 미쳤으니 마음고생이 심하셨습니다."

"심술이요?"

"걸핏하면 강제로 손목을 잡아끌고 모욕을 주었으…… 아."

당황한 블래노버 백작이 입을 쩍 벌렸다. 퍽 제 발 저린 도둑 같은 모양새였다. 에르셀라는 덜덜 떨며 백작을 채근했다.

"폐……."

"……."

"폐하께서 언니를 학대했어요?"

"……."

"말해요!"

이성의 반절이 날아간 외침이었다. 그 나머지 반절의 이성도 겨우겨우 붙잡고 있어야만 했다.

"그렇습니다."

창백해진 얼굴에 백작이 고분고분 시인했다.

"어떻게…… 어떻게 말을 안 할 수가 있어요?"

"그것이 옳다고 판단했기 때문입니다."

백작은 숨긴 것에 죄책감을 갖는 것으로 보이지 않았다. 정말로 그렇게 하는 게 옳았다는 양 그 얼굴에는 확신이 서려 있었다.

"그게…… 어떻게, 어떻게 옳은……!"

헐떡이는 호흡이 말을 앞섰다. 눈망울에 분노가 휘몰아쳤다.

"당연히 내가 알아야!"

"알면."

"……."

"부인께서 뭘 하실 수 있었겠습니까?"

거짓말처럼 헐떡임이 멎었다. 당시에 넌 뭘 할 수 있었냐는 그 반문에.

"폐하께 청이라도 드리시겠습니까? 산나르라도 바쳐서요? ……부인, 피사리데가 이제껏 왕가에 바친 땅이 얼마나 된다고 생각합니까? 카르온 님이 에샤힐드 님의 폐위를 막기 위해 피사리데의 광산을 몇 개나 잃으셨는지 아십니까? 귀족들의 사병을 줄이는 데 얼마나 많은 지탄을 받았는지도요? 이건 처음부터 각하께서 지는 싸움이었습니다. 1왕자께 흔들리지 않는 왕좌를 주겠다고 에샤힐드 전하께 약조하신 뒤로부터요."

백작이 하고자 하는 말은 명확했다. 카르온도 아무것도 변화시키지 못했으니 그녀가 알아도 달라지는 건 없을 거라는.

"부인을 위한 각하의 마음을 알아주시길 부디 간청드립니다."

에르셀라는 백작의 간절한 눈빛을 바라보았다. 지독히도 익숙했던 귓가를 긁어내리는 말도 곱씹었다.

'또…….'

나를 위해서라고.

감추고 속이고 사람을 바보로 만드는 게 자신을 위해서라고 변명한다.

에르셀라는 속수무책으로 듣기만 하다 맥없이 물었다.

"……하르젠은."

"……."

"그 사람도 알았나요?"

"아셨습니다."

에르셀라에게서 들려오는 말은 없었다. 백작은 흘긋 그녀의 눈치를 보았다.

"각하께서 부인만은 빛 속에서 사시길 원하셨습니다."

"……."

"부인, 세상이 아름답다는 부인의 믿음이, 누군가 당신의 그림자를 자처하고 있기 때문임을 아셔야 합니다."

틀린 말은 아니었다. 그저 흔한 정략혼인 줄로만 알았다. 각자 정부를 두고 겉으로나마 예의를 차리는. 에샤힐드가 처한 상황을 알았다면 에르셀라는 결코 웃고 떠들 수 없었을 것이다.

그럼에도 불구하고 너를 위한다는 그 말이 달게 느껴지지는 않는 이유는…….

"날 한 번이라도 이해한 적 있었어?"

그것이 진정한 이해가 아니란 걸 알았기 때문이었을까. 자신들의 관념에 끼워 맞춘 이해가 무슨 이해란 말인가. 물속에서 퍼지는 물감처럼 화가 조용히 뻗어나갔다.

에르셀라는 식도를 역류하는 비릿한 신물을 내리누르며 백작에게 곧은 시선을 보냈다.

"호칭을 정정해야겠군요. 블래노버가 피사리데의 가신이라면."

감정이 담기지 않은 목소리가 백작에게 주의를 주었다.

"……실례했습니다, 각하."

에르셀라는 뒤늦게 가슴에 손을 올려 경배하는 블래노버 백작을 감흥 없이 보다 물었다.

"베른하르트 공작이 선대를 죽였나요?"

해가 떠올랐다.

에르셀라가 떠난 지 2주째 되는 아침이었다. 그녀가 없어도 크게 바뀌는 건 없었다. 저택은 규칙적으로 돌아갔고, 그날 울었던 하녀도 언제 그랬냐는 듯이 제 역할로 돌아갔다.

비센테는 채광창을 지나쳐 걸었다. 햇살은 눈이 부시게 들어오는데, 저택의 활기는 가라앉아 있다. 그러다 문득, 이곳에 활기가 있었는지에 대한 의문을 떠올렸다.

언제부터 활기를 느꼈던가. 이 죽은 듯한 저택에 그런 게 있었던가. 아니, 그럴 리가 없다. 이 미묘한 변화는 그저 에르셀라로 말미암아 일어난 차이였다. 어머니가 있나 없나. 비센테는 그 차이를 선선히 인정했다. 그녀를 용서하고 어머니로 받아들인 이상 부정해 뭐 하겠는가. 매번 웃으며 옆으로 따라붙던 사람이 없으니 드넓은 광야를 거니는 것만 같았다.

이제 막 왕궁 기사단에 입단하게 된 비센테는 제복 차림이었다. 만찬실에 도착하니 하르젠은 이미 상석에 앉아 있었다.

"늦었습니다."

"앉아라."

평범한 식사가 이어졌다. 사실 평범한 식사라기엔 예전보다 호화로운 편이었다. 아침이었음에도 성찬이었다.

비센테는 평범해 보이는 음식에 이제 에르셀라가 없다는 걸 다시 한번 상기했다. 느끼하고 느글거리는 것을 맛있게 먹어줄 사람이 없으니 음식 종류도 바꾼 듯했다. 실제로 주방장이 꽤 신경 쓰고 있다는 게 느껴졌다.

"입에 맞으십니까?"

저리 살며시 물어오는 것을 보니.

하르젠은 턱 끝을 까닥여 긍정을 표했다. 성의 있는 동작은 아니었으나 그것만으로도 기뻤는지 주방장의 표정에 화색이 돌았다.

"내일 아침에는 송어 구이를 올릴까 하는데, 첼시아와 산세아의 송어 중 어느 것으로 할까요?"

"그렇게 하라."

"……예."

답한 건 클리프턴이다.

비센테는 창밖으로 펼쳐진 새파란 하늘을 보았다.

에르셀라가 떠난 지 2주째.

흐트러짐 없는 하루였다.

라페인 후작은 곤란했다.

"부인에게…… 큼. 큼."

헛기침조차 턱턱 막힌다.

"……뭐라 할 말을."

바로 앞에 있는 여인 때문이었다.

"약혼을 깨신 거라면 괘념치 않으셔도 됩니다, 각하."

에르셀라가 조곤조곤 정수를 짚자 라페인 후작은 진땀을 빼야 했다. 웃고 있는 에르셀라의 속도 좋지는 못했다.

피사리데가 그렇게 되자마자 약혼을 깨달라는 서신을 보내오다니. 그러면서 에르셀라가 외무부에 배정될 줄은 몰랐는지 상당히 민망한 눈치였다.

"부인을 볼 면목이 없군……."

은근 말도 하대한다. 하지만 이 점은 에르셀라도 할 말이 없었다. 공작 부인이 아닌 그녀는 더 이상 라페인 후작보다 높지 않았고, 같은 후작이라 해도 라페인 후작이 그녀의 상관이었기 때문이다. 잘 부탁한다고 아첨을 떨어도 모자랄 판이었다. 지금부터 슬금슬금 그녀를 피할 조짐이 보이니 일을 배우려면 초장에 바로잡아야 했다.

"라셀리온이 많이 서운해하긴 하지만 어쩔 수 없지요."

에르셀라는 미안하지만 조카를 좀 팔았다. 효과는 있었는지 라페인 후작의 눈가가 찔끔거렸다. 그는 부랴부랴 변명을 꺼내 들었다.

"부인도 알다시피 리에나는 내가 아끼는 딸이라네. 라셀리온 공자 일은…… 유감이야."

라셀리온이 가주가 됐다면 약혼은 무산되지 않았을 거라는 얘기였다. 그러나 건너건너 사윗감을 물색하고 있다는 소문에 의하면 라셀리온이 후작이 되었어도 약혼은 깼을 것 같았다.

에르셀라는 네 말이 다 맞다, 웃으며 고개를 끄덕여 주는 데 열중했다.

"부인은……."

"각하, '자네'나 '경'으로 불러주시면 감사하겠습니다."

이혼한 여자도 부인이라 칭하긴 했다. 에르셀라도 호칭은 아무래야 상관없었지만, 자꾸 부인, 부인 그러니 꼭 이곳의 손님이라도 된 듯한 기분이 들어 정정할 필요성을 느꼈다.

"그래…… 자네. 여성인 관료는 처음 대해서 내가 미흡했군."

"괜찮습니다. 제가 할 일은 뭔가요?"

그때였다. 다소 거칠게 문이 열리고 누군가가 들어오는 소리가 들렸다. 라페인 후작이 그 사람에게 핀잔을 주었다.

"내가 누누이 말했지만 조심하게!"

"죄송합니다, 각하. 보시다시피 서류가 산더미라."

말하는 것만 보면 불만을 토로하는 것 같은데, 어조가 우아하여 그런지 그렇게 안 느껴졌다. 기시감이 든 순간, 에르셀라의 고개가 기름칠 안 한 문처럼 끼이익 돌아갔다.

에르셀라는 그를 보았다. 상대방도 그녀를 알아본 듯했다. 남자는 제 눈을 의심하듯 고개를 흔들었다. 그런 남자의 의심을 덜어주듯 에르셀라는 모기만 한 소리로 말했다.

"……저 맞아요, 후안 경."

다소 뾰쭘한 목소리였다.

외무부에 배정된 건 에르셀라에게 나쁜 일이 아니었다. 약혼을 깬 라페인 후작이 있다고 해도 말이다. 가르텐이나 면식 없는 사람들보다는 나았다. 후안이 외무부 소속만 아니었다면 그랬을 것이다.

"허허허! 그동안 내가 바빠 이제야 소개하는군."

바빠서 소개를 못 한 게 아니라 껄끄러워서였을 테지.

"오늘부로 외무부 관료로 임명된 피사리데 후작이라 하네."

후작이 쐐기를 박으며 에르셀라를 소개하자, 후안도 현실 부정을 포기한 듯 깊은숨을 토해냈다.
"그렇군요. 후안 로베르트입니다."
"……에르셀라예요."
담백한 소개가 오갔다. 아는 사이치곤 지나치게 사무적이었지만 제삼자의 눈에는 이게 맞았다. 로베르트와 피사리데 간에 유쾌한 언사가 오가는 게 더욱 이상할 것이다. 사실 후안은 그것보다 다른 것을 의식하고 있었다.
라페인 후작은 머쓱함을 웃음으로 무마하며 이어 말했다.
"두 사람이 내 직속이니 앞으로 잘해보게."
파격적인 인사에 에르셀라가 움찔했다. 후안은 로베르트에다 그레이시반 출신이니 장관을 보좌하는 게 이상하지 않은 일이지만, 에르셀라의 경우에는 달랐다.
이제 막 임명된, 자격도 증명 안 된 신입 관료에게 보좌직은 막중한 자리였다. 이름뿐이라고 하나, 후작, 그것도 피사리데를 아무 데나 앉혀놓고 굴릴 수는 없었기에 내린 결정인 듯했다. 그것에 설사 로베르트와 피사리데를 한데 놓아두는 불상사가 발생하더라도.
"그럼 난 폐하를 알현해야 하니, 둘이서 간단히 면이라도 트……."
후작은 껄끄러워하더니 말을 정정하고 나갔다.
"공무에 관한 얘기라도 하고 있게나."
그 거북한 목소리에 에르셀라는 그제야 거리감이 느껴지던 후안의 태도를 이해할 수 있었다. 본의는 아니나 폐가 되었다. 후안이 이 방에 들어서면서 줄곧 의식했던 것, 그것은 두말할 것 없이 어떠한 '소문'이었다. 로베르트 공자와 베른하르트 공작 부인이 정을 통했다, 라는. 입에 담기에도 망측한 소문은 사실 세간에 돈 지 꽤 되었다고 블래노버 백작에게 전해 들었다.
"……."

그 사실을 아니 더더욱 후안과 한 공간에 있기가 미안해졌다. 그날 평민 의복으로도 신분을 감출 수 없었는지, 축제를 시작으로 궁에서 그녀가 후안을 붙잡았던 일, 왕이 연 만찬에서 시선이 붙었던 일을 엮어 한 권의 책이 만들어졌다고 한다.

책은 실체는 없지만 사람들의 지루한 일상을 해소해 주기엔 충분했다. 그것에 그녀의 공이 아예 없다고 할 수 없으니 어떻게 미안한 마음이 들지 않겠는가? 그녀가 죄스러움에 한풀 죽어 있는 건 당연했다.

어쩌면 이러는 게 그를 더 곤란하게 만들지도 몰랐다. 공연히 위축된 모습을 보인다면 그것이야말로 사실이라 인정하는 꼴이 아닌가. 그녀는 결혼 내내 하르젠에게 예의를 저버리는 짓은 하지 않았다. 당당하게 행동하면 될 일이었다. 하지만 부풀려진 소문을 아무렇지 않게 넘기지 못한 게 문제였을까. 날것의 비난을 접한 순간 에르셀라는 자신이 부도덕한 여자로 전락한 기분에서 자유롭기가 힘들었다. 블래노버 백작이 가감 없이 물어다 준 소식이 그것만이 아니었기에 더 그랬다.

'언니가 폐하에게…….'

그녀는 몰랐다. 아니, 감히 상상조차 하지 못했다. 온갖 진귀한 것을 둘러주어도 모자라거늘 무지렁이 천민인 양 대하다니. 에샤힐드는, 언니는 그럴 대우를 받을 사람이 아니었다.

눈시울이 따가웠다. 시야를 흐리게 하던 안개가 걷히고 드러난 세상은 생각보다 아름답지 않았다. 비참한 건 안락했던 요새가 그리워진다는 것이었다. 관성적으로 무지가 뇌를 좀먹고, 아무것도 모르고 죽었던 그 시절이 차라리 더 낫지 않았는지를 생각한다.

분명 옳은데, 이것이 정말 옳았는지 되뇔 때마다 에르셀라는 절망스러웠다. 그래도 그때가 나았잖아. 이런 생각이 불쑥 침투할 때마다 지난 삶에 정당성을 부여하려는 것만 같았다. 누군가 굴레에 갇힌 너는 영영 벗어나지 못할 거라 귀에 대고 속삭이는 것 같았다.

시큼해진 눈가가 후안에게 어떻게 보였을지는 자명했다.

"후작 각하 일은…… 유감입니다."

카르온이 죽은 일로 우는 것이라 추정했는지, 어색해하면서도 위로의 말을 꺼내고 있었다. 그게 또 지극히 후안다워 에르셀라는 어떤 표정을 지어야 할지 알 수가 없었다.

"……그러시지 않아도 돼요. 경의…… 조의를 받기엔 오라비의 죄가 크니, 통쾌하다 하셔도 할 말이 없어요."

후안은 씁쓸한 입안을 축였다. 무슨 얼굴을 해야 할지 고민하던 여자는 웃기로 했는지 어렴풋하게나 입술을 당기고 있었는데 그 모습이 보는 이로 하여금 참 생기가 없다고 느끼게 했다.

"후작님을 모욕할 만한 생각은 하지 않았습니다. 제 원망은 그 어느 곳도 향하고 있지 않으니, 부인도 스스로를 상처 입히는 말은 그만두십시오."

그것이 정곡을 찔렀는지 에르셀라는 한참이나 말이 없었다. 가족이 죽고, 이혼하고, 이제 한 가문을 책임지고 있는 여자의 몰골은 항간에서 떠드는 것만큼 좋지 못했다.

푸른 눈은 야망으로 타오르지도, 분노로 휘몰아치지도 않았다. 단지 피곤해 보였다. 그러나 후안은 정 힘드시면 휴양을 가는 게 어떻겠느냐 권하지 못했다. 알았기 때문이다.

"자신을 소모하는 감정은 좋지 않습니다. 해야 할 일에 시간을 쏟지 못하게 만드니까요."

"무슨 소리죠?"

뒷머리를 긁적이며 후안이 조심스레 입을 뗐다.

"……부인이 관직을 거부하지 않고 이곳에 있는 이유를 생각해 보았습니다. 제 아버지처럼 사저에 칩거하거나 얼마든지 영지에 내려가 사실 수도 있을 텐데 관료가 되셨다면, 분명 그 이유가 있을 것입니다."

"……."

"해야 할 일이 있기에 관료가 되신 게 아닙니까?"

에르셀라는 따가운 눈꺼풀을 멍하니 깜빡였다. 에르셀라가 물끄러미 바라보자 민망했는지 후안은 벌게진 얼굴로 시선을 피했다.

그러나 그의 추측은 틀리지 않았다. 소름 돋을 정도로 적중해 머리가 맑아지기까지 했다. 그랬다. 사실 감당 못 할 역할을 맡았을 때 에르셀라는 피사리데령 어딘가로 꼭꼭 숨고 싶었다.

그러지 못한 건 카르온의 의중을 파악하지 못했기 때문이다.

카르온이 그녀를 왜 후작위에 앉힌 건지 그녀는 아는 게 없었다. 그렇다고 이대로 영영 모른 채 도망치고 싶지도 않았다.

'모르고 싶지 않아서…….'

그것이 그녀가 수도에 남아 있는 이유였다.

관료가 되는 걸 거부하지 않은 이유는 비센테였다. 왕궁이라면 스치듯이라도 그 애를 만날 수 있을 테니까.

"경의 말대로예요."

에르셀라는 미소하며 긍정했다.

"다들 영지로 내려갈 것이라 생각하던데, 경도 그랬나 보네요."

"아니요."

"……."

"왠지 계실 것 같았습니다. 제가 보기에 당신은 보이는 것과 달리 상당한 쇠고집을 가지고 있으니까요."

장난기가 낙낙한 말에 에르셀라의 눈썹이 치켜 올라갔다. 고집은 고집이지 쇠고집은 또 무언가? 마음에 안 든다는 듯 눈을 흘기자 후안이 본체만체 웃었다.

"헤테론의 신학론, 그 두꺼운 걸 기어이 전부 번역하신 걸 보고 얼마나 놀랐는지 모르실 겁니다."

"아!"

깨달음이 탄성을 자아냈다. 책 맨 뒷장에 적어둔 메시지가 닿은 듯했다.

"……감사 인사를 드리고 싶어서요. 충분했나요?"

"충분했습니다. 두 번 감사를 받았다간 살아 있지 못할 것 같지만."

"네?"

"이 얘긴 이쯤에서 넘어가죠."

후안은 더는 그러지 말라며 못다 한 말을 덧붙이곤 대화를 끝맺었다. 궁금했지만 한껏 질겁하는 걸 보니 물으면 안 될 것 같아 에르셀라는 그쯤에서 넘어가 주었다.

탁자에 둔 서류를 분류해 내기 시작한 후안이 문득 물었다.

"정신은 좀 드셨습니까?"

들었을 뿐만 아니라 납덩이를 매단 듯했던 머릿속이 말끔히 비워졌다. 그러고 보니 자연스레 화제가 넘어가 있었다. 해야 할 일로.

'일부러 그런 거였나.'

민망함이 몰려와 에르셀라는 숫기 없이 대답했다.

"……덕분에요."

"다행입니다."

"그런데 뭐 하세요?"

말하는 도중에도 서류를 뒤적이는 모습에 에르셀라가 반문했다. 그에 후안은 뭐긴 뭐냐며 서류를 착착 분류해 내기 시작했다.

"근무시간이니 일해야죠."

"아."

맞다, 근무시간이었지.

"감탄하실 때가 아닙니다. 부인도 해야 합니다."

말과 동시에 서류철이 턱턱 에르셀라 앞에 탑을 쌓았다. 상체 절반까지 온 높이에 에르셀라는 경악에 물든 얼굴로 후안을 보았다. 어느새 잡념은 싹 지워졌지만 다음 말에 그것을 미처 인지할 틈도 없었다.

"이틀 안에 끝내야 합니다."

"저 오늘 첫 근무인데요?"

에르셀라는 떨떠름한 표정으로 서류를 들춰보았다. 많았으며 두꺼웠고 높았다. 베른하르트 십 년 치 장부만큼이나.

"어쩌시겠습니까. 장관님의 보좌관이 후작 각하와 저뿐인 것을."

"후작 각하에 은근 힘주는 건 기분 탓이죠?"

"지위에 따라 책임이 다른 법이니 업무량도 그렇게 분배되어야 한다고 생각합니다."

그건 순 자신보고 더 하라는 말이잖은가? 눈동자는 여전히 다정했지만, 말만큼은 전혀 그렇지 않다. 지금 보면 이 사람, 그녀가 와서 이 업무량을 홀로 떠맡지 않아 기분 좋아 보이기도 했다. 이쯤 되니 슬픔에 취할 시간도 주지 않는 게 다 계획적인 것만 같다. 뭔가 어처구니가 없어 그녀는 헛웃음을 흘리지 않을 수 없었다.

"어쩔 수 없습니다. 회의가 일주일 후라 그 전까지 자료를 저희 쪽에서 준비해 둬야 하거든요. 분류는 금방 할 겁니다. 하급 관료들이 올린 서류는 별 볼 일 없는 내용이 대다수라 필요 없을 것 같으면 대충 넘기면 됩니다."

"회의요?"

외무부에서 준비하는 회의라 하면 하나였다.

"별건 아닙니다. 이번에 콘라드 정세 추이에 따라 협상을 타결할 사절단을 꾸리는 것이니. 작년에 그쪽에서 왔으니 이번엔 우리 쪽에서 가야 합니다. 사실 장관님이 가시면 복잡한 절차 없이 간단한데, 가기 싫어하시니……."

후안은 외무부 장관이 그래도 되는 거냐고 은근히 불평했다. 그러나 뒷말은 하나도 들려오지 않았다.

에르셀라는 '콘라드'라는 말에 잊고 있었던 과거의 예정된 날을 생각해 냈다. 머리를 세게 얻어맞은 듯 멍하기만 했다. 그걸 어떻게 잊고 있었을까.

……전쟁을.

올리비아는 벌서는 아이처럼 벽면 한쪽에 단정히 섰다. 한 발자국도 움직이지 못하는 다리로 피가 쏠렸지만 이것은 아픔 축에도 들지 못했다.

"시키신 대로 추문이란 추문은 다 냈어요. 지금쯤 그 고귀한 여인을 쉬운 여자로 여기는 사람이 많을 정도로요."

가르텐 공작은 시가를 빨아들이기만 했지 말이 없었다. 얼마 전 궁내부 장관직에 올랐음에도 기뻐하는 얼굴이 아니었다. 올리비아는 그의 눈치를 보다 살며시 물었다.

"……더 할까요, 아버지?"

"아니, 그 정도면 됐다. 워낙 생각을 알기가 힘들어 됐는지 안 됐는지는 모르겠지만 말이다."

"베른하르트 공작님을 말씀하시는 건가요?"

"그래, 제 것이 아니라 느꼈을 때 더 간절해지는 법이거든. 이 아비의 경험이란다."

그녀로서는 별로 알고 싶지 않은 경험이었다.

"그럴수록 더 움직이기가 쉽단다. 네 욕심 가득한 어미처럼. 이번에 문학인지 뭔지 살롱을 하나 차렸다지?"

올리비아의 입술이 살짝 어긋났다 원상태로 복구되었다.

"하여간 출신은 속일 수 없는지, 작은 거에도 야단법석을 치더구나."

"살롱을 차린 지는 일 년이 넘었어요. 그리고 어머니도 귀족이신걸요. 살롱은 지체 높은 귀부인이면 하나씩 가지고 있는 거고요."

"귀족도 귀족 나름 아니냐? 넌 그나마 날 닮아 자라면서 눈치가 생기는 것 같긴 하다만……."

그는 모를 것이다. 딱히 말을 가려 하지 않던 그녀가 언제부터 말을 가리게 되었는지.

두 번의 파혼이었다. 귀족 영애가 두 번이나. 그리고 그 기간은 딸의 체면 하나 세워주지 않는 아버지를 믿지 않게 되기에 충분한 시간이었다.

"그럼요, 아버지."

올리비아는 나긋하게 웃는 것으로 보조를 맞췄다.

밤늦게까지 업무를 하던 에르셀라는 마지막 서류철을 덮었다.

임의로 눈여겨볼 사안을 표시하고 모르는 건 틈틈이 후안에게 물어보기를 얼마쯤 했을까. 무얼 했는지 기억나지 않을 만큼 하루가 정신없이 흘러갔다. 밤도 차츰 깊어지고 있어 에르셀라는 이쯤에서 마치기로 했다.

'해결해야 할 일이 있기도 하고.'

설마 그사이에 도망간 건 아니겠지. 에르셀라는 깊게 가라앉은 눈으로 모서리가 일치하도록 서류를 모았다.

마찬가지로 막바지였는지 후안도 자리를 정리하고 있었다. 그리고 끝내 돌아오지 않은 라페인 후작을 원망하듯 존경심 없는 눈빛이 후작이 있던 곳을 훑었다.

"후작님이 안 오시네요."
"기다려도 마찬가질 겁니다. 그냥 퇴궁하시면 됩니다."
"그래도 인사는……."
"모릅니다, 지금쯤 저희보다 먼저 퇴궁하셨을지도."
"그래도 되는 거예요?"
"예. 나이와 가문이 정당방위인지라. 외무부는 비교적 덜 중요한 부서이기도 하고요."
종전되고 나라가 안정을 찾은 지 꽤 되었기 때문이라고 후안은 설명했다.
"그래도 십 년은 덜 찼을 텐데요."
"이만큼 전쟁이 없던 적도 드무니까요."
하긴 레나르트와의 전쟁을 마지막으로 소소한 국지전마저 없었으니 그렇게 느껴질 법했다.
선대 공작부터 이어진, 개전과 휴전을 반복했던 전쟁은 하르젠에 이르러서 종결되었다. 그러나 평화롭다 하기엔 어폐가 있었다. 현왕이 즉위한 이래로 숙청된 가문 수를 보면 더욱이.
에르셀라는 불편하고 사사로운 진실을 굳이 입 밖으로 꺼내지 않았다. 실상 반투명한 미래를 알고 있는 그녀가 걱정하는 건 레나르트가 아닌 콘라드였다.
'……전쟁.'
콘라드와 전쟁이 일어나는지 일어나지 않는지는 몰랐다. 갈등이 고조된 지점에 죽었으니 그 뒤에 전쟁이 있었을 것이라고 막연히 추측할 뿐이었다.
콘라드와 왜 그렇게 된 걸까.
만일 콘라드가 백 년 전에 빼앗긴 땅을 명분으로 삼았다면 갈등이 심화될 계기가 있었을 텐데, 오늘 검토한 서류를 보면 콘라드가 아즈렐을 걸고넘어질 조짐은 보이지 않았다.

실금이 간 그녀의 미간을 일 처리에 대한 불안으로 해석했는지 후안이 안심될 말을 건네왔다.

"콘라드에서 아일레스 왕자가 즉위한 일은 알고 계십니까?"

"간단하게는요."

경황이 없어 자세히는 아니지만 언뜻 블래노버 백작에게 들었던 기억은 있었다.

"이번 파견은 협정보단 콘라드의 새 왕 즉위를 축하하기 위한 목적이 더 큽니다. 그저 화합을 굳건히 하기 위한 치레이니 너무 심각하게 생각하지 않으셔도 됩니다. 아니다 싶으면 라페인 각하께서 알아서 거르실 테고요."

그녀의 걱정은 일에 대한 염려가 아니었지만 에르셀라는 구태여 해명하지 않았다. 정확히 하자면 후안이 이어서 전한 소식에 해명할 생각을 하지 못했다는 게 맞았다.

"또한 판테츠 백작님도 계시니 안심입니다."

그 말이 연상시킨 기억에 에르셀라는 어안이 벙벙해졌다.

"이번 대표 사절이 판테츠 백작님인가요?"

과거 이맘때쯤엔 병상에 있었기에 그런 세세한 정보까진 알지 못했다. 한데 판테츠 백작이라니. 나쁘진 않았지만 재무부를 통솔하느라 바쁜 사람이 굳이? 그러고 보니 삼 년 전에도 그러지 않았나?

점점 기울어져 가는 에르셀라의 고개를 본 후안이 덧붙였다.

"명색이 왕의 즉위식인데 별 볼 일 없는 이를 보내면 그쪽에서 오해할 염려도 있으니 여러모로 제격이긴 하죠. 자세한 건 금번에 열리는 귀족 회의에서 정해질 겁니다."

그래 봤자 후안은 백작이 가게 될 거라고 확신했다.

"라페인 후작님은요?"

"그분은 뭐……. 아까 말씀드렸다시피 타국에 방문하는 것 자체를 별로 탐탁지 않아 하십니다. 허리가 아프다는데 어쩌겠습니까. 괜한 분들만 고생하는 거죠."

한번 점잖게 투덜거린 후안이 자리에서 일어났다. 더 지체했다간 불청객이 들이닥칠 것 같았기 때문이다. 그러나 불행하게도 불길한 예감은 언제나 빗나가는 법이 없었다.

"뭐 하는데 이렇게 늦어? 기다리다 목 빠지겠다."

벌컥 문이 열리고 마주한 신형에 후안은 난색하며 얼굴을 쓸어내렸다. 마찬가지로 그가 누군지 확인한 에르셀라 또한 참담한 얼굴이 되고 말았다.

"뭐야, 이거."

저리 죽일 듯이 노려보는데 표정 관리를 할 수 있을 리가.

"형님, 여기 장관실이라는 건 인지하고 있는지?"

"라페인 후작이 퇴궁하는 걸 내 두 눈으로 똑똑히 봤는데 그게 무슨 상관이야! 그보다 이게 무슨 개떡 같은 상황이냐고 묻잖아!"

카일의 목소리는 짐승이 으르렁거리는 소리보다 거칠었다. 에르셀라는 서둘러 밖으로 나가고 싶었지만 하필이면 카일 로베르트가 문간에 떡하니 서 있어 그것도 곤란했다.

"안녕하세요…… 공자. 오늘부로 후안 경과 함께 장관님을 보좌하게 되었습니다."

약간 움츠러들긴 했지만 대체로 정중한 소개였다.

"그걸 내가 몰라서 묻는 줄 알아요?"

성에 차지 않았는지 카일은 콰드득 이를 갈았지만.

"폐하께서 미치셨답니까?"

불경한 발언을 해대는 카일을 에르셀라가 경악스럽게 쳐다보았다. 왕의 집정실과 멀리 떨어져 있고 주변에 돌아다니는 시종이 없으니 망정이지 들키면 목이 날아갔을 발언이었다. 후안의 생각도 다르지 않은 듯했다. 낯빛에서 암담한 심경이 고스란히 느껴졌다.

"제가 예언가는 아니지만 형님이 로베르트의 몰락을 앞당기고 있다는 것만은 분명합니다."

"그럼 내가 여기서 저 여자 얼굴까지 봐야겠냐? 하루 종일 그 자식 얼굴을 마주하는 것만으로도 분통이 터지는데!"

이제 보니 카일은 기사단 제복 차림이었다. 그렇다면 카일 로베르트가 말하는 사람이 누군지는 명확했다. 그 생각을 하니 과연 성을 내는 것도 이해가 갔다. 하지만 더 이상 형제의 위험한 행태를 보아줄 수 없었는지 후안은 단호하게 말했다.

"이곳은 궁입니다. 형님의 감정과 상관없이 이분은 후작 각하시고요."

"그래서 뭐 어쩌라는 거냐."

"예의를 갖추란 말입니다."

"야, 너 진짜……."

"궁의 질서나 어지럽히지 말고."

분노로 발발대는 카일의 원통을 일축하며 후안이 그의 등을 문밖으로 밀어댔다. 완강하게 버틸 수도 있는 카일이지만 못 이기는 척 후안의 힘대로 밀려가 주었다. 자신이 심했다고 생각했다기보다는 에르셀라가 꼴 보기 싫어서였다.

"그럼 내일 뵙겠습니다."

"뵙긴 뭘 봐! 이봐요! 좋은 말로 할 때 당장……!"

카일의 끊어진 외침을 마지막으로 문이 닫혔다. 그대로 방을 서성이던 에르셀라는 한참 만에야 집무실을 나갈 수 있었다.

에르셀라는 사안을 살피기 위해 선별해 둔 서류를 조심스레 품에 안은 채 복도를 거닐었다. 그러나 자박자박 조용한 발소리는 울린 지 얼마 되지 않아 그칠 수밖에 없었다.

왜 하필.

입안의 여린 살점을 깨물어 간신히 비명이 새는 것만은 막았다.

기사단은 여기서 한참 떨어진 곳에 위치해 있는 걸로 알고 있는데 왜 여기로 온단 말인가. 사실 깊게 생각할 것 없이 옆에 있는 가르텐 공작을 보면 알 수 있었다. 왕을 알현하러 가는 길이라는 것을.

"오랜만이군요. 수척해지셨습니다, 부인."

서글서글한 미소를 띠고 있는 가르텐 공작이 다가왔다. 이번에 카르온 대신 궁내부를 차지하게 되었다지. 그것만 해도 분에 겨운데 그 얼굴로 실실대고 있으니 참기가 어려웠다.

"아, 관료가 되었다는 말은 들었습니다. 외무 부서가 한창 바쁠 때 들어가 고생이 크십니다."

"……아니에요."

눈을 내리뜨며, 에르셀라는 품 안의 서류를 꽉 끌어안았다. 집요하게 꽂히는 시선을 견디기가 힘들었다. 그사이 가르텐 공작은 귀찮을 정도로 이것저것 물어왔다.

"어려운 일은 없으십니까? 있다면 말씀하시지요. 제 선에서 처리할 수 있는 일이라면 해드리지요."

정식으로 작위를 이어받았음에도 가르텐 공작은 에르셀라가 한참이나 아랫사람인 양 말하고 있었다. 그것이 그간 카르온에게 못 했던 분풀이를 그녀에게 하는 것만 같아 에르셀라는 그가 역겹기만 했다.

"어려움은 없습니다, 공."

"로베르트 영식과 같은 부서인 게 어려움이 없다니요."

어디서 얄팍한 소문을 듣고 온 건지 악질이었다. 저질스러운 성격은 때와 장소 상관없이 발휘되나 보지.

"후안 경께서 친절히 가르쳐 주신 덕분에 일하는 데 버겁지는 않습니다."

"딱히 로베르트 영식의 업무 능력을 두고 한 말은 아니지만 부인께서 그렇다고 하시니 뭐, 그렇다고 해두죠."

대단한 관용을 베푸는 듯이 말하는 공작을, 에르셀라는 침묵함으로써 무시했다.

"힘드시겠습니다. 들어드릴까요?"

겨우 두 개의 서류를 들고 있을 뿐이다. 그런데도 가르텐 공작은 무거운 짐을 들고 있는 아이 보듯 에르셀라를 대했다.

"다음부턴 수행인을 곁에 두시지요."

공작의 목소리가 듣기 싫었지만 에르셀라는 받아치지 못했다. 고개를 드는 순간 얽힐 시선이 무서웠다.

"괜찮습니다. 일 보세요."

"어이쿠, 방해가 되었나 보군요. 비켜 드려야지."

능글맞게 웃은 가르텐 공작이 과장된 동작으로 옆으로 비켜섰다. 에르셀라는 눈을 내리뜬 채 공작이 내준 길을 지나갔다. 그리고 자꾸만 빨라지는 걸음을 저어하며 최대한 똑바로 걷고자 했다.

"머리를 내리니 더 아름다우십니다. 그렇지 않은가, 공?"

그러나 칭찬으로 포장한 희롱은 끝내 그녀가 형편없이 뛰도록 만들었다.

하하하하!

기분 나쁜 웃음소리가 그림자처럼 그녀의 뒤로 길게 늘어졌다.

도망치듯이 여자가 달아났다. 금색 머리카락을 늘어뜨리며. 하르젠은 그 섬연한 뒷모습을 가만 바라보다, 장막 같은 어둠이 그녀를 집어삼켰을 즈음 시선을 거두었다.

열기 한 점 없이 무감한 눈은 별 미련이 없어 보였다. 눈을 가늘게 좁힌 가르텐 공작이 몇 번을 확인해도 마찬가지였다. 일부러 친 장난에도 그는 그다지 불유쾌한 기색이 아니었다. 뭐, 괜찮나. 여전히 알다가도 모르겠지만 상관없으리라. 그래, 카르온 피사리데가 죽었으니 모든 게 상관없었다.

뭐 어떤가? 제일 성가신 인물이 이 세상에 없는데!

그러니 이제 어떠한 것도 그에게 조바심을 주지 못한다. 이 고결한 남자는 발을 빼고 싶어도 이미 늪의 중앙에 깊숙이 들어온 상태였다. 벗어날 수 없는, 아주 깊은 수렁에. 오물을 묻은 상태로 그 여자에게 가봤자 받아줄 리가. 그렇다면 그에게 남은 선택지는 힘으로 가지는 것 하나일 것이다. 비록 저속하고 비열할지라도 어쩔까, 네겐 그 방법밖에 없을 텐데.

제가 있는 급까지 떨어진 사내를 지켜보는 건 소소한 희열을 가져다주었다. 세간에서 널리 칭송하지만 막상 들여다보면 별것 없다는 게 우습기도 했다.

"가지."

조소하듯 웃은 가르텐 공작이 경쾌한 걸음을 내디뎠다.

메리는 사방을 헤집을 듯이 달렸다.

어서, 어서.

텁텁한 흙길을 내달리는 몸이 앞으로 쏟아질 것 같았지만 그녀는 멈추지 않았다. 돌아가는 것도 아니거늘 오늘따라 출구가 멀게 느껴지는 건 기분 탓일까.

울지 마, 울지 마.

눈물이 흐를 듯한 눈시울을 훔치며 메리는 숲길을 달렸다. 메리의 뜀박질이 멈춘 건 낯선 그림자가 그녀의 발끝에 기울어졌을 무렵이었다.

"어딜 가니?"

스산한 숲속과 어울리지 않은 청명한 목소리에 그만 외마디 비명을 지를 뻔했다. 침과 함께 비명을 삼킨 메리는 인물의 정체를 확인하자 입술을 잘근 물었다. 길잡이처럼 어둑한 숲길을 흐르는 달빛 덕분에 그 사람이 누군지 알아보는 건 어렵지 않았다.

"……후작님."

그리 부르면, 힘겹게나마 미소로 화답해 주던 여자가 지금은 웃고 있지 않았다.

"그럼 레오폴드 왕자의 방에서 나온 병이 설마……."

"후작 부인에게 병의 행적에 대해 여쭈어봤는데 얼마 전에 잃어버리셨다더군요. 같은 것인 듯합니다."

곰곰이 생각해도 아귀가 맞지 않았다. 왕자가 죽었을 당시 병 안의 액상은 말라붙어 있었다고 한다. 하루 이틀은 지나야 일어날 변화가 단 몇 시간 만에 일어났다니. 의원은 아예 불가능한 일은 아니라며 일축했지만 의문점은 있었다. 그보다는 병 안에 있던 것과 같은 독을 음식이나 찻물에 섞어 레오폴드에게 먹였다는 게 타당했다.

일부러 그 병을 놓아둔 이유는 사람들의 시선을 돌리려는 속셈이었을 것이다. 그리고 공교롭게도 때마침 수사관 키리알 로뎀 앞에 같은 병을 가진 여자가 발견되었다고 한다.

"그건…… 말이 안 됩니다. 문양을 새긴 물건의 모양은 다 다르게 제작됩니다."

백작의 증언에 따르면 이 또한 기밀이었다. 그렇다면 상대방은 정보원의 증표에 대해 자세히는 몰랐을 공산이 컸다.

키리알 로뎀에게 보내진 그 여자는 정보원이 아닌 가짜였을 것이다. 손에 들어온 병을 그대로 복제했을 테지. 이미 알고 있는 문양 따위 어느 세공사에게 맡겨도 상관없을 테니 말이다. 그야말로 모든 게 간교한 조작이었다.

수감소를 불태운 이유도 수사가 길어질수록 탄로 날지 모른다는 생각 때문일 것이다. 그 일로 수감소에 갇힌 중요한 증인들이 죄 타 죽었다고 한다.

그럼에도 여론을 무혐의로 끌고 가지 못했다. 하필이면 왕족시해와 연관된 일이었기에. 왕가의 위신이 달린 일이다. 누군가는 책임을 져야만 하는. 사람들은 억지로라도 끼워 맞춰 희생양을 만들 수밖에 없었다. 그렇게 카르온이 왕족시해범으로 지목되었고…….

하지만 그 전에, 그녀가 세운 가정이 성립하려면 하나의 조건이 전제되어야 했다.

"왜 그랬니?"

배신자가 있어야 했다. 후작가 내부 사정을 어느 정도 알고 있는 사람의 배신이 가정에 필요했다. 근래 개인 외출이 잦은 이 중 에이레네를 지근에서 모신 이는 저 아이뿐이었다. 외출의 이유가 결혼이었으니, 결혼 준비를 핑계로 가끔 밖을 나가도 이상하게 여길 사람은 없었을 터였다.

"왜 그랬니?"

말없이 발치만 바라보고 있는 메리를, 에르셀라는 인내심 있게 기다려 주었다.

메리는 에르셀라를 지나쳐 뛸 생각이 없어 보였다. 이미 알고 있는 듯했다. 숲에서 벗어나 봤자 다시 잡힐 것을. 실제로 숲 주변에는 사람들이 포진되어 있었다. 그러니 에르셀라의 기다림은 관용 아닌 관용에 불과했다. 메리는 기만당했다며 억울해하지 않았다. 애초에 시작은 그녀 자신이었다.

"너를."

"……."

"거두어들였다, 오라버니가."

메리의 고개가 허망하게 올라갔다. 심상한 음조와 다르게 일그러진 얼굴의 에르셀라가 보였다.

"너를 구했어, 피사리데가."

메리는 손을 꼼지락거리며 시큰해진 콧등을 훌쩍였다.

"내 말에 틀린 게 있니?"

"……."

"우리가 네게 못 해준 게 있어?"

"아니요."

그 말이 진리라는 듯 메리는 고개를 세차게 가로저었다.

"맞아요. 후작님 말이, 다, 다 맞아요."

에르셀라의 말대로 길거리를 전전하던 고아는 과분한 은혜를 입었다. 후작가에서 살게 해주고 굶지 않게 해주었으며 하녀로 고용해 줌으로써 은혜를 갚을 기회도 주었다. 평생을 갚아도 바닥나지 않을 자비였다.

"죄송해요, 죄송해요. 제가, 그래서 정말 죄송……."

문득 소리가 조용해졌다. 굵은 눈물방울이 메리의 눈시울을 타고 흘러내렸다.

"돌아가실 줄 몰랐어요! 그렇게, 그렇게 심각한 일인지 몰랐어요! 저는 그냥! 그냥……!"

때를 잃은 변명으로 자신을 변호해 보지만 메리는 알고 있었다. 돌이킬 수 없는 일 앞에서 핑계 대는 것만큼 무의미한 짓은 없다는 걸.

“어렸을 때부터 이곳에서 자라온 너는 알았겠지. 네가 빼돌린 병이 평범한 물건이 아니란 걸, 너는 눈치껏 알았을 거야.”

맞다는 듯 메리는 시뻘게진 눈으로 고개를 세차게 끄덕였다.

“예, 예, 맞아요. 맞아요. 제가 그것을 훔쳤어요. 죄송해요, 죄송해요.”

다 알았다. 평범한 병이라면 카르온 후작님이 마님에게 넘겨주실 때 그리 망설이지 않았으리란 것을. 애먹어 하면서도 그것을 건네준 이유가 그 병이 아무것도 아니어서가 아니라, 순전히 기뻐할 에이레네를 위해서였다는 것을.

그래서 훔쳤다. 그들이 원하는 대로. 이것이 열쇠라 확신하면서.

메리의 고백으로 기정된 사실에 에르셀라가 인상을 썼다.

“이해가…… 안 돼.”

“…….”

“못 해준 게 아니라면 네가 왜 이러는 건지 모르겠어.”

에르셀라는 어느 것 하나 이해하지 못했다. 키워준 하녀가 배신을 꾀할 정도로 끔찍한 주인이었던가? 카르온이? 아니, 아니다. 에르셀라가 아는 오라비는 하녀가 앙심을 품을 정도로 됨됨이가 못난 사람이 아니었다. 애당초 사용인에게 크게 관심 두는 성정도 아니었다. 너그럽되 선은 있었다.

“……돈. 돈 때문이니?”

“아니에요! 그건 정말 아니에요!”

“그럼 왜…….”

“……이곳에서 사는 게 두려웠으니까요.”

메리의 대답은 에르셀라를 더욱 미궁으로 몰아넣었다. 두려웠다니. 이만큼 안전한 데도 없을 텐데. 들어줄 가치도 없는 변명이었다. 그러나 기가 차 하기에는 메리의 눈빛이 너무도 진지했다.

"……모르실 거예요. 후작님이 왜 그렇게 고아를 거두어들이셨는지."

내쉬는 숨결이 가라앉았다. 말 같지 않은 소리로 치부하면 될 걸 차마 지나치지 못한 이유는 메리의 얼굴 위로 리엔과 데일의 환영이 어른거렸기 때문이다.

"유심히 보면 어려 보이는 사용인이 많이 보이실 거예요. 대부분 길거리 고아 출신이라 그래요."

막 열 살 된 나이로 자신을 따라 베른하르트로 온 리엔이 생각났다. 어리다는 생각은 들었지만 이상한 건 못 느꼈다. 그땐 그녀도 어렸으니까.

"아무것도 모른 채 후작가에 들어와 점점 나이가 들면, 칼런 집사님의 지시에 따라 구역을 배정받아요. 각지로 보내지는 사람들이 있는 반면 저나 리엔 언니처럼 평생 고용인으로만 남는 사람들도 있어요. 떠난 언니와 오빠들이 무슨 일을 하고 있는지 눈치챈 건 편지가 끊긴 다음이었어요. 규율에 어긋나는 일이었지만 몰래…… 편지를 하고 있었거든요."

"그 말은 꼭……."

오라버니가 고아들을 세작으로 키웠다는 얘기 같구나, 라는 말이 나오지 않았다. 숲을 메우는 서늘한 공기가 목을 가득 막고 있었다.

"근데 어느 날부턴가 편지가 돌아오지 않았어요. 처음엔 들켰나 싶어 조마조마했지만…… 너무 이상하잖아요. 삼 년이 넘도록 들려오는 소식이 없다는 게. 죽은 게 아니라면 그건 너무…… 이상한 거잖아요."

눈시울에 고인 눈물을 닦아내며 메리가 말했다.

"무서워서, 무서워서 그랬어요. 언니 오빠들은 내게 가족이나 마찬가지였는데…… 점점 사라져 가요. 처음부터 없었던 사람처럼."

"……."

"절대로…… 절대로 돈 때문에 그런 건 아니었어요!"

돈 때문이 아니라며 손사래를 치는 메리의 모습이 어째서 가슴을 더욱 깊게 할퀴는 건지는 모를 일이었다. 차라리 돈에 눈이 멀어서였다면, 그딴 값싼 욕망에 졌기 때문이라면 괜찮았을까. 동정할 가치도 없다고 생각해 내치면 그만인 만큼 마음은 편했을까.

"네, 네, 아니에요, 절, 절대로요. 저희에게 중요한 건 개인의 영달 따위가 아니에요……."

"……."

"지옥의 구덩이에서 꺼내준 분께 바치는 맹목적인 충성이죠."

말을 잇는 목소리가 씁쓸했다.

"일생을 은혜를 갚기 위해 살아왔어요. 가족이 없고 지킬 것이 없어 약점 잡힐 일도 없는 천애 고아에게 배신은 감히 상상할 수도 없는 불손한 생각이에요. 근데…… 그걸 제가 했으니 뭐라 드릴 말씀이 없어요. 살려주신 목숨, 마땅히 바쳐야 하는데. 그게 맞는 건데…… 미웠어요. 언니, 오빠들을 죽게 만든 후작님이 죄송하게도 너무 미웠어요. 저도 그렇게 될까 봐 무서웠어요. 저를 키워준 이곳이 너무 싫었어요……."

정말 죄송합니다. 흐르지 않는 눈물과 함께 메리의 변명이 끝났다. 메리는 담담히 죄를 받겠다는 듯 얌전하게 눈을 내리뜨고 있었다. 그것을 보자 드는 생각은 하나였다.

아, 그래. 그 막대한 정보력이 거저 얻어지는 것은 아닐 텐데. 생각해 보면 배신자가 있는 게 이상한 일은 아니었다. 그들은 꼭두각시가 아닌 사람이었고, 사람이라면 변심이야 당연히 할 수 있었다.

오히려 지금에서야 배신자가 나타났다는 걸 놀라워해야 했다. 이 거대 조직이 십 년 넘도록 유지될 수 있던 까닭은 카르온이 특별히 뛰어나서가 아니었다.

그들이 카르온이 건네준 찰나의 온정에 몸 바칠 정도로 맹목적이었기 때문이다. 철저하게 귀족적인 주제에 최하층민의 심정을 헤아렸다. 이용하기 위해, 귀족처럼.

에르셀라는 허탈하게 웃으며 감탄했다. 오라비는 정말 영민했구나. 도망치는 길에도 저 아이가 가문을 위해 목숨을 내놓지 못했다며 괴로워하는 걸 보니 오라비가 대단하기만 했다.

"……."

침묵에 잠긴 숲이 운 건 회색 구름이 달을 가릴 무렵이었다. 그림자가 스며든 나뭇잎이 부르르 떨고 나뭇가지에 무리 지어 앉은 새들이 포르르 하늘로 날아갔다.

흐른 시간과 함께 구름이 흘렀다. 달이 구름에서 벗어나자 어슴푸레한 달빛이 숲속을 가로질렀다. 에르셀라는 하늘 저편으로 디딘 시선을 내렸다.

메리는 보이지 않았다.

"가렴."

메리를 보내준 건 그녀를 남달리 생각해서도, 에르셀라가 선해서도 아니었다. 오히려 선의였다면 메리를 그렇게 보내지 않았을 터였다. 쓸모를 다한 무력한 하녀를 없애는 건 그들에게 일도 아닐 테니, 진심으로 용서했다면 비밀리에 거처를 마련해 주었을 것이다.

그러나 에르셀라는 그러지 않았다. 그 영특한 하녀는 일이 끝난 뒤 제거될지도 모른다는 사실을 예감하고 있었을 것이다. 목숨을 담보로 도박을 했으니 용기가 가상해서라도 놓아주었다. 그 선택이 틀리지 않길 바란 것도 같다. 명운을 좌우할 만한 선택이었는지 궁금하기도 했다. 지금쯤 메리는 그 답을 알았을까.

"마님!"

저택으로 들어온 에르셀라의 뒤를 리엔이 쫄래쫄래 따라왔다. 스물아홉이 된 리엔은 앳된 티는 없었지만 세상에 물들기 전의 무구한 눈을 가지고 있었다.

에르셀라는 그 눈이 좋은 한편 걱정이기도 했다. 이 애를 어떡하면 좋지. 베스는 결혼했으니 그렇다 치더라도 리엔이 문제였다. 결혼하라 해도 싫다, 다른 가문에서 일하기 쉽게 추천장을 써준다 해도 싫다, 생이 다할 때까지 곁에 있을 것처럼 구는데 쫓아낼 구실이 없었다.

"피곤하시죠? 차 한잔 드시겠어요? 아니면 따뜻한 물에 목욕을 하실래요?"

생글생글 씩씩하게 웃는 리엔을 당해낼 재간이 없었다.

"차 한잔 줄래?"

"그럴게요."

대답은 가뿐했으며 걸음걸이도 크게 다르지 않았다. 예의에 어긋난 활달한 걸음을 에르셀라는 걱정 띤 눈으로 바라보다, 집무실에 들어섰다. 그와 동시에 인기척을 느낀 블래노버 백작과 데일 버그만이 소파에서 일어났다.

에르셀라가 배은망덕한 하녀를 놓아주었다는 걸 들었지만 그들은 왜 그랬느냐 캐묻지 않았다. 카르온의 결정에 이유가 있듯, 에르셀라가 한 결정에도 이유가 있을 것이라고 여겼다. 증거가 말살되고 주군이 죽은 마당에 그 하녀의 가치는 헐값보다 못했으니 상관없기도 했다.

"피곤하실 테지만 봐주셔야 할 게 있습니다."

블래노버 백작이 낡아 헤진 종이를 에르셀라에게 내밀었다

"주루에 잠입해 있던 정보원이 올린 것입니다. 익명의 사람들이 그곳을 이용해 정보를 주고받고 있었습니다. 물론 전부 암호로 적혀 있기에 무슨 내용인지는 알지 못합니다. 별것 아닌 내용일 수도 있겠지만 일단 보고드리는 게 맞는 것 같아 이리 보입니다."

에르셀라는 구겨져 해진 쪽지를 들여다보았다.

“해독하진 못했습니다. 언어처럼 보이기는 하는데 이게 대체…….”

“각하?”

에르셀라가 백작의 말에 귀 기울이지 않고 있다는 걸 안 데일이 문득 끼어들었다. 돌아오는 답은 없었다. 안 그래도 창백한 낯에 차츰 핏기가 가시는 게 보이자 심각성을 인지한 데일이 다시 한번 그녀를 부르려 할 때였다.

“……같아요.”

“예?”

에르셀라의 입술이 열린 건 운 사람의 것처럼 가라앉은 목이 다듬어진 후였다.

“해석…… 할 수 있어요.”

턱에 양손을 받치고 있던 에르셀라가 흘끔 고개를 들어 올렸다. 퍽 심심한 티를 내고 있음에도 하르젠은 별 동요 없이 해야 할 일을 하고 있었다.

관심을 줄 생각이 없는지 그는 종이에서 눈을 떼지 않았다. 에르셀라는 가끔 이럴 때면 그와 결혼한 게 자신인지 저 종이인지 의문을 품곤 했다.

에르셀라는 그래그래 하며 속 안의 섭섭함을 납득하다, 종이에 새겨진 요상한 글자에 눈가를 찌푸렸다. 필체는 반듯했지만 정체불명의 문자는 알아보기 힘들었다.

뭐지? 그라니아어는 당연히 아니었다. 그렇다고 콘라드, 레나르트, 렌투어라 하기에도 무리가 있었다.

"특이하네요. 공용어와 닮은 듯도 하고."

문자의 모양을 보면 언뜻 헬리오스 공용어 같기도 했다. 그마저도 완벽히 같은 건 아니었지만. 나름 언어에 일가견이 있다고 자부하던 에르셀라의 눈이 총총 빛났다.

"어떻게 읽어요?"

하여 저도 모르게 묻다가 급히 호기심을 꺼뜨렸다.

"아니, 됐어요. 방해하려던 건 아니었는데."

바쁘시니 되도록 방해하면 안 된다는 케이런 경의 당부가 떠올랐기 때문이다. 염려하는 얼굴에 조용히 있겠다고 약속했는데 방해할 수는 없었다.

에르셀라는 그만 자리를 비켜주기로 했다. 그녀의 존재는 피해를 주면 주었지 도움이 되진 않을 것 같았다.

에르셀라는 되도록 소리를 내지 않기 위해 매무새도 가다듬지 않은 채 일어섰다. 이대로 조용히 나가면 될 거라고 생각했다. 그대로 마주쳐 버린 시선만 아니었다면.

"왜?"

"시끄…… 러울까 봐."

그의 눈이 왜 나가는지 묻고 있는 듯해 에르셀라는 더듬더듬 답했다. 성가시다고 생각하고 있는 줄 알았는데……. 실제로 턱을 까닥여 간명한 배웅이라도 할 줄 알았던 하르젠은 그러지 않았다.

"궁금했던 것 아니었나?"

"……."

"이리 와."

눈짓으로 옆을 가리킨다. 미안함을 투정으로 착각한 걸까. 미심쩍은 눈길로 하르젠을 보면서도 에르셀라는 그 말을 따랐다.

"공용어의 원시 형태야. 음절문자가 아닌 표어문자라 직관적 해석이 번거롭지만 익숙해지면 이만큼 직관적인 것도 없지."

옆에 서자 허리 사이로 팔이 감겨든다. 에르셀라를 무릎에 앉힌 하르젠이 그녀의 손을 끌어 문자를 짚었다.

"여기서부터."

그녀의 의지가 아닌 손이 좌에서 우로 일직선을 그었다.

"여기까지."

"한 문장이에요?"

예측이 맞았는지 귓가에 낮은 웃음소리가 닿았다.

"어떤 문자가 붙느냐에 따라 해석이 달라지지. 이걸 그라니아어로 문자 변환을 해. 좀 더 복잡하게 하면 주기적으로 배열을 달리해서. 그래서 보통 문장으로 전하진 않아. 어딜 가든 길어질수록 해석하지 못하는 사람이 속출할 테니."

"주기를 하루로 잡으면 하루 안에 해석해야 하는 거네요."

문자를 음에 맞게 매칭하는 것인 듯했다. 그 많은 단어를 새롭게 변환하는 건 힘들 테니 표현에 한계가 있었지만, 간단한 것만 주고받기엔 유용해 보였다.

"근데 이런 거 알려줘도 돼요?"

에르셀라가 돌연 개구쟁이처럼 키득댔다.

"나중에 내가 막 다른 사람에게 알려주면 곤란한 거 아니에요?"

"곤란하겠지."

그가 선선히 답했다. 곤란하다고 말하면서도 전혀 곤란하지 않은 표정으로. 얼핏 그녀가 그러기를 바라는 듯도 보여 에르셀라는 당혹스럽기까지 했다. 자신이 배신했으면 하다니 말도 안 되는 생각이었다.

그러나 눈이 마주치자 자취를 감춰 버린 미소에 어쩌면, 정말 어쩌면 그럴지도 모른다는 느낌이 들었다. 문득 자신의 손을 느슨하게 감싼 팔이 낯설었다. 에르셀라는 다른 손을 들어 올려 그의 팔목을 덮었다.

지면을 먹먹하게 훑은 에르셀라는 협탁에 마련되어 있는 펜대를 들었다.

"배열을 어떻게 했는지 아는 게 중요해요."

"배열 말입니까?"

"네, 문자 배열에 따라 해석이 달라지거든요. 그라니아어를 공용어로 변형한 거니 모국어가 가지는 규칙성으로 해석하려고 하면 잘 안 될 수밖에요."

"공용어처럼은 안 보이는데요."

"공용어가 발달하기 이전 문자라 그래요. 기본적인 것만 익힌 사람은 모를 수도 있겠네요. 일단 종이에 적힌 단어를 거꾸로 끼워맞춰 보죠."

"그렇다면……."

카르온이 근접하지 못했던 해석법을 에르셀라가 알고 있다는 것에 놀라는 것도 잠시, 방 안에 불편한 침묵이 감돌았다.

에르셀라가 알고 있다. 그것은 배후가 누구인지 절반은 밝혀진 거나 마찬가지였기 때문이다.

"도대체 뒤로 무슨 짓을!"

이 일의 배후가 암시되자 데일이 주먹으로 탁자를 내려쳤다. 과격한 소음과 함께 에르셀라가 쥔 펜대가 흔들렸다. 그녀는 종이에 지지직 그어진 선에도 아랑곳하지 않았지만, 화를 낼 줄 모르던 사람이 분을 못 이기는 모습은 다소 낯설게 느껴졌다.

"진정하게. 아직 정확하진 않잖은가."

백작은 섣불리 단정 짓지 말자며 분노에 떠는 데일을 만류했다. 그러나 그도 어느 정도 확신하고 있는 듯했다. 에르셀라의 앞이었기에 드러내지 않는 것일 뿐.

“이 쪽지를 받은 날짜를 알 수 있을까요?”

“그게 중요합니까?”

“주기적으로 문자 배열이 한 줄씩 밀리니까 꼭 필요해요.”

단순한 음절 변환이라면 원론적으로 들어가 보면 해석하는 건 까다롭지 않았다. 그러나 그것을 보완하듯 주기에 따라 한 줄씩 새로운 문자가 추가되어 배열이 달라진다는 점이 문제였다. 이 정보를 공유하는 사람들은 문자표를 가지고 있을 터였다. 본래라면 가문마다 고유의 암호문이 있듯 베른하르트도 베른하르트만의 암호문을 가지고 있었다. 그러나 하르젠은 그들을 거기까지 신뢰하진 않았는지 자발적으로 만든 암호문을 이용했다.

“정확한 날짜는 명시해 두지 않았습니다만, 주기는 있습니다.”

“얼마 정도죠?”

“한 달에 한 번씩 주루에 쪽지가 전달되었습니다.”

그쪽도 헷갈릴 걸 유념해서인가 제법 간격이 일정했다. 하지만 대체 누구란 말인가. 에르셀라는 베른하르트가 교류하고 있던 가문이 있었는지 떠올려 보았지만 따로 기억나는 건 없었다.

한편으로는 불안했다. 모의가 아니라면 이렇게 비밀리에 움직일 리가 없는데. 게다가 이 일을 카르온이 몰랐다는 건, 그가 하려는 일이 오라비의 뜻에 반한다는 말이 된다.

“오늘 안에 가능하십니까?”

“그건 힘들어요.”

해독이 전문적으로 보여도 막상 세부적으로 파고들면 마구잡이로 부딪혀야 할 때가 많았다. 판 없는 퍼즐을 맞추듯 무작정 조합해 보는 식이었다. 그나마 어떻게 해석하는지 알기에 부담이 덜하다는 점에서 안심이었다.

"오늘부터 해보죠."

밤이 길어질 것 같았다. 에르셀라는 소매를 걷어붙였다.

앞길을 막아서는 케이런에 비센테의 미간이 슬며시 좁아졌다.

"비키십시오, 케이런 경."

비센테 뒤에 있던 베론도 마찬가지로 턱에 힘을 주었다.

"죄송하지만 당분간 회의에 참관하실 수 없습니다."

"어째서입니까?"

"각하께서 직접 배제를 지시하셨다, 베론 경."

비센테가 남도 아닌데 배제라니. 베론의 얼굴에 당혹감이 스쳤다.

"받아들일 수 없습니다. 공작 부인이 베른하르트에 없다 하나 이분은 엄연히 적통이십니다. 지금까지 아무 문제 없던 참관이 갑자기 문제가 된다니요."

받아들일 수 없다는 항의에 케이런은 관자놀이가 아파오기 시작했다. 베론의 불안을 이해 못 하는 건 아니다. 이제 곧 성년을 치를 이 어린 주인은 후계자로 키워졌으나 공작이 아직 젊었다. 재취하여 아들을 얻고 장성할 때까지 키운다면 상황이 반전될 수도 있을 터였다. 그러나 그가 모시는 주인은 비센테가 아니었다.

"이 이상 왈가왈부하면 이유 여하를 막론하고 바로 추단하겠다."

가차 없는 엄포에 베론이 이를 아드득 갈았다.

"추단이라니요!"

"죄송하지만 돌아가 주십시오."

케이런은 공손하게 돌아가기를 청했다.

"뜻이 그렇다 하시니 물러가지."

"비센테 님!"

베론이 바득바득 외쳤지만 비센테는 선선히 뜻을 꺾었다. 분위기가 이상하다는 건 감지하고 있었으니 예상 못 할 일은 아니었다. 비센테는 이전부터 불길한 쪽으로 기울어지는 예감을 인정할 때가 왔음을 직시했다. 대놓고 한 문전박대는 그를 믿지 못한다는 간접적인 의사 표시일 것이다.

너는 그저 가만히 있으라는.

아버지답기도 하고 답지 않기도 했다. 왕 다음으로 군림하며 손에 쥐지 못한 게 없는 남자였다. 그런 그가 현안을 흐릴 정도로 현혹될 만한 게 있던가.

비센테는 머리카락을 신경질적으로 쓸어 넘겼다. 정의를 추구하며 자라진 않았다. 개인마다 정의의 관념이 다를 수 있다는 것을 안다. 입맛에 맞게 변질되는 정의보단 가문의 손익에 따라 행동하는 게 지도자의 입장에서 선이라는 것도.

하지만 이것은 선인가? 아버지의 결정은 가문을 위한 것인가? 그러면 그는 따라야 하나? 하지만…….

갖은 의심은 가문을 위해 살지 않아도 된다는, 에르셀라의 바람에 더 선명해진다.

비센테는 이제 자신이 예전처럼 무조건적으로 하르젠을 따르지 못할 것을 알아버렸다.

에르셀라가 베른하르트 공작 부인이 아닌 어머니란 것을 받아들였듯이 하르젠은 명령을 내리는 주군에 앞서 아버지였다. 잘못된 길로 들어서는 걸 묵묵히 따르기보다는 막아서야 하는.

클리프턴이 다가온 건 그때였다.

"무슨 일이지?"

"루델시아에서 손님이 찾아왔습니다. 공용어를 할 줄 아는 하인이 없기도 하고 마님과 관련된 일인 것 같아 주인님께 가려던 중이었습니다."

"내가 가지."

클리프턴은 잠시 망설였지만 비센테의 위치를 자각하곤 그의 뜻을 따랐다.

"길을 안내하겠습니다."

저택의 문 앞에는 루델시아 복식을 한 남자가 있었다. 보폭을 넓혀 그에게 다가간 비센테가 물었다.

"무슨 일입니까?"

"베아트리스 왕녀님의 따님께서 곤혹에 처하셨다는 말씀을 듣고 왔습니다. 보관이 까다롭기도 하고 길을 헤매어 조금 늦었습니다. 송구합니다, 공자."

열린 마차 문틈에서 흘러나온 화향이 비센테의 코끝을 찔렀다. 단내가 나고 취할 것 같은 향에 비센테가 손등으로 코를 막았다.

"이건."

"중독성이 있어 깊게 맡으시면 안 됩니다."

마차가 두 대인 걸 보니 보관도 따로 한 듯했다.

"왕녀 전하의 따님을 뵙고 싶습니다만 어디 계시는지요?"

그제야 외숙의 부고로 간과했던 일이 떠올랐다. 그는 생각했다. 어머니가 하즈리를 먹지 않고 얼마 동안 방치되었는가, 하고.

업무용 탁자는 식기구를 놓을 곳 없이 지저분했다. 한숨을 쉰 리엔은 결국 소파 앞 탁자에 은식기를 놓아두기 시작했다. 돔 형태의 덮개를 열자 김이 모락모락 올라왔다. 좋아하는 물오리 구이였지만 음식의 주인은 거들떠보지도 않는다. 책상 한편에는 해독하는 데 실패한 종이가 너저분하게 언덕을 이루고 있었다.

"몸 상하세요."

"이것만."

"그 말만 몇 번째인지."

"좀만 하면 될 것 같은데."

그 말도 몇 번째인지. 낮에는 입궁해서 관료로 일하고 밤에는 저녁까지 거르며 집무실에만 박혀 있으면서.

"오늘 회의라면서요. 가서 조시는 것 아니에요?"

남작 부인 때야 조는 것 아니냐며 키득거렸지만 회의는 다르지 않은가. 에르셀라는 몰랐던 것을 깨달은 사람처럼 눈이 휘둥그레졌다.

"시간이 벌써?"

리엔이 날개를 파닥이는 새처럼 고개를 끄덕였다. 그에 에르셀라는 막막한 기분으로 눈을 비볐다. 요사이 잠을 못 잔 게 문제였는지 눈이 빡빡했다.

'포기할까.'

"그래요. 그러니까 식사부터……."

"잠깐만!"

식사를 재촉하는 리엔을 다급하게 물린 에르셀라는 시선을 한곳에 집중시켰다. 패턴이 보일 듯도 했다. 왜 음절이 겹치나 했더니 동음어가 있었나.

에르셀라는 틀에 맞게 단어를 배열하고 다시 대조해 보았다. 지명처럼 보이는 건 유추하고 넘겨짚어 해석하니 꽤 많은 것이 눈에 들어왔다.

셀란테, 셀몬, 보름. 레오.

동. 북. 중. 십.
중앙. 공성. 오.

"이건……."

전명 후 개시.

창을 통해 흘러든 밝은 햇살이 종이 위를 비추자, 그녀가 아무렇게나 휘갈긴 글자는 더욱 선명하게 반짝였다.

전명 후 개시.

잔가지 없이 정연한 문장에 상념이 혼란하게 뒤섞였다. 얼이 빠진 눈으로 몇 번이나 새롭게 해석을 시도해 봤지만 결과는 같았다.

셀란테.
셀몬.

시선이 고정된 곳에 햇살이 세로로 놓였다.

보름. 레오.

한 달 전 불행한 사고를 겪어 세상의 동정을 받으며 관으로 들어간 왕자의 이름에 심장이 두근거렸다. 축약된 언어는 완전한 이름을 형성하지 않았음에도 은연중 드는 확신은, 어딘가에서 들려오는 듯한 애성 때문일 것이다.

레오. 레오. 레오폴드.

세글리에 피테츠가 죽어라 부르짖었을 이름이 귓가에 엉켜 웡웡댔다.

"무슨 일 있으세요?"

상념에 범람하여 흔들리는 동공을 알아본 리엔이 후다닥 달려와 에르셀라의 상태를 살폈다.

"괜찮으세요? 어디 아프신 거 아니에요?"

리엔은 혹시나 과로에 몹쓸 몸살이 찾아온 건 아닐까 안절부절못하는 눈치였다.

"괜찮아."

리엔의 불안을 안도의 말로 잠재운 에르셀라가 곧바로 말을 이었다.

"그보다 백작과 버그만 경을 불러와 주겠니?"

에르셀라가 급히 찾는다는 전언에 데일 버그만과 블래노버 백작이 일을 제쳐두고 달려왔다.

시간이 촉박한지라 에르셀라는 그들에게 해석한 종이부터 내보였다. 에르셀라가 내민 종이를 건네받은 그들은 연신 심각한 눈으로 글씨를 읽었다.

"이건 마치."

차마 그다음까지 말하지는 못하겠는지 백작은 내내 말이 없었다. 셋 중 가장 침착한 태도로 운을 뗀 건 데일이었다.

"우선 레오폴드 왕자는 저번 보름에 돌아가신 게 맞습니다."

속에서 활활 타오르는 불길은 아직 태울 게 남아 있을 터였다. 그럼에도 데일은 냉철한 사고를 되찾아 정황에 근거하여 말을 꺼냈다. 그의 주군은 그를 감정에 지배당해 일을 그르치는 머저리로 키우지 않았다.

"그래."

에르셀라는 다소 우울하게 그 사실을 인정했다. 데일의 말대로 레오폴드가 시해된 건 저번 달 보름이었다. 그러나 이 침통함은 순수했던 왕자의 죽음에서 온 것이 아니다.

레오폴드가 죽어 벼랑 끝으로 몰린 사람.

벼랑 끝에 선 그를 느긋하게 마주했을 사람.

에르셀라는 현실을 부정하듯 느리게 눈을 여닫았다. 심장에 얼음 파편이 박힌 사람처럼 가슴 부근부터 전신 곳곳까지 몸 안에 흐르는 피가 얼어붙기 시작했다.

"그리고 이것."

데일의 검지가 '중앙. 공성. 오'를 가리켰다.

"제 생각에는 공성병기를 뜻하는 것 같습니다."

"공성병기라면 투석기 같은 건가?"

"충차도 있지만 대체로 투석기일 겁니다. 옆에 적힌 건 숫자를 뜻하겠군요. 다섯 대라. 중앙이라 명시되어 있는 걸 보니 수도와 인접한 지역에 다섯 대의 공성병기를 들여온 것 같습니다. 수가 적다 느끼실 순 있겠지만, 이마저도 법에 어긋나는 일이죠. 여기서 더했다간 발각될 확률도 커지고요."

수도 근방에 성벽을 무너뜨리는 공성병기가 준비되어 있다. 국가 간 전쟁에서 다섯 대라 하면 비웃음의 대상이 되겠지만, 함락 대상이 수도라면 얘기가 달라진다.

왕국에서 가장 번성했지만 결코 광대하다 할 수 없는 작은 도시를 상대로 공성병기 다섯 대면 충분한 위협을 줄 수 있을 터였다. 또한 공성병기를 다섯 대만 준비했을 거란 보장도 없었다. 데일은 막막한 기분을 안고 이번에는 '동. 북. 중. 십'이 쓰인 곳으로 눈을 돌렸다.

"군사 요충지 같습니다. 동부나 북부, 그리고 중앙. 십은…… 단위를 만으로 한다면."

"십만은 말도 안 되네, 경!"

기하급수적으로 커진 단위에 경악한 백작이 데일의 말을 잘라냈다. 새파래진 얼굴은 잠깐 사이에 피가 죄다 빠져나간 듯 보였다. 하지만 눈앞의 위기를 모른 척하고 싶어 하는 게 아닌 타당한 의견이라는 점에서 데일은 백작의 생각에 동조했다.

"제 생각도 같습니다. 십만은 나라 간 전쟁 단위입니다. 그것도 상당한 대규모 전쟁이죠. 단위를 천이라 하는 게 옳겠군요. 하지만 그래도 일만입니다."

"하지만 그 역시도 말도 안 되네! 국법하에 개인이 그렇게 사병을 키울 수는 없어!"

에르셀라는 망연한 정신으로 백작의 비명 같은 외침을 감상했다. 귀에 들어오는 문장은 정갈하지 못하고 뒤죽박죽 엉켜 있었다.

공성병기. 군사. 일만. 그게 다 무슨 말이지?

"저도 알지만 그렇게 생각하는 수밖에 없습니다."

사실 아주 큰 실수를 한 게 아닐까? 해석을 잘못하여 괜한 사람들을 걱정하게 만든 걸 수도 있지 않을까?

그렇지만 어쩐지 에르셀라는 확신할 수 있을 것 같았다. 자신의 해석은 틀리지 않았다고.

"동부나 북부, 중앙. 중앙은 애매하지만 동부와 북부의 주인은 정해져 있지 않습니까."

동부는 가르텐과 레데아의 땅이었고 북부는 로베르트의 존재감이 희미해진 지금 베른하르트가 군림하고 있었다.

"만일 이 숫자가 사병이 맞다면 서부를 기재하지 않은 것도 말이 됩니다."

"하지만 그런 건……."

서부는 피사리데를 필두로 다트너와 라페인의 영지였다. 이것으로 약간의 의문조차 손색없이 말끔해진 것이다. 심장이 불안하게 달음박질치고, 마침내 내려진 선고에 에르셀라의 눈이 질끈 감겼다.

"반역입니다."

왕비는 부른 배를 하고도 공작을 기쁘게 맞았다.

"오랜만이에요."

느린 걸음도 버거웠는지 왕비는 가쁜 호흡을 안정시키고 있었다.

"공작 앞에서 실례했네요."

"신경 쓰지 마십시오."

"공이 그렇다면."

고고한 조각 같던 표정에 조금 가볍다 할 수 있는 미소가 떠올랐다.

"초기지만 불안하거든요, 아무래도."

하르젠의 시선이 부푼 왕비의 배에 닿았다. 네 번째 임신인 탓에 왕비는 해쓱한 몰골을 하고 있었다.

"이번엔 무사히 낳아야 할 텐데요."

그 목소리는 세상의 일반적인 어머니의 것과 다르지 않았다. 봄볕을 가득 안겨줄 듯 다정했으며, 음절마다 온기가 스며들어 있었다. 부드러운 목소리와 대조되는 그 눈만 아니었다면 사람들은 그녀를 아이를 간절히 원하는 '어머니'라고 생각했을 것이다.

"믿진 않지만 점성술사 말로는 아들일 거라 하더군요."

하르젠은 살아 있는 것 같지 않은 눈을 심상한 기분으로 마주했다.

"그렇습니까."

마찬가지로 심상하게 답한 그는 그저 왕비의 다음 대답을 기다렸다. 기대에 부응하듯 왕비가 말했다.

"내가 에르셀라와 다툰 것 때문에 온 거죠? 속이 상해 나도 모르게 흥분해서…… 언니답지 못하게 경솔했어요. 미안하다고 전해줄래요?"

"그리하겠습니다."

하르젠은 자리에서 일어섰다. 목적을 이루었으니 이곳에 있을 이유가 없다. 왕비의 목소리에 발걸음이 붙잡힌 건 그때였다.

"이번에도 실패하면 목숨이 위험하다고 그래요, 의원의 말로는."

이상한 일은 아니었다. 세 번의 유산. 가뜩이나 심약해진 몸에 들어선 네 번째 아이. 지금도 어미의 생명을 갉고 있으니 죽음은 예정된 것이나 마찬가지였다. 그러나 왕비는 죽음을 두려워하지 않는 이처럼 웃었다.

"내가 죽으면, 당신에겐 좋겠죠."

부정하지 못하는 잔혹한 진심이 들춰지는 순간에도, 하르젠은 왕비의 죽음을 생각했다.

숨이 턱턱 끊기고 시야가 이지러졌다. 간헐적으로 숨을 들이쉬다 내쉬기를 반복한 에르셀라는 어지러운 이마를 짚었다.

반역.

아니라 말하고 싶었지만 이 모든 게 시사하는 바가 명약관화했다. 반역이 아니라면 성을 무너뜨릴 공성병기는 왜 필요하며, 일만이 넘는 군사는 어디에 쓰겠는가.

"관문을 무난하게 통과하지 못할 때를 대비해 공성병기를 준비한 것 같지만……."

데일은 말을 맺지 못하고 곤혹스러워하고 있었다.

"그 베른하르트 공작이 이런 일에 가담했다는 게 믿을 수 없군요."

한때 존경했던 자를 경시하는 어조는 아니었다. 오히려 데일은 진심으로 당황하고 있었다. 에르셀라는 그때야 카르온이 왜 그런 결정을 내렸는지 알 것 같았다.

"이기지 못할 전투란 걸 알 텐데 어째서……."

카르온은 하르젠이 왕의 군대에 패할 것이라 확신했던 것이다. 그녀가 그 과정에 휘말리지 않게 하기 위해 그녀에게 작위를 내렸다. 베른하르트와의 연결을 끊기 위해. 죽음으로써.

여전히 수긍하지 못한 데일의 얼굴에는 의문이 자욱하게 퍼져 있었다.

"이건 자살행위나 마찬가집니다."

그 점은 에르셀라도 동감했다. 전쟁에 대해 아는 게 없는 그녀도 이 싸움이 얼마나 하르젠에게 불리한지 잘 알았다. 사법권, 행정권은 개인의 영지 안에서 자율적 성향을 띠는 것을 인정하나 군권만은 달랐다.

개인은 도합 일천 이상의 사병을 가질 수 없다.

그라시아니아스 법전에 명시된 것으로 군권은 전적으로 왕에게 귀속되어 있었다. 케니언스가 피사리데와 베른하르트가 세운 왕이었음에도 마냥 허수아비 왕으로 전락하지 않은 이유기도 했다.

그럼에도 케니언스는 만들어진 왕이었다. 비교적 위축된 왕권에 기득권층은 이 법안을 타파하려 했다. 물론 시도하는 족족 실패로 돌아갔다.

훗날 에샤힐드가 낳을 자식을 생각한 카르온이 자발적으로 사병을 축소하는 법안을 발의한 게 왕의 세력 증진에 한 축이 되기도 했다. 대대로 기사 가문이었던 로베르트를 견제하기 위함도 있었지만, 그것보다 카르온은 그때까지 하르젠을 믿지 못한 듯했다. 하르젠이 이렇게까지 할 줄은 예상 못 했겠지만.

하지만 이상했다. 에르셀라도 아는 것을 하르젠이 모를 리 없었다. 이 열세를 누구보다 잘 아는 사람이 어째서?

"일만의 군사에 공성병기가 있다 한들 전쟁은 수성이 유리합니다. 장기전이 되면 상황이 반전될 수 있으나 애초에 장기전까지 끌고 가지 못할 전투입니다."

데일의 확언은 그냥 나온 것이 아니다.

"북쪽에 주둔하고 있는 왕의 군대가 수도로 진격한다면 그들은 독 안에 든 쥐 신세를 면치 못할 테니까요."

꼼짝없이 죽은 목숨이라는 얘기였다. 길게 버텨야 이기는 싸움인데, 애초에 길게 버티기가 불가능했다. 급습을 한다면 수도를 전복할 수 있겠지만 줄만 끊어버리면 바로 닫히는 게 성문이었다. 그 많은 병사를 안에 들일 수는 없었다.

"이기려면 수도를 함락하는 식으로 가야 합니다."

왕은 성을 두고 싸운다. 북쪽 국경 근처에는 왕의 군대가 포진되어 있다. 곳곳의 지방도 마찬가지였다. 군대가 포섭되었을 가능성은 없었다. 하르젠 휘하에 있다 하나 그들은 사병이 아닌 국가 소속이었다. 기사의 명예를 더럽혀 명분 없는 새 왕을 지지할 자는, 질 게 빤히 보이는 전투에 참전하려는 자는 그 어디에도 없다.

그렇다면 무엇을 믿고?

모든 게 이리 명확한데.

이 길의 끝에 있는 것은 허망함뿐인데.

당신은 왜…….

곱씹던 생각이 멈추었다. 정말 말도 안 되는, 어떤 미친 생각이 섬광처럼 번뜩였다.

"……콘라드."

입에서 나온 것은 시체같이 서늘한 중얼거림이다. 그러나 이어진 말에는 좀 더 힘이 실려 있었다.

"만일 콘라드가 가담했다면요?!"

말도 안 되는 가설이 상정되자 데일과 백작의 얼굴 위로 당혹감이 여실이 드러났다. 뜬구름 잡는 소리라고 생각한 것일까. 하지만 그녀는 알지 않은가? 죽기 전 콘라드와의 사이에서 감돌았던 전운을!

콘라드가 그들의 모반을 돕기로 했다면 죽기 전 급작스레 번진 전쟁의 불씨도 이해가 되었다. 에르셀라는 파르르 떨리는 손끝을 멍멍하게 내려다봤다. 여태껏 확신할 수 없던 미래가 이토록 명확해진 적이 있었나?

아니. 처음이었다. 그녀가 지켜보지 못한 미래는 언제나 이물질이 낀 듯 흐릿하기만 했다. 과거를 생각하면 물안개 속을 걷는 것만 같았는데…….

처음으로.

처음으로 보이기 시작했다.

"어느 날 갑자기 콘라드가 아즈렐을 요구하지 않았어요. 하지만 사실 포기한 게 아니라면요?"

"후작님."

"끈질기게 아즈렐을 원했던 콘라드가 어느 순간 얌전해졌잖아요."

"백 년이 지났습니다. 억지를 쓸 수 없다는 걸 이만 알았겠지요."

낙관적이라기엔 일리가 있었다. 대부분의 의견이 백작과 같다는 점에서 정론이기도 했다. 그러나 에르셀라는 주장을 꺾지 않았다.

"살펴보면 미심쩍은 점이 많아요. 콘라드의 요구가 확 줄어든 시기를 찾아보면 분명……."

그때 뭔가를 깨달은 듯 데일이 소리를 높였다.

"삼 년 전 가르텐 공작이 사절단으로 콘라드에 가고 난 뒤입니다!"

데일의 입에서 언급된 이름에 순간 에르셀라의 시야가 핑 돌았다.

"나도 이번은 안 돼."

완고하게 약혼을 물릴 수 없다던 하르젠이 떠올랐다. 그때부터였나. 조밀하게 얽힌 관계는 이 일이 단순한 충동에서 기인한 것이 아님을 보여주고 있었다. 비센테의 약혼은 왕권 견제가 아닌 반역의 교두보로 쓰일 목적이었다는 것도.

"그들이 지지할 자는 칼릭스 클라이엔테 대공일 거예요."

사실상 그 사람밖에 없었다. 왕족이 아닌 자를 왕으로 추대하진 못할 것이다. 건국 이래 카자라이넬 왕가는 500년이 넘도록 건재함을 보였고, 그 계보를 어그러뜨리는 건 그리 간단한 일이 아니다.

백성들에게 정신적으로 뿌리내린 왕조를 부정하는 일이 어떠한 부작용을 초래할지 그들도 알 터. 결국 그들이 지지할 수 있는 왕족은 칼릭스 대공뿐이었다.

"그렇군요. 가르텐 공작은 이전 칼릭스 대공을 지지했던 자이기도 하지요."

대공의 존재까지 무시할 수는 없었는지 백작은 심란한 듯했다.

"그렇지만 아시다시피 공작은 충성심이 강한 자가 아닙니다. 예전 로베르트의 가세가 기울자 발을 뺀 것만 봐도 알 수 있는데, 그가 다시 대공을 도우려 하겠습니까?"

"그를 움직이는 게 충성심이 아니라면 더 쉬워요. 대공이 제시한 것에 혹했을 테니까."

에르셀라는 가르텐 공작이 홀렸을 제안은 조금도 궁금하지 않았다. 그녀에게 중요한 건 하르젠이 대공을 돕는 이유였다.

대공이 그에게 제시한 건 뭘까. 아무리 생각해도 짐작 가는 데가 없었다. 애초에 그를 혹하게 할 만한 제안이 있던가. 가지지 못한 걸 손에 꼽는 게 쉬울 정도로 아쉬울 게 없는 남자였다.

원하는 게 있으면 언제든 가질 수 있었으니 그는 욕망할 필요도 없었다. 그런 삶이었다. 밑에서 올려다보는 것보다 위에서 내려다보는 걸 익숙하게 여기는.

그런데 그런 남자가 가진 것이 없는 왕족의 체스 말이 되려 한다. 한낱 욕망에 져버려서. 에르셀라는 그런 그의 모습이 생소하게만 다가왔다.

"백작님, 더는 낙관할 수 없을 것 같습니다."

"그런 것 같군."

강경한 데일의 주장에 백작도 동요하는 눈치였다.

"콘라드가 연관되어 있다면…… 요사이 셀모르 근처로 모이는 상인들도 연관이 있을지 모르겠네."

에르셀라가 영문을 모르겠다는 듯 인상을 쓰자 백작이 상세히 설명을 붙였다.

"셀모르에 콘라드 상인이 유독 많다는 보고가 있었습니다. 신경 쓰진 않았습니다만……. 예, 만일 그들이 연락책이었다면…… 실수했습니다. 죄송……."

"사과하지 말아요. 백작의 잘못은 아니니."

에르셀라는 실수라며 자책하려는 백작을 위로했다. 백작을 탓하고 싶지 않았다. 그녀도 다시 돌아온 게 아니었다면 몰랐을 일이었다.

"할 수 있는 일을 하는 게 먼저일 거예요."

뻑뻑한 눈을 꾹 감았다 뜨며 에르셀라가 말했다.

"왕께 고하실 생각이십니까?"

백작의 목소리에는 조바심이 담겨 있었다. 에르셀라는 전의를 상실한 듯 보이는 백작을 향해 한숨처럼 웃어 보였다.

"알잖아요, 백작. 증좌 없이는 모든 게 무의미하다는 걸."

증좌 없는 의혹을 제기하는 건 방패 없이 창을 드는 일이었다. 던지면 없어질 창은 주인을 무방비 상태로 만들 터였다.

사실이 아니거나 은폐될 시 책임은 고스란히 의혹을 제시한 자에게 돌아간다. 어수룩한 공격은 오히려 역풍을 맞을 수 있었다. 그러나 사실 그녀가 주저하는 이유는 다른 것에 있었다.

"우선…… 할 수 있는 일부터 해보죠."

역도의 실패는 죽음이다. 에르셀라는 하르젠을 생각하면 그 끝에 무신경할 수가 없었다. 그녀는 애써 신경을 다른 곳에 집중하며 집무실 한편에 말린 양피지를 들고 왔다. 탁자 위에 양피지를 펼치자 먼지가 펄럭이며 헬리오스 대륙의 지도가 나타났다.

"수도와 셀모르를 잇는 길목 중 피사리데령이 있나요?"

"시에나와 로든, 모엔이 있습니다."

"검문을 강화해야 돼요. 성문을 닫아 상인이나 이방인을 들이지 않는 게 가장 좋겠지만……."

"그리한다면 영지민들은 한동안 곤궁에 처할 겁니다."

"그러면 어쩔 수 없군요."

에르셀라가 검문만 강화하는 것으로 결론지으려 할 때였다.

"하지만 각하."

백작이 엄숙한 목소리로 말한 것은.

"이 일이 정녕 반역과 연관되어 있다면 영지 사정은 뒷전으로 두셔야 합니다."

우선순위를 잘 파악하라는 얘기였다. 에르셀라는 개운치 못하게도 그 말을 인정할 수밖에 없었다. 모두를 위한 선택은 존재하지 않는다. 그녀는 이제 득을 위한 실을 망설이면 안 되는 자리에 올라 있었다.

그것은 더 이상 그녀를 대신해 그림자를 자처할 사람이 없다는 걸 의미하기도 했다. 그 사실을 받아들이는 건 쓰라리기만 하여 에르셀라는 조금 슬프게 웃었다.

"성문을 닫으세요, 백작. 그리고 영공을 지나다니는 새가 있다면 활을 쏘아 떨어뜨리세요. 하나도 빠짐없이."

"받잡겠습니다."

"셀모르의 영주는 누구죠?"

백작은 잠시 망설이다가 답했다.

"셀모르는 베른가의 땅입니다."

베른. 그녀도 아는 가문이었다.

"베른하르트의 방계이나 이미 공작에게 넘어간 것이나 다름없습니다. 그쪽 영주 임명을 공작이 했으니까요."

"하면 콘라드 상인을 막는 법은."

"셀모르 옆 영지인 셀몬을 봉쇄하는 법 말고는 없습니다. 상인들은 셀몬을 통해 셀모르로 오니 가장 효과가 적격입니다. 하지만……."

"잠시만, 상인이…… 셀몬을 거쳐 셀모르에 모여드는 이유가 있나요? 번거로울 텐데요."

번거로울 수밖에 없었다. 셀몬과 붙어 있는 셀모르는 상대적으로 서쪽에 치우쳐 있었는데, 서부에 모여 있는 가문이 그들에게 도움이 되진 않을 터였다. 중간 통로만 막아도 밀정은 소식을 전하기 위해 먼 길을 돌아가야 했다.

"셀몬은 로베르트령입니다."

"……로베르트, 그렇군요."

백작의 답은 의문을 말끔히 해소해 주었다. 이름이 비슷해서 베른하르트의 것이라 착각했는데 아니었다.

"셀몬은 삼 년 전 콘라드와 조약을 맺은 이후로 개방 중이기도 하고요."

이 역시 가르텐 공작의 짓임을 알아챈 데일의 주먹이 부들부들 떨었다.

"왜 한때 그자가 카일 로베르트의 편의를 봐줬나 했더니 이런…… 뒷거래가, 있었군요."

"하지만 로베르트의 협조를 얻어내지 못한 건 분명하네, 경. 셀몬이 아닌 셀모르에 콘라드인이 몰려 있는 걸 보면 말일세."

백작의 말대로 영지 안에서 이상한 낌새가 보이면 필시 영주에게 보고가 올라간다. 로베르트가 그들과 한패라면 그들이 셀모르를 이용하는 수고를 보이진 않았을 것이다.

게다가 그녀가 아는 카일 로베르트는 수작질이 썩 어울리는 사내가 아니었다. 훤히 보일 정도로 투명한 속은 반역을 꾀하는 데 무리가 있어 보였다. 반역인 만큼 아무리 가르텐 공작이라도 카일을 끌어들이기는 꺼렸을지도 몰랐다.

"셀몬은 로베르트나 폐하를 설득하는 것 말곤 방법이 없습니다. 두 쪽 다 저희와 원만한 관계는 아니라 불가능하다고 봐야겠군요. 그래도 손 놓고 있을 순 없으니 저희끼리라도 가담한 사람을 추려보는 게 어떻겠습니까?"

"……판테츠와 레데아일 거예요."

길게 고민할 것도 없이 답은 나와 있었다.

"예? 레데아는 가르텐과 긴밀한 사이라 이해는 가나, 판테츠 백작은 그럴 사람이 아닙니다. 그렇게 생각하신 이유라도 있으십니까?"

애석하게도 에르셀라는 데일의 반문에 해줄 답을 가지고 있지 않았다. 이것은 전적으로 그녀가 겪은 과거로만 설명할 수 있었다.

삼 년 전 콘라드의 사절단으로 갈 사람은 가르텐 공작이 아니라 판테츠 백작이었다는 점. 비센테와 약혼할 여인이 올리비아 가르텐이 아니라 엘리시아 판테츠라는 점.

이 두 가지를 엮으면 과거의 큰 줄기가 바뀌지 않은 이상 판테츠가 반역에 가담했다는 결론이 나왔다. 과거가 살짝 틀어진 건, 그날 일찍 귀가한 판테츠 백작이 엘리시아 판테츠의 망측한 행각을 발견했기 때문이다.

"글쎄, 백작 영애가 하인과 동침을 했다네요!"

판테츠 백작 부처가 숨기려 했지만 사교계에까지 퍼지는 소문은 막지 못했다. 그 일로 판테츠 백작이 콘라드에 가는 것은 무산되었고, 역할이 가르텐 공작에게 넘어왔다. 약혼도 마찬가지였다. 백작가의 사정을 안 하르젠은 비센테를 부정한 여인과 약혼시킬 수 없었을 것이다.

현재보다 늦은 때에 백작 영애의 불결한 행실이 탄로 난 과거에도 하르젠은 예정되어 있던 백작 영애와의 약혼을 무효화했다.

그리고 카르온의 말대로라면 이 일의 시작은 하르젠이었다.

"그날 회의가 있었는데 공작의 사적인 일로 잠시 미뤄진 때가 있었어. 고민이 많은 표정이라 물어봤더니 공저에 가봐야 할 것 같다더군."

그날 그가 저택에서 딱히 무얼 했던가? 에르셀라의 기억으로는 잠시간 눈을 붙이고 그녀를 만난 일밖에 없었다.

'그때 무슨 일로 온 거였을까.'

에르셀라는 자신이 놓친 게 있나 처음부터 되돌아가 기억을 살폈지만, 생각나는 것은 없었다. 찝찝함에 의미 없이 탁자를 훑고 있을 때 눈앞이 이지러지며 글자가 허공을 부유했다.

전명 후 개시.

전명. 그들에게 명을 내릴 수 있는 자.

칼릭스 클라이엔테, 콘라드 왕…….

하필 공교롭게도 이번 콘라드로 가는 사절단 대표는 판테츠 백작이었다.

"회의가 언제부터 시작이죠?"

"회, 회의……?"

에르셀라의 널뛰는 질문에 백작은 일순 허둥댔다. 그 모습이 다소 바보 같았음을 자각한 백작은 마른 헛기침을 하곤 정신을 바로잡았다.

"한 시간 반쯤 남았습니다."

"리엔!"

에르셀라는 문밖에 대기하고 있을 리엔을 불렀다.

"네, 말씀하세요!"

리엔이 때맞춰 재깍 대답했다.

"지금 당장 채비하렴!"

물론 그녀가 갈 곳은 궁이 아니었다.

카일 로베르트는 길가에 널린 돌을 툭툭 차대며 꿍얼거렸다. 찜찜함은 가르텐 공작에게서 나왔다.

"영 꺼림칙하단 말이지."

삼 년 전 아주 작은 일 하나만 도와준다면 로베르트의 부흥에 힘을 보태주겠다는 말에 넘어가 카일은 셀몬의 영주권을 일시적으로 넘겨줄 뻔했다. 뼛속까지 우아한 동생이 미쳤냐며 벌레 보듯 보지만 않았다면 카일은 셀몬에 대한 권한을 홀라당 가르텐 공작에게 넘겨주었을 것이다. 다행히 로베르트령에서 콘라드와의 교역을 허가한다는 조건으로 그 일은 없던 것으로 하긴 했지만 말이다.

그때는 콘라드로 파견 간 공작이 성과를 보이기 위해, 판도를 약간 제 쪽으로 유리하게 하려는 건 줄로만 알았다.

"역시 그런 인간과는 상종하지 않는 게 맞았나."

카일은 새삼 후회했다. 한 영지의 영주권을 요구하는 일은 해서는 안 되는 무례였다. 뒤늦게 정신을 차리니 그 사실이 눈에 들어왔다. 해서 일여 년간 의도적으로 멀게 지냈다. 떨어져 지내면 떨어질 줄 알았다. 최근에도 치근덕대는 걸 보니 그의 오산인 듯했지만.

"그 영감탱이는 나한테 뭘 바라고 그렇게 추근대, 씨……."

카일은 혼잣말을 멈추고 입을 떡 벌렸다.

"미치셨습니까……?"

겁대가리를 상실했는지 있어서는 안 될 여자가 그의 앞에 버젓이 있었다.

"몹시 무례하…… 아니, 아니에요."

눈살을 찌푸리려던 여자는 다급히 표정을 폈다. 그리고 제법 당차게 대꾸했다.

"마음껏 무례하셔도 좋아요. 절 그 안에 들여보 내주기만 한다면."

미친 소리는 덤으로.

속이 뒤집힐 정도로 당당한 요구였다. 문제는 그 망할 요구가 받아들여졌다는 점이다. 여자가 마차를 타고 온 걸 깜빡 잊고 있었다. 눈에 띄게 화려한 마차가 보란 듯이 집 앞에 있는데 눈에 띄지 않을 리가.

실랑이하는 사이에 아우가 이리 깜찍한 짓을 벌일 줄은 몰랐다.

"이른 시각에 어쩐 일이십니까?"

친히 차까지 대접하면서.

하도 어이가 없어서 카일의 시선은 후안에게 붙박다시피 했다. 덕분에 피사리데 핏줄을 로베르트의 접빈실에 들이게 되었으니 그가 이 수모의 일등 공신 아니겠는가.

"돌았지, 돌았어. 그래도 분간은 해야 할 거 아냐?"

"형님."

소리를 낮추지 않아 에르셀라가 들었으나 애초에 들으라고 한 말이니 신경 쓰지 않았다.

"아, 망할!"

절절 끓듯이 욕지거리를 해댄 카일은 이성을 놓치지 않으려 온 힘을 다해야 했다.

생각해 보면 저 여자도 그랬다. 털끝만큼이라도 양심이 있으면 이곳에 발 들일 생각은 하지 말아야지. 로베르트를 얼마나 얕봤으면.

"무슨 생각 하는지 알아요."

괘씸하게 생각하는 건 어떻게 알았는지 여자가 말했다. 소심하게 움츠리는 어깨는 그의 기분이 상할까 조심하는 듯 보였다. 작은 체구가 측은지심을 불러일으켰지만 카일은 전혀 동요하지 않았다. 불쌍해 보일지라도 그녀는 공작 부인으로서 여자가 누릴 수 있는 최상위의 삶을 만끽한 사람이었다.

그의 누이는 단 한 번도 그러지 못했는데.

"내게 여기에 올 자격이 없다는 것도 알아요."

그 말마따나 그녀는 자격이 없었다. 후안과는 이 일로 몇 번 말다툼을 한 적이 있었다. 아카데미 물을 먹은 게 문제였는지 저 여자에게 죄를 돌리지 말라 성자처럼 말하는데 카일로서는 우스갯소리가 따로 없었다.

왜 죄가 없나. 그녀는 세실리아가 그 꼴이 된 것과 무관하지 않았다. 철없는 나이라 해도 베른하르트 공자와 결혼하는 게 무얼 뜻하는지 알 나이였다. 데먼셔를 거절하고 아무런 대가 없이 갈 리가.

"경이 나를 증오하는 게 마땅하다는 것도 잘 알아요."

저 여자도 그리 말하지 않는가.

"믿진 않겠지만…… 나도 그 일에 대해선 책임을 느끼고 있어요."

거기까지만 했으면 좋았을 것을. 이번 발언만큼은 카일도 비웃지 않을 수 없었다.

"그리 느끼신 것치곤 꽤나 즐겁게 사시던데요?"

"그건."

허를 찔렀는지 여자는 변명 한마디 읊지 못했다.

"공작 부인에게 노는 것과 죄책감은 별개라 하신다면 인정해 드리죠."

모멸감으로 얼굴을 붉히면서도 여자는 입 한번 열지 않았다. 오히려 에르셀라가 당한 모욕에 한 소리 한 건 후안이었다.

"그만하십시오."

카일은 들은 체하지 않으며 신경질적으로 소파에 파묻혔다. 무심결에 기대라도 했나. 그는 어렴풋이 느껴지는 실망감이 마음에 들지 않았다.

이게 다 아우 이 자식이 말 같지도 않은 말을 지껄여서다. 그도 후안이 뭘 말하고 싶은지는 알았다. 그와 로베르트 후작이 세실리아를 위해 1왕자를 지지했듯, 저 여자도 가족을 위해 할 수 있는 일을 한 것이라는 고리타분한 얘기를 하려는 것이겠지.

하지만 가문의 이름을 달고 태어났으면 연대책임은 당연한 것이다. 가문 구성원 중 한 명이 잘못했다면 누구 하나 그 일과 관련 없다 할 수 없었다. 그녀의 아버지가 먼저 상도덕을 어겼으니 이쪽에서도 마땅히 경멸해 주는 것뿐이었다. 그는 지극히 귀족답지 않은 사상으로 귀족으로 살아온 자신을 설득하려는 동생이 같잖기도 했고 걱정되기도 했다.

"나는……."

이제 좀 변명거리가 생겼나 보지.

"됐어요."

카일은 뒤늦게 머리 굴려 나왔을 변명을 사양했다. 뻔하디뻔한 항변을 들어봤자 해줄 수 있는 것도 없었으니까.

사과. 용서. 화해.

이제 와 그들 사이에 존재하기에는 늦은 것들이었다.

"오래 얼굴 맞대고 있기엔 피차 껄끄러우니 용건만 간단히 하죠."

피사리데 자체에 신물이 난 카일은 간명하게 제 뜻을 전했다. 용서를 빌고 관용을 내밀 시기는 지났다.

어쩌면 하나씩 주고받은 걸 수도 있겠지. 내 누이의 죽음, 네 오라비의 죽음. 공평했다. 카일은 그 점은 마음에 든다 생각하며 에르셀라의 대답을 기다렸다.

"원하시니 그럴게요."

여자는 생각보다 똑똑했다. 이렇게 말해도 용서 어쩌고 하면 혐오감만 더 깊어졌을 텐데, 그녀는 카일을 흘끔대더니 곧바로 본론으로 들어갔다.

"나라에 정변이 일어날지도 몰라요."

왕은 걸음을 멈추었다. 문 너머에서 작지만 웃음소리라 할 것이 들렸다. 그는 귀를 몇 번이나 의심해야 했는데, 바로 이 앞이 왕비의 방이었던 탓이다.

귀머거리가 아닌 이상 왕비의 목소리가 분명했다. 우아하면서도 어딘가 명랑한 목소리가 계속해서 그의 귀를 자극했다.

웃을 줄도 아나.

어처구니가 없게도 웃음의 주인이 에샤힐드란 걸 알자 그런 생각을 했다. 볼 때마다 피골이 상접해 있기에 웃을 기운이나 있는가 싶었는데, 오늘 보니 그건 또 아닌 모양이지.

왕은 약간의 조소를 곁들이며 문 너머에서 건너오는 왕비의 웃음을 엿들었다. 웃음소리가 왕비의 것 외엔 들리지 않는 걸 보아 대화하는 이가 시녀는 아닌 듯했다.

왕이 물었다.

"안에 누가 있나?"

"베른하르트 공작 각하께서 방문하셨습니다."

시종은 별 망설임 없이 답했다.

"궁엔 왜? 얼마 전 기사단을 사직하지 않았나?"

케니언스의 기억으론 공작 부인을 남쪽 지방으로 요양 보내며 동시에 기사단을 그만둔 것으로 알았다.

"공작 부인이 왕비 전하의 동생이니 이따금 전하의 소식을 전할 요량으로 들르십니다."

"갸륵하군."

시큰둥하게 내뱉으면서도 케니언스는 이따금이란 말에 주목했다. 이따금 방문했다 하는데 그는 처음 듣는 얘기였다.

시종장이 일부러 전하지 않았는지 전할 필요가 없어서 전하지 않았는지는 모르겠지만 후자일 것이다. 구태여 왕비를 언급해 긁어 부스럼 만들고 싶지 않았으리라. 하지만 케니언스는 만족스럽지 못했다. 주군의 마음을 헤아렸으니 대견한 마음이 들어야 하는데 그러지 않고 거북하기만 했다.

그는 그 자리에서 한참이나 왕비의 웃음소리를 들었다. 왜 안으로 들지 못하는지는 그도 알지 못했다. 가증스러움, 불편함, 거부감이 미친 듯이 몰아쳤다.

왜?

케니언스는 답을 알았다.

그는 불구덩이에서 녹고 있는데, 함께 그곳에 있는 줄 알았던 사람이 사실은 푸른 초목 땅에 있다는 게 경멸스러워서였다.

그러나 그는 해마다 계속 자문했다. 이미 답을 내렸는데도 목에 가시가 걸린 듯 명쾌해지지가 않았다. 자문하고 답을 내봤자 또 제자리로 돌아올 것을 알면서도 그는 그랬다.

현재까지도.

케니언스는 상소문을 펄럭였다. 제대로 읽기는 하는 건지 시종일관성의 없는 눈길이었다.

넋을 빼고 있는 것도 같아 시종장이 기침하며 신호를 주었지만 왕은 알아듣지 못하는 듯했다. 몽롱한 눈동자에 초점이 맺힌 건 밖에서 새로운 상소문이 올라왔을 무렵이었다.

"폐하!"

잰걸음으로 다가온 어린 시종이 그에게 둥글게 말린 양피지를 건넸다.

"부…… 피사리데 후작님이 급히 작성하신 상소문이옵니다. 원칙대로 심의를 거치지 않고 즉시 보고드립니다."

귀족 회의에 참여 권한이 있는 자는 상소문을 올릴 때 별도의 심사 없이 즉결로 왕에게 올릴 수 있었다.

"흠, 가만히 있으면 될 것을, 꽤 열심히 하나 보군그래."

기대하지 않으며 케니언스는 상소문을 펼쳐 들었다.

카일과 후안을 설득하고 급히 상소문을 작성하느라 시간이 경과했다. 늦었지만 서두르지 않는 모양새로 에르셀라는 회의실 문 앞으로 걸어갔다. 회의실 문을 지키고 있던 시종 두 명이 그녀를 보자 의아한 표정이 되었다.

"여긴 어쩐 일이십니까?"

"회의에 참석하러 왔어요."

"회의는 이미 시작했습니다, 부인."

"개회 삼십 분 이내는 참석할 수 있는 걸로 알고 있어요. 이제 막 십여 분 지났는걸요."

"하지만……."

시종은 어떻게 해야 할지 모르겠다는 기색으로 저들끼리 상의하기 시작했다. 그리고…….

"송구하나 이만 돌아가시는 게 어떻겠습니까?"

사람을 앞에 두고 숙덕여 내린 결론이 고작 이것이라니. 에르셀라는 황당했다.

"왜 그리 말하나요?"

"송구합니다. 여인을 회의장에 들인 전례가 없는지라, 저희도 판단이 잘……."

에르셀라는 그녀를 들여보낼지 말지에서 여인이 왜 나오는지 이해하지 못했다.

"뭐가 문제죠? 자격은 충분할 텐데요. 캐서린 다트너의 선례도 있을 테고요."

"예예…… 알지만……. 그분이 귀족 회의까지 참석했는지는 저희도 잘……. 잠시만 기다려 주십시오. 제가 확인해 보겠습니다."

"그대가 확인하고 오면 삼십 분은 이미 지나 있을 텐데요."

"죄송합니다. 하지만 이게 저희 멋대로 할 수 있는 일이 아닙니다. 법전을 한번 살펴보고 정확히 안내해 드리죠."

법전에 사례가 있는지 일일이 찾아보기라도 하겠다는 말인가? 삼십 분은 고사하고 한 시간은 거뜬히 넘을 시간이었다. 에르셀라는 시종이 말장난을 하는 건가 싶었지만 그렇다 하기엔 시종은 시종일관 진지해 보였다.

"법전 찾고 있을 시간 없어요. 문 열어요."

하지만 에르셀라는 시종의 진지함에 맞춰줄 만큼 한가롭지 못했다. 무려 콘라드가 관련되어 있었다. 판테츠 백작 측이 사절단으로 가는 것만은 막아야 했다.

"잠시만, 잠시만 기다려 주십시오. 금방이면 됩니다."

벌써 20분이 지났다. 막무가내로 돌진할까 고민해 보았지만 현실적으로 그녀가 건장한 남자 두 명을 제치고 회의실 안으로 들어갈 순 없었다.

"내가 폐하께 다녀와야 문을 열 건가요?"

"부인……."

"호칭이 틀렸습니다. 후작 각하십니다."

등 뒤에서 들려오는 정정에 시종과 에르셀라가 동시에 그녀의 뒤를 보았다.

에르셀라는 얼마 안 되는 거리에서 반듯한 걸음걸이로 걸어오는 사람의 모습에 놀람을 되삼켰다.

"……비센테?"

얼떨떨한 목소리로 묻는 에르셀라에게 그저 눈인사만 건넨 비센테는 시종들 앞에 멈추어 섰다.

“그라시아니아스 법전에 여인의 귀족 회의 출입에 관한 금제는 없습니다.”

앞에 드리운 위압적인 비센테의 그림자에 시종은 말을 더듬거렸다.

“베…… 베른하르트 경께서 그걸 어찌 아십니까?”

“외웠습니다, 전부.”

이천 페이지에 육박하는 법전을 통째로 암기했다는 말에 그들은 입을 다물지 못했다.

“가서 확인해 보십시오. 틀리면 책임은 제가 지도록 하겠습니다.”

시종은 여전히 의심의 빛을 지우지 못했지만 따르는 것 외엔 방도가 없었다.

“……그리하겠습니다.”

“또한 오등작의 위상에 따라 마땅히 갖추어야 할 예법도 다시 배우셔야겠습니다.”

“겨, 경……!”

청천벽력 같은 소리에 시종들이 기함을 질렀지만 비센테의 서늘한 비난은 누그러지지 않았다.

“당신들이 폐하의 신하라 하나 이 나라의 후작을, 그것도 감히 피사리데의 가주를 막아설 권리는 없습니다. 이 이상 예법을 잊을 시 왕실 직할로 안건을 제기하겠습니다.”

어조는 완곡했지만 왕에게 직접 고해바치겠다는 것으로 의미는 명료했다. 안절부절못하는 그들의 시선이 서로를 오갔지만 눈앞의 남자는 그냥 넘어갈 생각이 없어 보였다.

위기를 헤어날 길이 보이지 않자 두 시종은 비로소 에르셀라 앞에서 허리를 굽혔다.

“……잘 모르고 아둔하였습니다. 무례를 용서해 주십시오, 각하.”

에르셀라는 시종들의 사과를 흘려들었다. 고의보다는 비센테의 얼굴을 보는 게 급선무였기 때문이다. 시종의 무례에 화가 났던 감정은 비센테를 보자 사그라진 지 오래였다.

"오랜만인 것 같다……."

얼마 만일까. 떨어진 지는 오래되지 않았지만 체감상 그렇다고 느껴졌다.

"고마워. 네 덕분에 들어갈 수 있게 됐구나."

사실 이것보단 잘 지냈는지, 자신이 보고 싶진 않았는지 같은 것을 묻고 싶었지만 안타깝게도 상황이 여의치 않았다.

"아니요, 어머니가 응당 누리셔야 할 권리입니다."

그녀의 감사에 고개를 저은 비센테가 에르셀라 앞에 무릎을 굽혀 앉았다. 에르셀라는 화들짝 놀라 치맛단이 비센테에게 닿지 않게 뒤로 물러서려 했지만, 비센테에 의해 저지당했다. 그가 접힌 치마 주름을 다듬었다.

"남들이 어머니를 얕보도록 하지 마십시오."

시종들과의 실랑이를 빠짐없이 보고 있던 듯했다.

에르셀라는 부끄러움에 얼굴을 붉혔다. 그건 비센테에게 보이기에 창피한 장면이 맞았다.

"부끄러운 모습을 보였구나. 아무래도 내 힘으로 얻은 작위가 아니다 보니……."

"원래 귀족들은 제힘으로 작위를 얻지 않습니다."

그 말에 에르셀라의 입술이 스르르 다물렸다. 두 손을 뻗어 주름진 치맛자락을 툭툭 무심하게 펴낸 비센테가 시큰둥하게 말했다.

"그냥 가문의 첫 번째 남자로 태어나기만 하면 되는 것 아닙니까."

"하지만……."

에르셀라는 자신 없이 반문했다. 카르온에 뒤이어 잘할 수 있을지 여전히 확신이 없었다.

그러나 그런 그녀의 불안을 잠식시키듯 비센테의 목소리는 흔들림 없이 굳건하기만 했다.

"죄지은 것 없으십니다. 죄인처럼 구는 것이야말로 외숙께 죄를 짓고 계시는 것임을 잊지 마십시오. 남들에게 당하는 업신여김도 당연하게 여기지 마십시오. 제게는 전혀 당연하지 않습니다."

에르셀라의 옷자락을 단정하게 펴준 그가 그대로 그녀의 손등을 끌어왔다.

에르셀라와 그 뒤의 회의실 문을 한 번씩 일별하며 비센테는 고개를 내렸다.

"드릴 말씀은 많지만 붙잡지 않겠습니다. 그럼, 어머니, 부디 위축되지 마시고……."

비센테는 에르셀라의 손등에 입술을 묻었다.

"그 길을 당당히 걸으시기를."

그 말을 마지막으로 회의실 문이 열리며 환한 빛살이 그녀 앞에 드리웠다.

문이 열리며 빛이 쏟아졌다. 정신없이 눈을 찌르는 빛살에 에르셀라의 눈가가 살짝 떨렸다. 잠이 부족했던 탓인지 빛만 보면 머리가 어지럽고, 돌덩이가 쌓인 것처럼 속이 답답했다. 돌아가면 주치의에게 약을 처방받아야겠다고 생각하며 에르셀라는 회의장 안으로 들어섰다. 원탁에는 그녀를 제외한 9명의 인사가 이미 와 있었다. 글라디엠 백작은 불참이었다.

에르셀라는 먼저 카일 로베르트를 발견했다. 시선이 마주치자 그는 매몰차게 고개를 돌렸지만 기분이 나쁘진 않아 보였다. 그럴 만도 했다. 원래대로라면 출세욕이 강한 그는 진작 귀족 회의에 참석했어야 했다. 로베르트 후작이 다음 가주로 후안을 마음에 두고 있지만 않았다면 말이다.

그가 지금 이 자리에 있다는 건 후작을 설득하는 데 성공했다는 방증이었다. 라페인 후작 뒤에는 보좌관 자격으로 후안이 시립해 있었다. 카일이 동생이 보고 있는 앞에서 약속을 번복하는 사내는 아니어야 할 텐데.

"늦는 결례를 범했습니다."

간략히 유감을 표시한 에르셀라가 원탁 가까이 다가갔을 때였다. 일순 그녀의 표정이 딱딱해졌다.

의자가 없었다.

"이거 참, 회의가 끝나고 쓰러지시는 건 아닐지 모르겠습니다."

비아냥이 장내를 울렸다. 그러나 그녀를 더 수치심에 빠뜨린 건 그에 동조하듯 들리는 피식거림이었다.

"늦잠도 좋지요. 지금 막 햇살을 맞이했을 미안이 눈부십니다."

클라우스 백작이 그녀를 세워둔 채 품평하듯 말하는데도 선을 넘는 그의 태도를 지적하는 사람은 아무도 없었다.

"심심해 보이는데 춤이라도 춰드릴까요?"

사교계와 다른 날것의 악의가 거침없이 그녀를 겨냥했다. 어쩌면 악의가 아닐 수도 있었다. 조롱하면서도 구미가 당기는 듯한 얼굴은 그녀를 견제할 대상으로 보는 것만 같지는 않았으니.

에르셀라는 가르텐 공작과 클라우스 백작을 외면하기 위해 고개를 돌렸다. 그것이 실수였을까. 그 순간 하르젠과 시선이 얽혀들었다. 자리에 앉은 채 물끄러미 그녀를 바라보는데, 그것만으로도 전과 비교할 수 없을 정도의 모멸감이 그녀를 덮쳤다.

"……의자를 가져오세요."

목소리가 작았는지 시종은 움직이지 않았다. 사실 들었는데도 가만히 있는 것 같았다.

"의자를……."

말이 자꾸만 끊겼다. 지축이 흔들리는 느낌과 함께 시야가 아찔해졌다.

'괜찮아.'

자기암시를 하며 에르셀라는 호흡을 조절했다. 이깟 일은 별것 아니었다. 그녀가 저 원탁에 앉아 있는 자들을 두려워할 이유는 조금도 없었다.

라페인 후작은 겁쟁이며 클라우스 백작은 얼간이다. 가르텐 공작은 두말할 것도 없다. 비센테 말대로 그들이 저 자리에 있을 수 있는 이유라곤 가문의 첫 번째 남자로 태어난 것뿐이었다. 조카의 자리를 뺐었다고 돌팔매질해 보았자, 여자라며 저들끼리 욕보여 봤자, 따지자면 저들도 잘난 것 하나 없었다.

에르셀라는 뒤로 시립해 있는 시종을 돌아보았다.

"몇 살인가요?"

"……스물입니다."

정면으로 맞댄 얼굴까지 무시할 순 없었는지 시종은 작게나마 대답했다.

"저런, 회의를 보좌하기엔 어리네요. 실제로 부족한 면도 많고."

"부족하여 면목이 없습니다. 다른 시종을 불러올까요?"

에르셀라는 사려 깊게 웃으며 고개를 저었다.

"그럴 필요 없답니다. 그대도 원하여 온 것은 아닐 테니."

이제 보니 그 웃음이 마치 높으신 분께서 우매한 백성을 딱하게 여기는 듯도 같았다. 귀족으로 자라와 받아본 적 없는 동정에 시종이 당혹감을 느낄 무렵이었다.

"어린 게 가끔은 면죄부가 되기도 하겠지요. 아쉽게도 오늘은 날이 아닌 듯하지만."

시종의 조바심 나는 눈길이 원탁을 향했지만 그를 두둔해 주는 이는 아무도 없었다. 무언가 잘못됐다. 그는 더 늦기 전에 외쳤다.

"금방!"

"……."

"금방, 의자를 마련하겠습니다."

에르셀라는 웃을 뿐 그의 말에 답하지 않았다. 그녀가 원하는 답은 그게 아니라는 듯.

시종은 바짝 가뭄이 이는 목 안으로 신음을 삼켰다. 그보다 한참 작은 여자가 그를 압도한다. 이름뿐이라 하나 그래도 후작이었다. 그 앞에 피사리데를 붙이면 가치는 천정부지로 올라갈. 그 이름을 거역할 수 있는 힘이 그에겐 없었다. 시종은 어쩔 수 없이 더해 말했다.

"하나 각하를 당신보다 낮은 이 앞에서 세워두는 것도 안 될 일입니다."

그렇게 말한 뒤 시종은 성큼성큼 걸어가 클라우스 백작 앞에 섰다.

"실례지만 백작님, 잠시만 자리를 내주십시오."

물을 끼얹은 듯 조소가 가라앉았다. 클라우스 백작은 어이가 없다는 얼굴로 눈을 치켜떴다.

"감히 시종 따위가…… 지금 뭐라고?"

당장에라도 한 대 칠 듯한 목소리에 시종은 에르셀라를 돌아보았다. 그러나 돌아온 답은 계속하라는 듯 아름다운 미소였다. 직감적으로 알았다. 뒷감당 또한 그의 몫으로 남을 거란 걸. 하지만 그는 이제 선택의 여지가 없었다.

"관례에 따라 비켜주셔야겠습니다."

시킨 일을 해내지 못했다면 시종의 본분을 지키기라도 하는 수밖에.

"그깟 관례가 왜 나한……!"

클라우스 백작은 분에 찼지만 왜 자신이냐는 말까지 꺼내진 못했다. 그가 아니면 누가 자리를 양보해야 하는가? 가르텐 공작이? 판테츠 백작이? 아니면 저 베른하르트 공작이? 그것이야말로 이치에 맞지 않았다.

"빌어먹을! 멋대로 해라!"

결국 클라우스 백작이 쿵쿵거리며 사납게 자리에서 일어났다. 이제 그는 새 의자가 마련될 때까지 서 있어야 할 것이다.

에르셀라는 고맙다는 인사 없이 클라우스 백작이 마지못해 내준 의자에 앉았다. 몹시 당연하다는 태도에 후안이 작게 피식 웃었다. 그런 후안을 본 에르셀라도 하르젠이 보고 있다는 것도 잊은 채 조금은 웃어 보였다.

잠시 후 클라우스 백작의 의자가 오고, 다시 회의가 시작되었다.

특별한 논란 없이 두 가지 안건이 처리되었다. 의사봉을 두드린 의장이 다음 의제를 꺼냈다.

"세 번째 의제입니다. 콘라드에 파견할 사절 대표를 누구로 할지 토의하겠습니다."

콘라드와의 관계가 풀어지긴 했나 보다. 파견 일까지 3주가 안 남은 걸로 알고 있는데, 번갯불에 콩 볶아 먹듯 처리하는 걸 보니. 어지간히 귀찮았는지 갖가지 의제를 한 번에 처리하려는 심산인 듯했다.

"자원할 분 있습니까?"

물론 자원자가 정해져 있다는 것도 저들의 안일함에 한몫했다.

"내가 하겠소."

판테츠 백작이 손을 들었다.

"그럼 표결하겠습니다."

말이 끝나기 무섭게 의원들이 표결권을 행사했다. 원탁 한가운데로 지닌 은제 패를 열의 없이 던지는 모습에 에르셀라는 잠시 당황했다.

다른 자원자가 없는지 확인하는 절차도 없었다. 그저 회의를 빨리 끝내고 싶은 듯 그들의 얼굴 위로 떠오른 건 지독한 나태함이었다.

"오늘 회의는 어땠어요?"

그렇게 물으면 하르젠은 묘하게 염증을 띠었는데, 이것 때문이었나. 생각했던 것과 딴판인 분위기에 허탈감이 밀려왔다.

정말 별거 없구나.

이들이 원하는 건 질서지 특출함이 아니다. 에르셀라는 반질반질한 은제 패를 내려놓고 손을 들었다.

"자원합니다."

돌발 행위가 미친 영향은 꽤 컸다. 패가 테이블에 떨어지는 소리가 뚝 끊기며 표결이 멈추었다. 의장은 뜻하지 않은 일에 쩔쩔매다 한숨을 토했다.

"부인, 이건 애들 장난이 아닙니다."

"그런 마음으로 회의에 임한 적 없어요."

"피사리데에 공적이 간절한 건 이해하지만 부인이 이 일에 적격이라 생각되지는 않는군요."

"의장은 사견을 보여선 안 된다고 알고 있습니다. 한데 어찌 그리 말씀하나요?"

"상식적으로 부인을 콘라드에 파견한다는 게 말이 됩니까? 나라 망신시킬 작정이 아니라면……."

"폐하께서 친히 저의 작위 계승 의식을 주도하셨습니다."

그녀가 여자라서 문제가 된다면, 그 전에 그녀가 작위를 잇는 걸 허락한 왕을 탓해야 할 것이란 말이었다. 그리고 왕의 뜻에 반하는 건 역심이었다.

"……대체 왜 이러십니까?"

"저 또한 외교학을 익혔으니 걱정하실 만한 일은 없을 겁니다. 정 염려가 되신다면 참모진을 동행하겠습니다."

의장이 얼굴을 쓸어내렸다. 이게 다 무슨 의미가 있단 말인가. 표결해 보았자 결과는 같을 것을! 피차 피곤한 일이란 말이다. 고집 부려봤자 그녀가 콘라드에 가는 일은 요원했다.

"다시 표결하죠."

"로베르트 경!"

카일이었다.

"간다잖아요."

이제 갓 회의 참가 자격을 얻은 새파란 애송이가 하기엔 거만한 요구였다. 판테츠 백작이 나선 건 그때였다.

"뭐 어쩌자는 건지 모르겠군요. 부인은 정녕 승산이 있다고 보시는 겁니까?"

무도회에서 만나면 항시 친절했던 그가 조금은 짜증스러운 기색으로 묻고 있었다. 그뿐만이 아니었다. 그녀에게 꽂히는 수십 쌍의 눈초리는 따듯하지 않았다. 같은 진영의 라페인 후작도, 다트너 후작도 마찬가지로 불편함을 드러냈다. 그간 그들의 호의가 온전히 그녀에게 향한 것이 아니었다는 듯이.

에르셀라는 의연하게 웃었다. 자신들의 권역을 침해하는 순간 닳아 없어질 호의는 그녀도 필요하지 않았다.

"물론이네, 백작. 자네는 갈 수 없을 테니."

"……부인?"

아랫사람을 대하는 완전한 하대에 백작이 흠칫했다.

"내 지금부터 그 이유를 말하지."

"부인."

"나도 백작을 신사 취급 해줘야 할까?"

"……각하."

적당히 알아먹은 판테츠 백작이 그녀를 숙녀 취급하는 걸 그만두었다. 그러나 열세 살이나 차이 나는 계집에게 모욕당했다는 사실이 치욕스러웠는지 입가는 파들파들 떨리고 있었다.

에르셀라는 미안하게도 조금 즐거웠다. 작위를 얻은 보람을 엉뚱한 쪽에서 느낄 줄은 몰랐다.

'아, 이럴 때가 아닌데.'

에르셀라는 본연의 목적을 되새기며 표정을 가다듬었다.

"대륙력 1223년 왕국력 523년 여름날에 자네의 조카가 실종되었다지."

점잔을 뺀 그녀는 블래노버 백작이 귀띔해 준 것을 상기했다.

"햇수로 삼 년 전 일입니다. 인신매매단 때문에 각지가 흉흉했던 적이 있습니다. 그때 백작의 조카 클로리아 판테츠 양도 실종되었다는군요. 백작이 그 일로 사병 제한을 일백 정도 풀어달라는 건의를 해왔습니다. 카르온 님은 즉시 반려한 뒤 클로리아 판테츠 영애에 대해 알아보라 지시 내리셨고요."

"왜죠?"

"고작 일백의 사병을 늘리려고 그 난리를 치는 게 수상쩍다고 하시더군요. 마치 무언가를 숨기려는 것처럼 말입니다. 지금 보면 가르텐 공작에게 몰리는 경계를 늦추기 위한 눈속임이 아니었을까 싶습니다. 실제로 후작님이 공작보다는 그 일을 더 염두에 두셨거든요."

덕분에 하나는 잡았다.

"클로리아 판테츠 양의 행적은 삼 년 전에 이미 찾은 상태입니다. 로엔 지방에서 에밀리 클레반이란 이름으로 살고 있더군요. 다만 여태껏 써먹을 일이 없어 묵혀두고 있었습니다."

그 올가미를 이제 그녀가 이용할 차례였다.

"축하하네, 백작. 조카를 찾았다는군. 곧 고대하던 만남을 이룰 수 있겠어."

판테츠 백작은 뜬금없이 이게 무슨 짓이냐고 항의하려고 했다. 덧붙인 말만 아니었다면.

"폐하를 대면하고 말이네."

그때 한 사람을 제외하곤 누구도 침범할 수 없는 신성한 회의실 문이 스르르 열렸다.

"실례합니다."

자박자박 걸어온 시종장의 시선이 어느 한곳에 고정되었다.

"판테츠 백작을 불러들이라는 폐하의 명입니다."

판테츠 백작은 얼빠진 얼굴로 허둥거렸다.

"아니, 아닐세. 뭔가 오해가……!"

"폐하의 명입니다."

그러나 아까와 다를 것 없는 시종의 말에 그는 지금 닥친 상황을 피할 도리가 없음을 알고 말았다. 왕의 부름이었다. 험한 꼴을 당하지 않으려면 제 발로 시종장을 따라야 할 것이다.

"폐하께서…… 그렇군. 알겠네."

저항이 무의미하단 걸 알았는지 판테츠 백작은 순순히 회의장을 나섰다. 표결 도중 자리를 이탈했으니 콘라드 사절로 갈 자격도 잃었다고 할 수 있었다.

"보셨다시피 백작은 폐하와의 독대로 바쁠 예정인 듯싶네요."

에르셀라는 방금 일어난 일을 짤막하게 요약해 주었다. 의장은 할 말을 잃고 말았다. 표결로는 이길 수 없을 것 같아 경쟁자를 치워 버리다니. 약은 수법이 누군가를 떠오르게 했다.

"……피는 어디 안 간다더니 선대를 닮았군."

고의성이 짙은 혼잣말이었다. 하나도 빠짐없이 들렸지만 에르셀라의 평정심은 무너지지 않았다. 여기 있는 사람 전부가, 어떻게 하면 그녀의 속을 긁어내릴 수 있는지 익히 아는 사람들이었다. 의도한 대로 반응해 주지 않을 것이다.

"의장으로서 일이 이렇게 되어 유감이군요."

의장은 예의 성가신 눈길로 에르셀라를 흘겨보다 회의를 이어나갔다.

"다시 표결하겠습니다. 여기 후작 말고 새로 자원할 분 계십니까?"

원탁이 술렁였다. 이번 사태의 차선책을 대비하지 않았는지 다들 고민스러운 눈치였다.

"허어……. 꼭 이렇게까지 할 일인지."

일부는 에르셀라에게 일을 왜 크게 만드느냐는 원망의 눈길을 보내고 있었다. 저들 중 가르텐 측이 반역을 꾀하고 있다고 주장하면 들어줄 이는 몇이나 될까. 들은 척이나 해줄까. 그 전에 자신이 모함당해 목이 잘리지나 않으면 다행이었다.

그러다 문득, 오한이 몸에 스며들었다. 에르셀라는 양팔을 한 번 쓸어내렸다.

'몸살인가…….'

연일 고단했으니 몸에 이상이 생길 만도 했다. 몸살이면 약을 먹어야 할 텐데. 한낮임에도 의식이 몽롱했다. 졸린 것도 같았다.

에르셀라는 졸면 안 된다는 일념하에 회의에 집중했다. 여기서 잠들면 끝이었다. 에르셀라는 어서 회의가 끝나기를 기다렸다.

"정말 없으십니까?"

콘라드에 여자를 사절단으로 보내는 망신만은 면하고 싶었던 의장이 한 번 더 물었다. 그러나 돌연한 상황에 섣부르게 제가 가겠다, 나서는 이는 없었다. 이로써 누가 사절로 갈지는 확정된 듯 보였다.

"내가 가겠소."

가르텐 공작만 아니었다면 말이다. 에르셀라는 즉시 반의를 세웠다.

"제가 알기로 공은 이전에 갔다 왔을 텐데요."

법으로 정해진 건 아니지만 관례상 외무부 장관이 나설 일이 아니라면 자원자에게 공평하게 기회가 돌아간다. 한 사람이 외국 인사와 개인적 친분을 쌓는 걸 막고 공적을 균등하게 분배하기 위함이었다.

"그래도 피사리데보다는 자격이 있습니다, 부인."

가르텐 공작의 눈이 의미심장하게 접혔다. 자신만만한 태도에 에르셀라는 마른침을 삼켰다.

"오, 잊고 있었는데, 그랬었죠."

"아하! 괜한 걱정을 했군!"

"선견이 뛰어나십니다, 공!"

그 뒤로 몇 마디가 줄줄이 붙었다. 뭐지? 그녀를 제외한 전부가 공통된 반응을 보이는데, 뭐가 뭔지 알 길이 없었다.

"맞아. 그런 게 있었지……."

라페인 후작 또한 잘 다듬어진 수염을 쓸어내리며 맞장구쳤다.

"자네, 이리로."

"예, 장관님."

라페인 후작은 에르셀라를 곁눈질하다 손짓으로 후안을 불렀다. 후안의 귀로 무언가를 속닥여 준 그가 에르셀라를 가리켰다. 전해주란 의미였다.

"각하, 잠시만."

에르셀라 근처로 다가온 후안이 양해를 구했다. 그는 상당히 난감한 얼굴을 하고 있었다.

"무슨 일이라도……."

에르셀라가 후안 쪽으로 귀를 기울였다. 고개를 돌릴 때 스치듯 하르젠을 보았는데, 그는 조금 짜증스럽다는 듯이 웃고 있었다. 한심했을까. 생각할 겨를도 없이 후안의 목소리가 들려왔다.

"전번 회의 때 결정된 일이라고 합니다. 알렉시스 전하를 1왕자로 칭하는 대신에 피사리데 후작께서는 다음 콘라드 회담에 참석할 권리를 포기하기로 하셨다는군요."

"어떻게 그런……."

뒷덜미가 차게 식었다. 블래노버 백작이 미리 말하지 않은 걸 보니 그도 경황이 없어 깜빡 잊은 듯했다. 하필이면 이때.

'이해가 안 가는 건 아니지만…….'

카르온이 왜 그랬는지는 알 것 같았다. 왕이 레오폴드를 1왕자로 올리겠다고 선언했다. 레오폴드가 왕위에 오르는 건 비록 희박한 가능성일지라도 그는 차단하고 싶을 터였다.

마침 레오폴드의 뒤를 봐주고 있던 가르텐이 콘라드를 조건으로 내걸었으니, 카르온으로서는 협의하는 게 이득이었다. 하지만 결과는.

"공작이 포기해야 차례가 올 겁니다."

그야말로 절망적이었다. 저 작자가 어디 포기할 인간인가.

에르셀라는 해결책을 찾아보려 했지만 떠오르는 계책이 없었다. 가르텐 공작의 뒤를 파보지 않은 것은 아니나 온통 뇌물에 관한 일밖에 없었다.

백작은 뇌물이 문제 될 소지는 없다고 했다.

"뇌물은 피사리데도 받습니다."

그 말과 함께.

"오라버니는 부귀에 눈먼 분이 아니었어요."

"그런 용도가 아닙니다. 일종의 서약이라 보시면 됩니다. 한미한 가문이라 할지라도 본디 제 살길은 열어두는 법입니다. 우직한 가문이면 더욱 그렇지요. 피사리데가 약속을 지키느냐가 그들에겐 일생일대의 존폐가 걸린 일인 겁니다. 카르온 님께선 간간이 그런 자들을 필요로 하셨고 값어치 있는 것들을 서약의 뜻으로 삼으셨습니다. 이것은 다른 가문도 다르지 않습니다."

그럴 리 없다고 믿지 못하는 에르셀라에게 백작은 공공연히 행해지는 일이므로 뇌물로 공작을 고발하는 일은 불가하다 일축했었다.

가르텐 공작이 즐겁게 웃었다.

"이젠 아셨는지?"

"각하, 하지만 그 약조는 선대 후작님과 있었던 일로 저와는 무관합니다."

머뭇거리다간 주도권이 넘어갈지 몰라 그녀가 뭐라도 말해보려는 찰나였다.

"선대의 유지를 받든다는 사람이 할 얘기는 아닌 것 같군."

낮게 귓전을 울리는 목소리에 가슴이 싸하게 내려앉았다. 하르젠이었다. 바닥없이 깊게 가라앉은 눈이 그녀에게 말하고 있었다. 카르온의 모든 것을 물려받은 그녀는 그가 한 약조 또한 지킬 의무가 있다고.

"이미 정해진 사안에 억지 부리면 된다고 생각할 정도로 후작에겐 이 자리가 우습나?"

"억지를 부리는 게 아닙니다. 다만 생소한 얘기라 확인을……."

"지난 회의록을 가져와라."

에르셀라의 말을 끊은 그가 서기관을 턱짓했다.

"의심된다 하니 전부 보이지."

"공……."

"거기까지 해."

거기까지 해.

에르셀라가 입술을 당겨 물었다. 밉다. 속속들이 상처 주는 말만 골라 하는 그가. 날카로운 말이 가슴에 아프게 박혔다.

에르셀라는 그것도 싫었다. 남처럼 대하는 하르젠의 태도에 서운함을 느끼는 자신이. 이미 끝났는데.

모든 게 엉망이었다. 그가 있는 곳에서 당한 수모도, 경험도 없으면서 막무가내로 콘라드에 가겠다고 객기 부린 것도 창피했다. 그의 눈엔 다 억지처럼 보였을 거라 생각하니 그저 부끄러웠다.

에르셀라는 초라하게 벌게지려는 눈시울에 힘을 실었다. 체했는지 속이 울렁거렸다.

"……가져올 필요 없어요."

이 자리를 벗어나고 싶다는 생각뿐이었다.

"알았으니까, 다 알았으니까."

"가져와. 확실히 해두는 게 좋겠……."

문득 하르젠의 목소리가 멈추었다. 아니, 목소리뿐만 아니라 모든 게 멈춘 것 같았다. 동작도, 얼굴 근육도, 사고도. 무표정이 아닌 굳어버린 얼굴은 넋이 나간 것 같기도 했다.

그러나 목을 타고 토해진 피에 에르셀라는 그 얼굴을 자세히 보지 못했다.

"읍……."

에르셀라가 벌떡 일어섰다. 의자가 뒤로 넘어가며 바닥을 뒹굴었다. 입을 틀어막은 에르셀라가 바닥으로 급히 몸을 낮췄다. 소용없겠지만 이 모습을 보이고 싶지 않았다.

"괘……."
"……."
"괜찮으십니까?!"
누군가 다급하게 그녀의 몸을 부축하려 했다. 후안인 것 같았다. 에르셀라는 필사적으로 고개를 저으며 몸을 웅크렸다.
"우욱, 우웩, 웩."
구역질과 함께 피가 끊이질 않고 쏟아졌다. 목이 절절 끓고, 눈물이 쓰라리게 괴어올랐다.
"뭐, 뭐야! 이거 왜 이래! 이 사람 무슨 병 걸렸어?!"
"나도 몰라! 부인! 일단 일어나셔야 합니다!"
후안이 그녀를 일으키려 했지만 에르셀라는 일어나지 못했다.
잠시, 잠시만……. 그리 속삭일 기력도 없었다. 용암이 몰아치듯 가슴이 뜨거웠다. 그녀는 그제야 자신이 잊고 있던 게 무엇인지 기억해 냈다.
얼마 동안…… 루델시아에서 돌아온 게 얼마 만이지? 실낱같은 의식을 붙잡아보지만 생각이 자꾸만 뭉개졌다. 에르셀라는 숨을 헐떡였다. 끈적이는 피가 침과 섞여 입가에 늘어졌다. 멈추지 않고 오들오들 떠는 전신에 두려움이 엄습했다.
"형님, 일단 의원을!"
"어, 어 그……."
"손 치워."
그 순간, 익숙한 체향이 났다. 입술을 타고 비죽 실소가 흘러나왔다. 모를 수가 없는 사람. 후안의 팔을 쳐낸 하르젠이 에르셀라를 안아 일으키려 했다. 본능적인 거부감이 올라온 건 그때였다.
"싫어요!"
"에르셀라."
무슨 힘이 났는지 에르셀라가 아이처럼 울며 소리쳤다. 싫었다. 하르젠이 미친 듯이 미웠다.

"나한테 손대지 마!"

"움직이지 마."

우악스레 팔을 휘둘러 밀쳐보지만 부질없는 반항이라는 듯 하르젠은 끝내 그녀를 안아 들었다. 그럼에도 에르셀라는 있는 힘을 다해 격렬하게 버둥거렸다.

"당신이! 당신이 뭔데!"

아이처럼 보여도 상관없었다. 지금 모습이 우스꽝스러워도 괜찮았다. 그의 품에 안기지 않을 수만 있다면 이대로 떨어져도 좋았다.

"손대지……."

"제발!"

"……."

"가만히 좀 있어, 제발!"

마주친 시선에 에르셀라는 순간 몸부림도 잊고 멍하니 그의 얼굴을 올려다보았다. 이상했다. 그가 자신을 그런 얼굴로 바라보는 게. 이제 다 끝났는데 왜…….

비센테를 제외하면 이제 그와 그녀 사이에는 아무것도 남지 않았다. 추억? 좋았던 기억? 애초에 그와 함께했던 날이 찬란하지 않았는데 그런 게 있을 리 없지 않은가. 있었다 해도 그녀는 다 잊었다. 또다시 카르온이 떠올랐다. 오라비의 잔상이 그의 얼굴에 어른거리자 눈물이 힘없이 떨어져 내렸다.

"싫어요……."

에르셀라는 허무하게 중얼거렸다. 눈물에 섞여 집중하지 않으면 들리지 않을 목소리였다.

"싫어……."

당신이 싫어.

싫어, 싫어, 싫어.

싫다고, 밉다고, 끊임없이 되뇌고 싶었지만 기운이 닳는 게 먼저였다. 몸이 축 늘어지며 발버둥이 멈추었다. 원하지 않는데도 의식이 썰물처럼 빠져나갔다.

하르젠이 저를 꽉 안는 게 느껴졌지만 에르셀라는 밀어내지 못했다. 싫다고 해야 하는데……. 흩어지는 의식에 아무것도 할 수가 없었다. 시야가 빛을 잃어가며 그녀의 눈이 맥없이 감겼다.

온 세상이 거멓게 죽었다.

기억이 주마등처럼 꺼진 의식을 지나간다.

넓은 침대 위에 덩그러니 놓여 죽음을 기다리는 자신. 그 옆에는 간이 의자에 앉은 리엔이 있었다.

"마님, 눈이에요, 눈!"

새처럼 재잘거리는 리엔을 향해 미소 짓다 그 너머의 문을 바라봤다. 문은 열리지 않았다.

비센테 그 아이는……. 작게 웅얼거렸다.

"네?"

듣지 못한 리엔이 되물었다.

"아니야."

대답에 리엔이 밝게 웃었다.

"울지 말렴."

말을 삼키고 입꼬리를 움직여 마주 웃었다.

"꽃을 가져다주겠니."

리엔이 흔연히 말을 따랐다.
문이 열리고 닫힌다. 다시 혼자.
비센테. 조용히 곱씹은 이름에 후회가 뒤따랐다. 나는 네게 왜 그랬을까. 죽음이 과거를 가린 모양이다. 기억이 나질 않으니.
생각한다. 죽음마저 없었다면 이 후회도 없었을까. 끝까지 무정했을까. 슬픔에 겨워 웃었다. 죽음이 닥쳐서야 그 아이가 간절해지다니. 한심해.
문이 열린다.

"이것 보세요."

동백을 한가득 품은 리엔이었다. 작게 웃었다. 안다. 저 문을 열고 그 아이가 나타날 리는 없다는 걸.
허전하여 대답했다.

"예쁘구나."

만지지는 않았다. 제가 가지지 못한 색을 가지고 싱그럽게 피어 있는 게 부러워서.

문이 닫힌다. 밤. 다시 혼자.

고요히 누워 생각했다. 그렇다면 내게 남은 것은 뭘까. 화려한 생, 화려한 죽음. 정녕 그것이 다인가.

"행복해지렴, 내 딸."

어머니의 목소리가 이명처럼 스며드는데…….

행복. 스스로에게 물었다. 나는 행복했나. 눈을 감는다. 모르겠어서.

"에르셀라."

뺨에 닿는 손. 차가워 눈을 떴다. 반듯한 얼굴선이 보였다.

어두워서인가. 어떤 표정을 하고 있는지 알 수 없었다. 그저 뺨을 쓸어내리는 손길이 절박했다.

슬프긴 한 걸까. 살아온 정이 있으니 그럴지도. 그래도 당신은 울지 않겠지만. 입술이 떨린다. 그래도 이 정도면 되지 않을까. 사랑은 없어도. 아, 나는 정말 당신을 사랑한 적이 없을까. 나는 당신을…….

"늦으셨군요……. 장례는 이미 끝마쳤습니다."

잔혹한 선고에 실재했던 꿈이 부서졌다.

다시 현실이었다.

반쯤 현실을 인식한 몸은 불덩이처럼 뜨거웠다. 불길이 몸 안의 피를 전부 말려 죽일 듯이 활활 타올랐다.

에르셀라는 혼몽한 와중에도 절실하게 되뇌었다.

싫어, 당신이 싫어…….

그렇게 하면 그 대상이 사라지기라도 할 것처럼.

그러나 바르작거리는 몸을 누군가가 세게 끌어안았을 때, 그 사람이 누구인지 알아챘을 때, 그녀는 자신의 소원이 이루어지지 않았음을 깨달았다.

젖은 눈꺼풀을 들어 올린 에르셀라가 더운 숨결을 느리게 토해냈다. 맞닿아 있는 체온에 그녀의 입술이 맥없이 벌어졌다.

"……놔줘요."

그 부탁 그대로 하르젠은 에르셀라를 품에서 떨어뜨렸다. 그가 그녀를 침대 위로 눕히려 했을 때였다.

"괜찮아요."

볼품없이 갈라진 목소리가 거절 의사를 내보였다. 그에 대한 반항심은 아니었다. 그저 하르젠이 보는 앞에서 환자처럼 누워 있고 싶지 않았다.

"……그래."

그 요구를 마지못해 들어주며 하르젠은 에르셀라의 상체를 침대에 기대어 앉혔다. 에르셀라는 그에게 의지한 채 잠시 주변을 둘러보았다. 한 번도 와본 적 없는 무척이나 낯선 장소였다. 그러다 그녀의 시야에 벽에 걸린 문양이 들어왔다. 어렸을 때부터 지겹도록 외운 탓에 그것이 왕가의 문양이란 것은 어렵지 않게 알 수 있었다. 아무래도 궁인 듯했다.

창밖은 완연한 밤으로 해는 이미 저물어 있었다. 회의는 어떻게 됐을까. 물어보면 알 수 있겠지만 묻지는 않았다.

열을 확인하려는 건지 하르젠이 팔을 뻗어왔다. 에르셀라는 싸늘하게 외면하려다 보이는 것에 문득 멈칫했다. 그에게 안겼을 때 저항이 거셌는지 하얀 셔츠가 피로 물들어 있었다.

새옷으로 말끔하게 갈아입혀진 그녀와는 다른 모습이었다. 목을 타고 올라오는 피비린내만 아니었다면 피를 흘린 사람은 그녀가 아닌 하르젠이라고 착각할 만큼이나.

비단 옷뿐만은 아니었다. 에르셀라는 허리까지 넘실거리는 머리카락을 한번 쓸어보았다. 머리카락은 걸리는 것 없이 부드럽게 손가락 사이를 통과했다. 분명 피가 묻었었을 텐데도.

에르셀라는 입을 열려다, 입안에 엉긴 피에 다시 다물었다. 피를 머금고 있어서 그런 것일까, 입안이 썼다. 그것에 너무나 멍해져 그녀는 이마를 덮는 손 하나 밀어내지 못했다.

에르셀라는 먹먹한 기분으로 하르젠을 보았다. 그가 그녀의 이마와 제 이마에 손을 대 열을 재보는데…… 불현듯 가슴에서 뜨거운 무언가가 울컥 치밀었다.

"이제 됐어요."

그녀는 주체할 수 없는 감정이 밖으로 새기 전에 서둘러 그 손에서 멀어지고 싶었다.

"언제부터야."

맞지 않는 대답이 들려왔다.

"……가요."

"열이 많은데, 병명은 아나? 얼마쯤 됐지?"

"내가 알아서 할 거예요."

"의원에게 진료 먼저 받지. 무슨 병인지, 아니, 열부터 떨어뜨려야겠군."

"상관하지 말아요."

"에르셀라."

불협화음처럼 엇갈린 대화 끝에 하르젠이 그녀의 이름을 불렀다. 에르셀라는 반응하지 않고 가만히 눈을 내리떴다. 그를 보고 싶지 않다는 분명한 의도에 하르젠의 눈빛이 한층 깊게 가라앉았다. 그의 말문이 열린 건 얼마간의 시간이 흐른 후였다.

"왜."

"……."

"왜 말하지 않았지?"

단조로운 음성은 어쩐지 화가 나 있는 것 같기도 했다. 에르셀라는 태엽 풀린 인형처럼 정면만을 바라보았다.

병을 알리는 즉시 닥칠 일을 알았기 때문에 알리지 않았다. 침대에서 옴짝달싹 못 한 채로 온종일 벌 떼처럼 모이는 의원들과 얼굴을 맞댔어야 했을 것이다.

병을 고치기 위한 그 선택은 하르젠에겐 최선이었을지라도 에르셀라에겐 최선이 되지 못했다. 사람에 지치고 병에 지치고 희망 고문에 지치는 날의 연속이었으니까.

게다가 그런다고 나을 수 있는 병이 아니란 걸 알게 된 이상 그녀가 과거를 답습할 이유는 더더욱 없었다. 그래서 병을 숨겼다.

"당신과 상관없는 일이에요."

하지만 에르셀라는 그 과정을 차근차근 설명하는 대신 짐짓 매정하게 대꾸했다.

"이혼했으니 말해야 할 의무도 없어요."

남이 된 이상 그녀는 하르젠에게 이런저런 것을 일일이 설명할 필요가 없었다. 그 당연한 사실이 하르젠에겐 조금 다르게 다가온 모양이었다.

"고작 말하는 것도 의무라 치나……."

하르젠은 그 말을 담담하게 되까리다 무언가를 갈음하려는 듯이 검지로 눈가를 문질렀다. 기시감이 들었다. 일전 최선을 언급했을 때와 비슷한…….

"그래, 당신에게는 전부 의무였겠지."

그렇게 나온 목소리는 꽤나 무미건조했다.

"말하는 것도, 웃는 것도, 옷 벗는 것도, 아, 사내아이를 낳아준 것도 당신 의무였나?"

"하르젠."

"이왕이면 어머니의 의무도 해주지 그랬어. 그리 내버려 두기엔 당신 몸값이 꽤 비쌌거든."

자조 섞인 조롱이 그녀를 유린한다. 에르셀라는 이불 안에 감춘 손을 말아 쥐었다. 피사리데로부터 그녀를 샀다는 투로 말하는 그가 밉다. 가문의 여인 취급이 거기서 거기이니 틀린 말은 아니었다. 다만 하르젠의 입에서 나올 법한 말도 아니었다. 상처 주고자 일부러 고르고 고른 양 심장에 박히는 가시는 뾰족하고 날카로웠다.

"나는 당신이……."

하지만 의도된 말이었다 해도 어쩔 수 없이 마음은 너절해졌다.

"당신이 원하는 대로 살았는데……."

그런 말을 들을 정도로 제가 뭘 그렇게 잘못한 것인지 모르겠다. 그의 것으로 살아가려 노력했다. 그런 그녀를 배반한 것은 그였다. 목이 메었기 때문인지 숨이 잘 쉬어지지 않았다. 조금씩 할딱이는 숨소리에 하르젠이 침대 옆의 줄을 잡아당기려던 무렵이었다. 아주 작은 목소리가 그의 귓가를 긁어내린 것은.

"당신이 하려는 일에 오라버니가 많이 거슬렸어요?"

그날 이후 처음으로 그와 그녀 사이에 카르온이 언급되었다. 믿고 싶지 않았던 것들. 그러나 비센테를 보았을 때 살의가 번진 데일의 눈빛을 발견한 순간, 그가 오라비를 죽였냐고 물었을 때 백작의 대답을 들은 순간, 그가 별 의문 없이 이혼을 받아들인 순간, 에르셀라는 하르젠이 이번 일과 무관하지 않다는 걸 인정할 수밖에 없었다.

"오라버니가…… 당신에게 좋은 사람은 아니었다는 거 알고 있어요. 하지만 단순히 싫다는 이유로 당신이 그럴 사람이 아니란 것도 알아요. 분명 그럴 만한 이유가 있었을 거라고…… 생각해요."

그도 사람인 이상 원하는 게 있을 것이다. 일생을 걸어도 좋을 만큼 가지고 싶은 게 하나쯤은 있을 테지.

하지만 그 뒤에 자꾸 '하지만'이 붙었다. 하지만 꼭 그래야 했던 것일까. 그게 그렇게 중요했나? 오라비가 죽어야 할 만큼? 뭐라도 말해주었다면 나았을 텐데 하르젠은 거짓으로라도 그녀를 기만하지 않았다. 그 침묵에 에르셀라의 푸른 눈이 차츰 일그러지기 시작했다.

"그래도 살려주지."

"……."

"나를 봐서라도…… 살려주지."

귀애한다고 했으면 그 정도 선심은 베풀어주지.

"죽이기까진…… 하지 말지."

그가 거부할 수 없었던 제안이 뭐였든 간에 에르셀라는 하르젠을 용서하지 못할 것만 같았다. 눈가가 시큼해졌다. 하지만 그럼에도 불구하고…… 알았다. 이것은 이미 지난 일이었으므로, 돌이킬 수 없는 일이었으므로, 바닥없는 원망을 쏟아내기보다는 좀 더 현실적이 되어야 한다는 것을.

"여기서 멈춰요."

"……."

"비센테를 생각한다면."

하르젠은 그녀가 무얼 말하고 있는지 알고 있는 듯했다. 머리가 좋은 사람이니 당신이 하려는 일에 카르온이 거슬렸냐는 질문만으로 이미 모든 걸 파악했을 것이다.

"그 애는 당신 아들이에요. 비센테까지 휘말리게 둘 참인가요?"

비센테가 언급되자 흐린 시야 너머로 검은 눈동자가 미약하게 흔들리는 듯도 하였다. 하지만 그도 잠시였다.

"치료받아. 당신이 콘라드에 간다 해도 달라지는 건 없을 테니."

결심을 굳힌 사람처럼 그의 눈빛은 완고했다. 치료를 받으며 가만히 살라는 말은 왕자의 죽음을 방관하라는 뜻도 포함되어 있을 것이다.

왕에게 고하면 비센테가 죽을 것이고 관조하면 왕자가 죽는다. 그녀에게는 물론 비센테의 목숨이 더 중요했으나, 그렇다고 왕자를 모른 체하기에는 에샤힐드의 존재가 너무도 컸다.

언니가 목숨을 걸어 낳은 왕자였다. 왕자, 그 하나가 에샤힐드에겐 평생의 숙원이었던 것이다. 한데 그마저도 남아 있지 않으면 언니가 너무나 가여웠다.

"난 갈 거예요."

"……."

"당신이 그만두기 전까진 내 결심은 변하지 않아요. 멈출 거면 당신이 멈춰요. 그리고 당신도 알 거예요."

이 끝을.

전하지 않은 뒷말을 알아들은 사람처럼 하르젠에게선 대답이 없었다. 그가 하려는 일은 제 발로 지옥으로 걸어 들어가는 것과 다르지 않았다. 콘라드를 끌어들인다고 해도 이긴다는 보장은 없었다.

하지만…… 내심 하르젠을 막아서는 이유가 마냥 그 때문만은 아닐 것이다. 그가 그런 비참한 결말을 맞이하지 않기를…… 바란 것도 같다.

"그러다 죽을 수도 있어."

"죽는 게 나아요."

"……뭐?"

서늘하게 되묻는 목소리를 에르셀라는 담담하게 받아쳤다. 충동에서 기인한 말이 아닌 진심이었다. 기실 카르온이 죽은 이후로 종종 그런 생각을 하곤 하였다. 차라리 그때 죽었으면 좋았을 것이라는.

"죽는다면 지금보다는 행복할 테니까."

"그만해."

"그러니까 죽는 것도 괜찮아요."

"……그만하라 했어."

짓씹듯 경고하는 말에도 에르셀라는 하르젠의 앞에서 죽음을 꺼낸 걸 후회하지 않았다. 후회한다면 살아 있는 것을 후회했다. 모르면 편했을 진실을 알게 되고, 미래가 바뀌고, 결국 그녀를 대신하듯 그녀의 가족이 죽었다.

분명 과거로 돌아와 기회를 얻었는데도 불행하기만 했다. 그리하여 에르셀라는 죽음을 생각했다. 죽음……. 문득 저미는 가슴에 울컥하여 소리친 건 그때였다.

"내가 지금 얼마나 죽고 싶은지……!"

그러나 그녀의 말은 돌연 겹쳐오는 입술에 막히고 말았다. 턱이 들리고 순식간에 차가운 숨결이 입안을 점령했다. 에르셀라는 도리질치며 벗어나려 했지만 단단히 뒷목이 잡혀 빠져나갈 틈이 없었다.

"……읍."

턱을 강제로 잡힌 채 혀를 섞는, 이토록 배려 없는 입맞춤은 처음이었다. 마치 죽고 싶다는 말을 어떻게 막아야 할지 모르겠는 사람처럼, 그가 무작정 입술을 부딪쳐 오고 있었다. 에르셀라가 두 팔로 그의 몸을 세게 밀쳤지만 그는 밀려나지 않았다.

침대 위는 금세 난잡해졌다. 몸이 기울며 시트가 밀리고 그 위로 금발이 어지러이 흐트러졌다. 어느새 그녀 위에 올라탄 남자가 숨 쉴 틈도 없이 그녀를 몰아붙여 왔다.

입술이 떨어진 건 흐느낌 소리가 짙어질 무렵이었다. 흐린 시야 너머로 단단히 화가 나 두 팔을 짚어 그녀를 가둔 남자가 보였다.

에르셀라는 그날 처음으로 무감정했던 눈빛에 날것의 감정이 휘몰아치는 순간을 목격했다. 심연처럼 잔잔했던 흑안이 격렬하게 일렁이는 광경이 생소했다. 그 눈을 가지고 그가 말했다.

"당신은 항상 내 앞에서 죽고 싶다고 말하지."

하르젠은 그의 아래에 흐트러진 채 누워 있는, 아름답지만 그에게만은 잔인한 여자를 보며 자조했다.

"그래, 죽어."

"……."

"차라리 죽어."

그 말에 에르셀라가 멍하니 그를 바라보았다. 일순 눈앞이 까마득해졌다.

"죽는 순간 비센테도, 로베르트의 그 새끼도, 네가 사랑하는 피사리데도 다 죽여서 곁으로 보내줄 테니……."

빛을 잃어가는 눈동자가 칠흑같이 깜깜했다. 그것을 보는 에르셀라의 옆얼굴로 눈물이 흘러내렸다.

"죽고 싶으면 죽어."

울고 있는 건 그녀인데 꼭 그가 우는 것만 같았다.

"죽어."

그 목소리가 귓가에 잔상처럼 부서졌다. 이것을 뭐라 설명할 수 있을까. 불신, 체념, 원망, 증오……. 그러한 것들의 집합체로 볼 수 있는 시선을 뭐라 하면 좋을까.

그에게 갖다 붙이기엔 하나같이 어울리지 않는 이름들. 인간이 가질 수 있는 가장 어둡고 비천한 감정이 한데 모여 눈앞에서 휘몰아치는데…… 생경했다. 그 모든 게 기괴하게 아름답기까지 하여 그녀는 무력하게 그를 바라볼 수밖에 없었다.

에르셀라는 감히 말하지 못했다. 그의 이름조차 담을 수 없어 벌어진 입술 사이로는 숨죽인 숨결만이 흐를 뿐이었다. 하르젠의 입이 열리는 순간까지도 그랬다.

"예전에 물었었지. 당신이 죽으면 어떨 것 같은지."

"내가 죽으면 어떨 거 같아요?"

잠깐 사이에 과거의 물음이 스쳐 갔다.

"……글쎄."

"모르겠는데."

그때의 대답도.

"모르겠어. 내가 어떻게 될지."

그리고 그 순간.

"기쁠 것 같아."

심장이 덜컥 내려앉았다.

"당신이 죽으면 정말로……."

"……."

"기쁠 것 같아."

거짓이 아니라는 듯 하르젠은 환하게 웃고 있었다. 입매를 끌어 올려 활짝 미소 짓는데…… 왜일까.

"그러니 당신이…… 도와줘."

떨리는 목소리만 아니라면 그 말을 믿었을 텐데.

"나를 위해 죽어줘."

얼굴 위로 떨어지는 눈물만 아니었더라면 그 말을 의심하지 않았을 텐데.

"……."

일순 볼에 톡 하고 닿은 '것'에 에르셀라의 눈이 놀란 듯 커졌다. 온몸이 마비된 사람처럼 손가락 하나 까딱하기 힘들었다. 마치 누군가가 그녀의 몸을 사슬로 꽁꽁 묶어놓은 것 같았다. 에르셀라의 시선도 오직 한곳에 멎어 있었다.

꿈을…… 꾸고 있는 것은 아닐까?

잔뜩 젖어 있는 눈시울을 보는 순간 그런 생각이 들었다. 사실 이 모든 게 꿈은 아닐까, 하는.

그러나 하나둘 그녀의 얼굴을 적셔오는 눈물에 에르셀라는 제가 꿈을 꾸고 있는 것이 아님을 깨달았다. 붉어진 눈시울에서 새는 눈물이 차근차근 눈가에, 코끝에, 입술에 떨어지는데…… 눅눅하게 스미는 열감에 그녀는 찰나 얼어붙었다.

뜨거웠다.

피부에 맞닿은 것은 지독하리만치 뜨거운 열이었다. 그 비현실적인 감각에 에르셀라는 아무 말도 할 수 없었다.

열…….

어떻게 그럴 수가 있는 걸까. 온통 차가운 것투성이인 남자인데. 미지근할지언정 열 같은 건 가지고 있지 않은 사람인데. 그래서 피조차 검을 것이라 여겼는데…….

생전 처음으로 마주한 진실에 심장이 굳고 사고가 정지했다.

"왜……."

무너지고 있는 것만 같았다, 하르젠이.

원한다면 당장 그녀의 목을 조를 수 있음에도, 저를 위해 죽어달라고 간절히 애원하는 남자가.

그래서 하르젠이 이만큼 밝게 웃는 건 처음 보았음에도 에르셀라는 그 말을 온전히 받아들일 수 없었다. 그의 얼굴을 바라만 보았는데도 무미하던 이면에 감춰져 있던 감정을 전부 엿본 기분이었다. 심장이 작게 뛰었다.

대체 언제부터…….

가끔 품던 의문이었으므로 크게 놀란 것은 아니었다. 다만 저 눈물만은 낯설었다. 통제하지 못해 쏟아내는 감정들이 에르셀라는 단 한 가지도 익숙하지 않았다. 이번에는 눈가에 물기가 번져들었다. 그 역시도 뜨거웠다.

명징하게 드러난 감정들을 마주하며 에르셀라는 스스로에게 물어보았다. 가족을 죽게 한 남자와 함께할 수 있을까. 그래도 정말 괜찮을까.

그러자 달고도 감미로운 말들이 귀에 대고 소곤거렸다. 실수였을 수도 있잖아. 고의가 아닐 수도 있잖아. 사실 너도…….

아름다운 환상을 보여주기도 했다. 그와 그녀와 그들의 아들이 웃고 있는 그런, 행복한 가족을 그려낸 한 폭의 그림을. 황홀하지만 그만큼 잔혹한 환영을.

마음 깊숙이 자리 잡고 있는 어두컴컴한 생각이 그녀에게 수백 가지의 변명거리를 내주는 듯했다.

차라리 오라비에 대한 애정이 없었다면 마음 편히 그를 선택할 수 있었을까. 아버지, 어머니, 언니, 오라버니가 제게 나쁜 사람이고, 그에 자신은 그들을 죽도록 미워했다면, 그래서 제게 하르젠밖에 없었다면…….

하지만 가정이란 얼마나 덧없는가. 얼마나 무상한가. 그녀는 이미 그들의 사랑을 알았다. 자신이 얼마나 사랑받았는지 잘 알고 있었다.

떨어지는 눈물이 잦아들어 갈 즈음 에르셀라는 양손을 들어 올렸다. 여전히 두 팔에 갇힌 채 그의 아래에 놓여 있는데도 위협적인 느낌은 들지 않았다. 세상에서 가장 약한 속박인 양 하르젠은 밀어내면 그대로 밀려날 것 같았다.

에르셀라는 두 손을 그의 가슴팍에 두는 대신 조금 더 위로 올렸다. 그렇게 꽤 긴 시간 동안 정성 들여 그의 눈가를 훔쳤다. 열을 머금고 있는 물기가 손가락 사이를 부드럽게 가로질렀다. 에르셀라는 조금 웃었다.

"당신과…… 결혼하지 말걸."

그랬다면 당신과 나는 지금보단 행복했을 텐데. 아닌 인연을 억지로 이어붙인다면 이런 느낌일까.

"나는 후회해요."

하르젠이 아닌 카사로를 선택했어야 했다.

"후회해요, 하르젠."

그도 그녀가 아닌 헤르미아를 선택했어야 했다. 그게 옳았다. 에르셀라는 왜 삼 년 전으로 돌아온 건지 조금 원망스럽기까지 했다.

아예 하르젠을 만나기 전으로 돌아갔다면 좋았을 것이다. 그랬다면 그의 성년회에 가지 않았을 테고, 그와 춤추지 않았을 테고, 그의 청혼을 받아들이지 않았을 터였다.

하지만 이 기억이 없다면 나는 또다시 당신을 선택하겠지. 최선이 사실은 최선이 아니었음을, 그때의 그녀는 알지 못했을 테니.

이것을 두고 어리석다고 하는 것일 터였다. 어리석기야 했다. 결국 이번 생에도 변한 건 없다는 게. 뼛속까지 파고드는 회한을 가슴 깊이 새기는 찰나, 기다렸던 목소리가 들려왔다.

"그래, 나도."

그는 환하게 웃고 있었다.

"당신 인생에 끼어든 걸 후회해."

그게 마지막이었다.

비센테는 돌연 열리는 문에 순간 멈칫했다. 곧 쓰러질 것만 같은 남자의 모습에 비센테가 저도 모르게 말했다.

"부축을……."

"기특하다만, 괜찮다."

하르젠은 열없이 그의 제안을 물리쳤다. 그리고 잠시 비센테를 바라보다 얼굴 근육을 움직였다. 일그러진 미소였다.

"아버지……."

"네 선택을 존중하지."

간명한 대화가 끝나고 하르젠은 멀어져 갔다. 비센테는 아버지의 등을 멀거니 보다 형언할 수 없는 기분에 조용히 시선을 떼었다.

문이 열린 건 손에 묻었던 물기가 흔적 없이 마른 후였다. 걸어 들어온 남자의 외양이 문제였을까. 눈 색을 제외하곤 그 남자를 빼다 박은 비센테의 모습에 가슴이 아렸다.

"……누워 계십시오."
보폭을 넓혀 걸어온 비센테가 주춤하는 에르셀라를 부축했다.
"고마워……."
에르셀라는 슬쩍 비센테의 팔을 밀어냈다. 자책감 때문인지 마주하기가 미안해졌다.
"오지 않아도 되는데. 가서 쉬지 그랬어."
밝게 꾸며낸 음성이 마뜩잖아 그는 설핏 인상을 썼다.
"일파만파로 퍼진 소식이 어찌 제 귀에 닿지 않았겠습니까."
"아…… 맞아, 그랬었지. 그런데 일파만파까지야……."
에르셀라는 그제야 제가 피를 토해냈던 걸 상기했다. 오늘 일어난 일이었음에도 그만 잊고 있었다. 에르셀라는 짐짓 봐달라는 듯이 말했다.
"어쩔 수 없잖니. 아직 하즈리를 받지 못했는걸."
"여기 있습니다."
비센테가 가져온 것을 침대 위에 내려놓았다. 붉은 액체가 담긴 병이었다.
"생으로 먹기엔 물릴 수 있다더군요. 아무래도 독초다 보니 향도 강하여 루델시아에서 온 자에게 들은 대로 박하와 배합해 보았습니다."
"루델시아? 루델시아에서 손님이 왔었니?"
"사실 오늘 아침에 베른하르트 사저로 루델시아에서 보낸 사람이 왔었습니다. 사정을 알리고 피사리데로 보냈는데…… 역시 못 받으셨나 보군요. 임의로 가져오길 잘한 듯합니다."
로베르트에 들르는 바람에 시간이 없었다. 그때 블래노버 백작이 뜸 들인 이유가 루델시아에서 온 손님 때문이었나 보다. 그러나 에르셀라는 바쁜 통에 들어줄 여유가 없었다.
"그래서 네가 오전에 회의장까지 온 거구나……."
"예, 급해 보이셔서 전하진 못하였으나. 어찌 됐든 제 불찰입니다."

"그게 왜 네 불찰이야. 조금 더 지체했으면 난 안에 들어가지도 못했을 텐데."

비센테는 조금 쓰게 말을 이었다.

"제게는 어머니의 목숨이 더 귀중하니까요."

"……."

"어머니는 아닌 듯하지만."

마치 그녀가 이번 일을 별것 아니게 치부한 것을 책망하는 듯한 어조였다. 에르셀라는 침묵하며 비센테가 가져온 병을 만지작거렸다. 비센테는 그 행동에 그녀가 마시기를 묘하게 망설이는 듯한 느낌을 받았다.

"살기 위해 루델시아까지 다녀오셨습니다."

"그리 말하니 어쩐지 혼나는 것 같구나."

"어머니."

단호한 음성이 그녀를 불렀다.

"부디 제게까지 잔인해지진 마시길 바랍니다."

가늘게 눈을 내리뜬 에르셀라가 우물쭈물 말했다.

"그냥…… 그런 생각이 들어서. 사실 이 병이 하즈리로 치료되는 병이 아닐 수도 있잖아. 루델시아의 시의 그 사람도 병에 걸린 사람을 실제로 보는 건 내가 처음이라고 했고. 전설이잖니, 그저. 그래, 전설. 어쩌면 이 병이 루델시아 신화와 관계없을 수도 있고…… 그렇지?"

동의해 주길 바라듯 에르셀라가 눈을 반작였다.

"낫기 싫어 변명하시는 걸로 들립니……."

"설마. 아니란다."

속을 들킨 사람처럼 즉시 들려오는 대답에 비센테는 소리 없이 혀를 찼다. 이미 투명하게 속이 보였다는 것을 눈치채지 못한 에르셀라는 더 의심받을까 봐 병을 입가에 대었다.

붉은 액체를 꿀꺽꿀꺽 식도로 넘기자 좋게라도 맛있다고 할 수 없는 맛이 느껴졌다. 눈을 찌푸린 에르셀라가 윗니로 혀를 긁어내렸다.

“쓴데.”

“약은 원래 쓴 겁니다.”

“……그렇지. 근데 이거 독초라는데.”

“어차피 어머니 같은 사람에게는 통하지 않을 독이잖습니까. 저주를 죽이는 독이라 하니 외려 이득이면 이득이었지.”

“매정하구나. 만일 저주가 아니라면…….”

“허튼 생각 마시고 꼬박꼬박 챙겨 드십시오.”

“응…….”

수작 부릴 틈도 없게 되자 시무룩해진 에르셀라는 나머지 액체도 입안에 털어 넣었다. 비센테가 회의에 관한 소식을 전해온 건 쓰고 떫은맛이 가실 즈음이었다.

“회의는 나흘 뒤 같은 시각에 열립니다.”

회의 중반에 피를 보인 일이 충격이 컸던 모양이었다. 그녀에게 꼬장꼬장하게 굴던 사람들이 융통성을 보일 줄은 몰랐다.

“유연한 판정에는 실권이 가르텐 공작 손아귀에 있다는 것도 한몫할 것입니다.”

“응.”

기운 가문의 한낱 여자야 그들에겐 특별히 염려할 것도 못 되었다. 그들에겐 에르셀라의 주장을 진중하게 받아들이는 것이야말로 수치일 것이다.

그러나 에르셀라가 놀란 이유는 마치 회의의 실정을 눈앞에서 본 듯이 말하는 비센테에게 있었다. 그녀의 의아스런 시선에 비센테가 간단히 첨언했다.

“로베르트의 차남께 대강의 상황을 전해 들었습니다.”

"아……."

전말을 듣자 에르셀라의 얼굴에 은은한 안도감이 번졌다. 비센테는 슬며시 구겨지려는 이마를 바로잡은 채 여쭈었다.

"왜 그러셨습니까? 아시다시피 그 몸으로 콘라드는 무리이십니다."

"암, 알지……."

그럴싸한 변명을 대지 못한 에르셀라는 비센테를 피해 도르르 눈을 굴렸다. 예사롭지 않은 말에 정신이 번쩍 든 건 그때였다.

"아버지 때문에 그러십니까?"

"어떻게 그걸……?"

"저 역시 근래 자주 생각하던 것이니까요."

섣부르게 주어를 말하지 않기 위한 노력은 주체가 명확하지 않은 대화로 이어졌다. 에르셀라는 설마 하는 마음에 입을 열었다. 이 아이가 뭘 알고. 엇갈렸을 것이다.

"내가 뭘 얘기하는지 아니? 우리 다른 얘기 하고 있는 것 같은데."

"저는 모반에 대하여 말하던 중이었습니다."

"……아는구나."

오차 없이 정확한 대답에 에르셀라의 입술이 스르르 다물렸다. 하르젠을 통해 안 것은 아닐 것이다. 그랬다면 그녀에게 서슴없이 말할 리가 없었다. 비센테는 성격답게 직선적으로 설명했다.

"아버지 곁에 있다 보면 못 알아챌 정도는 아닙니다. 그분께 신중해져야 할 일이란 거의 없으니. 그 전에 셀모르도 있었고."

비센테는 나직하게 중얼거린 뒤 에르셀라의 난감한 처지를 요목조목 짚기 시작했다.

"칼릭스 대공을 왕으로 추대하면 알렉시스 왕자 전하께서는 목숨을 부지하기 어려울 것입니다."

미루어 짐작하는 게 분명할 텐데도 비센테는 꽤 정확하게 간파하고 있었다.

“자비를 베풀진 않겠지?”

에샤힐드의 아들이 산다면 왕이야 죽든 말든 아무래도 좋았다. 그러나 비센테는 어림도 없다는 듯이 수긍했다.

“예, 왕자가 살아 어떠한 명분을 쥘지 모르니 분명 살려두지 않을 것입니다. 이것이 어머니께서 이 사태를 마냥 관망하기 어려운 까닭이실 테지요. 또한 피사리데의 입장에서 왕자는 살기만 해서는 아무 의미도 없을 것이라 생각합니다. 왕자께서 옥좌에 올라야 왕비 전하의 희생이 헛되지 않을 테니까요.”

맞는 말이었다. 그녀가 예전의 그녀였다면. 지금의 에르셀라는 전의를 잃은 병사처럼 체념에 젖은 지 오래였다.

“물론 그렇겠지만 지금 내 처지에 거기까지 바랄 순 없지.”

“그렇다 해도 유일한 왕자이신 이상 알렉시스 전하는 왕위에 오르는 길 말곤 살 방법이 없습니다.”

“……그 말도 맞구나.”

비센테는 짧게 에르셀라를 응시하다 마지못해 말을 이었다.

“어머니는 어떻게 하시고 싶으십니까?”

에르셀라는 엉거주춤했지만 차츰 생각을 늘어놓았다.

“저자들은 형세가 불리하니 외세의 힘을 빌리지 않고는 이기기 힘들 거야. 콘라드의…… 음, 이것도?”

이것도 아느냐는 뜻이었다. 물론 모반을 콘라드의 힘을 빌려 한다는 거라면 비센테는 알았다. 그는 턱을 까닥여 긍정을 내보였다.

“……그래. 음, 어떻게 하고 싶으냐고 물었지.”

“…….”

“나는 내 조카도, 네 아버지도 죽기 원하지 않아. 그래서 콘라드와의 협상을 원천 봉쇄하면 저들도 그만두지 않을까 생각 중이란다.”

"반역이 일어나는 것을 아예 막으시려는 심산이군요."

그리되면 길가에 유혈이 낭자하는 일은 없을 것이다. 평화로운 해결책이지만 문제는 낙관이 짙게 깔려 있다는 점에 있었다.

"하지만 어머니, 전쟁을 각오한 자들은 그리 낭만적이지 않습니다."

일국의 지존에게 대적하려는 자들은 그리 단순하지 않다. 그들은 전쟁을 준비했다. 하나 피치 못할 사정으로 중간에 불발된다면? 두려움에 떨 일만 남은 것이다. 역모를 모의한 중죄를 언제 들키느냐에 대한.

그들은 목이 언제 떨어질지 모르는 공포에서 평생을 살 바에는 목숨을 버릴 각오로 싸우는 게 낫다고 생각할 것이다. 게다가 그의 아버지는 죽음을 두려워하는 사람도 아니었다.

'차라리 왕에게 고하면…….'

비센테는 잠깐 제 목숨을 가벼이 여겼다. 왕에게 알리면 즉시 연좌제로 엮여 사형에 처해질 것이다. 아비의 부정을 고발한 대가로 면천받을 가능성도 있긴 하지만 그렇게까지 구차해지고 싶진 않았다.

아버지를 고발해 베른하르트를 물려받고 싶은 마음은 없다. 그리고 그것은 왕자도 마찬가지였다.

어릴 적 그를 가련히 여겼던 에샤힐드 왕비 때문인 것도 있었고 무엇보다 시기가 안 좋았다. 외숙이 죽은 지 얼마 되지 않아 어머니가 또다시 피붙이를 잃는다면 그것도 곤란했다.

하면 어떻게 이 매듭을 풀어야 하는가?

난해할 것 없이 선택지는 두 가지였다. 고발하느냐, 왕의 대척에 서느냐. 쉽지만 막상 사사로운 감정이 엮이니 뭐 하나 쉽지가 않았다. 피곤한 감정 소모는 질색인데도 생각의 타래는 단순하게 엮이질 않았다. 비센테는 조금 솔직하게 심정을 토해냈다.

"……모르겠습니다."

애초에 그의 아버지는 알고 있었다. 그가 반역을 눈치챘다는 걸. 문제는 눈치채게끔 두었다는 점이다.

그를 셀모르로 보낸 이유가 반역 모의를 감추기 위해서인 건 대충 알 듯했다. 하지만 의문은 건재했다. 왜 하필 그를 셀모르로 보냈는가? 완벽히 숨기고 싶으면 아예 의심조차 하지 못하게 다른 지역으로 보내 버리면 될 일이었다. 구태여 그를 콘라드와의 연락망으로 이용한 셀모르로 보낼 게 아니라.

"모르겠습니다, 아버지가 무얼 원하시는지."

보이지 않는 것 중 두렵다고 할 수 있는 것은 이것이었다. 바로 아버지의 목적이 뭔지 모른다는 것이다. 그가 알기로는 칼릭스 클라이엔테 대공이 왕이 되더라도 얻는 건 없었다. 왕에게 하사받지 않아도 이미 나라 제일의 공작가이며 가르텐과 달리 베른하르트는 광대한 영지를 소유…….

'아니, 아니지.'

비센테는 생각을 정정했다. 애초에 아버지가 원하는 게 그런 시시한 것일 리가.

승리가 불투명한 전쟁이었다. 시답잖은 것을 바라고 하기엔 잃는 게 너무 많았다. 마땅히 승리의 대가는 그에 상응해야 할 것이다.

하지만…… 이제 와 그것이 아버지에게 효용이 있을까? 지금 그가 간절히 바라는 것은 사람 한 명을 살리는 것 외엔 없을 텐데. 하지만 죽은 자는 살릴 수 없다. 순리를 거스르는 일이니. 한편 그런 생각도 들었다.

'정말로 외숙의 죽음을 바랐다면…….'

그때 쑥 삐져나온 검지가 그의 미간을 지그시 눌렀다. 에르셀라가 장난스럽게 웃으며 비센테를 보고 있었다.

"내 입장을 생각해 주는 건 고맙지만, 네가 아버지에게 칼을 겨누는 일은 없길 바란다."

비센테의 눈에는 억지웃음 그 이상으로도 그 이하로도 보이지 않았다. 그가 하르젠을 택하면 칼끝은 왕자에게 향할 텐데 에르셀라가 그것을 반길 리 없었다. 그래, 애당초 칼, 방패, 창. 이런 날붙이를 혐오하는 여자이니.

비센테는 에르셀라 말고도 그것과 먼 사람을 한 명 알고 있었다.

"로베르트가의 그분은 좋으신 분 같았습니다."

에르셀라가 말의 의미를 곱씹기도 전이었다.

"그분은 마음에 드십니까?"

듣기만 했는데도 생각이 깨끗하게 지워졌다. 멈춘 동공이 에르셀라가 얼마나 경직되어 있는지 나타내 주었다.

'설마…….'

에르셀라는 혹시나 했지만 저 미묘한 뉘앙스를 파악하고 말았다. 비센테가 어디까지 상상의 나래를 펼치고 있는지도.

"이야기가 왜 갑자기 그쪽으로 흐르는지 모르겠구나."

에르셀라는 이마를 짚으며 새려는 한숨을 들이켰다.

"네가 뭘 생각하든 그건 아니야."

그러자 이해하지 못한 듯 비센테의 미간이 지그시 좁아졌다. 에르셀라가 난처한 듯 떠보았다.

"음, 소문을 듣고 그렇게 생각한 거니?"

제 어머니를 두고 어떤 더러운 소문이 나돌았는지 빤히 알았기에 함부로 말을 얹을 수 없었다. 질문에 역으로 난처해진 비센테는 인상을 펴지 않은 채 이마에 내린 머리칼을 의미 없이 만지작거렸다.

그 모습이 고민에 휩싸인 사춘기 소년 같아 에르셀라는 무의식적으로 활기를 띠었다. 기다렸던 대답은 특별하지 않았다.

"다정하신 분이니 좋아하실 거라 생각했습니다."

"음-"

"좋은 분처럼 보였습니다."

아까부터 '좋은 분'이라고 되풀이한다. 그것이 사랑의 이유라도 되는 양.

"음-"

에르셀라는 어디서부터 짚어줘야 할지 몰라 난감했다. 남녀 간의 연정이 단순히 그런 이유로 발아하는 것이라면 그녀는 이미 금발의 다정한 남자와 사랑을 하고 있어야 했다.

"로베르트인데도 제게 적개심을 보이지 않았습니다."

"……."

"저라면……."

에르셀라가 선뜻 동조하지 않자 비센테는 마구잡이로 오답을 내밀었다.

"너라면 어떨 것 같은데?"

"저라면."

비센테는 살며시 에르셀라의 눈치를 본 뒤 말했다.

"그자를 죽여 가문의 영광을 되찾으려 했겠죠."

그리고 단두대 앞에 선 사형수처럼 기다렸다. 두려움과 공포로 번질 눈동자를.

"그래."

그러나 그가 받은 건 경멸의 눈빛이 아닌 다정한 손길이었다. 사락사락 하얀 손바닥이 검은 머리칼에 나부꼈다.

비센테는 애 취급하는 듯한 태도에 손길을 정중히 거절하려 했지만 마음을 바꾸어 놔두기로 했다. 아픈 사람에게 불평해 봐야 뭐 하겠는가. 사실 뭐가 그렇게 언짢은지도 잘 몰랐다. 그는 반쯤 볼멘소리로 말을 이었다.

"만일 어머니가……."

"네 아버지도 좋은 사람이야."

어렴풋이 적막이 머무르는 듯했다. 비센테는 어머니의 마음을 이해하지 못했다.

"어머니에게도 말입니까?"

비센테의 머리를 쓰다듬던 손이 멈칫 멈추었다. 에르셀라는 그대로 눈을 내리떴다. 침대 가녘에는 애써 못 본 체했던 피로 얼룩진 물수건이 있었다. 그녀의 머리카락에 묻은 피를 훔쳐냈을.

잔상처럼 원망으로 붉어진 눈시울이 시야에 너울거린다. 서로 피하지 않고 마주한 시선, 둘밖에 없는 세상에서 내리는 눈처럼 고요히 닿았던 눈물, 눈가와 콧잔등에 스며든 무던히도 짙었던 열.

또다시 열이었다. 잔인하게도 뜨거웠던 열.

반추하다 보면 머릿속에는 그것밖에 남지 않는다. 그가 보였던 잔인함은 전부 배제된 채. 짧은 시간 젖었던 손마디가 저릿했다.

"그래, 내게도."

모순된 마음이 괴로워 에르셀라는 비센테의 머리칼을 놓아주었다.

그날 밤 비센테는 하르젠을 대면했다. 그의 아버지가 존중해 줄 수밖에 없는 선택지를 가지고서.

짙게 음영 진 집무실 안으로 장작 타는 소리가 나직하게 깔렸다. 하르젠은 귀가하자마자 뜸 들이지 않고 제가 고른 선택지를 실토하는 비센테를 느긋하게 감상했다.

불을 지핀 장작 주위로 불티가 날아다니는 동안 가감 없는 속내를 털어낸 비센테가 마지막 문장을 맺었다.

"외람되지만 제 선택은 이렇습니다."

그는 비센테의 불측한 결정을 끊음 없이 경청한 뒤 턱을 끄덕였다.

"조만간 조처를 해두겠다."

사족 없이 담백한 허락이었다. 비센테가 무슨 말을 꺼내든 들어줄 생각이었다는 양. 군더더기 없이 깔끔한 대답만큼이나 심상한 낯은 위화감마저 들게 했다.

그것은 완전함 속의 불완전함을 보는 듯도 했다. 비센테는 미미하게 어그러진 조화를 태연하게 넘기지 못했다.

"아버지."

"아비 된 자로 아들의 뜻을 막을 수는 없지."

하나 마치 그가 무얼 말할지 아는 사람처럼 하르젠은 비센테가 보일 염려를 차단했다.

"……그러십니까."

"그걸 나는 너무 늦게 깨달았지만."

셀모르에 가지 않겠다는 비센테의 청을 짓밟을 때와 상황이 달라져 있었다. 제 뜻을 고하러 온 비센테는 그의 앞에 무릎을 꿇지도 고개를 숙이지도 않았다. 신하가 아닌 아버지께 보이는 예의만을 취하고 있었다.

기어이 그의 손을 벗어나는 아들을 하르젠은 묘한 기분이 되어 바라보았다.

넘어섰다, 비센테가 그를.

과거의 자신은 그 사람이 죽고 나서야 완벽히 거스를 수 있었는데, 비센테는 성인이 되기도 전에 자신이 걸을 길을 정했다.

하르젠은 직감적으로 알았다. 이제 저 아이는 그와 다른 삶을 살아갈 것을. 그처럼 아비에게 속하는 삶이 아닌 스스로의 주인이 되는 삶을, 살아갈 것을.

"할아버님을 두고 말씀하시는 거라면 혹 그분을 원망……."
"아니. 너보다 내가 용기가 없었을 뿐, 고인을 탓할 일은 아니다."
일축한 하르젠은 불길이 어른거리는 비센테의 얼굴을 보다, 푸른 눈동자에 시선이 끌려 들어갔다. 그러다가…… 낮게 실소했다. 저를 닮은 줄 알았는데, 이제 보니 지독하게 그 여자와 닮아 있어서.
"……더 할 말은 없어 보이는구나."
보기 싫었다.
그는 비센테를 내보냈다.

해가 중천에 뜨기도 전 왕이 후안에게 만남을 요청했다. 신하에게 알현을 '요청'했다 하기엔 어폐가 있었지만 찾아온 시종의 태도를 보면 요청 말곤 어울리는 다른 말이 없었다. 얼마나 공손했던지 태산 같은 시종이 몸을 낮추자 라페인 후작은 대경실색하여 후안을 바라보았다. 그간 얼마나 보좌관을 부려먹었는지를 세보는 것 같기도 했다. 후안은 그동안 저지른 자신의 죄를 회고하는 모습이 아주 바람직하다고 생각하며 시종을 따랐다.
"여기입니다, 공자."
"폐하께서 이곳에서 보자 한 것이 맞습니까?"
"그러합니다."
시종이 그를 안내한 곳은 알현실이 아니었다. 왕궁의 귀한 온실로 왕실 여인들이 저들끼리나 친애하는 귀부인을 불러 담소를 즐기는 곳이었다. 즉, 왕과 그가 대면하기에는 썩 적합하지 않은 곳이라 할 수 있었다.
후안은 배는 더해진 긴장을 어깨에 얹으며 안으로 들어섰다. 온실

안에는 왕이 불편한 자세로 다리를 꼬고 앉아 있었다. 삐딱하게 온실 안 화초를 감상하던 케니언스는 곧 맞은편을 턱짓했다.

"앉게."

그가 왔다는 걸 알고 있던 듯했다.

"황송합니다."

"뭘 황송까지야."

케니언스는 손수 찻주전자를 들었다.

"받지."

한 손으로 건들건들 찻주전자를 기울이는 모습은 가히 모범적이라 할 순 없었다. 케니언스는 기꺼이 무도한 왕이 되어 잔을 술처럼 채웠다. 왕이 왕 같지 않다는 말은 으레 들어왔는지라 후안은 거절치 않고 차를 받았다.

"……황송합니다."

"뭘 황송할 것까지야."

조금 전의 대화를 재현하며 케니언스는 제 잔에도 찻물을 콸콸 따랐다. 쪼르륵이 아니라 그야말로 콸콸이었다.

티 테이블 사방에 튄 찻물에 후안은 허벅지를 움켜쥐어야 했다. 습관적으로 이마를 짚으려는 손을 제지하기 위해서였다. 그때 본인이 벌려놓았으면서 왜 하는지 모를 불평이 들렸다.

"여자들은 이러고 어떻게 서너 시간을 앉아 있는지 모르겠어. 이럴 바엔 체스나 두는 게 훨씬 생산적일 텐데. 짐은 정말 지긋지긋하더군. 아, 경은 체스 좀 하나? 그레이시반 출신이라던데, 어디 한번 두겠어?"

"폐하의 앞에서 뽐낼 실력은 되지 못합니다. 감히 거절하겠습니다."

"아쉽군."

피치 못하게 겸양을 떨었지만 체스를 못하는 편은 아니었다. 꽤 좋아하는 게임이기도 했다. 그러나 후안은 앞일을 생각해 오늘부터 체스를 두지 않기로 결심했다. 듣자 하니 왕은 마음에 든 체스 상대가 있으면 일정이 빌 때마다 그자를 집무실로 부른다고 한다.

"근래 괜찮은 상대역을 구하지 못해서 말이야. 자네 형을 몇 번 불러봤는데, 영 아니더군."

"무인이라 그런지 카일 형님이 체스에 소질이 없긴 합니다."

"흠, 그래?"

석연찮은 대답에 후안이 무심결에 말했다.

"베른하르트 공작 각하는 잘 두시나 보군요."

"제법 눈치가 빠르군."

"자주 듣습니다."

어릴 적 그 참사를 겪었으니 눈치가 빨라질 수밖에 없었다. 그레이시반에서의 삶도 몰락한 대가문 출신이라는 이유로 텃세부터 시작했으니 말해 뭐 하겠는가.

하지만 이 온실만큼은 후안도 어리둥절했다. 왕궁 온실로 초대하는 일에 그가 모르는 함의라도 있는 건가.

"그리 어렵게 생각할 것 없어."

케니언스가 후안의 얼떨떨한 심정을 짚어 말했다.

"자네 누이가 좋아하던 곳이었으니."

김빠질 정도로 온실로의 초대는 특별한 의미를 갖고 있지 않았다. 후안은 싱거워진 마음으로 온실의 풍광을 둘러보았다. 아늑하고 조용한 것이 확실히 누이가 좋아할 만한 장소였다.

"언젠가 자네와 가족들을 초대하고 싶다고도 했었지."

좋은 것을 소중한 이와 나누기를 좋아하는 누이라면 그랬을 것이다.

"경을 꽤 아꼈는지 세실리아가 특히나 경에게 보여주고 싶다더군."

후안은 왕이 부르는 누이의 이름이 면구스러워 몸 둘 바를 몰랐다. 동생과 결혼한 아내의 이름을 격의 없이 부르다니. 예법에 맞지 않는 것은 차치하고 두 사람이 어떤 사이였는지를 아니 속이 메슥거리기만 했다.

"헬레나 왕비의 온실에 대한 사랑이 남달라 비록 그러진 못했지만 말이야."

헬레나 왕비는 헤르미아 왕녀의 친모였다. 왕이 베델 데먼셔에게 푹 빠진 뒤로는 뒷방 신세를 전전하며 오로지 온실과 딸에게만 사랑을 퍼부었다고 한다.

"전해 들은 바가 있습니다."

"불쌍한 분이셨지, 헬레나 전하도. 온실을 온전히 차지할 수 있었던 이유가 베델 빈이 온실에 관심을 갖지 않아서였으니. 칼릭스의 친모는 온실, 보석, 드레스 이런 것들에 그다지 관심 가지지 않았거든."

"그렇군요. 한데 제게 이것을 보여주시려 부르신 것은 아닐 테고 슬슬 부르심의 이유를 알고자 합니다."

유쾌하지 못한 자리였다. 그는 왕과 영양가 없이 시시덕거리는 짓을 그만두고 싶었다. 케니언스도 변죽만 울리는 건 끝내기로 한 듯 지체 없이 본론으로 들어갔다.

"부서를 이관하는 건 어떤가?"

뭔가 했더니 이관 제안이었나. 후안은 딱 잘라 말했다.

"저는 지금이 편합니다."

일은 조금도 편하지 않았지만 상사가 편했다. 환멸 났던 라페인 후작의 게으름에 차츰 적응되니 외려 자유로울 줄 누가 알았겠는가. 후작이 어설프게 손대 그가 다시 하는 것보다야 차라리 처음부터 맡고 편히 쉬는 게 마음이 편했다.

"궁내부로 이관하는 건? 짐은 로베르트를 외면하고 싶지 않아."

후안은 말에 담긴 속뜻을 눈치채고 목소리를 낮췄다.

"가르텐 공작 각하가 계십니다."

피사리데 후작의 죽음으로 공관 상태가 된 궁내부 장관직은 가르텐 공작이 메웠다. 그 자리를 그로 갈아 치우는 건 파격적인 일이었다. 관료부터 시작하겠지만 가르텐 공작 역시 갑작스러운 후안의 부서 이동을 의심할 터였다.

"글쎄, 짐이 또 변덕이 죽 끓는 듯하여."

심드렁하게 차를 들이켠 케니언스는 가르텐은 안중에도 없다는 듯이 말했다. 하지만 혹시 모를 일이었다. 그만큼 왕은 변덕스러웠으니. 로베르트를 배신한 전적도 있어 케니언스를 신뢰하고 있지 않기도 했다.

"제안은 감사하나 신은 외무부가 좋습니다."

"공작 부인 때문인가?"

이번에는 지겨운 소문으로 발목을 잡을 속셈인 듯했다.

"악의적인 소문을 퍼뜨린 자가 있다던데 사실인가 보군요."

"왜, 정부로 두기에는 나쁘진 않은데. 나이가 들었는데도 그만한 미인은 거의 없지. 망할 피사리데 계집이라는 걸 아는데도 웃으면 줏대없이 기분이 풀릴 정도야, 빌어먹게도."

케니언스는 이맛살에 배긴 주름을 펴며 다시 입을 열었다.

"아무튼 이제 이혼까지 했으니 결혼 상대로 눈여겨봐도 이상한 그림은 아닐 텐데."

"말씀이 지나치십니다."

후안이 보인 적나라한 불쾌감에 케니언스는 소리 내어 웃었다. 단적으로 보여준 반응만으로도 두 사람이 아무 사이도 아니라는 걸 알 수 있었다.

"그래, 짐이 지나쳤군. 헛소문일 뿐인 것을."

베른하르트 공작이라면 그리 반응하지 않았겠지. 가르텐 공작이 하사받은 콘라드 무희가 베른하르트 공작 부인을 닮았느냐며 클라우스 백작이 탐심을 흘린 날, 백작의 잔에는 술이 끊이지 않았다. 독주였음에도 공작은 그가 죽을 것도 고려하지 않고 비워질 때마다 잔이 넘치도록 채웠다. 채우고, 마시라는 턱짓 한 번. 그것이 열두 차례 반복되었을 때 더는 견디지 못한 클라우스 백작은 모두가 보는 앞에서 무릎을 꿇고 사죄했다.

술에 뒤범벅되어 끓어오르는 눈물이 애처로울 정도로 눈물겨웠을 테지. 그가 가르텐 공작의 보고를 듣기 위해 따로 나가 있느라 보지 못한 게 퍽 안타까울 정도였다.

케니언스는 클라우스 백작을 향한 애도를 뒤로 미루며 후안과의 대화로 돌아왔다.

"하지만 생각해 보도록 해. 경에게도 흔한 기회는 아니라 생각되니."

궁내부 세력이 외무부와 비교할 수 없을 만큼 강성하다는 것을 관료로서 어찌 모르겠는가. 알면서도 뒷맛이 깨끗하지 않아 거절한 것이다.

"이런 후의는 제 누이에게 미안함을 느껴서 그런 것입니까, 폐하?"

"그 반대야. 사랑함을 느끼지. 자네의 출중함을 믿기도 하고."

돌연 후안의 눈빛이 진중하게 가라앉았다.

"폐하, 하나만 여쭐 수 있게 허락해 주십시오."

"허락한다."

"이 온실에 제 누이와 단둘이 오신 적이 있으십니까?"

케니언스는 참 쉽게도 고개를 저었다.

"칼릭스가 있는데 짐이 어찌."

그에 후안은 부드럽게 웃으며 무릎을 굽혔다. 허락해 주면 먼저 자리를 뜨겠다는 송구의 표시였다.

케니언스는 앞의 무릎 꿇은 자를 일으키려 했지만 후안의 목소리가 그를 얼어붙게 한 게 먼저였다.

"폐하의 아름다운 추억을 복기한 이곳에는 제가 낄 자리가 없는 것 같군요. 그만 물러가겠습니다."

시간이 흐르지 않는 왕을 향해 후안이 정중하게 청했다.

가르텐 공작이 기사의 멱살을 잡고 흔들었다.

"오늘도 연통이 없다니, 그게 말이나 되는가!"

"가, 각하, 지, 진정해 주십시오!"

"저희도 당황스럽긴 매한가지입니다!"

마음만 먹으면 공작을 한 방에 내팽개칠 수 있는 기사는 상대가 공작이라는 이유만으로 흔드는 대로 흔들려야 했다.

차라리 이 공작이 베른하르트 공작이었으면 맞는 것도 영광이었을 것이다. 그러나 이 멋스럽게 수염만 기른 말라깽이 노인네는 뭐란 말인가. 그는 한주먹거리도 안 되는 이에게 꼼짝없이 당하는 모양새가 자존심이 상해 죽을 것 같았다.

"지금 당장 연락하게!"

"저, 저희가 저택에 가도 들여보내 주시지 않습니다. 각하께서 한 번……."

"멍청한 것들!"

설마 안 가봤겠나? 저들과 다름없이 막혔으니까 그런 것이지! 가르텐 공작은 그들의 한심한 작태에 뿌리치듯 기사의 멱살을 놓았다. 당연하겠지만 기사는 뒷걸음질 치는 일 없이 그의 앞에 우뚝 선 채였다. 기사는 살기등등한 기세를 인고 끝에 밀어 누르며 말했다.

"찾아갔더니 부관인 케이런 경께서 각하 대신 저희를 마중하셨습니다. 경께서 말씀하시길 사정이 생겼다고, 정 연유를 대야 한다면 병가 처리를 하라더군요. 저희도, 아는 게, 그것, 뿐입니다."

살기를 꾹꾹 눌러 담았으나 애석하게도 전해지진 않은 듯했다. 가르텐 공작은 코웃음을 쳤다. 그는 하도 어이가 없어 한껏 이죽거렸다.

"하! 베른하르트 공작이 병가?"

장난질도 정도껏 쳐야지 어디서 개도 안 주워섬길 소리를 한단 말인가?

피를 토한 지 사흘이 지났다. 에르셀라의 몸을 살핀 의원이 경과를 전했다.

"다행히 전염되는 병은 아닌 것 같군요."

이로써 마지막 날이었다. 사흘간 자택에 격리된 에르셀라는 꼬박꼬박 왕궁 시의의 진찰을 받아야 했다. 토혈이 예사는 아니었으니 전염성이 있을까 하는 차원에서였다.

"우선 알려진 병과 대조해 보았는데 제가 알고 있는 어느 것과도 일치하는 건 없었습니다."

"그렇군요."

이미 아는 바지만 에르셀라는 의례적으로 호응해 주었다.

"예. 좀 더 진찰을 해봐야겠지만 위 질환이 아닐까 생각됩니다."

위 질환조차 위험했지만 시의는 전염병이 아닌 것에 그저 안도했다. 나머지 진찰은 후작가 주치의의 소관일 것이다.

"소인은 이만 가보겠습니다. 행운이 뒤따르길 바라지요."

에르셀라의 예상대로 시의는 오직 전염 여부만 확인하고 돌아가려 했다.

"그러세요."

물론 병의 원인을 아는 에르셀라는 시의를 붙잡지 않았다. 루델시아 유전병인지는 신이 현신하여 알려주지 않는 이상 확신할 수 없겠지만 확실히 하즈리를 달여 먹은 이후로 고통이 옅어지긴 했다.

"이런 걸 보면 신이 있는 것도 같아."

서랍을 뒤적거리며 에르셀라가 소파에 앉아 있는 아도라에게 말했다. 아도라는 철렁한 가슴을 쓸어내렸다.

"위험하셨어요, 부인. 아니, 각하."

"편할 대로 부르렴. 난 상관없으니."

"피를 토하셨다는 소식을 듣고 어머니가 얼마나 걱정하셨는지 아세요?"

그러고 보니 자르데아 백작 부인에게서 서신이 오긴 했었다. 긴히 할 일이 많아 제대로 된 답을 못 했을 뿐. 미안해진 에르셀라가 잘 좀 말해달라며 약간 울상을 했다.

"괜찮다고 전해줄래?"

루델시아 시의 르만 라데거가 여분의 하즈리를 준다고 했으나 카르온이 위험에 처했다는 소식을 듣고 바로 달려오는 바람에 받지 못했었다.

"일이 끝났다 하면 새로운 일이 생겨 생각지도 못했어."

그 뒤로 오라비의 죽음, 이혼, 작위 계승, 반역 모의 등등 여러 가지 신경 쓸 게 많아 병에 관한 일은 깡그리 잊고 있었다.

"어련하시겠어요. 그게 목숨보다 중한 일은 아니겠지만요, 후작님."

아도라가 투덜거리자 에르셀라가 가볍게 소리 내어 웃었다. 소파를 빙 돌아 아도라를 마주한 채 앉은 에르셀라가 서랍에서 찾은 것을 탁자 위에 올려놓았다.

"돌…… 이네요?"

굴러다니는 돌은 아니었는지 정밀하게 가공된 모양새였다.

"우연히 오라버니의 서랍을 만지는데 판자가 걸리더라고. 그 안에서 찾은 거야. 이게 신석인지 판단해 주겠니? 난 잘 모르겠어서."

"신석이라면…… 아티넬 신석이요?!"

아도라가 화들짝 놀랐다. 에르셀라가 맞다는 듯 고개를 끄덕이자 아도라의 손가락이 덜덜 떨렸다.

"마, 만져도 되나요?"

"그럼."

두 손으로 공손히 돌을 든 아도라의 눈빛이 반은 경외심으로, 반은 미심쩍음으로 빛났다. 신석이 어떻게 에르셀라의 수중에 있는 건지 의아스러워하는 듯했다.

에르셀라도 왜 이것이 카르온의 서랍에 있는 건지 처음에는 이해하지 못했다. 그러다 루델시아 국왕이 에샤힐드에게 신석을 준 사실이 떠올랐다. 언니가 오라버니에게 맡긴 거라면 그럴듯했다.

아도라는 가늘게 뜬 눈으로 신석을 살뜰히 관찰했다. 그러나 그녀가 아는 생김새와는 달랐는지 영 자신 없어 하는 표정이었다.

"이상하네요. 제가 들은 신석의 외양과 달라요. 신석은 오색으로 빛난다고 알고 있거든요. 그런데 이건 그냥 평범한 돌처럼 보여요."

에르셀라의 눈에도 오색은커녕 특별할 것 없는 돌이었다. 신석은 아닌 건가. 하지만 일반적인 돌이라면 카르온이 비밀스런 공간에 두었을 리 없었다.

그때였다.

"어? 이건 피네요?"

"피?"

"네. 뭔가 묻어 있는데 변색됐지만 검붉은 빛깔이 피 같아요."

아도라가 돌을 반쯤 돌리니 정말로 뭔가 묻어 있었다. 에르셀라도 봤던 것이다. 그저 그러려니 넘겼는데 피였을 줄은 몰랐다.

"혹시 부인의 피인가요?"

"아니……. 내 것은 아니란다."

피라면 언니의 것일까. 왕비에게 병이 있다는 말은 들어보지 못했지만 모를 일이었다. 그녀는 에샤힐드가 학대당했다는 사실도 최근에서야 알았으니. 주변 사람이 작정하고 숨겼다면 몰랐을 수도 있었다.

'그렇다면 언니도…….'

어쩌면 에샤힐드도 그녀와 같은 병을 앓았을 수도 있었다. 하면 죽기 직전 그녀가 빈 소원은 무엇일까?

사는 것? 왕자? 그것도 아니라면…….

아니, 아니다.

"이곳에 신은 없어요. 신력도, 기적도, 이적도 오래된 기록의 유물일 뿐이에요."

헤르미아의 말대로 돌조각 따위는 이능을 가지지 못한다.

"그래. 네 생각대로 신은 짐의 소원을 이루어주지 않으셨다. 비단 나뿐만이 아니라 신석에 소원을 빈 모든 이도 마찬가지겠지."

"이곳에 신은 없으니."

신의 피를 이은 자에게만 응답하며, 무슨 소원이든 이루어준다는 신석은 왕의 기도에도 반응하지 않았다. 에샤힐드의 소원을 들어줬을 리 없었다.

하지만…….

에르셀라의 머릿속에는 이미 불확실한 가정 하나가 무럭무럭 자라나고 있었다. 만일 소원을 빌 자격이 피로써 증명되는 거라면? 우연히 에샤힐드가 신석에 피를 흘렸고, 그리하여 소원이 이루어졌다면, 그 증거가 과거로 돌아온 그녀라면…….

"미안해, 에르. 언니가 생각해 볼게. 네가 울지 않을 방법을, 행복해질 수

있는 방법을 언니가…….”

……이 회귀가 에샤힐드로 인한 것이라면.

언니의 소원이 이루어졌다는 것을 증명하듯 돌은 빛을 잃고 평범한 모습으로 돌아가 있었다.

에르셀라는 타성적으로 입술을 당겨 물었다. 언니의 소원이 이루어졌다고? 그럴 리가 없다. 오라버니가 죽은 게 어찌 그녀의 행복이겠는가?

“신석에 담긴 신화를 아나요? 루델시아가 사랑하는 연인의 심장에 자신의 피를 깃들여 만든 것이라 하지요. 재미있는 점은 떠돌이 소문에 이런 말이 있다는 거예요.”

“신의 것이 섞였다 하나 근원은 인간의 것이라 신석이 이루어주는 소원은 불완전할 것이다.”

그따위 불완전한 소원은 들어주지 않느니만 못했다. 애초에 일국의 왕비인 에샤힐드가 몰래 국경을 넘는다는 생각 자체가 오판이었다. 동생을 사랑한다 해도 지나침이 컸다. 고작 동생의 행복을 바라는 데 소원을 썼다고?

언니, 왜?

후안 로베르트를 보내고 온실을 벗어난 케니언스는 무턱대고 걸었다. 도착지는 죽은 왕비의 방 앞이었다. 케니언스는 거대한 문짝을 두 눈이 시뻘겋게 충혈될 때까지 노려보았다.

과거의 자신이 알리지도 않고 왕비의 응접실 문을 연 것은 그 순간이었다. 벌컥 문짝을 열어젖힌 왕의 몰상식한 행동에 시녀들이 꺅꺅 비명을 질렀다. 유일하게 놀라지 않은 한 명만이 침착하게 왕을 맞아들였다.

"오셨습니까, 폐하."

그의 비, 빌어먹을 에샤힐드였다. 왕은 응접 테이블에 놓인 찻잔 두 개를 보고 픽 하고 웃었다.

"손님이 왔다 갔나 보군."

순간 대리석처럼 단단했던 왕비의 얼굴이 무르게 변했다. 미미했지만 영근 과실처럼 상기되어 보이기도 했다. 왕비는 발간 뺨을 가지고 찬바람처럼 답했다.

"베른하르트 공작이 간간이 말동무가 되어주곤 합니다."

그 말에 거짓말처럼 왕의 비소가 자취를 감추었다.

"어찌하여?"

시종장에게 들어 알고 있었지만 그래도 왕은 묻고 말았다. 충동이었다. 왕비는 다시 대리석으로 돌아가 딱딱하게 답했다.

"……빌레네로 요양 가 있는 제 동생이 저의 소식을 듣는 걸 특별히 반긴다고 합니다."

시종장의 설명과 다르지 않았다. 그런데도 비아냥대는 목소리가 튀어나왔다. 본능만이 알고 있을 빈정거림이었다.

"동생이 참 좋아하겠군."

"그렇다더군요."

별반 차이 나지 않는 억양은 빗대자면 시체가 말하는 것 같았다. 왕은 시체처럼 말하지 않는 에샤힐드를 상상하지 못했다. 그래서 불과 몇 달 전까지만 해도 남들 앞에서도 왕비가 그럴 것이라 생각했다.

하지만 아니라면? 왕은 의심했다. 순간적으로 녹색 눈동자에 떠오른 죄책감 비슷한 감정만 아니었다면 들지 않았을 의심이었다. 그 죄책감은 그를 향한 것이 아니었다.

그렇다면 누구를 향한 것인가? 차디찬 공허가 혈관을 타고 들어와 심장을 좀먹었다.

현실로 돌아온 손이 창백한 심장을 움켜잡았다.

웬만해선 속도가 높아질 일이 없던 케이런의 걸음이 빨라졌다. 그는 왕실 기사 레머 경을 만나고 오는 길이었다. 주군이 입궁하지 않은 지 오늘로서 사흘째 되는 날이었다. 전언도 하지 않았기에 왕실 기사 누구도 결근의 연유를 몰라 레머 경은 답답해했다.

어쩌겠는가? 상부에 보고하려 해도 공작 자체가 상부의 끝장에 있는데. 그들로서는 결근에 없는 이유를 만들어내, 이 일이 폐하의 귀에 들어가는 걸 최대한 늦추는 게 최선이었다. 눈 가리고 아웅 하는 것이니 소용이 있겠느냐마는 말이다.

그래도 거기까지는 괜찮았다. 뒷얘기는 나올 수 있겠지만 빠짐없이 성실했던 기사단장의 작은 일탈쯤이야 왕이라 해도 이해해 줄 터였다.

케이런을 포함해서 레머 경 일동이 골치 아프게 여기는 것은 가르텐 공작이었다. 가르텐 공작이 매일같이 기사단에 찾아와 베른하르트 공작이 어디에 있느냐며 패악을 부리는 통에 난감하기가 이루 말할 수 없었다. 레머 경은 칠색 팔색 하며 이유라도 알려달라고 케이런에게 사정했다.

그러나 가르텐 공작이 넌더리 나게 구는 건 기사단한테 만이 아니었다. 가르텐 공작이 매번 통보 없이 공작저로 사람을 보내왔기 때문이었다. 케이런은 그때마다 돌려보냈지만 이제는 댈 변명도 없었다. 외려 그는 가르텐 공작을 이해하는 쪽이었다. 여기까지 왔는데 돌발 상황이 벌어지면 초조해질 수밖에.

케이런은 근래 주군이 집무실에서 잠을 청한다는 사실을 상기하곤 침실로 가려던 발을 돌려 계단을 내려갔다. 거기에는 이미 집사 클리프턴이 와 있었다. 케이런을 알아본 클리프턴이 허리를 숙였다.

"오셨습니까, 케이런 경."

"각하를 뵈러 왔습니다."

그 말에 클리프턴은 수척해진 낯으로 고개를 저었다.

"각하는…… 오늘도입니까?"

클리프턴이 깊게 한숨을 내뱉었다.

"식사도 거르고 계시니……."

아무도 들이지 말라는 명까지 있었기에 섣불리 들어갈 수도 없었다. 그것을 케이런도 알았지만 바로 내일이 회의 날이었다. 더는 지체할 수 없었다. 케이런은 무작정 문을 두드렸다.

"각하!"

"경, 그만두지시요……!"
놀란 클리프턴이 케이런을 만류했지만 그는 멈추지 않았다. 문을 두드리는 소리가 거세졌다.
"각하!"
"……."
"각하!"
"……."
몇 번을 불러도 돌아오는 답이 없었다.
"들어가겠습니다."
클리프턴이 말리기도 전에 케이런이 막무가내로 문을 열어젖혔다. 그는 집사의 탄식을 건너뛰고 안으로 들어갔지만 얼마 못 가 다시 멈출 수밖에 없었다.
"……."
커튼이 황량하게 휘날렸다.
"이게……."
깨진 창문 사이로 메마른 바람이 불어오고 있었다. 케이런이 저도 모르게 한 발 내디딘 순간이었다. 돌연 고막을 희미하게 긁어내리는 파열음에 그의 다리가 멈칫했다.
시선을 내리자, 발 디딜 틈 없이 바닥에 널브러진 유리 파편이 보였다. 그것을 시작으로 주변을 둘러본 케리언의 표정이 단번에 굳었다.
방 안의 모든 게 부서져 있었다. 깨진 액자, 화병, 집기, 벽시계, 난잡한 탁자 위, 엎질러진 술잔, 술병…….
그리고 그 사이, 지친 듯, 나른하게 누워 있는 남자.
이 혼란 속에서 그만이 유일한 고요라는 듯 이질적인 광경에 케이런은 허망하게 시선을 내렸다.
소파 아래로 늘어뜨린 주군의 팔을 타고 피가 바닥으로 떨어지고 있었다. 그 피로 인해 이 폭력의 잔재가 누구의 작품인지 확인되자 물씬 두려움이 그를 엄습했다.

케이런의 턱이 무겁게 떨렸다. 폭력. 그것이 어디 주군과 상응하는 것이던가. 마음에 안 차는 일이 있을지언정 이토록 비이성적인 행위로 화를 소진하신 적은 없었다. 그런데 지금은…….

케이런은 무엇이 문제인지 알고 싶었다.

후작은 죽었다. 계획에 없던 일이지만 이번 일에 가장 성가신 사람이었으니 오히려 잘된 일일 것이다. 그것은 후작이 망령이 되어 돌아오지 않는 이상 이 계획은 누구도 알지 못할 것이며 성공적으로 끝맺을 것을 의미했다.

그런데 왜.

"기쁘지…… 않으십니까?"

케이런이 막힌 목으로 겨우 물었다. 그는 주군이 여기에 오기까지 얼마나 오래 공을 들였는지 알았다. 모래를 알알이 올려 성을 쌓듯, 단단한 나뭇가지만을 골라 둥지를 짓듯, 들인 정성이 작지 않았다. 정성에 보답받듯 마침내 고지는 머지않았으며 종지부를 찍을 시간이었다.

"기뻐하시는 게, 맞지 않습니까……."

원하는 것이 손을 뻗어 잡기만 하면 되는 곳에, 목전에 있었다. 그는 기뻐하는 게 옳았다. 떨림이 잔존하는 음성을 받아주듯 하르젠이 입을 열었다. 한 팔로 눈을 가리고 있었기에 표정은 읽히지 않았다.

"……조금."

수면에 잠긴 듯한 음조.

"피곤하군."

답은 그것이 다라는 듯 더는 들려오지 않았다.

"잘 모르겠네요. 도움이 못 되어드려서 죄송해요."

한 시간 이상 꼼꼼히 관찰해도 신석임을 밝히지 못한 아도라는 아쉬워하며 돌을 내려놓았다. 에르셀라는 이능을 잃었을지 모르는 돌을 가만히 쥐었다.

"그럼 신석이 아닌가 보구나."

"부, 부인?"

순식간의 일이었다. 에르셀라가 창밖으로 돌을 던져 버린 것은.

"어……."

"……."

"어어?!"

루델시아의 보물일지도 모르는 신석이 방금 버려졌다. 아도라는 된서리를 맞은 것처럼 혼이 쏙 나갔다.

이제 그것은 정원 어딘가에 평범한 돌멩이들과 뒤섞여 있을 것이다. 아티넬 신석이, 길가에 널려 있는 돌멩이와 함께.

한발 늦게 상황 파악을 한 아도라가 더럭 겁을 집어먹었다.

"지, 진심이세요? 제가 잘못 판단한 것일 수도 있잖아요!"

"아도라, 널 믿는단다. 아니라면 아닌 거겠지."

에르셀라는 천진하게 웃었다. 그녀에게 신석은 있어도 그만 없어도 그만인 것에 불과했다. 그녀는 영원히 소원을 빌지 않을 것이다.

에르셀라가 바라는 건 하나였다. 반역이 성공하지도 실패하지도 않는 것. 해낼 수 있을지 모르겠지만 에르셀라는 힘닿는 데까지 최선을 다해보기로 했다.

"제 살롱에 오실 줄은 몰랐는데요."

느닷없는 방문에 레이미아는 가감 없이 불쾌감을 표시했다. 웬만해선 본색을 드러내지 않지만 알량한 호감마저 바닥난 저 여자는 예외였다.

"초대장을 보내셨잖아요."

레이미아 가르텐, 가르텐 공작 부인은 어이가 없어 오만상을 찌푸렸다.

"무려 일 년도 더 된 초대장을 아직 가지고 계실 줄은 몰랐군요."

이혼하는 와중에도 그건 챙겼나 보지? 비웃고 싶었지만 초대장은 가져오지 않은 걸로 보아 아쉽게도 그건 아닌 듯했다.

"편지를 함부로 버리진 않아서요."

말도 안 되는 소리. 제가 입 다물고 있다고 뻔뻔하게 나오겠다 이거지?

레이미아는 어처구니가 없었지만 저 여자를 상대로 이랬니 저랬니 논쟁하는 것도 피곤한 일이었다.

"올리비아, 잠시만 기다리렴."

무엇보다 올리비아가 있었으니 빨리 여기서 에르셀라를 내보내고 싶었다.

"네, 어머니."

올리비아는 대화가 끝날 때까지 독서할 요량인지 책을 펼쳤다.

에르셀라는 오늘따라 사족이 길었다.

"여기서는 사람들과 시나 철학에 대한 감상을 공유하나요? 레이번 백작, 코트너 교수와 같은 지식인과 함께한다고 들었어요. 그분들께 사사하면 지적 교양을 쌓는 데 유익하겠어요. 저도 나중에 한번……."

"부인의 말대로 감상을 공유하는 것뿐 누군가에게 사사하거나 사사하지 않습니다. 후작의 눈에는 제 교양이 미숙하여 누군가의 가르침이 필요하다고 보이는가 보군요."

레이미아는 적당히 트집을 잡아 쫓아낼 생각이었다. 예상대로 에르셀라는 발끈했다.

"전 미숙하다고 한 적 없어요."

"모르죠. 이 바닥에선 뭐든 돌려 말하니."

돌려 말하는 것으로 사교계의 최정상에 올라 있는 그녀가 그런 말을 하는 건 어불성설이었다. 레이미아는 만사가 귀찮다는 듯 부채를 펼쳐 들었다.

"아무튼 수준 높은 교육을 받은 당신은 오실 필요가 없답니다. 이 모임에서 후작이 얻을 건 아무것도 없어요. 뭐, 굳이 미숙한 이들 앞에서 뽐내고 싶다는 것까진 막진 않겠지만요. 다만 저희 반응까지 기대하진 말아주세요. 공작께선 귀여워하셨을지 모르겠으나."

첫 줄부터 막줄까지 비꼬지 않는 게 없었다. 수준 높은 교육을 받았다고 자부해 봤자 다른 누구의 눈에는 귀여운 재롱으로밖에 비치지 않을 거라는 비꼼.

"약혼 일로 아직도 화가 많이 나셨나 봐요."

에르셀라는 가르텐 공작 부인이 이러는 이유가 약혼에 대한 앙금이 남아 있기 때문이라고 생각했다. 레이미아가 가소롭다는 듯이 빙그레 웃었다.

"설마요. 조언이었답니다."

살롱에 오지 말라는.

에르셀라는 다시 한번 가르텐 공작 부인과 잘 맞지 않는다는 걸 생생히 느꼈다. 대화하기 버거운 상대라 생각해 일부러 질질 끈 게 화근이었다.

"귀한 시간 빼앗아서 미안해요. 이만 본론으로 들어가죠."

"들어나 보죠."

가르텐 공작 부인도 직설하길 원했다는 듯이 부채를 탁 접었다. 에르셀라가 단도직입적으로 말했다.

"콘라드에 사절단으로 가야 하는데 당신 남편이 방해가 돼요. 도움이 필요해요."

레이미아는 찰나, 할 말을 잃었다. 그도 그럴 것이 방해 중인 사람은 누가 봐도 남편이 아니라 에르셀라였기 때문이다. 그런데 에르셀라는 아주 당연하다는 듯 사실을 왜곡하고 있었다. 더 뻔뻔한 점은 가르텐 공작을 치워줄 당사자로 그녀를 찾아왔다는 거였다.

"설마…… 내가 그걸 들어줄 거라 생각하는 건 아니죠?"

이름뿐인 부인이라 하나 명색이 가르텐가에 적을 두고 있었다. 어떻게 적에게 청탁하러 올 수 있는 걸까. 황당하기가 그지없는데 에르셀라는 철판을 깔기로 한 듯했다.

"보답으로 두 모녀가 살 땅과 재화를 드리겠어요. 남부에 피사리데가 갖고 있는 영지가 하나 있어요. 작지만 두 분이서 살림을 꾸리기엔 나쁘지 않을 거예요. 물론 원한다면 신분도 새로 만들어 드릴 거고요."

"하, 지금 뭐라고?"

가르텐 공작 부인은 기함했다.

변변찮은 가문에서 태어나 공작 부인의 자리까지 오른 그녀에게 성이 차는 제안은 아닐 것이다. 공작 부인이란 지위를 놓을 수 있는 여자는 상식적으로 많지 않으니 말이다. 에르셀라에게도 이것은 도박이었다.

"이혼했더니 정신이 나가기라도 했어요?"

"나쁘진 않을 거예요. 이혼은…… 누구에게도 찾아올 수 있으니까요."

"뭐라고요?"

가르텐 공작 부인의 기세가 형형하게 벼려졌다. 마치 맹수가 사냥감의 목을 물어뜯기 직전 같았다. 에르셀라는 말하기 전에 침을 꿀꺽 삼켰다.

"가르텐 공작의 여성 편력에 관한 이야기는 유명하니까요, 부인. 공작가 내에서 부인의 입지가 좁다고 들었습니다. 대비해 둬서 나쁠 건 없다고 생각해요."

그녀가 오늘 공작 부인이라는 게 내일까지 점쳐주진 못한다. 남편의 지위에 기대어 얻은 지위는 온전히 제 것이 되지 못하니까. 한때 에르셀라도 착각했던 적이 있었다. 머지않아 그 이치를 깨닫고 말았지만.

그래서 하르젠의 애정을 갈구했나 보다. 버려지고 싶지 않아서. 좋지는 않았다. 제 감정을 속이다 보면 나중에는 무엇이 진짜인지 알기 힘들어 타성적으로 사랑받기만을 원하게 된다. 어쩌면 좋아한다, 그 말은 최소한의 선이었을지 모른다. 그와 자신을 기만하지 않기 위한.

가르텐 공작 부인이 벌떡 일어섰다.

"일어나자, 올리비아. 말도 안 되는 얘기에 시간을 쓸 필요……."

"저는 좋아요."

"올리비아!"

어느새 책을 덮은 올리비아가 즐겁게 눈을 빛냈다.

"얘야! 그게 무슨 말이니!"

공작 부인이 호되게 질책했지만 올리비아는 묘하게 명료한 인상이었다.

"대비책일 뿐이에요, 어머니. 전 나쁘지 않다고 보는데, 어머니는 아닌가요?"

"아버지가 화를 내실 건 생각 안 하니?"

바라던 바였지만 올리비아는 미소만을 띄워 올렸다. 어차피 공작의 격화된 분노를 감당할 사람은 그녀가 아닌 이복오라비였다. 레어비스의 처지까지 봐줄 필요는 없지 않은가.

"전 돕고 싶어요, 어머니. 들킬 염려 없이 도와주시면 되잖아요, 네?"

아버지의 발을 묶는 것은 쉬웠고, 대가는 나쁘지 않았다. 두 번이나 파혼을 당했으니 수도에서 희망은 저버린 지 오래였다. 그따위 아비 밑에서라면 더더욱.

"널 어떡하면 좋아……."

딸아이가 다짜고짜 졸라오자 레이미아는 깊게 탄식했다. 이 무모한 딸을 어쩌면 좋을까. 레이미아는 이 일의 원흉인 에르셀라를 흘겼지만 그런다고 딸의 응석이 없어지는 건 아니었다.

그녀는 다문 조개처럼 입술을 붙이고 손을 부르르 떨었다. 에르셀라는 그녀에게서 들려올 승낙을 알아 미안하다는 듯 웃었다.

그렇게 하루가 지나갔다.

하르젠이 소매에 커프스단추를 채우기 위해 손목을 꺾자 클리프턴의 시선이 주인의 손등에 고정되었다. 파편에 긁혀 생겨난 상처가 선명하게 자리해 있었다.

"주인님, 상처가 깊습니다. 주치의를 불러오지요."

"됐다."

"하오나……."

"별것 아닌 일로 유난일 필요는 없겠지."

심상한 태도와 달리 유리 조각에 베인 상흔은 약간만 벌어져도 피가 샐 것처럼 심각해 보였다.

하르젠은 제 상처에 타인인 양 반응하며 마저 커프스단추를 끼우려 했다. 그 움직임이 얼마 못 가 멈춘 건 꿈결처럼 스며드는 어떠한 소리 때문이었다.

"다쳤어요?"

검은 눈동자가 옅게 떨리고, 숨소리가 희미해진다. 그럴 리가 없는 데도 새하얀 손 하나가 그의 손등을 덮고 있었다.

"이리 봐봐요."

환영에 실체가 있을 리 없다. 그러나 어렴풋하게 부드러운 감각마저 느껴지자 하르젠의 표정이 차츰 일그러지기 시작했다.

그만.

"아프겠다."

그만, 에르셀라.

"속상하게."

그는 이 목소리를 낼 때 여자의 표정이 어떨지 보지 않아도 알았다. 속상한 듯 입술을 물며, 상처를 하염없이 바라보고 있을 것이다. 쉽게 동정하는 성격이니 혹시 모를 일이다. 지금도 이 모습을 보면 그럴지.

하지만 그것에 의미가 있던가. 입술 새로 픽 실소가 흘렀다. 의미가 있다면 몇 번이든 다쳐도 상관없었다. 동정을 사야 곁에 둘 수 있다면 사지 중 한둘은 없어도 괜찮았다.

하지만 돌아오지 않을 걸 알아.

연민 끝에 아무것도 없다는 것쯤은 그가 제일 잘 알았다. 걱정, 동정, 슬픔은 보일 수 있겠으나 그게 끝인 여자였다. 아른대는 환영 속에 언뜻 여자가 웃는 듯도 보였다. 돌아오지 않을 걸 안다는 말에 긍정하듯 가늘고 붉은 입술이 곤란하게 휘어지는 순간.

"주인님?"

아스라한 환영이 스러졌다.

"무슨 문제라도 있으신지요?"

클리프턴이 염려스러운 눈으로 그를 보고 있었다. 꿈이었다는 듯 여자는 흔적 없이 사라진 채였다.

"……아무것도."

그는 멈춰 있는 손을 여상히 움직여 커프스단추를 끼웠다. 푸른 사파이어가 그 여자처럼 찬란하게 빛나고 있었다. 하르젠은 그것을 팔을 내림으로써 시야에서 치웠다. 그때 벌어질까 조마조마한 상처를 유심히 지켜보고 있던 클리프턴이 다시 한번 청했다.

"간단히 치료라도 하는 게 좋겠습니다."

매사에 순종적이었던 클리프턴도 이번만큼은 물러서지 못했다. 에르셀라가 있었다면 항명할 일이 없었겠지만 그녀는 이제 이곳에 없었다. 때문에 선을 넘을지라도 상처가 덧나지 않게 하는 게 섬기는 자의 도리일 것이라고 그는 나름대로의 판단을 내렸다.

"주인님, 한 번만 이 늙은이의 청을 들어주시면 안 되겠습니까?"

클리프턴이 이와 같이 나올 줄 몰랐는지 하르젠은 낮게 한숨을 내쉬었다. 귀찮다고 넘기기엔 클리프턴이 그를 모신 날이 오래되어 조금 난감했다. 흘긋 회의까지 남은 시간을 확인한 하르젠이 소매의 단추를 풀었다.

"그러지."

가르텐 공작에게 소송이 걸린 건 그 이후였다. 무려 세 건의 소송이 한꺼번에 걸려왔다. 이례적인 이슈의 주역인 가르텐 공작은 흥분에 찬 동작으로 궁내부 장관실로 들어왔다.

"오셨습니까, 장관……."

짜악!

날카로운 마찰음에 이어서 팩 돌아간 고개에 헬몬 빈드는 얼떨떨해졌다.

"장관님, 이게 무슨 짓입니까?"

다짜고짜 역정을 내며 그의 뺨을 후려친 가르텐 공작이 목청껏 소리를 질렀다.

"자네는 내 앞으로 소송이 걸릴 때까지 뭐 한 겐가?!"

"네? 하지만……."

"일단 막고 내게 보고했어야지!"

사법부가 궁내부에 포함되어 있긴 하지만 가르텐 공작의 주장은 명백히 월권행위였다. 물론 헬몬은 상관의 직권남용에 관대한 편이었다. 한때 모셨던 피사리데 후작도 완전무결한 상관은 아니었으니 말이다. 그렇게 높은 자리에 있으면 필연적으로 뒤가 구릴 수밖에 없었고, 관습적으로 일어나는 장관의 범법 행위는 공공연히 비밀에 부쳐졌다.

그중 피사리데 후작이 그나마 공정하고 깨끗했으나 그도 라페인과 다트너에서 청탁이 들어오면 거두절미하고 들어주곤 했다. 총평을 내리자면 여러모로 융통성 있고 모시기 좋은 상관이었다.

"죄송합니다. 실수했습니다."

개인적으로 호감도 있었기에 헬몬은 에르셀라의 부탁을 거절하지 못했다. 공작에게 소송이 걸려오면 한 건도 빠짐없이 승인 처리해 달라는 당부를 들어주지 않을 이유가 없기도 했다.

범법하라는 것도 아니고 월권을 저지르라는 것도 아닌 절차대로 해 달라는데 그게 뭐가 어렵겠는가. 사실 승인이 이르긴 했지만 처리 중인 소송 건이 많지 않았기 때문에 의혹을 받을 정도는 아니었다.

"자네의 멍청한 행동 때문에 내가 발목 잡히게 생겼네! 아는가?!"

그러게 평소에 사생활 관리 좀 잘하시지. 공작이 진작 몸가짐을 조심했으면 여자 세 명이 사생아를 걸고넘어지진 않았을 거라고 헬몬은 장담할 수 있었다. 물론 속으로만.

"걱정 마시지요. 법은 장관님의 편에 설 테니 발목 잡힐 일은 없으실 겁니다."

상관이 길길이 날뛰고 있는데 이리 태평한 부관이라니! 가르텐 공작은 부득부득 이를 갈았다.

"그게 아니라 내가 콘라드에!"

"콘라드라니요?"

멍청하게 되묻는 헬몬을 보며 가르텐 공작은 제가 실수했음을 통감했다. 장관에 임명되자마자 먼저 물갈이를 해야 했다. 쓸모없는 카르온의 수하 따위 한 발도 못 붙이게 싹 쓸어버렸어야 했는데. 승리에 도취되어 그러지 못한 게 한이었다.

"얼뜨기 같은 놈! 그거 하나 못 막아서 나를 이 꼴로 만들어?! 선대 후작이 제아무리 멍청하기로서니 자네 같은 사람을 부관으로 뒀을 줄이야!"

헬몬은 하고 싶은 말이 많았지만 참는 기색이었다. 하지만 가르텐 공작은 조금도 미안쩍은 얼굴이 아니었다.

그는 헬몬의 심정이 어떻든 부글부글 화가 끓어 미칠 노릇이었다. 마음 같으면 헬몬의 따귀를 분이 풀릴 때까지 내려치고 싶었지만 공작은 애써 참았다.

"빈드 경, 조만간 자네의 어리석음에 대가를 치르게 될 걸세."

"장관님, 하지만 전 절차대로!"

그는 건방진 부관의 말 따위 들어줄 생각이 없었다. 가르텐 공작은 문짝이 부서지도록 세게 열며 장관실을 나왔다. 미뤄진 귀족 회의 시간이 코앞이라 발걸음은 회의장으로 향하고 있긴 하지만 방책이 떠오르지 않았다. 운 좋게 피사리데의 주인이 된 여자에게 대항할 방책이.

가르텐 공작은 제가 에르셀라를 상대로 궁여지책을 꾀한다는 게 솔직히 믿어지지가 않았다. 이 가르텐이 고작 계집에게 밀리다니. 말도 안 되는 일이었다. 그런데 그 말도 안 되는 일이 일어났다.

공작은 매끄럽게 짜인 계획이 틀어졌음을 직감했다.

나흘 전 때와 달리 회의석에 일등으로 착석한 건 에르셀라였다. 들어오려던 의장이 버젓이 앉아 있는 에르셀라를 보고 흠칫했다.

"크흠. 쾌차하셨나 보군요."

그래서 아쉽다는 기운을 폴폴 풍기며 의장이 가운데 자리에 앉았다.

"클라우스 백작님 드십니다."

"다트너 후작님 드십니다."

의장을 시작으로 한 명씩 모습을 드러냈다.

"라페인 후작님 드십니다."

"메이언스 백작님 드십니다."

다들 가르텐 공작의 소식을 들었는지 낯빛이 어두웠다.

"베른하르트 공작님 드십니다."

그때 호명과 동시에 하르젠이 막 회의장에 들어섰다. 에르셀라는 습관적으로 하르젠을 살피다 시선이 그의 손에 멈추었다. 다쳤는지 오른손에 얇게 붕대가 둘러져 있었다.

"다……."

다쳤어요? 장소도 잊고 물을 뻔한 에르셀라가 입가에 손을 갖다 댔다. 목소리가 작았기에 그녀를 주목하는 사람은 없었다. 그사이 하르젠은 적당한 보폭으로 걸어와 회의석에 착석했다.

공교롭게도 서로가 정면에 있었지만 하르젠은 에르셀라 쪽을 쳐다보지 않았다. 이마를 덮고 있는 흑발 아래로 시선이 내려져 있었다. 무료해 보이는 한편 그녀를 보지 않기 위해 필사적인 것처럼 보이기도 했다.

자신과 눈을 마주치지 않기 위해 필사적인 하르젠이라니. 에르셀라는 반대의 상황은 익숙해도 현 상황은 낯설기만 했다.

갈증이 났는지 그가 물 잔으로 손을 뻗었다. 오른손이 아닌 왼손이었다. 목을 축일 정도로 물을 들이켠 하르젠이 한쪽 눈을 찡그렸다. 잠을 못 잔 사람처럼 평소보다 예민해 보였다. 제복에 가려져 있지만 마지막으로 봤을 때보다 조금 마른 것 같기도 했다.

어디 아픈 걸까. 걱정할 새도 없이 끊겼던 호명이 이어졌다.

"레데아 백작님 드십니다."

줄줄이 들어온 인사가 자리에 앉고 마지막으로 공작의 이름이 불렸다.

"가르텐 공작님 드십니다."

"앉아주십시오. 회의 시작하겠습니다."

전원 입장을 확인한 의장이 성의 없는 몸짓으로 의사봉을 두드렸다.

"오늘은 공작 부인…… 큼, 피사리데 후작으로 인해 미뤄진 의제를 토의하겠습니다."

"잠시만, 확인할 것이 있습니다! 후작의 환후가 전염성이 없는 게 진정 맞소?! 이 자리에 들이는 건 너무 섣부르다고 판단됩니다!"

병이 전염되지 않을까 우려한 누군가가 양껏 소리쳤다. 노골적인 배척이 거슬렸는지 카일이 입을 실룩였다.

"답하십시오, 후작."

의장도 그 점에 대해선 간과할 수 없었는지 꺼림칙해했다.

"궁의가 단순한 위쪽 질환이라 진단했습니다. 전염성은 확실히 없습니다."

에르셀라는 불편했지만 크게 드러내지 않으며 저들도 이미 알고 있었을 대답을 해주었다.

"흐음."

궁의가 그렇다는데 에르셀라를 내쫓기에는 그림이 애매했다. 사실 괜한 트집이란 걸 알고 있었던 그들은 어쩔 수 없이 수긍하면서도 불쾌한 심기를 내비쳤다.

"알겠습니다."

허무하게 끝난 진실 공방에 한 번 헛기침한 의장이 다시금 회의를 재개했다. 사실 재개랄 것도 없었다.

"전번 회의 때 콘라드에 사절로 가실 지원자가 두 분 계셨습니다. 하지만 오늘 지원자 중 한 분이 피치 못할 사정이 생기신 것 같군요."

결론은 이미 나 있었으니.

"어찌하시겠습니까, 가르텐 공. 법적으로 소송이 걸려 있으면 따로 폐하의 허가가 떨어지지 않는 이상 그라니아를 벗어날 수 없습니다."

아주 사소한 것이라도 그랬다. 이 법을 악용하면 상대의 발을 묶을 수 있었지만 개헌되지 않은 이유는 단순했다. 일반적으로 망명이 아니고서야 자국민이 자국을 떠날 일이 거의 없기 때문이다.

"공작, 이의 있습니까?"

딴지 걸 수 없을 것을 알지만 의장은 예의상 물어나 보았다. 공작은 침묵했다.

'끝났군.'

의장은 뻐근한 어깨를 주무르며 의사봉 두드릴 준비를 했다.

"이의 없는 걸로 알겠습니다. 금년 사절단 대표는 피사리데 후작으로……."

"정말 그게 맞다고 생각하오, 의장?"

의장이 정말로 의사봉을 들어 올리자 가르텐 공작이 어처구니가 없다는 눈길을 보냈다.

의장은 억울했다. 그도 에르셀라가 사절 대표로 타국에 간다는 게 심히 유감스러웠다. 이건 뭐 콘라드 전 국민이 그라니아를 천치 취급하며 깔깔거려도 할 말이 없었다. 하지만 어쩌겠는가.

"달리 방도가 없지 않습니까?"

유력한 사람의 발이 나라에 동여매였는데. 그라고 그라니아에 인재가 없노라 방방곡곡 알리는 걸 좋아하겠는가? 레나르트라면 어떻게든 넘길 수 있겠지만 콘라드에서는 망신을 피하기 힘들 것이다.

"내가 폐하를 알현하여 허가를 받겠네."

말도 안 되는 제안에 에르셀라가 번쩍 손을 들었다.

"의장님, 치정 문제로 걸린 지극히 사적인 소송입니다. 회의를 미루는 건 원칙에……."

"입 닥치지 못해?!"

가르텐 공작이 분연히 노호를 지른 건 그때였다.

"하여튼 계집이란 것들은!"

에르셀라는 순간 팔을 움츠렸다. 평상시에 아무리 무시하고 살아왔어도 광기로 번뜩이는 저 눈빛에 초연하긴 힘들었다. 흥분에 완전히 잠식된 가르텐 공작은 그녀에게 충분히 위협적으로 다가왔다. 실제로 광분한 공작은 마구잡이로 소리치고 있었다.

"표결하면 과반수도 넘지 않을 네가 뭐? 콘라드에 가? 이거 미친 계집이 아닌가! 애당초 너 같은 계집이 지금 여기에 있는 게……!"

탁.

공작의 비명 같은 분노를 꺼뜨린 건 탁자 한가운데에 던져진 은제패였다.

"……하."

공작이 어이없어하는 것도 이상한 일은 아니었다. 그 은제 패의 주인이 다름 아닌 하르젠이었으므로.

공작은 꿀 먹은 벙어리처럼 하르젠의 기행에 아무 말도 하지 못했다. 콧수염조차 달싹이지 않는 걸로 보아 이것은 완벽히 계획에 어긋나는 일인 듯했다.

"……베른하르트, 네가 감히."

"과반수가 문제라면 표결해 보지."

가르텐 공작의 말이 우스워지도록 넘긴 하르젠이 보란 듯이 의장에게 시선을 주었다. 의장은 날 선 대립을 애써 못 본 척 입을 열었다.

"표결하겠습니다. 찬성하시는 분은 은제 패를 던져주십시오."

"찬성하죠, 뭐. 제 발로 망신당하겠다는데."

카일 로베르트가 밉살맞게 웃으며 은제 패를 던졌다. 탁, 하는 소리가 경쾌하게 울리고 이어서 그는 라페인 후작을 보았다.

"베른하르트 공작 부인…… 아, 실례. 피사리데 후작이 안 가면 라페인 후작께서 가실 수도 있는데 괜찮으십니까?"

"내, 내가 말인가?"

"그렇죠. 사실 이 회의도 각하가 간다고만 했으면 이렇게 과열되진 않았을 테니까요."

"크흠! 흠!"

양심에 가책을 느낀 라페인 후작이 군기침을 연발하며 은제 패를 스리슬쩍 던졌다.

"하하, 그럼 저도……."

라페인 후작의 동향을 지켜보던 다트너 후작도 편승하여 패를 탁자에 던졌다. 라셀리온이 있으니 피사리데를 외면하기엔 아직 이르다는 판단에서였다.

"현재 네 표군요. 과반수가 되기 위해선 다섯 표가 되어야 합니다."

에르셀라는 본인에게 투표할 수 없었다. 더군다나 클라우스나 레데아가 표를 줄 것 같진 않았다. 하지만 표를 줄 사람은 찾아보면 한 명 있긴 했다.

"찬성하지요."

파벌 어디에도 속하지 않은 메이언스 백작이었다. 그는 사람 좋은 얼굴로 은제 패를 손으로 가지고 놀더니 탁자에 던져 넣었다. 초반 그는 베른하르트와 피사리데 사이에서 줄다리기를 했었지만, 고뇌에 휘둘릴 일은 일어나지 않았다. 공작이 피사리데 편을 들어주니 선택하기가 한결 수월해졌다.

"다섯…… 이군요."

의장이 침음하며 결과를 짚어주었다.

'통역관을 두 배로 딸려 보내야겠군.'

콘라드어를 알아듣는 건 바라지도 않았다. 분위기만이라도 제발 읽기를. 더해서 그는 보좌관도 두 배, 아니, 세 배는 늘려야겠다고 왕에게 건의할 생각이었다. 의장은 남몰래 한탄을 토하며 의사봉을 땅땅 두드렸다.

"금년 사절단 대표는 피사리데 후작으로 낙점되었습니다."

회의가 끝나고 에르셀라는 빠르게 멀어져 가는 하르젠을 쫓아갔다. 달음질하여 그를 따라잡은 에르셀라가 민첩하게 그의 앞길을 막았다.

"하르젠, 잠시만요."

에르셀라가 하르젠의 오른손을 낚아채듯 가져왔다. 하르젠은 별다른 저항 없이 손을 내주었다. 어디까지 하는지 궁금하다는 듯이.

"상처가……."

얇은 면포 사이로 무언가에 긁힌 자국을 확인하자 에르셀라의 목소리가 떨리기 시작했다.

"어디…… 아파요?"

멍멍해진 그녀의 얼굴에 대고 하르젠은 조금 웃었다.

"그래, 아파."

상흔 주변을 배회하던 손의 움직임이 멎어들었다. 에르셀라는 여느 때와 결이 다른 대답에 할 말을 찾지 못했다.

아픈지 물으면 언제나 괜찮다는 말이 돌아왔는데.

서로가 묵인한 약속이 깨진 적은 처음이었다.

"아파."

하르젠은 새기듯 한 번 더 되뇌었다.

어쩐지 손을 잡고 있으면 안 될 것 같은 기분이 들어서 에르셀라는 상처를 어루만지던 손을 놓으려 했다. 하지만 손가락 사이로 그의 손이 단단히 감겼다.

"……하르젠."

"그래서."

하르젠이 도망가지 못하게 깍지를 껴오며 되물었다.

"아프다고 하면 이제 당신은 어쩔 거지?"

거기까지 생각해 두진 않았다. 다친 부분을 확인하는 것이 우선이었으므로. 그녀가 할 수 있는 건 어줍은 위로, 같잖은 다독임이 전부였다. 그의 아내일 때나 타인일 때나 변함없이.

에르셀라는 자신이 하르젠의 삶에 걸림돌일지언정 도움은 될 수 없음을 잘 알았다. 하르젠도 그것을 알기에 묻는 것일 터였다. 제가 아프다 인정하면 너는 뭘 할 수 있는지.

해줄 수 있는 게 아무것도 없다는 것을 알면서도 하르젠은 모르는 척 물었다.

"곁에서 간호라도 할 건가?"

"말장난은 그만……."

"그걸 바라."

"……."

"우습게도 그걸 바라, 나는."

표면에 돌던 웃음기가 자취를 감추었다. 말장난이 아니라는 듯이 하르젠은 더 이상 웃고 있지 않았다. 몸져누울 상처는 아니니 그저 곁에 있어달라는 의미일 터였다.

돌아…… 와 달라고 하는 것 같았다.

에르셀라는 무언가를 말하려다 목격한 광경에 입을 다물었다. 깍지 낀 손목을 자세히 보니 거기까지 상처가 가느다랗게 이어져 있었다.

실소조차 나지 않았다. 뭘 해야 저렇게 다치는 걸까. 더 화가 나는 건 아무렇지 않아 하는 하르젠이었다. 그는 다친 흔적을 감추려 들지도 않았다. 그녀가 이것에 약하다는 걸 안다는 듯 고스란히 보이며 뭔가를 바라기까지 했다. 그래서 에르셀라는 그가 원망스러웠다.

"그럴 수 없다는 거 알잖아요."

그럴 수 없다는 거 알면서 공연히 흔들어대는 그가.

"왜."

대답하기 곤란한 의문이 에르셀라를 침묵 속으로 이끌었다. 카르온의 죽음은 그에게도 태연할 수 없는 주제일 텐데도 하르젠은 거리낌없이 입에 올렸다.

"내가 당신 오라비를 죽게 해서?"

"……그만해요."

"그래, 네 오라비가 죽었지."

"하르젠."

"그런데 네 오라비가 죽은 게……."

하르젠은 짓이기듯 말허리를 끊어냈다. 끝까지 이어지진 않았지만 마치 카르온이 죽은 게 온전히 저 때문이냐고 묻고 싶은 듯했다.

정말로 어딘가 망가진 듯한 모습에 울컥 화가 나려는 찰나, 그가 빈틈없이 엮여 있던 손가락을 풀며 에르셀라를 조심스럽게 끌어안아 왔다.

"말이…… 잘못, 나와서."

그리 말하며 하르젠이 그녀의 어깨에 얼굴을 묻었다. 에르셀라는 어깨에 실린 무게감에 머뭇거렸다. 어렴풋이 전해지는 떨림을 어찌할지 몰라 망설이던 그녀는 이내 낮게 들려오는 목소리에 경직되고 말았다.

"……미안해."

사과였다.

"당신 가족을 그렇게 만들어서 미안해."

하르젠이 미안하단 말을 내뱉을 때마다 더운 숨결이 에르셀라의 목덜미를 간질였다. 또다시 열이었다. 자근자근 그녀를 좀먹는 열. 좀처럼 받아들이기 힘든 감각에 그의 가슴팍을 밀어내려던 에르셀라의 팔이 맥없이 늘어졌다.

텅 빈 인형처럼 하르젠의 품에 안겨 있는 순간에도 몸 구석구석까지 번지는 열감에 그녀는 어떤 반항도 할 수 없었다. 에르셀라는 하르젠이 안으면 안는 대로 으스러졌다. 그러면서도 이상했다.

"내가 어떻게 하면 돼."

메마른 음성에 절박함이 묻어날 수 있는 것이.

"내가 어떻게 해야 당신이 흔들려."

꼭 매달리는 듯도 했다.

"말해줘. 하라는 대로 할게."

아니, 매달려 오고 있었다. 목덜미에 고개를 깊게 파묻으며. 안 되는 일에 매달리는 아이처럼. 어리광 피우듯.

알 수 있었다. 그는 지금 한계였다.

"돌아오는 게 어렵다면, 베른하르트에서 사는 게 싫다면 내가 갈게.

원한다면 베른하르트를 줄게. 내가 가진 것이라면 전부 당신에게 줄 테니……."

한 번만 나를 용서해.

"내가 잘못했어."

하르젠은 그렇게 용서를 구하는 대신 서투른 사과를 전해왔다. 목 아래까지 물이 찬 듯 온몸이 먹먹했다.

둘뿐인 조용한 공간에는 하르젠이 그녀의 이름을 부르는 소리만 감돌았다.

에르셀라.

그는 그녀의 대답을 종용하듯 이름을 부르다가도 때로는 대답이 두려운 듯 부름을 멈추었다.

에르셀라는 가만가만 그가 제게 가지고 있는 감정을 입안에 담아보았다.

저잣거리 소설에서나 경험할 수 있다고 믿었던 것, 제게는 오지 않으리라 여겼던 것, 언젠가 그에게 바란 적도 있던 것. 눈이 멀 것같이 황홀한 그 이름이 환상을 깨고 현실로 넘어오려 하고 있었다. 조금도 달지 않은 맛으로. 조금도 아름답지 않은 모양새로. 그러나 조금은 진실되게.

그리 간절했던 것은 기대와 달리 쓰고 형편없었다. 아프고 괴로웠다.

열린 창문으로 바람이 불어왔다. 흘러든 바람에 그와 그녀의 머리카락이 조금씩 헝클어지기 시작했다. 에르셀라의 금발이 하르젠의 흑발과 부드럽게 엉켰다.

그녀는 뺨을 간질이는 흑발을 보다 눈이 부시도록 쏟아지는 햇살에 시선을 창밖으로 던졌다. 해가 드리운 베일 아래로 하얀 꽃들이 유려하게 물결치고 있었다. 그날의 에우리피데처럼.

"처음 보는 꽃인데, 이게 뭔지 아세요?"

"에우리피테. 사랑하는 연인에게 보내는 연서 같은 거란다."

그녀는 묻고 싶었다. 어머니라면 용서할 수 있겠는지. 당신의 아들을 사지로 몰아간 사람을 용서하는, 그런 딸을 용서할 수 있겠는지. 하지만 야속하게도 적막이었다.

에르셀라는 에우리피테를 함에 넣으며 설렘을 지워 나갔던 시절처럼 억지로 눈길을 돌렸다. 그렇게 잠시 씁쓸해하다 그의 귀에 대고 잔인한 위악을 소곤거렸다.

"이미 말했잖아요. 당신과 결혼한 걸 후회한다고."

어머니가 용서한다 해도 그녀가 자신을 용서하지 못할 것 같았다.

"늦었어요, 하르젠."

아무 일도 없던 것처럼 살기엔 이미 늦었다.

하르젠은 고개를 묻은 채 웃음을 흘려보냈다. 일말의 기대가 있었는지 허탈해 보였다. 에르셀라는 하르젠의 등을 나긋하게 도닥거렸다.

"당신은 강하니까 곧 괜찮아질 거예요."

사실 강하지 않다는 걸 안다. 그래도 지내다 보면 슬픔은 옅어질 것이며 그녀가 잠시 곁에 살았었다는 사실 또한 잊을 수 있으리라. 자신 역시도.

그것은 그리 어려운 일이 아니었다. 서로 제 갈 길을 가는 것뿐이었다.

아마 하르젠이 매달려 오는 건 오늘로써 마지막일 것이다. 그가 상체를 들어 올렸다.

"당신이 콘라드에 가는 걸 소용없게 만들 수도 있어."

그럴 것이다. 그녀가 콘라드를 설득하는 것과 별개로 그들은 군사를 일으키고자 하면 일으킬 수 있었다.

"하지만 그러지 않을 거잖아요."

다만 그럴 경우는 적었다.

“믿어요. 당신이 무모한 짓을 할 만큼 어리석지 않다는 걸.”

콘라드 군력이 가세하지 않으면 승패는 극명하게 갈릴 것이다. 단 한 번의 패배로 목이 날아갈 텐데, 그가 그런 어리석은 선택을 할 리가 없었다. 그래도 만일을 대비해 그녀는 조금 영악해지기로 했다.

“그리고 난 당신이 다치는 게 싫어요.”

약은 언변이겠지만 그에겐 통할 터였다.

“다치지 말아요, 하르젠.”

그녀는 제가 지을 수 있는 더없이 예쁘장한 미소를 머금고 다정하게 청했다.

하르젠은 낮게 실소했다. 이번엔 농락인가. 일찌감치 영악하게 굴지 않아준 것에 감사 인사라도 해야 하나 싶었다. 그랬다면 그는 기꺼이 그녀의 손바닥 위에서 놀아나 주었을 테니.

그는 덧없지만 귀한 웃음을 뇌리에 새기듯 보았다. 싫어도 어쩔 수 없이 그렇게 보게 되었다.

에르셀라를 본다. 보고 또 본다. 속을 짓이기는 비참함에 그가 주먹을 쥐었다.

너는 알까.

네 어설픈 애정이 날 죽인다는 것을.

그날 늦은 밤중 문양 없는 마차가 베른하르트저에 당도했다. 은밀한 만남을 원한 사람은 가르텐 공작이었다. 매번 입구에서 가르텐 공작을 문전 박대했던 철문은 웬일로 활짝 열려 있었다.

공작은 저택에 발을 들이며 어쩐지 전보다 음산해진 분위기에 뒷짐을 지었다. 그러나 처한 상황이 느긋하지 않았으므로 발걸음은 자연스럽게 빨라질 수밖에 없었다.

공작은 허둥대는 것만은 면하며 집사의 안내에 따라 공작저의 집무실로 들어섰다.

"하!"

문을 열자 그의 눈에 보이는 것은 한가한 베른하르트 공작이었다. 하르젠은 여유롭게 독서를 하고 있었다.

"그 사태를 만들어놓고 책 읽을 정신은 있으신가 보지?"

가르텐 공작이 비아냥거리며 자리에 앉았다. 그럼에도 하르젠의 눈길은 일절 그를 향하지 않았다. 책에만 고정되어 있을 뿐이었다. 무슨 책이기에. 그는 미간을 잔뜩 찌푸려 보았다. 뭔가 했더니 신학책이었다. 물론 겉표지에 쓰여 있는 이름, 헤테론은 알지 못했다.

"이런. 신을 믿을 줄은 몰랐는데."

"믿진 않지."

하르젠은 가볍게 대답하면서도 독서를 멈추지 않았다.

"그러면, 갑자기 그 짓을 저지르고 겁이라도 났나? 신에게 기도라도 드리게?"

"신기하거든."

엉뚱한 대답이 돌아왔다. 가르텐 공작은 문득 제가 온 뒤로 종이 한 장 넘어가지 않았다는 것을 깨달았다. 이제 보니 베른하르트 공작이 하고 있는 짓은 독서라기보단 글자 읽기에 가까웠다.

"꽤 잘 읽히고, 번역본에 맞지 않게 반론을 써두기도 하는데 읽다 보면 재밌기도 하고, 귀엽기도 하고."

베른하르트 공작은 아까부터 통 알아먹지 못할 소리만 했다. 이대로는 진척이 없을 것 같아 가르텐 공작은 대충 맞춰주었다.

"참 훌륭한 책을 읽고 있군."

하르젠은 그건 모르겠다는 듯 웃으며 책을 덮었다.

"글쎄, 아쉽게도 수신인이 잘못되어 있어서."

"허, 책에 수신인이 있나?"

"여러모로 아쉬운 책이지."

아쉽다고 지껄이면서도 꽤 소중했는지 그는 책을 책장에 꽂아 넣었다. 소중하지 않았다면 아무 데나 던져두어도 될 노릇이었다.

책을 제자리에 두고 온 하르젠이 가르텐 공작의 맞은편에 앉았다. 드디어 이야기할 마음이 생긴 모양이었다.

가르텐 공작이 다소 삐뚤게 물었다.

"그나저나 대체 무슨 생각으로 그런 건가? 대공 전하께서 심히 유감을 표할 거네. 이제 와 실망시켜 드릴 건 아니지?"

"글쎄, 콘라드와는 이야기가 끝난 상태인데 구태여 걱정하는 이유가 뭔지 모르겠군."

"무슨! 일에는 마무리가 중요한 법이거늘! 혹여 중간에 일이 틀어지기라도 하면!"

"시기를 앞당기지."

"……뭐?"

돌연 생각지 못한 제안에 공작의 얼굴에 당혹감이 서렸다. 하르젠은 예의 무심한 표정으로 기막힌 일을 아무렇지 않게 말했다.

"사절단이 콘라드에 도착한 이후로."

14장
아일레스

에르셀라가 사절 대표로 선정된 지 이틀이 지나고 왕의 호출이 있었다. 왕을 알현한 에르셀라는 정황을 보고했다.

"……이로써 미숙하나 라페인 후작님의 도움으로 인재를 정선하여 사절단을 구성 중입니다, 폐하."

"그렇군."

케니언스는 따분해 보였다. 실제로 그는 그녀가 사절단을 어떻게 꾸리고 있는지 궁금하지 않았다. 조언을 받아 꾸렸든 제 입맛에 맞게 조립했든 그의 알 바 아니었다.

"이번 외교 목적이 무언지 아나?"

"명목상으로는 아일레스 국왕의 즉위를 축하하는 데 있으나, 대내적으로는 그라니아와 콘라드의 형제 관계를 공고히 하며 국토 분쟁을 종식하는 것에 있습니다."

케니언스는 설핏 웃음을 터뜨렸다. 영문을 몰라 에르셀라는 고개를 갸웃거렸다.

"폐하?"

"아, 국토 분쟁 종식이라니 후작이 중한 과업이라도 맡는 듯 들려서."

케니언스가 저를 낮잡아 보고 있음을 알고 에르셀라는 얼굴을 붉혔다. 희한하게도 공작 부인일 적엔 친절했던 사람들이 그녀가 정계에 발을 들이자 손바닥 뒤집듯 태도를 바꾸었다.

에르셀라는 자신을 깔보는 분위기가 도통 적응 안 된다고 생각하며 말했다.

"……다른 의도가 있으셨다면 송구합니다."

모욕을 당한 귀부인처럼 발개진 뺨에 케니언스는 놀리는 것을 슬슬 그만두기로 했다. 저러다 울면 곤란한 건 그였으니.

"뭐, 틀린 말은 아니다. 그라니아가 형님의 자리를 차지하고 있으니 눈꼴 시리겠지. 더군다나 반강제로 맺은 조약이야. 콘라드로서는 파기하고 싶을 테고. 그러나 후작이 그것에 부담을 가질 것은 없다. 라페인 후작이 성실히 게으름 피워준 덕에 콘라드가 협상권을 가지고 있는 적격자와 대면할 일은 없을 테니까. 뭐, 그 게으름이 계산적인지는 모르겠지만."

반대로 말하자면 콘라드가 그녀에게 협상을 제안할 일이 없을 것이라는 얘기였다.

왕은 안심하라는 의미겠지만 에르셀라는 선뜻 안도감이 들지 않았다. 직역하자면 '너를 얕잡아 봐 그리 대단한 제의는 하지 않을 것이다'라는 뜻인데 그걸 듣고 누가 헬렐레하겠는가. 알렉시스 왕자님이 부디 아비를 닮지 말아야 할 텐데.

"하면 제가 무엇을 하면 됩니까?"

"음, 사실 고민했던 건데, 그쪽 왕에게 딸이 하나 있다더군. 왕자비로 들이면 어떨까 한다."

에르셀라는 살포시 미간에 힘을 주었다. 콘라드 여인을 왕자비로?

이국 왕녀를 왕족 계보에 올리는 건 이전에도 있던 일이긴 했다. 왕자가 아직 다섯도 안 됐다는 점만 빼면 말이다. 충분히 여러 귀족의 태에서 배필이 생길 가능성이 있는데도 콘라드인을 왕자비로 들인다는 건, 그라니아 귀족을 왕자비로 들이고 싶지 않다는 말과 일맥상통했다.

외척이 그리도 끔찍했던 걸까. 에르셀라는 묻고 싶은 마음을 숨기고 허리를 숙였다.

"의사를 전해보겠습니다. 예물은 무엇으로 하시려는지요?"

"그래, 예물. 그게 있었지."

왕이 장난기 그득한 눈을 접어 웃었다. 웃는 것뿐인데도 왠지 모르게 위화감이 들어 에르셀라가 눈을 내리깔았을 때였다.

"아즈렐로 하겠다."

에르셀라는 너무 놀라 자칫 들고 있던 서류를 떨어뜨릴 뻔했다.

"아즈렐…… 요?"

아즈렐이라면 백 년 전에 콘라드에서 빼앗은 영토였다. 최근 들어 잠잠해졌지만 콘라드가 백 년이 넘도록 끈질기게 반환 요청을 했던 영토이기도 했다.

"무려 귀한 딸을 달라는 건데 이 정도 조건은 붙여야지, 안 그런가?"

"그렇지만 아즈렐의 소유권이 콘라드 왕녀로 넘어간다면 훗날 그분이 콘라드 왕실에 헌납한다 해도 그라니아는 할 말이 없을 텐데요."

"그거야 왕녀 마음이지. 왕이 된 자로서 쩨쩨하게 그런 것까지 간섭하면 되겠나?"

콘라드인 왕자비가 받은 땅을 어떻게 사용하든 상관없다는 식에 에르셀라는 떨떠름해졌다. 그녀도 돌려주는 건 찬성이지만 현실적인 문제가 여럿 있었다.

아즈렐은 세월에 부식된 부당함의 산물이지만, 주변을 둘러봐도 그것을 부당하다고 인지하는 자는 몇 없었다. 하물며 그녀의 스승 레어리 셀론도 이 일을 별스럽지 않게 여겼다.

"귀족들의 반발이 심할 텐데요."

"어차피 선왕 타메우스가 차지하신 땅으로 왕실 소유야. 왕실에서 처분하겠다는데 누가 감히 막지?"

다분히 막무가내였지만 틀린 말은 아니었다.

"그리고 대부분은 모르겠지만 상당히 처치 곤란한 땅이야. 부분적으로 자치권을 허용해 주는 바람에 그 땅에 주거하고 있는 대부분 영지민은 자신들의 정체성이 콘라드인인 걸 잊지 않았거든."

그녀도 알고 있는 얘기였다.

"왕실에서 임명한 성주에 대한 반발심도 상당하다더군. 민란이 일어나지 않은 게 신기할 정도야. 하지만 콘라드인 왕자비가 통치한다고 하면 그들도 보다 온화해질 테지. 가장 이상적인 흐름은 왕자비가 결혼했으면 남편에게 귀의해야 한다는 소신을 가지고 아즈렐을 제 아들에게 물려주는 거야. 온전히 왕자비의 선택이라 아즈렐민의 반발심을 왕자비에게 돌릴 수도 있을 것이고."

"콘라드 왕녀가 내년이면 세 살이 될 테니 성혼을 빨리 치르면 불가능한 일도 아니겠군요."

어린 나이일수록 동화가 빠른 법이었다. 어릴 때부터 그라니아에서 생활한다면 모국에 관한 기억도 희미해질 것이다.

에르셀라는 그 왕녀가 안쓰러웠지만 국가지간 대사에 자신의 개인적인 연민이 낄 자리가 없음을 알았다. 왕자와 왕녀의 결혼은 실리 속에서 이루어져야 했다. 간섭하면 오만방자하다 손가락질당하리라.

'비센테의 결혼은 그리도 막으려고 했던 주제에.'

마주한 이기심에 그녀의 입매가 흐려졌다. 에르셀라의 입가에 번진 수심을 알지 못하는 케니언스는 계속해서 말을 이었다.

"약혼 먼저 하고 왕자가 열 살 때 식을 치르면 될까 싶은데. 그쪽에서도 눈치챌 테니 과연 내줄까 싶냐마는."

"아일레스 왕자…… 왕은 어릴 때부터 총명하다고 칭찬이 자자했으니 쉬이 알아채겠지요."

"왕좌에 앉으면 총명도 흐려지는 법이지."

케니언스가 비웃듯 반박했다. 에르셀라는 케니언스가 왕자일 적에는 총명했던지 의아해하며 입을 열었다.

"아일레스 왕이 선뜻 허락할 기색이 아니면 어찌할까요?"

"왜? 그쪽에게도 좋은 기회일 텐데?"

에르셀라는 왕의 오만에 속으로 질려 했다. 왕족의 이기심은 유전인 게 분명했다. 그는 그라니아에 가졌을 콘라드의 한을 감감하게 모르고 있었다.

"공물로서 왕녀를 원하는 것이라고 생각할 여지가 있습니다."

왕을 핀잔할 수도 없어서 그녀는 정중하게 돌려 말했다. 다행히 케니언스는 십 분의 일 정도는 공감하는 듯했다.

"그럴 수도 있겠군."

"콘라드를 너무 얕보는 건 좋지 않습니다. 레나르트보다 뒤처진다고 하지만 그들이 어떤 간교한 짓을 저지를지 모르는 법입니다."

딴에 간언하는 게 기특했는지 가소로웠는지 모르겠지만 케니언스는 재미있다는 낯이었다. 왕은 손가락으로 팔걸이를 두드리며 선심 쓰듯 물어보았다.

"그러면 후작은 어떻게 했으면 좋겠지?"

"저는……?"

갑작스레 날아든 질문에 에르셀라는 엉겁결에 말미를 의문으로 끝맺었다. 그녀는 목을 다듬으며 곰곰이 따져보았다.

아일레스의 거절은 그라니아에 근심을 가져다주진 못하지만 콘라드가 전쟁을 일으킬 구실은 없앨 필요가 있었다. 그런데 그마저도 거절한다면 어떻게 해야 할까.

잠시 후, 에르셀라는 생각을 풀어놓았다.

"나쁘지 않군."

에르셀라의 생각을 들은 왕은 가뿐히 허락했다. 심하게 거뜬해서 의심스러웠지만 그녀가 왕을 추궁할 순 없는 노릇이었다.

"만족스러우시다면 신은 이만 물러나도 될는지요?"

"그리하라. 다만 조심하고."

맥락 없이 걱정해 주는 소리에 에르셀라가 눈을 가늘게 모았다. 케니언스가 시가에 불을 붙이며 익살스레 픽 웃었다.

"듣기로서니 여색을 밝힌다는 소문이 상당한지라."

"폐하께서 친히 간여하시니 황공무지하군요. 아일레스 왕께선 무례하지 않으실 겁니다."

냉랭히 대꾸한 그녀는 쌩하게 알현실을 나갔다.

에르셀라는 저런 왕을 위해 콘라드에 가야 하는 처지에 진저리치며 마차에 올랐다. 정확히 짚자면 케니언스보다는 왕자를 위해서였지만 어쨌거나 썩 좋지는 않았다.

후일 케니언스가 성군으로 평가받는 일만은 일어나지 않길 바라면서 그녀는 마차에서 내렸다. 후작저에 도착하자마자 총총대는 소리가 가까워졌다.

"로웨나?"

피사리데 본성에 있을 줄 알았던 로웨나였다.

"여긴 오늘 온 거니?"

"고모님, 아니죠?"

로웨나는 도도도 다가오며 보채듯이 에르셀라의 드레스를 잡아 흔들었다. 에르셀라가 뭐가 아니냐고 반문하려던 찰나였다.

“고모님이 계속 그 자리에 있을 건 아니죠? 오빠에게 돌려주실 거죠?”

의심이 담긴 눈망울에 눈물이 그렁거린다. 그 어린것의 말이 목에 아프게 박혀 말이 나오지 않았다. 9살 소녀는 고모의 침묵이 무서웠는지 울먹이며 소리쳤다.

“원래 오빠 거였잖아요!”

“로웨나!”

멀찍이서 딸아이의 외침을 들었는지 에이레네가 화난 얼굴로 걸어오고 있었다. 무섭도록 굳은 그녀의 얼굴에 로웨나가 더듬거렸다.

“하, 하지만 피사리데는 오빠 거잖아요! 사람들이 그랬어요! 고모는 이제 출가외인이라고!”

“입 다물렴! 내가 네게 그리 가르쳤니? 응?”

벼락처럼 내리치는 꾸지람이 억울했는지 로웨나의 눈에서 눈물이 방울방울 떨어졌다.

“돌려주실 거죠? 네?”

에르셀라는 자세를 낮춰 코를 훌쩍이는 로웨나와 눈을 맞춰주었다. 그리고 눈물범벅이 된 눈시울을 닦아주었다.

“그렇단다, 로웨나. 라셀리온이 훌륭한 어른이 되고 나면 고모가 그렇게 할게. 오라버니에게 그때까지 공부 열심히 해야 한다고 전해줄래?”

“……정말요?”

“그럴 필요 없어, 에르셀라. 카르온이 가주가 되길 바란 사람은 너니까.”

코앞까지 다가온 에이레네가 성을 내며 로웨나의 어깨를 돌려세웠다.

“치기 어린 행동을 자중하라 일렀건만 돌아오자마자 어기는구나. 내가 네 고모를 볼 낯이 없어. 알겠니?”

"혼내지 말아요, 언니."

"아니, 너무 오냐오냐한 게 문제야. 넌 방에 들어가서 반성하고 있으렴."

로웨나는 어머니가 자비를 내리지 않을 것을 알았다.

"……네."

소녀의 토라진 걸음이 방으로 향했다. 로웨나가 돌아가자 침묵이 두 사람 사이를 여몄다. 촘촘히 꿰인 침묵을 헤친 건 에이레네였다.

"수도에서 할 일이 있어서 잠깐 돌아왔어. 곧 내려갈 거니깐 너무 신경 쓰진 말아."

에이레네의 사과에 에르셀라는 되레 미안해졌다.

"그런 말이 어디 있어요. 있어도 돼요."

"고맙지만, 아직까진 여기서 지내는 게 힘들어서 그래."

에이레네는 시들어 땅에 떨어질 과실처럼 여리게 웃었다.

"오늘 일은 미안하구나, 에르셀라. 내가 대신 사과할게."

"언니……."

"바쁘다고 들었는데 방해하면 안 되지. 그럼 갈게."

에이레네는 빠르게 멀어졌다. 아무래도 전처럼 도란도란 얘기하긴 어려울 것 같다는 예감에 에르셀라는 에이레네가 사라진 복도 끝을 하염없이 바라보았다.

에르셀라는 귓가에 머무는 로웨나의 말을 밀어내려고 노력하며 집무실을 열었다.

"오셨습니까, 후작님. 기다렸습니다."

소파에서 일어선 블래노버 백작이 로베르트의 방문 소식을 전했다.

"오후가 되면 로베르트 쪽에서 방문할 예정입니다."

"알겠어요. 준비해 주세요."

"참, 후작 대부인께서 오전에 저택에 오셨는데 아십니까?"

"방금 만나고 오는 길이에요."

"설마 후작 영애도……?"

"그렇죠."

백작은 알 만하다는 듯 탄식했다. 그는 괜찮냐고 물어볼까 하다가 영양가 있는 질문은 아니라고 생각해 유보했다. 그것보다 중요도 높은 보고는 많았다. 예를 들면 그는 지금 에르셀라가 지나칠 수 없는 소문 하나를 알고 있었다.

"각하, 아십니까? 베른하르트가에서……."

그때였다.

"후작님, 급히 보고드릴 것이 있어서 실례를 무릅씁니다."

리엔이 문 사이로 빼꼼 고개를 들이밀고 있었다. 그녀는 굉장히 난처해 보였다. 그리고 얼굴에 나타난 난처함 그대로 울상인 채 리엔의 입술이 달싹거렸다.

"도련님이……."

"리엔, 비켜라."

끼낑거리며 문을 사수하려던 리엔의 노력을 무효화시킨 비센테가 등장한 건 그때였다.

"……아들?"

에르셀라는 그만 어안이 벙벙해졌다.

"어…… 후작저엔 어쩐 일이니?"

비센테는 아무런 말도 없었다. 에르셀라는 비센테가 왜 이곳에 왔는지 궁금했지만 보다 더 걱정인 것이 있었다.

"네 아버지 허락은…… 받고 온 거야?"

서류상 어머니의 권한을 잃은 그녀는 사적으로 아들과 만나기 곤란한 위치에 있었다. 가만히 있던 비센테는 한참 만에야 입을 열어 대꾸했다.

"네."
그는 조금 슬피 웃고 있었다.

베른하르트 가문의 온 가신이 한곳에 모였다. 이 회합이 무엇을 위한 것인지 앞서 전해 들은 몇몇의 질겁한 시선이 가주에게로 빗발쳤다.
"대체 이게 무슨……."
"말도 안 됩니다!"
"각하, 다시 한 번만!"
그러나 경악스러운 분위기, 쏟아지는 주목에도 하르젠의 느긋한 통보는 멈추지 않았다.
"이리하여 나의 아들이자 후계자 비센테 베른하르트를 오늘부로 가문에서……."
끝에 가서 저도 모르게 멈칫했지만 그것도 잠깐이었다. 하르젠은 문장을 완성했다.
"폐적한다."
일방적인 공표에 가신들이 수군거렸지만 하르젠은 선언을 번복하지 않았다.

"저는 삶을 택하겠습니다."

그의 아들은 살기를 원하였고, 반역의 성공 여부를 막론하고 살 수 있는 방법은 비센테가 베른하르트가 아니게 되는 것뿐이었다.
성공하면 공신의 아들로서 비센테는 살 것이다. 실패해도 베른하르트가 아닌 비센테는 죽지 않으리라.

비센테의 선택은 하르젠에게 꽤나 생소하게 다가왔다. 기사로 목숨을 잃는다 해도 삶에 미련이 없을 것 같던 그의 아들이 살기를 희망해 왔다. 제법 신선한 결심이 누구의 영향을 받은지는 자명했다.

저는 죽음이 두렵지 않도록 가르쳤는데, 어미는 사는 법을 가르친 모양이지.

하르젠은 극명하고도 좁아지지 않는 차이가 이제는 지겹다는 생각이 들었다. 그래서 보내주었다. 그 지겨움을 조금이라도 떨쳐보고자. 에르셀라를 놓았는데 비센테가 어려울 리는 없었으므로.

이로써 전부 떠나보냈다.

부관에게 서류를 건네는 순간까지도 그는 미련 한 점 없어 보였다. 하르젠은 결정을 재고해 달라고 주장하는 인원을 못 본 체하며 케이런에게 시선을 돌렸다.

"……케이런, 대공에게 성문을 열라는 전언을."

"알겠습니다."

하명을 받들며 케이런은 은밀히 공간을 빠져나갔다.

비센테의 이야기를 들은 에르셀라는 입술 끝을 미미하게 늘어뜨렸다. 비센테가 가문을 버렸다. 그녀의 소망대로 살기 위해서. 에르셀라는 뜨거워지려는 눈을 지그시 내리감았다.

이제 당신은 혼자구나.

비센테가 살겠다고 선택해 주어 기쁜데도 하르젠을 생각하면 씁쓸했다. 혼잡하게 뒤섞인 양가 감정이 뱃속에서 요동친다. 하나 무턱대고 하는 걱정만큼이나 부질없는 게 있을까. 그가 무엇을 바라든 그녀는 영원히 응해주지 못할 텐데.

몇 번이었을까. 헛바람을 불어넣어 그를 기만한 적이.

좋아한다, 습관적으로 전하던 고백을 하르젠은 어떤 마음으로 받아들였을까.

좋아해요.

그리 말하면 그는 웃거나, 안아주거나, 입 맞춰주었다. 에르셀라는 그가 웃어주는 게 좋아서, 안아주는 게 좋아서, 입 맞춰주는 게 좋아서 계속 고백했다.

그러다 간혹 그의 얼굴에서 무심함을 건져 올릴 때면 모든 게 거짓이라는 생각에 가슴이 저미곤 하였다. 기만의 시작은 그녀였는데도.

무뎌지지 않은 죄악감이 그녀의 목을 졸랐다. 한순간에 목적의식마저 잃은 느낌이었다. 이 일만 마치면, 무사히 아무 일도 일어나지 않으면, 그 뒤는 어떻게 되는 걸까. 길가에서 마주치면 무덤덤하게 스쳐 지나갈 수 있을까. 안식을, 찾을 수 있을까.

눈먼 듯 앞날은 보이지 않았다.

에르셀라는 그녀의 아들을 안아주었다. 자격 미달인 어미를 만나 고생하는 것 같아 죄스러웠다.

"너만 좋다면 콘라드에 같이 가줄래?"

비센테가 그러기 위해 왔다는 것을 알지만 그래도 에르셀라는 물었다. 비센테는 그리하겠다는 듯 턱을 까닥였다. 그녀는 덜컥 두려워졌다.

"이게 맞는 걸까."

정말로 콘라드에게 아즈렐만 돌려주면 끝인 싸움일까. 만일 끝이 아니라면? 무언가가 더 있다면?

지나칠 수 없는 의심이 그녀의 발목을 붙들었다. 자그마치 이십 년 가까이 하르젠과 살았다. 그러니 알 수 있는 것이다. 그가 이리 단순한 수를 두었다는 게 얼마나 이상한 일인지.

"모르겠습니다."

뭐든 척척 알 것 같았던 비센테도 솔직하게 시인했다.

“그릇된 길을 걷는 것부터가 아버지답지 않은 일이니 앞일을 예상하지 못하는 것은 당연합니다.”

하물며 하르젠이 반정에 얼마큼 발을 걸치고 있는지도 비센테는 몰랐다. 그 덫이 하르젠을 어디로 이끌지도.

한낱 인간은 미래를 예견하지 못한다. 그것은 전능하게만 보였던 하르젠에게도 해당되었다. 외숙이 죽고 깨달았다. 아버지도 내다볼 수 없는 미래 앞에서는 하릴없이 무력하다는 것을.

“현재로서는 할 수 있는 일을 하는 것밖에는 방법이 없습니다.”

원하는 미래가 그려질지 그려지지 않을지는 맡은 일에 최선을 다하고 생각해도 늦지 않았다. 지체하다가는 더 꼬이기 십상이었다.

“그렇지.”

에르셀라는 무언가에 매몰되어 있는 듯했다. 하지만 때마침 방문한 손님에 그도 잠시였다.

“베른하르트 공자가 가출했다더니 진짜일 줄은 몰랐습니다.”

먼저 와 있는 선객을 보며 카일이 실소했다.

“와. 호적에서 파이는 게 쉬운 일은 아닌데, 어쩌다가.”

말은 안타깝다는 듯이 하고 있었지만 명백히 비센테의 처지를 즐기고 있었다. 후안은 그런 형님을 한심하게 쳐다보았다.

“실없는 소리를 새겨들을 필요는 없습…….”

말하다 말고 후안은 고개를 기울였다.

‘착각인가.’

비센테의 눈이 미묘하게 경계의 빛을 띠고 있었다. 그러나 비센테가 제게 악감정을 가졌다고 치부하기엔 동기가 모자랐으므로 그는 섣불리 단정 짓지 않았다. 다시 보니 착각인 것도 같았다.

“이건 또 무슨 조합이야.”

괴상한 조합에 카일이 혀를 끌끌 찼다. 피사리데에 로베르트에 베른하르트…… 는 이제 아니지만, 누가 봐도 이 조합이 조화롭지 않다는 것은 알 터였다. 애꿎은 시선만 돌리다 카일은 수북한 종이 더미에 속이 거북해졌다.

"콘라드에는 꼭 가야 하는 겁니까? 차라리 폐하께 고발하는 게 나을 텐데요."

그러면 베른하르트 공작은 역모죄에서 벗어날 수 없겠지만 그것까지 카일이 배려해 줄 이유는 없었다.

로베르트의 입장만 놓고 보면 칼릭스 대공보다 현왕이 치세를 이어가는 게 좋았다. 칼릭스와 사돈지간이라지만 그것도 옛말로 세실리아가 죽고 난 뒤론 왕래가 끊긴 지 오래였다. 세실리아가 자식을 남긴 것도 아니니 로베르트가 그에게 걸 까닭은 어디에도 없었다. 칼릭스가 왕이 되면 새로이 왕비를 들여 그 왕비의 아들로 하여금 왕위를 잇게 할 텐데 로베르트에 무슨 이득이 있겠는가. 새 왕비에게 밉보여 밀려나지만 않으면 다행이었다.

그에 비해 현왕은 로베르트를 신임하니 괘씸한 건 여전했지만 칼릭스보단 나았다.

베른하르트, 피사리데는 망하기를 원하면서 로베르트가 이렇게 된 데에 가장 큰 공헌을 한 케니언스는 건재하길 바라다니. 속을 까보면 그의 아우가 어이없어하겠지만 어쩔 수 없었다. 귀족이란 원래 이기적인 족속이지 않나. 그가 비정상인 게 아니라 아우가 별종인 것이다.

"쉬운 방법이 있는데 굳이 돌아갈 이유가?"

현실성 없이 얄궂기만 한 심술에 후안은 카일이 못마땅했다.

"형님은 고발이 그리 쉬운 줄 아십니까? 증거 없이 고발했다가 모함이라고 역으로 몰리는 순간 화를 입는 건 저희 쪽입니다. 공성 병기와 군사를 숨겨두었다고는 하나 무작정 남의 영지를 뒤질 수는 없지 않습니까?"

개인의 영지에서만큼은 영주가 절대적인 권력을 행사한다. 군사를 장악하고 있는 왕도 제멋대로 쳐들어와 쑥대밭을 만들 수 없었다. 그렇게 한다면 영주들은 신망에 금이 간 군주를 저버릴 명분을 얻는 셈이니 말이다. 반역의 빌미를 주고 싶지 않다면 왕은 그들을 존중해 주어야 했다.

"그들은 최소 삼 년간을 준비했습니다. 방비는 철두철미하게 해두었을 테지요."

"철두철미하다 해도 수도에 전군이 들어올 수는 없어. 운이 좋다면 십여 명은 들어올 수 있겠지."

"공작이 수도에 남아 문을 연다면 어떻게 됩니까?"

"그래도 전군은 절대 못 들어와. 함성이 들리는 즉시 관문과 연결된 줄을 끊을 것이고 싸움은 수성전으로 갈 거야. 공작도 그걸 아니 위험하더라도 공성 병기를 영지로 들여놓은 것이고. 뭐, 생목숨 버리고 싶다면 수도에 있겠지."

일찍이 아카데미로 떠난 후안과 다르게 카일은 가문에 남아 비서를 보며 전술을 익혔다. 하물며 이따위 기초적인 것. 카일이 후안보다 전쟁에 박식한 건 놀랄 일도 아니었다.

"하다못해 명분도 없는 반역이야. 군사들의 사기를 위해서라도 직접 진두지휘할 수밖에 없어. 이렇게 말하니까 정말로 미친 것 같군. 가르텐이나 칼릭스나 공자의 아비나."

무의식적으로 싸잡아 욕하던 카일은 얼굴이 따가워 모로 힐긋댔다. 표정을 지운 채 에르셀라가 그를 보고 있었다. 카일이 뒤통수를 벅벅 긁었다.

"……그럼 전 수도에 남아 적들의 낌새를 주시하면 됩니까?"

묘하게 순종적인 말투였다. 그가 생각해도 자식 앞에서 부모 욕을 하는 건 너무 갔다 싶었다.

“네, 그래 주세요.”

천행인지 에르셀라는 카일의 언행을 어영부영 지나쳤다. 카일의 무례를 일일이 지적할 여유가 없었다. 그녀는 다른 것에 골몰하고 있었다. 사소하지만 손가락에 박힌 가시처럼 모른 체하기 힘든 것. 넘기다가는 두고두고 후회할 것만 같은 예감이 폐부를 깊숙이 찌르고 들어왔다.

“후안 경, 부탁 하나만 해도 될까요? 레나르트로 가주실 수 있으세요?”

“까닭을 물어도 되겠습니까?”

“안전장치가 필요해요.”

‘안전장치’라고 말하는 순간 후안의 갈색 눈동자에 생기가 돌았다. 역시 똑똑한 사람이라서 그런지 이해가 빨랐다.

“아…… 설마, 그렇군요. 알겠습니다.”

후안은 흔쾌히 그러리라 약속했다. 모처럼 즐겁기까지 했다. 부탁하길 꺼려 하는 에르셀라보다 이리저리 시키는 그녀가 더 좋았으므로. 눈물이 차오르는 눈보다 결연으로 다져진 눈이 그는 더 기꺼웠다.

“안전장치?”

말 속에 숨어 있는 은유를 알아듣지 못했는지 카일이 되물었지만, 에르셀라는 카일의 심술에 대한 보복으로 따로 설명하지 않았다. 카일의 얼굴이 꽁해졌다.

에르셀라는 괘념치 않으며 손가락으로 턱 끝을 두드렸다. 안전장치에는 적임자가 한 명 더 요구됐지만 마땅한 이를 찾기 힘들었다. 비센테가 그녀의 고민을 알아챘다.

“아직 남아 있는 게 있으십니까?”

“루델시아에 갈 만한 사람이 있을까? 이왕이면 루델시아 폐하께서 아는 얼굴로.”

다소 쉬웠다. 그는 이미 그 일에 어울리는 이름 하나를 알고 있었으므로.

아도라는 자르데아가 정문 앞에 서 있는 남자를 보고 화들짝 기함했다. 베른하르트에서 퍼진 파문은 수도 전체를 한 바퀴 돌고도 남았다.

성(姓)을 반납한 대가문의 후계자. 귀족의 정점에 있다가 단숨에 내려온 비센테에게서 수치심은 찾아볼 수 없었다. 가문으로 존귀를 증명하지 않아도 그는 충분히 고귀해 보였다.

"자르데아가에는 웬일이에요?"

캐론 다트너가 기다리고 있다는 것도 잊은 채 마차에서 내린 아도라는 땅에 발을 디뎠다. 비센테는 뜀박질하듯 걸어오는 아도라를 어떤 표정으로 봐야 할지 일순간 헷갈렸다.

어머니의 고민을 듣자마자 주저함 없이 그 이름이 떠올랐다. 그는 그러한 연유가 정말로 적합한 사람이 그녀밖에 없었기 때문인지, 아니면 다른 이유가 있는 건지 알기 힘들었다.

아도라는 그 어느 때보다 차려입고 있었는데, 다트너가의 문양이 박혀 있는 마차가 그녀를 어디로 인도할지는 뻔했다.

비센테는 캐론 다트너와의 결혼이 그녀에게 얼마나 유용하게 작용할지 알고 있었다. 낭만은 없어도 수도의 이름뿐인 백작가는 그녀로 인해 격을 드높일 것이다. 아도라의 생각이 어떻든 간에 그런 객관적인 사실은 변하지 않았다. 그녀가 그것을 원하든 원하지 않든 가문의 딸로 태어난 이상 짊어져야 할 숙명이 그랬다. 결혼하기 싫다는 생각도 어린 날의 치기일지 모를 일이었다. 그녀는 다트너와 결혼하고 행복할지도 모른다. 에르셀라와 달리 만족감을 거머쥘 수도 있었다.

하지만 그게 아니라면.

그의 제의가 그녀에게 구원이 될 수도 있지 않을까. 결혼을 마다하고 루델시아로 가달라는 부탁이 아도라에게는 바라 마지않은 것일 수도 있지 않나. 그러나 마음 한편에는 의심이 깊게 박혀 있었다.

"수도에도 예쁜 여자는 그다지 없나 보지?"

셀모르에서 한 번도 덧그려 본 적 없는 얼굴이 로드만 헤르고이의 물음에 불현듯 떠오른 순간부터 그랬다.

그런 주제에 캐론 다트너와의 결혼을 망치려는 게 순전히 그녀를 위해서라고 말할 수 있는 건지.

하르젠의 사랑이 에르셀라를 망가뜨리고, 어머니의 눈물이 아버지를 무너뜨리는 것을 보았는데 그들의 자식인 그가 그러지 않으리란 법이 없었다.

"영식, 제가 지금 좀 바빠요."

아도라가 채근했다. 지금이라도 발을 돌리라는 듯이. 인생에 개입하지 말라는 듯이. 누군가 귀엣말로 속살거리는 것도 같았다.

돌아가.

그가 저열해지지 않도록.

자르데아 백작 부인과 한 약속대로 아도라는 캐론 다트너와 티타임을 가졌다.

"격조했습니다. 이리 뵙게 되어 제가 얼마나 기뻐하고 있는지 모를 거예요."

최근 캐더 영애와 사이가 멀어졌다는 소문이 맞았는지 캐론은 오늘따라 유독 친절했다.

"행정 관료로 임명된 지 이 년이 다 되어가는데도 아직 부족한가 봐요. 업무에는 영 익숙해지지 않더군요."

"그럼요. 공사가 다망하시다는 것쯤은 알고 있어요."

공적으로는 행정 업무로, 사적으로는 캐더 영애와 염문을 뿌리고 다니느라. 알아들은 듯 캐론 다트너의 눈꼬리는 비 맞은 강아지처럼 늘어졌다.

"물론 영애를 자주 모시지 못한 것에 바쁘다는 변명을 대서는 안 되겠지요. 서운하게 해드렸다면 사과드리겠습니다."

"서운하지 않았어요."

살인 충동이 일어났을 뿐.

캐론이 캐더 영애와 희희낙락하고 있었을 때 아도라는 별의별 추문에 시달려야 했다. 초반엔 캐론 다트너를 아니꼽게 보는 사람들도 있었지만 시간이 지날수록 그녀에게 화살이 날아왔던 것이다. 기나긴 옥신각신 끝에 결론은 백작 영애가 매력이 없어 다트너 영식의 마음을 사로잡지 못했다는 것으로 굳었다.

당연히 배알이 뒤틀렸다. 잘못은 이 작자가 했는데 욕은 왜 저가 먹는단 말인가? 아도라는 구운 캐슈너트를 아그작 씹어 먹었다. 찔리긴 했는지 캐론은 하녀에게 다과를 더 가져오라고 시켰다.

"그러고 보니 두 가문 사이에 왕래가 적었네요. 제가 자리를 마련할 테니 식사라도 하는 건 어떠세요? 자르데아 백작님이 광산 사업에 관심이 많다고 들었습니다."

캐론은 슬슬 당근을 꺼내 들었다.

"사업하기라 하기엔 민망하네요. 소박하신 분이거든요."

아버지가 광산에 관심이 많은 것을 돈을 불릴 목적이라 보기엔 무리가 있었다. 순수하게 광물에 대한 사랑으로, 그는 알려지지 않은 희

귀 광물을 발굴하고 싶어 했다.

"취미시죠."

"그래도 확장한다면 좋을 텐데요."

다트너에서 도와주겠다는 말이었다. 아도라는 코웃음을 삼키느라 애먹어야 했다. 자르데아가의 재산이 고스란히 캐론의 수중에 떨어질 텐데 다트너가 못 도와줄 이유는 없을 것이다.

"아버지는 만족하고 계세요."

유감스럽게도 아도라는 캐론이 흔드는 당근에 매력을 느끼지 못했다.

"백작님께서 만족하신다면야."

캐론은 순순히 수긍했다. 어차피 제 손아귀로 넘어오게 될 가문이다. 벌써부터 약혼녀의 말꼬리를 잡아 뭐 하겠는가. 굳이 하지 않아도 될 일을 해서 분란의 불씨를 키울 필요는 없으리라. 그는 화제를 돌리기로 했다.

"식은 소수의 친지만 불러 야외에서 올릴 생각입니다."

소수의 친지만 부른다는 건 자르데아가를 배려해 주기 위해서가 아니라 이 결혼에서 다트너가 과시할 게 없기 때문이다. 백작위를 약속받았으나 별것 아닌 가문. 자랑할 일이 아니었으므로 다트너 후작 부인은 결혼식을 소소하게 치를 거라고 못을 박았다.

"후작저 정원을 생각하고 있는데 어떠세요?"

어차피 나와 있는 답을 예의상 아도라의 몫으로 남겨두며 캐론은 찻잔을 들었다.

"음, 정원이요."

아도라는 갸웃하며 뜸을 들였다.

"마음에 안 드시는 거라도?"

"마음에 안 든다고 하면 다른 데서 하실 건가요?"

"물론이죠. 저는 신사이니 약혼녀의 의사를 존중할 줄 압니다."

푸핫, 아도라가 경소를 터뜨렸다.

"그렇게 불리긴 하지만 저희가 정식으로 약혼한 사이는 아니지 않나요?"

약혼했다고 알려져 있지만 법적으로 묶인 관계는 아니었다. 캐론이 다른 여자를 만나는 걸 알았던 후작 부인은 백작가에 꼬투리 잡힐 걸 우려해 서류는 작성하지 않았다.

"그러나 구두상으로는……."

"캐더 영애와 하세요."

"……네?"

캐론이 삐끗하자 찻잔에서 찻물이 흘러넘쳤다. 캐론은 황당해하며 허둥지둥 잔을 놓았다.

"제가, 지금…… 뭘, 잘못 들은 것 같은데."

"전혀요."

아도라는 절대 아니라는 듯 검지까지 흔들어 보였다.

"저보다는 사랑하는 여자와 결혼하는 게 낫지 않겠어요? 전 두 분의 사랑을 응원해요."

캐론은 이게 어떻게 된 일인지 감이 안 잡혔다. 아도라 자르데아의 입에서 정인의 이름이 나온 것도 놀라운 일인데 흔쾌히 결혼까지 하라고 한다.

"하지만 영애, 이건."

"왜 꼭 저랑 하려 하세요?"

네가 자르데아 백작의 딸이니까!

차마 그리 소리칠 수 없었던 캐론은 차분히 머리를 식혔다.

"제멋대로 구는 건 곤란해요. 백작 부인도 아시는 일인가요?"

"모르지만 알려 드릴 거니 걱정 마세요."

"백작 부인이 반대하실 겁니다."

"다트너 영식은 후작 부인이 반대 안 해서 캐더 영애와 만나셨어요?"

"그, 그건……."

캐론이 말머리를 더듬었다. 결혼 전까진 제발 얼굴 붉히는 짓은 하지 말라고 훈계하던 후작 부인은 그가 말을 들어먹지 않자 제풀에 지쳐 관여하길 관두었다. 아도라가 싱긋 웃었다.

"존경하는 캐론 영식께선 반대해도 계속 밀고 나아가셨겠죠? 저도 영식의 패기를 본받아서 그래 보게요. 애도 아니고 성인인데 아직도 부모님 말에 복종하면 그것도 웃겨요, 그죠?"

"그렇지만……."

또다시 말이 막혔다. 그도 부모님에게 대든 주제에 부모님을 공경해야 한다고 말할 수 없던 탓이었다. 캐론은 한참 동안 자가당착에 빠져 있다 자존심을 덜어내기로 전략을 바꾸었다.

"아도라 영애, 제가 많이 부족한 거 압니다. 무례했다는 것도요. 그래도 한 번만 기회를……."

"네, 맞아요. 아주 부족하죠. 무례하고요."

"네?"

저 여자가 뭔 약을 잘못 먹은 걸까. 캐론은 어안이 벙벙한데 아도라는 되레 의아해하며 어깨를 으쓱였다.

"뭘 또 되물어요? 방금 자기 입으로 말해놓고."

"……."

"어떤 여자가 부족하고 무례한 사람을 부군으로 맞이하고 싶겠어요. 그러나 영식, 아직 개선의 여지가 있어요. 부족함은 채우면 되고 무례함은 나아지면 되죠. 부디 수양하여 새로운 사람으로 거듭나길 바랄게요. 왜 그런 거 있잖아요. 번데기도 탈피하면 나비가 되는?"

"……."

"걱정 마세요. 할 수 있어요. 힘내세요."

두 주먹을 불끈 쥐고 캐론의 새 삶을 격려하는 아도라는 정말로 진지해 보였다. 캐론은 꼭 돼먹지 못한 인간으로 전락한 기분이었다.

"번데기 이전에는 유충인가?"

아니, 너는 처음부터 그런 인간이었다는 듯 아도라가 되짚어주었을 때 그는 자신이 그녀에게 유충보다도 못한 존재였음을 확신할 수 있었다.

"뭐, 아무렴 어떤가요. 성장하면 나비가 될 텐데."

아도라는 차 위로 피어나는 김이 없자 좋은 티를 숨기지 못하고 말했다.

"시간 충분히 내어드린 것 같아요. 모쪼록 캐더 영애와 아름다운 가정 이루시길 바라며 전 이만 퇴장해 드릴게요."

아도라는 '힘내세요'라는 응원 문구도 잊지 않았다.

"……."

캐론 다트너는 마차로 멀어져 가는 그녀를 넋이 나간 표정으로 바라보았다. 그래서 아도라가 자르데아가의 마차가 아닌 다른 마차를 타고 왔다는 것도 그는 알아채지 못했다.

아도라는 성큼성큼 걸었다.

루델시아로 가서 해주었으면 하는 게 있다는 부탁을 들었을 때 그녀가 얼마나 놀랐는지 비센테는 모를 것이다. 결혼을 앞둔 그녀에게 실례를 끼치다니.

비센테가 그리하기까지 얼마나 고뇌를 거쳐야 했는지 몰랐던 아도라는 얼마나 급했으면 그럴까, 하며 그를 안쓰러워했다. 아도라가 보아온 비센테는 항상 상식의 범주에 있었기 때문에 피치 못할 사정이 있다고만 생각됐다.

"아가씨, 정말 가세요?"

미리 합의가 되어 있는 마부가 약한 모습을 보였다.

"그럼요. 지금 아니면 기회가 없어요."

방금까지 있었던 일을 알면 뿔난 어머니가 그녀를 가만두지 않을 테니까! 비센테에게 노잣돈도 두둑하게 받았겠다, 호위도 붙여줬겠다, 마차도 넓겠다, 망설일 이유가 뭐가 있겠는가. 졸은 간으로 백작 부인에게 혼날 생각만 하다간 잡힌다. 잡히면 감금당할 것이다.

'돌아가도 달라지는 건 없을 것 같은데…….'

아니, 돌아가면 매가 담긴 훈육이 추가될지도 몰랐다. 솜털이 쭈뼛섰다.

'루델시아에서 사는 것도 나쁘진, 않겠어.'

아도라는 새로운 삶을 모색해 보기로 하며 마차를 출발시켰다. 편지는 남겨두었으니 괜찮을 것이다.

루델시아에 두고 온 게 있어서요! 금방 갔다 올게요!

설마 졸도라도 하시겠나.

클라이엔테령 성문이 일정 기간 개방된다는 소식에 상인들이 밀물처럼 밀어닥치기 시작했다. 개중 상인치고는 지나치게 몸이 좋은 사람도 있었으나 눈여겨보는 이는 아무도 없었다.

"이게 웬 행운이란 말인가!"

은둔 생활을 고수하던 대공이 무슨 꿍꿍이로 성문을 개방했는지 모르겠지만 어쨌거나 사람들에겐 희소식이었다.

"우리 같은 상인들은 좋기만 하군!"

대공령을 통하면 수도로 직행할 수 있는데, 괜히 요리조리 돌아가 진을 뺄 일이 없는 것만으로도 그들은 만세를 불렀다.

한편 그들에게 행운을 쥐여 준 주체인 칼릭스는 별 감흥 없이 번잡해진 영지를 바라보았다. 모친이 생전 시끄러운 걸 싫어했기 때문인지 그도 떠들썩한 걸 좋아하는 편은 아니었다. 작위를 수여받자마자 성문을 막아버린 것도 그러한 연유에서였다.

왁자한 웃음소리가 성벽을 타고 올라와 성 꼭대기에 선 남자에게 전달했다. 그의 백성이 웃는 소리였다.

그의 백성.

칼릭스는 그 사고를 후미진 골목으로 끌고 가 의심을 세웠다.

그의 백성이라, 글쎄…….

어폐가 있었다. 그의 백성이 될 '뻔한' 자들이라면 옳았겠지만. 그래도 그는 가끔 매혹적인 착각에 빠져들곤 했다. 대공령에 있는 영지민들에 한해선 그도 왕이지 않느냐고. 매일매일 왕이 되어라 속삭였던 베델 데먼셔의 영향이 그렇게나 컸다.

'어마마마.'

칼릭스는 평온한 얼굴로 베델 데먼셔를 속에서 짓이겼다. 구역질이 나려는 때 집사가 그의 어깨에 손을 올렸다. 칼릭스는 돌아보았다.

"무슨 일이지?"

"3주 후 폐하께서 석찬에 초대하시겠다며 전령을 보내오셨습니다."

"벌써 시간이 그리됐나."

"빠르지요."

칼릭스는 한 달에 한 번 그의 이복형과 만찬을 가졌다. 썩 나쁜 것은 아니었다. 아쉽게도 이번은 건너뛰어야 하겠지만.

"병이 났다고 전해주겠어? 형님껜 죄송하지만 쉬고 싶군."

앞으로도 함께 식사할 일은 없을 것이다.

“하지만…….”

“도량이 넓은 분이야. 꾀병 정도는 이해해 주시겠지.”

집사는 폐하께 거짓을 아뢸 생각에 아찔해졌지만 아직 남은 전언이 있었다. 그런데 칼릭스가 좋아할 소식인지는 몰라 그는 확신 없이 말할 수밖에 없었다.

“그게, 폐하께서 베델 님의 일기장을 가지고 계시니 받아 가시…….”

끅-

목구멍으로 잇던 목소리가 거꾸로 넘어가며 딸꾹질이 튀어나왔다. 온화한 겉면을 깨뜨린 대공이 선득하게 입술을 비틀고 있었다.

에르셀라는 오랜만에 비센테와 한 공간에 있다는 게 믿기지 않았다. 콘라드로 가는 마차가 조용히 달그락거렸다.

“콘라드가 루델시아보다 가까워서 다행이야.”

“그래도 사절단 전체가 움직이니 도착 날짜는 루델시아 때와 얼추 비슷하겠, 아니, 인원을 보니 그 이상일 수도 있겠군요.”

“듣기만 해도 끔찍하구나.”

사절단 수행원이 이전 루델시아에 갔을 때의 세 배에 달했다. 인원이 많으니 자연히 여정은 늦어졌다. 에르셀라는 인산인해를 이루는 마차 밖을 바라보았다.

“보여? 안 그래도 장터라 그런지 사람이 꽉 차 있네.”

“잘됐군요. 사람 많은 거 좋아하시지 않습니까.”

“……얘는. 누가 들으면 내 소원이 사람에 파묻혀 죽는 건 줄 알겠다.”

에르셀라가 밉지 않게 흘겨보자 비센테가 피식 웃었다.

"무도회라 생각하고 마음에 맞는 친구를 사귀시는 것은 어떠십니까?"

"너나 사귀……."

문득 뚝 하고 뒷말이 잘렸다. 에르셀라가 가만히 어딘가를 보고 있었다. 창밖에 머무는 시선을 따라가 보니 남녀가 있었다.

'아는 사람인가.'

귀족 차림의 남녀는 꼭 붙어 있는 게 부부로 보였다. 그들을, 에르셀라는 반가워하기보단 홀린 듯이 지켜보고 있었다.

특별하지 않은 남녀의 어떤 점이 그녀의 눈길을 잡아끌었는지 영문 몰라 하던 차였다. 마차가 남녀를 앞질렀다. 그러자 에르셀라의 자리에서만 보였던 광경이 비센테의 눈에도 들어왔다.

비센테는 오묘해졌다. 그들은 둘이 아닌 셋이었다. 두 살도 안 된 작은 아이가 남자의 품에 안겨 있었는데, 날이 좋으니 가족끼리 산책이라도 나온 듯 보였다.

비센테는 판화처럼 찍힌 장면을 빠르게 일별했다. 저들을 통해 에르셀라가 보는 환상이 무엇일지 안다.

그녀에겐 없는 것. 몽땅 잃어버린 것.

그것은 에르셀라가 가지지 못한 순간들이었다.

"어쩔 수 없습니다."

비센테는 커튼을 쳐 그들을 에르셀라의 시야에서 치워 버렸다. 암막이 드리우자 마차의 반이 깜깜해졌다. 그녀의 시선이 비센테에게로 미끄러졌다.

"나도 알아."

에르셀라의 입가에 미소가 번졌다.

"안단다."

그녀가 따스하게 되뇌며 커튼을 걷었다. 저들을 가리지 않아도 현실을 살아갈 수 있다는 듯이.

"어쩌면 나는 저들이 살아온 인생 중 가장 행복한 순간을 목격한 걸지도 모르지. 얼마나 어리석은 일이니. 저들의 최고의 순간을 나의 초라한 지금과 비교한다는 게. 나도 행복했던 순간이 있었는데, 시기하는 건 말도 안 되지."

비센테는 초라하다 말하는 어머니에게 초라하지 않다고 말하지 못했다. 선불리 위로를 뱉기엔 에르셀라는 너절해져 있었다. 그녀는 실제로도 초라했다. 한순간에 삶의 가장 중한 가치를 잃은 사람이 어찌 초라하지 않을까.

그러나 비센테는 알았다. 선망의 단상에서 내려와 초라해지기를 선택한 건 오롯이 에르셀라의 의지였음을.

그녀는 다른 선택을 할 수도 있었다. 알려고 들지 않은 채 현실에 안주할 수 있었다. 그러나 저마다의 고유의 삶이 있다. 세월을 걸으며 경험이 누적되어 가치관이 생기고 영혼에 신념이 뿌리내리고 고착화된 사고의 물결을 이룬다.

그녀에게는 가족이 가치관이자 신념이자 물결이었다. 시간의 흐름을 밟는 동안 에르셀라는 가족을 사랑하지 않은 적이 단 한순간도 없었다. 그리하여 그녀는 외면하지 않았다. 아버지를 선택하지 않는, 가장 저다운 결론을 내림으로써.

"네가 염려하는 게 뭔지 알지만 네 생각보다 나는 괜찮아."

상체를 앞으로 기울인 에르셀라는 비센테의 손을 잡았다. 필연적으로 아픔은 무뎌지게 되어 있다고 생각하니 정말로 괜찮았다.

어두컴컴한 복도 사이로 간간이 비춰 내리는 햇살처럼, 그녀의 미래에도 소소하게나마 행복은 찾아들 것이다. 세월에 산화되지 않는 아픔이란 없었으므로, 비록 슬픔의 잔재는 가루처럼 남아 있어도 훅 불면 날아가듯 존재감은 희미해지리라.

그날이, 당신과 내게 오기를 간절히 바랐다.

사절단은 한 달 조금 안 되게 걸려 콘라드 수도 콘츠웰의 관문을 통과했다.

"검문을 마쳤으니 시내를 거쳐 왕성으로 이동할 것입니다."

바깥에서 말을 탄 수행원이 동향을 보고했다. 에르셀라는 벌써부터 고막을 찌르는 왁자지껄한 소음에 귀를 막았다.

"시내는 사람이 많을 거예요. 돌아서 가도록 해요."

수행원은 가슴을 탕탕 치며 넉살 좋게 웃었다.

"오, 걱정 마세요! 상인들이 바글바글한 만큼 길목 자체가 좁지 않고 널따란 광장 같습니다! 또한 사절단의 마차를 배려해 오늘 하루 통행을 차단한다고 하던데요!"

왕성과 이어져 있는 시내의 길목이 널따란 광장 같다고? 에르셀라와 같은 생각을 했는지 비센테가 의아함을 표시했다.

"특이한 구조군요. 보통 반란이 일어날 걸 대비해 왕성과 이어져 있는 길목은 어지간하면 넓혀두지 않을 텐데요."

군사의 움직임을 제한하는 것은 수성하는 데 중요했다. 적들이 단번에 쳐들어와도 길목이 좁다면 그만큼 시간을 벌 수 있었다.

"공격적으로 상업 발달에 힘을 쏟고 있다더니 확실히 그래 보입니다."

"그러게."

에르셀라도 동감했다. 확실히 보수적인 그라니아와 다르게 콘라드는 개방적이었다.

"말로만 들었지 실제로 보는 건 처음이네. 레나르트가 배 아파한다는 속설도 일리가 있어 보여."

"이번에 콘라드와의 영토 분쟁에서도 졌다고 알고 있습니다."

가르텐 공작가로 초대받았을 때 가르텐 공작과 하르젠이 짧게 논의했던 주제였다.

'칼레르였나.'

콘라드가 그라니아뿐만 아니라 레나르트와도 앙금이 남아 있다는 것은 열 살배기도 아는 사실이었다.

그러나 그 자존심 센 레나르트가 정말로 돌려줄 줄은 몰랐기에 놀람은 배가 되었다.

"콘라드와 레나르트는 지금쯤 앙숙이겠어."

"아무래도 초연하긴 힘들겠죠."

에르셀라는 비대해진 콘라드의 힘에 마음이 뒤숭숭해져 창문을 열었다. 그러나 곧이어 고막을 뜯어버릴 듯한 고성에 현명하지 못한 행동이었음을 깨달았다.

"사세요! 사세요! 백두루미 깃털로 만든 부채입니다!"

"부채는 백로! 부채는 백로!"

"사자 가죽으로 만든 망토 있습니다!"

"공연 보러 오세요! 공연! 오후 7시에 콘스체왈 거리 천막에서 합니다! 새 왕의 즉위 기념으로 할인도 하고 있습니다! 동화 7개에서 6개로!"

"이봐! 어제도 6개에 판매하지 않았나?!"

"아닌데요!"

탁.

그녀는 창문을 세게 닫았다. 인구수는 엇비슷한 것 같은데 그라니아의 수도보다 열 배는 시끄러웠다.

"귀에서 천둥이 치는 줄 알았어. 셀모르에서도 이랬니?"

"여기가 더합니다."

선견이 밝은 비센테도 콘라드의 분위기는 예상 못 했는지 안색이 파리해져 있었다.

“얼굴이 창백한데, 괜찮니?”

“괜찮습니다.”

비센테는 괜찮다고 말했지만 에르셀라는 안절부절 어쩔 줄 몰라 했다. 연회에 갔던 것만으로 멀미를 일으켰던 애다. 어찌 걱정하지 않으랴.

똑똑.

밖에서 신이 난 수행원이 창문을 두드리지만 않았어도 아들의 상태를 살폈을 것이다.

“후작님! 후작님!”

패기가 넘치는 스무 살의 나이답게 데번 자작가의 차남은 연신 해맑아 보였다. 그러나 자신은 파티 체질이라며, 원하지 않는 정보를 내내 주입당해야 했던 에르셀라는 그가 반갑지 않았다.

에르셀라가 열기 싫다는 듯 두 팔을 교차해 의사를 표시하자 그는 시무룩해하며 제자리로 돌아갔다.

“날파리가 너무 많이 붙습니다.”

소리가 난 쪽을 돌아보니 비센테가 뚱한 얼굴로 창밖을 곁눈질하고 있었다. 그 모습조차도 너무나 사랑스러웠지만 에르셀라는 아닌 건 고쳐주기로 했다.

“사람에게 날파리라고 하면 안 되지.”

역효과였는지 비센테의 표정이 더욱 험악해졌지만 말이다. 구겨진 종잇장 같은 이마가 에르셀라의 간담을 서늘하게 했다. 에르셀라도 데번 자작가의 차남이 지나치게 친밀하게 구는 이유야 알고 있었다. 주의를 줘도 모르는 체하는 건지 여전히 저랬지만.

구애하는 게 비단 데번 영식만은 아니었다. 피사리데로 구혼장과 연서가 넘치도록 보내졌으니. 개중 정부로 삼아달라는 청도 있어 그녀를 당황스럽게도 만들었다. 공작 부인으로 지낼 때는 그런 망측한 편지를 받아본 적이 없어 남들 이야기라고만 생각했는데 아닌가 보다.

"아직 어려서 그래."

에르셀라는 그저 어려서 그러려니 하고 마음 편하게 넘기기로 했다. 비센테는 기가 찬 듯 바람 빠진 웃음소리를 냈다.

"스무 살이요."

"스무 살이지만 동안이잖니. 혹시 모르지, 그만큼 정신 연령이 어릴지."

근거 없는 논리로 데번 영식 따위나 옹호하고 있는 에르셀라가 그는 어이없었다. 비센테의 태도가 삐딱해졌다.

"어머니도 제 나이보다 훨씬 어려 보이지만 실제로 그 나이인 건 아니지 않습니까?"

"……."

에르셀라가 이십 대처럼 보인다고 해도 서른이 넘은 건 변하지 않는 사실이었다. 따라서 아까 그놈도 겉이나 속이나 음험하다고 봐야 옳지 않겠나.

"어리게 포장하셔 봤자……."

비센테는 떨어진 기온에 흠칫하며 에르셀라를 보았다. 에르셀라는 묵언 수행하는 사람처럼 말이 없었다.

"어디 아프십니까?"

그러나 침묵을 가르는 건 싸늘한 공기뿐이었다. 비센테는 떨떠름히 자신의 발언을 반추했다. 데번 자작가의 그자를 너무 심하게 몰아붙였나. 그러나 모함한 건 아니지 않은가. 아니면 날파리라는 단어가 그렇게 거슬렸나. 그렇다고 그 시커먼 속을 가진 놈을 나비라고 할 수는…….

머리가 찌르듯 아팠다. 통할까 싶어 머리를 짚는 시늉을 해봤지만 에르셀라는 아예 석상이 되기로 작정한 듯 요지부동이었다. 비센테는 이게 뭐 하는 짓인가 싶어 이마에서 손을 떼었다.

혼란이 가시지도 않았는데 마차가 멈췄다.

성문 앞에서 그라니아 사절단을 환대한 이는 왕이 아닌 관료들이었다. 그라니아의 대표 사절로 여자가 올 줄은 몰랐는지 그들은 당황한 티를 숨기지 않았다. 그나저나 언제까지 세워두려는 걸까.

"폐하는 언제 뵐 수 있습니까?"

에르셀라가 공용어로 묻자 관료들은 허겁지겁 저들끼리 시선을 교환했다. 그러다 이내 키득거렸다.

"Oura rie fla Jarcana kya."

비센테의 낯에서 표정이 사라졌다. 아니나 다를까 공용어로 물었는데 대답이 콘라드어로 돌아왔다. 딱 보아도 느낌이 좋지 않았지만, 뭐라 떠드는지 알 도리가 없어 비센테가 아무 통역사나 데리고 오려던 때였다.

"계집과 꼬마 아이가 왔다는구나."

관료들의 소란이 뚝 끊겼다. 자기들끼리 쑥덕였던 말이 공용어로 번역되자 그들의 얼굴이 창백하게 질렸다.

사색이 되어 입을 헤벌리고 있는 관료들이 에르셀라는 실망스러웠다. 기 싸움은 그럴 수 있다지만 콘라드씩이나 되는 나라가 이렇게 소인배처럼 굴다니. 비센테가 허리춤에 찬 검에 조용히 손을 올렸다.

"처리할까요?"

"자, 잠시만 기다리십시오!"

정말로 검을 빼 들 기세에 관료가 허둥대며 물러섰다. 이번에는 어설프지만 분명 공용어였다. 그들은 기껏해야 모국어와 헬리오스 공용어 정도만 할 줄 알았던 여자가 콘라드어까지 하자 당혹감이 이만저만이 아닌 듯했다.

"죄, 죄송합니다!"

"저희가 사절 대표신 줄 몰라보고……!"

버젓이 제일 윗줄에 있었는데 모를 리가 있나. 그들의 사죄에 아랑곳하지 않고 비센테는 에르셀라의 말을 기다렸다.

"어찌할까요?"

관료들은 여전히 흑발의 청년이 검에서 손을 거두지 않은 것을 보고 머리를 조아렸다.

"감히 장난이 지나쳤음을 인정합니다! 그, 그러나 여기서 저희를 베시면 국가 분쟁이 일어날 수 있습니다!"

그들은 급기야 국가 분쟁을 내세웠다. 에르셀라는 염치없이 국가 분쟁 운운하는 행태에 웃음도 나지 않았다. 국가 분쟁이 가당키나 한가. 시비의 원인은 전적으로 저쪽에 있었다.

관료는 비센테가 쥐고 있는 검을 가리켰다.

"유혈 사태가 일어나면 돌이킬 수 없습니다! 신중히! 신중히 생각하십시오!"

검을 가리키는 손가락이 파들파들 떨렸지만 목소리만큼은 엄중했다. 그게 소용은 있었는지 동료의 용기에 힘입은 다른 관료들도 거들기 시작했다.

"국가 분쟁이 일어나면 간신히 회복한 양국 간의 사이가 멀어질 수 있습니다."

"우리는 이 오해를 원만히 해결하길 원합니다."

고의성이 다분한 악의가 오해로 둔갑되는 순간이었다. 에르셀라가 눈살을 찌푸렸다. 되지도 않는 잔꾀를 부린다고 있던 일이 없던 일로 탈바꿈되진 않을 터였다.

"그러니 검을 내려놓아 주십시오."

그들은 혀에 꿀을 발라 어설프게나마 비센테를 구슬리려고 했으나, 비센테는 검에서 손을 떼지 않았다.

에르셀라의 시선이 볼썽사나워진 세 명의 사내에서 비센테에게로 옮겨갔다.

"비센테, 검을……."

에르셀라는 비센테를 부르다 말끄트머리를 흐렸다. 검을 놓지 말라고? 아니, 망설임은 그 반대의 명을 하기 위해서였다.

"저 사람들이 바라는 대로 해주렴."

무례하고 건방졌지만 저들이 한 주장에서 틀린 말은 없었다. 유혈 사태가 일어나면 돌이킬 수 없다. 양국 간 갈등이 심화될 것이다. 구구절절 맞는 말이었다. 여기서 발끈하여 저들을 처벌하면 그라니아는 콘라드가 추후 책임을 물어도 할 말이 없었다. 그것은 갈등을 조장해도, 전쟁을 일으켜도, 모든 면에서 콘라드가 합당한 명분을 가진다는 것을 의미했다.

"검을 놓아."

비센테에게 이런 명을 내리는 건 미안했지만 콘라드가 우위를 차지하게 둘 수는 없었다.

"예."

비센테는 미련 없이 검 손잡이에서 손을 뗐다. 처음부터 빼 들 수 없음을 알았던 듯했다. 실제로 그는 눈앞의 사내를 벨 생각이 없었다. 베고 싶기야 했지만 벨 수 없다는 게 맞으리라. 국가 간 갈등도 문제였지만 무엇보다 에르셀라 앞이었다. 어찌 피를 보도록 하겠는가.

꺼내 들 수 없음에도 짐짓 그런 체한 것은 대응에 지나지 않았다. 능멸을 당하고서 아무런 조치도 취하지 않다간 얕보였을 테니 말이다.

갈수록 입궁 시간이 지연되자 이상이 생긴 걸 알아챈 수행원이 이쪽으로 다가왔다.

"무슨 일이십니까?"

등줄기를 타고 온 긴장에 관료들은 몸을 곧추세웠다. 그들은 자신들이 지은 죄가 까발려질까 전전긍긍하고 있었다.

에르셀라는 기운이 뚝 떨어진 목소리로 입을 열었다.

"양국 간의 우애를 생각해 즉처하지 않겠습니다. 원래 마중키로 한 칸더스 후작을 불러오세요. 아량을 베풀어 그대들의 처우를 그에게 맡기겠습니다."

콘라드 관료들은 대답하지 않았다. 전처럼 무시한다기보다는 곤경에 처한 이들 같았다. 쉼 없이 서로의 눈치를 보아대는 그들의 모습에 에르셀라가 갸웃거리며 비센테에게 물었다.

"나는 사내가 아니라 모르겠구나. 이만하면 형제간 돈독한 관계를 깨뜨리는 무리한 요구는 아니지 않니?"

그에 관료들이 소리 없는 탄식을 내질렀다. 그들더러 들으란 듯이 그라니아어가 아닌 공용어로 한 질문을 보니 역시 '우애'라는 단어는 괜히 나온 게 아닌 듯했다.

우애. 그라니아와 콘라드 간을 형제라고 정의해 버리는 통에 그들은 심히 난감해졌다. 선처에 감사해하면 저쪽이 형님이라는 것을 인정하는 꼴인데, 그렇다고 싫다고 할 수도 없는 노릇이었다.

"더없이 충분한 자비를 내리셨습니다."

옆의 청년까지 못을 박자 그들은 빠져나갈 구멍이 없음을 직감했다. 관료 셋이 혀로 쓴맛을 다시며 예를 취했다.

"잠시만 기다려 주십시오. 칸더스 후작 각하께서 그라니아 사절단을 정중히 맞이하실 것입니다."

칸더스 후작이 헐레벌떡 알현실을 방문했다. 정자세로 앉아 정무를 보던 왕은 헝클어진 후작의 머리를 보고 키득거렸다.

"칸더스 후작이 그런 꼴일 때도 다 있군. 귀족은 말을 타지 않는 이상 달리지 않는다는 속설도 다 옛말인가 보오?"

스물여섯의 젊은 왕은 호쾌한 성격으로 저보다 나이 많은 신료들도 곧잘 놀려먹었다.
"손수 까치집까지 지어주고 말이지."
아일레스가 이어서 까치가 둥지를 틀었다며 한술 더 떴다.
"통촉하소서."
칸더스 후작이 투덜거렸다. 여섯 살 어린 그의 동생이 아일레스와 동년배였다. 차이점은 동생은 깝죽대면 매로 다스리면 됐지만 왕은 말대꾸도 눈치 봐가며 해야 한다는 것이었다. 후작이나 되는 그는 세상의 불공평함에 유감을 표하며 이곳에 온 목적을 상기했다.
"폐하, 지금 그게 중요한 게 아닙니다."
"그럼 뭐가 중요하오?"
"……후."
장난기 가득한 반문에 후작이 숨을 훅 내뱉었다. 그는 인내해야 했다. 다년간의 경험으로 왕의 장난에 일일이 대꾸해 봤자 저만 손해라는 걸 알았기 때문이다.
후작은 그냥 시선을 바닥으로 처박았다.
"그라니아 사절단이 막 도착했다는 소식은 들으셨겠지요. 저는 응접실에서 접대할 요량으로 휘하의 관료를 셋 보냈는데…… 그들이 그만 말실수를 저질렀다 합니다."
"말실수?"
아일레스의 눈빛이 예민하게 번뜩였다. 무려 백 년이나 해묵은 원한이 그 나라에 있었다. 꼬투리 잡힐 일은 개미 몸집만큼도 없어야 하거늘 말실수라니?
"사절 대표가 여인이었다고 합니다."
"뭐라?"
아일레스가 얼굴을 구겼다.
"판테츠 백작이 여자였소?"

"아니요. 대표로 오신 분은 판테츠 백작이 아닌 피사리데 후작입니다."
"이번에 난리 난 가문?"
"허허, 난리라뇨."
카르온 피사리데 후작에게 변고가 있었다는 소문은 국경 너머에도 널리 퍼져 있었다. 비밀도 아닌데다 피사리데 후작가의 위세가 워낙 대단했으니 정보가 퍼다 날라질 수밖에 없었다.
"멀쩡한 가주 놈이 멀쩡하지 않은 방법으로 죽었는데 난리라고 하지 뭐라 할까."
"이유야 있었죠. 저 같아도 어느 날 갑자기 굴러온 돌 같은 거 꼴 보기 싫었을 겁니다."
"그렇다고 사람이 인정머리 없게 왕족을 시해하나? 후작은 내 아들도 죽이겠군그래."
"저 마음에 안 드십니까? 왜 자꾸 모함을 하세요, 네? 그리고 피사리데 후작 일은 어디까지나 대외적인 이유가 그렇다, 이 얘기죠. 자살로 수사가 바로 마무리됐으니 무언가 더 있겠지만 그걸 제가 어찌 압니까? 오늘도 당장 폐하께서 씌운 누명에 죽을지도 모르는데."
"짐을 못 믿소?"
"전 신밖에 안 믿습니다."
진절머리가 난다는 듯 아일레스의 눈썹이 꿈틀거렸다.
"그놈의 신, 신. 한 나라의 후작이라는 자가 다른 나라 종교를 믿나?"
"전 동부 출신이니 루델시아의 영향을 받을 수밖에 없습니다."
칸더스 후작은 당당했다. 콘라드 동부는 루델시아와 국경을 접하고 있었고, 때문에 루델시아의 영향을 안 받으려야 안 받을 수가 없었다. 숭고한 천 년의 역사를 지닌 나라가 옆에 있으니 영지민의 동경은 점차 몸집을 불려 지금 동부에는 루델시아를 믿는 사람이 대다수였다.
문제는 가끔 동경이 지나쳐 광신도로 돌변하는 자가 속출한다는 점이었다. 그들은 선동을 일으키거나 제멋대로 국경을 이탈하곤 했는데, 루델시아에서 송환해 주지 않으니 처벌할 수가 없어 비중은 작았지만 선왕의 골칫거리 중 하나였다.

칸더스 후작은 저를 해괴한 생물체 보듯 보는 아일레스를 향해 손사래를 쳤다.

"너무 그렇게 보지 마십시오. 광신도는 이백에 한 명 나올까 말까 하니까요. 다들 건전하게 종교 생활을 하고 있습니다."

"이참에 콘라드의 국교를 루델시아교로 세우자고 하지 그러오?"

"오, 그래도 됩니까?"

"후작의 그 주둥이는 장식이오?"

살벌한 기세에 칸더스 후작이 입을 꾹 다물었다.

아일레스가 화려한 금발을 쓸어 넘겼다. 그는 그 꽉꽉 막힌 종교가 뭐가 좋다고 저러는지 이해가 안 갔다. 주일마다 신전에서 기도를 하여 시간을 버리는 것은 물론이거니와 신관이라는 종교인이 쓸데없이 힘을 가진다는 것도 마음에 들지 않았다.

무엇보다 루델시아교를 국교로 정하면 왕은 왕비를 제외한 아내를 가질 수 없었다. 왕비가 죽어야 새로운 아내를 들일 수 있다니. 역시 별로다.

아일레스는 시간을 확인했다. 후작이 온 후로부터 15분이 지나 있었다. 더 꾸물대기엔 아슬아슬한 시간이었다.

"여인이라 하니 대강 상황을 알겠군. 이만 각설하고 본론으로 들어가지. 그쪽이 원하는 건? 항의라도 하오?"

"항의라기보다는 제게 그들의 처분을 맡겼습니다."

"하면 되잖소? 해임하고 수도 밖으로 추방하시오."

"셋 중 한 명이 로델로 공작의 조카입니다."

로델로 공작은 아일레스의 장인이었다.

"그러니까, 보복당할까 봐 무서워서 내게 왔다 이거군."
"신중하게 처리하겠다 이거죠. 왕비 전하께서 직접 꽂아 넣으신 사촌인데 제가 어찌합니까?"
왕비가 아끼는 사촌을 칸더스 후작 밑으로 들여보낸 건 알고 있었다. 그러나 아일레스는 거침없었다.
"같이 해임하고 십 년간 수도에서 추방하시오."
그라니아 대표와 로델로 공작의 사촌. 누가 더 거물인지는 대지 않아도 알 수 있었다. 왕비도 사촌이 저지른 짓을 알면 쉬쉬하리라.
"알겠습니다."
"그런데 '그쪽'에서도 일이 꼬였나 보군."
아일레스가 지칭하는 이들이 누군지는 너무도 명확했다. 후작이 소리를 낮췄다.
"사절단으로 와 있는 여자 때문인 것 같습니다."
"그 여자가? 그렇게 대단한 사람인가?"
"대단하기보다는…… 베른하르트 공작의 전처지 않습니까."
"……."
"설마 잊으셨어요?"
"……깜빡."
"후."
길게 호흡을 내뱉은 후작이 심신을 진정시킨 뒤 다시 말했다.
"아무튼 그녀가 가주로 있는 피사리데령에서 셀몬으로 가는 길목을 틀어막고, 영공을 지나가는 새들은 보이는 족족 활로 쏴 죽인다더군요. 그 때문에 세작이 보고하기 조심스러운지 그라니아에 대한 몇몇 소식이 늦어지고 있습니다."
아일레스가 헛숨을 터뜨렸다.
"무언가 알고 있어서 그런 건가?"

"공작의 아내였으니 낌새를 눈치챈 거 아닐까요?"

"고발하지 않고 어찌. 아니면 같은 편인가?"

후작은 그걸 알면 내가 이러고 있겠냐는 얼굴이었다. 그는 인내가 조만간 닳아 없어진다는 데 전 재산을 걸 수 있을 것 같았다.

"얘기하다 보면 알겠지요."

"하긴. 그리고 다른 사람이 온다고 해도 변하는 건 없으니."

아일레스는 골똘히 생각에 잠기다가 돌연 생긋 웃었다.

"그래도 재밌을 것 같소. 그라니아에서도 알아주는 미인이라 들었거든."

그는 손아귀에 굴리던 펜을 통에 꽂아 넣었다.

칸더스 후작이 응접실에서 손님 맞을 준비를 하고 있다고 들었다. 사절로 온 이들은 각각 침소를 배정받고 에르셀라와 비센테는 따로 시종를 따라나섰다.

복잡할 것 없이 쭉 걷다 보면 길이 나오는 그라니아 궁과 다르게 콘라드 궁은 사방에 길이 나 있어 미로 같았다. 방심하는 순간 길을 잃을 것 같았다.

잠시 후, 오래 기다리게 해서 미안하다는 말과 함께 시종이 응접실 문을 열었다. 그 안에는 환하게 들어오는 햇살을 등진 금발의 남자가 화사하게 웃고 있었다.

"안녕하세요, 레이디."

경쾌한 인사말이 그녀를 반겼다. 에르셀라는 귀를 의심한 채 남자를 보았다. 수하와 마찰이 있었다는 보고를 들었을 텐데도 그는 너무나 태평해 보였다.

"반갑습니다, 칸더스 후작."

그가 콘라드어가 아닌 공용어로 말했으므로 에르셀라도 공용어로 인사에 답해주었다.

"초대에 감사를 전합니다."

고마움을 표시하고 에르셀라는 그다음에 이어질 말을 기다렸다.

"……."

그러나 예의상 주고받아야 할 대화는 이뤄지지 않았다. 칸더스 후작이 대담의 말미를 물고 늘리지 않았던 탓이었다.

"……."

"……."

침묵의 공백이 길어져 이제는 어떤 답을 해도 늦은 감이 있었다. 에르셀라는 그들 사이에 생길 법한 오해를 짚어보았다.

혹시 칸더스 후작이 아닌가?

그러고 보니 눈앞의 사내는 그녀가 알고 있는 정보와 다른 부분이 있었다. 특징 없이 평범한 얼굴이라는 블래노버 백작의 설명과 달리 남자의 외관은 화려한 축에 속했다.

카르온을 보좌하다 보니 백작의 눈이 높아진 걸까. 그러나 비슷한 환경에 놓였던 그녀도 저게 '평범'에 속하지 않는다는 것쯤은 알았다.

어딜 봐서 저게 평범하단 건지 모르겠다. 머리카락도 누런 볏짚색이 아니라 그녀와 비슷한 밝기의 금발이었고, 나이도 32세보다 훨씬 어려 보였다.

에르셀라는 백작의 눈에 의구심을 품다, 곧 블래노버 백작도 초상화를 받아 본 게 아니라는 걸 떠올렸다. 그는 알려져 있는 정보를 취합한 죄밖에 없었다.

그렇다면 후작의 부관인가?

비센테도 수상한 낌새를 느꼈는지 표시하진 않았지만 기분이 안 좋아 보였다. 상대국 재상을 대면하는 자리만 아니었다면 곧바로 반감을 드러낼 기세였다.

역시 칸더스 후작이 아닌가 보다. 에르셀라는 이 이상의 시간을 허비하지 않기로 했다.

"칸더스 후작이 아니십니까?"

반신반의하며 묻자 얼마간 멍해 있던 남자의 눈에 이채가 돌기 시작했다.

"아, 실례."

잔잔한 소용돌이처럼 활력을 띤 금안이 차분하게 접혔다.

"칸더스 후작이오."

뭔가 이상했는지 그는 양미간을 좁히다, 한마디 붙였다.

"……입니다."

아까보다 정중한 언어였다. 그는 이제 됐나 하고 중얼거리다, 반가운 친구를 맞는 사람처럼 기쁘게 제의했다.

"앉을까요?"

특이한 사람이었다. 콘라드의 요직을 역임하고 있는 이처럼 보이진 않았다. 그럼에도 그 가벼움 속에서 무게감이 느껴졌다.

'마치…… 대공처럼.'

부드러우면서도 냉연한 면모가 칼릭스 클라이엔테와 닮아 있었다.

"……알겠습니다."

제가 칸더스 후작이라 주장하는데 추궁할 수도 없어 에르셀라는 잠자코 그의 말을 따랐다. 앉으면서 사소한 몸짓에도 기품이 묻어나는 그의 행동을 지켜보았다.

후작은 느긋한 동작으로 바르게 앉았다. 그리고 공용어를 못하면 어쩌나 했던 에르셀라의 고민을 무색하게 만들 만큼 공용어로 유창하게 말했다.

"앞에서 소동이 있으셨다지요. 긴 여정을 거쳐 여기까지 오셨는데 그런 봉변을 당하시어 유감입니다."

그는 마치 이 일과 무관하다는 듯이 자연스레 주어를 배제했다. 시답잖은 위로가 얄밉긴 했지만 이해는 됐기에 에르셀라도 꼬투리 잡진 않았다.

그녀는 일단 콘라드어를 할 필요가 없는 걸 다행으로 여기기로 했다. 비센테가 콘라드어를 알아듣지 못했기 때문에 되도록 공용어를 사용하고 싶었다.

"폐하께서 그들을 즉시 해임하시고, 수도에서 십 년간 떠나 있도록 근신 처분을 내렸습니다. 마음에 드실까요?"

"감히 상대국의 사절을 모욕한 죄, 처벌이 가볍습니다. 하나, 폐하의 성의를 생각해서라도 문제 삼지 않겠습니다."

"그럼 목을 칠까요?"

살벌한 내용이 노래하듯 흘러나왔다. 그녀는 단숨에 멍멍해졌다. 눈앞의 남자는 무구하게 웃고 있었다.

"원하신다면 폐하께선 그리하실 거랍니다, 레이디."

선연한 안광에 광기는 비치지 않는다. 반듯한 자세도 흐트러짐 없이 그대로였고, 목소리도 높낮이 없이 차분했다. 그는 정상이었다.

그러나 정상임에도 묘하게 이질감이 들었다. 사람의 목숨이 하물며, 천민도 아닌 귀족의 목숨이 그에게는 너무도 가벼워 보였다. 마치 자신이…….

아무래도 콘라드의 실권을 따로 장악한 세력이 있는지 알아봐야 할 듯했다. 만일 그 세력이 칸더스 후작가라면 그녀는 한시라도 빨리 콘라드 왕을 만나 그를 설득해야 했다. 왠지 모르겠지만 칸더스 후작과는 이야기가 원만하게 진행될 것 같지 않았다.

"저희 측은 문제 삼길 원치 않는다, 뜻을 전했습니다."

에르셀라의 단호한 음성에 후작이 나직한 미소를 머금었다.

"그런가요."

칸더스 후작이 갑자기 주제와 동떨어진 소리를 해온 건, 에르셀라가 흘러내린 머리카락을 귀 뒤로 넘길 무렵이었다.

"그라니아에선 결혼한 여인은 머리를 묶는다고 들었습니다."

그는 장신구로 고정하지 않아 매끄럽게 풀려 있는 그녀의 머리채를 의미심장하게 바라보고 있었다.

"아……."

에르셀라는 왠지 모르게 민망해져 머리카락을 한 올 빠짐없이 등 뒤로 넘겨 버렸다. 그러고 보니 어느 날부터 머리를 올리지 않았다.

'비센테와 외출을 나갈 때였나.'

그때 리엔이 한번 머리를 풀어보는 게 어떠냐고 했었고 그녀는 망설였지만, 기분 전환 삼아 내려보았다.

그날을 시작으로 가끔 풀고 다녔던 것 같다. 연회에서는 필요 이상으로 주목받기 싫어 그러진 않았지만 소규모 티파티를 열 때, 시내를 거닐 때면 집에 가만히 있을 때나 종종 그러곤 했다.

그러다 다시 피사리데가 되고 난 뒤로는 너무 바빠 꾸미는 데 시간을 쏟지 못했다. 에르셀라는 새삼 인지한 사실에 사로잡히다 시간을 끌었음을 알고 느릿하게 입을 열었다.

"네, 남편과 혼인했다는 의미로 미혼 여성과 차이를 두고 있긴 합니다."

어쩐지 칸더스 후작의 입가에 번진 웃음기가 문화가 구식이라 놀리는 것도 같아 에르셀라는 추가로 설명했다.

"하지만 그런 관습이 자리 잡고 있다고 해도 꼭 지킬 필요는 없습니다."

이번에 후작은 좀 더 완전한 웃음을 띠었다. 왜 웃는지 몰라 에르셀라는 손을 쥐었다 놓았다 했다.

외교가의 입장에서 칸더스 후작은 대하기 어려운 사람이 맞았다. 무시하는 건지 즐거워하는 건지 갈피를 잡기 힘들었다. 무시하는 데도 못 알아차리고 넘기다간 나라의 격이 훼손될 것이다. 그러나 단순히 즐거워한 것을 잘못 짚었다간 서로의 기분만 상할 수 있었다. 에르셀라는 그 미묘한 지점을 정확히 짚어내기가 어렵기만 했다.

"폐하는 언제 뵐 수 있습니까?"

더 길게 얘기하다간 말릴 것 같았다. 에르셀라는 본론으로 이야기의 방향을 돌렸다.

"글쎄요, 바쁜 분이라서요. 하지만 여러분이 서운함을 지닌 채 돌아가진 않으실 겁니다."

기약 없이 만남을 미루는 무례를 저지르진 않겠다는 말이었다.

"기쁜 소식이군요."

"그럼요. 가벼운 몸으로 보내지도 않으실 테고요. 그런 데 인색한 분은 아니라서."

에르셀라는 콘라드 왕이 인색했으면 했다. 오느라 고생한 사절단 일행에게 만찬을 대접하는 건 좋지만, 그러한 통과의례를 거친 뒤에야 왕을 만날 수 있다는 건 좋지 않았다. 누구도 부정하지 못할 자연스러운 과정이지만 생략하거나 순서를 바꾸고 싶었다.

"식사 전에 뵐 수는 없겠습니까?"

만남에 애달아 있는 티는 내지 않는 게 좋다는 라페인 후작의 조언이 한 귀로 스쳐 지나갔다.

"물론 방법이야 있습니다, 레이디."

곧바로 그는 그녀가 보다 이르게 왕을 만나는 방법 하나를 일러주었다. 콘라드어였다.

"유희는 즐거우셨나이까?"

볏짚색 머리칼의 남자가 공손하게 빈정거렸다. 그는 상관이 저 놀겠다고 쥐여 준 벽돌만 한 두께의 서류를 부서뜨릴 듯이 들고 있었다. 종이를 꺾기라도 하겠다는 건지 부들부들 떠는 손등에는 새파란 핏줄이 솟아 있었다.

"대체 어느 나라의 왕이 신하를 대신하여 사절단을 환대한답니까?"

후작은 상대가 왕이라서 차마 '고상하게 알현실에나 처박혀 있으실 것이지'라고는 하지 못했다.

"짐이?"

생략된 욕설이 들리지도 않는지 아일레스는 바로 자신을 가리켰다. 칸더스 후작은 결국 또 패배했다. 그가 왕이고, 왕인 그가 하겠다는데 누가 말리겠는가. 논리를 수백 가지 들고 와도 단번에 격파할 수 있는 사람이 아일레스였다.

"그래요, 제가 졌습니다. 그래서, 저들이 반란 세력에 가담한 사람들 같았습니까?"

아일레스의 입매가 의미심장하게 휘었다. 칸더스 후작은 등골이 오싹해졌다. 설마 다른 데 정신을 빼앗기느라 알아보지 않은 건 아니겠지?

"아니."

감사하게도 최소한의 할당량은 채웠는지 확언이 들렸다.

"그건 아니었소."

아일레스는 그것만은 아니라고 단언할 수 있었다.

"그들의 목을 칠까, 물었는데 문제 삼지 않겠다고 하더군. 만일 그들의 목을 쳐달라 했다면 우리는 과한 요구였다며 훗날 문제 제기할 수 있었을 거요. 짐은 그것을 그라니아의 반란을 돕는 정당한 근거로 댈 예정이었지. 그런데 그러지 않더군. 문제를 키울 수 있는 원천을 아예 차단하는 느낌이었소."

"명색이 그라니아의 사절이라는 자가 몸을 사리더이까?"

"사린다……."

아일레스는 기억의 세밀한 부분까지 들어가 여자의 몸짓, 말투, 눈빛이 어떠했는지 끄집어냈다.

"맞아. 그런 부분이야 있긴 했었소."

확실히 레나르트 여자 같은 강골은 아니었다. 시선을 오래 맞추고 있지 못하는 눈 하며, 무릎에 올려둔 포개진 양손 하며, 언제라도 숙여질 듯이 가느다란 목은 저항보다는 굴종에 어울리는 여자였다.

그럼에도 비굴함이 느껴지지 않은 건 그것들이 굴종이 아닌 겸양처럼 보여서일까. 시선은 오래 맞추지 못하나 눈빛을 떨지 않았고, 기울 듯한 목은 꺾임 없이 곧았다.

"객쩍은 허세를 부리는 놈들보다야 그게 낫지."

오히려 다 들킬 만용을 부렸다면 아일레스는 실망했을 터였다. 농담을 반 섞자면 그라니아가 쇠락할 시기가 왔다며 전쟁을 준비했을지도 모를 일이었다.

실실 웃자 시계탑 정각에 울리는 종처럼 규칙적인 잔소리가 시작되었다.

"폐하, 여자는 얼굴이 다가 아닙니다. 현명한 지혜와 자애로운 마음씨를 지닌 분을 곁에 두십시오. 향락만을 꾀한 군주는 패망의 길을 걷습니다."

"알고 있소."

아일레스는 저를 겨냥하는 악담을 적당히 흘려보냈다. 누가 들으면 그가 매일매일을 여자에 빠져 사는 남자인 줄 알 것이다. 바늘구멍만큼도 사실이 아니었으므로 그는 가볍게 무시했다.

대신 아일레스는 피사리데 후작과 했던 대화를 떠올렸다.

'남편과 혼인했다는 의미로 머리를 올린다.'

그라니아엔 그런 고루한 풍습이 여전히 존재하는 모양이었다. 그가 웃음을 터뜨렸던 이유는 에르셀라의 염려와 달랐다. 그는 단지 재혼 여부가 궁금했던 건데 타국 문화의 설명이나 듣고 있으니 웃음이 날 수밖에 없었다. 문득 흥미가 생겼다.

"묶은 모습도 보고 싶은데."

얼마나 예쁠지 궁금했다.

콘라드 3대 세력가 중 하나인 칸더스 후작가.

이제 32세가 된 칸더스 후작은 재상과 외무부 장관직을 역임 중이라고 한다. 콘라드는 나이를 고려치 않고 능력에 따라 등용한다더니. 가문을 고려한다고 쳐도 놀라웠다. 그라니아에서는 백 년에 한 번 있을까 말까 한 파격이었다.

그런 고정관념 때문일까. 동화 속에서 살다가 곧바로 튀어나온 왕자 같던 남자는 '칸더스 후작'이라기엔 어딘가 부자연스러운 감이 있었다.

'그라니아의 반군과 손을 잡고 나를 속였을 가능성은…….'

에르셀라는 다양한 가능성을 상정했지만 당장 칸더스 후작의 초상화를 구하여 대조하지 않는 이상 알 길이 없었다.

"칸더스 후작은 어떤 사람 같니?"

"날파…… 지위의 고하간을 잘 모르는 자 같았습니다. 어느 상황에서나 우위를 차지하는 걸 당연하게 여기는 것처럼 말입니다."

중간에 말을 선회한 것 같은 건 착각일까? 에르셀라는 아리송해하며 칸더스 후작의 여유로운 동작을 떠올렸다.

“내가 여자여서일 수도 있어.”

비센테는 무겁게 고개를 저었다.

“여자여서 얕잡아 보는 것과는 달랐습니다. 추측건대 어머니가 남자였어도 그의 태도는 다르지 않았을 겁니다.”

“…….”

“마지막에 후작은 콘라드어로 뭐라 한 겁니까?”

비센테가 물었지만, 에르셀라는 시원하게 대답하지 못하고 우물우물 망설였다.

“어머니?”

그녀는 완전히 얼고야 말았다. 새로운 난제가 피라미드 꼭대기를 차지해 최대 난제를 단번에 갈아치웠던 탓이다. 에르셀라는 코앞에 닥친 위기에 땀이 삐질삐질 났다. 그녀는 아직 이런 일을 노련하게 대처하는 법을 깨우치지 못했다.

“밤에 시간을 내주시면 알려 드리지요.”

밀회 신청 받은 것을 아들에게 털어놓아도 되는 걸까?

4권에서 계속…